KB213147

파운틴헤드

에인 랜드 지음 민승남 옮김

The Fountainhead
by Ayn Rand

오직 나만이 나의 근원이다

파운틴헤드

에인 랜드 지음 민승남 옮김

Humanist

| 차례 |

파 운 틴 헤 드

The Fountainhead

3부

게일 와이낸드

1

게일 와이낸드는 관자놀이에 총구를 댔다.

금속 고리가 살을 누르는 감촉 이외의 느낌은 없었다. 마치 배관 파이프나 장신구처럼 아무런 중요성도 없는 작은 동그라미에 불과한 듯했다. "난 죽을 거야." 그는 소리 내어 말하고는 …… 하품을 했다.

안도감도, 절망도, 두려움도 없었다. 마지막 순간인데 비장함 같은 것조차 느낄 수 없었다. 다른 평범한 순간들과 다를 게 없었다. 몇 분 전에 그는 칫솔을 손에 들고 있었는데, 지금 총을 들고 있으면서도 그때처럼 무덤덤했다.

'사람이 이렇게 죽지는 않지. 엄청난 희열이나 공포를 느껴야만 한다. 자신의 종말에 경의를 갖추어야만 한다. 지금 발작적인 두려움이 엄습한다면 방아쇠를 당기리라.' 와이낸드는 그렇게 생각했지만 아무것도 느낄 수 없었다.

와이낸드는 어깨를 으쓱하고 총을 내렸다. 그러고는 총으로 왼손 손바닥을 툭툭 쳤다. '사람들은 항상 검은 죽음이나 붉은 죽음에 대해 이야기한다. 게일 와이낸드, 넌 회색 죽음을 맞게 될 것이다. **이것**이 궁극적인 공포라고 말한 사람이 왜 아무도 없었던 걸까? 비명도, 애원도, 경련도 아니고, 무시무시한 재난의 불길에 소독되고 깨끗이 빈 상태의 무관심도 아닌 것. 겁에 질리는 것조차 불가능한 회색으로 오염된 작은 공포.' 와이낸드는 차가운 미소를 지으며 자신에게 말했다. '그런 식으로 죽을 순 없어. 그건 고약한 취향이니까.'

와이낸드는 침실 벽을 향해 걸어갔다. 그의 펜트하우스는 그가 소유한 맨해튼 중심부의 대형 호텔식 아파트 57층 위에 지어져서 도시 전체가 내려다보였다. 침실은 펜트하우스 꼭대기에 있는 유리의 방으로, 벽들과 천장이 온통 거대한 판유리로 되어 있었다. 벽들은 푸른색 스웨이드 커튼을 칠 수 있었지만 천장은 가릴 게 없었다. 그는 침대에 누워 밤하늘의 별들을 관찰하거나, 번쩍이는 번개를 보거나, 눈에 보이지 않는 보호막 위로 세찬 빗줄기가 떨어지다가 구름 사이로 강한 햇살이 내리쬐는 광경을 지켜보았다. 그는 여자와 함께 침대에 있을 때는 불을 끄고 커튼을 모두 걷는 걸 좋아했다. 그러고는 여자에게 이렇게 말하곤 했다. "지금 우린 600만 명이 지켜보는 앞에서 간통하는 거야."

지금 그는 혼자였다. 커튼은 걷혀 있었다. 그는 창가에 서서 도시를 내려다보았다. 늦은 밤이라 휘황찬란한 불빛들이 꺼져가고 있었다. 그는 앞으로 오랜 세월 저 도시를 바라보아야 한다 해도, 다시는 볼 수 없다고 해도 상관없다는 생각이 들었다.

와이낸드는 벽에 기대어 어두운 색깔의 얇은 실크 잠옷을 통해 전해지는 차가운 유리의 감촉을 느꼈다. 잠옷의 가슴 주머니에는 흰 글씨로 그의 이름 머리글자인 'GW'가 수놓아져 있었다. 그가 황제처럼 당당한 단 한 번의 펜 놀림으로 휘갈겨 쓴 서명을 그대로 복사한 것이었다.

사람들은 게일 와이낸드의 수많은 속임수 중에서 단연 으뜸은 그의 외모라고 말했다. 그는 오랜 전통을 자랑하는 명문가의 퇴폐적이고 지나치게 완벽해진 마지막 후손처럼 보였지만, 그가 빈민굴 출신임은 모두가 아는 사실이었다. 그는 키가 크고, 모든 살과 근육이 퇴화된 것처럼 너무 말라서 육체미는 없었다. 그는 강한 인상을 주기 위해 굳이 꼿꼿한 자세를 유지할 필요가 없었다. 마치 고급 강철처럼 구부정하게 웅크리고 있어도 사람들은 그가 취하고 있는 자세가 아니라 어느 순간에라도 사나운 기세로 튀어 올라 똑바로 펴질 수 있는 가능성을 의식하게 되었다. 그래서 그는 늘 구부정한 자세로 어슬렁거리며 돌아다녔다. 그는 무슨 옷을 입든 완벽한 우아함을 지녔다.

그의 얼굴은 현대 문명이 아닌 고대 로마에 속해 있었다. 그것은 영원한 귀족의 얼굴이었다. 희끗희끗한 머리카락은 높은 이마 위로 깔끔하게 빗어 넘겨져 있었다. 얼굴의 날카로운 골격을 덮은 피부는 팽팽했고, 입은 길고 가늘었으며, 비스듬한 눈썹 밑의 연푸른색 눈은 사진을 찍으면 냉소적인 흰 타원형으로 나왔다. 어느 화가가 메피스토펠레스를 그리고 싶다며 그에게 모델을 서달라고 부탁한 적이 있었다. 와이낸드는 웃으며 거절했는데, 웃는 얼굴이 더욱 메피스토펠레스처럼 보여서 화가는 슬픈 눈으로 그를 바라보았다.

와이낸드는 손에 든 총의 무게를 느끼며 구부정한 자세로 침실 유리벽에 기대서 있었다. '오늘, 오늘은 무엇이었을까? 지금의 나를 도와주고 이 순간에 의미를 부여할 수 있는 일이 있었던가?'

오늘은 무수한 다른 날들과 같아서 특별히 기억에 남는 일이 없었다. 그는 쉰한 살이었고, 지금은 1932년 10월 중순이었다. 거기까지는 확실히 알고 있었으나 나머지는 억지로 기억을 짜내야 했다.

오늘 아침 그는 6시에 일어나 옷을 입었다. 그는 어른이 된 후로 밤에 네 시간 이상을 잔 적이 없었다. 그는 아침식사가 차려진 식당으로 내려갔다. 아담한 규모의 펜트하우스는 정원으로 꾸며진 넓은 옥상 가장자리에 있었다. 펜트하우스의 방들은 최상의 예술 작품들이어서 다른 사람의 소유였다면 그 단순성과 아름다움에 감탄할 수밖에 없었겠지만, 사람들은 그곳이 미국에서 가장 저속한 신문인 뉴욕 〈배너〉 발행인의 집이라는 점을 떠올리고는 충격 어린 침묵에 빠져들었다.

아침을 먹은 후 그는 서재로 갔다. 책상 위에는 아침에 전국에서 온 모든 중요한 신문과 책, 그리고 잡지가 쌓여 있었다. 그는 세 시간 동안 책상에 앉아 그것들을 읽으며 해당 페이지에 파란 색연필로 간단한 메모를 했다. 그의 메모들은 간첩의 암호 같아서 비서 외에는 아무도 해독할 수 없었다. 냉정한 중년의 여비서는 와이낸드가 외출한 후에야 서재로 들어왔다. 와이낸드는 여비서의 목소리를 들어본 지 5년은 되었지만 둘 사이에는 아무런 대화도 필요하지 않았다. 그가 저녁때 다시 서재로 돌아와 보면 비서와 신문 뭉치는 사라지고 책상 위에 그가 아침에 메모해놓은 것들이 깔끔하게 타이핑되어 놓여 있었다.

10시에 와이낸드는 맨해튼 남부의 평범한 동네에 자리 잡은 수수하고 꾀죄죄한 배너 빌딩에 도착했다. 건물 안의 좁은 복도에서 그와 마주친 직원들이 아침 인사를 했다. 그는 정중히 인사를 받아주었지만 그가 지나가면 생물체의 동력을 멈추게 하는 죽음의 광선이라도 발사된 듯한 효과가 나타났다.

와이낸드의 직원들이 지켜야 할 수많은 엄격한 규칙들 중에서 가장 힘든 것은 와이낸드가 들어와도 일손을 멈추거나 아는 체를 해서는 안 된다는 것이었다. 그가 언제 어느 부서에 들이닥칠지 아무도 예측할 수 없었다. 그는 건물 안의 어느 곳에든 불쑥 나타날 수 있었고, 그의 등장은 전기충격과도 같았다. 직원들은 그 규칙을 지키려고 최선을 다했지만 와이낸드가 조용히 지켜보고 있는 가운데 10분 동안 일하는 것보다 세 시간 동안 초과근무를 하는 편이 낫다고 생각했다.

오늘 아침, 와이낸드는 자신의 방에서 〈배너〉 일요일 자 사설들의 교정지를 검토했다. 그는 삭제를 원하는 사설에는 파란 줄을 쫙 그었다. 그는 굳이 서명을 하지 않았는데, 오직 게일 와이낸드만이 필자의 목을 자르듯 파란 줄을 그을 수 있다는 것을 모두가 알고 있기 때문이었다.

와이낸드는 교정지 검토를 끝낸 후 비서에게 캔자스 스프링빌의 와이낸드 〈헤럴드〉 편집장에게 전화를 연결하라고 지시했다. 그는 지사에 전화할 때 절대로 상대방에게 자신의 이름을 밝히지 않았다. 자신의 제국에 있는 모든 핵심 인물은 자신의 목소리를 알고 있어야 한다고 생각했던 것이다.

"안녕하시오, 커밍스." 그쪽 편집장이 전화를 받자 와이낸드가 말했다.

"맙소사! 설마……." 편집장이 숨이 멎을 듯한 목소리로 말했다.

"맞소. 커밍스, 잘 들으시오. '여름의 마지막 장미'에 어제 같은 쓰레기 글을 한 번만 더 실으면 고등학교로 돌아가 교지나 내게 하겠소."

"예, 알겠습니다."

와이낸드는 전화를 끊었다. 그리고 이번에는 워싱턴의 저명한 상원의원에게 전화를 연결하도록 지시했다. 2분도 안 되어 전화가 연결되었다.

"상원의원님, 안녕하십니까. 전화 받아주셔서 정말 감사합니다. 의원님의 시간을 뺏고 싶진 않았습니다만, 꼭 감사 인사를 드려야 할 것 같아서요. 헤이스-랭스턴 법안의 통과를 도와주셔서 정말 감사합니다."

"아니, …… 와이낸드 씨!" 상원의원이 우물쭈물하는 목소리로 말했다. "고맙긴 한데 …… 법안은 통과되지 못했소."

"아, 괜찮습니다. 제가 잘못 알고 있었군요. 내일이면 통과될 겁니다."

11시 30분에 와이낸드 그룹 이사회의가 열리게 되어 있었다. 와이낸드 그룹은 신문 22개, 잡지 7개, 통신사 3개, 뉴스영화사 2개로 이루어져 있었다. 그룹 지분의 75퍼센트가 와이낸드의 소유였다. 이사들은 자신의 역할이나 목표에 대한 확신이 없었다. 와이낸드는 자기가 있든 없든 제시간에 회의를 시작하도록 방침을 정해놓았다. 오늘 그는 12시 25분에 회의실에 들어갔다. 저명한 노신사가 발언을 하는 중이었다. 이사들은 와이낸드가 들어가도 아는 척하거나 회의를 멈출 수 없었다. 와이낸드는 기다란 마호가니 탁자의 상석에 가서 앉았다. 아무도 돌아보지 않았다. 그들이 감히 그 존재를 인정할 수 없는 유령이 들어와 앉기라도 한 듯했다. 와이낸드는 15분 정도 조용히 듣고 있다가 이야기 도중에 말없이 자리를 떴다.

와이낸드는 자신의 방에 있는 큰 탁자에 새 부동산 사업인 스톤리지의 지도들을 펴놓고 대리인 두 명과 30분 동안 회의를 했다. 그는 롱아일랜드에 거대한 땅덩어리를 사놓고 스톤리지 주택단지를 만들 계획을 세우고 있었다. 그곳에는 소형 주택만 짓고 도로까지 닦을 작정이었다. 그의 사업 계획에 대해 알고 있는 몇 안 되는 사람들은 그에게 미쳤다고 했다. 불황 때문에 아무도 건물을 지을 생각을 하지 않게 된 지가 벌써 일 년째였던 것이다. 하지만 게일 와이낸드는 사람들이 미쳤다고 하는 사업들로 재산을 모은 인물이었다.

스톤리지를 맡을 건축가는 아직 정하지 않은 상태였다. 굶주린 건축업계에 그 사업에 대한 소문이 퍼졌다. 지난 몇 주 동안 와이낸드는 미국 최고의 건축가들과 그 친구들이 보내온 편지들을 읽지도, 그들의 전화를 받지도 않았다. 회의가 끝난 후 비서가 들어와서 랠스턴 홀컴 씨가 2분만 통화를 해달라고 간곡히 청하고 있다고 전했지만 그것도 거절했다.

대리인들이 나가자 와이낸드는 책상 위의 버저를 눌러 앨버 스카럿을 불렀다. 스카럿이 행복한 미소를 지으며 들어왔다. 그는 버저 소리만 울리면 사환처럼 좋아하며 득달같이 달려왔다.

"앨버, 도대체 '당당한 담석' 이 뭐지?"

스카럿은 웃음을 터뜨렸다. "아, 그거요? 소설 제목이지요. 루이스 쿡이 쓴."

"무슨 소설인데?"

"그냥 헛소리를 잔뜩 늘어놓은 소설입니다. 산문시 형식이라고 하더군요. 담석이 주인공인데 자기가 독립된 실체이며 담낭 속의 억센 개인주의자라고 생각한다는 내용이에요. 황당하죠. 그러다 몸의 주인이 피마자유를 잔뜩 마시는 바람에 '당당한 담석' 은 최후를 맞게 되지요. 의학적으로 맞는지 모르겠지만, 그 결과가 그림처럼 생생하게 묘사되어 있어요. 자유의지란 존재하지 않는다는 걸 주장하기 위해 썼답니다."

"몇 부나 팔렸는데?"

"모르겠습니다. 많이 팔리진 않았을 겁니다. 지식인층에서만 읽혔을 테니까요. 하지만 최근에 판매 부수가 늘었다는 소문이……."

"바로 그거야. 앨버, 대체 무슨 짓을 벌이고 있는 거지?"

"예? 아, 우리 신문에 그 소설이 몇 번 언급된 건……."

"지난 몇 주 동안 〈배너〉에 도배가 되다시피 했어. 아주 교묘한 솜씨야. 그게 우연이 아니라는 사실을 이제야 발견하게 됐으니."

"그게 무슨 말씀이신가요?"

"무슨 말인 것 같나? 그 제목이 왜 계속해서 전혀 어울리지도 않는 대목에 등장하느냐 이거야. 어느 날은 살인자의 처형에 대한 기사에 '당당한 담석처럼 죽었다.' 는 글이 있었어. 그리고 이틀 후에는 16면의 올버니 주정부 얘기에 이런 내용이 있었지. '헤이즐턴 상원의원은 자신이 독립적인 실체라고 생각하지만 결국 당당한 담석에 불과한 존재로 밝혀질 수도 있다.' 부고기사에도 넣어놨고, 어제는 여성란에도 있었어. 오늘은 만화에도 들어갔고. 만화에서는 스눅시가 부자 집주인을 당당한 담석이라고 불렀지."

앨버 스카럿은 태평하게 킥킥 웃었다. "예, 우스꽝스럽지 않습니까?"

"나도 우스꽝스럽다고 생각했지. 처음엔. 하지만 지금은 아니야."

"뭐 어떻습니까! 중요한 문제도 아니고 기사 끝에 이름이 들어가는 정식 기자들이 한 짓도 아닌데. 주당 40달러밖에 못 받는 잔챙이들 짓이니 신경 쓰지 마십시오."

"바로 그 점이 걸린다는 거야. 그리고 또 한 가지는, 그 책이 유명한 베스트셀러가 아니란 점이야. 만일 베스트셀러라면 그 제목이 기자들 머리에 자동적으로 떠오를 수도 있겠지. 하지만 베스트셀러가 아니니 누군가 조종을 하는 게 분명해. 왜지?"

"어이구, 회장님, 누가 그런 일을 벌이겠습니까? 그리고 우리가 신경 쓸 것도 없고요. 정치적인 문제라면 몰라도……. 아니, 도대체 자유의지를 주장하거나 반대하는 선전을 해서 횡재할 사람이 누가 있겠습니까?"

"이 문제에 대해 자네와 의논한 사람이 있나?"

"아뇨. 배후인물 같은 건 없습니다. 그냥 자연스럽게 그렇게 된 거죠. 많은 사람들이 그걸 재미난 코미디로 생각한 것일 뿐이에요."

"자넨 그 제목을 누구에게 처음 들었나?"

"글쎄요……. 가만 있자 …… 누구였더라……. 아, 엘즈워스 투히였던 것 같습니다."

"중단시켜. 투히에게 분명하게 말하고."

"회장님 뜻이 그러시다면, 알겠습니다. 하지만 정말 아무것도 아닙니다. 많은 사람들이 장난삼아 하는 일이에요."

"내 신문에 장난질 치는 건 용납 못하네."

"예, 회장님."

오후 2시에 와이낸드는 전국여성대회 오찬에 내빈 자격으로 참석했다. 그는 모든 소리가 메아리처럼 울려 퍼지는 연회장에서 회장 오른쪽 자리에 앉아 있었다. 실내에 치자꽃과 스위트피로 만든 꽃장식 향기와 프라이드치킨 냄새가 가득했다. 식사가 끝난 후 와이낸드가 연설을 했다. 전국여성대회는 기혼여성의 직업 활동을 옹호했지만 와이낸드의 신문들은 여러 해 동안 기혼여성의 고용에 반대하는 입장을 취하고 있었다. 와이낸드는 20분 동안 알맹이 없는 연설을 했는데 여성대회의 모든 주장을 지지하는 듯한 인상을 주었다. 게일 와이낸드가 청중에게, 특히 여성 청중에게 미치는 영향은 아무도 설명할 수 없는 수수께끼였다. 그는 특별한 구경거리를 연출하지도 않았고, 목소리도 단조로울 정도로 낮고 금속성을 띠고 있었으며, 마치 일부러 단정함을 비꼬듯 지나치게 단정한 태도를 보였다. 그런데도 그는 모든 청중을 사로잡았다. 사람들은 그게 와이낸드의 교묘하면서도 강력한 남성성 때문이라고, 그 남성적 매력 덕에 정중한 목소리로 학교와 집, 가족에 대해 이야기하면서도 그 자리에 참석한 모든 못생긴 노파와 성교를 하는 듯한 느낌을 주는 것이라고 말했다.

와이낸드는 회사로 돌아와 편집실에 들렀다. 그는 책상 앞에 서서 커다란 파랑 색연필을 들고 넓은 인쇄용지에 2센티미터 크기는 되는 글씨로 여성의 직업 활동에 대한 옹호를 규탄하는 명석하고 무자비한 논설을 썼다. 맨 끝의 서명 GW가 마치 푸른 불꽃처럼 보였다. 그는 원고를 다시 읽어보지도 않고 (그럴 필요가 없으니까) 처음 눈에 띈 편집자 책상에 던져놓고 밖으로 나갔다.

늦은 오후, 퇴근할 준비를 하고 있는데 엘즈워스 투히가 만나기를 청한다고 비서가 전했다. "들여보내." 와이낸드가 말했다.

투히는 조심스레 반쯤 미소 띤 얼굴로 들어섰다. 그의 미소는 자신과 와이낸드를 조롱하는 것이었는데, 섬세한 균형감각을 발휘해서 그중 60퍼센트가 자신에 대한 조롱이 되게 하고 있었다. 그는 와이낸드가 자신을 만나고 싶어 하지 않으며, 그런데도 억지로 만나주는 것이 자신에게 유리하지 않을 것임을 알고 있었다.

와이낸드는 정중히 무표정한 얼굴을 하고 책상에 앉아 있었다. 그의 이마 위에 대각선으로 살짝 도드라진 두 개의 주름살이 비스듬한 눈썹과 평행을 이루었다. 그가 가끔 보이는, 상대방을 쩔쩔매게 하는 그 표정은 이중노출 화면과도 같은 무시무시한 느낌을 주었다.

"앉으시오, 투히. 내가 뭘 도와주길 원하오?"

"아, 회장님, 전 그보다 훨씬 주제넘은 용건으로 왔습니다. 회장님의 도움을 청하러 온 게 아니라 제가 도움을 드리러 왔죠." 투히가 쾌활하게 말했다.

"무슨 도움?"

"스토리지 건입니다."

와이낸드의 이마 위 대각선 주름살이 더 도드라졌다.

"칼럼니스트가 스토리지에 무슨 도움이 될 수 있겠소?"

"칼럼니스트로선 도움이 될 게 없죠. 하지만 건축 전문가로선……." 투히는 말끝을 흐려 조롱 어린 물음표를 만들었다.

만일 투히가 오만하게 와이낸드의 눈을 똑바로 쳐다보고 있지 않았더라면 당장 쫓겨났을 터였다. 하지만 투히는 와이낸드가 지금까지 건축가를 추천하는 사람들에게 얼마나 시달려왔고 청탁을 거부하느라 얼마나 애쓰고 있는지 알고 있다는 눈빛이었다. 또한 와이낸드가 그런 용건을 눈치 채지 못하고 만나준 것은 머리싸움에서 자신이 한 수 앞섰기 때문이라고 말하는 눈빛이기도 했다. 투히의 예상대로 와이낸드는 그

오만함에 흥미를 느꼈다.

"좋소, 투히. 누구를 팔고 싶소?"

"피터 키팅입니다."

"그래서?"

"뭐라고 하셨습니까?"

"그를 팔아보란 말이오."

투히는 움찔했다가 밝은 표정으로 어깨를 으쓱한 후 설득에 들어갔다.

"물론 제가 키팅과 사업적인 관련이 없다는 건 회장님도 아실 것입니다. 전 그의 친구로서 말씀드리는 겁니다. 그리고 회장님의 친구로서." 격식을 벗어난 친근한 목소리였지만 확신이 좀 없는 듯했다. "진부하게 들리시겠지만 달리 어떻게 말하겠습니까? 그건 진실이니까요." 와이낸드는 잠자코 듣고만 있었다. "제가 여기 온 것은, 회장님께 제 의견을 말씀드리는 게 제 의무라고 생각했기 때문입니다. 아, 도덕적 의무는 아니고, 말하자면 미적인 의무라고 할 수 있겠지요. 회장님은 무슨 일이든 최고를 요구하는 분이십니다. 회장님께서 구상 중이신 규모의 사업이라면 효율성과 취향, 독창성, 상상력의 측면에서 피터 키팅을 따라갈 건축가가 없습니다. 회장님, 그것이 저의 충심 어린 의견입니다."

"그 말을 믿소."

"정말이십니까?"

"물론이오. 그런데 투히, 내가 왜 당신 의견을 고려해야 하는 거요?"

"그래도 명색이 회장님의 건축 전문가니까요!" 투히는 목소리에서 분노를 완전히 감추지는 못했다.

"이보시오, 투히, 나를 독자들과 혼동하지 마시오."

잠시 후 투히는 뒤로 기대앉으며 어쩔 수 없다는 듯 웃으면서 손을 들었다.

"솔직히 제 말이 회장님께 큰 설득력을 지니리라고 생각하진 않았습니다. 사실 전 회장님을 설득하러 온 게 아닙니다."

"그래요? 그럼 왜 온 거요?"

"회장님께 피터 키팅의 능력을 저보다 훨씬 잘 납득시킬 수 있는 사람에게 30분만 시간을 내주십사 하고 부탁하러 왔습니다."

"그게 누구요?"

"피터 키팅 부인입니다."

"내가 왜 피터 키팅 부인과 그 문제에 대해 의논해야 한다는 거요?"

"피터 키팅 부인은 대단히 아름답고 지극히 까다로운 여성이니까요."

와이낸드는 고개를 뒤로 젖히고 큰 소리로 웃었다.

"이런, 내가 그렇게 속이 뻔히 들여다보이는 사람이오?"

투히는 예상치 못한 반응에 눈을 깜짝거렸다.

"투히, 진심으로 하는 말인데, 내 여자 취향이 그토록 널리 알려지도록 방치해서 당신이 그런 무례한 태도를 보이도록 만든 거라면 내가 사과하겠소. 하지만 난 당신이 많은 인도주의적 활동들을 펼치면서 뚜쟁이 노릇까지 하고 있는 줄은 몰랐소."

투히가 일어섰다.

"투히, 실망시켜서 미안하오. 난 피터 키팅 부인과 만날 생각이 전혀 없소."

"그러실 줄 알았습니다. 저의 설득력 없는 제안에 따르실 리가 없죠. 이미 몇 시간 전에 예견했던 일입니다. 아니, 오늘 아침에요. 그래서 실례를 무릅쓰고 회장님과 이 문제를 얘기할 수 있는 또 하나의 기회를 마련했습니다. 실례인 줄 알면서도 회장님께 선물을 보냈습니다. 오늘 밤 집에 돌아가시면 제 선물을 보시게 될 겁니다. 선물을 보고 마음이 바뀌시면 언제든 전화를 주십시오. 회장님이 피터 키팅 부인을 만날 의향이 있는지 말씀하실 수 있도록 바로 달려가겠습니다."

"투히, 도무지 믿을 수가 없군. 지금 나한테 뇌물을 먹이겠다는 거요?"

"그렇습니다."

"알다시피 그건 용케 성공할 수도 있지만 자칫 일자리를 잃게 될 수도 있는 위험한 곡예요."

"오늘 밤 제 선물에 대한 회장님의 의견을 믿어보지요."

"좋소, 투히. 선물을 보지."

투히는 인사를 하고 문을 향해 돌아섰다. 그가 문 앞에 이르렀을 때 와이낸드가 덧붙였다.

"투히, 난 얼마 안 가서 당신에게 싫증이 날 거요."

"그래도 상관없을 때가 되기 전에는 그런 일이 없도록 최선을 다해 노력하겠습니다." 투히는 다시 인사를 한 뒤 밖으로 나갔다.

집에 돌아온 와이낸드는 엘즈워스 투히와의 일을 까맣게 잊고 있었다.

와이낸드는 자신의 펜트하우스에서 여자와 함께 저녁을 먹었다. 흰 얼굴과 부드러운 갈색 머리칼을 가진 여자였고, 그녀의 배후에는 게일 와이낸드와 그녀의 관계에 대해 입이라도 뻥긋하는 사람이 있으면 당장 죽여버릴 아버지와 오빠 부대가 300명은 될 듯했다.

크리스털 잔을 들어 입술에 대고 있는 그녀의 팔의 선이 최고의 장인이 나뭇가지 모양으로 만든 은촛대의 선처럼 완벽했다. 와이낸드는 마치 은촛대를 감상하듯 그녀를 바라보았다. 펄럭이는 촛불에 비친 그녀의 얼굴이 몹시 아름다워서 와이낸드는 차라리 그녀가 살아 있지 않았으면 좋겠다고 생각했다. 그렇다면 아무 말도 할 필요 없이 그 아름다움을 감상하며 상념에 젖을 수 있을 테니까.

여자가 나른한 미소를 지으며 말했다. "게일, 한두 달 있다가 날씨가 진짜 춥고 고약해지면 '아이 두(I Do)' 를 타고 따뜻한 태양이 있는 곳으로 가요. 작년 겨울처럼."

'아이 두' 는 와이낸드의 요트 이름이었다. 와이낸드는 그 이름에 대해 아무에게도 설명한 적이 없었다. 많은 여자들이 그것에 대해 물었고, 이 여자도 그것을 물은 적이 있었다. 와이낸드가 침묵을 지키자 여자가 다시 그것을 물었다.

"그런데 자기, 그게 무슨 뜻이에요? 그 멋진 요트 이름 말이에요."

"그건 내가 대답하지 않는 질문들 중 하나지."

"크루즈 때 입을 옷을 준비할까요?"

"당신에겐 초록색이 제일 잘 어울리지. 바다와도 잘 어울리고. 초록색 옷을 입은 당신의 머리칼과 팔을 바라보는 게 내 즐거움이야. 초록색 실크 옷 밖으로 드러난 당신의 맨팔이 그리워질 거요. 오늘 밤이 마지막이니까."

잔을 잡은 여자의 손이 그대로 얼어붙었다. 오늘 밤이 마지막이 될 것이라는 암시 같은 건 전혀 없었다. 하지만 그녀는 그 한 마디로 모든 게 끝임을 알았다. 와이낸드의 여자들은 이렇게 아무런 설명도 없는 이별을 받아들여야만 한다는 것을 알고 있었다. 한참 후에 여자가 낮은 목소리로 물었다.

"게일, 이유가 뭐죠?"

"뻔한 거지."

와이낸드는 주머니에서 다이아몬드 팔찌를 꺼냈다. 그의

손에서 무겁게 늘어진 팔찌가 촛불을 받아 차갑고 찬란한 빛을 발했다. 상자도, 포장지도 없었다. 와이낸드는 탁자 건너편으로 팔찌를 건넸다.

"기념품이오. 과한 기념품이지." 와이낸드가 말했다.

팔찌가 잔에 부딪치며 날카로운 소리를 냈다. 마치 잔이 여자를 대신해서 비명을 질러주는 듯했다. 여자는 아무 소리도 내지 않았다. 와이낸드는 그녀가 끔찍한 심정일 것임을 알았다. 그의 다른 여자들이 모두 그랬던 것처럼 그녀도 이런 순간에 이런 선물을 받을 여자가 아니었던 것이다. 하지만 다른 여자들처럼 그녀도 선물을 거절하지 않을 터였다.

"고마워요, 게일." 여자는 그에게 시선을 주지 않고 손목에 팔찌를 찼다.

나중에 응접실로 나와서 여자가 걸음을 멈추더니 긴 속눈썹을 내리깐 채 침실로 올라가는 컴컴한 계단을 흘낏 보았다.

"게일, 기념품 값을 하게 해주겠어요?" 그녀가 무덤덤한 목소리로 물었다.

와이낸드는 고개를 저었다. "정말 그럴 생각이었지만, 피곤하오."

여자가 떠난 후 와이낸드는 현관에 서서 그녀가 고통스러울 거라고, 그 고통은 진짜라고, 하지만 시간이 지나면 모든 게 희미해지고 팔찌만 남을 거라고 생각했다. 그는 언제부터 그런 생각에 씁쓸함조차 느끼지 않게 되었는지 기억도 나지 않았다. 그도 오늘 밤 일에 마음이 쓰였지만 아무 감정도 없었고, 왜 진작 그렇게 하지 않았을까 하는 생각만 들었다.

와이낸드는 서재로 가서 몇 시간 동안 책을 읽었다. 그러다 중요한 문장을 읽던 중에 이유도 없이 갑자기 멈추었다. 더는 읽고 싶은 마음이 없었다. 아무런 의욕이 없었다.

무슨 일이 있었던 것도 아니었다. 무슨 일이 일어난다는 것 자체가 '적극성'을 띤 현실이고, 그 어떤 현실도 그를 무력하게 만들 수는 없었다. 지금 그는 모든 것이 지워지고 무의미한 공허만 남은 엄청난 '소극성'의 상태에 있었는데, 그런 상태이면서도 너무도 평범하고 아무런 흥분도 없는 것이 마치 편안한 미소를 짓고 있는 살인자처럼 좀 부적절하게 느껴졌다.

사라진 건 욕망뿐이었다. 하지만 욕망에의 욕망, 그러니까 욕망의 뿌리까지 뽑혀나간 듯했다. 시력을 잃어도 시각에 대한 개념은 남는다. 하지만 뇌 속의 시력을 관장하는 부분이 파괴되면 시각적 지각에 대한 기억마저 잃기도 한다.

와이낸드는 책을 내려놓고 일어섰다. 그 자리에 서 있고 싶지도, 그곳에서 움직이고 싶지도 않았다. 잠이나 자야겠다는 생각이 들었다. 아직 잠자리에 들기에는 너무 이르지만 아침에 그만큼 더 일찍 일어나면 된다. 그는 침실로 가서 샤워를 하고 잠옷을 입었다. 그러고는 경대 서랍을 열었다가 늘 거기 보관해두는 총을 보았다. 그는 갑작스런 흥미에 사로잡혀 총을 집었다.

자살을 해야겠다는 생각을 했을 때 꼭 그래야겠다는 확신이 들도록 만든 것은 충격의 결여였다. 자살을 해야겠다는 생각은 논쟁을 벌일 가치조차 없을 정도로 단순했다. 진부한 상투어와도 같았다. 지금 와이낸드는 바로 그 단순성 때문에 자살을 멈추고 유리벽에 기대서 있었다. 진부한 인생을 살 수는 있지만 죽음까지 진부한 것으로 만들 수는 없었다.

와이낸드는 총을 든 채 침대로 가서 앉았다. '죽음을 앞둔 사람이라면 마지막 순간에 인생 전체가 파노라마처럼 떠올라야 한다. 그런데 난 아무것도 보이지 않는다. 하지만 억지로 보이게 할 순 있다. 억지로 내 삶을 되돌아볼 수 있다. 삶을 되돌아보며 계속 살아갈 의지를 얻든지, 아니면 지금 끝낼 이유를 찾아내리라.'

어느 어두운 밤, 열두 살의 게일 와이낸드는 허드슨 강변의 무너진 담 아래 서서 주먹을 꽉 쥔 한 팔을 어깨너머로 젖히고 내리칠 준비를 하고 있었다.

그는 아직 남아 있는 담의 모서리 쪽 돌무더기 위에 서 있었다. 거리에서는 그의 모습이 보이지 않도록 모서리 한쪽 면이 가려주었고, 나머지 한쪽 면의 뒤에는 강 쪽으로 난 가파른 비탈뿐이었다. 그의 앞에는 가로등도 없는 비포장 강변도로가 뻗어 있고, 기울어가는 건물들과 텅 빈 하늘, 창고들, 기분 나쁜 불빛이 흘러나오는 창문 위의 비뚜름한 돌림띠가 보이고 있었다.

그는 곧 싸움을 해야만 하고, 목숨을 건 싸움이 될 터였다. 그는 꼼짝도 않고 서 있었다. 이제 내려뜨린 주먹은 누더기 셔츠와 바지를 걸친 깡마른 몸의 곳곳에(맨팔의 길쭉하게 불거진 힘줄과 목의 팽팽한 힘줄까지) 연결된 조종용 줄들을 움켜쥐고 있는 듯했다. 그 줄들이 떨리는 듯했지만 그의 몸은 움직임이 없었다. 그는 마치 치명적인 신종 무기 같았고, 어느 부분에든 손가락만 닿으면 발사될 듯했다.

와이낸드는 소년 깡패 대장이 지금 자신을 찾아다니고 있고, 대장 혼자 오지는 않을 것임을 알았다. 그와 싸우게 될 아이들 중 둘은 칼을 지니고 다녔고, 하나는 살인을 해본 명예로운 경력까지 있었다. 와이낸드는 아무런 무기도 없이 그들을 기다렸다. 그는 그 패거리에서 제일 어리고 제일 늦게 들어간 막내였다. 대장이 그에게 매운 맛을 보여주겠다고 했다.

강에 있는 짐배들을 털 계획을 세우면서 시작된 일이었다. 대장이 밤중에 작전을 시작하겠다고 했고 다들 동의했다. 그런데 게일 와이낸드가 반기를 들었다. 그는 경멸에 찬 목소리로 강 아래쪽에 사는 패거리가 지난주에 똑같은 모험을 벌였다가 여섯 명이 경찰에 잡히고 두 명은 공동묘지 신세를 지게 됐다고, 아무도 예상치 못한 새벽에 해야 한다고 천천히 말했다. 아이들이 야유했지만 와이낸드는 꿈쩍도 하지 않았다. 그는 명령에 따라 움직이는 걸 좋아하지 않았고 자기 판단의 정확성만 믿었다. 그래서 대장은 확실하게 마무리를 짓고자 했던 것이다.

세 소년은 살금살금 걷고 있어서 가까이에서도 그들의 발소리가 들리지 않았다. 하지만 게일 와이낸드는 멀리서도 그 소리를 들었다. 그는 담 모퉁이에서 움직이지 않았고 손목에 힘만 조금 더 들어갔다.

때가 되자 그는 몸을 날렸다. 마치 투석기로 멀리 쏘아진 것처럼 착륙에 대해서는 생각지도 않고 단숨에 공중으로 뛰어올랐다. 그의 가슴이 한 녀석의 머리를, 배는 다른 녀석의 머리를 쳤고, 다리는 또 다른 녀석의 가슴을 파고들었다. 넷이 모두 땅바닥에 나동그라졌다. 세 소년이 고개를 들었을 때 게일 와이낸드는 보이지 않고 공중에서 소용돌이가 이는 것만 보였으며, 다음 순간 그 소용돌이에서 무언가가 달려들어 그들에게 따끔한 아픔을 주었다.

와이낸드에게는 두 주먹뿐이었고 적은 주먹 다섯 개와 칼 하나로 무장하고 있었지만 문제가 되지 않는 듯했다. 세 소년은 자신의 주먹이 단단한 고무를 때리는 듯한 소리를 내고 칼이 무언가를 베는 걸 분명히 느꼈다. 하지만 그들의 상대는 불사신 같았다. 그는 아픔을 느낄 겨를이 없었다. 동작이 너무 날래서 아픔이 그 속도를 따라잡지 못했던 것이다. 마치 그는 주먹이나 칼을 맞은 지점의 허공에 아픔을 남겨두고 번개처럼 다른 지점으로 옮겨가는 듯했다.

양 어깻죽지에 모터가 달려서 양팔이 원을 그리며 돌고 있는 것 같았다. 원은 눈에 보였지만 두 팔은 달리는 바큇살처럼 형체가 없었다. 원은 목표물에 닿아도 멈추지 않고 계속 돌아갔다. 한 소년이 자신의 칼이 와이낸드의 어깨 속으로 사라지는 걸 보았다. 와이낸드가 어깨를 홱 젖히자 칼이 그의 옆구리를 베며 떨어지다가 허리띠에 맞아 튕겨져 나갔다. 그것이 소년이 본 마지막 장면이었다. 그의 턱에 무슨 일이 일어났는지 미처 의식할 사이도 없이 그의 뒤통수가 낡은 벽돌 무더기에 부딪혔다.

그 후로도 오랫동안 나머지 두 소년은 담벼락에 붉은 핏방울을 뿌리기 시작한 원심분리기와 맞서 싸웠다. 하지만 소용없는 짓이었다. 그들은 인간을 상대하고 있는 게 아니었다. 형체 없는 인간의 의지와 싸우고 있는 것이었다.

이윽고 그들이 싸움을 포기하고 벽돌 더미에서 신음하고 있을 때 게일 와이낸드가 아무렇지도 않은 목소리로 말했다. "새벽에 하는 거야." 그러고는 가버렸다. 그 순간부터 그가 패거리의 대장이 되었다.

이틀 후 와이낸드의 패거리는 새벽을 노려 짐배들을 털었고, 작전은 멋지게 성공했다.

게일 와이낸드는 뉴욕의 빈민가 헬스 키친 심장부에 있는 낡은 집 지하실에서 아버지와 함께 살았다. 부두 노동자인 그의 아버지는 키가 크고 조용한 남자였으며, 학교 문턱에도 못

가본 까막눈이었다. 그 아버지와 할아버지 역시 똑같은 신분이었고 대대로 가난한 집안이었다. 하지만 뿌리까지 거슬러 올라가면 귀족 가문이었고, 이미 까마득한 옛날에 잊힌 모종의 비극적 사건으로 인해 시궁창에 빠지게 된 것이었다. 그래서 와이낸드 가문 사람들은 셋집과 싸구려 술집, 감옥이라는 환경과 어울리지 않는 분위기를 풍겼다. 게일의 아버지는 부둣가에서 '공작'으로 불렸다.

어머니는 게일이 두 살 때 폐병으로 세상을 떠났다. 게일은 외아들이었다. 그는 아버지의 결혼에 멋진 드라마 같은 사연이 있다는 것을 어렴풋이 알고 있었다. 어머니 사진을 본 적이 있는데, 얼굴이며 옷차림이 동네 여자들과 다르고 무척이나 아름다웠다. 게일의 아버지는 아내가 죽자 삶의 의미를 잃은 듯했다. 그는 아들을 사랑했지만 일주일에 겨우 두어 마디 건네는 게 아들에 대한 관심의 전부였다.

게일은 어머니도, 아버지도 닮지 않았다. 그는 몇 세대가 아닌 몇 세기를 거슬러 올라가야 하는 격세유전의 산물이라고 할 수 있었다. 그는 늘 나이에 비해 지나치게 크고 살이 없었다. 친구들은 그를 '꺽다리 와이낸드'라고 불렀다. 사람들은 그가 어디에 힘을 쓰는지는 모르지만 힘을 쓴다는 사실은 알았다.

와이낸드는 어렸을 때부터 여러 직업을 전전했다. 그는 오랫동안 길모퉁이에서 신문을 팔았다. 그러던 어느 날 신문사

사장을 찾아가 아침에 독자의 집까지 신문을 배달하는 새로운 서비스를 시작해야 한다고 주장하며 그런 서비스가 왜, 그리고 어떻게 발행 부수를 끌어올리게 될 것인지 설명했다.

"그래?" 사장이 대꾸했다.

"전 그 방법이 먹힐 걸 알고 있어요." 와이낸드가 말했다.

"어디서 감히 주인 행세야?" 사장이 말했다.

"사장님은 바보예요." 와이낸드가 말했다. 그는 직장을 잃고 말았다.

그다음에는 식품점에서 일했다. 심부름도 다니고, 축축한 마룻바닥도 쓸고, 썩은 채소도 골라내고, 손님이 오면 참을성 있게 저울로 밀가루 무게를 재거나 커다란 통에 든 우유를 주전자에 따라서 팔았다. 그건 도로공사용 증기 롤러로 손수건을 다리는 꼴이었다. 하지만 와이낸드는 이를 악물고 견뎠다. 어느 날, 그는 주인에게 우유를 위스키처럼 병에 담아 파는 게 얼마나 훌륭한 발상인지에 대해 설명했다.

"헛소리 집어치우고 가서 설리번 부인이나 도와드려. 내가 이 장사에 대해 모른다는 말 따윈 지껄이지 마. 어디서 감히 주인 행세야?" 주인이 말했다.

와이낸드는 말없이 설리번 부인에게 가서 물건을 팔았다.

와이낸드는 당구장에서도 일했다. 그는 타구도 닦고 술자리도 치웠다. 그는 일생 동안 놀라움에 면역이 생길 정도로 별의별 이야기를 다 듣고 보았다. 하지만 와이낸드는 주인이 하는 일이 아무리 어리석고 답답해도 조용히 입 다물고 분수를 지키며 때를 기다렸다. 그는 아무에게도 자신의 의견을 말하지 않았다. 그는 인간들에게 많은 감정들을 느꼈는데 그중에 존경심은 없었다.

와이낸드는 여객선에서 구두닦이도 했다. 거만한 말장수들과 술 취한 갑판원들이 그를 함부로 대하고 마구 부려먹었다. 그가 의견을 말하면 "어디서 감히 주인 행세냐?" 하는 거친 목소리가 날아왔다. 하지만 와이낸드는 그 일이 좋았다. 손님이 없을 때면 난간에 서서 맨해튼을 바라보았다. 그는 새로 지은 집들의 노란 판자들과 빈터들, 기중기들, 멀리서 솟아오르고 있는 마천루들을 바라보았다. 그러면서 그곳에 무엇이 새로 지어지고 무엇이 없어져야 하는지에 대해 생각했다. "야, 구두닦이!" 걸걸한 목소리가 그의 생각을 중단시켰다. 그러면 그는 작업대로 돌아가 흙투성이 구두 위로 몸을 굽혔다. 손님 눈에는 소년의 연갈색 머리칼과 가늘고 솜씨 좋은 두 손만 보였다.

안개 낀 저녁이면 길모퉁이 가로등에 기대서 있는 호리호리한 소년을 눈여겨보는 이는 아무도 없었지만, 그는 중세의 귀족, 숨길 수 없는 지배 본능과 그 본능의 정당성을 말해주는 명석한 두뇌를 지닌 영원한 귀족이었다. 세상을 지배하도록 만들어진 봉건영주, 그러나 청소나 하고 잔심부름이나 하도록 태어난 소년.

와이낸드는 다섯 살 때 스스로 글을 깨쳤다. 그는 눈에 보이는 것은 모조리 읽어치웠다. 그는 이해하지 못하는 것을 견디지 못했다. 다른 사람이 알고 있는 것이라면 자신도 꼭 알아야만 했다. 어린 시절에 그는 물음표를 수백 년 전에 잃어버린 가문의 문장(紋章)처럼 지니고 다녔다. 그에게는 무엇이든 두 번 설명할 필요가 없었다. 그는 하수관을 설치하는 기술자들에게 처음 수학을 배웠다. 지리는 선원들에게 배웠고, 국민윤리는 깡패들 소굴인 동네 술집에서 정치인들에게 배웠다. 와이낸드는 교회에도, 학교에도 가본 적이 없었다. 그러다 열두 살 때 처음 교회에 들어가 보았다. 그러고는 겸손한 태도로 얌전히 설교를 듣기는 했지만 다시는 교회에 가지 않았다. 열세 살이 되어서야 처음으로 교육이 어떤 것인지 알고 싶어서 공립학교에 등록했다. 그의 아버지는 아들이 깡패들과 싸워서 잔뜩 얻어맞고 들어와도 아무 말도 하지 않았던 것처럼 학교에 다니는 것에 대해서도 일언반구가 없었다.

학교에 들어가서 처음 일주일 동안 선생님은 계속 게일 와이낸드에게 대답할 기회를 주었다. 그가 항상 답을 알고 있는 게 몹시 기뻤던 것이다. 와이낸드는 일단 윗사람을 믿으면 스파르타식으로 복종했다. 패거리의 부하들에게 요구하는 엄격한 규율을 스스로에게 적용했다. 하지만 그런 의지는 헛된 것이 되고 말았다. 학교에 다닌 지 일주일 만에 그는 아무 노력을 안 해도 반에서 일등이 될 수 있음을 깨달았던 것이다. 한 달이 지나자 선생님은 그에게서 관심을 거두게 되었다. 그는 늘 수업 내용을 완벽하게 이해했고, 선생님은 학습 능력이 떨어지는 아이들에게 집중할 수밖에 없었던 것이다. 선생님이 교실 안의 멍한 눈들과 웅얼거리는 목소리들에서 반짝이는 지성의 빛을 보기 위해 반복해서 설명하고 씹고 되씹어주는 동안 와이낸드는 꼼짝도 않고 앉아서 그 지루한 시간들을 견뎠다.

두 달이 다 되어갈 무렵, 선생님이 기초적인 역사 지식들을 열심히 설명한 후 학생들이 얼마나 이해했는지 확인하려고 질문을 던졌다. "아메리카 합중국 시절에는 주가 몇 개 있었죠?" 아무도 손을 들지 않았다. 잠시 후 게일 와이낸드의 손이 올라갔다. 선생님이 그를 향해 고개를 끄덕였다.

와이낸드가 일어서서 물었다. "선생님, 왜 똑같은 내용을 꼭 열 번씩 들어야 하는 겁니까? 저는 다 알고 있는데."

그러자 선생님이 대꾸했다. "그런 사람이 너 하나만은 아니란다."

와이낸드는 선생님의 얼굴을 새파랗게 질리도록 만드는 말을 했고, 15분 후 그 말의 의미를 완전히 알아챈 선생님 얼굴은 시뻘게졌다. 와이낸드는 문으로 가다가 문지방에서 돌아서서 덧붙였다. "아, 참. 13개 주가 있었습니다."

그것으로 그의 정식 교육은 막을 내렸다.

헬스 키친에는 평생 동네를 벗어나지 않고 사는 사람들도 있었고, 아예 자신이 태어난 셋집 밖으로 거의 나오지도 않는 이들도 있었다. 하지만 게일 와이낸드는 뉴욕의 번화가들로 자주 산책을 나갔다. 그는 부자들의 세계에 대해 아무런 반감도, 질시나 두려움도 없었다. 그저 호기심만 느꼈고, 5번가가 다른 어느 곳과 마찬가지로 편안했다. 그는 주머니에 손을 찌르고 발가락이 튀어나온 낡은 신발을 신고 웅장한 저택들 앞을 지나쳤다. 사람들이 노려보았으나 조금도 주눅이 들지 않았다. 오히려 자신이 이 거리에 속해 있고 그들이 그렇지 않은 듯한 인상을 남겼다. 당시 그는 아무것도 원하는 게 없었고, 단지 이해하고 싶은 마음뿐이었다.

와이낸드는 5번가 사람들과 자신의 동네에 사는 사람들의 차이를 만드는 것이 무엇인지 알고 싶었다. 그건 옷도, 마차도, 그의 눈길을 끄는 은행들도 아니었다. 책이었다. 그의 동네 사람들도 옷과 마차와 돈이 있었고, 물론 수준 차이는 있었지만 그건 중요하지 않았다. 중요한 것은 그들이 책을 읽지 않는다는 점이었다. 와이낸드는 5번가 사람들이 무슨 책을 읽는지 알아보기로 결심했다. 어느 날 와이낸드는 한 귀부인이 길가에 세워둔 마차 안에서 책을 읽고 있는 모습을 보았다. 그는 그 여자가 귀부인임을 알았고, 그런 문제에서 그의 판단력은 《사교계 명사 인명록》보다 더 정확했다. 와이낸드는 마차 발판 위로 뛰어올라 귀부인의 책을 낚아채서 도망쳤다. 경찰보다 더 날쌔고 마른 남자들이 쫓아와야 그를 잡을 수 있었다.

그것은 허버트 스펜서의 책이었다. 와이낸드는 이를 악물고 끝까지 읽었다. 하지만 그의 수준에서는 전체 내용의 반의 반밖에 이해할 수 없었다. 그것을 시작으로 와이낸드는 체계적이고 단호한 결의를 실행에 옮겼다. 누구의 조언이나 도움, 계획도 없이 그는 잡다한 책들을 닥치는 대로 읽기 시작했다. 책을 읽다가 이해하지 못하는 부분이 나오면 똑같은 주제의 다른 책을 읽어보았다. 그의 독서는 여러 부분으로 괴상하게 가지를 뻗어갔고, 먼저 전문 서적들을 읽은 후에 고등학생용 입문서를 읽기도 했다. 그의 독서에는 체계가 없었지만 독서가 그의 마음에 남긴 것에는 체계가 있었다.

와이낸드는 공립도서관에 열람실이 있다는 것을 알고 한동안 들락거리며 그곳의 구조를 연구했다. 그러던 어느 날, 평소와 다르게 공들여 머리를 빗고 깨끗이 씻은 듯한 소년들이 연이어 열람실을 찾아왔다. 그들은 들어올 때는 말라깽이였지만 나갈 때는 그렇지가 않았다. 그날 저녁, 와이낸드가 사는 지하실 한쪽 구석에 작은 도서관이 생겼다. 그의 부하들은 그의 명령에 무조건 복종했다. 그것은 불명예스런 임무였고, 자존심 있는 깡패라면 책 같은 쓸모없는 물건은 절대 훔치지 않았다. 하지만 꺽다리 와이낸드가 일단 명령을 내리면 아무도 반기를 들지 못했다.

와이낸드가 열다섯 살 때 일이었다. 어느 아침 그는 두 다리가 부러지고 몸은 피투성이가 된 채 의식이 없는 상태로 하수구에서 발견되었다. 술 취한 부두 노동자에게 맞은 것이었다. 밤에 구타를 당한 후 캄캄한 골목에 버려졌을 때만 해도 그는 의식이 있었다. 주위에는 불빛이 없었다. 그는 초인적인 힘을 발휘하여 만신창이가 된 몸을 이끌고 길에 핏자국을 남기며 골목에서 나왔다. 팔밖에 움직일 수 없었기에 기어야만 했다. 그는 엎드린 채로 어느 문을 두드렸다. 그때까지 영업 중이던 어느 술집의 문이었다. 술집 주인이 나왔다. 게일 와이낸드는 난생처음으로 도움을 청했다. 술집 주인은 담담하고 무거운 눈길로 그를 보았는데, 와이낸드가 당한 고통과 불의를 다 알면서도 무신경한 눈빛이었다. 술집 주인은 그냥 안으로 들어가더니 문을 쾅 닫아버렸다. 그는 깡패 싸움에 연루되고 싶지 않았던 것이다.

세월이 흘러 〈배너〉 발행인 자리에 오른 게일 와이낸드는 자신을 때린 부두 노동자와 그 술집 주인의 이름을 잊지 않고 있었다. 그는 부두 노동자에게는 아무런 복수도 하지 않았다. 하지만 술집 주인은 장사도 망하고 가족과 돈도 모두 잃고 결국 자살에 이르도록 만들었다.

게일 와이낸드는 열여섯 살 때 아버지를 잃었다. 그는 일자리도 없었고 가진 거라고는 달랑 65센트와 방세 청구서, 잡다한 학식뿐이었다. 와이낸드는 앞으로 무엇이 될지 결정할 때가 왔다고 생각했다. 그날 밤 그는 셋집 옥상에 올라가 도시의 불빛을 바라보았다. 그 도시에서 그는 주인 행세를 할 수 없는 존재였다. 그는 주위의 쓰러져가는 판잣집들의 창문들에서 멀리 있는 저택들의 창문들로 천천히 시선을 옮겨갔다. 그 창문들은 허공에 걸린 네모진 불빛으로만 보였지만, 와이낸드는 그 불빛들이 어떤 건물에 속해 있는지 알 수 있었다. 그의 주위에 있는 불빛들은 흐리고 풀이 죽은 듯이 보였지만, 멀리 있는 것들은 선명하고 산뜻했다. 와이낸드는 자신에게 질문을 던졌다. 불빛이 흐릿하든 밝든 관계없이 저 모든 집에 들어가서 모든 방에, 모든 사람에게 전해지는 건 무엇일까? 모든 사람이 빵을 먹고 산다. 그럼 빵으로 사람들을 지배할 수 있을까? 사람들은 신발을 신고 커피를 마시고 또……. 마침내 그의 인생행로가 정해졌다.

이튿날 아침, 와이낸드는 낡고 황폐한 건물에 들어 있는 4류 신문인 〈가제트〉의 편집장을 찾아가 편집실에서 일하고 싶다고 말했다.

편집장이 그의 행색을 보더니 물었다. "너 '고양이' 철자는 아니?"

그러자 와이낸드가 물었다. "그럼 편집장님은 '신인동형동성론(anthropomorphology)' 철자 아세요?"

"너한테 줄 일자리 없다."

"기다릴게요. 필요하면 써주세요. 돈은 주지 않으셔도 돼요. 마음에 들면 직원으로 채용해서 그때부터 주세요."

와이낸드는 편집실 밖 계단에 죽치고 앉아 편집장이 불러

주기를 기다렸다. 일주일 동안 매일 그곳에 앉아 있었지만 아무도 관심을 주지 않았다. 밤에는 문간에서 잤다. 가진 돈이 거의 바닥나자 가게에서 음식을 훔치거나 쓰레기통을 뒤져 허기를 채운 후 계단의 자기 자리로 돌아갔다.

어느 날 그를 딱하게 여긴 기자가 계단을 내려가다가 그의 무릎에 5센트짜리 동전을 던지며 말했다. "가서 스튜나 한 그릇 사먹어라."

와이낸드의 주머니에는 10센트가 남아 있었다. 그가 그 10센트를 꺼내 기자에게 던지며 말했다. "가서 창녀나 하나 사세요."

기자는 욕을 하고 가버렸다. 그 5센트짜리와 10센트짜리 동전은 계속 계단에 남아 있었다. 와이낸드는 거기 손도 대지 않았다. 편집실에 그 이야기가 퍼졌다. 여드름쟁이 사환이 어깨를 으쓱하고 동전 두 개를 챙겼다.

그 주가 끝나갈 무렵, 정신없이 바쁜 시간에 편집실 사람 한 명이 와이낸드를 불러 심부름을 시켰다. 그 뒤로 와이낸드는 자질구레한 일들을 맡게 되었는데, 일처리가 군인처럼 정확했다. 그로부터 열흘 만에 그는 직원으로 채용되었다. 그리고 6개월 만에 기자가 되었고, 2년 만에 부편집장 자리를 꿰찼다.

게일 와이낸드는 스무 살 때 사랑에 빠졌다. 그는 이미 열세 살 때부터 섹스에 대해 알아야 할 것은 다 알고 있었다. 그

동안 거쳐 간 여자들도 많았다. 하지만 단 한 번도 사랑이라는 말을 입에 담아본 적도, 낭만적인 환상 같은 것을 품어본 적도 없었으며, 모든 것을 그저 동물적인 거래로 취급했다. 그는 섹스의 전문가였고 여자들은 그를 보기만 해도 그걸 알아차렸다. 와이낸드가 처음으로 사랑하게 된 여자는 욕망이 아닌 숭배의 대상인 절묘한 아름다움을 지니고 있었다. 그녀는 연약하고 조용했다. 그녀의 얼굴은 겉으로 표출되지 않은 내면의 아름다운 신비를 말해주는 듯했다.

그녀는 게일 와이낸드의 연인이 되었다. 와이낸드는 처음으로 행복이라는 나약한 감정에 젖었다. 그녀가 말만 꺼내면 즉시 결혼할 마음의 준비까지 되어 있었다. 하지만 두 사람은 거의 대화를 나누지 않았다. 와이낸드는 그녀와 이심전심으로 마음이 통한다고 생각했다.

어느 날 저녁, 와이낸드는 그녀의 발치에 앉아 그녀의 얼굴을 올려다보며 진심을 고백했다. "내 사랑, 당신이 원하는 모든 것, 지금의 내 모든 것, 내가 될 수 있는 모든 것 …… 난 그걸 당신에게 바치고 싶어. 내가 당신을 위해 구해줄 물건들이 아니라 그것들을 구할 수 있도록 해주는 내 안의 것. 그건 아무에게도 내줄 수 없는 것이지만, 난 당신에게 그걸 주고 싶어. 그것이 당신의 것이 되도록. 그것이 당신을 위해, 오직 당신만을 위해 봉사할 수 있도록."

그러자 여자가 미소 지으며 말했다. "내가 매기 켈리보다 더 예쁘다고 생각해?"

와이낸드는 벌떡 일어섰다. 그러고는 아무 말 없이 밖으로 나갔다. 그 후로 다시는 그 여자를 만나지 않았다. 무엇이든 두 번 배울 필요가 없음을 긍지로 여기는 게일 와이낸드는 그 뒤로 여러 해 동안 사랑에 빠지지 않았다.

와이낸드는 스물한 살 되던 해에 처음이자 마지막으로 〈가제트〉에서 위기를 맞게 되었다. 원래 그는 정치와 부정부패 때문에 괴로워한 적이 없었고 그쪽 생리를 잘 알았다. 깡패 시절에 그의 패거리는 선거 날에 돈을 받고 투표장에 가서 난동을 부리기도 했다. 하지만 그가 사는 지역 경찰서장인 팻 멀리건이 모함을 당하자 그것만은 용납할 수가 없었다. 팻 멀리건은 와이낸드가 아는 사람들 중에서 단 하나뿐인 정직한 인물이었다.

그런데 멀리건을 모함한 세력이 〈가제트〉를 장악하고 있었다. 와이낸드는 아무런 내색도 하지 않고 자신이 가진 정보들 중 〈가제트〉를 끝장낼 수 있는 것들을 머릿속으로 정리했다. 〈가제트〉가 망하면 자신도 일자리를 잃게 될 것이지만 그건 문제가 되지 않았다. 그의 결심은 출세를 위해 스스로 정해놓은 원칙들에도 위배되었지만 그래도 상관없었다. 와이낸드는 어쩌다 한 번씩 그런 감정에 사로잡히곤 했는데, 그것의 정당성에 대한 확신이 몹시 강했기에 조심성을 넘어서는 맹목적인 추진력이 생겼다. 하지만 그는 〈가제트〉의 몰락이 첫걸음에 불과하다는 걸 알고 있었다. 그것만으로는 멀리건을 구할 수 없었다.

와이낸드는 어느 일류 신문사의 유명 편집장이 쓴 부정부패에 관한 사설을 3년 동안 간직해오고 있었다. 청렴성에 대한 그토록 아름다운 찬사의 글은 읽어본 적이 없었기에 소중히 간직해온 것이었다. 와이낸드는 그것을 들고 그 위대한 편집장을 만나러 갔다. 그에게 멀리건에 대해 이야기하고 부정한 세력을 무너뜨릴 심산이었다.

그 일류 신문사는 먼 곳에 있었지만 와이낸드는 거기까지 걸어갔다. 마음속 분노를 다스리기 위해 걸어야만 했다. 방문자를 함부로 들이지 않는 보안이 철저한 곳도 쉽게 들어가는 재주를 가진 와이낸드는 곧바로 그 편집장의 방으로 안내되었다. 뚱뚱한 남자가 책상에 앉아 쭉 째진 눈을 감고 있었다. 와이낸드는 자기소개도 하지 않고 그 사설을 책상 위에 놓으며 물었다. "이걸 기억하십니까?"

편집장은 사설을 흘낏 본 뒤 와이낸드를 보았다. 오래전 와이낸드의 면전에서 문을 닫아버린 그 술집 주인의 눈빛이었다. "내가 쓰는 허접스러운 글들을 어떻게 다 기억할 수 있겠나?" 편집장이 되물었다.

잠시 후 와이낸드가 말했다. "고맙습니다."

그는 평생 누군가에게 고마움을 느끼긴 처음이었다. 그 고마움은 진심에서 우러난 것이었고, 두 번 다시 받을 필요가 없는 교훈에 대한 보답이었다. 편집장은 그 짤막한 "고맙습니다."가 뭔가 이상하고 섬뜩하다는 것을 느꼈지만, 그것이 게일 와이낸드에 대한 부고문임은 알지 못했다.

와이낸드는 그 편집장이나 부정한 정치세력에 대한 아무런 분노 없이 〈가제트〉로 걸어갔다. 오히려 자신과 팻 멀리건, 그리고 청렴함에 대해 분노 어린 경멸을 느꼈고, 자신이 멀리건과 더불어 어떤 사람들의 희생양이 되고자 했는지에 대해 생각하자 수치심이 일었다. 결국 그건 '희생양'이 아니라 '잘 속는 얼간이'라는 생각이 들었다. 와이낸드는 사무실로 돌아가서 멀리건 경찰서장을 성토하는 멋진 사설을 썼다.

그것을 본 편집장이 기뻐하며 말했다. "아니, 난 자네가 그 불쌍한 개자식을 동정하는 줄 알았는데."

"전 아무도 동정하지 않습니다." 와이낸드가 말했다.

식품점 주인이나 갑판 선원들은 게일 와이낸드의 진가를 몰랐지만 정치인들은 그렇지 않았다. 와이낸드는 신문사에서 일하면서 사람들과 어울리는 법을 배웠다. 그 시절에 그는 평생 지니게 될 얼굴 표정을 갖게 되었는데, 미소라고는 할 수 없고 세상을 향한 빈정거림을 담은 정지된 표정이었다. 사람들은 그의 빈정거림이 그들이 비웃고자 하는 것들을 향하고 있으리라 생각했다. 게다가 열정이나 고결함 같은 것에 구애받지 않는 사람과 거래하는 것은 유쾌한 일이었다.

와이낸드가 스물세 살 되던 해에 〈가제트〉의 기존 배후세력과 라이벌 관계에 있는 정당이 지방선거 홍보용 신문사 확보 차원에서 〈가제트〉를 사들였다. 그들은 게일 와이낸드의 이름으로 신문사를 산 다음 그를 간판인물로 내세웠다. 게일 와이낸드는 편집장이 되었다. 그는 그 정당의 정책을 홍보하고 선거를 승리로 이끌었다. 하지만 2년 후, 그는 그 정당을 초토화시키고 우두머리들을 감옥으로 보낸 뒤 〈가제트〉의 단독 소유주가 되었다.

그가 처음 한 일은 건물 현관문 위의 간판을 떼어내고 신문 제호를 바꾼 것이었다. 〈가제트〉는 뉴욕 〈배너〉가 되었다.

친구들이 반대했다. "신문 이름은 바꾸는 법이 아닐세."

그러자 와이낸드가 대꾸했다. "난 바꿀 거야."

〈배너〉가 벌인 첫 캠페인은 자선기금 모금이었다. 기사 두 개가 같은 크기로 나란히 실렸는데, 하나는 다락방에서 굶주려가며 위대한 발명을 위한 연구에 매진하고 있는 젊은 과학자에 대한 이야기였고, 나머지 하나는 애인이 살인을 저지르고 사형당한 후 사생아를 낳게 될 운명에 처한 하녀 이야기였다. 첫 번째 기사에는 과학적 도표들이, 두 번째 기사에는 헝클어진 옷차림에 비극적인 표정을 하고 입을 헤 벌리고 있는 여자 사진이 실렸다. 〈배너〉는 독자들에게 그 두 불행한 사람들을 도와달라고 호소했다. 그 결과 젊은 과학자에게는 9달러 45센트, 미혼모에게는 1,077달러의 성금이 들어왔다. 게일 와이낸드는 편집회의를 소집했다. 그는 두 기사가 실린 신문과 두 사람 앞으로 온 성금을 탁자에 놓으며 물었다. "이걸 이해 못하겠는 사람 있소?" 아무도 대답하지 않자 그가 말했다. "그럼 〈배너〉가 어떤 신문이 될지 모두 아는 걸로 믿겠소."

당시 신문 발행인들은 신문에 자신의 개성을 담는 것을 긍지로 여겼다. 하지만 게일 와이낸드는 신문의 몸과 마음을 대중에게 바쳤다. 〈배너〉는 몸은 서커스 포스터를, 마음은 서커스 공연을 지향했다. 서커스처럼 〈배너〉도 곡예를 하고, 사람들을 즐겁게 하고, 입장료를 거두어들이는 것을 목적으로 삼았다. 〈배너〉는 한 사람이 아닌 수백만의 신문이었다. 그에 대해 게일 와이낸드는 이렇게 말했다. "사람들은 미덕(인간에게 미덕이란 게 있다면)에 있어선 차이가 있지만 악에 있어선 다 똑같지요." 그러고는 질문자의 눈을 똑바로 바라보며 덧붙였다. "나는 이 세상에 최대다수로 존재하는 것을 위해 일합니다. 나는 다수를 대표합니다. 그건 분명 덕행이겠지요?"

대중은 범죄나 스캔들, 감상적인 것을 원했다. 그리고 게일 와이낸드는 대중이 원하는 것을 제공했다. 그는 대중에게 그들이 원하는 것을 줄 뿐 아니라 그들이 부끄럽게 여겨온 악취미에 탐닉하는 것을 정당화시켜주기까지 했다. 〈배너〉는 살인이나 방화, 강간, 부정부패에 관한 기사를 내면서 도덕성을 적당히 가미했다. 선정적인 기사를 길고 자세하게 싣고 도덕적인 내용을 짧게 덧붙이는 식이었다. "사람들은 고귀한 의무를 강요하면 지루해하지. 반대로 마음껏 욕망을 만족시키도록 해주면 부끄러워하고. 하지만 그 두 가지를 결합시키면 그들의 마음을 얻을 수 있어." 와이낸드의 지론이었다. 그는 타락한 소녀들, 사교계의 이혼, 기아보호소, 홍등가, 자선병원 이야기를 실었다. "섹스가 우선이야. 그다음이 눈물이고. 먼저 사람들을 흥분시킨 후 그다음엔 울게 하는 거지. 그러면 그들의 마음을 얻을 수 있어."

〈배너〉는 반대가 없는 문제들에 대해서는 용감하게 나서서 대대적인 캠페인을 펼쳤다. 법의 심판에 한 발 앞서 정치인들의 비리를 폭로하고, 짓밟힌 자들의 이름으로 독점 행위를 비판하고, 절대로 부자가 되거나 성공할 수 없는 사람들의 태도로 부자와 성공한 사람들을 조롱했다. 사교계의 화려함을 지나치게 강조하고 살짝 냉소적인 목소리로 사교계 소식을 전했다. 그럼으로써 평범한 대중에게 두 가지 만족감을 주었는데, 그건 문간에서 신발 바닥을 닦지 않고도 대저택 응접실에 들어간 기분을 느끼게 해주는 것이었다.

〈배너〉는 진실과 고상함, 신뢰성은 억지로 쥐어짜내도 독자의 지적 능력은 짜내지 않았다. 거대한 헤드라인 글씨, 요란한 사진들, 지나치게 단순화된 내용이 독자들의 감성을 자극했고, 마치 음식이 소화 과정을 거치지 않고 직장으로 바로 떨어지듯 이성적인 중간 과정 없이 독자들의 의식 속으로 들어갔다.

게일 와이낸드는 직원들에게 이렇게 말했다. "뉴스란 최대

다수에게 최고의 흥분을 일으켜야만 하오. 그들에게 충격을 먹여서 멍하게 만들어야 하지. 더 많은 사람들을 더 멍하게 만들수록 좋은 거요."

하루는 길에서 만난 사람을 사무실로 데려왔다. 아주 평범한 사람으로 옷을 잘 차려입지도, 그렇다고 남루하지도 않았다. 키는 크지도 작지도 않았고, 머리칼은 검지도, 그렇다고 완전히 금발도 아니었다. 얼굴도 보고 있는 동안에 벌써 기억이 나지 않는 얼굴이었다. 그는 놀라울 정도로 아무런 개성이 없었고 하다못해 바보의 특징조차 없었다. 와이낸드는 그를 데리고 신문사 전체를 돌며 직원들 모두에게 소개시킨 후 돌려보냈다. 그러고는 직원들을 불러 모아놓고 말했다. "일에 대한 의심이 생기면 그 남자의 얼굴을 기억하시오. 그가 여러분의 독자니까."

그러자 젊은 기자가 말했다. "하지만 그의 얼굴이 기억나지 않습니다."

"바로 그거요." 와이낸드의 대답이었다.

게일 와이낸드란 이름이 신문업계에 위협이 되기 시작하자 신문 발행인들이 모두 참석한 어느 자선행사에서 발행인들 한 무리가 와이낸드를 한쪽으로 불러내서 그가 대중의 취향을 타락시키고 있다고 비난했다. 그러자 와이낸드가 대꾸했다. "나는 사람들의 있지도 않은 자존심을 지켜주는 역할을 하는 사람이 아닙니다. 그들이 공식적으로 좋아한다고 말하는 건 당신들이 제공하시오. 난 그들이 진짜로 좋아하는 걸 제공할 테니까. 정직이 최선의 방책이오. 물론 여러분이 알고 있는 의미에서는 아니지만."

와이낸드에게는 일을 잘하지 못하는 것이 불가능했다. 목표가 무엇이든 그의 수단은 최상의 것이었다. 그의 신문에서 엿보이는 그의 추진력과 힘, 의지가 성공의 밑받침이 되었다. 비범한 재능이 평범한 일의 완벽한 성취를 위해 아낌없이 바쳐졌다. 선정적인 기사들을 모아 그것들로 지면을 도배하는 그의 열정은 신흥 종교라도 만들 만했다.

〈배너〉는 일등으로 뉴스를 전했다. 남미에서 지진이 발생해서 피해 현장과 통신이 두절되었을 때 와이낸드는 여객선을 통째로 빌려 기자단을 현장으로 급파해서는 경쟁 신문사들보다 며칠이나 앞서 뉴욕 거리에 호외를 뿌렸다. 그 호외에는 지진 현장의 화염과 갈라진 땅, 만신창이가 된 시체들이 생생하게 담겨 있었다. 대서양 연안에서 폭풍을 만난 배가 구조 신호를 보내왔을 때는 몸소 부하들을 이끌고 해안 경비대보다 먼저 현장으로 달려갔다. 와이낸드는 구조 활동을 지휘한 후 아기를 품에 안고 사나운 파도 위의 사다리를 오르고 있는 자신의 사진을 특종과 함께 챙겨왔다. 캐나다의 한 마을이 눈사태로 고립되었을 때 기구를 띄워 마을 주민들에게 식량과 성경을 떨어뜨려준 것도 〈배너〉였다. 어느 탄광촌이 파업으로 마비되었을 때는 무료 급식소를 열어주고 가난으로 곤경에 처한 광부들의 아름다운 딸들에 관한 비극적인 이야기들을 실었다. 그리고 새끼고양이 한 마리가 기둥 꼭대기에서 꼼짝 못하고 있는 것을 구해준 것도 〈배너〉의 사진기자였다.

"뉴스가 없으면 만들어라." 와이낸드의 명령이었다. 한 정신병자가 주립 수용소에서 도망치는 사건이 발생했다. 그 후 며칠 동안 〈배너〉는 그 정신병자가 끔찍한 범죄라도 저지를 것처럼 호들갑을 떨며 경찰의 무능함을 성토하는 기사들을 실어서 인근에 사는 주민들을 공포에 떨게 만들었고, 결국 그 정신병자는 〈배너〉 기자 손에 붙잡혔다. 그 정신병자는 붙잡힌 후 2주 만에 기적적으로 병이 나아 수용소에서 정식으로 퇴소했고, 정신병원에서 당한 학대 행위에 대해 〈배너〉에 제보했다. 그 일로 수용소에 대한 전면적인 개혁이 이루어졌다. 얼마 후, 그 정신병자가 수용소에 들어가기 전에 〈배너〉에서 일한 적이 있다는 소문이 돌았다. 하지만 사실을 확인할 수는 없었다.

젊은 여성 근로자 30명을 둔 공장에서 화재가 발생했다. 그 사고로 두 명이 목숨을 잃었다. 생존자들 중 하나인 메리 윗슨이 그곳의 노동착취 행위에 대해 〈배너〉에만 제보해주었다. 〈배너〉의 독점기사는 뉴욕의 여성 대표들이 이끄는 노동착취 공장 개혁운동의 시발점이 되었다. 그 공장의 화재 원인은 밝혀지지 않았다. 메리 윗슨이 한때 〈배너〉에 글을 쓴 이블린 드레이크라는 수군거림이 돌았다. 하지만 그것 역시 확인은 불가능했다.

게일 와이낸드는 〈배너〉를 세우고 처음 몇 년 동안은 자신의 집 침실보다 사무실 소파에서 잔 날이 더 많았다. 그는 직원들에게 실행에 옮기기 힘든 요구를 했고 자신에게는 믿기조차 힘든 요구를 했다. 그는 직원들을 군대처럼 몰아댔고 자신은 노예처럼 혹사시켰다. 그는 직원들에게 봉급을 후하게 주었고 자신은 집세와 식비 정도만 챙겼다. 당시 그의 최정예 기자들은 고급 호텔 스위트룸에 묵었고 그는 가구 딸린 셋방에서 살았다. 그는 돈이 들어오기가 무섭게 고스란히 〈배너〉에 투자했다. 그에게 〈배너〉는 사치스러운 애인과도 같은 존재여서 〈배너〉가 요구하는 것이면 가격도 묻지 않고 모두 들어주었다.

〈배너〉는 업계 최초로 최신 인쇄 장비를 갖추었다. 그리고 최고 인재들의 마지막 직장이 되었는데, 그들이 〈배너〉로 옮긴 후 다시는 이직을 하지 않았기 때문이다. 와이낸드는 최고 수준의 보수를 제안해서 경쟁사 기자들을 영입했다. 그런 영입 절차에 하나의 공식이 생겨났는데 말하자면 이런 식이었다. 기자들은 와이낸드로부터 만나자는 연락을 받으면 언론인으로서의 고결성이 더럽혀진 듯한 기분을 느꼈지만 결국 만남에 응했다. 그러고는 만일 와이낸드의 스카우트 요청을 받아들이게 된다면 무례할 정도로 까다로운 조건들을 제시하리라 단단히 마음먹고 와이낸드를 찾아갔다. 와이낸드는 면담을 시작하기에 앞서 자신이 생각하는 보수부터 말한 뒤 이렇게 덧붙였다. "물론 다른 조건들에 대해서도 얘기하고 싶을 겁니다." 상대가 마른침만 삼키고 있으면 과감히 면담을 마무리 지었다. "없다고요? 좋습니다. 월요일부터 출근하세요."

와이낸드가 필라델피아에서 두 번째 신문을 창간하자 그곳 신문사들이 아틸라의 침공을 받은 유럽의 왕들처럼 똘똘 뭉쳐서 대항했다. 그 결과 잔혹한 싸움이 벌어졌지만 와이낸드는 가볍게 웃어넘겼다. 깡패들을 사서 신문 배달차를 습격하고 신문팔이들을 구타하는 것은 누구에게 배울 필요도 없는 그의 전문 분야였다. 그 싸움에서 경쟁사 두 곳이 무너졌다. 와이낸드의 〈필라델피아 스타〉는 당당히 살아남았다.

나머지 사업은 전염병처럼 빠르고 쉽게 번져나갔다. 와이낸드가 서른다섯 살이 되었을 무렵에는 미국 전역의 주요 도시들에 신문사를 갖고 있었다. 그리고 마흔 살이 되자 잡지사들과 뉴스영화사까지 만들었고, 와이낸드 그룹이 거의 형체를 갖추었다.

공개되지 않은 많은 활동들이 와이낸드의 재산 형성에 도움이 되었다. 그는 어린 시절의 기억을 고스란히 간직하고 있었다. 구두닦이로 일할 때 연락선 난간에 서서 발전하는 도시에서 얻을 수 있는 기회들에 대해 했던 생각을 잊지 않고 있었다. 와이낸드는 아무도 그 가치를 알아보지 못하는 땅을 사서 모든 사람의 반대를 무릅쓰고 건물을 지어 돈을 열 배씩 불렸다. 그리고 온갖 종류의 무수한 사업체들을 사들였다. 그 사업체들 중 일부는 망해서 관련된 모든 사람이 함께 몰락했으나 게일 와이낸드만은 예외였다. 그는 전차 독점사업권을 갖고 있는 수상쩍은 업체의 비리를 캐서 그 회사가 독점사업권을 잃도록 만들었다. 그 후 전차 독점사업권은 게일 와이낸드의 조종을 받고 있는 더 수상쩍은 업체로 넘어갔다. 또 중서부 쇠고기 시장의 악덕업주들을 고발해서 자신의 명령에 따라 움직이는 업체가 그 자리를 차지하도록 만들기도 했다.

젊은 와이낸드가 똑똑하고 이용 가치가 있는 인물이라는 사실을 알게 된 많은 이들이 그에게 접근했다. 와이낸드는 기분 좋게 그들에게 이용당해주었다. 하지만 게일 와이낸드의 이름으로 〈가제트〉를 매입한 정치세력처럼 정작 이용당하는 쪽은 와이낸드가 아니라 그들이었다.

와이낸드는 가끔 일부러 투자금을 날리기도 했다. 그리고 추적할 수 없는 일련의 단계들을 거쳐 은행장, 보험회사 대표, 선박회사 사주 같은 거물들을 파멸시켰다. 무슨 동기에서 그러는 것인지는 아무도 알지 못했다. 그 사람들은 그의 경쟁자도 아니고 그들을 파멸시켜서 그가 얻게 되는 것도 없었기 때문이다.

사람들은 이렇게 말했다. "와이낸드란 놈이 노리는 게 뭔지는 몰라도 돈은 아냐."

와이낸드를 집요하게 비난하는 사람들은 모두 직장을 잃게 되었는데, 몇 주 만에 그렇게 되는 이들도 있고, 여러 해가 지난 후에야 당하는 이들도 있었다. 와이낸드는 모욕을 당해도 그냥 넘어가는 때가 있는가 하면 악의 없는 말 한 마디에 상대를 파멸시키기도 했다. 그래서 그가 어떤 것을 용서하고 어떤 것에 복수할 것인지 가늠할 수가 없었다.

어느 날, 와이낸드는 다른 신문의 젊은 기자가 쓴 뛰어난 기사를 보고 그 기자를 불렀다. 하지만 그 기자는 와이낸드가 제시한 보수에 흔들리지 않았다. 그가 간절하고 열성적인 목소리로 말했다. "와이낸드 씨, 저는 당신 밑에서 일할 수 없습니다. 왜냐하면 당신은 …… 당신은 이상이 없으니까요."

와이낸드가 얇은 입술에 미소를 머금고 부드럽게 말했다. "인간은 타락한 세상을 벗어날 수 없지. 자네 사장은 이상을 갖고 있을지 몰라도 돈을 구걸하고 경멸스러운 사람들의 명령을 받아야만 한다네. 난 이상은 없지만 구걸은 안 하네. 선택하게."

젊은 기자는 자신이 일하는 신문사로 돌아갔다. 그리고 일 년 만에 다시 찾아와 아직도 자신을 받아줄 수 있는지 물었다. 와이낸드는 그렇다고 대답했다. 젊은 기자는 그 후로 〈배너〉를 떠나지 않았다. 그리고 게일 와이낸드를 사랑하는 유일한 직원이 되었다.

앨버 스카럿은 〈가제트〉에서 유일하게 살아남은 인물로, 와이낸드와 함께 출세한 경우였다. 하지만 와이낸드를 사랑한다고는 할 수 없었고, 와이낸드의 발 밑에 깔린 양탄자처럼 기계적인 충성을 바치고 있을 뿐이었다. 앨버 스카럿은 그 무엇도 미워한 적이 없었기에 사랑도 할 줄 몰랐다. 그는 영리하고 유능했으며 애초에 양심의 가책이 무엇인지 알지 못하는 사람의 순진함으로 파렴치했다. 그는 자신이 쓰는 모든 글을, 그리고 〈배너〉에 실린 모든 글을 믿었다. 그는 어떤 것에 대한 믿음이 2주 이상을 가지 못했다. 앨버 스카럿은 대중의 반응을 알 수 있는 척도로서 와이낸드에게 없어서는 안 될 귀중한 존재였다.

게일 와이낸드에게 사생활이라는 게 있는지 아는 사람은 아무도 없었다. 그는 사무실 밖에서도 〈배너〉의 1면과 같은 생활을 했는데, 품격을 한 단계 높여 왕들만 구경꾼으로 모시고 곡예를 벌이고 있는 듯했다. 어느 위대한 오페라가 무대에 오르자 그는 객석 전체를 사서 애인과 단둘이 공연을 관람했다. 무명의 극작가가 쓴 아름다운 희곡을 발견하고 그 극작가에게 거금을 지불한 다음 그 작품을 딱 한 번만 무대에 올리게 한 적도 있었다. 와이낸드는 그 유일한 공연의 단 하나뿐인 관람객이었고 대본은 그 이튿날 아침에 불태워졌다. 어느 저명한 사교계 여성이 자선기금을 내달라고 부탁하자 그는 자신의 서명이 든 백지수표를 건넸다. 그러고는 그녀가 거기 써넣은 금액이 자신이 기부하고자 했던 액수보다 적다고 고백하며 웃었다. 그리고 술집에서 만난 무일푼 사기꾼에게 발칸 왕

위를 사주고 다시는 만나지도 않았다.

밤이면 9달러에 산 허름한 양복을 입고 지하철을 타고 나가 슬럼가 술집들을 돌아다니며 대중의 의견을 들었다. 하루는 지하 맥주집에서 어느 트럭 운전사가 게일 와이낸드는 자본주의적 악을 대표하는 인물이라고 원색적인 욕설을 써가며 비난했다. 와이낸드도 맞장구를 치며 헬스 키친에서 자라면서 배운 상스러운 욕설을 보탰다. 그런 다음 누군가 탁자에 놓고 간 〈배너〉지를 집어 3면에 실린 자신의 사진을 찢어낸 후 100달러짜리 지폐와 함께 트럭 운전사에게 주고 누가 무슨 말을 할 사이도 없이 그곳을 떠났다.

여자는 하도 빨리 갈아 치워서 이제는 가십거리도 되지 않았다. 그는 돈으로 산 여자와만 즐겼고 돈으로 살 수 없는 여자만 샀다.

와이낸드는 자신의 인생 전체를 확실하게 공개해서 세세한 부분들의 비밀을 유지했다. 그는 대중 앞에 자신을 내놓았다. 공원의 기념비나 버스정류장 표지판, 〈배너〉의 지면처럼 그는 대중의 소유물이었다. 그의 신문들에는 그의 사진이 영화배우 사진보다 더 자주 실렸다. 그는 모든 종류의 옷을 입고, 상상 가능한 모든 상황에서 사진을 찍었다. 나체 사진은 찍은 적이 없지만 독자들은 그런 사진도 있는 것처럼 느꼈다. 그는 대중에게 알려지는 것에 대한 개인적인 만족감 같은 건 없었으며 오로지 정책적으로 자신을 내세우는 것이었다. 그의 펜트하우스는 그의 신문들과 잡지들에 샅샅이 소개되었다. “내 냉장고에 뭐가 들었는지, 욕조는 어떻게 생겼는지 전국에서 모르는 놈이 없지.” 와이낸드의 말이었다.

하지만 그의 인생에는 거의 알려지지 않고 전혀 언급되지 않은 부분도 있었다. 그의 펜트하우스 바로 아래에 있는 건물 꼭대기 층은 그의 개인 화랑이었다. 그곳은 늘 잠겨 있었다. 관리자 외에는 아무도 들어갈 수 없었다. 그런 화랑이 있다는 사실을 아는 사람도 몇 명 없었다. 한번은 프랑스 대사가 그곳을 구경하고 싶다고 했다. 와이낸드는 거절했다. 가끔 그는 화랑으로 내려가 몇 시간씩 머물곤 했다. 그곳의 소장품들은 그 자신의 기준에 따라 선택된 작품들이었다. 그곳에는 유명한 걸작들도, 무명 화가의 그림들도 있었다. 와이낸드는 자신의 마음에 들지 않으면 불후의 명작들도 거절했다. 미술품 수집가들이 매긴 가치나 작가의 유명세는 그에게 중요하지 않았다. 그가 단골로 거래하는 미술품 상인들은 그가 대가의 감식안을 지녔다고 말했다.

어느 날 밤, 화랑에서 돌아오는 와이낸드의 표정을 본 하인은 깜짝 놀라고 말았다. 그것은 분명 괴로워하는 표정이었는데 얼굴이 10년은 젊어 보였던 것이다.

“어디 편찮으십니까?” 하인이 물었다.

와이낸드는 무심히 하인을 보며 말했다. “가서 자게.”

“회장님의 화랑에 있는 소장품들로 일요판을 멋지게 장식할 수 있을 겁니다." 앨버 스카럿이 아쉬운 듯 말했다.

"안 돼." 와이낸드가 대꾸했다.

"아니, 왜요?"

"이보게, 앨버, 인간은 누구나 다른 사람은 볼 수 없는 자기만의 영혼이 있는 법이네. 감옥의 죄수나 서커스의 광대조차도 말일세. 나만 빼고 다. 내 영혼은 일요판에 3색 인쇄로 실려 있지. 그러니 내겐 영혼의 대용품이 필요하네. 그것이 잠긴 방에 들어 있는 함부로 다룰 수 없는 물건들 몇 개에 불과할지라도."

게일 와이낸드의 성격에 새로운 특징이 생긴 것을(긴 과정에 걸쳐 일어난 일이고 전조적인 징후들도 있었지만) 앨버 스카럿이 처음 깨달은 건 와이낸드가 마흔다섯 살이 되어서였다. 스카럿의 뒤를 이어 많은 사람이 그런 사실을 분명하게 깨닫게 되었다. 와이낸드는 사업가들과 금융가들을 파멸시키는 일에 흥미를 잃었다. 새로운 먹잇감을 발견한 것이다. 사람들은 와이낸드의 그런 행위가 오락인지, 열광인지, 아니면 조직적인 추구인지 알 수 없었지만 정말이지 끔찍하다고 생각했다. 너무도 악의적이고 무의미한 짓으로 보였기 때문이다.

드와이트 카슨이 그 시발점이 되었다. 드와이트 카슨은 자신의 신념에 열정적으로 헌신하는 오점 없는 명성을 지닌 뛰어난 젊은 작가였다. 그는 대중보다 개인의 입장을 옹호했다. 그는 권위 있는 잡지들에 글을 썼지만, 그 잡지들은 와이낸드에게는 전혀 위협이 되지 못할 정도로 발행 부수가 적었다. 그런데도 와이낸드는 드와이트 카슨을 돈으로 샀다. 그는 카슨에게 〈배너〉에 천재적인 개인보다 대중이 우월함을 역설하는 칼럼을 쓰도록 강요했다. 카슨의 칼럼은 지루하고 설득력이 떨어졌으며 많은 사람이 그 형편없는 글을 보고 분개했다. 그건 지면 낭비였고 카슨에게 주는 높은 보수도 아까웠다. 하지만 와이낸드는 카슨의 칼럼을 계속 유지시켰다.

앨버 스카럿조차 카슨의 변절에 충격을 받았다. "회장님, 다른 사람이라면 몰라도 카슨이 그런 글을 쓸 줄은 정말 몰랐습니다."

스카럿의 말에 와이낸드는 웃음을 터뜨렸다. 그건 히스테릭한 웃음이었고, 도저히 그칠 수가 없는 모양이었다. 스카럿은 얼굴을 찌푸렸다. 그는 와이낸드가 감정을 절제하지 못하는 모습을 좋아하지 않았는데, 그런 모습은 그가 아는 와이낸드와 어울리지 않았기 때문이다. 스카럿은 그런 모습을 볼 때마다 단단한 벽에 가느다란 금이 간 것을 목격하기라도 한 것처럼 공포를 느꼈다. 하지만 거기 금이 있을 이유가 없기에 문제가 되는 것일 뿐, 그 금 때문에 벽이 위험하게 될 가능성은 없었다.

몇 개월 후, 와이낸드는 급진적인 잡지에서 일하는 정직하기로 명성이 자자한 젊은 작가를 사서 특별한 개인들을 찬양하고 대중을 비방하는 연재물을 쓰게 했다. 그 사건 또한 많은 독자들을 분노하게 만들었다. 하지만 와이낸드는 꿈쩍도 하지 않았다. 이제 그는 발행 부수에 미미한 영향을 미치는 것들에는 신경 쓰지 않는 듯했다.

와이낸드는 감수성 예민한 시인에게 야구 기사를 맡겼다. 그리고 예술 전문가에게 금융계 소식을 전하게 했다. 사회주의자에게는 공장주를 옹호하게 하고, 보수주의자에게는 노동자를 위해 싸우게 했다. 무신론자에게 종교를 찬양하는 글을 쓰도록 강요했다. 정식 교육을 받은 과학자에게 과학적인 방법보다 신비적 직관이 우월하다는 주장을 펼치도록 만들었다. 그리고 뛰어난 교향악단 지휘자에게 아무 일도 시키지 않고 고액 연봉을 주며 다시는 교향악단을 지휘하지 않겠다는 한 가지 조건만 지키게 했다.

물론 처음에는 와이낸드의 요구를 거절한 이들도 있었다. 하지만 그 후 몇 년 안에 원인을 알 수 없는 일련의 사건들로 파산 위기에 몰린 그들은 굴복하지 않을 수 없었다. 그들 중에는 유명인들도 있었지만 이름 없는 사람들도 있었다. 와이낸드는 먹잇감의 사회적 지위에는 관심이 없었다. 그리고 세속적인 방법으로 화려한 성공을 거둔 지조 없는 인물들에게도 흥미를 보이지 않았다. 그의 먹잇감들에게는 한 가지 공통점이 있었으니, 오점 없는 고결성을 지녔다는 것이었다.

와이낸드는 그들을 파멸시킨 후에도 계속해서 돈을 주었다. 하지만 더는 아무런 관심도 갖지 않았고 다시는 얼굴을 보고자 하지도 않았다. 결국 드와이트 카슨은 알코올 중독자가 되었다. 나머지 두 명은 마약에 중독되고, 한 명은 자살하고 말았다. 자살사건에 충격을 받은 스카럿이 와이낸드를 만류했다. "너무 지나친 것 아닙니까? 그건 살인 행위나 마찬가지예요."

그러자 와이낸드가 대꾸했다. "절대 그렇지 않네. 난 외적 상황에 지나지 않았어. 원인은 그의 내부에 있었지. 썩은 나무가 번개를 맞아 쓰러지면 그건 번개 잘못이 아니지."

"하지만 건강한 나무라면요?"

"앨버, 그런 건 존재하지 않네. 존재하지 않는다고." 와이낸드가 쾌활하게 말했다.

앨버 스카럿은 그 새로운 취미에 대해 와이낸드에게 설명을 요구한 적이 없었다. 하지만 그 뒤에 숨겨진 이유를 직감으로 어렴풋이 짐작할 수 있었다. 사람들이 그것에 대한 우려를 표하면 스카럿은 어깨를 으쓱하며 호탕하게 웃으면서 일종의 '안전밸브' 일 뿐이니 걱정할 것 없다고 말했다. 게일 와이낸드를 아는 사람은 둘뿐이었는데, 앨버 스카럿은 그를 부분적으로만 알았고 엘즈워스 투히는 완전히 알고 있었다.

엘즈워스 투히는 당시에는 절대 와이낸드에게 대들고 싶지 않았기에 잠자코 있긴 했지만 와이낸드가 자신을 먹잇감으로 택하지 않은 것에 대한 분노를 억누를 수가 없었다. 그는 결과가 어떻게 되든 와이낸드가 자신을 타락시키려는 시도를 해주기를 바랐다. 하지만 와이낸드는 그에게 관심조차 없었다.

와이낸드는 죽음을 두려워한 적이 없었다. 살면서 이따금 자살을 생각하기는 했지만 별다른 의미를 두지 않고 인생의 많은 가능성들 중 하나로 보았다. 그는 다른 가능성들에 대해 그러하듯 자살에 대해서도 정중한 호기심을 갖고 냉정히 검토하다가 그냥 잊어버리곤 했다. 그는 의욕이 완전히 사라지고 멍한 녹초 상태가 될 때가 있었다. 그런 때면 화랑에서 시간을 보내며 삶의 의욕을 되찾았다.

그렇게 쉰한 살까지 살아왔는데 특별한 일도 없었던 어느 날 밤에 그는 한 발짝도 더 나아갈 수 없는 위기에 빠지고 만 것이다.

게일 와이낸드는 침대에 걸터앉아 앞으로 몸을 숙이고 양 팔꿈치를 무릎에 괴고 손에는 총을 들고 있었다.

그는 자신에게 말했다. '그래, 답은 있지. 어딘가에. 하지만 난 그걸 알고 싶지 않아. 알고 싶지 않아.'

그는 자신의 삶을 돌아보는 걸 멈추고 싶은 욕구의 근원에 강렬한 공포가 숨어 있음을 느끼고는 자신이 오늘 밤 죽지 않을 것임을 알았다. 아직 무언가에 대한 공포가 남아 있는 한 살아갈 근거가 있는 것이었다. 그것이 미지의 재앙을 향해 나아가는 것일 뿐이라고 해도 마찬가지였다. 죽음에 대한 생각은 그에게 아무것도 주지 않았다. 하지만 삶에 대한 생각은 공포라는 알량한 자선을 베풀어주었다.

와이낸드는 총의 무게를 가늠하며 손을 움직였다. 그는 미소를 흘렸다. 조롱 어린 희미한 미소였다. '그래, 아냐. 아직은. 난 아직 무의미하게 죽고 싶지 않은 마음이 있어. 그래서 자살을 못한 거야. 그게 무언가의 찌꺼기에 불과할지라도.'

그는 이제 자살의 순간은 지났기에 총이 위험한 물건이 아님을 깨닫고 침대에 툭 던졌다. 그러고는 일어섰다. 고양감은 없고 피로감만 느껴졌지만 이제 정상적인 궤도로 돌아와 있었다. 빨리 하루를 마감하고 잠자리에 들어야 한다는 것 외에는 아무 문제도 없었다.

와이낸드는 한잔하려고 서재로 내려갔다.

서재에 불을 켜자 투히의 선물이 보였다. 세로로 길쭉한 대형 화물상자에 든 그 선물은 책상 옆에 놓여 있었다. 와이낸드는 아까 퇴근한 후에 이미 그걸 보았다. 하지만 "젠장." 하고 그냥 지나쳐버린 후 까맣게 잊어버리고 있었다.

그는 선 채로 술을 한 잔 따라 천천히 마셨다. 상자가 너무 커서 그의 시야를 벗어나지 않았고, 안에 뭐가 들어 있을지 궁금해지기 시작했다. 가구가 들어 있기에는 상자가 너무 길고 날씬했다. 투히가 도대체 어떤 물건을 보냈을지 상상이 되지 않았다. 사실 그는 물건이 아니라 암시적인 협박이 담긴 작은 편지봉투 같은 걸 기대했었다. 그동안 숱한 사람들이 그를 협박하려 했지만 다들 무참히 실패했다. 와이낸드는 투히가 그런 짓을 할 정도로 어리석지는 않다고 생각했다.

술잔이 다 빈 후에도 상자에 뭐가 들어 있을지 도무지 짐작이 되지 않았다. 와이낸드는 풀리지 않는 낱말 퀴즈라도 만난 것처럼 짜증이 치밀었다. 책상 서랍 어딘가에 연장통이 있었다. 와이낸드는 연장통을 찾아와서 상자를 열었다.

그것은 스티븐 맬러리가 만든 도미니크 프랭컨의 조각상이었다.

게일 와이낸드는 책상으로 걸어가서 손에 들고 있던 펜치를 연약한 크리스털이라도 다루듯 조심스럽게 내려놓았다. 그러고는 돌아서서 다시 조각상을 보았다. 그렇게 한 시간 동안 서서 조각상을 보았다.

그러고는 투히의 집에 전화를 걸었다.

"여보세요?" 투히가 단잠에서 깬 듯 거칠고 짜증스런 목소리로 전화를 받았다.

"좋소. 오시오." 와이낸드는 그렇게 말하고 수화기를 내려놓았다.

30분 후 투히가 도착했다. 와이낸드의 집에는 처음 온 것이었다. 와이낸드가 잠옷 차림으로 손수 문을 열어주었다. 와이낸드는 말없이 서재로 향했고 투히가 그 뒤를 따랐다.

환희에 차서 고개를 뒤로 젖히고 있는 대리석 나상이 그 방을 이제는 존재하지 않는 스토더드 신전처럼 보이게 만들었다. 와이낸드가 대답을 기대하듯 투히를 바라보았다. 억눌린 분노가 담긴 무거운 시선이었다.

"물론 모델 이름을 알고 싶으시겠지요?" 투히가 승리감에 찬 목소리로 물었다.

"젠장, 아니오. 난 조각가의 이름을 알고 싶소." 와이낸드가 대답했다.

그는 투히가 왜 그 질문을 좋아하지 않는지 의아했다. 투히의 얼굴에 단순한 실망 이상의 것이 나타났던 것이다.

"조각가요? 글쎄요……. 그게 누구냐 하면 …… 알고 있었는데……. 스티븐 …… 아니면 스탠리 …… 스탠리 뭐였는데 솔직히 기억이 나지 않습니다."

"이런 작품을 살 정도의 식견이 있다면 반드시 작가 이름을 물어보고 기억해뒀을 텐데."

"알아보겠습니다."

"어디서 구했소?"

"미술품 상점에서요. 2번가에 가면 그런 상점들이 많지 않습니까?"

"그 상점에선 이걸 어떻게 구했지?"

"모르겠습니다. 물어보지 않아서요. 모델이 아는 사람이라 샀을 뿐입니다."

"당신은 지금 거짓말을 하고 있소. 단지 그런 이유로만 산 작품이라면 이걸 나한테 보내는 모험을 하지 않았을 것이기 때문이오. 당신은 내가 아무한테도 내 화랑을 보여주지 않는다는 걸 알고 있소. 당신이 감히 내 화랑에 작품을 기증하는 걸 내가 용납할 것 같소? 지금까지 감히 나한테 이런 선물을 한 사람은 아무도 없소. 당신은 이게 얼마나 위대한 예술 작품인지 확신하지 못했더라면 절대 그런 모험을 하지 않았을 것이오. 당신은 내가 이걸 받지 않을 수 없다는 걸, 내가 굴복하지 않을 수 없다는 걸 알고 있었소."

"회장님, 그 말씀을 들으니 기쁘군요."

"한 가지 덧붙이면, 난 이 작품이 당신을 거쳐서 온 게 아주 불쾌하오. 당신이 이 작품의 진가를 알아볼 수 있었다는 게 불쾌해. 당신에겐 어울리지 않아. 어쨌든 내가 당신을 잘못 본 모양이오. 당신은 내가 생각했던 것보다 훨씬 뛰어난 예술 전문가야."

"칭찬으로 받아들이겠습니다. 감사합니다, 회장님."

"당신이 원하는 게 뭐였지? 내가 피터 키팅 부인을 만나줘야 이걸 준다고 했던가?"

"어이구, 아닙니다, 회장님. 이건 그냥 선물입니다. 이 작품의 모델이 피터 키팅 부인이라는 점을 알려드리고자 했을 뿐입니다."

와이낸드는 조각상을 보다가 다시 투히를 보았다.

"이런 빌어먹을 멍청이 같으니라고!" 와이낸드가 조용히 말했다.

투히가 당황해서 쳐다보았다.

"정말로 **이걸** 홍등가 창문에 거는 붉은 등으로 이용한 거요?" 와이낸드는 안도한 기색이었고 이제는 투히의 시선을 붙잡을 필요를 못 느끼는 듯했다. "다행이오, 투히. 잠시 당신이 똑똑한 줄 알았는데 그게 아니었어."

"회장님, 그게 무슨……?"

"이 조각상이 내가 혹시 키팅 부인에게 품을지도 모르는 욕망을 깨끗이 없애버릴 것이란 사실을 몰랐소?"

"회장님은 그녀를 만나본 적도 없습니다."

"아, 물론 미인이겠지. 이 조각상보다 더 아름다울지도 모르고. 하지만 조각가가 이 조각상에 부여한 의미는 갖고 있지 못할 거요. 아무 의미도 없는 죽은 캐리커처 같은 실물을 보게 된다면 …… 그것 때문에 그 여자가 싫어지지 않겠소?"

"회장님은 그녀를 본 적이 없습니다."

"아, 좋소. 만나겠소. 아까도 말했다시피 당신의 곡예는 성공할 수도 있지만 만일 실패한다면 그걸로 끝장이오. 난 그 여자와 자겠다는 약속은 하지 않았소. 그냥 만난다고만 했지."

"회장님, 전 그것으로 족합니다."

"그 여자한테 내 사무실로 전화해서 약속 잡으라고 해요."

"감사합니다, 회장님."

"그리고 당신이 그 조각가 이름을 모른다고 한 건 거짓말이오. 하지만 당신 입으로 말하게 하려면 성가신 과정을 거쳐야 할 테니 포기하지. 그 여자한테 들으면 되니까."

"분명 그녀는 알고 있을 겁니다. 그런데 제가 왜 거짓말을 하겠습니까?"

"그야 모르지. 어쨌거나 만일 그가 이렇게 훌륭한 조각가가 아니었더라면 당신은 이 일로 일자리를 잃게 됐을 거요."

"하지만 회장님, 계약서가 있는데요."

"아, 그런 말은 노조에나 가서 하고, 이제 그만 가주는 게 좋겠소."

"예, 회장님. 안녕히 주무십시오."

와이낸드는 현관까지 배웅한 후 문간에서 말했다.

"투히, 당신은 형편없는 사업가요. 난 당신이 나와 키팅 부인의 만남을 주선하려고 기를 쓰는 이유를 알지 못하오. 그 키팅이란 자가 일을 따내면 당신에게 무슨 이득이 돌아가는지도 모르고. 하지만 그 이득이 무엇이든 이런 작품과 기꺼이 맞바꿀 만한 가치가 있는 것일 순 없소."

2

"왜 에메랄드 팔찌를 안 차고 갔소? 고든 프레스콧의 약혼자라는 여자는 스타사파이어를 하고 와서 다들 입을 딱 벌리고 구경하던데." 피터 키팅이 말했다.

"미안해요, 피터. 다음에는 차고 갈게요." 도미니크가 대답했다.

"멋진 파티였어. 당신도 즐거웠소?"

"나야 언제나 즐겁죠."

"나도 …… 다만 …… 젠장, 진실을 알고 싶소?"

"아뇨."

"도미니크, 난 지루해서 죽을 뻔했소. 빈센트 놀턴은 정말 지겨운 인간이야. 어찌나 속물인지. 그런 인간은 정말 견딜 수가 없다니까." 키팅은 조심스럽게 덧붙였다. "내가 그 인간 싫어하는 거 표시는 안 났지, 그렇지?"

"그럼요. 당신 태도는 나무랄 데가 없었어요. 당신은 그가 하는 농담마다 다 웃어줬잖아요. 다른 사람들이 아무도 안 웃을 때도."

"아, 당신도 그걸 알아챘소? 그 방법은 언제나 잘 통하지."

"그래요, 알아챘어요."

"당신은 내가 그러지 말아야 했다고 생각하는 거지, 그렇지 않소?"

"난 그런 말 안 했어요."

"당신은 그게 …… 저속하다고 생각하는 거지, 그렇지?"

"난 아무것도 저속하다고 생각하지 않아요."

키팅은 안락의자에 앉은 채 더 몸을 구부렸고 그 바람에 턱이 가슴에 닿아 불편했지만 꼼짝도 하기가 싫었다. 거실 벽난로에서 타닥타닥 불길이 타올랐다. 그는 모든 불을 끄고 노란 실크 갓이 달린 램프 하나만 켜놓았지만 그래도 아늑하고 편안한 분위기는 만들어지지 않았다. 오히려 전기가 끊긴 빈 아파트처럼 황량한 느낌만 풍겼다. 도미니크는 반대편 끝에 앉아 있었는데, 등받이가 곧은 의자의 윤곽에 가녀린 몸을 맡긴 모습이 딱딱해 보이지는 않았지만 편안한 느낌을 주기에는 지나치게 단정했다. 그곳에는 그들 둘뿐이었다. 하지만 도미니크는 공식석상에 있는 귀부인 같았다. 아니면 복잡한 사거리의 쇼윈도에 앉은 아름다운 옷을 입은 마네킹 같았다.

그들은 빈센트 놀턴의 집에서 열린 다과파티에 다녀온 뒤였다. 빈센트 놀턴은 젊고 저명한 사교계 인사로 키팅의 새 친구이기도 했다. 두 사람은 조용히 저녁식사를 했고 이제 아무

할 일이 없었다. 내일까지는 사교적인 약속이 없었던 것이다.

"아까 마시 부인과 대화할 때 당신이 접신론에 대해 비웃었던 건 실수였소. 그녀는 접신론을 믿거든." 키팅이 말했다.

"미안해요. 다음부터는 조심할게요."

키팅은 도미니크가 먼저 화제를 꺼내주기를 기다렸다. 하지만 도미니크는 아무 말도 없었다. 키팅은 문득 결혼 생활 20개월 동안 그녀가 먼저 말을 건넨 적이 한 번도 없었다는 생각이 들었다. 그는 그건 말도 안 된다고 속으로 중얼거리며 열심히 기억을 더듬었다. 물론 그녀가 먼저 말을 건넨 적이 있었다. "오늘 밤에 몇 시에 들어와요?" 나 "화요일 만찬에 딕슨 부부도 초대하고 싶어요?" 따위의 것들이었다.

키팅은 도미니크를 흘낏 보았다. 도미니크는 따분하거나 그를 무시하고 싶은 표정이 아니었다. 그녀는 남편에게 온 관심을 쏟고 있는 듯 기민하고 준비된 모습으로 앉아 있었다. 책을 들려고 하지도 않았고 멍하니 혼자만의 생각에 빠져 있지도 않았다. 그녀는 대화가 시작되기를 기다리는 듯 그를 똑바로 쳐다보고 있었다. 키팅은 그녀가 늘 이렇게 자신을 똑바로 쳐다보고 있었음을 깨달았고 자신이 그걸 좋아하는지 생각해 보았다. 물론 좋았다. 질투의 여지를 주지 않으니까. 그녀의 숨겨진 생각들에 대해서조차 질투할 필요가 없으니까. 아니, 그리 좋은 것만은 아니었다. 두 사람 다에게 도망칠 여지를 주지 않으니까.

"이제 막 《당당한 담석》을 다 읽었소. 아주 멋진 작품이오. 재기 넘치는 두뇌의 산물이지. 눈물 흘리는 장난꾸러기 요정, 잠시 하느님의 왕좌를 차지한 고귀한 마음씨를 지닌 광대의 작품이라고 할 수 있지." 키팅이 말했다.

"나도 그 서평을 읽었어요. 일요판 〈배너〉에서."

"난 책을 읽었다니까. 당신도 알잖소."

"잘한 거예요."

"응?" 키팅은 아내의 칭찬에 기분이 좋았다.

"그건 작가에 대한 배려니까요. 작가는 분명 독자들이 자신의 책을 읽어주는 걸 좋아할 거예요. 그러니 읽지 않아도 어떤 의견을 갖게 될지 미리 다 알면서 일부러 시간을 내서 책을 읽어주는 건 친절한 행위죠."

"난 미리 알지 못했소. 우연히 그 평론가와 같은 의견을 갖게 됐을 뿐이지."

"〈배너〉는 최고의 평론가들을 확보하고 있죠."

"그건 사실이오. 물론이지. 그러니 그들과 같은 의견을 갖는 게 문제 될 건 없지, 안 그렇소?"

"그럼요. 난 항상 같은 의견이에요."

"누구와?"

"모든 사람과요."

"도미니크, 지금 날 놀리는 거요?"

"당신이 그럴 만한 빌미를 제공했나요?"

"아니. 물론 난 그런 빌미를 제공하지 않았소."

"그럼 난 당신을 놀리고 있는 게 아니에요."

키팅은 잠자코 있었다. 저 아래 길에서 트럭이 지나가는 소리가 들렸고 그 소리가 몇 초를 채웠다. 하지만 그 소리가 사라지자 다시 입을 열지 않을 수 없었다.

"도미니크, 난 당신 생각을 알고 싶소."

"무슨 생각을요?"

"무, 무슨 생각이냐 하면……." 키팅은 중요한 주제를 찾다가 결국 이렇게 덧붙였다. "빈센트 놀턴에 대한 생각."

"그는 엉덩이에 키스해줄 만한 가치가 있는 사람이라고 생각해요."

"이런, 도미니크!"

"미안해요. 너무 상스러웠죠. 물론 틀린 말이에요. 글쎄요, 뭐랄까, 빈센트 놀턴은 알고 지내면 좋은 사람이죠. 전통 있는 가문은 존중해줄 가치가 있고, 그리고 우린 다른 사람들의 의견을 너그럽게 받아들일 줄 알아야 해요. 관용이야말로 최고의 미덕이니까요. 그러니까 빈센트 놀턴에게 당신의 의견을 강요하는 건 옳지 못해요. 그가 자신이 믿고 싶은 걸 믿도록 해주면 그도 기꺼이 당신을 도와줄 거예요. 그는 매우 인간적인 사람이니까요."

"일리 있는 말이군." 키팅은 도미니크가 알아들을 수 있는 말을 하자 편안함을 느꼈다. "관용은 매우 중요한 것이지. 왜냐하면…….” 그는 말을 뚝 끊었다가 공허한 목소리로 덧붙였다. “당신은 전에도 똑같은 말을 했소.”

“알아챘군요.” 도미니크는 물음표 없이 분명한 사실인 것처럼 무관심하게 말했다. 그건 냉소가 아니었다. 키팅은 차라리 그것이 냉소였으면 좋겠다는 생각이 들었는데 냉소라면 비록 부정적인 것일망정 그에 대한 개인적인 감정이 담겨 있을 것이기 때문이었다. 하지만 지난 20개월 동안 도미니크의 목소리에는 그에 대한 개인적인 감정이 실려 있었던 적이 없었다.

키팅은 벽난로 불을 바라보았다. 자신의 집 거실에 앉아 꿈꾸는 듯한 눈으로 벽난로 불을 바라보는 것, 그가 항상 듣고 읽기로는 그건 남자를 행복하게 해주는 것이었다. 키팅은 그 공인된 진실에 억지로 자신의 감정을 꿰어 맞추려고 눈도 깜빡이지 않고 열심히 불을 응시했다. 그는 불길에 집중하며 일 분만 더 지나면 행복감을 느끼게 될 거라고 생각했다. 하지만 아무것도 느껴지지 않았다.

키팅은 친구들에게 이 장면을 설득력 있게 설명하여 그들이 자신의 충만한 만족감을 부러워하도록 만들 수 있었다. ‘그런데 왜 나 자신은 설득할 수 없는 걸까? 나는 원하는 걸 다 가졌다. 나는 우월함을 원했고, 지난 일 년 동안 건축업계에서 확고부동한 선두 자리를 지켜왔다. 나는 명성을 원했고, 내 기사를 스크랩해서 모아놓은 두꺼운 앨범이 다섯 권이나 된다. 나는 부를 원했고, 평생 사치를 누리며 살 수 있는 재산을 가졌다. 나는 세상 사람들이 원하는 건 다 가졌다. 내가 가진 것들을 얻기 위해 고통스런 사투를 벌이고 있는 사람들이 얼마나 많은가? 그러다 결국 꿈을 이루지 못한 채 피 흘리며 죽어간 사람들이 얼마나 많은가? 피터 키팅은 세상에서 가장 행운아라는 말을 얼마나 자주 들었던가?'

지난 일 년은 그의 생애 최고의 해였다. 도미니크 프랭컨이란 소유 불가능한 존재까지 소유하게 됐으니까. 친구들이 "피터, 도대체 무슨 재주를 부린 건가?" 하고 물을 때마다 가볍게 웃어넘기며 얼마나 기분이 좋았던가! 처음 만나는 사람에게 "내 아내입니다."라고 자연스럽게 소개한 후 상대가 부러움을 숨기지 못하는 멍한 표정이 되는 걸 보며 얼마나 만족스러웠던가!

한번은 어느 큰 파티에서 술 취한 멋쟁이가 흑심을 나타내는 윙크를 하며 그에게 물었다. "혹시 저기 있는 저 매력적인 여자 알아요?"

그러자 키팅은 흡족해하며 대답했다. "조금요. 내 아내죠."

키팅은 도미니크와의 결혼이 애초에 기대했던 것보다 훨씬 성공적이라는 생각에 만족감을 느끼곤 했다. 도미니크는 이상적인 아내였다. 그녀는 남편을 위해 헌신하며 남편의 고객들과 친구들을 접대하고 가정도 잘 꾸려갔다. 그녀는 남편의 삶을 전혀 바꾸지 않았고 스케줄이며 좋아하는 메뉴, 심지어

가구 배치까지 그대로 존중해주었다. 자신의 물건은 옷밖에 가져오지 않았고 책 한 권, 재떨이 하나 보태지 않았다. 어떤 문제에 대해서든 키팅이 자기 의견을 밝히면 논쟁을 벌이지 않고 무조건 동의했다. 그녀는 자연스럽게 키팅의 뒤에 서서 그림자처럼 내조를 해주었다.

키팅은 도미니크와 결혼하면서 격류에 휘말려 미지의 바위들에 무참하게 부딪히게 되리라 각오했다. 그런데 그의 잔잔한 강에는 개울물조차 합류하지 않았다. 마치 강은 그대로 계속 흘러가고 새 사람은 조용히 그 뒤를 따라 헤엄치고 있는 듯했다. 아니, 헤엄을 치려면 힘차게 물살을 갈라야 하니 헤엄친다는 표현은 맞지 않고, 물결을 따라 둥둥 떠내려간다고 해야 옳았다. 키팅은 결혼 후 도미니크의 태도를 결정할 권한이 자신에게 주어졌다면 바로 그런 태도를 선택했을 터였다.

다만 도미니크와의 밤은 여전히 비참할 정도로 불만족스러웠다. 도미니크는 그가 원할 때마다 순순히 몸을 허락했다. 하지만 첫날밤에 그랬던 것처럼 그녀는 그의 품에서 아무런 반응이 없었다. 키팅에게 그녀는 아직도 처녀나 다름없었다. 그가 아무것도 느끼고 경험하게 해주지 못했기 때문이다. 키팅은 그녀와 잠자리를 할 때마다 수치심에 불타오르며 다시는 그녀 몸에 손도 대지 않으리라 결심했다. 하지만 그녀의 아름다움에 자꾸만 욕망이 되살아났다. 그 욕망에 더는 저항할 수 없을 때면 아내를 품었지만, 그리 자주는 아니었다.

키팅이 자신의 결혼 생활에 대해 스스로 인정하지 않고 있는 문제를 어머니가 대신 지적했다. 결혼 6개월 후에 그의 어머니가 말했다. "난 견딜 수가 없다. 차라리 그 애가 나한테 화를 내거나 욕을 하거나 물건을 던지는 건 참을 수 있어. 하지만 이건 못 참아."

"뭘요, 어머니?" 키팅이 차가운 공포를 느끼며 물었다.

"피터, 말해봐야 무슨 소용이겠니." 어머니가 대답했다. 그동안 참견하고 꾸짖는 데는 타의 추종을 불허한 어머니였지만 아들의 결혼 생활에 대해 그 이상은 한 마디도 하지 않았다. 어머니는 작은 아파트를 얻어 따로 나갔다. 그녀는 아들 집에 자주 찾아왔고 체념한 듯 기죽은 태도로 도미니크에게 늘 정중했다. 키팅은 어머니에게서 벗어나게 된 건 기쁜 일이라고 생각했지만 도무지 기쁘지가 않았다.

키팅은 도미니크 때문에 자신의 마음속에서 점점 공포가 커져가고 있는 이유를 알 수가 없었다. 도미니크는 그럴 만한 말이나 행동을 한 적이 없었다. 하지만 20개월 동안 늘 오늘 밤처럼 그녀와 단둘이 있는 시간을 견딜 수가 없었다. 그러면서도 키팅은 도미니크에게서 도망치고 싶지 않았고, 도미니크도 그를 피하고자 하지 않았다.

"오늘 밤엔 올 사람 없지?" 키팅이 벽난로에서 시선을 돌리며 억양 없는 목소리로 물었다.

"없어요." 도미니크는 그러면서 미소를 지었는데, 그건 다음 말을 이어주는 역할을 하는 미소였다. "피터, 혼자 있고 싶어요?"

"아니!" 그건 울부짖음에 가까웠다. 키팅은 절박한 목소리를 내서는 안 된다고 생각하며 이렇게 덧붙였다. "물론 아니오. 아내와 단 둘이만 저녁시간을 보낼 수 있어서 좋소."

키팅은 이 문제를 해결해야만 한다고, 도미니크와 둘이 있는 시간을 견딜 만한 것으로 만드는 법을 배워야만 한다고, 그녀보다는 자신을 위해서 절대 도망쳐서는 안 된다고 어렴풋이 생각했다.

"도미니크, 오늘 밤에 뭐 하고 싶소?"

"당신 좋은 대로 해요."

"영화 보러 가고 싶소?"

"당신은요?"

"글쎄, 모르겠소. 시간은 죽일 수 있으니까."

"좋아요. 시간 죽이러 가요."

"아니. 우리가 왜 그래야 하지? 듣기에도 끔찍하군."

"그래요?"

"왜 우리가 집에서 도망쳐야만 하지? 그냥 집에 있습시다."

"그래요, 피터."

키팅은 잠자코 기다렸다. 하지만 침묵도 하나의 도피였다. 더 나쁜 도피.

"카드놀이나 하겠소?" 그가 물었다.

"카드놀이 좋아해요?"

"그냥 시간 죽이……." 키팅은 말끝을 흐렸고 도미니크가 미소를 보냈다. 키팅은 아내를 바라보며 말했다. "도미니크, 당신은 참으로 아름답소. 언제나 너무도 …… 지독히도 아름답소. 난 늘 그 말이 하고 싶소."

"피터, 나도 당신에게 그 말을 듣는 게 좋아요."

"난 당신을 보고 있는 게 좋소. 고든 프레스콧이 한 말이 잊히지 않소. 그는 당신이 신의 완벽한 구조학의 산물이라고 했지. 빈센트 놀턴은 당신보고 여름 아침이라고 했고. 그리고 엘즈워스는 …… 엘즈워스는 당신이 지상의 다른 모든 여성에 대한 질책이라고 했고."

"그리고 랠스턴 홀콤은요?" 도미니크가 물었다.

"아, 그만둡시다!" 키팅은 퉁명스럽게 말하고는 벽난로 쪽으로 시선을 돌렸다.

키팅은 생각에 잠겼다. '나는 침묵을 견딜 수 없는 이유가 뭔지 알아. 내가 말을 하건 안 하건 도미니크에겐 아무 상관도 없기 때문이지. 마치 내가 존재하지 않고 존재한 적도 없었던 것처럼…….' 죽음보다 더 끔찍한 건 …… 존재한 적조차 없는 것이었다. 키팅은 도미니크에게 현실감 있는 존재가 되고 싶다는 절박한 욕구에 사로잡혔다.

"도미니크, 내가 무슨 생각을 해왔는지 아오?" 그가 열성적으로 물었다.

"아뇨. 무슨 생각을 해왔는데요?"

"한동안 **나 혼자만** 생각해온 거요. 아무한테도 말하지 않고. 누가 제안한 것도 아니고 나 스스로 생각해낸 거요."

"아, 좋네요. 그게 뭔데요?"

"시골로 이사 가서 거기에 우리의 집을 짓고 싶소. 당신도 좋소?"

"아주 좋아요. 당신 뜻대로 하세요. 당신이 직접 설계할 거예요?"

"젠장, 아니. 베넷한테 맡기면 후딱 해줄 거요. 우리 회사 전원주택은 베넷이 전담하니까. 그쪽 전문이지."

"통근하는 건 괜찮겠어요?"

"그 문제가 골치 아프긴 한데, 요샌 다들 멀리서 통근하니까. 사람들에게 시내에 산다는 얘기를 할 때마다 빌어먹을 프롤레타리아 같은 기분이 든다니까."

"나무들과 정원, 흙과 더불어 살고 싶은 거예요?"

"그건 말이 안 되지. 내가 그런 데 신경 쓸 시간이 어디 있소? 나무는 그냥 나무일 뿐이오. 봄의 숲은 뉴스영화에서 보면 되지."

"정원을 가꾸고 싶어요? 흙을 만지는 일이 사람한테 아주 좋대요."

"맙소사, 아니오! 정원을 다 망치려고? 정원사를 따로 둬야지. 유능한 사람으로. 그래서 이웃사람들이 감탄하는 정원을 가꿔야지."

"운동을 해보고 싶어요?"

"그래야지."

"무슨 운동이오?"

"골프가 좋겠소. 그 지역 지도층 인사로서 컨트리클럽 회원권을 갖는 건 주말에 어쩌다 한 번씩 골프장에 나가는 것과는 다르지. 교류하는 사람들도 다르고. 훨씬 더 상류층이지. 연줄도 만들고……." 키팅은 말을 끊었다가 화난 목소리로 덧붙였다. "그리고 승마도 해야겠소."

"나도 승마를 좋아해요. 당신도요?"

"배울 시간이 없었소. 게다가 말을 타면 창자까지 사정없이 떨려서. 하지만 고든 프레스콧이 승마 좀 한다고 세상에서 진짜 사나이는 자기뿐인 것처럼 응접실에 승마복 입은 사진을 걸어놓고 있는 꼴은 도저히 못 봐주겠다니까!"

"시골로 이사하려는 데는 사생활을 보장받고 싶은 이유도 있겠네요?"

"글쎄, 난 무인도 생활 같은 건 좋아하지 않소. 집은 큰 도로에서 보이는 위치에 있어야지. 그래야 사람들이 지나가면서 손가락으로 가리키며 키팅 저택이라고 하지. 클로드 스텐겔 같은 인간도 시골에 저택이 있는데 내가 아파트에서 세를 살다니! 사실 그와 난 비슷한 시기에 출발했는데 지금은 이렇게 차이가 벌어졌지. 그의 이름을 들어본 사람이 두어 명이라도 된다면 다행이지. 그런데 스텐겔은 웨스트체스터에 자리를 잡았는데 왜 난……."

키팅은 말을 뚝 끊었다. 도미니크가 차분한 얼굴로 바라보고 있었다.

"빌어먹을! 시골로 가기 싫으면 그냥 그렇다고 말하면 될 거 아니오!" 그가 외쳤다.

"피터, 난 정말 당신이 원하는 거라면 다 좋아요. 당신 스스로 생각해낸 모든 걸 그대로 따르고 싶어요."

키팅은 오랫동안 침묵을 지켰다.

"우리 내일 저녁에는 뭐하지?" 키팅은 자신도 모르게 불쑥 그렇게 물었다.

도미니크는 일어나 책상으로 가서 달력을 집었다. "내일 저녁식사에 팔머 부부를 초대했어요."

"이런, 젠장! 그 사람들 정말 따분한데! 왜 그 사람들을 초대해야 하지?"

도미니크는 손가락 끝으로 달력을 들고 서 있었는데 그 모습이 마치 달력에 초점이 맞춰지고 그녀는 흐릿한 배경으로 처리된 한 장의 사진 같았다.

"팔머 부부는 꼭 초대해야 해요. 그래야 그들이 새로 지을 백화점 일을 따낼 수 있어요. 그리고 그 일을 따내야 토요일에 에딩턴 부부를 만날 수 있어요. 에딩턴 부부는 우리에게 줄 일은 없지만 《사교계 명사 인명록》에 들어 있어요. 팔머 부부는 당신을 따분하게 만들고 에딩턴 부부는 당신을 냉대하죠. 하지만 당신은 자신이 경멸하는 사람들에게 아부해야만 해요. 그래야 당신을 경멸하는 다른 사람들에게 감명을 줄 수 있으니까요."

"당신은 왜 말을 꼭 그렇게 하는 거요?"

"피터, 이 달력 좀 볼래요?"

"그거야 누구나 다 그렇지. 누구나 다 그렇게 사는 거지."

"그래요, 피터. 대부분이 그렇죠."

"못마땅하면 왜 솔직하게 그렇다고 말하지 않는 거요?"

"내가 못마땅하다는 뜻을 비쳤나요?"

키팅은 신중히 돌이켜본 뒤 대답했다. "아니, 그러진 않았소……. 하지만 당신 말투가 그랬소."

"그럼 빈센트 놀턴에 대해 말했던 것처럼 더 감정을 개입시켜야 하나요?"

"차라리 그게……." 키팅은 갑자기 소리를 질렀다. "난 당신이 의견을 말했으면 좋겠소. 젠장, 단 한 번만이라도!"

도미니크는 여전히 단조로운 어조로 물었다. "누구의 의견이오, 피터? 고든 프레스콧? 랠스턴 홀콤? 엘즈워스 투히?"

키팅은 갑자기 긴장하며 그녀를 향해 반쯤 일어나는 자세로 의자 한쪽 팔걸이에 몸을 기댔다. 두 사람 사이의 문제가 형체를 갖추기 시작한 것이다. 키팅은 이제야 그것에 대해 말할 수 있을 듯했다.

키팅이 부드럽고 이성적인 어조로 말했다. "도미니크, 바로 그거요. 이제 알겠어. 여태까지 우리 사이의 문제가 무엇이었는지 이제 알겠어."

"우리 사이에 문제가 있었나요?"

"잠깐. 이건 대단히 중요한 문제요. 도미니크, 당신은 여태껏 단 한 번도 당신 생각을 말한 적이 없소. 그 무엇에 대해서도. 바라는 걸 말한 적도 없소. 그 어떤 것도."

"그게 뭐가 문제죠?"

"하지만 그건 …… 그건 죽음과도 같은 거요. 당신은 진짜가 아니오. 그냥 몸만 있는 거요. 도미니크, 당신이 모르는 것 같으니 내가 설명해주겠소. 죽음이 뭔지 아오? 몸이 더는 움직여지지 않는 거요. 아무런 의지도, 의미도 없어져서. 알겠소? 아무것도, 아무것도 없는 상태가 되는 거요. 물론 당신은 몸을 움직이고 있지만 …… 단지 그것뿐이오. 다른 것, 당신 안에 있는 것, 당신의……. 아, 오해하지 말아요. 난 지금 종교에 대한 얘기를 하고 있는 게 아니니까. 다만 다른 표현이 없어서 그냥 말하겠소. 영혼, 당신에겐 영혼이 없소. 아무 의지도, 의미도 없소. 진짜 **당신이** 없단 말이오."

"진짜 내가 뭔데요?" 도미니크가 물었다. 그녀는 처음으로 주의 깊게 대화에 임하고 있었다. 다정한 태도는 아니었지만 주의 깊게 듣고 있는 건 분명했다.

"진짜 존재가 뭐요?" 키팅이 용기를 얻어서 말했다. "그건 몸만이 아니오. 그건 …… 그건 영혼이오."

"영혼이 뭔데요?"

"그건 …… 바로 당신이오. 당신 안에 있는 것."

"생각하고 평가하고 결정을 내리는 것 말인가요?"

"그렇소! 바로 그거요. 그리고 느끼는 것. 당신은 …… 당신은 그걸 포기했소."

"그렇다면 사람이 포기할 수 없는 두 가지는 자신의 생각과 바람이겠네요?"

"그렇소! 제대로 이해했소! 그럼 이제 당신이 주위의 모든 사람 앞에서 시체처럼 살고 있다는 사실을 깨달았겠군. 걸어다니는 죽음처럼 말이오. 그건 그 어떤 범죄보다 나쁜 거요. 그건……."

"비실재인가요?"

"그렇소. 비실재. 당신은 여기 없소. 여기 있었던 적이 없소. 만일 당신이 이곳 커튼이 끔찍하다고 말하면서 당신이 좋아하는 새 커튼으로 바꾼다면 …… 당신은 여기 진짜로 존재하는 거요. 하지만 당신은 그런 적이 없소. 요리사에게 저녁 후식으로 뭘 먹고 싶은지 말한 적도 없소. 도미니크, 당신은 여기에 없소. 당신은 살아 있지 않소. 당신의 '나'는 어디에 있는 거요?"

"피터, 당신의 '나'는 어디 있죠?" 도미니크가 조용히 되물었다.

키팅은 눈을 크게 뜬 채 가만히 앉아 있었다. 도미니크는 지금 이 순간 그의 생각들이 마치 시각적 지각처럼 분명하고 즉각적임을, 생각하는 행위가 지난 세월을 돌아보는 행위임을 알고 있었다.

"그건 사실이 아냐." 마침내 그가 공허한 목소리로 말했다. "그건 사실이 아냐."

"뭐가 사실이 아닌데요?"

"당신이 한 말."

"난 아무 말도 안 했어요. 그냥 질문을 했을 뿐이에요."

키팅의 눈이 그녀에게 말해달라고, 부인해달라고 애원하고 있었다. 도미니크는 일어나서 그의 앞에 섰다. 그녀의 꼿꼿한 자세는 키팅이 그토록 그리워하고 애원해온 살아 있음의 표시였다. 그리고 목적의식도 분명히 엿보였지만 심판을 내리는 자의 모습이었다.

"피터, 당신도 깨닫기 시작한 거군요, 그렇죠? 내가 더 분명하게 해주죠. 당신은 내가 진짜이길 원한 적이 없어요. 당신은 그 누구도 진짜이길 원한 적이 없죠. 다만 그런 마음을 내보이지 않았던 것뿐이죠. 당신은 연극을 원했어요. 당신의 연극을 도와줄 연극. 아름답고 복잡하고 온갖 미사여구로 꾸며진, 사실은 말뿐인 당신의 연극을 도와줄 연극. 당신은 아까 내가 빈센트 놀턴에 대해 한 말을 좋아하지 않았어요. 내가 똑같은 말을 아름답게 포장해서 들려주자 그제야 좋아했죠. 당신은 내가 무언가를 믿는 걸 원하지 않았어요. 진실로 믿지 않아도 당신 앞에서 믿는 척만 하면 그걸로 족했죠. 피터, 내 진짜 영혼이라고요? 영혼은 독자적일 때만 진짜일 수 있어요. 당신도 그걸 깨닫게 됐잖아요, 안 그래요? 당신 말대로 스스로 커튼과 후식을 고를 때만 진짜일 수 있다고요. 스스로 커튼과 후식, 종교, 그리고 건물 모양을 고를 때만. 하지만 당신은 그걸 원한 적이 없어요. 거울만 원했죠. 사람들은 주위에 거울들만 두고자 하죠. 서로를 비춰줄 수 있는 거울. 좁은 복도에 거울 두 개를 마주 붙여 놓아서 무한대로 넓어 보이도록 착각을 일으키는 것처럼요. 싸구려 호텔에서 흔히 쓰는 방법이죠. 거울에 반사된 무수한 영상들. 시작도 없고 끝도 없죠. 중심도, 목적도 없고요. 난 당신이 원하는 걸 줬어요. 난 당신처럼, 당신 친구들과 대부분의 사람들처럼 됐어요. 다만 가지치기는 좀 했죠. 비평 능력이 없는 걸 감추기 위해 남의 서평을 떠들고 다니지 않고 그냥 비평 능력이 없다고 말했어요. 창작 능력의 빈곤을 숨기려고 남의 아이디어를 빌리지 않고 아예 창작을 안 했고요. 평등이 고귀한 관념이고 하나됨이 인류의 주된 목표라고 떠들지 않고 그저 모든 사람의 의견에 동의해줬어요. 피터, 그런 게 죽음인가요? 난 그런 죽음을 당신과 우리 주위의 모든 사람에게 강요해왔어요. 하지만 당신은 …… 당신은 그러지 않았어요. 사람들은 당신을 편안하게 여기고 당신을 좋아하고 당신과 함께 있는 걸 즐거워해요. 당신은 그들이 공허한 죽음을 면할 수 있게 해줬어요. 왜냐하면 당신 자신이 그런 죽음을 떠안았으니까요."

키팅은 아무 말도 하지 않았다. 도미니크는 그의 곁을 떠나 도로 의자에 앉아 기다렸다.

키팅이 일어섰다. 그는 도미니크를 향해 몇 걸음 걸어갔다. "도미니크……." 그러더니 그녀 앞에 무릎을 꿇고 그녀의 다리에 얼굴을 묻었다. "도미니크, 내가 당신을 사랑한 적이 없다니 …… 그건 사실이 아니오. 난 당신을 사랑하오. 언제나 당신을 사랑해왔소. 단지 남들에게 보여주기 위해서가 아니라 …… 그게 다가 아니라 …… 진심으로 당신을 사랑하오. 당신과 어떤 남자, 난 그 두 사람에게 늘 똑같은 감정을 느껴왔소. 엄밀하게 말하면 두려움은 아니지만 오르기엔 너무 가파른 벽이랄까, 어딘지는 모르지만 위를 향해 오르라는 명령이랄까……. 난 늘 그 남자를 증오해왔소……. 하지만 당신, 당신은 갖고 싶었소……. 그래서 당신과 결혼한 거요. 당신이 날 경멸한다는 걸 알면서도……. 그러니 당신과 결혼한 나를 용서해줘야 하오……. 이런 식으로 복수해선 안 되는 거요……. 도미니크, 이런 식으로……. 도미니크, 난 대항할 수가 없소, 난……."

"피터, 당신이 증오한 그 남자가 누구죠?"

"그건 중요한 문제가 아니오."

"누구죠?"

"보잘것없는 인물이오. 그냥……."

"이름을 말해요."

"하워드 로크."

도미니크는 한참 동안 침묵을 지켰다. 그러더니 한 손을 키팅의 머리에 얹었다. 다정한 몸짓이었다.

"피터, 당신에게 복수하려고 한 적 없어요." 그녀가 부드럽게 말했다.

"그런데 …… 왜?"

"내가 당신과 결혼한 건 내 나름의 이유가 있어서예요. 난 세상이 요구하는 대로 행동했어요. 단지 무슨 일이든 어중간하게는 못할 뿐이에요. 그렇게 할 수 있는 사람들은 정신에 균열이 있는 이들이죠. 대부분의 사람들이 많은 균열을 갖고 있고요. 그들은 자신에게 거짓말을 하면서도 그걸 모르죠. 난 자신에게 거짓말을 한 적이 없어요. 그래서 난 당신들 모두가 하는 것들을 해야만 했어요. 일관되게, 그리고 철저하게. 어쩌면 난 당신을 파멸시켜왔는지도 몰라요. 그렇다면 미안해요. 그럴 의도는 아니었어요."

"도미니크, 사랑하오. 하지만 난 두렵소. 결혼한 뒤로 당신이 내 안의 무언가를 바꿔놓았으니까. 이제 당신을 잃게 된다고 해도 난 예전의 나로 돌아갈 수가 없소. …… 당신이 내가 가진 무언가를 가져갔으니까……."

"아뇨. 난 당신이 갖지 못했던 것을 가져갔어요. 그게 더 나쁜 거지만."

"뭐라고?"

"사람이 사람에게 할 수 있는 가장 나쁜 짓은 자존심을 죽이는 거라고들 하죠. 하지만 그건 사실이 아니에요. 자존심은 죽일 수가 없는 거니까. 죽일 수 있는 건 거짓 자존심이죠."

"도미니크, 나 …… 난 그만 얘기하고 싶소."

도미니크는 자신의 무릎에 놓인 키팅의 얼굴을 내려다보았고, 키팅은 그녀의 눈동자에 연민이 어려 있는 걸 보았다. 키팅은 순간적으로 진정한 연민이 얼마나 끔찍한 것인지 깨달았으나 그것을 단어에 담아 기억하기 전에 마음의 문을 닫아버렸기에 금세 잊어버리고 말았다.

도미니크가 몸을 숙여 그의 이마에 키스했다. 그녀가 키팅에게 해준 첫 키스였다.

도미니크가 부드럽게 말했다. "난 당신이 고통받는 걸 원하지 않아요. 지금 내가 하는 말은 진짜예요. 내 마음에서 우러난 말이에요. 난 당신이 고통받는 걸 원하지 않아요. 다른 건 아무것도 느낄 수 없지만 …… 그것만은 느낄 수 있어요."

키팅은 도미니크의 손에 입술을 눌렀다.

그가 고개를 들었을 때 도미니크는 잠시나마 남편을 바라보는 아내의 눈빛으로 그를 내려다보고 있었다. 도미니크가 말했다. "피터, 당신이 지금 이대로의 모습을 유지할 수 있다면……."

"사랑하오." 키팅이 말했다.

그들은 오랫동안 말없이 그렇게 앉아 있었다. 키팅은 그 침묵이 조금도 부담스럽지 않았다.

전화벨이 울렸다.

그건 분위기를 망치는 소리가 아니었다. 키팅은 반가운 듯 얼른 일어나 전화기로 달려갔다. 문이 열려 있어서 그가 전화를 받는 소리가 다 들렸는데 안도감에 달뜬 목소리였다.

"여보세요? …… 아, **안녕하세요**, 엘즈워스! …… 아니, 아녜요. …… 아주 한가해요. …… 그럼요, 오세요, **당장** 오세요! …… 조오아요!"

"엘즈워스요." 키팅이 돌아오며 말했다. 쾌활하고 약간 거만한 느낌을 주는 목소리였다. "잠깐 들르고 싶다는군."

도미니크는 아무 말도 하지 않았다.

키팅은 성냥개비나 담배꽁초가 하나씩밖에 없는 재떨이들을 비우고, 신문지를 차곡차곡 모으고, 굳이 그럴 필요가 없는데도 벽난로에 장작을 더 넣고, 전등들을 더 켜느라 부산을 떨었다. 그러면서 오페라 영화의 노래를 휘파람으로 불었다.

키팅은 초인종이 울리자 달려가서 문을 열었다.

투히가 들어서며 말했다. "멋지군. 둘이 오붓하게 벽난로를 피워놓고 있는 모습이. 도미니크, 안녕하시오. 방해가 된 건 아닌지 모르겠군."

"안녕하세요, 엘즈워스." 도미니크가 말했다.

"언제라도 환영입니다. 이렇게 만나서 얼마나 기쁜지 모르겠어요." 키팅은 그러면서 의자 하나를 벽난로 쪽으로 밀었다. "엘즈워스, 여기 앉으세요. 뭐 드시겠어요? 아까 전화 받고 얼마나 반가웠는지 …… 강아지처럼 깡충거리며 짖어대고 싶었죠."

"그래도 꼬리는 치지 말게. 아니, 마실 건 됐네. 도미니크, 그동안 어떻게 지냈소?"

"일 년 전과 똑같죠." 도미니크가 대답했다.

"2년 전과는 다르겠지?"

"그래요."

"2년 전 이맘 때 우리가 뭘 했지?" 키팅이 멍하니 물었다.

"결혼하기 전이었지. 선사시대라고나 할까. 가만 있자, 그 때 무슨 일이 있었지? 스토더드 신전이 막 완공됐지." 투히가 말했다.

"아, 그거요." 키팅이 대꾸했다.

투히가 물었다. "피터, 친구 소식은 듣나? 로크……."

"아뇨. 일 년 넘게 일을 안 하고 있는 것 같아요. 이번엔 완전히 끝장난 거죠."

"그래, 그런 것 같아……. 피터, 요즘 뭐하고 지냈나?"

"별건 없고 …… 아, 《당당한 담석》을 읽었어요."

"마음에 들었나?"

"그럼요! 아주 중요한 책이라고 생각해요. 왜냐하면 자유의

지란 건 없는 게 사실이니까요. 우리의 존재나 행위는 우리의 의지로 결정될 수 있는 게 아니죠. 우리 탓이 아니라고요. 그러니 무슨 짓을 저질러도 그 사람을 탓할 순 없죠. 다 그 사람의 배경과 또 …… 기질에 들어 있는 거니까요. 훌륭한 사람은 노력해서 그렇게 된 게 아니라 기질을 잘 타고난 거죠. 망나니도 벌을 줘선 안 돼요. 기질을 잘못 타고나서 그런 것일 뿐이니까요." 키팅은 문학 토론에는 어울리지 않는 격한 태도로 도전적으로 말했다. 그는 투히나 도미니크를 보지 않고 거실에 대고, 그 거실이 목격한 것에 대고 말하고 있었다.

"옳은 말이네. 논리적으로 말하면, 우리는 망나니들에게 벌을 줄 생각을 해선 안 되지. 그들은 자신의 잘못이 아니라 운이 나빠 혜택을 못 받고 태어났다는 이유로 고통받고 살았기 때문에 오히려 어떤 보상 같은 걸 받아 마땅하지." 투히가 말했다.

"아, 그래요! 그게 …… 그게 논리적이네요." 키팅이 소리쳤다.

"옳기도 하고." 투히가 말했다.

"엘즈워스, 〈배너〉를 아주 잘 이용하셨죠?" 도미니크가 물었다.

"무엇에 대해 하는 말이오?"

"《당당한 담석》이오."

"오. 아니, 그렇지도 않소. 세상엔 평가할 수 없는 것들이 존재하지."

"지금 무슨 얘기를 하고 있는 거죠?" 키팅이 물었다.

"직업적인 얘기지." 투히가 대답했다. 그는 벽난로 불을 향해 손을 내밀고 장난하듯 손가락을 구부렸다. "참, 피터, 스톤리지 건은 손 좀 써봤나?"

"젠장."

"왜 그러나?"

"왜 그러는지 아시잖아요. 그 개자식을 저보다 더 잘 아시니까. 지금 같은 불경기에 사막의 오아시스 같은 그런 일을 하필 와이낸드 개자식이 벌이고 있다니!"

"와이낸드한테 무슨 문제가 있나?"

"엘즈워스, 왜 이러세요! 건축주가 와이낸드가 아니었다면 간단하게 일을 따냈을 거예요." 키팅은 그러면서 손가락을 딱 튕겼다. "내가 나설 필요도 없이 건축주가 찾아왔을 거라고요. 우리 회사가 처리할 수 있는 일의 양을 고려하면 내가 지금 일 없이 놀고 있는 거나 마찬가지란 걸 알고 있으면서 만나주지도 않다니! 게일 와이낸드 이 작자 말예요, 건축가들과 같은 공기를 마시면 알레르기를 일으키는 라마승이라도 되는 것 같다니까요!"

"시도는 해본 모양이군."

"아, 말도 마세요. 아주 넌더리가 나니까. 그를 만날 수 있게 해주겠다고 장담하는 온갖 시시한 인간들에게 점심 사주고 술 사주느라 들어간 돈이 300달러는 된다고요. 그런데 남은 건 숙취뿐이었어요. 차라리 교황 만나기가 더 쉽겠어요."

"스톤리지를 따내고 싶은 모양이군."

"엘즈워스, 지금 약 올리시는 거예요? 그걸 따낼 수 있다면 오른팔이라도 내놓겠어요."

"그건 권하고 싶지 않군. 그럼 설계도 그리는 흉내도 못 낼 것 아닌가. 그보단 눈에 덜 띄는 걸 바치는 게 나을 걸세."

"제 영혼을 내놓죠."

"피터, 그럴 거예요?" 도미니크가 물었다.

"엘즈워스, 생각하고 계시는 게 뭐죠?" 키팅이 퉁명스럽게 물었다.

"현실적인 제안이지. 지금까지 자네에게 가장 훌륭한 일거리들을 물어다 준 가장 유능한 영업사원이 누구였나?"

"그야 …… 도미니크겠죠."

"맞았네. 자넨 와이낸드를 만날 수도 없고 설령 만난다고 해도 별 소득이 없을 테지만, 도미니크라면 그를 설득할 수 있을 거란 생각 안 드나?"

키팅은 투히를 빤히 쳐다보며 물었다. "엘즈워스, 지금 제정신이세요?"

도미니크는 흥미가 동한 듯 몸을 앞으로 내밀었다.

"내가 듣기론, 게일 와이낸드는 아무리 여자라고 해도 미인이 아니면 부탁을 들어주지 않는다던데요. 미인이라도 거저 호의를 베풀진 않고." 도미니크가 말했다.

투히는 그 말을 부인하지 않겠다는 듯이 도미니크를 응시했다.

"그건 말도 안 돼요. 도미니크가 어떻게 그를 만날 수 있겠어요?" 키팅이 성난 목소리로 쏘아붙였다.

"그의 사무실에 전화해서 약속만 잡으면 되지." 투히가 대답했다.

"그가 만나줄 거라고 누가 그랬어요?"

"그 자신이."

"언제요?!"

"어젯밤 늦게. 엄밀히 말하면 오늘 새벽이지."

"엘즈워스! 믿을 수가 없어요." 키팅이 헐떡거리며 말했다.

"난 믿어요. 사실이 아니라면 엘즈워스가 말을 꺼내지도 않았을 테니까." 도미니크는 투히에게 미소를 보내며 물었다. "그러니까 와이낸드가 나를 만나주겠다고 약속을 했다는 말이죠?"

"그렇소."

"어떻게 그런 약속을 받아냈죠?"

"오, 내가 잘 설득했지. 하지만 시간을 끌지 않는 게 좋을 거요. 만날 의사가 있다면 내일 전화해야 하오."

"왜 지금은 안 되죠?" 키팅이 물었다. "아, 지금은 밤이 너무 늦었지. 내일 아침에 일어나자마자 전화해요."

도미니크는 반쯤 감긴 눈으로 말없이 키팅을 보았다.

"도미니크, 피터의 일에 적극적인 관심을 보인 지도 오래되지 않았소? 피터를 위해 뛰어난 솜씨를 발휘해보는 게 어떻겠소?" 투히가 말했다.

"피터가 원한다면요."

"내가 원한다면?" 키팅이 외쳤다. "둘 다 제정신이에요? 이건 평생 한 번 있을까 말까 한 기회라고요, 이건……." 그는 두 사람이 호기심 어린 눈으로 자신을 쳐다보는 걸 깨닫고 퉁명스럽게 말했다. "아, 시시해!"

"피터, 뭐가 시시하다는 거죠?" 도미니크가 물었다.

"사람들의 어리석은 수군거림이 무서워서 그만둘 거요? 그런 기회만 얻을 수 있다면 그 어느 건축가의 아내라도 네 발로 기어가서……."

"다른 건축가들의 아내는 그런 기회를 얻을 수 없지. 다른 건축가들에겐 도미니크 같은 아내가 없으니까. 피터, 자넨 항상 그걸 무척이나 자랑스러워했지." 투히가 말했다.

"도미니크는 어떤 상황에서도 자신을 지킬 수 있죠."

"그거야 의심할 바 없는 사실이지."

"좋아요, 엘즈워스. 내일 와이낸드에게 전화하겠어요." 도미니크가 말했다.

"이제 한잔해야겠군. 축배를 들어야지." 투히가 말했다.

키팅이 서둘러 부엌으로 가자 투히와 도미니크는 서로 마주 보았다. 투히는 미소를 지었다. 그는 키팅이 사라진 문 쪽을 흘낏 보고는 재미있다는 듯 살짝 고개를 끄덕였다.

"예상했던 결과겠죠." 도미니크가 말했다.

"물론이오."

"엘즈워스, 진짜 목적이 뭐죠?"

"그야 피터가 스톤리지 일을 맡도록 도와주고 싶어서이지. 정말 어마어마한 공사니까."

"왜 그렇게 나를 와이낸드와 자게 하려고 기를 쓰는 거죠?"

"관련자 모두에게 흥미로운 경험이 되지 않겠소?"

"엘즈워스, 당신은 우리 결혼 생활이 만족스럽지 않은 거군요, 그렇죠?"

"완전히 만족스럽진 않지. 한 50퍼센트 정도? 하기야 세상에 완벽한 건 없으니까. 얻을 수 있는 만큼만 얻고 다시 더 노력해야지."

"당신은 피터와 나를 결혼시키려고 기를 썼죠. 그 결과가 어떨지 피터나 나보다 더 잘 알았고요."

"피터는 전혀 몰랐지."

"어쨌든 50퍼센트는 성공이잖아요. 당신은 피터 키팅을 당신이 원하는 존재로 만들었어요. 미국의 대표적인 건축가이자 당신의 신발 바닥에 묻은 진흙."

"난 당신의 표현 방식이 마음에 든 적이 없지만 늘 정확한 건 사실이지. 나라면 '꼬리를 흔들고 있는 영혼'이라고 표현했을 거요. 당신의 표현이 더 부드럽지."

"엘즈워스, 나머지 50퍼센트는요? 실패인가요?"

"거의 완전한 실패지. 내 탓이오. 피터 키팅 같은 인물에게 남편 노릇을 맡겨 도미니크를 파멸시킬 수 있을 거라고 기대한 게 잘못이지."

"아주 솔직하시네요."

"전에도 말했다시피 당신에겐 솔직한 것밖에 안 먹히니까. 그건 그렇고, 내가 두 사람을 결혼시킨 목적을 깨닫는 데 2년이나 걸리진 않았을 텐데?"

"그럼 게일 와이낸드가 그 일을 마무리해줄 거라고 생각하나요?"

"어쩌면. 당신은 어떻게 생각하오?"

"이번 일에서도 난 부차적인 문제에 지나지 않을 거라고 생각해요. 당신의 표현을 빌리면 '부수적인 이득'이라고 해야겠죠? 와이낸드에게 왜 적의를 품게 된 거죠?"

투히는 웃음을 터뜨렸는데 그 웃음에 예상치 못한 질문에 당황하는 기색이 들어 있었다.

도미니크가 경멸적으로 말했다. "엘즈워스, 충격받은 걸 나타내면 안 되죠."

"좋소. 솔직하게 얘기하지. 난 게일 와이낸드에게 특별한 적의 같은 건 없소. 오래전부터 두 사람을 만나게 해주고 싶었지. 사소한 것까지 알고 싶다면, 어제 아침에 그가 나를 짜증나게 만들긴 했지. 그는 관찰력이 너무 뛰어나다니까. 그래서 때가 왔다고 생각했지."

"마침 스톤리지 건이 있었고요."

"마침 스톤리지 건이 있었고. 그거면 도미니크의 관심을 끌 수 있을 거라고 생각했소. 당신은 국가나 자신의 영혼, 사랑하는 남자의 인생을 위해선 자신을 팔지 않겠지만 그럴 만한 자격이 없는 피터 키팅에게 일을 따주기 위해선 기꺼이 자신을 팔 사람이니까. 결국 당신에게 무엇이 남을지 봅시다. 게일 와이낸드에게도. 나로선 그걸 지켜보는 것도 흥미로울 거요."

"정확해요, 엘즈워스."

"전부 다? 사랑하는 남자에 대한 부분도?"

"그래요."

"로크를 위해선 자신을 팔지 않겠다? 물론 당신은 그 이름을 듣고 싶지 않겠지만."

"하워드 로크." 도미니크가 침착하게 말했다.

"도미니크, 용기가 참 대단하오."

키팅이 칵테일 쟁반을 들고 들어왔다. 그의 눈은 열기에 들떠 있었고 몸짓을 지나치게 남발했다.

투히가 잔을 들며 말했다.

"게일 와이낸드와 뉴욕 〈배너〉를 위하여!"

3

게일 와이낸드는 자리에서 일어나 사무실 중간쯤에서 도미니크를 맞이했다.

"처음 뵙겠소, 키팅 부인." 그가 인사했다.

"처음 뵙겠습니다, 회장님." 도미니크도 인사했다.

와이낸드는 도미니크가 앉도록 의자를 빼준 다음 그녀가 앉은 뒤에도 책상 의자로 돌아가지 않고 그대로 서서 전문가의 감정하는 듯한 눈길로 그녀를 살펴보았다. 자신이 그런 행동을 보이는 이유를 그녀도 알고 있기에 전혀 예의에 어긋날 것이 없다는 듯한 태도였다.

"부인을 예술화한 작품을 예술화한 작품처럼 보이는군요. 일반적으로 예술 작품의 모델을 실제로 보게 되면 무신론자가 되기 쉽지요. 하지만 부인의 경우 조각가와 하느님의 솜씨가 비슷한 것 같소."

"무슨 조각가요?"

"부인의 조각상을 만든 조각가 말이오."

와이낸드는 그 조각상에 숨겨진 사연이 있으리라 느꼈는데 모델의 절제된 무관심한 얼굴에 순간적으로 긴장감이 어리는 걸 보자 그런 확신이 더욱 굳어졌다.

"그 조각상을 언제, 어디서 보셨죠?"

"오늘 아침에 내 화랑에서요."

"그걸 어디서 구하셨는데요?"

이번엔 와이낸드가 어리둥절한 표정을 지었다. "아니, 그걸 모르시오?"

"예."

"부인의 친구 엘즈워스 투히가 보내줬소. 선물로."

"저를 만나준다는 약속을 받아내려고요?"

"부인이 지금 생각하는 그런 직접적인 동기는 아니지만, 사실상 그렇다고 할 수 있소."

"엘즈워스가 그 말은 안 해줬어요."

"내가 그 조각상을 갖고 있는 게 언짢으시오?"

"특별히 그렇진 않아요."

"나는 부인께서 기쁘다고 말할 줄 알았소."

"그렇지 않아요."

와이낸드는 책상 끝에 걸터앉아 다리를 쭉 뻗고 발목을 포개고 있었다. 그가 물었다.

"그 조각상의 행방을 찾으려고 애썼던 모양이지요?"

"2년 동안요."

"부인은 그걸 가질 수 없소." 와이낸드는 도미니크를 바라보며 덧붙였다. "스톤리지는 가질 수 있어도."

"마음을 바꿔야겠네요. 투히가 그걸 회장님께 드려서 기쁘군요."

와이낸드는 자신이 그녀의 마음을 읽을 수 있고 결국 그녀도 뻔한 여자라는 생각에 짜릿한 승리감과 씁쓸한 실망감을 동시에 느꼈다. 그가 물었다.

"나를 만날 수 있게 되어서?"

"아뇨. 그 조각상을 절대 갖게 하고 싶지 않은 사람들의 서열을 매기면 회장님이 두 번째니까요. 투히가 첫 번째고요."

와이낸드는 승리감이 싹 가셨다. 그건 스톤리지에 눈독을 들인 여자가 할 말이나 생각이 아니었던 것이다. 그가 물었다.

"투히가 그걸 갖고 있었던 걸 몰랐소?"

"예."

"우리의 공동의 친구 엘즈워스 투히에 대해 우리 둘이 힘을 합쳐야겠군요. 난 노리개가 되고 싶지 않고 부인도 마찬가지일 거요. 그렇게 될 수도 없고. 투히가 말하지 않은 게 너무 많아요. 예를 들면 그 조각가 이름도 말해주지 않았소."

"그걸 말하지 않았다고요?"

"그렇소."

"스티븐 맬러리예요."

"맬러리……? 설마 그……." 와이낸드가 웃음을 터뜨렸다.

"왜 그러시죠?"

"투히는 그 이름이 기억나지 않는다고 했소. **그** 이름이."

"아직도 투히에게 놀라시나요?"

"요 며칠 동안 몇 번 놀랐소. 그의 뻔뻔함에는 아주 치밀한 데가 있소. 아주 고난도요. 난 그의 예술적 수완이 마음에 들 정도요."

"저와 취향이 다르시네요."

"모든 분야에서요? 조각이나 …… 건축 분야에서도?"

"건축 분야에선 확실히 다를 거예요."

"부인이 그런 말을 하는 건 대단히 큰 실수가 아닐까요?"

"그럴 거예요."

와이낸드는 도미니크를 빤히 보며 말했다. "재미있는 분이군요."

"그렇게 보이려고 한 말은 아니었어요."

"그게 부인의 세 번째 실수요."

"세 번째라고요?"

"첫 번째 실수는 투히에 관한 거요. 이런 상황에서는, 부인은 내게 투히를 칭찬해야 정상이오. 그의 말을 인용하고, 건축 분야에서의 그의 높은 명성에 기대고."

"하지만 회장님은 엘즈워스 투히에 대해 아시니 회장님 앞에서 그의 말을 인용할 수가 없죠."

"그건 내가 하려던 말이오. 부인이 그럴 기회를 주지 않았지만."

"그랬다면 더 나은 대접이 됐겠네요."

"내가 특별한 대접이라도 해주기를 기대하고 온 거요?"

"지금은 그래요."

"그 조각상 때문에요?" 와이낸드는 그것이 그녀의 유일하게 약한 부분임을 발견한 것이다.

"아뇨. 조각상 때문이 아녜요." 도미니크가 딱딱한 목소리로 대답했다.

"그 조각상은 언제, 그리고 누구를 위해 만들어졌지요?"

"투히 씨가 그것도 잊어버렸나요?"

"그런 모양이오."

"혹시 스토더드 신전 사건 기억하세요? 2년 전. 회장님은 당시 뉴욕에 안 계셨죠."

"스토더드 신전……. 내가 2년 전에 뉴욕에 없었던 걸 부인이 어떻게 알지요? …… 가만, 스토더드 신전. 기억나요. 성경 군단이 개떼처럼 달려들어 공격한 그 신성모독적인 교회인지 뭔지 하는 건물."

"맞아요."

"거기에……." 와이낸드는 말을 뚝 끊었다. 그러고는 도미니크처럼 꺼리는 목소리로 딱딱하게 말했다. "여자의 나체 조각상이 연루되어 있었지."

"그래요."

"알겠소."

와이낸드는 잠시 침묵을 지켰다. 그러고는 분노를 억누르고 있는 듯한 거친 목소리로 말을 꺼냈는데 도미니크는 그 분노의 대상이 무엇인지 짐작조차 할 수 없었다.

"당시 난 발리 근처에 있었소. 나보다 앞서 뉴욕 사람들 전체가 그 조각상을 보았다니 유감이군요. 하지만 난 요트 여행 중에는 신문을 읽지 않아요. 요트에 와이낸드 신문을 가져오는 사람은 해고시켜버리지요."

"스토더드 신전의 사진을 본 적이 있으신가요?"

"없소. 그 조각상만큼의 가치가 있는 건물이었소?"

"가치라면 조각상이 신전에 조금 못 미쳤죠."

"신전은 헐렸지요, 안 그렇소?"

"네. 와이낸드 신문들의 도움으로요."

와이낸드는 어깨를 으쓱했다. "앨버 스카럿이 그 건으로 재미를 톡톡히 봤던 게 기억나는군요. 대단한 이야깃거리였지요. 그걸 못 봐서 유감이오. 하지만 앨버가 아주 잘 처리했소. 그건 그렇고, 내가 그때 뉴욕에 없었던 걸 부인이 어떻게 알고 또 지금까지 기억하고 있지요?"

"그 사건으로 회장님께 해고를 당했으니까요."

"**당신이** 해고를? **나한테**?"

"제 이름이 도미니크 프랭컨이라는 걸 모르셨나요?"

와이낸드의 어깨가 말쑥한 재킷 속에서 축 처졌는데 그건 놀라움과 무력감을 나타내는 몸짓이었다. 그는 도미니크를 빤히 쳐다봤다. 잠시 후 그가 대답했다.

"몰랐소."

도미니크는 무관심하게 미소 지으며 말했다. "투히가 우리 둘을 힘들게 만들려고 애를 많이 쓴 것 같네요."

"투히 얘기는 집어치워요. 도무지 납득이 안 가는군. 당신이 도미니크 프랭컨이라고요?"

"결혼 전에는요."

"당신이 여기서, 이 건물에서 몇 년씩이나 일했다고요?"

"6년이죠."

"그런데 난 왜 본 적이 없지?"

"직원들을 다 만나진 않으시잖아요."

"내가 그런 뜻으로 한 말이 아니란 걸 알 거요."

"제가 그걸 말씀드리길 원하세요?"

"그렇소."

"제가 여기서 일하면서 왜 회장님을 만나려고 애쓰지 않았냐고요?"

"그렇소."

"그러고 싶지 않았으니까요."

"바로 그게 이해가 안 된다는 거요."

"그냥 넘어갈까요, 아니면 이해가 안 되시는 이유를 여쭤볼까요?"

"내가 선택해주겠소. 그런 미모를 지녔으면서, 그리고 나에 대한 소문을 알고 있었을 텐데 왜 〈배너〉에서 출세해보려는 시도를 하지 않았던 거요?"

"〈배너〉에서 출세해보고 싶은 생각이 없었으니까요."

"왜?"

"어쩌면 회장님이 요트에 와이낸드 신문을 못 들이게 하는 이유와 같을지도 모르죠."

"훌륭한 이유요." 와이낸드가 조용히 말했다. 그러고는 다시 아무렇지도 않은 듯한 목소리로 물었다. "가만 있자, 그때 내가 당신을 왜 해고시켰지? 회사 정책에 반항해서 그랬던 것 같은데."

"스토더드 신전을 옹호했기 때문이죠."

"〈배너〉에 진실을 담으려는 시도를 할 만큼 어리석었다는 거요?"

"그건 제가 하려던 말이었어요. 회장님께서 그럴 기회만 주셨다면."

"이제 내가 손님 대접을 제대로 하고 있는 거요?"

"어쨌든 그건 유쾌한 사건이 아니었어요. 전 여기서 일하는 걸 좋아했으니까요."

"이 건물에서 그런 말을 한 사람은 당신뿐이오."

"한 사람 더 있지 않나요?"

"그게 누구요?"

"회장님 자신이오."

"그 점에 대해선 너무 확신하지 말아요." 고개를 든 와이낸드는 도미니크가 재미있어하는 눈빛인 걸 보았다. "내 입에서 그런 말이 나오도록 함정을 판 거요?"

"그럴 거예요." 도미니크가 차분히 대꾸했다.

"도미니크 프랭컨……." 도미니크를 부르는 게 아니라 혼잣말이었다. "난 당신 글을 좋아했소. 그래서 당신이 다시 일하게 해달라고 찾아온 것이면 좋겠다는 생각이 들 정도요."

"전 스톤리지 건 때문에 왔어요."

"아, 물론 그렇소." 와이낸드는 도미니크의 긴 설득을 즐기려고 뒤로 편히 기대앉았다. 도미니크가 청탁자로서 어떤 태도로 어떤 이야기를 꺼내놓을지 자못 흥미로웠다. "그 문제에 대해 내게 하고 싶은 얘기가 뭐요?"

"그 일을 제 남편에게 맡겨주셨으면 좋겠습니다. 물론 회장님께서 그렇게 해주셔야만 할 이유는 없겠죠. 그 대가로 제 몸을 드리지 않는다면요. 그것만으로도 충분하다면 기꺼이 그렇게 하겠습니다."

와이낸드는 얼굴에 아무런 반응도 드러내지 않고 조용히 도미니크를 바라보았다. 도미니크는 자신의 말이 특별한 관심을 받을 만한 것이 아니었던 듯 와이낸드가 유심히 쳐다보는 것에 좀 놀라는 표정을 지었다. 와이낸드는 그녀의 얼굴에서 그 어울리지 않는 평온한 순수함 외에는 아무리 기를 쓰고 찾아봐도 다른 표정은 볼 수가 없었다.

"내가 제안하려던 게 바로 그거요. 하지만 처음 만난 자리에서 그렇게 노골적으로 제안할 생각은 없었소."

"제 덕에 시간과 거짓말을 절약하셨군요."

"남편을 많이 사랑하오?"

"경멸해요."

"그의 예술적 천재성을 굳게 믿고 있소?"

"전 그가 삼류 건축가라고 생각하죠."

"그렇다면 왜 이런 거래를 하는 거요?"

"재미있으니까요."

"그런 동기로 행동하는 사람은 나 혼자뿐인 줄 알았는데."

"그런 걸 신경 쓰시면 안 되죠. 회장님은 독창성을 바람직한 미덕으로 여기시는 분이 아닌 것 같은데."

"사실상 당신은 남편이 스톤리지 일을 따내든 말든 상관없는 거요?"

"예."

"나와 자고 싶은 생각도 없고?"

"전혀요."

"난 그런 연극을 하는 여자는 찬양할 수 있소. 문제는 당신의 경우 연극이 아니라는 거지."

"맞아요. 제발 저를 찬양하지 마세요. 그걸 피하려고 애써 왔으니까요."

와이낸드는 미소 지을 때 얼굴 근육의 움직임이 보이지 않았다. 얼굴에 늘 어려 있는 조롱이 잠시 뚜렷이 드러났다가 다시 희미해질 뿐이었다. 지금 그 조롱이 뚜렷이 드러났다.

"사실 당신이 여기 온 주된 동기는 바로 나요. 내게 몸을 바치고 싶어서지." 와이낸드는 도미니크의 시선을 보고 이렇게 덧붙였다. "아니, 내가 심각한 착각에 빠졌다는 생각으로 즐거워할 것 없소. 난 일반적인 의미에서 그런 말을 한 게 아니니까. 사실 그와는 정반대지. 아까 조각상을 갖게 하고 싶지 않은 사람들 중에서 내가 서열 두 번째라고 하지 않았소? 당신은 스토리지를 원하는 게 아니오. 세상에서 가장 저열한 인간에게 가장 저열한 동기로 자신을 팔고 싶은 거지."

"회장님께서 그걸 아실 줄은 몰랐네요." 도미니크가 간단히 말했다.

"당신은 성행위를 통해 나에 대한 지독한 경멸을 표현하고 싶은 거요. 남자들에게는 가끔 있는 일이지만 여자들은 안 그러지."

"아뇨, 회장님. 저에 대한 경멸이에요."

도미니크가 무심코 드러낸 속마음을 언뜻 포착하기라도 한 듯 와이낸드의 얇은 입술이 조금 달싹거렸다. 그의 입술은 말을 하면서도 포착한 것을 꽉 붙잡고 있는 듯했다.

"대부분의 사람들이 자신의 자존심에 대한 확신을 얻기 위해 무척 애를 쓰지."

"그렇죠."

"그리고 물론, 자존심의 추구는 자존심이 결여되어 있다는 증거고."

"그래요."

"그럼 자기 경멸의 추구는 무엇을 뜻하는지 아시오?"

"그것의 결여요?"

"그리고 결코 그것을 이룰 수 없다는 것."

"회장님께서 그것까지 아실 줄은 몰랐어요."

"더는 얘기하지 않겠소. 싫은 서열 두 번째가 아니라 당신의 목적에 적합하지 않은 인물이 되어버릴지도 모르니까." 와이낸드는 벌떡 일어섰다. "내가 당신의 제의를 받아들였다고 공식적으로 말해도 되겠소?"

도미니크는 동의의 표시로 고개를 숙였다.

"사실 난 스토리지를 누구에게 맡기든 상관없소. 지금까지 내 건물을 훌륭한 건축가에게 맡겨본 적이 없으니까. 난 대중이 원하는 걸 제공하오. 이번에 선택을 못 하고 있었던 건 엉터리 건축가들에게 신물이 나고, 또 기준이나 근거 없이 결정을 내리기가 힘들었기 때문이오. 당신은 내 말을 기분 나쁘게 받아들이지 않을 거라고 확신하오. 내가 찾을 수 있는 그 어떤 동기보다 훨씬 더 훌륭한 동기를 제공해줘서 정말 고맙소."

"평소에 늘 피터 키팅의 작품들에 감탄했다고 말씀하시지 않아서 기뻐요."

"당신도 영광스런 게일 와이낸드의 여자들 명단에 들게 되어 기쁘다는 말을 하지 않았소."

"우린 아주 잘 지낼 것 같네요."

"확실히 그런 것 같소. 적어도 당신은 내게 새로운 경험의 기회를 제공했소. 내가 늘 해오던 걸 정직하게 할 수 있는 기회. 이제부터 내가 주문을 해도 되겠소? 지금부터 우리가 하려는 일을 다른 것인 척 꾸미진 않겠소."

"원하신다면요."

"당신은 내 요트를 타고 나와 함께 두 달 동안 크루즈 여행을 떠나게 될 거요. 앞으로 열흘 내로 출발하겠소. 여행에서 돌아오면 남편에게 가도 좋소. 스톤리지 계약서를 들고."

"아주 좋아요."

"당신 남편을 만나고 싶소. 둘이 월요일 저녁에 나와 식사할 수 있겠소?"

"예, 원하신다면요."

도미니크가 돌아가려고 일어서자 와이낸드가 물었다.

"당신과 조각상의 차이를 말해도 되겠소?"

"아뇨."

"말하고 싶소. 똑같이 생긴 두 작품이 상반된 주제를 지니고 있는 건 놀라운 일이오. 당신의 조각상의 주제는 고양감이오. 하지만 당신 자신의 주제는 고통이오."

"고통? 제가 그걸 겉으로 드러낸 줄은 몰랐네요."

“드러내지 않았소. 그래서 안 거요. 행복한 사람은 고통에 그토록 무감각할 수 없으니까.”

와이낸드는 단골 미술품 상인에게 전화해서 스티븐 맬러리의 작품들을 모두 볼 수 있게 해달라고 부탁했다. 하지만 맬러리를 만나는 건 거절했다. 그는 자신이 좋아하는 작품의 작가를 절대 만나지 않았다. 미술품 상인은 번개처럼 일을 처리했다. 와이낸드는 맬러리의 작품들 중 다섯 점을 사고 미술품 상인이 생각했던 것보다 훨씬 후한 값을 쳐주었다.

“맬러리 씨가 회장님의 관심을 받게 된 이유를 알고 싶다고 합니다.” 미술품 상인이 말했다.

“그의 작품 하나를 봤소.” 와이낸드가 대답했다.

“어떤 작품인가요?”

“그건 중요하지 않소.”

투히는 와이낸드가 도미니크를 만난 후 자신을 부를 것이라고 기대하고 있었다. 하지만 와이낸드에게서는 아무 연락이 없었다. 며칠 후, 편집실에서 우연히 투히와 마주친 와이낸드가 큰 소리로 물었다.

“투히, 당신을 죽이려 한 사람들이 너무 많아서 이름도 다 기억하지 못하는 거요?”

투히가 빙긋이 웃으면서 대꾸했다. “분명 엄청나게 많을 겁니다.”

"세상 사람들을 과대평가하는군." 와이낸드는 그렇게 말하고 나가버렸다.

피터 키팅은 눈부시게 화려한 레스토랑 안을 구경하고 있었다. 뉴욕에서 가장 비싼 최고급 레스토랑이었다. 키팅은 자신이 이곳에 게일 와이낸드의 손님으로 왔다는 생각을 곱씹으며 흐뭇해했다.

키팅은 탁자 건너편의 우아하고 세련된 와이낸드의 모습을 보지 않으려고 애썼다. 그는 공개된 장소에서 저녁식사를 대접해준 와이낸드가 한없이 고마웠다. 레스토랑 안의 다른 손님들이 무관심한 척 신중하고 능숙하게 연기를 하면서도 와이낸드에게서 눈길을 떼지 못했고, 그와 동석한 두 사람에게도 관심을 집중했다.

도미니크는 두 남자 사이에 앉아 있었다. 그녀는 팔과 목이 가려진 흰 실크 드레스를 입고 있었는데 그 옷은 마치 수녀복 같았지만 야회복으로는 극도로 어울리지 않는다는 점에서 오히려 놀라운 효과를 지녔다. 그녀는 보석도 달지 않았고, 금발은 마치 두건처럼 보였다. 그녀가 몸을 움직일 때마다 광택 없는 흰 실크 천이 각진 평면들의 형태를 이루며 몸매를 드러냈고 그 모습은 공개적으로 제단에 바쳐져서 숨길 필요도, 갈망할 수도 없게 된 제물의 차가운 순수함을 느끼게 했다. 키팅은 그녀의 그런 모습이 매력적이지 못하다고 생각했다. 하지만 와이낸드는 그 모습에 반한 듯했다.

멀리 떨어진 탁자에 앉은 덩치 큰 남자가 자꾸만 쳐다봤다. 그러더니 거구를 일으켰는데, 서둘러 다가오는 모습을 보니 랠스턴 홀쿰이었다.

"피터, 이 친구, 정말 반갑네." 홀쿰은 큰 소리로 말하며 키팅과 악수하고 도미니크에게는 목례를 했지만 의식적으로 와이낸드는 모르는 척했다. "그동안 어디 숨어 살았나? 요새 왜 통 볼 수가 없어?" 사실 두 사람은 사흘 전에 점심식사를 같이 했다.

와이낸드가 자리에서 일어나 정중히 앞으로 몸을 기울이고 있었다. 키팅은 망설이다가 내키지 않는 기색을 감추지 못하며 두 사람을 소개했다.

"와이낸드 씨, 홀쿰 씨입니다."

"설마 게일 와이낸드 씨는 아니시겠지요?" 홀쿰이 전혀 몰랐다는 듯 너스레를 떨었다.

"홀쿰 씨, 기침약 겉봉에 있는 스미스 형제를 실제로 만나면 알아보시겠습니까?" 와이낸드가 물었다.

"그거야 …… 아마 그럴 겁니다." 홀쿰이 눈을 껌벅거리며 말했다.

"홀쿰 씨, 제 얼굴은 누구나 아는 진부한 상투어나 마찬가지죠."

홀쿰은 듣기 좋은 말을 몇 마디 웅얼거리고 자리를 떴다.

와이낸드가 애정 어린 미소를 지으며 말했다. "키팅 씨, 홀쿰 씨를 내게 소개하는 걸 두려워할 필요는 없었소. 그가 건축가라도 말이오."

"두려워하다니요, 회장님?"

"그럴 필요 없소. 다 결정되었으니까. 부인이 스톤리지는 당신 거라는 말을 안 해줬소?"

"저는 …… 아뇨, 안 해줬습니다. …… 전 몰랐어요……." 와이낸드는 미소 짓고 있었지만 고정된 미소였고, 키팅은 멈추라는 신호를 받을 때까지 계속 떠들어대지 않을 수 없었다. "감히 꿈도 못 꿨던 일이라 …… 이렇게 빨리는 …… 물론 이 자리가 …… 회장님의 결정을 돕는……." 그러다 무의식중에 불쑥 물었다. "항상 이렇게 깜짝 선물을 주십니까?"

"그럴 수 있을 때마다." 와이낸드가 엄숙하게 말했다.

"이 영광을 누릴 자격을 갖추고 회장님의 기대에 부응할 수 있도록 최선을 다하겠습니다."

"그 점은 믿어 의심치 않소." 와이낸드가 대답했다.

와이낸드는 오늘 밤 도미니크에게는 거의 말을 걸지 않았다. 온통 관심이 키팅에게만 쏠려 있는 듯했다.

"지금까지 제 작품들은 세상 사람들에게 좋은 평가를 받아왔죠. 스톤리지를 저의 최고의 작품으로 만들겠습니다." 키팅이 말했다.

"당신의 걸작들을 고려한다면 대단한 약속이오."

"제 작품들이 회장님의 관심을 끌 정도로 대단하리라곤 감히 기대하지도 못했습니다."

"하지만 난 당신 작품들을 아주 잘 알고 있소. 코스모-슬롯닉 빌딩은 완전한 미켈란젤로지."

키팅은 믿을 수 없는 기쁨에 얼굴이 환해졌다. 그는 와이낸드가 예술적인 안목이 뛰어나고 가볍게 그런 비교를 하지 않는다는 걸 알고 있었던 것이다.

"프루덴셜 은행 건물은 진짜 팔라디오고. 슬로턴 백화점 건물은 훔친 크리스토퍼 렌이고."

키팅의 표정이 변했다.

"한 사람 가격에 유명 건축가들을 다 쓸 수 있게 됐으니 대단한 횡재가 아니겠소?"

키팅은 미소를 지었지만 얼굴이 굳어 있었다. "회장님의 뛰어난 유머 감각에 대해서는 익히 들어 알고 있습니다."

"내 묘사 방식에 대해선 들어봤소?"

"무슨 말씀이신지요?"

와이낸드는 반쯤 몸을 돌려 도미니크를 보았는데 마치 생명 없는 물체를 검사하는 듯한 눈길이었다.

"키팅 씨, 부인 몸매가 아름답소. 어깨가 지나치게 가늘긴 하지만 나머지 부분과 감탄스러울 정도로 균형이 잘 맞소. 다리도 지나치게 길긴 하지만 그 덕에 훌륭한 요트에서 발견할 수 있는 우아한 각선미가 있소. 가슴도 아름답고, 안 그렇소?"

키팅이 웃으려고 애쓰며 말했다. "건축은 거친 직업입니다. 그래서 건축가는 차원 높은 궤변을 잘 못 알아듣죠."

"내 말을 이해 못하는 거요?"

"회장님이 완벽한 신사라는 사실을 몰랐더라면 오해했을지도 모르지만 회장님은 절 못 속이십니다."

"속이지 않으려고 하는 말이오."

"회장님, 칭찬 감사합니다만, 제 아내에 대한 얘기를 해야 한다고 생각할 만큼 자만심에 차 있진 않습니다."

"안 될 게 뭐요, 키팅 씨? 둘이 공유한, 아니 공유하게 될 것들에 대한 얘기는 좋은 화젯거리가 되는 걸로 알고 있는데."

"회장님, 전 …… 전 무슨 말씀이신지 모르겠습니다."

"더 분명하게 얘기할까요?"

"아뇨, 전……."

"아니라고요? 그럼 스토리지 얘기는 그만둘까요?"

"아, 스토리지 얘기를 하는 게 좋겠습니다! 전……."

"이미 하는 중인데."

키팅은 주위를 둘러보았다. 그는 이런 장소에서 그런 이야기를 해서는 안 된다고 생각했다. 이곳의 깐깐한 화려함이 그런 이야기를 더욱 소름끼치게 만드니까. 차라리 습기 찬 지하실이 낫다고 생각했다. 길바닥에 떨어진 핏자국은 괜찮지만 응접실 카펫 위의 핏자국은…….

"농담이시라는 걸 이제야 알겠습니다." 키팅이 말했다.

"이번엔 내가 당신의 뛰어난 유머 감각을 칭찬해야겠소."

"그런 …… 그런 일들은 일어날 수가……."

"키팅 씨, 그건 당신의 진심이 아니오. 그런 일들은 늘 일어나지만 그런 얘기는 하지 않는다고 말해야지."

"전 그런 생각을 한 적이……."

"당신은 이 자리에 오기 전에 그것에 대해 생각했소. 그리고 신경 쓰지 않기로 했소. 내가 지금 가증스럽게 굴고 있다는 거 인정하겠소. 지금 난 자비심의 모든 규칙을 깨고 있으니까. 정직한 건 지극히 잔인한 것이오."

"제발요, 회장님, 그 얘기는 …… 그만 하십시오. 제가 어째야 하는지를 …… 모르겠습니다."

"간단하오. 내 뺨을 갈기면 되는 거요." 키팅이 킥킥 웃었다. "당신은 몇 분 전에 그렇게 해야 했소."

키팅은 자신의 손바닥이 젖어 있으며 무릎 위의 냅킨을 꽉 쥐고 있음을 깨달았다. 와이낸드와 도미니크는 마치 다른 탁자에 앉아 있는 것처럼 천천히, 우아하게 음식을 먹고 있었다. 키팅은 그들이 인간의 몸 같지가 않다고 생각했다. 레스토랑 안의 크리스털 장식들에서 나온 빛이 엑스레이처럼 그들의 뼈뿐 아니라 더 깊은 곳까지 파먹어서 영혼만 남아 있는 것 같았다. 야회복 속에 살이라는 매개물 없이 영혼만 든 채로 탁자에 앉아 있는 그들, 속이 훤히 드러나 있어서 무서운 존재들, 키팅이 무서움을 느낀 건 그들에게서 고문자들의 모습을 보게 될 거라고 예상했기 때문이지만 그가 본 건 위대한 순수였다. 키팅은 만일 자신의 육체가 사라지고 옷 속에 영혼만 남는다면 그들은 자신에게서 무엇을 볼지 궁금해졌다.

"싫소? 그렇게 하지 않겠소? 물론 꼭 할 필요는 없소. 원하지 않는다면 말하시오. 난 상관없으니까. 저쪽 탁자에 랠스턴 홀콤 씨가 앉아 있소. 그도 스톤리지를 당신만큼 잘 지을 수 있을 거요." 와이낸드가 말했다.

"회장님, 무슨 말씀이신지 모르겠습니다." 키팅이 속삭이듯 말했다. 그는 샐러드 접시 위의 토마토 젤리에 시선을 박고 있었는데 젤리가 미세하게 떨리고 있어서 속이 메스꺼웠다.

와이낸드가 도미니크에게 말했다. "키팅 부인, 우리가 추구에 대해 나눈 대화를 기억하시오? 난 당신이 추구하는 것을 결코 이룰 수 없을 거라고 했소. 당신 남편을 보시오. 그는 노력이 필요 없는 타고난 전문가요. 당신 남편처럼 해야 되는 거요. 언젠가는 당신도 거기 맞추시오. 그렇게 할 수 없다는 말은 하지 마시오. 나도 아니까. 당신은 아마추어니까."

키팅은 다시 말을 해야만 한다고 생각했지만 샐러드 접시가 앞에 놓여 있는 한 도저히 입을 열 수가 없었다. 공포는 탁자 건너편의 깐깐한 괴물이 아닌 샐러드 접시에서 나온 것이었다. 레스토랑 안의 나머지 부분은 따뜻하고 안전했다. 그는 갑자기 몸을 앞으로 기울이며 팔꿈치로 샐러드 접시를 쳐서 탁자 밑으로 떨어뜨렸다.

키팅은 유감을 나타내는 소리를 냈다. 누군가가 다가왔고, 정중히 사과하는 목소리가 들렸으며, 카펫 위의 오물이 사라졌다.

키팅은 이렇게 말하는 목소리를 들었다. "왜 이러시는 겁니까?" 두 개의 얼굴이 그에게로 향했고 키팅은 자신이 그 말을 했음을 깨달았다.

"피터, 회장님은 당신을 고문하기 위해 그러는 게 아니에요. 나 때문에 그러는 거죠. 내가 얼마나 견딜 수 있는지 보려고." 도미니크가 차분하게 말했다.

"맞는 말이오, 키팅 부인. 부분적으로는. 나머지는 나 자신을 정당화하기 위해서고." 와이낸드가 말했다.

"누구에게요?"

"당신들. 그리고 어쩌면 나 자신에게도."

"그럴 필요가 있으세요?"

"가끔은. 〈배너〉는 경멸할 만한 신문이오, 안 그렇소? 난 명예가 다른 사람들에게 어떤 작용을 하는지 지켜보며 즐길 수 있는 위치에 서기 위해 내 명예를 포기한 거요."

키팅은 지금 자신의 옷 속에는 아무것도 들어 있지 않다고 생각했다. 두 얼굴에게 더는 자신이 보이지 않는 것 같았기 때문이다. 그는 안전했다. 탁자에서 그의 자리는 비어 있었다. 키팅은 멀리 떨어진 무관심한 관찰자의 입장에서 두 사람을 보며 그들이 왜 적도, 집행인들도 아닌 동지처럼 조용히 서로를 바라보고 있는지 의아해했다.

항해 이틀 전, 늦은 저녁에 와이낸드가 도미니크에게 전화를 걸어왔다.

"지금 와줄 수 있겠소?" 와이낸드는 도미니크의 침묵을 느끼고 얼른 덧붙였다. "아, 당신이 지금 생각하는 그런 용건이 아니오. 난 약속을 지키는 사람이오. 당신은 아주 안전할 거요. 그냥 만나고 싶은 것뿐이오."

"좋아요." 그렇게 대답한 도미니크는 와이낸드가 조용히 "고맙소." 하고 말하는 걸 듣고 깜짝 놀랐다.

와이낸드의 펜트하우스 로비에 있는 엘리베이터 문이 열리자 와이낸드는 밖에서 기다리고 있다가 도미니크를 내리게 하지 않고 자신이 엘리베이터에 탔다.

"당신이 내 집에 들어오게 하고 싶지 않소. 우린 아래층으로 내려갈 거요." 그가 말했다.

엘리베이터 안내원이 놀란 얼굴로 그를 쳐다보았다.

엘리베이터가 멈추고 두 사람은 잠긴 문 앞에 내렸다. 와이낸드가 화랑 문을 열고 도미니크를 먼저 들여보낸 후 자신도 따라 들어왔다. 이곳은 외부인의 출입이 금지되어 있다는 걸 도미니크도 알고 있었다. 하지만 아무 말도 하지 않았다. 와이낸드도 아무 설명이 없었다.

도미니크는 네 시간 동안 넓은 진열실들을 돌아다니며 믿을 수 없을 정도로 아름다운 예술품들을 조용히 구경했다. 두꺼운 카펫이 깔려 있어서 발소리가 들리지 않았고 바깥 소음도 없었다. 그리고 그곳에는 창문이 없었다. 와이낸드는 도미니크를 따라다니며 그녀가 걸음을 멈추면 자신도 같이 멈추었다. 시선도 그녀를 따라 작품에서 작품으로 옮겨갔다. 이따금 도미니크의 얼굴을 흘낏 살피기도 했다. 도미니크는 스토더드 신전 조각상 앞에서 걸음을 멈추지 않고 그냥 지나쳤다.

와이낸드는 화랑을 도미니크에게 넘기기라도 한 듯 그녀에게 더 오래 있으라고도, 서두르라고도 하지 않았다. 도미니크는 자신이 원할 때 문으로 향했고 와이낸드도 그녀를 따라갔다. 도미니크가 물었다.

"저한테 왜 이걸 보여주신 거죠? 그런다고 제가 회장님을 더 좋게 생각할 것도 아닌데. 더 나쁘게 생각한다면 몰라도."

"그렇소. 효과에 대한 생각을 했다면 나도 그렇게 예상했을 거요. 하지만 난 계산 같은 건 없었소. 그냥 당신에게 보여주고 싶었을 뿐이오."

4

그들이 차에서 내렸을 때는 해가 진 뒤였다. 수은색 바다 위로 초록 하늘이 펼쳐져 있었고 구름 가장자리와 요트 황동 장식들에 붉은 석양의 흔적이 남아 있었다. 요트는 움직임이 남긴 흰 줄무늬, 고삐가 당겨져 정지된 민감한 몸 같았다.

도미니크는 우아한 흰 뱃머리의 금빛 글씨 '아이 두'를 보았다.

"저 이름은 무슨 뜻이죠?" 그녀가 물었다.

"오래전에 죽어 땅에 묻힌 사람들에게 내가 하는 대답이오. 그들은 아마도 내 기억 속에서 영원히 살아 있을 거요. 내가 어렸을 때 제일 많이 들었던 말이 '주인 행세를 하지 말라'는 것이었소."

도미니크는 와이낸드가 요트 이름의 뜻을 묻는 질문에 대답한 적이 없다는 걸 알고 있었다. 그런데 와이낸드는 즉시 대답해주었고 그것이 예외적이라는 의식조차 없는 듯했다. 도미니크는 그의 태도에서 침착함을 느꼈다. 그에게서는 볼 수 없었던 이상한 태도였으며 조용한 단호함이 들어 있었다.

그들이 타자 요트는 바로 움직이기 시작했다. 마치 와이낸드의 발이 갑판에 닿는 순간 저절로 시동이 걸리기라도 한 듯했다. 와이낸드는 도미니크에게 손도 대지 않고 난간 앞에 서서 하늘을 배경으로 깐닥거리며 멀어져가는 기다란 갈색 해안을 바라보았다. 그러다 도미니크에게 고개를 돌렸다. 줄곧 그녀를 보고 있기라도 했던 것처럼 아무런 변화가 없는 눈빛이었다.

두 사람은 도미니크의 선실로 내려갔다. "필요한 게 있으면 말해줘요." 와이낸드는 그렇게 말하고 안쪽 문으로 사라졌다. 그의 침실로 통하는 문이었다. 와이낸드는 문을 닫았고 다시 돌아오지 않았다.

도미니크는 선실 안을 어슬렁거렸다. 반들거리는 엷은 빛깔 마호가니 벽에 비친 희미한 그림자가 그녀를 따라다녔다. 그녀는 낮은 안락의자에 편안히 앉아 발목을 포개고 두 팔을 쭉 뻗고서 현창이 초록색에서 검푸른 색으로 변해가는 걸 지켜보았다. 그녀는 손을 뻗어 전등을 켰고, 그러자 현창의 푸른색이 사라지고 그 자리에 반짝이는 검은 원이 생겼다.

주방장이 저녁식사가 준비되었다고 알렸다. 와이낸드는 문을 노크하고 들어와 도미니크를 식당으로 데려갔다. 도미니크는 그의 태도가 혼란스러웠다. 그의 태도는 쾌활하면서도 침착함을 잃지 않고 있어서 무척이나 진지한 느낌을 주었던 것이다.

탁자에 앉자 도미니크가 물었다.

"왜 절 혼자 두셨죠?"

"당신이 혼자 있고 싶을 거라고 생각했소."

"마음의 준비를 할 수 있도록요?"

"그런 식으로 표현하고 싶다면 그렇다고 할 수 있지."

"회장님의 사무실로 찾아가기 전에 이미 마음의 준비는 되어 있었어요."

"물론 그랬겠지. 당신을 나약한 존재로 취급한 점, 용서하시오. 내 실수였소. 그런데 당신은 우리가 어디로 가고 있는지 묻지 않고 있소."

"그걸 묻는 것도 나약함이니까요."

"맞소. 당신이 목적지에 신경 쓰지 않아서 다행이오. 난 분명한 목적지를 정하지 않으니까. 이 배는 어디에 닿기 위해서가 아니라 어디에서든 벗어나기 위해 항해하고 있소. 어느 항구에서 멈춘다면 오로지 그곳을 떠나는 기쁨을 누리기 위해서일 뿐이오. 난 늘 이런 식으로 생각하오. 여기 나를 붙잡을 수 없는 장소가 하나 더 있구나."

"저도 여행을 많이 했어요. 늘 그런 식으로 생각하면서요. 사람들은 제가 인류를 증오하기에 그런 거라고 하더군요."

"그 말을 믿을 정도로 어리석진 않겠지, 안 그렇소?"

"모르겠어요."

"당신이라면 분명 그 어리석음을 간파했을 거요. 무엇이든 다 받아먹는 돼지를 인류에 대한 사랑의 상징이라고 주장하는 것 말이오. 사실은 만인을 사랑하고 세상 모든 곳이 자기 집처럼 편안한 사람이야말로 진짜 인류를 증오하는 거요. 애초에 인간이란 존재에 대해 기대하는 게 없으니 아무리 끔찍한 꼴을 봐도 분개할 줄 모르는 거지."

"최악의 인간에게도 선은 존재한다고 주장하는 사람 말인가요?"

"당신의 조각상을 만든 이와 길거리에서 파는 미키마우스 풍선을 만든 이를 똑같이 사랑한다고 주장하는 추잡한 오만함을 지닌 사람을 말하는 거요. 당신의 조각상보다 미키마우스를 더 좋아하는 인간들, 그 수많은 인간들을 사랑하는 사람을 말하는 거요. 잔 다르크와 브로드웨이 옷가게 여점원들을 똑같은 열정으로 사랑하는 사람. 당신의 아름다움과 지하철에서 흔히 볼 수 있는, 다리를 꼬고 앉으면 가터벨트 위로 늘어진 살이 다 보이는 여자들을 똑같은 고양감을 느끼며 사랑하는 사람. 망원경을 들여다보는 맑고 침착하고 겁 없는 눈과 백치의 멍청한 눈을 똑같이 사랑하는 대단히 많은 관대하고 후한 사람들. 키팅 부인, 그래도 당신이 인류를 증오하는 사람이라고 할 수 있겠소?"

"지금 회장님이 말씀하신 것들은 제가 생각이란 걸 하기 시작한 후로 줄곧……." 도미니크는 말을 멈추었다.

"당신을 괴롭혀온 것들일 거요. 인간이라고 불릴 자격도 없는 대부분의 존재들을 증오하지 않고는 인간을 사랑할 수 없는 법이오. 이건 양자택일의 문제요. 하느님을 사랑하면서 신성모독을 저지를 순 없지. 그것이 신성모독인 줄 모르고 저지른 것이 아니라면 말이오."

"제가 사람들에게 늘 듣던 말대로 사랑은 용서라고 말한다면요?"

"당신은 절대 할 수 없는 추잡한 말이오. 당신 자신은 그쪽 방면에 전문가라고 생각할지 몰라도."

"사랑은 동정이라면요?"

"아, 그만두시오. 그런 말들을 듣는 것 자체만으로도 기분이 고약한데 당신 입을 통해 들으니 아무리 농담이라도 구역질이 날 것 같소."

"대답해주세요."

"사랑은 존경, 숭배, 찬양, 위를 올려다보는 것이지 더러운 상처에 매는 붕대가 아니오. 하지만 사람들은 그걸 모르지. 사랑에 대해 함부로 떠드는 사람들은 사랑을 느껴본 적이 없는 이들이오. 동정, 연민, 경멸, 일반적인 무관심에서 우려낸 멀건 국물을 사랑이라고 부르지. 당신과 나처럼 일단 사랑이 무엇을 의미하는지를, 그 최고의 존재에 대한 완전한 열정을 알게 되면 그 이하의 것은 할 수가 없소."

"저와 회장님처럼요?"

"사랑이란, 당신의 조각상 같은 대상을 볼 때 느끼는 것이기 때문이오. 거기에 용서나 동정 같은 건 없소. 거기 그런 게 있을 거라고 주장하는 인간은 죽여버리고 싶소. 그런 인간은 당신의 조각상을 보고 아무것도 느끼지 못할 거요. 그 조각상이나 다리를 다친 개나 그에겐 똑같을 테니까. 심지어 그는 당신의 조각상을 감상하는 것보다 개의 다리에 붕대를 감아주는 게 더 고귀한 행동이라고 느낄 거요. 그러니 키팅 부인, 위대성을 추구하고 고양감을 원한다면, 하느님을 대신한 상처의 씻어줌을 거부하고 하느님 자체를 원한다면, 당신은 인류를 증오하는 자로 불릴 거요. 당신은 인간에겐 과분한 사랑을 아는 죄를 범했기 때문이오."

"회장님, 저를 해고당하게 만든 제 글을 읽으셨나요?"

"아니, 안 읽었소. 지금도 읽을 용기가 안 나고."

"왜죠?"

와이낸드는 그 질문은 무시해버리고 미소 지으며 말했다.

"당신은 내게 와서 이렇게 말했소. '당신은 세상에서 가장 비열한 인간이에요. 내가 자기 경멸을 배울 수 있도록 나를 가져요. 대부분의 사람들이 자기 경멸에 의존해서 살고 있는데 난 그게 없어요. 그래서 다른 사람들에겐 삶이 견딜 만한 것인데 난 그렇지가 못해요.' 당신이 내 앞에서 뭘 보여줬는지 이제 알겠소?"

"그게 보일 줄은 몰랐어요."

"물론 뉴욕 〈배너〉 발행인에겐 보일 리가 없지. 상관없소. 어차피 나도 엘즈워스 투히의 친구인 아름다운 매춘부가 찾아올 거라고 생각했으니까."

두 사람은 함께 웃었다. 도미니크는 이렇게 아무런 긴장감 없이 대화를 나눌 수 있는 게 이상했다. 와이낸드가 이 여행의 목적을 잊어버리기라도 한 듯했다. 그의 침착함이 둘 사이에 전염성 있는 평온함을 주고 있었다.

도미니크는 대화에 방해가 되지 않도록 정중하고 우아하게 음식을 내오는 하인들과 진홍색 마호가니 벽과 대조를 이루는 흰 탁자보에 주목했다. 요트 안의 모든 것이 그녀에게 진짜로 호화로운 곳에는 처음 와보는 듯한 기분이 들게 했다. 그런데도 그 호화로움은 부차적인 것이었고 주인에게 아주 잘 어울려서 자칫 주목받지 못할 수도 있는 배경에 불과했다. 와이낸드는 자신의 부를 하찮은 것으로 만들고 있었다. 지금까지 도미니크가 만나온 부자들은 자신의 궁극적인 목표를 나타내는 부에 경직된 자세로 경외감을 표했다. 하지만 지금 탁자 건너편에 편한 자세로 앉아 있는 남자에게 이곳의 화려함은 궁극적인 목표도, 성취도 아니었다. 도미니크는 그의 목표가 무엇인지 궁금했다.

"이 배는 회장님과 잘 어울려요."

도미니크는 와이낸드의 눈에 기쁨과 감사의 표정이 어리는 걸 보았다.

"고맙소……. 그럼, 화랑은?"

"그것도요. 변명하기가 더 힘들긴 하지만."

"날 위해 변명해주는 건 원치 않소." 와이낸드가 나무라는 기색 없이 담담하게 말했다.

저녁식사가 끝났고 도미니크는 피할 수 없는 초대를 기다렸다. 하지만 와이낸드는 담배를 피우며 요트와 바다 이야기만 늘어놓고 있었다.

우연히 그녀의 손이 탁자 위의 그의 손 가까이에 놓이게 되었다. 도미니크는 와이낸드가 자신의 손을 보자 얼른 치우고 싶었지만 애써 참고 그대로 있었다. 그녀는 이제 때가 왔다고 생각했다.

와이낸드가 일어서며 말했다. "갑판으로 올라갑시다."

두 사람은 난간 앞에 서서 검은 허공을 바라보았다. 그 공간은 눈에는 보이지 않고 얼굴에 닿는 공기로만 느껴졌다. 별 몇 개가 빈 하늘에 실체감을 주었다. 그리고 물속의 흰 불꽃 몇 개가 바다에 생명감을 주었다.

와이낸드는 구부정하니 서서 한 팔을 들어 기둥을 잡고 있었다. 도미니크는 바다를 배경으로 서 있는 그를 보고 있으려니 물결을 따라 흐르는 흰 불꽃들이 그의 몸을 테두리처럼 감싸고 있는 듯한 기분이 들었다. 그것 또한 그와 어울렸다.

도미니크가 말했다.

"회장님께서 절대 공감하지 않으실 진부한 얘기를 하나 더 할까요?"

"뭐요?"

"회장님은 바다를 보면서 자신이 얼마나 작은 존재인지 느껴본 적이 없으시죠?"

와이낸드는 웃음을 터뜨렸다. "절대로. 하늘을 보거나, 산 정상을 보거나, 그랜드캐니언을 볼 때도 마찬가지요. 내가 왜 그런 걸 느껴야 하오? 나는 바다를 볼 때 인간의 위대성을 느끼오. 이 배를 만들어서 저 무의미한 공간을 정복한 인간의 위대한 능력에 대해 생각하니까. 난 산 정상을 볼 때면 터널과 다이너마이트를 생각하오. 하늘을 볼 때는 비행기들을 생각하고."

"맞아요. 사람들은 자연을 보면서 성스러운 황홀경에 젖는다고들 하지만 전 자연에서는 그런 걸 느껴본 적이 없고 오직……." 도미니크는 말을 멈추었다.

"오직 어디서?"

"건물들이오. 마천루들." 도미니크가 속삭였다.

"왜 그 말을 하길 꺼렸소?"

"그건 …… 모르겠어요."

"난 뉴욕의 스카이라인을 볼 수 있다면 세상에서 가장 아름다운 일몰을 포기할 수 있소. 특히 형체만 어렴풋이 보일 때의 스카이라인. 형체들과 그것들을 만든 생각. 뉴욕 위의 하늘과 시각화된 인간의 의지. 무슨 다른 종교가 더 필요하겠소? 사람들은 전염병 소굴 같은 축축한 정글 속으로 순례 여행을 떠나 야만인이 만든 무너져가는 사원이나 심술궂게 노려보는 배불뚝이 괴물 석상에 경배하고 돌아온 얘기를 늘어놓지. 그들이 보고자 하는 게 아름다움과 천재성이오? 그들이 추구하는 게 숭고한 정신이오? 그렇다면 그들은 뉴욕으로 와서 허드슨 강변에서 뉴욕을 바라보며 무릎을 꿇어야 하오. 나는 창문으로 뉴욕을 볼 때 자신이 작은 존재로 느껴지는 게 아니라 만일 전쟁이 일어나 뉴욕이 위험에 빠진다면 창문으로 몸을 던져 내 몸으로 건물들을 지키고 싶은 기분을 느끼오."

"게일, 지금 당신의 말을 듣고 있는 건지 제 말을 듣고 있는 건지 모르겠어요."

"방금 당신이 한 말을 들었소?"

도미니크는 미소 지었다. "사실, 못 들었어요. 하지만 그 말을 취소하진 않겠어요, 게일."

"고맙소……. 도미니크." 와이낸드의 목소리는 부드럽고 즐거웠다. "하지만 우리는 당신이나 나에 대한 얘기를 하고 있지 않았소. 다른 사람들에 대한 얘기를 하고 있었지." 그는 난간에 양팔을 걸치고 물속 불꽃들을 바라보며 말했다. "사람들이 자신을 비하하고 싶어 안달하는 이유를 생각해보면 참 재미있소. 자연 앞에서 작아짐을 느낀다느니 어쩌느니 하는 것 말이오. 그건 진부한 상투어를 넘어 관례에 가깝소. 사람들이 그런 말을 할 때 그 목소리가 얼마나 독선적인지 아오? 마치 이렇게 말하는 듯하지. '나는 피그미가 된 게 몹시 기쁘다. 나는 그 정도로 고결한 사람이다.' 나이아가라 폭포를 바라볼 때 자신은 그리 위대한 인물이 아니라고 주장한 어느 위대한 명사의 말을 사람들이 얼마나 기쁜 마음으로 인용하는지 아오? 자신들 중 최고가 냉혹한 지진의 위력 앞에서는 먼지 같은 존재라는 사실이 무척이나 좋아서 입맛을 쩍쩍 다시는 인간들. 허리케인의 위용 앞에 진흙에 이마를 처박고 네 발로 설설 기는 인간들. 하지만 그건 불과 증기와 전기의 힘을 이용하고, 돛단배로 대양을 건너고, 비행기와 댐 …… 마천루를 만든 정신이 아니오. 그들이 두려워하는 게 무엇이오? 설설 기기를 좋아하는 그 인간들이 맹렬히 증오하는 것이 무엇이오? 그리고 그 이유는 무엇이오?"

"제가 그 대답을 알게 된다면 세상과 화해하게 되겠죠." 도미니크가 말했다.

와이낸드는 계속 이야기했다. 자신이 한 여행들에 대해, 그들의 눈앞에 쳐진 부드러운 커튼 같은 어둠 너머의 대륙들에 대해. 도미니크는 더는 대답하지 않고 잠자코 기다렸다. 그가 그 짤막한 침묵의 순간을 기회 삼아 대화를 끝내고 피할 수 없는 초대의 말을 하기를 기다렸다. 하지만 와이낸드는 그 말을 하지 않았다.

"피곤하오?" 와이낸드가 물었다.

"아뇨."

"앉고 싶으면 의자를 가져다주겠소."

"아뇨. 서 있는 게 좋아요."

"좀 쌀쌀하군. 내일이면 훨씬 더 남쪽에 있을 거고 불타는 밤바다를 보게 될 거요. 무척 아름답지."

와이낸드도 침묵을 지켰다. 도미니크는 수면에 긴 상처를 내고 있는 물체에 바다가 저항하며 신음하는 소리로 배의 속도를 느낄 수 있었다.

"우리, 언제 내려가죠?" 그녀가 물었다.

"안 내려갈 거요."

와이낸드는 자신도 어떻게 할 수 없는 사실 앞에 무력하게 서 있는 듯한 단순한 태도로 조용히 말했다.

"나와 결혼해주겠소?" 그가 물었다.

도미니크는 충격을 감추지 못했고, 그걸 미리 예견하고 있던 와이낸드는 이해심 어린 미소를 지었다.

"다른 말은 안 하는 게 최선일 거요." 와이낸드가 조심스럽게 말했다. "하지만 당신은 내가 그 말을 하기를 원하고 있소. 그래서 아까부터 침묵을 지켜왔던 거고. 당신은 내게 많은 얘기를 하려 하지 않지만 오늘 밤 내가 당신의 대변인 노릇을 해왔으니 당신을 대신해 한 마디만 더 하겠소. 당신은 인간에 대한 경멸의 상징으로 날 선택했소. 당신은 나를 사랑하지 않소. 내게 아무것도 허락하고 싶은 마음이 없소. 나는 당신의 자멸의 도구일 뿐이오. 나는 그 모든 걸 알면서도 다 받아들이고 당신과 결혼하고 싶소. 세상에 대한 복수로 입에 올릴 수조차 없는 끔찍한 짓을 저지르고자 한다면 적에게 몸을 팔 게 아니라 그와 결혼해야 하오. 당신의 최악의 것으로 적의 최악의 것과 대결할 게 아니라 당신의 최악의 것으로 적의 최고의 것과 대결해야 하오. 물론 당신은 이미 한 번 그런 시도를 했지만 상대가 당신의 목적에 걸맞지 못했소. 알다시피 나는 당신의 입장에서 호소하고 있소. 내 입장은, 내가 이 결혼에서 얻고자 하는 것은 당신에겐 중요하지 않으니 나도 중요시하지 않겠소. 당신은 그걸 알 필요가 없소. 그것에 대해 고려할 필요도 없소. 나는 당신에게 아무런 약속도, 의무도 강요하지 않겠소. 당신은 아무 때나 나를 떠날 수 있소. 참고로 덧붙이면, 당신은 아무 관심 없겠지만 난 당신을 사랑하오."

도미니크는 한 손을 뒤로 뻗어 난간을 잡고 서 있었다. 그녀가 말했다.

"전 그걸 원하진 않았어요."

"알고 있소. 하지만 당신은 한 가지 실수를 저질렀소. 당신은 내가 지금까지 만나온 사람들 중에서 가장 깨끗한 사람을 보여줬소."

"우리가 어떤 목적으로 만나게 됐는지를 생각한다면 그 말은 우스꽝스럽지 않나요?"

"도미니크, 난 지금까지 세상을 조종하며 살아왔소. 난 세상을 다 보았소. 그런 내가 순수함을 믿을 수 있을 것 같소? 당신처럼 끔찍한 형태로 위장해서 나타난 게 아니라면 말이오. 하지만 내 감정이 당신의 결정에 영향을 미쳐선 안 되오."

도미니크는 도저히 믿을 수 없다는 표정으로 지나간 시간들을 돌이켜보며 그를 바라보았다. 그녀의 입가에 부드러움이 어려 있었고 와이낸드도 그걸 보았다. 도미니크는 오늘 그가 한 모든 말은 그녀의 언어이고 그의 청혼과 그 방식 또한 그녀의 세계에 속한 것이라고 생각했다. 와이낸드는 청혼을 해서 자신의 목적을 망쳐버렸고, 그녀에게서 애초에 그가 제안했던 동기를 빼앗았으며, 적에게 몸을 팔아 타락하는 걸 불가능하게 만들었다. 도미니크는 갑자기 그에게 손을 내밀고, 그에게 모든 것을 말하고, 그의 이해 속에서 순간적인 위안을 얻은 후 다시는 만나지 말아달라고 부탁하고 싶은 충동을 느꼈다.

하지만 다음 순간 그것이 떠올랐다.

와이낸드는 도미니크의 손이 움직이는 걸 보았다. 그녀의 손은 그 순간이 몹시도 중요해서 뭔가 의지할 것이 필요한 것처럼 난간을 꽉 붙잡고 있는 게 아니었다. 이제 더는 진지한 노력이 필요치 않아 무신경하게 고삐를 잡고 있는 것처럼 느슨하게 난간을 잡고 있었다.

도미니크가 떠올린 건 스토더드 신전이었다. 그녀는 지금 자기 앞에 서서 최고의 존재에 대한 완전한 열정을 이야기하고 몸을 던져 마천루들을 지키겠다고 하는 남자에 대해 생각하며 뉴욕 〈배너〉에 실렸던 사진 하나를 떠올렸다. 엔라이트 하우스를 올려다보는 하워드 로크의 사진. 그 사진 밑에는 "슈퍼맨 씨, 행복하시오?"라고 씌어 있었다.

도미니크는 와이낸드를 올려다보며 물었다.

"당신과 결혼하라고요? 와이낸드 신문들의 안주인이 되라고요?"

와이낸드가 애쓰는 목소리로 대답했다. "그렇게 부르고 싶다면 …… 그렇소."

"결혼하겠어요."

"고맙소, 도미니크."

도미니크는 무관심하게 기다렸다.

와이낸드가 그녀에게 돌아서서 오늘 하루 종일 그랬던 것처럼 쾌활함이 어린 침착한 목소리로 말했다.

"크루즈 기간을 줄이겠소. 일주일만 합시다. 당분간 당신과 이 배에 있고 싶소. 돌아가는 다음 날로 당신은 리노(Reno: 미국 네바다 주에 있는 도시로, 남녀 누구든 6주간만 거주하면 간단히 이혼이 허락되어 '이혼의 도시'로 불림—옮긴이)로 가고 당신 남편은 내가 맡겠소. 그에게 스톤리지와 원하는 걸 다 주겠소. 당신이 리노에서 돌아오는 날 우린 결혼할 거요."

"좋아요, 게일. 이제 아래로 내려가요."

"그걸 원하오?"

"아뇨. 하지만 전 우리 결혼이 중요한 것이 되게 하고 싶지 않아요."

"도미니크, 난 중요한 것이 되게 하고 싶소. 그래서 오늘 밤 당신 몸에 손대지 않으려는 거요. 결혼할 때까지 당신을 지켜줄 거요. 그게 무의미한 짓이란 걸 나도 알고 있소. 당신에게나 나에게나 결혼식은 중요하지 않음을 알고 있소. 하지만 우리 둘에게 가능한 변칙은 관습을 따르는 것뿐이오. 그래서 그러고 싶은 거요. 우리 결혼을 특별하게 만들 수 있는 방법은 그것뿐이니까."

"마음대로 하세요."

와이낸드가 도미니크를 끌어당겨 입에 키스했다. 그건 그가 지금까지 한 말의 강렬한 마무리였다. 도미니크는 반응하지 않으려고 빳빳이 긴장했으나 자신을 안고 있는 남자의 육체적 현실 외에는 모든 걸 잊고 그만 반응을 하고 말았다.

와이낸드가 포옹을 풀었다. 그는 도미니크의 몸이 반응한 걸 알고 있었다. 그가 미소 지으며 말했다.

"도미니크, 피곤할 거요. 그만 가서 자요. 난 여기 좀 더 있고 싶으니까."

도미니크는 순순히 홀로 자신의 선실로 내려갔다.

5

"어떻게 된 거요? 스톤리지는 날아간 거요?" 피터 키팅이 따졌다.

도미니크는 거실로 들어갔다. 키팅은 따라가서 문간에서 기다렸다. 엘리베이터 보이가 도미니크의 짐을 들여놓고 나갔다. 도미니크가 장갑을 벗으며 말했다.

"피터, 스톤리지는 당신 거예요. 나머지는 와이낸드 씨가 직접 얘기할 거예요. 오늘 밤에 만나재요. 8시 30분에. 그의 집에서."

"도대체 왜?"

"그가 얘기해줄 거예요."

도미니크는 장갑으로 손바닥을 탁 쳤는데 그 가벼운 동작은 문장을 마무리하는 마침표와도 같았다. 그녀가 거실에서 나가려고 돌아섰다. 키팅이 그녀를 막아섰다.

"난 상관없소. 신경 안 쓴다고. 당신 장단에 얼마든지 맞춰줄 수 있소. 당신과 게일 와이낸드, 참 대단해, 안 그렇소? 트럭 운전사들처럼 행동하고 있으니. 체면이니 남의 시선 따위니 다 필요 없다 이거지? 나도 그렇게 할 수 있소. 나도 당신들을 이용해먹고 거기서 내 이득을 취할 거요. 내가 신경 쓰는 건 그것뿐이지. 그래, 어떻소? 지렁이가 꿈틀거려봐야 소용없는 짓 아닌가? 흥만 깨는 거지."

"피터, 그 편이 훨씬 나아요. 잘됐네요."

키팅은 그날 저녁 와이낸드의 서재로 들어갈 때는 그런 태도를 보일 수 없었다. 게일 와이낸드의 집에 와 있다는 사실에 대한 경외감을 떨쳐버릴 수 없었던 것이다. 그는 책상 앞에 놓인 의자로 걸어가며 중압감박에 느끼지 못했고 자신의 발이 부드러운 카펫에 납덩어리를 단 심해 잠수부의 발처럼 깊은 발자국을 남기지는 않을까 생각했다.

"키팅 씨, 내가 당신에게 하려는 말은 굳이 말할 필요가 없어야만 하는 것이오." 와이낸드가 이야기를 꺼냈다.

키팅은 그토록 철저히 의식적으로 조절된 태도로 말하는 사람을 본 적이 없었다. 말도 안 되는 생각이지만 마치 한 마디 한 마디를 손으로 지휘하고 있는 것 같았다.

"여러 말 해봐야 모욕만 더 줄 테니 간단히 하겠소. 난 당신의 아내와 결혼할 거요. 그녀는 내일 리노로 가서 이혼 수속을 밟을 거요. 여기 스토리지 계약서가 있소. 내 서명도 해놨소. 25만 달러짜리 수표를 같이 넣었소. 스토리지 대금은 별도로 지불하겠소. 당신이 지금 이 자리에서 아무 말도 하지 말아줬으면 좋겠소. 이보다 적은 대가로도 당신의 동의를 받아낼 수 있다는 걸 알지만 일부러 넉넉히 넣었소. 우리가 이 문제로 흥정을 벌이는 건 참을 수 없는 일이니까. 그러니 이걸 받고 얘기가 끝난 걸로 해주겠소?"

와이낸드가 책상 너머로 계약서를 내밀었다. 키팅은 서류 위에 클립으로 끼워놓은 연푸른색 직사각형 수표를 보았다. 클립이 책상 스탠드 불빛을 받아 은빛으로 빛났다.

키팅은 손을 내밀어 서류를 받지 않았다. 그는 어색하게 입을 움직여 말했다.

"그건 받고 싶지 않습니다. 아무런 대가 없이 동의해주겠습니다."

와이낸드의 얼굴에 놀라움과 거의 다정함에 가까운 표정이 어렸다.

"이걸 받고 싶지 않다고? 그럼 스톤리지도 사양하겠다는 거요?"

"스톤리지는 사양하지 않겠습니다!" 키팅은 얼른 서류를 낚아챘다. "다 받겠습니다! 사양할 이유가 없지요!"

와이낸드가 일어서서 안도감과 유감이 뒤섞인 목소리로 말했다.

"맞소, 키팅. 당신은 자칫 당신의 결혼을 정당화시킬 뻔했소. 있는 그대로 놔둡시다. 잘 가시오."

키팅은 집으로 돌아가지 않았다. 새로 뽑은 설계사이자 가장 친한 친구이기도 한 닐 뒤몽의 아파트로 갔다. 닐 뒤몽은 마르고 창백한 사교계 청년으로 너무 많은 잘난 조상들에 대한 부담감에 늘 어깨가 처져 있었다. 그는 실력 있는 설계사는 아니었지만 인맥이 든든했다. 회사에서는 그가 키팅에게 굽실거리고 회사 밖에서는 키팅이 그에게 아부했다.

뒤몽은 마침 집에 있었다. 그들은 고든 프레스콧과 빈센트 놀턴을 불러내 광란의 밤을 즐겼다. 키팅은 술은 별로 안 마셨지만 계산은 자기가 다 했다. 그는 돈을 마구 뿌려댔다. 돈을 못 써서 안달이라도 난 듯했다. 팁도 터무니없이 많이 주었다. 그러면서 자꾸만 물었다. "우린 친구지?…… 우린 친구 아닌가? 안 그런가?" 그는 주위에 흩어진 술잔들을, 술잔 속에서 춤추는 빛들을 바라보았다. 세 쌍의 눈들을 바라보았다. 그 눈들은 흐릿했지만 이따금 만족스럽게 그를 향하고 있었다. 그 시선들은 부드럽고 편안했다.

그날 저녁, 짐을 다 꾸려놓은 도미니크는 스티븐 맬러리를 만나러 갔다.

그녀는 로크를 20개월째 못 만나고 있었다. 그녀는 가끔 맬러리를 찾아갔다. 맬러리는 그녀가 결코 말하려 하지 않는 어떤 싸움에서 질 때마다 자신을 찾아오며, 결코 그녀가 원해서 오는 것이 아님을 알고 있었다. 어쩌다 한 번씩 자신과 함께 보내는 저녁시간이 그녀 인생에서 동떨어진 것임도 알고 있었다. 맬러리는 늘 아무것도 묻지 않고 반갑게 맞아주었다. 그들은 오래된 부부의 동지애를 느끼며 조용히 대화를 나누었다. 마치 맬러리가 그녀의 몸을 가진 적이 있지만 그 경이감은 오래전에 사라지고 편안한 친밀감만 남아 있는 듯했다. 맬러리는 도미니크의 몸에 손도 댄 적이 없었지만 그녀의 조각상을 만들 때 육체관계를 맺는 것보다 더 깊이 그녀를 소유하게 되었으며, 그 후로 두 사람은 서로에 대한 특별한 감정을 간직해오고 있었다.

문을 연 맬러리는 도미니크를 보자 미소를 보냈다.

"안녕하세요, 도미니크."

"안녕하세요, 스티브. 혹시 방해가 된 건 아닌가요?"

"아녜요. 들어와요."

낡은 건물에 들어 있는 맬러리의 작업실은 넓고 지저분했다. 작업실 분위기가 지난번에 왔을 때와 달라져 있었다. 마치 너무 오래 참고 있다가 내쉰 숨 같은 환희가 느껴졌다. 도미니크는 중고 가구, 진기한 짜임새와 육감적인 색상을 지닌 동양 양탄자, 옥 재떨이, 유적지에서 발굴된 조각품들을 보았다. 갑작스런 와이낸드의 후원으로 평소에 갖고 싶었던 것들을 모두 사들인 것이다. 바닥의 유쾌한 난잡함에 비해 벽은 이상할 정도로 휑했다. 그림은 한 점도 사지 않은 모양이었다. 그곳에 걸린 그림이라곤 로크의 스토더드 신전 설계도뿐이었다.

도미니크는 천천히 주위를 둘러보며 거기 있는 모든 물건을, 그리고 그것들의 존재 이유를 마음에 새겼다. 맬러리가 의자 두 개를 발로 밀어서 벽난로 앞에 놓았고 둘이 벽난로 양쪽에 앉았다.

맬러리가 툭 던지듯 말했다.

"오하이오 클레이턴에 있어요."

"뭘 하는데요?"

"제이너스 백화점을 짓고 있어요. 5층으로. 중심가에."

"거기 간 지 얼마나 됐는데요?"

"한 달쯤요."

맬러리는 도미니크가 찾아올 때마다 그녀가 묻지 않아도 먼저 로크의 소식을 들려주었다. 그는 도미니크가 구차한 핑계를 대거나 거짓말을 할 필요가 없도록 솔직하고 편안한 태도를 보였고 아무런 의견도 달지 않았다.

"스티브, 나 내일 어디 가요."

"오래 걸려요?"

"6주. 리노에 가요."

"잘됐네요."

"리노에서 돌아와서 뭘 할지에 대해선 지금 얘기하지 않는 게 좋겠네요. 당신이 좋아하지 않을 테니까."

"좋아하도록 노력해보죠. 당신이 원해서 하는 일이라면."

"내가 원해서 하는 일이에요."

벽난로 속 숯 더미 위에 장작 하나가 부서지지 않고 남아 있었다. 불꽃 없이 타오르고 있는 그 장작은 작은 바둑판무늬를 이루고 있어서 마치 불 켜진 창들을 이어놓은 듯했다. 맬러리가 새 장작 하나를 집어 벽난로에 던지자 창들을 이어놓은 듯한 장작이 두 동강이 나면서 불똥이 튀어 올랐다.

맬러리가 자신의 일에 대한 이야기를 했다. 도미니크는 이민자가 잠시 모국어를 듣는 것처럼 열심히 귀 기울였다.

잠시 이야기가 끊겼을 때 도미니크가 물었다.

"스티브, 그 사람 어떻게 지내요?"

"늘 똑같죠. 그는 변하지 않잖아요."

맬러리가 벽난로 속 장작을 차자 숯덩이 몇 개가 굴러 나왔다. 맬러리는 그것들을 도로 밀어 넣었다. 그가 말했다.

"난 그가 우리 중 유일하게 불멸성을 얻은 존재라는 생각을 자주 해요. 불멸의 명성을 얻었다거나 영원히 죽지 않을 거란 의미가 아녜요. 그는 불멸의 삶을 살고 있죠. 그는 진정한 의미의 불멸의 존재라고 할 수 있어요. 사람들이 영생을 얼마나 갈망하는지 당신도 알 거예요. 하지만 그들은 날마다 죽고 있어요. 그들은 지난번에 만났던 그 모습이 아니에요. 그들은 매시간 자신의 일부를 죽이고 있죠. 그들은 변하고, 부정하고, 모순된 행동을 해요. 그리고 그걸 성장이라고 부르죠. 결국 거꾸로 뒤집히거나 저버려지지 않은 건 하나도 안 남게 되죠. 마치 실체는 존재한 적도 없고 부정형의 물체에 대한 형용사들만 연이어 나타났다 사라지는 것처럼요. 그들이 단 한순간도 가져보지 못한 영원성을 어떻게 기대할 수 있겠어요? 하지만 하워드는 …… 영원히 존재할 것 같은 사람이에요."

도미니크는 불을 바라보고 있었다. 불빛이 그녀의 얼굴을 생기 있어 보이게 만들었다. 잠시 후 맬러리가 물었다.

"내가 새로 산 물건들에 대해 어떻게 생각해요?"

"마음에 들어요. 당신이 그것들을 갖게 되어 기쁘고."

"그동안 내게 무슨 일이 있었는지 말해주지 않았죠. 도저히 믿을 수 없는 일이 일어났어요. 게일 와이낸드가……."

"알고 있어요."

"안다고요? 다른 사람도 아니고 와이낸드가 …… 도대체 그가 어떻게 나를 발견하게 된 걸까요?"

"난 그것도 알아요. 리노에서 돌아와서 얘기해줄게요."

"그는 굉장한 안목을 지녔어요. 그에게 그런 놀라운 안목이 있는 줄은 몰랐어요. 그는 최고의 작품을 샀어요."

"그랬을 거예요." 도미니크가 말했다. 그러고는 곧바로 물었다. "스티브, 그가 나에 대해 물은 적이 있나요?"

맬러리는 그녀가 와이낸드 이야기를 하고 있는 게 아님을 알 수 있었다. "없어요."

"그에게 내가 여기 온다는 얘기는 했나요?"

"아뇨."

"스티브, 그건 …… 나를 위해선가요?"

"아뇨. 그를 위해서예요."

맬러리는 그것으로 도미니크가 궁금해하는 건 다 말해줬음을 알았다.

도미니크가 일어서며 말했다.

"우리 차 한 잔 마셔요. 차를 어디다 두는지 가르쳐줘요. 내가 탈 테니까."

도미니크는 아침 일찍 리노로 떠났다. 키팅은 아직 잠들어 있었고 도미니크는 그를 깨워 작별인사를 하지 않았다.

이윽고 눈을 뜬 키팅은 시계를 보지 않고도 집 안에 감도는 정적으로 도미니크가 떠났음을 알 수 있었다. 그는 '속 시원하다.' 고 말해야 한다고 생각했지만 그런 말이 나오지도, 그런 기분이 들지도 않았다. '아무 소용없다.' 는, 자신과도 도미니크와도 관련되지 않은 막연하고 무기력한 말만 떠올랐다. 그는 혼자였기에 굳이 연기를 할 필요가 없었다. 그는 팔을 아무렇게나 뻗은 채 침대에 누워 있었다. 그의 얼굴은 초라해 보였고 눈빛은 당혹스러웠다. 그는 종말을, 죽음을 느꼈지만 도미니크를 잃었다는 실감은 나지 않았다.

키팅은 일어나서 옷을 입었다. 화장실에 도미니크가 쓰다 버린 수건이 있었다. 그는 수건을 집어 얼굴에 대고 한참을 서서 슬픔이 아닌 어떤 이름 모를 감정에 젖었다. 그는 상황을 이해하지 못했고 자신이 두 번, 투히가 찾아온 날 밤과 지금, 도미니크를 사랑했다는 것만 알 뿐이었다. 키팅은 손을 벌렸고 수건이 손가락 사이로 빠져나가는 물처럼 바닥으로 떨어졌다.

키팅은 회사에 출근해서 평소와 다름없이 일했다. 아무도 그의 이혼 사실을 알지 못했고 누구에게 알리고 싶지도 않았다. 닐 뒤몽이 그에게 눈을 찡긋하며 느린 말투로 말했다. "피터, 초췌해 보이는군." 키팅은 어깨를 으쓱하고 돌아섰다. 오늘은 뒤몽의 얼굴만 봐도 속이 메슥거렸다.

키팅은 일찌감치 회사를 나섰다. 그는 막연한 본능에 이끌리고 있었다. 처음에는 허기처럼 느껴지던 것이 점차 형체를 갖춰갔다. 그는 엘즈워스 투히를 만나야만 했다. 투히에게 가야만 했다. 그는 난파선에서 살아남아 먼 불빛을 향해 헤엄쳐 가는 듯한 기분을 느꼈다.

그날 저녁 키팅은 무거운 몸을 이끌고 엘즈워스 투히의 아파트에 도착했다. 투히가 아무 눈치도 못 채는 걸 보고 키팅은 자신의 자제력에 희미한 기쁨을 느꼈다.

투히가 쾌활하게 말했다. "오, 어서 오게, 피터. 이거, 타이밍이 형편없군. 하필이면 제일 바쁜 날 왔어. 정신이 하나도 없다네. 하지만 신경 쓸 것 없네. 친구란 게 원래 폐를 끼치는 존재 아닌가? 앉게, 앉으라고. 조금만 기다려주게."

"죄송해요, 엘즈워스. 하지만 …… 꼭 와야만 했어요."

"편히 있게. 잠깐 하던 일 좀 마치고."

키팅은 앉아서 기다렸다. 투히는 타이핑 된 서류들에 메모를 해가며 일을 했다. 그러다 연필을 깎았는데 키팅에게는 그 소리가 신경에 톱질하는 소리처럼 거슬렸다. 투히는 다시 작업을 했고 이따금 종이 넘기는 소리를 냈다.

30분 후, 투히는 서류를 옆으로 밀어놓고 키팅에게 미소를 보냈다. "이제 끝났네." 키팅이 몸을 약간 앞으로 움직였다. "그대로 앉아 있게. 전화 한 통화만 하고." 투히는 거스 웨브에게 전화를 걸어 쾌활하게 말했다. "여보세요, 거스. 걸어 다니는 피임기구 광고판, 잘 지냈나?"

키팅은 투히가 그런 느긋하고 친근한 목소리를 내는 걸 들어본 적이 없었다. 그건 흐트러짐을 허용하는 특별한 형제애가 담긴 목소리였다. 수화기 저편에서 웨브의 날카로운 목소리가 뭐라고 대꾸하더니 웃음을 터뜨리는 소리가 들렸다. 수화기는 목청을 가다듬듯 깊은 안쪽에서 빠른 소리들을 뱉어냈다. 무슨 소리인지 알아들을 수는 없고 방종함과 오만함이 어린 어조만 감지되었다. 이따금 날카로운 비명 같은 웃음소리도 들렸다.

투히는 의자 등받이에 편히 기대앉아 반쯤 미소 띤 얼굴로 듣고 있다가 가끔 맞장구를 쳤다. "그래, 암, 그렇지. …… 자네가 그 말을 했지. …… 틀림없다니까……." 투히는 몸을 뒤로 더 기대고 반짝거리는 뾰족한 구두를 신은 한쪽 발을 책상 끝에 올려놓았다. "이보게, 내가 자네한테 하고 싶은 말은 당분간 바셋을 살살 다루라는 거야. 그 노인네, 물론 자네 작품을 좋아하지만 당분간 너무 충격을 주진 마. 소란 피우지 말라고, 알아들어? 자네 그 주둥이 좀 닥치고 있어. …… 내가 그런 말을 할 자격 있다는 거 잘 알지. …… 맞아. …… 바로 그거야, 친구. …… 오, 그가 그랬어? 잘했어, 귀염둥이. …… 그래, 끊어. …… 참, 거스, 그 영국인 귀부인과 배관공 얘기 들었나?" 투히가 이야기를 들려주자 수화기에서 요란한 비명이 들렸다. "그럼, 길 조심, 음식 조심하게, 귀염둥이. 잘 자게."

투히가 수화기를 내려놓고 말했다. "됐네, 피터." 그는 기지개를 켜고 일어나 키팅에게 걸어와서 작은 발로 지탱한 몸을 조금씩 흔들었다. 눈빛은 다정하고 반짝거렸다.

"피터, 무슨 일인가? 세상이 무너지기라도 했나?"

키팅은 안주머니에 손을 넣어 손때가 많이 타고 구깃구깃해진 노란 수표를 꺼냈다. 거기에 그의 서명이 들어 있었고, 액수는 1만 달러였으며, 엘즈워스 M. 투히 앞으로 되어 있었다. 그가 투히에게 수표를 건네는 모습은 기부자가 아니라 거지처럼 보였다.

"제발요, 엘즈워스. …… 이걸 …… 받아주세요. …… 좋은 일에 …… 사회문제연구회에 …… 아니면 다른 데라도 …… 당신이 제일 잘 아시니까 …… 알아서 써주세요. …… 좋은 일에……."

투히는 고개를 한쪽으로 갸웃하고 고마움의 표시로 입술을 오므리며 수표가 때 묻은 푼돈이라도 되듯 손가락 끝으로 받아 책상 위에 던져놓았다.

"피터, 정말 훌륭하네. 정말로 훌륭해. 무슨 일인가?"

"엘즈워스, 언젠가 한 번 이런 말씀을 한 적이 있는데 …… 남을 돕기만 한다면 우리가 누구든, 무엇을 하든 그런 건 아무 상관없다. …… 기억나세요? 중요한 건 남을 돕는 거죠? 그건 좋은 거죠, 그렇죠? 깨끗한 거죠?"

"한 번이 아니라 백만 번은 했지."

"정말로 그게 진실인 거죠?"

"물론이지. 그 진실을 받아들일 용기만 있다면."

"당신은 제 친구예요, 그렇죠? 당신은 제게 하나뿐인 친구예요. 전 …… 자신과도 친하지 못하죠. 하지만 당신은 저와 친한 거죠, 그렇죠, 엘즈워스?"

"물론이지. 그리고 자네에 대한 나의 우정은 자네 자신과의 우정보다 더 가치 있는 것이네. 좀 이상한 말이긴 하지만 확실한 타당성이 있지."

"당신은 이해하시는군요. 다른 사람들은 아무도 이해를 못하죠. 그리고 당신은 절 좋아하시고요."

"헌신적으로. 시간이 날 때마다."

"예?"

"피터, 농담일세. 유머 감각은 어따 두고 온 건가? 왜 그러나? 배가 아픈가? 아니면 가슴이 아픈 건가?"

"엘즈워스, 전……."

"말해보게."

"말할 수 없어요. 당신에게조차."

"피터, 자넨 겁쟁이야."

키팅은 하릴없이 투히를 바라보았다. 투히의 목소리는 엄격하면서도 부드러웠다. 그는 고통이나 모욕감을 느껴야 하는 건지, 아니면 자신감을 얻어야 하는 건지 알 수가 없었다.

"자넨 자신이 무슨 일을 하든 그건 중요하지 않다는 말을 하고 싶어서 날 찾아왔네. 그런데 지금 자네가 한 어떤 일 때문에 엉망으로 무너지고 있어. 이보게, 남자답게 용기를 내서 아무 상관없다고 말하게. 자네 자신은 중요하지 않다고 말하게. 진심으로. 용감하게. 자네의 하찮은 자아 따윈 잊게."

"엘즈워스, 전 중요하지 않아요. 중요하지 않아요. 아, 세상 모든 사람이 당신처럼 그 말을 할 수 있다면! 전 중요하지 않아요. 중요하고 싶지 않아요."

"저 돈은 어디서 났나?"

"도미니크를 팔았어요."

"지금 무슨 얘기를 하고 있는 건가? 크루즈 말인가?"

"그런데 제가 판 건 도미니크가 아닌 것 같아요."

"그렇다면 무슨 상관이……."

"도미니크가 리노에 갔어요."

"**뭐라고**?"

키팅은 투히가 왜 그렇게 격한 반응을 보이는지 이해할 수 없었지만 너무 지쳐서 그것에 대해 신경 쓸 겨를이 없었다. 그는 자신에게 일어난 모든 일을 이야기했다. 그 모든 일이 순식간에 벌어졌던 것처럼 이야기도 금방 끝났다.

"이런 바보 멍청이 같으니! 그건 허락하지 말았어야지."

"제가 뭘 어쩔 수 있겠어요? 상대는 와이낸드인데."

"하지만 둘이 **결혼까지** 하게 만들다니!"

"안 될 것도 없죠. 차라리 그게 더……."

"난 와이낸드가 그렇게까지 하리라곤 생각도 …… 그렇지만 …… 빌어먹을, 내가 자네보다 더 바보 멍청이야!"

"하지만 도미니크에게 더 잘된……."

"도미니크는 관심 없어! 난 지금 와이낸드 때문에 이러는 거라고!"

"엘즈워스, 왜 그러시죠……? 왜 그렇게 신경 쓰시죠?"

"가만히 좀 있게, 응? 생각 좀 하게."

잠시 후, 투히는 어깨를 으쓱하고는 키팅 옆에 앉아 그의 어깨를 껴안았다.

"미안하네, 피터. 사과하겠네. 자네한테 너무 무례하게 굴었어. 충격 때문일세. 자네 기분이 어떨지 이해하네. 너무 심각하게 받아들이지 말게. 아무것도 아니니까." 투히는 기계적으로 말하고 있었다. 마음은 딴 데 가 있었던 것이다. 하지만 키팅은 그걸 알지 못했다. 그에게 투히의 말은 사막의 샘물 같았다. "괜찮네. 자넨 인간일 뿐이야. 그것으로 족하고. 다른 사람들도 다 똑같아. 누가 자네에게 돌을 던질 자격이 있겠나? 우리 모두 인간에 지나지 않네. 괜찮아."

"맙소사! 그럴 수가! 도미니크 프랭컨하고!" 앨버 스카럿이 외쳤다.

"그녀가 돌아오는 대로 결혼할 거요." 투히가 말했다.

스카럿은 투히가 점심식사에 초대하자 놀랐지만 투히가 전한 소식을 듣고 더 크고 고통스런 충격에 휩싸여 그 놀라움은 저절로 사라졌다.

"난 도미니크를 좋아하오." 스카럿이 접시를 옆으로 밀어 놓으며 말했다. 식욕이 싹 가셨던 것이다. "늘 도미니크를 무척 좋아했소. 하지만 게일 와이낸드 부인이 되다니!"

"내 심정도 똑같소." 투히가 말했다.

"난 줄곧 회장님께 결혼을 권해왔소. 결혼이 도움이 되니까. 모양새도 좋고 책임감에 대한 보증도 되니까. 회장님겐 책임감이 필요하고. 회장님은 지금까지 아슬아슬한 모험을 즐기며 살아왔지만 그게 언제까지 가능하겠소. 하지만 상대가 도미니크라니!"

"왜 그 결혼이 그렇게 부적절하다고 생각하오?"

"그야 …… 그야, 그건 …… 빌어먹을, 당신도 그게 옳지 않다는 걸 알잖소!"

"나는 압니다. 당신도 아시오?"

"이봐요, 도미니크는 위험한 여자요."

"맞소. 하지만 그건 소전제일 뿐이고 대전제는 와이낸드가 위험한 남자라는 거요."

"그건 …… 어떻게 보면 …… 그렇지요."

"존경하는 국장님, 내 마음을 아주 잘 이해하시는군요. 하지만 무엇이든 분명하게 해두는 게 도움이 될 때가 있소. 장차 서로 협력을 하려면 말이오. 우린 공통점이 아주 많소. 당신은 그걸 인정하기를 좀 꺼려왔지만 말이오. 우린 같은 주제의 두 가지 변주라고나 할까? 하지만 우리의 회장님께선 우리와 곡 자체가 다르오. 주제가 완전히 달라. 안 그렇소? 당신과 내가 같은 주제를 지닌 양극단이라고 한다면 우리의 회장님께선 그 가운데에 있는 하나의 우연이오. 우연은 신뢰할 수 없는 현상이고. 당신은 오랜 세월 아슬아슬한 심정으로 게일 와이낸드를 지켜봐왔소. 그러니 지금 내가 무슨 말을 하는 건지 잘 알 거요. 그리고 알다시피 도미니크 프랭컨도 우리와 같은 주제가 아니오. 당신은 그녀가 우리 회장님의 인생에 끼어드는 걸 원치 않소. 더 알기 쉽게 설명해야 할까요?"

"엘즈워스, 당신은 영리한 사람이오." 스카릿이 무거운 목소리로 말했다.

"난 그게 오래전부터 뻔히 보였소."

"내가 회장님께 말씀드려보겠소. 당신은 가만히 있는 게 좋을 거요. 이런 말은 실례가 되겠지만, 회장님은 당신을 몹시 싫어하시니까. 하지만 나도 별 수 없을 거요. 회장님께서 이미 결심을 굳힌 일이라면."

"나도 기대는 안 합니다. 원한다면 시도는 해보되 아마 소용없을 거요. 우린 그 결혼을 막을 수 없소. 내 장점 중 하나가 패배를 깨끗이 받아들일 줄 안다는 거지요."

"그럼 왜……."

"당신을 만나 이런 얘기를 하냐고요? 일종의 특종이라고 할 수 있소. 사전 정보."

"고맙소, 엘즈워스. 진심으로."

"그런 마음을 계속 간직하는 게 현명할 거요. 와이낸드 신문들은 쉽게 포기되어선 안 되니까요. 뭉쳐야 산다. 그게 당신 스타일 아니오?"

"그게 무슨 뜻이오?"

"친구여, 우리가 어려운 시기를 맞이하고 있다는 뜻이오. 그러니 서로 힘을 합쳐야 한다는 거요."

"엘즈워스, 난 당신 편이오. 늘 그래왔고."

"정확한 말은 아니지만 그냥 넘어가겠소. 우리의 관심은 오직 현재에 있으니까. 그리고 미래에. 우리의 마음이 통했다는 증표로 기회가 생기는 대로 지미 컨스를 제거하는 것이 어떻겠소?"

"벌써 몇 개월 전부터 당신이 그런 시도를 해오고 있다는 걸 알고 있었소. 지미 컨스에게 무슨 문제가 있는 거요? 그는 똑똑한 친구요. 뉴욕 최고의 연극 비평가고. 의식도 있고, 대단히 영리하고, 전도유망하고."

"의식은 있지만 자기만의 의식이고, 영리해봐야 당신에겐 도움 될 게 없고, 전도유망한 점도 조심할 필요가 있죠."

"그 자리엔 누굴 채우면 좋겠소?"

"줄스 포글러."

"맙소사, 엘즈워스!"

"왜요?"

"그 늙은 개자식은……. 우린 그를 데려올 만한 형편이 안 되오."

"국장님이 원하기만 한다면 얼마든지 가능하지요. 그의 명성을 생각하시오."

"하지만 그는 도저히 상대 못할 늙은……."

"그렇다면 꼭 그를 데려올 필요는 없소. 그 문제는 다음에 얘기하도록 합시다. 우선 지미 컨스나 내보내시오."

"엘즈워스, 난 편애를 하지 않는 사람이오. 난 아무래도 상관없소. 정 그렇다면 그를 내보내겠소. 다만, 지금 우리가 얘기하고 있는 문제와 그 일이 무슨 관계가 있는 건지 잘 모르겠소."

"그렇겠지요. 차차 알게 될 거요." 투히가 대답했다.

"회장님, 아시다시피 전 회장님이 행복하시길 바랍니다. 전 다른 건 생각하지 않습니다.” 그날 저녁, 앨버 스카럿이 와이낸드의 펜트하우스 서재에 있는 편안한 안락의자에 앉아서 말했다.

와이낸드는 소파에 누워 한쪽 다리를 구부려서 발을 다른 쪽 다리 무릎에 올려놓고 있었다. 그는 담배를 피우며 조용히 듣고 있었다.

“전 도미니크를 오래전부터 알고 있습니다. 회장님이 그녀의 이름을 들어보기 훨씬 전부터요. 전 도미니크를 사랑합니다. 아버지처럼요. 하지만 도미니크는 독자들이 게일 와이낸드 부인으로 기대하는 그런 여자가 아니라는 점을 인정하셔야 합니다.”

와이낸드는 아무 말도 하지 않았다.

“회장님 사모님은 공인입니다. 결혼과 동시에 자동적으로 그렇게 되죠. 공공재산이라고요. 독자들은 사모님에게 특별한 요구와 기대를 할 권리가 있습니다. 사모님은 상징적인 존재가 되는 것이죠. 영국 여왕처럼 말입니다. 도미니크가 그렇게 살 수 있을 것 같으세요? 그녀가 이미지에 신경 쓰면서 살 수 있을까요? 도미니크는 제가 아는 사람 중에 가장 제멋대로 사는 인물입니다. 평판도 아주 안 좋아요. 무엇보다 나쁜 건 이혼녀라는 사실이에요! 우린 가정의 신성함과 여성의 순결함을 지지하는 인쇄물을 엄청나게 찍어내고 있어요! 도미니크가 이혼녀라는 사실을 독자들에게 어떻게 이해시키실 겁니까? 제가 독자들에게 사모님을 어떻게 홍보해야 하죠?"

"앨버, 그 얘기는 그만두는 게 좋다고 생각하지 않나?"

"예, 회장님." 스카럿이 고분고분하게 대답했다.

스카럿은 격렬한 말다툼이 끝난 후 화해를 갈망할 때처럼 무거운 마음으로 와이낸드의 반응을 기다렸다. 그러다 행복하게 외쳤다.

"알겠습니다, 회장님! 방법이 떠올랐어요. 도미니크를 다시 신문사에 복귀시켜 칼럼을 쓰게 하는 겁니다. 전과는 다른, 가정에 관한 칼럼을요. 살림 정보, 요리, 육아 같은 것들을 담는 거죠. 그럼 새로운 이미지로 거듭날 수 있어요. 어렸을 때 실수들을 좀 저지르긴 했지만 사실은 얼마나 훌륭한 가정주부인지 보여줘서 여성 독자들의 용서를 얻어내는 겁니다. 아예 '게일 와이낸드 부인의 비결'이라는 특별 코너를 만드는 거예요. 면 원피스에 앞치마를 두르고 전통적인 머리 모양을 한 사진 몇 장을 곁들이면 더 좋고요."

"닥쳐, 앨버. 따귀 맞기 전에." 와이낸드가 목소리를 높이지도 않고 말했다.

"예, 회장님."

스카럿이 일어나려는 몸짓을 했다.

"그냥 앉아 있게. 아직 안 끝났으니까."

스카럿은 그 말에 순종했다.

"내일 아침에 우리 신문 전 직원에게 메모를 보내게. 각자 서류를 샅샅이 뒤져서 도미니크 프랭컨의 옛 칼럼과 관련된 사진이 있으면 전부 없애라고 해. 앞으로 내 신문에 그녀 이름이나 사진을 실을 경우, 관련자들을 모조리 해고하겠다고 전해. 적당한 시기가 오면 우리의 모든 신문에 내 결혼을 발표하게 될 걸세. 그것만큼은 피할 수 없지. 하지만 최대한 짧게 발표하겠네. 아무 논평도, 설명도, 사진도 넣지 않고. 내 뜻을 전 직원에게 확실히 전달하게. 내 뜻을 어길 시 자네를 포함해서 그 누구라도 모가지가 잘릴 거야."

"그녀와 결혼하면서 …… 아무 설명도 넣지 말라고요?"

"그래, 앨버."

"맙소사! 하지만 그 결혼은 엄청난 뉴스예요! 다른 신문들이……."

"다른 신문들이 어떻게 하든 관심 없네."

"하지만 …… **왜죠**, 회장님?"

"자넨 이해 못해."

도미니크는 창가에 앉아 바닥 아래서 들리는 기차바퀴 소리에 귀 기울이고 있었다. 그녀는 기울어가는 햇살 속에서 스치듯 지나가는 오하이오의 시골 풍경을 바라보았다. 머리는 편안히 등받이에 기대고 양손은 좌석에 힘없이 늘어뜨리고 있었다. 그녀는 기차와 하나가 되어 객차 창문, 바닥, 벽과 함께 앞으로 나아가고 있었다. 객실 구석 쪽은 어둑어둑해지기 시작했지만 창문에는 아직 석양빛이 남아 있었다. 도미니크는 그 희미한 빛 속에서 편안한 휴식을 취했다. 차창을 통해 들어온 석양빛은 그녀가 전등을 켜서 차단시키지 않는 한 그곳을 지배할 터였다.

도미니크는 아무런 목적의식이 없었다. 이 여행에는 아무 목적이 없었다. 그저 여행 그 자체, 움직임과 그 금속성 소리만이 목적이라면 목적이었다. 그녀는 자신의 정체성이 썰물처럼 빠져나가는 걸 느끼며 나른하고 공허한 기분에 젖었다. 창문에 담긴 풍경 외에는 모든 것이 사라지는 것이 만족스러웠다.

기차가 속도를 늦추면서 역사 처마 밑 빛바랜 표지판의 '클레이턴' 이란 이름이 보이자 비로소 도미니크는 자신이 무엇을 기대하는지 깨달았다. 자신이 왜 더 빠른 기차가 아닌 이걸 탔고, 경유역 이름들을 유심히 살펴봤는지(물론 그때는 전부 의미 없는 이름들에 불과했지만) 이제야 알 것 같았다. 도미니크는 황급히 여행 가방과 코트와 모자를 집어서 달리기 시작했다. 발밑의 바닥이 다시 움직여 이곳을 벗어날까 봐 코트를 입을 여유도 없었다. 그녀는 좁은 통로를 달려서 서둘러 계단을 내려갔다. 그러고는 목덜미에 닿는 오싹한 겨울 추위를 느끼며 플랫폼으로 뛰어내렸다. 그녀는 플랫폼에 서서 역사를 바라보았다. 뒤에서 기차가 덜컹거리며 멀어져가는 소리가 들렸다.

도미니크는 그제야 코트를 입고 모자를 썼다. 그녀는 플랫폼을 지나 마룻바닥에 껌이 지저분하게 붙어 있고 철제 난로에서 뜨거운 열기가 뿜어져 나오는 대합실을 거쳐 광장으로 나갔다.

나지막한 지붕들 위의 하늘에 마지막 남은 노란 빛의 띠가 보였다. 그리고 곰보 자국이 난 보도블록, 서로 기대서 있는 작은 집들, 구부러진 가지들을 드리운 벌거벗은 나무, 버려진 차고의 문짝도 없는 입구에 줄기만 앙상하게 남아 있는 잡초들, 불 꺼진 상점들, 낮은 창에서 희미한 불빛이 새어나오는 아직 문을 닫지 않은 길모퉁이 약국이 보였다.

도미니크는 이곳에 와본 적이 없었지만 이곳이 자신에 대한 소유권을 주장하며 불길한 친밀감으로 자신을 감싸오는 듯한 기분을 느꼈다. 어둠 속의 시커먼 물체들이 우주의 행성들처럼 중력으로 그녀를 끌어당기며 그녀의 궤도를 정해주는 듯했다. 소화전에 손을 대자 냉기가 장갑을 뚫고 살갗으로 스며들었다. 이 작은 도시는 그 냉기처럼 그녀에게 곧바로 스며들었고, 옷도 그녀의 마음도 그것을 막을 수가 없었다. 그래서 오히려 평온했다. 그녀는 행동을 취해야 했지만 그 행동은 미리 정해진 것이었기에 간단했다. 도미니크는 지나가는 행인에게 물었다. "제이너스 백화점 건물을 새로 짓고 있는 데가 어디죠?"

도미니크는 어두운 거리를 묵묵히 걸어갔다. 황폐한 겨울

잔디밭들과 무너져가는 현관들, 잡초 속에서 깡통들이 뒹구는 공터들, 문 닫힌 식품점들과 흰 김이 피어오르는 세탁소, 한 남자가 와이셔츠 바람으로 불가에 앉아 신문을 읽고 있는 커튼 없는 창문을 지나쳤다. 밑창이 얇은 구두를 신은 발바닥에 자갈의 감촉을 느끼며 모퉁이들을 돌고 거리들을 건넜다. 간혹 만나는 행인들이 이방인의 우아한 자태에 놀라운 눈길을 보냈다. 도미니크는 그걸 보고 오히려 놀라움을 느꼈다. 그녀는 이렇게 말하고 싶었다. '아니, 모르시겠어요? 난 당신보다 더 이곳에 속해 있어요.' 도미니크는 이따금 걸음을 멈추고 눈을 감았다. 숨을 쉬기가 힘들었던 것이다.

이윽고 중심가에 이르자 걸음을 늦추었다. 불이 몇 군데 켜져 있었고, 길가에 비스듬히 대놓은 차들과 영화관, 주방용품 사이에 분홍색 속옷을 전시해놓은 쇼윈도가 보였다. 도미니크는 앞을 똑바로 보며 빳빳하게 걸었다.

낡은 건물 옆에 환한 불빛이 보였다. 노란 벽돌벽에 비친 불빛이 해체된 옆 구조물의 시커먼 뼈대들을 드러냈다. 불빛은 땅파기 공사를 한 구덩이에서 새어나오는 것이었다. 도미니크는 그곳이 공사 현장임을 알 수 있었다. 하지만 그렇지 않기를 바랐다. 늦게까지 작업을 하고 있다면 그도 현장에 있을 터였다. 도미니크는 오늘 밤에 그를 만나고 싶지 않았다. 오늘은 공사 현장과 건물만 보고 싶었고 그 이상의 준비는 되어 있지 않았다. 그는 내일 만나고 싶었다. 하지만 걸음을 멈출 수는 없었다. 그녀는 구덩이를 향해 걸어갔다. 구덩이는 길모퉁이에 있었는데 가림벽도 없었다. 쇠붙이의 마찰음이 들렸고 기중기 팔이 보였다. 비스듬히 파내려간 구덩이 벽면에서 작업 중인 인부들의 그림자도 보였는데 흙이 불빛을 받아 노랗게 보였다. 구덩이에서 보도로 이어지는 널빤지들은 보이지 않았지만 사람 발소리가 들리더니 로크가 길 쪽으로 걸어오는 게 보였다. 그는 모자도 쓰지 않고 헐렁한 코트의 단추도 채우지 않고 있었다.

그가 걸음을 멈추고 그녀를 보았다. 도미니크는 자신이 똑바로 서 있으며 특별할 것 없는 보통 만남이라고, 늘 봐왔던 회색 눈동자와 오렌지색 머리칼을 바라보고 있다고 생각했다. 그래서 그가 황급히 달려와 자신의 팔꿈치를 지나칠 정도로 꽉 잡자 깜짝 놀랐다. 그가 말했다. "어디 앉는 게 좋겠소."

그제야 도미니크는 로크가 잡아주지 않았다면 주저앉고 말았으리란 걸 깨달았다. 로크가 여행 가방을 받아들었다. 그는 도미니크를 이끌고 컴컴한 골목길을 가로질러 어느 빈 집 현관 계단에 앉혔다. 도미니크는 닫힌 문에 등을 기댔다. 로크도 그녀 옆에 앉았다. 그는 도미니크의 팔꿈치를 놓지 않고 있었는데 그건 애무라기보다는 자신과 그녀를 통제하고자 하는 이성적인 노력이었다.

잠시 후 그가 팔꿈치를 잡은 손을 놓았다. 도미니크는 이제 자신이 안전하다는 걸 알 수 있었다. 이제 말을 할 수 있었다.

"저게 당신이 새로 짓는 건물이에요?"

"그렇소. 역에서 여기까지 걸어왔소?"

"그래요."

"걸어오기엔 꽤 먼데."

"그런 것 같더군요."

도미니크는 로크와 인사를 나누지 않았음을 깨달았고 그게 옳다고 생각했다. 그건 재회가 아니라 결코 중단되지 않고 이어져온 것의 일부일 뿐이니까. 만일 그녀가 그에게 "안녕."이라는 인사를 했더라면 정말 이상했을 터였다. 아침마다 자신에게 인사하는 사람은 없으니까.

"오늘 몇 시에 일어났어요?" 도미니크가 물었다.

"7시."

"그때 난 뉴욕에 있었어요. 그랜드센트럴 역으로 가는 택시 안에 있었죠. 아침은 어디서 먹었어요?"

"식당마차에서."

"밤새 여는 식당 말인가요?"

"그렇소. 대개 트럭 운전사들이 이용하는 곳이지."

"거기 자주 가요?"

"커피가 마시고 싶을 때마다."

"카운터 자리에 앉나요? 주위에 앉은 사람들이 당신을 쳐다보나요?"

"시간이 나면 카운터 자리에 앉소. 주위에 사람들도 있고.

하지만 그들이 나를 많이 쳐다보는 것 같진 않소."

"그다음엔요? 공사 현장으로 걸어가나요?"

"그렇소."

"매일 걸어 다녀요? 이곳의 길들로? 창문들을 지나쳐서? 그래서 누군가 우연히 창문을 열고……."

"여기 사람들은 창문으로 밖을 내다보지 않소."

그들은 높은 현관 계단에 있어서 길 건너의 구덩이와 흙, 인부들, 환한 불빛 속에 솟아 있는 철골기둥들이 잘 보였다. 도미니크는 포장도로와 자갈길 한가운데에 구덩이가 있는 게 이상하게 느껴졌고, 마치 도시의 옷이 찢어져 맨살이 드러난 것 같다고 생각했다. 그녀가 말했다.

"당신은 지난 2년 동안 시골저택을 두 채 지었어요."

"그렇소. 펜실베이니아에 한 채, 보스턴 인근에 한 채."

"중요하지 않은 집들이었죠."

"싼 집이었단 뜻이겠지. 하지만 아주 재미있었소."

"여기 얼마나 오래 있을 거예요?"

"다음 달까지."

"왜 밤에 작업을 하죠?"

"급한 공사라서 그렇소."

길 건너에서 기중기가 공중에서 긴 들보의 균형을 잡고 있었다. 도미니크는 로크가 그걸 지켜보고 있는 걸 보았다. 그녀는 로크가 건물에 대해 생각하고 있는 건 아닌데도 그의 눈이 본능적으로 반응하고 있다는 걸 알 수 있었다. 그가 자신의 건물에 대해 취하는 모든 행동에는 각별함이 느껴졌다.

"로크……."

두 사람은 서로의 이름을 부르지 않고 있었다. 그의 이름을 부르고 그가 그걸 듣게 하는 건 오랫동안 참아온 욕망에 굴복하는 관능적인 쾌감을 주었다.

"로크, 다시 채석장에 왔군요."

로크는 미소를 지었다. "당신 좋을 대로 생각해요. 하지만 채석장은 아니오."

"엔라이트 하우스를, 코드 빌딩을 지은 후에도 다시 이렇게 됐어요."

"난 그런 식으로 생각하지 않소."

"그럼 어떤 식으로 생각하는데요?"

"난 이 일이 좋소. 내겐 모든 건물이 사람과 같소. 모두가 유일한 존재고 똑같은 건 없지."

로크는 길 건너편을 바라보고 있었다. 그는 예전 그대로였다. 그에게는 변함없는 자유로움이 있었다. 그의 행동과 사고에는 편안한 여유가 있었다.

도미니크가 밑도 끝도 없이 말했다. "남은 평생을 5층짜리 건물들을 지으며……."

"필요하다면 그럴 수 있겠지. 하지만 그렇게 되지는 않을 거요."

"뭘 기다리고 있는 거죠?"

"난 기다리고 있지 않소."

도미니크는 눈을 감았지만 입의 표정은 숨길 수가 없었다. 그녀의 입에는 비통함과 분노, 고통이 들어 있었다.

"로크, 만일 당신이 뉴욕에 있었다면 난 당신을 보러 오지 않았을 거예요."

"알고 있소."

"하지만 당신이 이런 이름도 없는 촌구석에 있어서 와야만 했어요. 당신이 있는 곳을 내 눈으로 봐야만 했어요."

"언제 돌아갈 거요?"

"내가 여기에 있으려고 온 게 아니란 걸 아는군요."

"그렇소."

"왜죠?"

"당신은 아직도 식당마차와 창문들을 두려워하니까."

"난 뉴욕으로 돌아가지 않아요. 바로는."

"그럼?"

"로크, 당신은 나한테 아무것도 묻지 않았어요. 역에서 걸어왔느냐는 것 빼고는."

"내가 뭘 물었으면 좋겠소?"

"역 이름을 보고 기차에서 내렸어요. 사실 여기 오려고 했던 게 아니었어요. 리노로 가는 길이었어요." 도미니크가 기운 없는 목소리로 말했다.

"그다음에는?"

"다시 결혼해요."

"상대가 내가 아는 사람이오?"

"이름은 들어봤을 거예요. 게일 와이낸드예요."

도미니크는 로크의 눈을 보았다. 그녀는 지금 웃고 싶어야만 한다고 생각했다. 절대 불가능하리라고 생각했는데 마침내 그를 충격에 빠뜨렸으니까. 하지만 그녀는 웃지 않았다.

로크는 헨리 캐머런을, 캐머런이 한 말을 생각하고 있었다. "하워드, 난 자네에게 줄 답이 없네. 자네가 대신 나서보게. 자네가 그들에게 답해보게. 그들 모두에게. 와이낸드 신문들, 그 신문들의 성공을 가능하게 해주는 것, 그 배후에 숨어 있는 모든 것."

"로크."

로크는 대답하지 않았다.

"피터 키팅보다 더 나쁜 상대예요, 그렇죠?" 도미니크가 물었다.

"훨씬."

"나를 말리고 싶어요?"

"아니오."

로크는 도미니크의 팔꿈치를 놓은 후 그녀에게 손을 대지 않고 있었고 팔꿈치를 잡았던 것도 앰뷸런스에서나 어울리는 손길이었다. 도미니크가 먼저 그의 손에 자신의 손을 올려놓았다. 로크는 손을 빼지도, 무관심한 척하지도 않았다. 도미니크는 무릎에 놓인 그의 손을 들어 올리지 않고 자신이 몸을 굽혀 입을 맞추었다. 그녀의 모자가 벗겨졌고 로크는 자신의 무릎 위의 금발을 보았다. 그리고 자신의 손에 연신 키스하는 그녀의 입술을 느꼈다. 그는 그녀의 손을 마주 잡는 것으로 그 키스에 응했지만 그 이상의 반응은 보이지 않았다.

도미니크는 고개를 들고 거리를 바라보았다. 저 멀리 격자무늬를 이룬 나뭇가지들 뒤로 불 켜진 창문 하나가 보였다. 작은 집들이 어둠 속으로 뻗어 있었고 가로수들이 좁은 길가에 늘어서 있었다.

도미니크는 계단에 떨어진 모자를 발견하고 그걸 주우려고 몸을 굽혔다. 그러면서 맨손으로 계단을 짚었다. 닳아서 반들반들해진 돌계단이 얼음처럼 차가웠다. 그 감촉이 편안함을 주었다. 그녀는 잠시 그대로 손바닥을 돌계단에 대고(얼마나 많은 발들이 그곳을 지나갔는지는 개의치 않고) 아까 소화전을 만졌을 때처럼 그 차가운 감촉을 느꼈다.

"로크, 어디 살아요?"

"하숙집에."

"어떤 방이죠?"

"그냥 방이오."

"거기 뭐가 있죠? 벽은 어떤 거고요?"

"벽지가 발라져 있소. 빛바랜."

"가구는요?"

"탁자 하나, 의자 두 개, 침대 하나요."

"아니, 자세히 말해줘요."

"옷장과 서랍장이 하나씩 있고, 창가 구석에 책상이 있고, 맞은편에 큰 탁자가……."

"벽에 붙여놓았나요?"

"아니, 창가 구석에 비스듬히 놨소. 난 그 탁자에서 작업을 하오. 등받이가 딱딱한 의자와 팔걸이를 조절할 수 있는 안락의자가 하나씩 있고, 쓰지 않는 잡지꽂이도 있소. 그게 다요."

"양탄자나 커튼은요?"

"창문에 뭐가 달려 있고 양탄자 같은 것도 있는 것 같소. 마룻바닥은 훌륭한 목재를 썼고 길이 잘 들어 반들반들하게 윤이 나오."

"오늘 밤 당신의 방을 생각하고 싶어요. 기차 안에서."

로크는 길 건너편을 바라보고 있었다. 도미니크가 말했다.

"로크, 오늘 밤 당신과 함께 있게 해줘요."

"아니오."

도미니크는 로크의 시선을 따라가 공사장의 시끄러운 기계를 보았다. 잠시 후 그녀가 물었다.

"이 백화점 공사는 어떻게 맡게 된 거죠?"

"백화점 주인이 뉴욕에서 내 건물들을 보고 마음에 들었던 모양이오."

작업복을 입은 인부 하나가 구덩이에서 나와 어둠 속을 들여다보더니 큰 소리로 불렀다. "소장님, 거기 계십니까?"

"예." 로크가 대답했다.

"잠깐만 와주시겠습니까?"

로크는 그쪽으로 갔다. 도미니크는 두 사람의 대화 내용은 알아들을 수 없었지만 로크가 쾌활하게 "그거야 쉽지." 하고 말하는 소리는 들었다. 두 사람은 널빤지들을 밟고 구덩이 아래로 내려갔다. 인부가 위를 가리키며 뭐라고 설명했다. 로크는 고개를 젖히고 철골 구조물을 올려다보았다. 그의 얼굴이 불빛을 정면으로 받고 있어서 도미니크가 있는 곳에서도 표정이 잘 보였는데, 웃음기는 없지만 집중력과 유능함, 절제된 이성을 느낄 수 있는 기분 좋은 표정이었다. 로크가 몸을 굽혀 판자 하나를 집어 들고 주머니에서 연필을 꺼냈다. 그는 널빤지 더미 위에 한쪽 발을 올려놓고 무릎으로 판자를 받치고서 빠른 손놀림으로 판자에 무언가를 그리며 설명하기 시작했다. 인부는 기쁜 표정으로 고개를 끄덕였다. 도미니크는 그들의 대화를 들을 수는 없었지만 로크와 그 인부, 구덩이 안의 모든 인부가 어떤 분위기에서 일하고 있는지는 느낄 수 있었다. 그들에게서는 충성심과 형제애가 느껴졌는데 도미니크가 지금까지 들어온 충성심이나 형제애와는 다른 것이었다. 로크는 설명을 끝낸 뒤 인부에게 판자를 건넸고 두 사람은 웃음을 터뜨렸다. 로크가 다시 돌아와 도미니크 옆에 앉았다.

"로크, 나도 여기 남아서 당신과 함께 살고 싶어요." 도미니크가 말했다.

로크는 주의 깊게 그녀를 응시하며 그녀의 다음 말을 기다렸다.

"나도 여기서 살고 싶어요." 굳건한 벽에 대항하는 목소리였다. "당신이 사는 것처럼 살고 싶어요. 내 돈에는 손을 안 대고요. 내 돈은 아무한테나 줘버리겠어요. 당신이 원한다면 스티븐 맬러리한테 줘도 되고 투히의 자선단체에 기부해도 되고. 그런 건 아무래도 상관없어요. 우리 둘이 집을 하나 구해서, 저런 집들 중 하나를요, 내가 살림을 맡겠어요. 웃지 말아요. 나도 다 할 수 있으니까. 요리도 하고, 세탁도 하고, 청소도 하고. 그리고 당신은 건축을 그만두는 거예요."

로크는 웃지 않았다. 그냥 잠자코 듣고 있었다.

"로크, 내 마음을 이해해줘요. 제발. 난 사람들이 당신에게 하는 짓을, 또 앞으로 하려는 짓을 도저히 보고 있을 수가 없어요. 당신과 건축, 그리고 당신이 건축에 대해 갖고 있는 생각은 무척이나 위대한 것이에요. 당신은 이런 식으로 오래 버틸 수가 없어요. 당신이 버틸 수 있도록 사람들이 내버려두지 않을 거라고요. 당신은 지금 끔찍한 재앙을 향해 나아가고 있어요. 다른 식으로 끝날 수가 없다고요. 포기해요. 차라리 무의미한 일을 해요. 채석장 일 같은. 우리 여기서 살아요. 우리 자신만을 위해 가난하고 소박하게 살아요."

로크는 웃음을 터뜨렸다. 도미니크는 그가 자신을 배려해서 웃지 않으려고 애쓰면서도 웃음을 멈추지 못하는 걸 느낄 수 있었다.

"도미니크." 그 이름을 부르는 목소리가 도미니크의 마음에 남아 다음에 이어질 말들을 듣기 쉽게 만들었다. "단 한순간만이라도 그 유혹에 마음이 흔들린다고 당신에게 말하고 싶소. 하지만 그렇지가 않소. 내가 아주 잔인한 인간이라면 그걸 받아들이겠지. 당신이 얼마나 빨리 내게 건축 일을 다시 하라고 애원하는지 지켜보기 위해."

"그래요……. 아마……."

"와이낸드와 결혼해서 살아요. 차라리 그 편이 당신이 지금 말한 것보다 훨씬 나으니까."

"부탁인데 …… 조금만 더 여기 이대로 앉아서 …… 그 얘기는 하지 말고 …… 마치 아무 일도 없는 것처럼 …… 몇 년 만에 30분만 휴전 기간을 갖고 …… 당신이 여기 와서 살면서 날마다 무얼 했는지 …… 기억나는 대로 다 말해줘요……."

두 사람은 빈집의 현관 계단이 공중에 뜬 비행기라도 되듯, 그래서 땅도 하늘도 보이지 않는 듯 이야기를 나누었다. 로크는 길 건너 공사장을 보지 않았다.

이윽고 그가 손목시계를 확인하며 말했다.

"한 시간 내로 서부로 가는 기차가 도착할 거요. 역까지 데려다줘도 되겠소?"

"걸어가도 괜찮아요?"

"좋소."

도미니크가 일어서며 물었다.

"언제까지예요, 로크?"

로크가 거리들을 가리켰다. "당신이 저 모든 것을 싫어하지 않게 될 때까지. 두려워하지도, 신경 쓰지도 않게 될 때까지."

두 사람은 역을 향해 걸었다. 도미니크는 빈 거리에 울리는 자신과 로크의 발소리에 귀 기울였다. 그리고 지나치는 건물마다 아쉬운 눈길을 보냈다. 그녀는 이 도시를, 이곳의 모든 것을 사랑했다.

그들은 공터를 지나치고 있었다. 헌 신문지 한 장이 바람에 날려와 도미니크의 다리에 붙었다. 신문지는 강압적인 애정 표현을 해오는 고양이처럼 그녀의 다리에 착 달라붙어 떨어지려고 하지 않았다. 도미니크는 이 도시의 모든 것이 자신에 대해 그런 친밀한 권리를 지니고 있다고 생각했다. 그녀는 허리를 굽혀 신문지를 집어서 접기 시작했다.

"지금 뭐하는 거요?" 로크가 물었다.

"기차에서 읽으려고요." 도미니크가 멍청하게 말했다.

로크가 신문지를 빼앗아 구겨서 잡초 속으로 던졌다. 도미니크는 아무 말도 하지 않았고 두 사람은 계속 걸었다.

텅 빈 플랫폼에는 백열전구 하나만 밝혀져 있었다. 두 사람은 기차를 기다렸다. 로크는 기차가 나타날 선로 쪽을 바라보고 있었다. 이윽고 선로가 몸서리치며 비명을 지르더니 멀리서 흰 동그라미 모양의 불빛이 비쳤다. 그 불빛은 가까이 다가오지 않고 그 자리에 멈춘 채 맹렬한 속도로 커지기만 했다. 로크는 움직이지도, 도미니크에게 고개를 돌리지도 않았다. 돌진해오는 기차 불빛에 그의 그림자가 플랫폼을 가로질러 길게 비쳤다가 사라졌다. 도미니크는 순간적으로 환한 불빛을 받은 그의 늘씬하고 꼿꼿한 몸의 윤곽을 보았다. 기차 앞부분이 지나가고 객차 부분이 덜거덕거리며 속도를 줄였다. 로크는 천천히 지나가는 창문들을 바라보았다. 도미니크는 그의 얼굴은 볼 수 없었고 광대뼈 윤곽만 시야에 들어왔다.

기차가 멈추자 로크가 그녀에게 돌아섰다. 그들은 악수를 하지도, 인사를 나누지도 않았다. 그저 잠시 차렷 자세로 서로를 마주 보고 있었다. 그 모습이 마치 군인들의 의식 같았다. 도미니크가 여행 가방을 들고 기차에 탔다. 잠시 후 기차가 움직이기 시작했다.

6

척: 사향쥐가 왜 안 돼요? 왜 사람은 자기가 사향쥐보다 우월하다고 생각하는 거죠? 숲과 들의 모든 작은 생명체 속에서도 생명이 고동치고 있어요. 영원한 슬픔을 노래하는 생명. 해묵은 슬픔. 노래 중의 노래. 우린 그걸 이해하지 못하지만 누가 이해 같은 것에 신경 씁니까? 공인회계사와 발 치료 의사라면 모를까. 우편배달부나. 우리는 사랑할 뿐이죠. 사랑의 달콤한 신비. 그게 전부죠. 사랑만 남기고 철학자들은 다 난로 연통 속에 처넣어요. 메리가 집 없는 사향쥐를 잡았을 때 그녀의 심장이 터지고 생명과 사랑이 그곳으로 쏟아져 들어갔죠. 사향쥐들은 훌륭한 가짜 밍크코트 재료가 돼요. 하지만 중요한 건 그게 아니에요. 중요한 건 생명이죠.

제이크: (달려 들어오며) 여러분, 조지 워싱턴 우표 가진 사람 있어요?

끝.

아이크는 원고를 탁 덮고 숨을 길게 빨아들였다. 두 시간 동안 큰 소리로 희곡 원고를 읽은 데다 클라이맥스 부분에서는 숨까지 참으며 낭독을 해서 목이 쉬어 있었다. 그는 청중을 바라보았다. 입가에는 자조적인 미소를 머금고 거만하게 눈썹을 추켜올렸지만 눈은 애원하고 있었다.

바닥에 앉아 있던 엘즈워스 투히가 의자 다리에 대고 등을 긁으며 하품을 했다. 거스 웨브는 응접실 한가운데에 배를 깔고 엎드려 있다가 몸을 굴려 똑바로 누웠다. 외국 특파원 랜슬롯 클로키는 하이볼 잔을 집어 들고 잔이 빌 때까지 들이켰다. 〈배너〉의 새 연극 비평가 줄스 포글러는 꼼짝도 않고 앉아 있었다. 그는 두 시간 동안 그 자세를 유지했다. 집 주인 루이스 쿡이 양팔을 비틀어 올려 기지개를 켜며 말했다.

"맙소사, 아이크, 지독해요."

랜슬롯 클로키가 느린 말투로 말했다. "아니, 루이스, 진은 어디 숨겨둔 거요? 너무 그렇게 인색하게 굴지 말아요. 당신처럼 손님 대접이 형편없는 주인은 처음 본다니까."

거스 웨브가 말했다. "난 문학은 몰라요. 비생산적이고 시간 낭비에 불과하니까. 작가들은 다 없어질 거예요."

아이크가 날카로운 웃음소리를 냈다. "형편없죠, 예?" 그는 원고를 흔들었다. "진짜 완전히 졸작이죠. 내가 이걸 왜 썼다고 생각해요? 이보다 더 형편없는 졸작을 쓸 수 있는 사람이 있으면 데려와 보라고요. 이게 최악의 작품이죠."

미국 작가위원회 공식 모임이 아니라 비공식적인 자리였다. 아이크가 자신의 최신작을 공개하겠다며 친구들 몇 명을 불러 모은 것이다. 그는 스물여섯이란 나이에 열한 편의 희곡을 썼지만 단 한 작품도 무대에 올리지 못하고 있었다.

"아이크, 연극은 포기하는 게 좋겠네. 글을 쓴다는 건 진지한 작업이고 아무나 덤벼든다고 되는 일이 아냐." 랜슬롯 클로키가 말했다. 해외 여행기를 담은 클로키의 처녀작은 벌써 10주째 베스트셀러 명단에 올라 있었다.

"랜스, 왜 안 되는 건데?" 투히가 느린 말투로 상냥하게 말했다.

"좋아요, 좋아. 술이나 주세요." 클로키가 퉁명스럽게 대꾸했다.

"지독해요." 루이스 쿡이 지친 듯 좌우로 고개를 늘어뜨리며 말했다. "완벽하게 지독해요. 너무 지독해서 경이로울 지경이죠."

"젠장. 내가 여기 왜 온 거지?" 거스 웨브가 투덜댔다.

아이크가 원고를 벽난로에 던졌다. 원고는 벽난로 철망에 맞고 펼쳐진 채로 불 위에 떨어졌고, 얇은 종이들이 재가 되어 부서졌다.

"입센은 희곡을 썼는데 왜 난 못 써요? 물론 그는 훌륭한 작가고 난 형편없지만 그것만으론 충분한 이유가 되지 않아요." 아이크가 말했다.

"우주적 의미에선 그렇지. 어쨌든 자넨 형편없어." 랜슬롯 클로키가 말했다.

"그 말은 굳이 안 해도 돼요. 내가 먼저 했으니까."

"훌륭한 작품이야." 누군가 말했다.

느리고 지루한 듯한 콧소리였다. 오늘 저녁 처음 입을 연 줄스 포글러에게 모두의 시선이 쏠렸다. 어느 만화가가 그를 그린 유명한 만화가 있었는데 축 늘어진 두 개의 원으로 되어 있었다. 큰 원은 그의 배이고 작은 원은 아랫입술이었다. 그는 스스로 '메르드 두아(merde d' oie, 거위 똥)' 색이라고 부르는 누르스름한 색깔의 멋진 양복을 입고 있었다. 그는 늘 장갑을 끼고 지팡이를 짚고 다녔다. 그는 저명한 연극 비평가였다.

줄스 포글러는 벽난로 속 원고를 지팡이의 갈고리 모양 손잡이로 끄집어내어 자기 앞으로 끌어당겼다. 그는 원고를 집지는 않고 내려다보기만 하면서 같은 말을 되풀이했다.

"훌륭한 작품이야."

"왜죠?" 랜슬롯 클로키가 물었다.

"내가 그렇다고 말하니까." 줄스 포글러가 대꾸했다.

"줄스, 그거 개그예요?" 루이스 쿡이 물었다.

"난 개그 같은 건 하지 않소. 천박하니까." 줄스 포글러가 말했다.

"초연 입장권 두 장만 보내주세요." 랜슬롯 클로키가 비웃으며 말했다.

"초연 입장권 두 장은 8달러 80센트네. 이번 시즌 최고 히트작이 될 거야." 줄스 포글러가 말했다.

줄스 포글러는 자신을 보고 있는 투히에게 고개를 돌렸다. 투히가 미소를 보냈는데, 그 미소는 가볍거나 무관심한 것이 아니라 매우 진지한 찬성의 표시였다. 포글러는 다른 사람들을 볼 때는 눈에 경멸을 담고 있었지만 투히에게는 이해의 눈길을 보냈다.

"줄스, 미국 작가위원회에 들어오지 그러세요?" 투히가 말했다.

"난 개인주의자요. 단체 같은 거 좋아하지 않아요. 게다가 꼭 그럴 필요가 있소?" 포글러가 말했다.

"아뇨, 전혀요." 투히가 쾌활하게 대답했다. "줄스 당신은요. 난 당신에겐 가르칠 게 없으니까요."

"엘즈워스, 당신이 마음에 드는 건, 당신에게는 나에 대해 설명할 필요가 없기 때문이오."

"아니, 여기서 설명 같은 걸 왜 합니까? 우리 여섯은 한마음인데."

"다섯이지. 난 거스 웨브는 싫소." 포글러가 말했다.

"왜요?" 거스 웨브가 기분 나쁜 기색도 없이 물었다.

"그는 귀를 씻지 않기 때문이지." 포글러는 마치 제삼자가 그 질문을 한 것처럼 대답했다.

"아, 그거요." 거스가 말했다.

아이크는 벌떡 일어나서 숨을 죽이고 포글러를 바라보고 있었다.

"포글러 씨, 제 작품이 마음에 드세요?" 이윽고 그가 조그맣게 물었다.

"마음에 든다는 말은 하지 않았네." 포글러가 냉랭하게 대답했다. "냄새가 나. 그래서 훌륭한 거지."

"아." 아이크는 그렇게 말하고 웃었다. 안도한 기색이었다. 그는 교활한 승리감에 찬 눈길로 사람들을 둘러보았다.

"그래, 그 작품의 비평을 위한 나의 접근 방식은 그것의 창작을 위한 자네의 접근 방식과 같네. 우리 둘의 동기가 같은 거지." 포글러가 말했다.

"줄스, 당신은 위대한 분이에요."

"포글러 씨라고 부르게."

"포글러 씨, 당신은 위대한 분이고 세상에서 제일 멋진 사람이에요."

포글러는 지팡이 끝으로 원고를 넘겼다. "아이크, 타이핑이 아주 엉망이군."

"젠장, 전 타이피스트가 아네요. 예술가라고요."

"이 작품을 무대에 올리면 비서를 쓸 만한 형편이 될 걸세. 자네 작품을 꼭 칭찬해줘야겠군. 다시는 이런 식으로 타자기를 남용하는 사례를 막기 위해서라도 말일세. 타자기는 함부로 유린당해서는 안 될 훌륭한 기계니까."

"좋아요, 줄스. 아주 재치 있고 똑똑해요. 당신은 대단히 교양 있고 명석한 분이에요. 그런데 도대체 왜 그런 쓰레기 같은 작품을 칭찬하는 겁니까?" 랜슬롯 클로키가 따졌다.

"왜냐하면 자네 말대로 쓰레기니까."

아이크가 말했다. "랜스, 당신은 논리적이지 못해요. 우주적 의미에서 말이에요. 훌륭한 작품을 쓰고 칭찬 받는 건 아무것도 아녜요. 그건 누구나 할 수 있다고요. 재능만 있다면. 그리고 재능은 우연히 타고나는 거예요. 하지만 쓰레기 같은 작품을 써놓고 칭찬 받는 것, 사실 당신도 그런 경우에 해당되잖아요."

"그렇지." 투히가 말했다.

"그건 견해의 문제예요." 랜슬롯 클로키가 말했다. 그는 빈 술잔을 입에 대고 위로 쳐들어 마지막 남은 얼음 조각을 빨아먹었다.

"랜스, 아이크가 자네보다 더 똑똑한 것 같군. 아이크는 방금 한 짧은 연설을 통해 자신이 진짜 사상가임을 입증했네. 그 연설이 그의 작품보다 나아." 포글러가 말했다.

"다음에는 그걸로 작품을 쓰겠어요." 아이크가 말했다.

포글러가 말을 이었다. "아이크는 자신의 동기를 설명했어. 내 동기도. 그리고 랜스 자네의 동기도. 원한다면 내 경우에 대해 설명해주지. 훌륭한 작품을 칭찬하는 게 비평가에게 무슨 성취가 되겠나? 전혀 안 되지. 그런 비평가는 작가와 독자

사이의 전달자에 지나지 않아. 지나치게 미화된 전달자. 그게 나한테 무슨 의미가 있겠나? 난 그런 역할은 진절머리가 나. 나도 나 자신의 개성으로 사람들을 감동시킬 권리가 있어. 그렇지 않다면 난 좌절할 걸세. 난 좌절을 좋아하지 않네. 만일 비평가가 완전히 무가치한 작품을 성공시킬 수 있다면 …… 아, 물론 자네도 그 의미를 알겠지! 그래서, 난 그걸 히트작으로 만들 걸세. 아이크, 작품 이름이 뭐지?"

"넌 신경 꺼." 아이크가 말했다.

"뭐라고 했나?"

"그게 제목입니다."

"아, 그렇군. 그래서 나는 〈넌 신경 꺼〉를 히트작으로 만들 걸세."

루이스 쿡이 요란하게 웃어댔다.

"다들 아무 일에나 요란법석을 떤다니까." 거스 웨브가 깍지 낀 손을 베고 누워서 말했다.

"자, 이제 랜스 자네 경우에 대해 얘기해보세. 세계 소식을 전하는 일이 특파원에게 무슨 만족을 주겠나? 독자들은 국제적인 위기들에 관한 기사는 다 찾아서 읽지만 기사 끝의 자네 이름엔 신경도 안 쓰지. 하지만 자넨 어느 장군이나 제독, 대사 못지않게 훌륭한 사람이네. 대중의 관심을 받을 자격이 충분하다고. 그래서 자넨 현명한 일을 벌였지. 시시하지만 도덕적으로 정당화된 얘기들을 멋지게 묶어서 책으로 내놓은 거야. 아이디어가 아주 좋았어. 세계적인 대재앙들이 자네의 추잡한 무용담의 배경으로 이용됐지. 국제회의에서 술에 취한 랜슬롯 클로키, 전쟁 중에 미인들과 잠자리를 즐긴 랜슬롯 클로키, 기아의 땅에서 설사병에 걸린 랜슬롯 클로키. 랜스, 안될 게 뭔가? 호응이 좋았는데, 안 그런가? 엘즈워스가 히트작으로 만들어줬는데, 안 그래?" 포글러가 말했다.

"대중은 휴머니즘이 넘치는 글을 좋아하죠." 랜슬롯 클로키가 성난 눈으로 술잔을 노려보며 말했다.

"오, 랜스, 헛소리 말아요! 지금 누구 행세를 하고 있는 거예요? 그 책이 뜬 건 휴머니즘 때문이 아니라 엘즈워스 투히 덕이란 걸 잘 알면서." 루이스 쿡이 외쳤다.

그러자 클로키가 뚱한 목소리로 말했다. "나도 엘즈워스의 신세를 진 건 잊지 않고 있어요. 엘즈워스는 나의 가장 좋은 친구예요. 하지만 엘즈워스라도 작품 자체가 훌륭하지 않았다면 그렇게 해낼 수 없었을 거예요."

8개월 전, 랜슬롯 클로키도 지금 아이크가 포글러 앞에 서 있듯 원고를 들고 엘즈워스 투히 앞에 서 있었고, 그 책이 베스트셀러가 될 거라는 투히의 말을 믿지 못했다. 하지만 책이 20만 부가 팔려나가자 진실을 보는 눈을 잃게 된 것이다.

"사실 《당당한 담석》도 엘즈워스 덕을 봤죠. 진짜 쓰레기 같은 작품이었는데 말예요. 나도 그걸 알아요. 하지만 엘즈워스는 해냈어요." 루이스 쿡이 담담하게 말했다.

"그러다가 하마터면 잘릴 뻔했지." 투히가 무관심하게 말했다.

"루이스, 술은 아껴뒀다 뭐하려고요? 목욕이라도 하려고요?" 클로키가 딱딱거렸다.

"알았어요, 술고래." 루이스가 나른하게 일어서며 말했다.

그녀는 발을 질질 끌고 가다가 바닥에 놓인 누가 마시다 만 술잔을 집어 다 마시고는 밖으로 나가서 비싼 술을 골고루 챙겨서 가져왔다. 클로키와 아이크가 얼른 달려갔다.

"루이스, 랜스에게 너무하는군. 랜스가 자서전을 쓰면 안 되는 이유가 뭐요?" 투히가 말했다.

"그의 삶은 기록은 고사하고 살 가치도 없는 것이니까요."

"아, 하지만 난 바로 그 이유 때문에 그걸 베스트셀러로 만든 거요."

"지금 나한테 말하는 건가요?"

"누구에게든 말하고 싶소."

투히는 편안한 의자가 많은데도 굳이 바닥을 고집하고 있었다. 그는 몸을 굴려 배를 깔고 엎드려 팔꿈치로 상체를 받치고 기분 좋게 양쪽 팔꿈치에 번갈아 체중을 싣고 있었고 두 다리는 카펫 위에 넓게 벌리고 있었다. 그는 방종을 즐기고 있는 듯했다.

"누구에게든 말하고 싶소. 다음 달엔 어느 소도시의 치과의사가 쓴 자서전을 밀 생각인데 그 치과의사, 참 대단한 사람이지. 그의 인생에는 단 하루도 특별한 날이 없었고 그의 책에는 특별한 문장이 단 하나도 없거든. 루이스, 당신 마음에 들 거요. 진부하기 짝이 없는 인간이 마치 계시라도 전하듯 자신의 영혼을 내보이는 걸 상상할 수 있겠소?"

"소시민들. 난 소시민들을 사랑해요. 우리는 세상의 소시민들을 사랑해야 해요." 아이크가 애정 어린 목소리로 말했다.

"아껴뒀다 다음 작품에 쓰게." 투히가 말했다.

"안 돼요. 벌써 이번 작품에 써버린 걸요." 아이크가 대답했다.

"엘즈워스, 도대체 의도가 뭐죠?" 클로키가 퉁명스럽게 말했다.

"그야 간단하지. 인간이 먹고 자고 이웃과 수다 떠는 것 외엔 특별히 한 게 없는 완전히 보잘것없는 존재라는 사실이 세상에 당당히 알릴 대단히 자랑스러운 일이 된다면, 수백만 독자들의 성실한 연구 대상이 될 가치를 지니게 된다면, 인간이 대성당을 지었다는 사실은 기록되거나 세상에 알려질 가치를 잃게 되지. 그건 관점과 상대성의 문제라네. 어떤 특정 능력의 양극단 사이의 거리는 제한되어 있거든. 개미의 청각으론 천둥소리를 들을 수 없지."

"엘즈워스, 퇴폐적인 부르주아처럼 말하네요." 거스 웨브가 말했다.

"입 다물어, 귀염둥이." 투히가 화를 내지 않고 말했다.

"엘즈워스, 다 좋은데 당신이 너무 잘하고 있는 게 문제예요. 그럼 제가 설 자리가 없어지잖아요. 이러다 주목받으려면 진짜 좋은 작품을 써야 하는 건 아닌지 모르겠네요." 루이스 쿡이 말했다.

"이 세기에는 그럴 일 없을 거요, 루이스. 어쩌면 다음 세기까지도. 아주 오랜 세월이 흐른 후에야 가능한 일이지."

"하지만 그 말을 아직 하지 않았잖아요!" 아이크가 갑자기 걱정스런 목소리로 외쳤다.

"내가 무슨 말을 하지 않았는데?"

"제 작품을 누가 무대에 올릴지!"

"그건 나한테 맡기게." 줄스 포글러가 말했다.

아이크가 엄숙하게 말했다. "엘즈워스, 감사 인사를 드리는 걸 잊었어요. 감사합니다. 쓰레기 작품들은 많이 있는데 제 걸 선택해주셔서. 당신과 포글러 씨, 두 분께 감사드려요."

"아이크, 자네의 쓰레기는 쓸모가 있다네."

"그게 중요하긴 하죠."

"대단히 중요하지."

"예를 들면 어떻게요?"

"엘즈워스, 너무 많이 말하지 말아요. 지금 말에 취해 있어요." 거스 웨브가 나섰다.

"입 닫으라니까, 큐피 인형. 난 말하고 싶어. 아이크, 예를 들어달라고? 흠, 예를 들면, 내가 입센을 좋아하지 않는다고 하세."

"입센은 훌륭해요." 아이크가 말했다.

"물론 훌륭하지. 그래도 내가 입센을 좋아하지 않는다고 가정하자고. 그래서 사람들이 그의 작품들을 보지 않도록 만들고 싶다고 쳐. 하지만 사람들에게 그의 작품들을 보지 말라고 아무리 말해봐야 소용없지. 하지만 자네가 입센만큼 훌륭하다고 설득을 시키면 그들은 곧 입센과 자네의 차이를 알 수 없게 되지."

"세상에, 그렇게 해줄 수 있어요?"

"아이크, 예를 든 것뿐이네."

"어쨌든 그렇게 될 수 있다면 정말 근사할 거예요!"

"그래. 근사하겠지. 그렇게 되면 사람들은 누구의 작품을 보든 전혀 상관하지 않게 될 걸세. 그럼 결국 작가도 관객도 중요하지 않게 될 테고."

"엘즈워스, 어떻게요?"

"이봐, 아이크, 연극무대엔 입센과 자네 둘 다 들어갈 자리가 없네. 한 사람 자리밖에 없지. 거기까진 이해하겠지?"

"말하자면 …… 그렇죠."

"그렇다면 자네가 그 자리를 차지하고 싶겠지?"

"전에 다 했던 얘기잖아요. 그땐 훨씬 더 짧고 훌륭했는데. 난 기능적 경제성을 중요하게 여기거든요." 거스 웨브였다.

"거스, 요지가 뭐였죠?" 루이스 쿡이 물었다.

" '아무것도 아니었던 사람이 전부가 될 것이다.' "

"거스는 거칠지만 심오하다니까. 그래서 마음에 들어." 아이크가 말했다.

"놀고 있네." 거스가 말했다.

루이스 쿡의 집사가 들어왔다. 그는 위엄 있는 노인으로 정장을 차려 입고 있었다. 그가 피터 키팅이 왔다고 알렸다.

"피터? 어서 들여보내요, 어서." 루이스 쿡이 쾌활하게 말했다.

키팅이 안으로 들어오다가 사람들을 보고 흠칫 놀라 멈추었다.

"아, …… 안녕들 하십니까. 루이스, 손님이 계신 줄은 몰랐어요." 그가 쓸쓸하게 말했다.

"손님은요. 피터, 들어와서 앉아요. 술 한잔해요. 다들 아는 사람들이잖아요."

"엘즈워스, 안녕하세요." 키팅이 지원을 청하듯 투히를 바라보며 인사했다.

투히가 손을 흔들고 바닥에서 일어나 안락의자에 앉아 우아하게 다리를 꼬았다. 다른 사람들도 모두 자동적으로 똑바로 앉거나 무릎을 모으거나 벌어진 입을 다무는 식으로 자세를 가다듬었다. 거스 웨브만 그대로 늘어져 있었다.

키팅은 멋지고 수려해 보였으며 환기가 되지 않은 실내에 추운 거리의 신선한 공기를 제공했다. 하지만 얼굴이 창백했고, 동작도 굼뜨고 피곤해 보였다.

"루이스, 방해가 됐다면 미안해요. 할 일도 없고 지독하게 외로워서 잠깐 들렀어요." 키팅은 '외로워서'를 흐릿하게 발음하며 자조적인 미소를 흘렸다. "널 뒤몽 떨거지들은 진절머리가 나요. 정신을 고양시키는 …… 마음의 양식이 되는 친구들과 어울리고 싶었어요."

"난 천재예요. 내 작품이 브로드웨이 무대에 오를 거예요. 입센과 나란히. 엘즈워스가 그랬어요." 아이크가 말했다.

"방금 아이크가 우리에게 새 희곡 작품을 읽어줬다네. 대단한 걸작이지." 투히였다.

"피터, 당신도 마음에 들 거예요. 정말 훌륭하니까." 랜슬롯 클로키가 나섰다.

그러자 줄스 포글러가 말했다. "걸작이지. 피터, 당신도 그 진가를 알 수 있기를 바라오. 이 작품의 가치는 극장에 오는 관객들에게 달려 있소. 만일 당신이 메마른 영혼과 제한된 상상력을 지닌 무미건조한 사람이라면 이 작품이 맞지 않을 거요. 하지만 웃음으로 가득한 크나큰 가슴을 지닌 진정한 인간이라면, 어린 시절의 순수함을 그대로 간직하고 있다면, 이 작품에서 잊을 수 없는 감동을 얻을 거요."

"너희가 어린아이들과 같이 되지 아니하면 결단코 천국에 들어가지 못하리라." 엘즈워스 투히가 성경 구절을 인용했다.

"고맙소, 엘즈워스. 그걸 내 연극평 서두에 쓰겠소." 줄스 포글러가 말했다.

키팅은 열성적인 눈빛으로 아이크와 그곳에 모인 사람들을 보았다. 그들 모두 그보다 훨씬 높은 지식이라는 안전지대에 초연하고 순수한 모습으로 존재하면서도 얼굴에 따스한 미소를 머금고 아래를 향해 관대한 초대의 손길을 내밀고 있는 듯했다.

키팅은 그들의 위대성을, 자신이 그들에게서 얻으려고 했던 마음의 양식을 들이켰고 그들을 통해 위로 올라가는 걸 느꼈다. 한편 그들은 자신들의 위대성이 키팅에 의해 실제가 되는 걸 보았다. 그렇게 하나의 모임이 형성되었다. 피터 키팅을 제외한 그곳의 모든 사람이 그걸 알고 있었다.

엘즈워스 투히가 현대 건축을 지지하고 나섰다.

지난 10년간 주거용 건물들은 계속해서 충실하게 역사적인 건축 양식들을 모방하여 지어진 데 반해 공장과 사무용 건물, 마천루 같은 상업용 건축 분야에서는 헨리 캐머런의 원칙들이 득세하게 되었다. 사실 그건 미약하고 왜곡된 승리로, 마지못해 기둥과 박공을 없애고 벽의 일부를 장식 없이 둔 다음 그걸 무마하기 위해(사실 그래서 더 멋진 형태를 갖추게 되었는데도) 단순화시킨 고대 그리스식 소용돌이 장식으로 가장자리를 마무리하는 식이었다. 많은 사람들이 캐머런의 양식을 도용했지만 그의 생각을 이해하는 이는 거의 없었다. 그의 주장들 중에서 건축주들이 저항할 수 없는 부분은 경제성뿐이었고 거기까지는 그가 승리한 셈이었다.

유럽의 국가들, 그중에서도 특히 독일에서는 새로운 건축 학파가 오랜 기간 세를 불리고 있었다. 그들의 기본 원칙은 네 개의 벽을 세우고, 평지붕을 얹고, 개구부 몇 개를 내는 것이었다. 이것이 새로운 건축으로 불렸다. 캐머런이 주장했던 독단적인 관례들로부터의 자유가, 창조적인 건축가에게 새로운 위대한 책임감을 안겨주어야 할 그 자유가 모든 노력을, 역사적인 양식들을 습득하려는 노력조차 배제시키는 역할을 하게 되었다. 그리고 그것이 새로운 관례로 굳어져 의식적인 무능과 창조적 빈곤이 제도화되고 평범함을 자랑삼아 고백하는 풍토가 생겨났다.

일찍이 캐머런은 이렇게 주장했다. "건물은 스스로의 아름다움을 창조하며 건물의 장식은 그것의 주제와 구조에 의해 결정된다." 하지만 새로운 건축가들은 이렇게 말했다. "건물에는 아름다움도, 장식도, 주제도 필요하지 않다." 그렇게 말하는 것이 안전했다. 캐머런과 몇몇 선구자들이 길을 뚫고 목숨을 바쳐서 그 길을 포장해놓았다. 그리고 다수의 다른 사람들은, 파르테논을 모방하며 안전하게 살던 그들은 위험을 발견하자 캐머런이 닦아놓은 길로 새로운 파르테논, 유리와 콘크리트로 된 화물궤짝 모양의 더 쉬운 파르테논으로 가는 안전한 방법을 택했다. 야자수가 솟아났지만 곰팡이가 피어 변형되고 가려져서 결국 평범한 정글 속으로 도로 끌려들어 간 꼴이었다.

정글도 할 말이 있었다.

엘즈워스 투히는 '하나의 작은 목소리'에서 '나는 시대의 조류에 따른다'는 부제로 이렇게 썼다.

> 우리는 오랫동안 현대 건축이라고 알려진 강력한 현상을 인정하기를 망설여왔다. 그런 신중함은 대중적 취향을 선도하는 입장에 있는 사람에게는 꼭 필요한 것이다. 고립된 변칙의 표현이 광범위한 대중운동으로 오해되는 경우가 너무도 빈번한데, 그런 것들에 걸맞지도 않은 중요성을 부여하지 않도록 신중해야 한다. 그러나 현대 건축은 시간의 시험을 견뎌냈고 대중의 요구에 답했기에 우리는 기꺼이 그것을 맞이하려 한다.
>
> 고 헨리 캐머런 같은 이 운동의 선구자들의 공을 인정해주는 것은 잘못이 아니다. 우리는 그의 일부 작품들에서 새로운 위대성의 전조를 발견할 수 있다. 하지만 모든 선구자가 그랬던 것처럼 그도 과거로부터 물려져 내려온 편견들에, 그 자신이 소속된 중산층의 감상에 구속될 수밖에 없었다. 그는 아름다움과 장식에 대한 미신에 빠져 있었다. 그 장식은 자신이 고안해낸 것이어서 결과적으로 이미 검증된 역사적 양식들보다 열등한 것이었는데도 말이다.

현대 건축은 광범위하고 집단적인 운동에 힘입어 완전하고 진실한 표현을 할 수 있게 되었다. 이제 현대 건축은 개인적 취향들의 무질서한 집합체가 아니라 예술가에게 엄격한 요구들을 하는 응집력 있고 조직화된 규율로서 전 세계적으로 번성하고 있다. 그리고 그 요구들 중에는 자기 분야의 집단적 특성에 종속되어야 한다는 조건도 포함되어 있다.

이 새로운 건축의 규칙들은 대중적 창조의 거대한 흐름 속에서 형성되었다. 그것들은 고전주의 규칙들만큼 엄격하다. 그것들은 훼손되지 않은 보통 인간의 정직성 같은 꾸밈없는 단순성을 요구한다. 저물어가는 국제 은행가들의 시대에 모든 건물이 화려한 처마돌림띠 장식을 가져야만 했다면, 다가오는 시대에는 평지붕이 필수가 될 것이다. 인본주의(인간 제국주의) 시대에 모든 집에 모서리 창을 만들어 모두에게 골고루 비치는 햇빛을 상징했던 것처럼 말이다.

안목 있는 독자들은 이 새로운 건축 양식에 나타난 사회적 중요성을 간파할 수 있을 것이다. 과거의 착취제도 아래에서 가장 유용한 사회적 요소였던 노동자들은 자신의 중요성을 깨닫도록 허용되지 않았다. 그들의 실용적 기능들은 감춰지고 위장되었다. 그래서 주인은 하인들에게 금몰 장식이 있는 멋진 제복을 입혔던 것이다. 이런 세태는 당시의 건축에도 반영되어 문, 창문, 계단 같은 건물의 기능적 요소들이 무의미한 소용돌이 장식 속에 감춰졌다. 하지만 현대 건축에서는 바로 이런 유용한 요소들, 노고의 상징들이 완전히 노출된다. 거기서 노동자가 진가를 인정받는 새로운 세계의 목소리가 들리지 않는가?

미국 현대 건축의 가장 훌륭한 예로, 곧 완공될 바셋 브러시 회사의 새 공장을 주목하기 바란다. 비록 작은 건물이지만 새로운 건축 양식의 엄격한 단순성이 완벽하게 구현되어 있는, '작은 것의 위대함' 을 보여주는 기분 좋은 사례다. 이 건물은 촉망받는 젊은 건축가 거스 웨브의 작품이다.

며칠 후 투히와 만난 피터 키팅이 심란한 표정으로 물었다.

"엘즈워스, 그거 진심이세요?"

"뭐가?"

"현대 건축에 대한 글요."

"물론 진심이지. 내 칼럼 어땠나?"

"오, 아주 멋졌어요. 설득력도 뛰어나고. 그런데요, 엘즈워스, 저기 …… 왜 거스 웨브를 택한 거죠? 저도 지난 몇 년 동안 현대식 작품들을 몇 개 지었는데. 팔머 빌딩은 장식이 거의 없고, 모우리 빌딩도 지붕과 창문들밖에 없고, 셸던 창고도……."

"이봐, 피터, 돼지처럼 욕심 부리지 말게. 자넨 그동안 많이 도와줬잖아, 안 그래? 가끔은 다른 사람도 밀어줘야지."

오찬 석상에서 건축에 대한 연설을 하게 되었을 때 피터 키팅은 이렇게 말했다.

"지금까지 제가 걸어온 길을 돌아보면, 저는 부단한 변화는 인생에 꼭 필요한 요소라는 진정한 원칙에 따라 살아왔습니다. 건물은 우리의 삶에서 없어서는 안 될 부분이기에 건축 역시 부단히 변화해야만 합니다. 저 자신은 단 한 번도 건축적 편견을 가져본 적이 없으며 열린 마음으로 시대의 목소리에 귀 기울여왔습니다. 모든 건축물은 현대식이어야만 한다고 주장하고 다니는 광신자들은 오직 역사적인 양식들만 고집하는 완고한 보수주의자들만큼 편협한 것입니다. 저는 고전적 전통에 따라 설계된 제 건물들에 대해 사과할 생각이 없습니다. 그것들은 그 시대의 요구에 따라 지은 것이니까요. 현대적으로 지은 건물들에 대해서도 사과하지 않습니다. 그것들은 다가오는 더 나은 세상을 나타내니까요. 이러한 원칙에 대한 겸허한 깨달음에 건축가라는 직업의 보상과 기쁨이 들어 있다는 것이 제 소견입니다."

피터 키팅이 스톤리지 건축자로 선정되었다는 소식은 언론의 관심도 많이 끌었고 건축계에서도 부러움 섞인 찬사가 이어졌다. 키팅은 그런 분위기 속에서 예전의 기쁨을 되찾으려고 애썼다. 하지만 허사였다. 기쁨 비슷한 걸 느끼긴 했지만 많이 퇴색되고 약해져 있었다.

그리고 스톤리지 설계 작업도 그에게는 도저히 감당할 수 없는 부담이었다. 키팅은 그 일을 따낸 경위에 대해서는 신경 쓰지 않았다. 그 고통 또한 희미해져 있었고 이미 다 받아들이고 거의 잊은 상태였다. 다만 스톤리지 주택단지의 수많은 집들을 설계하는 임무 자체를 수행할 수가 없었다. 그는 너무도 피곤했다. 아침에 눈을 뜨는 순간부터 피로감을 느꼈고 종일 잠자리에 들 시간만 기다렸다.

키팅은 스톤리지 설계를 닐 뒤몽과 베넷에게 떠맡겼다. "알아서 진행하게." 그가 지친 목소리로 말했다.

"피터, 어떤 양식으로 할까?" 뒤몽이 물었다.

"역사적인 양식으로 하게. 작은 집의 주인들은 그런 걸 좋아하니까. 하지만 좀 단순화시켜서 깔끔하게 다듬게. 그래야 기자들의 칭찬을 듣지. 역사적인 양식에 현대적 감각을 살리게. 나머진 자네 마음대로 하게. 난 신경 쓰지 않으니까."

뒤몽과 베넷이 작업을 진행했다. 키팅은 그들의 설계를 가지고 지붕과 창문만 좀 고쳤다. 와이낸드에게 제출된 기본 설계도가 승인을 받았다. 키팅은 와이낸드가 직접 보고 승인했는지 알지 못했다. 다시는 와이낸드를 만날 수 없었으니까.

도미니크가 한 달간 뉴욕을 비운 동안 가이 프랭컨이 은퇴를 발표했다. 키팅이 아무런 설명 없이 이혼 소식을 전하자 프랭컨은 담담하게 받아들였다. "예상했던 일이야. 피터, 괜찮네. 자네 탓도, 그 애 탓도 아닐 거야." 프랭컨은 그 뒤로 이혼에 대해 아무런 언급도 하지 않았다. 그러더니 아무 설명 없이 은퇴를 선언했다. "오래전에 자네한테 은퇴할 때가 다가오고 있다고 했지. 난 지쳤네. 피터, 행운을 비네."

키팅은 자기 혼자 회사를 책임져야 하고 회사 이름에 자기 이름만 남을 걸 생각하니 불안해서 견딜 수 없었다. 그는 동업자가 필요했다. 그래서 닐 뒤몽을 선택했다. 닐은 명예와 기품이 있었다. 그는 또 하나의 루셔스 헤이어였다. 그래서 회사 이름은 '피터 키팅 앤드 코닐리어스 뒤몽'이 되었다. 몇몇 친구들이 축하연을 벌였지만 키팅은 참석하지 않았다. 간다고 약속해놓고 깜빡 잊고 눈 속에 파묻힌 시골에서 혼자 주말을 보냈다. 그러고는 이튿날 아침 얼어붙은 시골길을 걸으면서 비로소 그 기억을 떠올렸다.

스톤리지는 '프랭컨 앤드 키팅'이란 이름으로 계약한 마지막 일이었다.

7

도미니크가 뉴욕에 도착해 기차에서 내려보니 와이낸드가 마중 나와 있었다. 그녀는 리노에 있는 동안 그에게 편지를 보낸 적도, 그에게서 연락을 받은 적도 없었다. 그리고 뉴욕에 돌아오는 것도 아무에게도 알리지 않았다. 하지만 단호하고 침착한 모습으로 플랫폼에 서 있는 와이낸드를 보자 그가 그동안 그녀의 변호사들과 계속 연락을 취하면서 이혼수속 절차를 일일이 보고받고 판결이 난 날짜와 그녀가 기차를 탄 시각, 객실 번호까지 모두 알고 있었음을 짐작할 수 있었다.

와이낸드는 도미니크를 보고도 다가오지 않았다. 도미니크가 그에게로 걸어갔다. 그녀는 비록 짧은 거리일망정 자신이 걸어가는 모습을 그가 보려 한다는 걸 알고 있었다. 도미니크는 미소를 짓지는 않았지만 금세라도 미소로 바뀔 수 있는 사랑스럽고 평온한 표정을 하고 있었다.

"안녕하세요, 게일."

"안녕, 도미니크."

도미니크는 그가 옆에 없을 때 사적인 감정을 가지고 그에 대해 생각해본 적이 없었지만, 막상 그를 보자 만나고 싶었던 사람과 재회하는 기분을 느꼈다.

와이낸드가 말했다. "수하물표 이리 줘요. 짐은 나중에 찾아오게 할 테니까. 밖에 내 차를 대기시켰소."

도미니크가 수하물표를 건네자 그는 받아서 주머니에 넣었다. 그들은 이제 돌아서서 플랫폼을 지나 밖으로 나가야 한다는 걸 알았으나 그대로 선 채 서로를 바라보고 있었다.

와이낸드가 먼저 가벼운 미소를 지으며 말했다.

"내게 이런 말을 할 권리가 있다면, 당신이 이런 모습으로 나타날 줄 알았더라면 기다림을 견딜 수 없었을 거요. 하지만 난 그럴 권리가 없으니 말하지 않겠소."

도미니크가 웃으며 대꾸했다. "좋아요, 게일. 우리가 너무 무심하게 행동하는 것도 사실 일종의 위선이죠. 오히려 그게 이 모든 일을 더 중요하게 만들고 있고요. 그러니 우리 그냥 하고 싶은 말은 하도록 해요."

"당신을 사랑하오." 그것이 고통의 표현이고 그녀에게 하는 말이 아니기라도 한 것처럼 아무 표정 없는 목소리였다.

"게일, 당신에게 돌아와서 기뻐요. 이럴 줄 몰랐지만, 아무튼 기뻐요."

"어떻게 기쁘오?"

"모르겠어요. 당신에게 전염된 것 같아요. 단호하고 평온하게 기뻐요."

그들은 자신들이 짐수레들과 사람들이 분주히 움직이는 복잡한 플랫폼 한복판에서 대화를 나누고 있었음을 깨달았다.

두 사람은 거리로 나가 와이낸드의 차에 탔다. 도미니크는 어디로 가는지 묻지도, 신경 쓰지도 않았다. 조용히 와이낸드 옆에 앉아 있었다. 그녀는 아무런 저항도 하지 않겠다는 결의에 차 있으면서도 자신이 단지 그 결의 때문에 와이낸드에게 복종하고 있는 것인지 조금은 의심스러웠다. 그녀는 와이낸드에게 자신을 맡겨버리고 싶은 욕망을 느꼈다. 그건 평가 없는 신뢰로, 행복한 신뢰가 아닌 그냥 신뢰였다. 잠시 후 도미니크는 와이낸드가 자신의 손을 잡고 있음을 깨달았다. 그녀는 장갑을 끼고 있었기에 그와 맨살이 닿는 부분은 손목뿐이었다. 그가 손을 잡는 걸 의식하지 못했던 건 그게 아주 자연스러운 일로 느껴지고 처음 그를 본 순간부터 원했던 것이기도 하기 때문이었다. 하지만 도미니크는 자신이 그걸 원하도록 허락할 수가 없었다.

"게일, 어디로 가는 거죠?" 그녀가 물었다.

"결혼 허가서를 받으러 가는 거요. 그다음 판사를 찾아가 결혼할 거요."

도미니크는 천천히 허리를 곧게 펴며 와이낸드에게 고개를 돌렸다. 그녀는 손을 빼지는 않았지만 손가락이 굳어지며 의식적으로 그의 손에서 빠져나오려고 했다.

"아뇨." 그녀가 말했다.

그녀는 미소를 지었고 그 미소를 일부러 지나치게 오래 머금고 있었다. 와이낸드가 침착하게 바라보았다.

"게일, 난 진짜 결혼식을 원해요. 뉴욕에서 제일 화려한 호텔에서 식을 올리고 싶어요. 청첩장과 하객들(수많은 하객들), 유명인사들, 화환, 사진 플래시, 뉴스영화 카메라가 있는 결혼식. 대중이 게일 와이낸드에게 기대하는 그런 결혼식을 원해요."

와이낸드는 기분 나빠하지 않고 자연스레 도미니크의 손을 놓아주었다. 그는 잠시 멍한 표정을 지었는데 그리 복잡하지는 않은 산수 문제라도 풀고 있는 것처럼 보였다. 이윽고 그가 말했다.

"좋소. 준비하는 데 일주일은 걸릴 거요. 다른 건 오늘 밤 안으로 가능하지만 청첩장은 최소한 일주일 전에 보내야 하니까. 안 그러면 비정상적으로 보일 거고 당신은 정상적인 게일 와이낸드의 결혼식을 원하니까. 그럼 지금 호텔로 데려다 줄 테니 거기서 일주일을 묵어요. 계획에 없던 일이라 호텔 예약을 해놓지 않았소. 어디 묵고 싶소?"

"당신 펜트하우스요."

"안 되오."

"그럼 노들랜드 호텔요."

와이낸드가 앞으로 몸을 내밀어 운전기사에게 지시했다.

"존, 노들랜드."

호텔 로비에서 와이낸드가 도미니크에게 말했다.

"지금부터 일주일 후, 화요일 오후 4시에 노이스-벨몬트에서 만납시다. 청첩장은 당신 아버지 이름으로 보내야 하오. 아버님께 내가 연락할 거라고 전해주시오. 나머진 내가 알아서 하겠소."

와이낸드는 침착한 태도로 가볍게 고개를 숙였다. 그의 침착성은 자신의 통제력을 믿는 성숙한 어른의 느긋함과 상황을 있는 그대로 받아들이는 어린애 같은 단순성이 합쳐진 것이었다.

도미니크는 일주일 동안 그를 만나지 못했고 초조히 결혼식 날을 기다렸다.

도미니크가 그를 다시 본 건 결혼식장에서였다. 휘황찬란한 조명이 밝혀진 노이스-벨몬트 호텔 연회장에서 600명의 하객들이 조용히 지켜보고 있는 가운데 그녀는 와이낸드와 나란히 서서 판사의 주례사를 들었다.

도미니크가 원했던 결혼식 풍경이 아주 완벽하게 펼쳐져서 마치 상류층 결혼식의 풍자화를 보는 듯했다. 그건 하나의 결혼식이라기보다는 화려하고 사치스러운 속됨의 원형이었다. 와이낸드는 도미니크의 뜻을 이해하고 세심하게 따라주었다. 그는 과장을 통해 마음의 편안함을 얻으려고 하지도 않았고 식을 허술하게 준비하지도 않았다. 신문 발행인 게일 와이낸드가 공개적인 결혼식을 원했다면 선택했을 방식으로 멋지게 준비했다. 하지만 게일 와이낸드는 공개적인 결혼식을 원하지 않았다.

와이낸드는 그 결혼식에 어울리는 신랑 역할을 완벽하게 해냈다. 그는 식장에 들어서며 그런 대규모의 하객은 대가극의 초연이나 왕실 자선 바자회에나 어울리지, 자신의 인생의 엄숙한 클라이맥스에는 걸맞지 않는다는 걸 깨닫지 못한 듯 하객들을 바라보았다. 그는 나무랄 데 없는 모습이었고 비길 데 없이 기품이 넘쳤다.

도미니크가 그의 옆에 섰고, 하객들은 그의 등 뒤에서 무거운 침묵과 탐욕스러운 시선이 되었다. 신랑과 신부가 판사를 향해 섰다. 도미니크는 길고 검은 드레스를 입고 있었고 신랑의 선물인 싱싱한 재스민 부케가 검은 띠로 팔목에 묶여 있었다. 그녀는 후광처럼 생긴 검은 레이스 모자 속의 얼굴을 들고 느릿느릿 주례사를 하고 있는 판사를 바라보았다.

도미니크는 와이낸드를 흘낏 보았다. 그는 도미니크도, 판사도 보고 있지 않았다. 도미니크는 그가 이곳에 홀로 있음을 깨달았다. 그는 이 화려하고 속된 순간에 자신만의 조용한 절정에 이르러 있었다. 그는 종교를 믿지 않기에 종교적인 예식을 원하지 않았고 지금 판에 박힌 주례사를 늘어놓는 공무원에게도 존경심이 없었지만, 이 의식을 순수한 종교 행위로 만들었다. 도미니크는 만약 자신이 로크와 이런 결혼식을 올린다면 로크도 이렇게 서 있으리라 생각했다.

예식이 끝난 후 펼쳐진 요란한 피로연에서도 와이낸드는 외부의 영향을 받지 않았다. 그는 도미니크와 함께 카메라 부대에게 포즈도 취해주고, 특별하고 시끄러운 하객인 기자들의 온갖 요구도 우아하게 들어주었다. 그는 도미니크와 함께 피로연장 입구에 서서 몇 시간 동안 공장 컨베이어벨트처럼 다가오는 손들과 일일이 악수를 했다. 그는 휘황찬란한 불빛들과 건초 더미처럼 쌓인 백합, 현악 오케스트라, 강물처럼 흘러가다가 샴페인 앞에서 삼각주를 이루는 하객들에게(권태나 질투 어린 증오, 스캔들에 굶주린 호기심에 이끌려서, 혹은 와이낸드라는 위험한 이름이 박힌 청첩장을 무시해버릴 수 없어서 마지못해 온 사람들에게) 아무 감흥이 없었다. 그는 자신이 사람들 앞에 제물처럼 바쳐지는 걸 하객들이 당연시한다는 걸 모르는 듯했다. 하객들이 자신들을 예식에 꼭 필요한 증표로 여기며 이곳에 모인 수백 명의 사람들 가운데 곤욕스러워하는 이는 신랑과 신부뿐이라는 사실도 모르는 것 같았다.

도미니크는 그를 유심히 지켜보았다. 그녀는 그가 이 모든 것에서 단 한순간만이라도 기쁨을 느끼는 모습을 보고 싶었다. 그가 단 한 번만이라도 모든 걸 받아들이고 하객들과 어울려 뉴욕 〈배너〉의 진정한 영혼을 보여주면 좋겠다는 생각이 들었다. 하지만 와이낸드는 받아들이는 모습을 보이지 않았다. 가끔 고통의 기미가 보이기는 했지만 고통조차 그에게 온전히 닿지 못하는 듯했다. 도미니크는 어느 선까지만 고통을 느낀다고 말한 또 한 남자가 떠올랐다.

하객들과의 악수가 끝나자 두 사람은 비로소 그 자리를 벗어날 수 있는 자유를 얻게 되었다. 하지만 와이낸드는 움직일 생각을 하지 않았다. 도미니크는 그가 자신의 결정을 기다리고 있음을 알 수 있었다. 그녀는 그의 곁을 떠나 하객들의 물결 속으로 들어가 샴페인 잔을 들고 미소를 짓고, 목례를 하고, 모욕적인 헛소리를 들어주었다.

도미니크는 하객들 속에서 아버지를 발견했다. 그는 자랑스러우면서도 수심에 잠겨 있는 듯했고 당혹스러운 기색도 보였다. 도미니크가 와이낸드와 결혼하겠다고 전했을 때 프랭컨은 조용히 말했다. "도미니크, 난 너의 행복을 바란다. 아주 간절히. 네 선택이 옳았으면 좋겠구나." 마지막 말을 할 때 그의 목소리에는 확신이 없었다.

도미니크는 인파 속에서 엘즈워스 투히도 보았다. 투히는 도미니크의 시선을 느끼고 얼른 고개를 돌렸다. 도미니크는 큰 소리로 웃고 싶었지만 지금은 방심하고 있던 엘즈워스 투히를 놀라게 만든 것이 웃음을 터뜨릴 만큼 중요한 일은 아닌 것 같았다.

앨버 스카럿이 사람들을 헤치고 다가왔다. 그는 예의를 차리려고 애는 썼지만 상처 받고 부루퉁한 얼굴이었다. 그는 행복을 빈다는 말을 빠르게 웅얼거리고는 분노가 살아 숨쉬는 목소리로 분명하게 말했다.

"도대체 왜, 도미니크? **왜**?"

도미니크는 앨버 스카럿이 노골적으로 그런 질문을 할 수 있다는 게 믿어지지 않았다. 그래서 냉랭하게 물었다.

"무슨 말씀이신가요?"

"금지."

"금지라뇨?"

"다 알면서 그래. 뉴욕에 있는 신문이란 신문은 다 불러놓고, 저질 타블로이드까지, 통신사까지 다 불러놓고 〈배너〉만 금지시켰잖아! 와이낸드 신문들만! 우리 독자들에게 뭐라고 말하지? 어떻게 설명하냐고? 이게 옛 동지에게 할 짓인가?"

"무슨 얘긴지 모르겠어요."

"회장님이 우리 기자들은 아무도 못 오게 한 걸 몰랐다고? 그래서 내일 아무 얘기도, 사진도 못 싣고 18면에 두 줄짜리 기사만 달랑 내보내게 된 걸 몰랐어?"

"몰랐어요." 도미니크가 대답했다.

스카럿은 도미니크가 홱 돌아서는 걸 보고 놀란 눈이 되었다. 도미니크는 처음 눈에 띈 하객을 웨이터로 착각하고 샴페인 잔을 건넸다. 그러고는 인파를 헤치고 와이낸드에게 갔다.

"게일, 가요."

"그럽시다."

도미니크는 믿을 수 없다는 표정으로 펜트하우스 응접실

한가운데 서서 이제 이곳이 자신의 집이라고, 정말이지 자신에게 아주 잘 어울리는 집이라고 생각했다.

와이낸드가 그녀를 지켜보고 있었다. 그는 말을 하려고도, 그녀를 만지려고도 하지 않고 도시 위의 높은 곳에 위치한 자신의 집에 데려다놓은 그녀를 지켜보기만 했다. 이 순간의 의미를 그 누구와도, 심지어 그녀와도 나눌 수 없다는 듯이.

도미니크는 천천히 걸으며 모자를 벗고 탁자에 기댔다. 그녀는 평소에는 말을 아끼고 모든 걸 덮어두려고만 하는데 왜 와이낸드 앞에서만은 솔직해지고 싶은 건지 알 수가 없었다.

"게일, 결국 당신 뜻대로 됐어요. 당신은 자신이 원하던 방식대로 결혼했어요."

"그렇소."

"당신을 괴롭히려고 그런 결혼식을 고집한 건데 헛수고였어요."

"사실 그렇지. 하지만 난 별로 신경 쓰지 않았소."

"그래요?"

"그렇소. 난 당신이 원하는 대로 해주겠다는 약속을 지켰을 뿐이오."

"하지만 당신은 그런 결혼식을 싫어하잖아요."

"질색이지. 하지만 처음 잠깐만 힘들었소. 당신이 처음에 차에서 그 말을 했을 때. 그 뒤로는 오히려 기뻤소." 와이낸드는 조용한 목소리로 도미니크처럼 솔직하게 말했다. 도미니크는 그가 자신에게 선택권을 맡기고 자신이 침묵하면 그도 침묵하고 솔직히 털어놓으면 그도 그렇게 할 것임을 알았다.

"왜요?"

"자신의 실수를 눈치 채지 못한 거요? 실수가 아니었는지도 모르지만. 당신은 내게 완전히 무관심하다면 나를 괴롭히고 싶지도 않았을 거요."

"그건 실수가 아니었어요."

"도미니크, 패배를 순순히 받아들이는 훌륭한 패자로군."

"그것도 당신에게서 전염된 것 같아요. 그리고 당신에게 감사할 게 하나 더 있어요."

"뭐지?"

"와이낸드 신문들에 우리 결혼식 기사를 못 싣게 한 거요."

와이낸드가 날카로운 눈빛으로 쳐다보더니 미소를 지었다.

"당신답지 않군. 그런 걸 고마워하다니."

"당신이 그렇게 했던 것도 당신답지 않은 일이었어요."

"난 그래야만 했소. 하지만 당신이 화를 낼 거라고 생각했는데."

"화를 내야 정상인데 그렇지가 않았어요. 지금도 마찬가지고요. 고마워요."

"고마움에 대해 고마움을 느낄 수도 있는 건가? 표현하기가 좀 힘들긴 하지만 그게 지금 내 기분이오, 도미니크."

도미니크는 주위의 벽들에 비친 부드러운 불빛을 바라보았다. 그 조명은 방의 한 부분으로 벽들에 재료나 색깔을 초월한 특별한 질감을 부여했다. 그녀는 저 벽들 너머에 자신이 한 번도 보지 못했으되 이제 자신의 소유가 된 방들이 존재하리라 생각했다. 그녀는 그 방들이 자신의 소유인 게 좋았다.

"게일, 이제부터 어떻게 할 건지 묻지 않았네요. 신혼여행을 떠날 건가요? 그런 생각은 해본 적도 없다니, 우습군요. 결혼식만 생각했지 그 이후의 문제는 전혀 생각하지 않았어요. 거기서부터 당신이 모든 걸 떠맡기라도 할 것처럼. 게일, 그것도 나답지 않네요."

"그건 반갑지 않군. 수동성은 좋은 징조가 아니니까. 당신에게는."

"그럴 수도 있죠. 내가 그걸 기뻐한다면요."

"그렇지. 하지만 그건 오래가지 않을 거요. 어쨌든 우린 아무 데도 안 갈 거요. 당신이 신혼여행을 원한다면 몰라도."

"아녜요."

"그럼 여기 있습시다. 또 하나의 예외를 만드는 거지. 당신과 나에게 어울리는 일이오. 우리 둘에게 여행은 늘 도피였으니까. 이번엔 도망치지 맙시다."

"그래요, 게일." 도미니크가 대답했다.

와이낸드가 그녀를 안고 키스했다. 도미니크는 한 팔을 구부려 자신의 어깨에 대고 있었고 손목의 시든 재스민 부케가 뺨에 닿았다. 꽃은 시들었지만 은은한 봄 향기는 그대로 남아 있었다.

와이낸드의 침실로 들어가니 수많은 잡지들에 실렸던 그 모습이 아니었다. 유리벽을 모두 없애고 둥근 천장을 인 창문 없는 방으로 개조해놓았던 것이다. 실내는 환하고 공기도 쾌적했지만 빛도, 공기도 외부에서 들어온 게 아니었다.

도미니크는 침대에 누워 차갑고 매끄러운 시트에 손바닥을 붙인 채 와이낸드의 몸을 만지기를 거부했다. 하지만 그녀의 경직된 냉담함은 와이낸드를 무력한 분노에 휩싸이게 하지 않았다. 그는 이해한다는 듯 웃었다. 그가 재미있다는 듯 거친 목소리로 말했다. "도미니크, 그래봐야 소용없을 거요." 도미니크는 그를 거부할 수 없음을 깨달았다. 이미 그녀의 몸이 갈망과 쾌감으로 반응하고 있었다. 도미니크는 그것이 욕망이나 성행위의 문제가 아니며 애초에 남자는 생명력이고 여자는 그것에 반응할 수밖에 없다고 생각했다. 와이낸드는 가장 근본적인 힘인 생명의 의지를 갖고 있었고, 지금 이 행위는 단순히 그것의 표현일 뿐이었기에 그녀는 와이낸드라는 남자나 그의 행위가 아닌 그의 내부에 존재하는 힘에 반응하는 것이었다.

"어떻소? 이제 알겠소?" 엘즈워스 투히가 물었다.

그는 스카럿의 의자 등받이에 편하게 기대서 있었고, 스카럿은 의자에 앉아 책상 옆에 놓인 우편물이 가득한 바구니를 내려다보고 있었다.

스카럿이 한숨지으며 말했다. "엘즈워스, 수천 통이오, 수천 통. 독자들이 뭐라고 항의하는지 아시오? 왜 결혼식 이야기를 안 실었느냐, 뭐가 창피해서 그랬느냐, 뭘 숨기려고 그랬느냐, 왜 점잖은 사람답게 교회에서 식을 올리지 않았느냐, 어떻게 이혼녀와 결혼할 수 있느냐? 다들 그런 질문뿐이오. 수천 통이. 그런데도 회장님은 편지들을 읽어보려고도 하지 않고 있소. 여론의 지진계로 불리는 게일 와이낸드가."

"맞소. 그런 사람이지요." 투히가 말했다.

"본보기로 하나 읽어주겠소." 스카럿이 책상 위의 편지를 집어 읽기 시작했다. " '나는 정숙한 여성이자 다섯 아이의 어머니로서, 당신의 신문을 읽으면서 아이들을 키우고 싶은 생각이 전혀 없습니다. 지난 14년 동안 당신의 신문을 구독해왔지만 당신이 타락한 여자이며 다른 남자의 아내인, 검은 웨딩드레스를 입고 결혼식을 올릴 수밖에 없는 그런 여자와 간통을 저질러 결혼이라는 신성한 제도를 우롱하면서 스스로 점잖지 못한 사람임을 입증했으니, 다시는 당신의 신문을 읽지 않겠습니다. 당신은 아이들에게 맞지 않는 사람이고 나를 실망시켰으니까요. 토머스 파커 부인.' 회장님께 이 편지를 읽어드렸지만 그냥 웃기만 하더군요."

"저런." 투히가 말했다.

"회장님이 뭐가 잘못된 걸까요?"

"앨버, 뭐가 잘못된 게 아니라 마침내 올 것이 온 거요."

"그건 그렇고, 여러 신문이 그 빌어먹을 신전에 있던 도미니크의 나체 조각상 사진을 찾아내서 결혼식 기사에 함께 실은 걸 아시오? 와이낸드 부인의 예술에 대한 관심을 보여주기 위해서라나? 개자식들! 우리 회장님께 복수할 기회가 생겨서 신이 난 거지. 더러운 놈들! 누가 그걸 상기시켜줬는지 모르겠다니까."

"그야 나도 모르지요."

"물론 아무것도 아닌 일로 소동을 피운 것이니 몇 주 못 가서 잊힐 거요. 큰 해가 될 건 없소."

"그렇지요. 그 사건 하나만으로는."

"아니, 지금 뭔가를 예언하는 거요?"

"앨버, 예언하는 건 내가 아니라 이 편지들이오. 아니, 편지들이 아니라 그것들을 읽으려고 하지 않는 회장님의 태도지."

"오, 너무 비관적으로 생각할 필요는 없소. 회장님은 언제, 어디서 멈춰야 하는지 아는 분이니까. 별것도 아닌 일을 과장하지 말고……." 스카럿은 투히를 흘낏 보더니 목소리가 싹 변했다. "맙소사, 엘즈워스, 당신 말이 맞소. 이제 우린 어쩌면 좋소?"

"친구여, 우린 아무것도 할 게 없소. 앞으로 오랫동안."

투히는 책상에 걸터앉아 뾰족한 구두 끝으로 바구니 속 편지들을 툭툭 찼다. 그는 아무 때나 스카럿의 방을 들락거리는 습관이 생겼고 스카렛도 그에게 의지하게 되었다.

"그런데 엘즈워스, 정말로 〈배너〉에 대한 충성심을 가지고 있는 거요?"

"앨버, 알아들을 수 있게 말하시오. 답답하게 굴지 말고."

"아니, 내 말은 …… 내 말이 무슨 뜻인지 알잖소."

"전혀 모르겠소. 자기 밥벌이에 불충한 사람이 어디 있소?"

"그야 그렇지만……. 엘즈워스, 난 당신을 무척 좋아하고 있지만, 당신이 진심으로 나와 뜻을 같이하고 있는 건지 확신이 들지 않소."

"복잡하게 얘기할 것 없소. 공연히 혼란스럽기만 하니까. 하고 싶은 말이 뭐요?"

"왜 아직도 〈뉴 프런티어스〉에 기고를 하는 거요?"

"돈 때문이지요."

"왜 이러시나, 그건 당신에게 푼돈에 불과한데."

"〈뉴 프런티어스〉는 권위 있는 잡지요. 거기 기고하면 안 되는 이유라도 있소? 〈배너〉와 독점계약이 되어 있는 것도 아닌데."

"사실 난 당신이 부업으로 어디에 기고를 하든 상관없소. 그런데 요새 〈뉴 프런티어스〉가 아주 우습게 굴고 있어서 말이오."

"무엇에 대해서요?"

"게일 와이낸드에 대해서."

"앨버, 말도 안 되는 소리요!"

"아니오, 투히 씨. 말도 안 되는 소리가 아니오. 당신이 몰라서 그러는 거요. 당신은 자세히 읽어보지 않은 모양인데 난 그런 걸 본능적으로 간파하는 능력이 있소. 똑똑한 젊은 애송이의 즉흥적인 공격일 뿐인지, 아니면 잡지사에서 마음먹고 그러는 건지 알 수 있다는 말이오."

"앨버, 신경이 예민해져서 확대 해석하는 거요. 〈뉴 프런티어스〉는 진보적인 잡지고 지금까지 늘 게일 와이낸드를 비난해왔소. 그건 누구나 마찬가지지요. 알다시피 회장님은 업계에서 대단히 인기 있는 인물은 아니니까. 그래도 회장님은 끄떡없었소, 안 그렇소?"

"이건 다르오. 조직적인 배후가, 특별한 의도가 있는 것 같소. 무심히 똑똑 떨어지는 물방울이 모여 작은 시냇물을 이루고 그 시냇물들이 모여서……."

"앨버, 피해망상증 환자가 되어가는 거요?"

"어쨌든 꺼림칙해요. 사람들이 회장님의 요트나 여자 문제, 지방선거와 관련된 스캔들을 가지고 공격하는 건 괜찮소. 선거 관련 스캔들은 사실로 밝혀진 적도 없지만." 스카럿은 얼른 그렇게 덧붙인 후 말을 이었다. "하지만 요즘 '약탈자 게일 와이낸드', '자본주의의 해적 게일 와이낸드', '이 시대의 병적인 존재 게일 와이낸드' 따위의 말들이 지식인들의 유행어처럼 번지는 건 걱정스러운 일이오. 엘즈워스, 그건 다 헛소리지만, 그런 헛소리에 다이너마이트가 들어 있는 법이오."

"그건 예전부터 있던 말들의 현대적인 표현일 뿐이오. 그리고 난 그 잡지에 가끔 글을 기고하는 것일 뿐이니 그 잡지의 편집 정책까지 책임질 순 없소."

"그거야 그렇지만 …… 내가 들은 얘기와는 다르군요."

"무슨 얘기를 들었는데요?"

"당신이 그 빌어먹을 잡지에 돈을 대고 있다고 들었소."

"누가, **내가요**? 무슨 돈이 있어서?"

"정확히 말하면 당신이 직접 대는 건 아니지요. 하지만 내가 듣기론 〈뉴 프런티어스〉가 망하기 직전에 술고래 로니 피커링을 꼬드겨 거금 10만 달러를 수혈하게 해준 사람이 바로 당신이라고 하던데요."

"아, 그거야 로니를 더 비싼 시궁창에서 구해내려고 그랬던 거지요. 그 친구가 타락의 길로 빠지는 걸 보고 훌륭한 인생의 목적을 갖게 하려고 그런 거요. 10만 달러를 여자들한테 뜯기지 말고 더 좋은 일에 쓰게 하려고요."

"그렇지만 당신이 잡지사에 그런 선물을 주면서 게일 와이낸드 죽이기에 나서라고, 안 그러면 재미없을 거라고 협박했을 수도 있지요."

"앨버, 〈뉴 프런티어스〉는 〈배너〉가 아니오. 원칙을 중시하는 잡지란 말이오. 편집자들을 매수하거나 협박할 수 있는 데가 아니오."

"엘즈워스, 이번 경우에도요? 내가 속을 것 같소?"

"흠, 당신을 안심시키기 위해 당신이 모르는 소식을 하나 전해야겠소. 알려지면 안 되는 일이라 대리인들을 여러 명 세워서 진행시켰소. 내가 미첼 레이턴을 설득해서 〈배너〉 주식을 대량 매입하게 만들었다는 걸 알고 있소?"

"그럴 리가!"

"사실이오."

"엘즈워스, 정말 잘됐소! 자금 확보 차원에서 도움이 …… 미첼 레이턴? 가만, 미첼 레이턴?"

"그렇소. 미첼 레이턴에게 무슨 문제라도 있소?"

"할아버지 돈을 주체 못하는 그 어린 친구 말이오?"

"할아버지가 막대한 유산을 남겼지요."

"하지만 그는 괴짜요. 요가 수행자가 되었다가 채식주의자로 바뀌었다가 일신론자가 됐다가 나체주의자가 됐고 …… 지금은 모스크바에 프롤레타리아 계급의 궁전을 짓고 있소."

"그게 뭐 어떻다는 거요?"

"맙소사! 우리 주주들 중에 빨갱이가 있다니!"

"미첼은 빨갱이가 아니오. 재산이 2억 5천 달러나 되는 사람이 어떻게 빨갱이가 될 수 있겠소? 그는 분홍 장미에 불과해요. 주황색에 가까운. 심성은 착한 친구요."

"하지만 …… 〈배너〉에!"

"앨버, 당신은 바보요. 상황 파악이 안 돼요? 나는 그 친구가 훌륭하고 건실하고 보수적인 신문에 돈을 투자하도록 만들었소. 결국 그 친구는 분홍빛 사상을 버리고 바른 길로 돌아올 거요. 게다가 그 친구가 무슨 해가 되겠소? 당신의 사랑하는 회장님이 경영권을 움켜쥐고 있잖소, 안 그렇소?"

"회장님도 아시는 일이오?"

"몰라요. 회장님께선 최근 5년 동안은 옛날처럼 그렇게 철저히 신경 쓰진 않고 있소. 회장님껜 알리지 않는 게 좋을 거요. 회장님이 요즘 어떤지 당신도 알잖소. 그에겐 약간의 압력이 필요해요. 당신에겐 돈이 필요하고. 미첼 레이턴에게 잘해줘요. 도움이 될 테니까."

"그렇군요."

"그래요. 이제 알겠소? 나는 착한 사람이오. 난 작고 보잘것없는 진보적인 잡지 〈뉴 프런티어스〉도 도왔지만, 거대 보수주의의 아성인 뉴욕 〈배너〉에도 그보다 훨씬 많은 돈을 끌어다주었소."

"그랬군요. 당신이 진보주의자인 점을 감안한다면 대단히 고마운 일이오."

"그런데도 충성심에 대해 얘기를 하고 싶소?"

"아니오. 당신은 〈배너〉 곁을 지킬 것 같소."

"물론이오. 난 〈배너〉를 사랑해요. 〈배너〉를 위해서라면 무엇이라도 할 수 있소. 목숨이라도 바칠 수 있소."

8

사람은 무인도를 걷고 있어도 여전히 세상에 닻을 내리고 있게 마련이다. 하지만 와이낸드와 도미니크는 전화선이 끊긴 펜트하우스에서 철골 구조 화강암 건물 57층 아래의 세상에 대해 철저히 무감각했다. 그들에게는 펜트하우스가 지구도, 섬도 아닌 우주에 닻을 내리고 있는 듯했다. 그리하여 도시는 어떤 형태의 소통도 불가능한 하나의 추상, 마치 하늘처럼 감탄의 대상이기는 하나 그들의 삶과 직접적인 관련이 없는 하나의 친근한 풍경이 되었다.

결혼 후 2주 동안 그들은 펜트하우스를 벗어나지 않았다. 도미니크는 언제라도 엘리베이터를 타고 바깥으로 나갈 수 있었지만 그렇게 하고 싶지 않았다. 그녀는 저항하거나 의심하거나 의문을 제기할 생각이 없었다. 그것은 매혹이고 평화였다.

와이낸드는 그녀가 원하면 몇 시간이고 이야기했다. 그리고 그녀가 침묵을 원하면 조용히 앉아서 도미니크가 그의 화랑에 있는 작품들을 바라보던 것처럼 아무런 방해가 되지 않는 초연한 눈길로 그녀를 응시했다. 그는 도미니크가 묻는 말에는 무엇이든 대답해주었다. 하지만 자신은 아무것도 묻지 않았다. 자신의 감정에 대해 말하지도 않았다. 도미니크가 혼자 있고자 할 때는 절대 그녀를 부르지 않았다. 어느 날 저녁, 도미니크는 자신의 방에 앉아 책을 읽다가 그가 춥고 어두운 옥상정원 난간 앞에 서 있는 걸 보았다. 그는 도미니크의 방 창문에서 흘러나온 불빛 속에 서 있을 뿐 집 쪽을 보고 있지도 않았다.

2주일이 지난 후, 와이낸드는 〈배너〉 사무실로 출근하기 시작했다. 하지만 고립감은, 마치 그들의 결혼 생활의 주제로서 평생 지켜지기라도 할 것처럼 그대로 남아 있었다. 와이낸드는 저녁때 집에 돌아오면 바깥세상이 존재하지도 않는 듯했다. 그는 아무 데도 가고 싶지 않았고 아무도 집에 초대하지 않았다.

와이낸드가 직접 말한 적은 없었지만 도미니크는 자신이 그와 함께든 혼자서든 집 밖으로 나가는 걸 그가 원하지 않는다는 걸 알았다. 와이낸드 자신도 그런 강박관념을 보일 줄은 몰랐던 게 사실이었다. 그는 집에 돌아오면 "외출했소?" 하고 물었다. 절대 "어디 갔다 왔소?"라고는 묻지 않았다. 그건 질투가 아니었고 '어디'는 중요하지 않았다. 도미니크가 구두를 사고 싶다고 하자 그는 세 군데 가게에 연락해서 그녀가 좋아할 만한 구두들을 보내게 했다. 도미니크는 그중에서 마음에 드는 구두를 고르면 되기에 가게에 갈 필요가 없었다. 도미니크가 어떤 영화를 보고 싶다고 말하자 옥상에 영사실을 지었다.

도미니크는 처음 몇 개월은 그의 뜻에 따랐다. 하지만 자신이 그런 생활을 좋아한다는 걸 깨닫자 즉시 은둔을 깼다. 그녀는 와이낸드에게 초대들을 받아들이게 하고 집에 손님들을 초대했다. 와이낸드는 순순히 응해주었다.

하지만 와이낸드가 세운 벽 중에는 그녀가 무너뜨릴 수 없는 것도 있었으니 바로 그녀와 와이낸드 신문들 사이의 벽이었다. 도미니크의 이름은 와이낸드 신문들에 절대로 실리지 않았다. 그는 게일 와이낸드 부인을 공식석상으로 끌어내려는 모든 시도(위원회 회장직을 맡기거나, 자선활동을 후원하게 하거나, 무슨 운동의 지지를 부탁하는 것 따위)를 미리 막았다. 그는 도미니크에게 온 편지라도 겉봉에 인쇄된 발신인을 보고 목적이 뻔한 것이면 주저 없이 뜯어보고 답장도 보내지 않고 찢어버린 후 도미니크에게 그런 사실을 통보했다. 도미니크는 어깨를 으쓱하고 아무 말도 하지 않았다.

그러면서도 도미니크가 와이낸드 신문들에 경멸을 보내는 것에는 동조하지 않았다. 그뿐만 아니라 와이낸드 신문들에 대해서는 아예 이야기조차 꺼내지 못하게 했다. 그래서 도미니크는 그가 자신의 신문들에 대해 어떤 생각을 갖고 있는지 알 수가 없었다. 언젠가 그녀가 〈배너〉의 어떤 불쾌한 논설에 대해 비판하자 그가 차갑게 말했다.

"난 〈배너〉에 대해서 사과해본 적이 없소. 앞으로도 그럴 거고."

"하지만 게일, 이건 정말 지독해요."

"난 당신이 〈배너〉 발행인으로서의 나와 결혼한 걸로 알고 있소."

"난 당신이 그런 식으로 생각하는 걸 좋아하지 않는 줄 알았어요."

"내가 무엇을 좋아하든, 아니면 싫어하든 당신하고는 상관없는 일이오. 내가 〈배너〉를 바꾸거나 희생시키리라는 기대는 하지 말아요. 난 이 세상 그 누구를 위해서라도 그런 짓은 하지 않을 테니까."

도미니크가 웃으며 말했다. "게일, 그런 부탁은 하지 않겠어요."

와이낸드는 마주 웃지 않았다.

와이낸드는 배너 빌딩 사무실에서 신바람이 난 듯 무서운 열정으로 일에 몰두해서 가장 야심적이던 시절의 그를 아는 사람들까지도 놀라게 만들었다. 그는 사무실에서 밤을 샐 때도 있었는데 그건 정말이지 오랜만에 보는 모습이었다. 편집 정책과 방식들에도 변화가 없었다. 앨버 스카럿은 흡족하게 그를 지켜보았다.

"엘즈워스, 우리가 회장님을 오해했소. 회장님은 옛날 그대로요. 아니, 더 나아졌소." 스카럿이 영원한 동반자가 된 투히에게 말했다.

"앨버, 당신이 생각하는 것처럼 그렇게 단순하지가 않소. 그렇게 확고하지도 않고." 투히가 대꾸했다.

"하지만 회장님은 행복해요. 회장님이 행복해하는 게 안 보여요?"

"행복은 회장님에겐 가장 위험한 것이지요. 인도주의자로서 회장님을 위해 하는 말이오."

샐리 브렌트는 회장님을 멋지게 속여보겠다고 결심했다. 그녀는 〈배너〉의 가장 자랑스러운 인재 가운데 하나였는데, 중년의 땅딸막한 몸매에 옷은 21세기 패션쇼 모델처럼 입고 다니면서 글은 시녀처럼 썼다. 〈배너〉 독자들 중에는 그녀의 개인적인 팬이 많았다. 그런 인기 때문에 그녀는 늘 자신감이 지나쳤다.

샐리 브렌트는 게일 와이낸드 부인에 대한 기사를 쓰기로 결심했다. 그녀에게 꼭 맞는 기삿거리였는데 와이낸드 때문에 그냥 사장될 위기에 있었던 것이다. 그녀는 잘 훈련된 와이낸드의 직원답게 회사에서 배운 전략을 이용해서 출입이 금지된 와이낸드의 펜트하우스에 발을 들일 수 있었다. 그녀는 검은 원피스를 입고 어깨에 싱싱한 해바라기 꽃을 달고서(해바라기는 그녀의 트레이드마크였다) 늘 그렇듯 극적인 등장을 했다. 그러고는 도미니크에게 숨죽여 말했다. "사모님, 남편을 속이는 일을 도와드리러 왔어요!"

그러고는 장난스럽게 눈을 찡긋하고는 자세히 설명했다. "우리 회장님께선 무슨 이유에선지 사모님이 마땅히 누려야 할 명성을 박탈했고, 그건 부당한 일이에요. 우리가, 사모님과 내가 그걸 바로잡는 거예요. 우리 여자들이 힘을 합치면 남자 하나쯤은 꼼짝 못하게 할 수 있죠. 회장님은 사모님이 얼마나 훌륭한 기삿거리인지 모르세요. 인터뷰만 해주시면 회장님도 도저히 못 싣게 할 수 없는 멋진 기사를 써드리죠."

마침 집에 혼자 있던 도미니크는 미소를 지었는데, 날카로운 관찰력의 소유자인 샐리 브렌트로서도 그런 미소는 난생처음 보았기에 그 미소를 표현할 적절한 형용사가 떠오르지 않았다. 도미니크는 인터뷰를 해주었다. 샐리가 꿈꾸던 내용이었다.

도미니크가 말했다. "그래요, 물론 내가 남편의 아침식사를 준비해요. 그이가 가장 좋아하는 음식은 햄에그예요. 그냥 햄에그. …… 오 그래요, 대단히 행복해요. 아침에 눈을 뜨면 속으로 이렇게 중얼거려요. '정말이지 꿈만 같아. 나 같은 보잘것없는 여자가 세상의 눈부신 미녀들을 다 가질 수 있는 위대한 게일 와이낸드의 아내가 되다니.' 사실 난 여러 해 전부터 그이를 사랑했어요. 그이는 내게 꿈일 뿐이었죠. 아름답지만 불가능한 꿈. 그런데 그 꿈이 이루어진 거예요. …… 브렌트

기자, 부디 이 말을 미국의 모든 여성에게 전해주세요. '인내는 반드시 결실을 맺으며 로맨스는 아주 가까운 곳에 있다.' 아주 아름다운 말이고 내게 도움이 되었던 것처럼 다른 여자들에게도 도움이 되리라 믿어요. …… 예, 내 소망은 오직 게일을 행복하게 해주는 거예요. 그와 기쁨과 슬픔을 함께하고 훌륭한 아내이자 어머니가 되는 거예요."

앨버 스카럿은 그 원고를 읽고 아주 마음에 들어서 그만 조심성을 잃고 말았다. 샐리 브렌트가 재촉했다. "국장님, 그냥 인쇄 넘기세요. 교정지 나오면 회장님께 보여드리고요. 승낙하시겠지만 어떻게 하실지 보자고요."

그날 저녁 와이낸드는 샐리 브렌트를 해고했다. 계약 기간이 3년이나 남아 있었기에 거액의 보상금을 준 후 앞으로 다시는 어떤 목적에서든 배너 빌딩에 발을 들여놓지 말라고 명령했다.

스카럿이 크게 당황해서 반발했다. "회장님, 샐리를 해고하면 안 됩니다! 샐리는 안 된다고요!"

"내 신문사에서 내 마음대로 해고하지 못하는 사람이 있다면 차라리 폐업하고 이 빌어먹을 건물을 폭파시켜버리겠어." 와이낸드가 침착하게 대꾸했다.

"하지만 샐리의 독자들은 어쩌고요! 그녀의 독자들을 잃게 된다고요!"

"상관없어."

그날 저녁 식탁에서 와이낸드가 아무 말 없이 주머니에서 구겨진 종이 뭉치(그 기사 교정지였다)를 꺼내 건너편에 앉은 도미니크의 얼굴에 대고 던졌다. 종이 뭉치가 도미니크의 얼굴에 맞고 바닥으로 떨어졌다. 도미니크는 그걸 집어 펴보고는 웃음을 터뜨렸다.

샐리 브렌트는 게일 와이낸드의 애정 생활에 대한 기사를 썼다. 사회학적인 용어들을 사용하여 경쾌하고 지적인 태도로 써내려간 그 기사는 통속적인 대중잡지에는 어울리지 않았으며 〈뉴 프런티어스〉에 실렸다.

와이낸드가 특별히 주문해서 디자인한 목걸이를 도미니크에게 선물했다. 세팅 틀이 육안으로 보이지 않는 다이아몬드 목걸이였는데, 마치 다이아몬드 한 줌을 아무렇게나 흩어놓고 거의 보이지 않을 정도로 가느다란 백금 줄로 현미경 아래서 불규칙하게 듬성듬성 엮어 만든 듯했다. 그가 도미니크의 목에 그걸 걸자 물방울들이 무작위로 떨어진 것 같았다.

도미니크는 거울 앞에 섰다. 그녀는 가운의 양 어깨를 내리고 빗방울 같은 다이아몬드 알들이 맨살 위에서 반짝거리는 걸 보았다.

도미니크가 말했다. "게일, 남편의 젊은 정부를 살해한 브롱크스의 주부 이야기 말예요, 정말 추잡해요. 하지만 그보다 더 추잡한 건 그 이야기를 읽으려는 사람들의 호기심이죠. 그리고 그것보다도 더 추잡한 건 그런 호기심을 부추기는 사람들이고요. 사실 그 주부가, 사진을 보니 다리도 굵고 못생기고 목살도 축 늘어져 있더군요, 이 목걸이를 만들었다고 볼 수 있죠. 아름다운 목걸이예요. 이걸 걸면 자랑스러울 거예요."

와이낸드가 빙긋 웃었다. 그의 눈이 묘한 용기로 반짝였다.

"그렇게 볼 수도 있지만 다른 시각으로 볼 수도 있소. 나는 인간 정신의 가장 더러운 쓰레기, 그러니까 그 주부의 마음과 그 얘기를 읽으려는 사람들의 마음을 가지고 지금 당신이 걸고 있는 목걸이를 만들었다고 보고 싶소. 난 자신이 그런 위대한 정화술을 지닌 연금술사라고 생각하고 싶소."

도미니크를 바라보는 와이낸드의 눈길에는 사과도, 유감도, 분노도 들어 있지 않았다. 그건 이상한 시선이었다. 도미니크가 전에도 본 적이 있는 단순한 숭배의 시선이었다. 도미니크는 그 시선을 보며 숭배자 자신을 경외의 대상으로 만들어주는 숭배가 존재함을 깨달았다.

이튿날 밤 와이낸드가 옷방에 들어왔을 때 도미니크는 거울 앞에 앉아 있었다. 그는 몸을 숙여 도미니크의 목덜미에 키스하다가 거울 한쪽 귀퉁이에 네모난 종이가 붙어 있는 걸 보았다. 〈배너〉에서 그녀를 쫓아낸 전보의 암호를 해독한 종이였다. "그년을 잘라버려. G W."

와이낸드는 허리를 펴고 똑바로 섰다. 그가 물었다.

"저걸 어떻게 손에 넣었소?"

"엘즈워스 투히가 줬어요. 보관할 가치가 있다고 생각해서 갖고 있었어요. 물론 이렇게까지 쓸모가 있으리라곤 생각도 못했지만요."

와이낸드는 엄숙히 고개를 숙여 자신이 쓴 글임을 시인하고는 아무 말도 하지 않았다.

도미니크는 다음 날 와이낸드가 전보를 치웠으리라 생각했다. 하지만 전보는 그 자리에 그대로 있었다. 그녀도 그걸 치우지 않았다. 그래서 그 전보는 거울 귀퉁이에 그대로 남아 있게 되었다. 도미니크는 와이낸드가 자신을 안을 때 시선이 그쪽으로 가는 걸 자주 보았다. 하지만 그가 무슨 생각을 하는지는 알 수 없었다.

봄에 와이낸드가 발행인협회 행사 참석차 일주일 동안 뉴욕을 떠나 있게 되었다. 결혼 후 첫 이별이었다. 도미니크는 그가 돌아오는 날 공항으로 마중을 나가 그를 놀래주었다. 그녀는 쾌활하고 부드러웠다. 그녀의 태도는 와이낸드가 전혀 기대하지 못한 하나의 가능성을 담고 있었고 와이낸드는 그걸 덜컥 믿어서는 안 된다는 걸 알면서도 희망에 부풀었다.

와이낸드가 펜트하우스 응접실에 들어서자마자 소파에 털썩 앉아 반쯤 드러눕자 도미니크는 그가 조용히 누워서 다시 찾은 자신만의 세계의 안전함을 만끽하고자 한다는 걸 알 수 있었다. 그녀는 무장해제된 눈으로 자신을 응시하는 그를 보면서 똑바로 서서 말했다.

"게일, 옷 입어요. 오늘 밤에 극장에 갈 거예요."

와이낸드가 몸을 일으켜 바로 앉았다. 그는 미소를 지었지만 이마 위의 비스듬한 대각선 주름살이 도드라졌다. 도미니크는 그에게 차가운 경탄을 느꼈다. 주름살을 빼면 그의 자제력은 완벽했다. 와이낸드가 말했다.

"좋소. 검은 타이를 맬까, 아니면 흰 타이를 맬까?"

"흰 거요. 연극 〈넌 신경 쓸 것 없어〉 티켓이 있어요. 아주 구하기 힘든 티켓이에요."

와이낸드는 그런 것 때문에 지금 부부 간에 갈등이 생겼다는 사실 자체가 너무도 어처구니가 없었다. 그는 혐오감을 감추지 못하며 솔직하게 웃음을 터뜨렸다.

"맙소사, 도미니크, 그런 걸 보러 가다니!"

"왜요, 게일, 뉴욕에서 최고로 인기 있는 작품인데. 당신 신문 비평가 줄스 포글러도……." 그제야 도미니크의 말뜻을 이해한 와이낸드가 웃음을 그쳤다. "그도 우리 시대의 위대한 연극이라고 했어요. 엘즈워스 투히는 다가오는 새로운 세계의 신선한 목소리라고 했고요. 앨버 스카럿은 그 작품이 잉크가 아니라 따뜻한 인정으로 씌어졌다고 했죠. 샐리 브렌트는, 당신에게 해고당하기 전에, 목이 멘 채 웃게 만드는 작품이라고 했어요. 그 작품은 〈배너〉의 대자(代子)라고 할 수 있어요. 난 당신이 분명 보고 싶을 거라고 생각했는데요."

"물론이오."

와이낸드는 일어나서 옷을 갈아입으러 갔다.

〈넌 신경 쓸 것 없어〉는 여러 달째 공연되고 있었다. 엘즈워스 투히는 자신의 칼럼에서 연극 제목이 '넌 신경 꺼'에서 '넌 신경 쓸 것 없어'로 바뀌어야만 했던 것에 대한 유감을 표시했다. "그것은 여전히 극장을 장악하고 있는 중산층의 답답하고 위선적인 고상함과의 타협으로 예술가의 자유를 침해하는 행위의 심각한 사례다. 이제 우리가 자유로운 사회에서 살고 있다는 케케묵은 헛소리에 다시는 귀 기울이지 말자. 이 아름다운 작품의 원제 '넌 신경 꺼'는 대중의 언어, 용감하고 단순하면서도 강한 전달력을 지닌 서민적 표현에서 나온 것이었다."

와이낸드와 도미니크는 네 번째 줄 가운데에 앉아 서로를 보지 않고 연극에 집중했다. 무대 위에서 펼쳐지는 일들은 진부하고 어리석을 뿐이었지만 그 속에 숨은 의미가 그들을 놀라게 했다. 배우들이 떠드는 지루하고 어리석은 말들에는 특이한 태도가 들어 있었다. 배우들은 그런 태도에 완전히 물들어 히죽거리는 얼굴, 교활한 목소리, 단정치 못한 몸짓으로 그걸 드러냈다. 어리석은 헛소리를 무슨 계시라도 되는 것처럼 말하고 그걸 계시처럼 받아들이도록 요구하는 오만한 태도. 그건 무지한 신념이 아니라 의식적인 뻔뻔함이었다. 마치 저자가 자기 작품이 형편없는 졸작임을 다 알고 있으면서도 관객들에게는 숭고하게 보이도록 만들 수 있는 것에 대해, 관객들이 진정한 숭고함을 알아보지 못하도록 만들 수 있는 것에 대해 우쭐해하고 있는 것 같았다. 그 작품은 지지자들의 평대로 웃음을 자아내고 재미있기도 했다. 그건 무대 위가 아닌 객석에서 펼쳐지는 추잡한 장난질이었다. 하느님을 자리에서 내쫓고 거기 칼을 든 사탄이 아닌 코카콜라를 홀짝거리는 얼뜨기를 세워놓은 꼴이었다.

객석에 어리둥절하고 겸허한 침묵이 흘렀다. 그러다 한 사람이 웃자 다들 자신들이 연극을 즐기고 있음을 알게 된 걸 기뻐하며 안도감에 젖어 따라 웃었다. 줄스 포글러는 그 누구에게도 영향력을 끼치려고 하지는 않았지만 사전에 여러 경로를 통해 이 연극을 즐길 수 없는 사람은 근본적으로 무가치한 인간임을 분명히 밝혔다. "설명을 청할 필요도 없다. 당신이 그 작품을 좋아할 만큼 훌륭한 사람이냐 아니냐, 둘 중 하나일 뿐이다." 그의 말이었다.

막간에 와이낸드는 어떤 땅딸막한 여자가 이렇게 말하는 걸 들었다. "놀라운 작품이에요. 잘 이해는 못하겠지만 아주 중요한 작품이라는 건 **느낄** 수 있어요."

도미니크가 그에게 물었다. "게일, 집에 가고 싶어요?"

그러자 와이낸드가 대답했다. "아니오. 끝까지 봅시다."

와이낸드는 집으로 돌아오는 차 안에서 침묵을 지켰다. 이윽고 펜트하우스 응접실에 도착하자 그는 어떤 공격이든 받아들일 준비를 갖추고 선 채로 기다렸다. 도미니크는 그를 공격하고 싶지 않다는 생각이 들었다. 마음이 공허하고 너무 피곤했다. 그녀는 와이낸드에게 상처를 주고 싶지 않았다. 그에게 도움을 청하고 싶었다.

하지만 극장에서 했던 생각이 다시 떠올랐다. 도미니크는 그 연극이 〈배너〉의 작품이라고 생각했다. 〈배너〉가 억지로 탄생시키고 키우고 떠받들어 히트작으로 만든 것이었다. 그리고 스토더드 신전의 파괴를 시작하고 끝낸 것도 〈배너〉였다. 뉴욕 〈배너〉 …… 1930년 11월 2일 자 …… '하나의 작은 목소리' …… 엘즈워스 M. 투히의 '신성모독' …… 앨버 스카릿의 '우리의 어린 시절의 교회들' …… '슈퍼맨 씨, 행복하시오?' …… 그 파괴는 이미 오래전에 지나간 사건이 아니었다. 그리고 그건 건축물과 연극이라는 함께 견줄 수 없는 두 실체의 비교가 아니었다. 그건 우연한 사건도, 사람들(아이크, 포글러, 투히, 자신 …… 그리고 로크 같은)의 문제도 아니었다. 그건 시간을 초월한 싸움이며 두 개의 추상의 대립이었다. 스토더드 신전을 창조해낸 세력과 그 연극을 성공시킨 세력. 세상이 처음 생겼을 때부터 대립해온 그 두 세력이 별안간 도미니크 앞에 그 실체를 드러냈다. 세상의 모든 종교가 그 두 세력에 대해 알았기에 어느 종교에든 신과 악마가 존재했다. 문제는 인간들이 악마의 모습을 단일하고 거대한 것으로 착각하고 있다는 것이었다. 악마는 많고 추잡하고 작다. 〈배너〉는 그 연극이 설 자리를 마련해주기 위해 스토더드 신전을 파괴했다. 사실 달리 방법이 없었다. 중도적인 선택도, 도피도, 중립도 있을 수 없고 둘 중 하나만 선택해야 하니까. 그건 언제나 그래왔고 그 싸움에는 많은 상징이 있지만 이름과 성명서 같은 건 없다. 로크……. 그녀는 자신의 마음이 울부짖는 소리를 들었다. 로크 …… 로크 …… 로크…….

"도미니크 …… 왜 그러오?"

와이낸드의 목소리가 들렸다. 부드럽고 걱정스러운 목소리였다. 와이낸드는 걱정을 밖으로 드러낸 적이 없었다. 도미니크는 그 목소리가 자신의 표정을, 그가 자신의 얼굴에서 본 것을 반영하고 있음을 깨달았다.

도미니크는 마음이 차분해진 상태로 확신에 차서 꼿꼿한 자세를 취했다.

"게일, 당신 생각을 하고 있었어요." 그녀가 말했다.

와이낸드는 잠자코 다음 말을 기다렸다.

"게일, 최고의 존재에 대한 완전한 열정이라고요?" 도미니크는 방금 본 연극의 배우들처럼 신파적으로 팔을 흔들었다. "게일, 조지 워싱턴의 사진이 든 2센트짜리 우표 갖고 있어요? …… 당신 몇 살이에요? 그동안 얼마나 열심히 일해왔죠? 당신의 인생도 이제 반 이상이 지나갔지만 오늘 밤 비로소 그 결실을 보았네요. 당신의 최고의 업적. 물론 사람은 자신의 가장 높은 꿈에 도달할 순 없어요. 하지만 당신은 열심히 노력하면 언젠가는 그 연극의 수준까지 올라갈 수 있을 거예요!"

와이낸드는 조용히 서서 비난을 받아들였다.

"그 연극의 원고를 구해서 아래층에 있는 당신 화랑 한가운데에 모셔놓는 게 좋겠어요. 당신 요트 이름도 '넌 신경 쓸 것 없어' 로 바꾸고. 그리고 나를……."

"그만."

"나를 무대에 세워 매일 저녁 메리 역할을 하게 하는 거예요. 집 없는 사향쥐를 입양한 메리."

"도미니크, 그만."

"그럼 말해요. 당신 말을 듣고 싶으니까."

"난 누구에게도 자기변명을 해본 적이 없소."

"그럼 자랑을 해보든지요. 어차피 마찬가지니까."

"정 듣고 싶다면 말하겠소. 구역질나는 연극이었소. 당신 짐작대로. 브롱크스 주부 얘기보다 더 나빴소."

"훨씬 더 나빴죠."

"하지만 그것보다 더 나쁜 것도 있소. 위대한 희곡을 써서 오늘 밤 같은 관객들에게 보여 웃음거리가 되는 것. 스스로 그런 관객들의 희생양이 되는 것."

와이낸드는 자신의 말이 도미니크의 마음에 가서 닿았음을 알 수 있었지만 그녀의 반응이 놀라움인지 분노인지는 구분이 되지 않았다. 그녀가 그 말을 얼마나 잘 이해했는지도 알 수 없었다. 그는 말을 이었다.

"난 그 연극에 구역질이 났소. 지금까지 〈배너〉가 한 무수히 많은 일들에도 그랬고. 특히 오늘 밤엔 평소와는 차원이 달라서 더욱 그랬소. 특별한 악의가 들어 있어서. 하지만 바보들에게 인기가 있다면 〈배너〉의 정당한 영역 안에 있는 거요. 〈배너〉는 바보들을 위해 만들어졌으니까. 내가 시인할 게 더 있소?"

"오늘 밤 뭘 느꼈죠?"

"작은 지옥을 느꼈소. 당신이 내 옆에 앉아 있었으니까. 당신은 그걸 원한 거지, 안 그렇소? 내게 대조감을 느끼게 하는 것. 하지만 그건 당신의 계산 착오였소. 나는 무대를 보면서 생각했지. 사람들은 저 모양이다. 인간정신이란 건 저것밖에 되지 않는다. 하지만 난 당신을 발견했고 가졌소. 그들과 당신의 대조는 고통스러울 만한 가치가 있었소. 오늘 밤 나는 당신의도대로 고통스러웠지만 그 고통은 일정한 선까지만 느껴지는……."

"닥쳐요! 염병할, 닥치라고요!" 도미니크가 외쳤다.

두 사람 다 놀라서 얼어붙은 듯 서 있었다. 와이낸드가 먼저 몸을 움직였는데 도미니크에게 도움이 필요하다는 걸 깨달았기 때문이다. 그는 도미니크의 어깨를 잡았다. 하지만 도미니크는 그의 손을 뿌리쳤다. 그녀는 창가로 걸어가서 도시를, 검은색과 불빛으로 이루어진 마천루들을 바라보았다.

잠시 후, 도미니크가 담담한 목소리로 말했다. "게일, 미안해요."

와이낸드는 대답하지 않았다.

"난 당신에게 그런 말을 할 자격이 없었어요." 도미니크는 돌아서지 않고 두 팔을 들어 창틀을 잡았다. "게일, 우린 이제 서로 비긴 거예요. 당신은 제대로 보복했어요. 내가 먼저 공격했고."

"당신에게 보복하려는 의도는 없었소. 도미니크, 무엇 때문에 그러는 거요?" 와이낸드가 조용히 말했다.

"아무것도 아녜요."

"내가 당신에게 무슨 생각을 떠올리게 한 거요? 당신은 내 말 자체에 화가 난 게 아니었소. 다른 뭔가가 있소. 내가 한 말이 당신에게 무엇을 의미했던 거요?"

"그런 거 없어요."

"고통을 일정한 선까지만 느낀다. 바로 그 말이었소. 이유가 뭐요?"

도미니크는 도시를 바라보고 있었다. 저 멀리 코드 빌딩의 골조가 보였다.

"도미니크, 난 당신이 얼마나 자제력이 강한 사람인지 알고 있소. 당신이 그런 반응을 보인 걸 보면 보통 문제가 아닐 거요. 난 꼭 알아야겠소. 불가능한 건 없소. 그게 무엇이든 내가 도와줄 수 있소."

도미니크는 대답하지 않았다.

"아까 극장에서도 당신은 그 바보 같은 연극 때문에만 그런 얼굴을 하고 있었던 게 아니었소. 다른 뭔가가 있었소. 당신 표정에서 그걸 느낄 수 있었소. 그리고 지금도 당신은 이상한 행동을 보이고 있소. 무슨 일이오?"

"게일, 나를 용서해줄 수 있어요?" 도미니크가 부드럽게 말했다.

와이낸드는 잠시 대답을 하지 못했다. 전혀 예상치 못한 일이었기 때문이다.

"무얼 용서하란 말이오?"

"모든 것을요. 오늘 밤 일도."

"그건 당신의 특권이오. 당신은 그런 조건으로 나와 결혼한 거요. 내가 〈배너〉에 대한 대가를 치르도록 만들겠다는 조건 말이오."

"난 당신이 대가를 치르는 걸 원하지 않아요."

"왜 이제 그걸 원하지 않게 된 거요?"

"대가를 치르는 게 불가능하니까요."

도미니크는 정적 속에서 와이낸드의 서성이는 발소리를 들었다.

"도미니크, 무슨 일이오?"

"일정한 선에서 멈추는 고통 말인가요? 아무것도 아니에요. 다만, 당신은 그런 말을 할 자격이 없어요. 그런 자격이 있는 사람들이 그것에 대해 치르는 대가는 당신이 감당할 수 없는 것이죠. 하지만 이제 상관없어요. 그 말을 하고 싶으면 하세요. 나 역시 그 말을 할 자격이 없으니까."

"그게 다가 아니오."

"당신과 난 공통점이 아주 많은 것 같아요. 우리는 어딘가에서 같은 배신을 저질렀어요. 아니, 그건 나쁜 말이죠. …… 하지만 맞는 말이에요. 내 의사를 정확하게 전달할 수 있는 유일한 말이죠."

"도미니크, 당신이 그런 걸 느낄 리 없소." 와이낸드의 목소리가 이상하게 들려서 도미니크는 그를 향해 돌아섰다.

"왜요?"

"오늘 밤 내가 느낀 게 그거니까. 배신한 기분."

"누구에 대한 배신이죠?"

"모르겠소. 내가 종교를 믿는다면 '신' 이라고 말하겠지. 하지만 난 종교를 믿지 않소."

"게일, 내 말이 바로 그거예요."

"당신이 그런 걸 왜 느끼겠소? 〈배너〉는 당신의 자식이 아닌데."

"같은 죄라도 여러 형태가 있죠."

와이낸드는 긴 방을 가로질러 걸어가서 도미니크를 품에 안았다.

"당신은 지금 자신이 하고 있는 말의 의미를 알지 못하오. 우린 공통점이 아주 많지만 그 점에선 다르오. 당신이 내 죄를 함께 나누려고 애쓰기보다는 차라리 내게 침을 뱉어주는 게 낫소."

도미니크가 와이낸드의 뺨을 손으로 감쌌고 손가락 끝이 관자놀이에 닿았다.

와이낸드가 물었다.

"이제 말해주겠소? 무슨 일이오?"

"아무것도 아니에요. 내가 무리한 시도를 했어요. 게일, 당신 피곤하겠어요. 먼저 위층으로 올라가세요. 난 여기 조금 더 있을게요. 도시를 보고 싶어요. 나중에 올라갈게요. 괜찮아질 거예요."

9

도미니크는 요트 난간 앞에 서 있었다. 굽 없는 샌들 밑의 갑판이 따뜻했다. 맨다리에 햇살이 내리쬐고 얇은 흰 원피스가 바람에 나부꼈다. 그녀는 앞에 있는 갑판의자에 길게 누운 와이낸드를 바라보았다.

도미니크는 다시 요트를 타고 바다로 나온 후 와이낸드가 보인 변화에 대해 생각했다. 여름 크루즈 여행을 시작한 후 몇 개월 동안 그녀는 와이낸드를 주의 깊게 지켜보았다. 도미니크는 그가 선실 계단을 달려 내려가는 장면을 목격한 적이 있었는데 그 모습이 잊히지 않았다. 자신만만하게 맹렬히 앞으로 돌진하는 키 큰 백인의 모습. 새로운 추진력을 얻기 위해 갑작스런 정지가 불러올 위험을 무릅쓰고 계단 난간을 움켜잡은 손. 와이낸드는 대중의 제국의 부패한 발행인이 아니었다. 요트를 탄 귀족이었다. 도미니크는 아무런 죄책감 없는 눈부신 쾌활함을 지닌 그를 보며 사람들이 젊은 시절에 꿈꾸는 귀족의 모습이라고 생각했다.

도미니크는 갑판의자에 누운 와이낸드를 바라보았다. 휴식은 그것이 자연스러운 상태가 아닌 사람에게서만, 늘어져 있는 것조차 목적을 지닌 것처럼 보이는 사람에게서만 매력적이라는 생각이 들었다. 비범한 능력의 소유자로 널리 알려진 게일 와이낸드. 하지만 지금 마치 하나의 응답처럼 태양 아래 누워 있는 그에게서 느껴지는 건 신문제국을 건설한 야심적인 모험가의 힘을 넘어서는 더 위대한 것, 제1원인, 우주역학적 자질이었다.

"게일." 도미니크가 자신도 모르게 갑자기 불렀다.

와이낸드가 눈을 뜨고 그녀를 보았다.

"그 소리를 녹음했더라면 좋았을 텐데." 와이낸드가 나른하게 말했다. "당신도 그 소리가 어떻게 들렸는지 알면 깜짝 놀랄 거요. 여기서 듣기엔 너무 아까워. 녹음해뒀다가 침실에서 듣고 싶소."

"원한다면 침실에서 다시 불러줄게요."

"고맙소, 내 사랑. 지나치게 확대해석하거나 착각하지 않겠다고 약속하지. 당신은 날 사랑하지 않으니까. 당신은 아무도 사랑한 적이 없지."

"왜 그렇게 생각하죠?"

"만일 당신이 어떤 남자를 사랑한다면 서커스 같은 결혼식이나 극장에서의 고문 따위로 끝나진 않을 거요. 그 남자를 지옥 구덩이에 빠뜨릴 거요."

"게일, 당신이 그걸 어떻게 알아요?"

"우리가 처음 만난 이후로 왜 나를 줄곧 지켜보고 있는 거지? 그건 내가 당신이 소문으로 듣던 게일 와이낸드가 아니기 때문이오. 난 당신을 사랑하오. 사랑은 예외를 만들지. 만일 당신이 사랑에 빠진다면 깨지고, 짓밟히고, 명령받고, 지배당하기를 원하게 될 거요. 그건 당신에겐 절대 불가능하고 생각할 수조차 없는 일이니까. 당신은 사랑하는 사람에게 그 위대한 예외를 선물로 주고 싶어질 거요. 하지만 당신에겐 쉽지 않은 일이지."

"그게 사실이라면 당신은……."

"난 당신이 깜짝 놀랄 정도로 온화하고 겸허해져야지. 원래 난 세상에서 둘째가라면 서러워할 악당이니까."

"게일, 그 말은 믿을 수 없어요."

"내가 이제 예전의 내가 아니란 말이오?"

"그래요."

"사실은 그렇지가 않소."

"왜 그렇게 생각하려는 거죠?"

"나도 그렇게 생각하고 싶진 않소. 다만 정직하고 싶을 뿐이오. 그게 내겐 유일한 사치지. 나에 대한 마음을 바꾸지 말아요. 우리가 만나기 전의 그 시각으로 나를 봐줘요."

"게일, 그건 당신이 원하는 게 아니에요."

"내가 뭘 원하든 그건 중요하지 않소. 난 당신을 소유하는 것 외엔 아무것도 원하지 않소. 그것도 일방적인 짝사랑이라야만 하오. 나를 지나치게 자세히 들여다보기 시작하면 당신이 전혀 좋아하지 않는 것들을 보게 될 거요."

"어떤 것들을요?"

"도미니크, 당신은 대단히 아름답소. 안과 밖이 일치하는 사람을 만든 건 조물주의 몹시도 사랑스러운 실수요."

"어떤 것들을요, 게일?"

"당신이 무엇을 사랑하는지 알고 있소? 고결성이오. 불가능한 것이지. 깨끗하고, 일관되고, 이성적이고, 자신에게 충실하고, 예술 작품처럼 전체가 하나의 스타일인 것. 그건 오직 예술 분야에서만 찾을 수 있소. 하지만 당신은 사람에게서 그걸 원하고 있소. 당신은 그걸 사랑하고 있소. 그리고 알다시피 난 고결성 같은 건 가져본 적도 없소."

"게일, 그걸 확신할 수 있어요?"

"〈배너〉를 잊었소?"

"〈배너〉 얘기는 집어치워요."

"좋소. 〈배너〉 얘기는 집어치웁시다. 당신이 그런 말을 해주니 고맙군. 하지만 〈배너〉가 문제가 아니오. 내가 고결성을 보인 적이 없다는 사실은 그리 중요하지 않소. 중요한 건, 내가 그것에 대한 필요성을 느껴본 적이 없다는 거지. 나는 고결성이란 개념 자체가 싫소. 그 주제넘음이 싫소."

"드와이트 카슨……." 도미니크가 말했다. 와이낸드는 그녀의 목소리에 혐오감이 어려 있는 걸 느꼈다.

와이낸드가 웃으며 말했다. "그렇소, 드와이트 카슨. 내가 돈으로 산 사람이지. 대중 찬양가가 된 개인주의자. 그리고 알코올 중독자. 내가 그렇게 만들었소. 〈배너〉보다 더 나쁘지, 안 그렇소? 그런 이야기는 듣고 싶지도 않겠지?"

"그래요."

"하지만 그것에 대해 분노하는 소리를 많이 들었을 거요. 난 정신적 거물들을 골라 파멸시켰지. 내가 그걸 얼마나 즐겼는지 아무도 모를 거요. 그건 일종의 욕정이라고 할 수 있소. 난 엘즈워스 투히나 내 친구 앨버 같은 달팽이들에겐 아무 관심도 없고 편안히 내버려두고 싶소. 하지만 그들보다 조금이라도 차원 높은 사람을 발견하면 그를 투히처럼 만들어놓아야 직성이 풀리지. 그건 성욕처럼 억제할 수 없는 것이오."

"왜요?"

"모르겠소?"

"그런데 엘즈워스 투히에 대해선 잘못 알고 있어요."

"그럴 수도 있지. 내가 그 달팽이의 껍질을 벗기기 위해 쓸데없는 에너지 낭비를 하리라고 기대하는 건 아니겠지?"

"당신 말에는 모순이 있어요."

"어디에?"

"그럼 왜 나는 파멸시키려 하지 않는 거죠?"

"그게 바로 예외요, 도미니크. 난 당신을 사랑하오. 당신을 사랑해야만 하오. 만약 당신이 남자였다면 당연히 파멸시켰을 거요."

"게일, 왜죠?"

"왜 그런 짓들을 했느냐?"

"그래요."

"도미니크, 힘 때문이오. 내가 인생에서 원한 건 그것뿐이었소. 이 세상에 내 마음대로 지배할 수 없는 인간은 단 한 명도 없다는 걸 확인하기 위해서였소. 내가 꺾을 수 없는 인간은 나를 무너뜨리게 될 거요. 하지만 나는 그 몇 년 동안 자신이 얼마나 안전한지 알게 되었소. 사람들은 내가 명예를 모른다고, 인생에서 중요한 걸 놓쳤다고 하지. 그렇지만 난 별로 놓친 게 없소, 안 그렇소? 내가 놓친 건 …… 그건 원래 존재하지 않으니까."

와이낸드는 정상적인 목소리로 말하는데도 도미니크는 그가 중요한 비밀을 작은 소리로 속삭이는 것처럼 잔뜩 집중해서 듣고 있었다.

"도미니크, 왜 그러오? 무슨 생각을 하고 있는 거요?"

"게일, 당신 얘기를 듣고 있어요."

도미니크는 그의 이야기를 들으며 그 뒤에 숨은 동기에까지 귀 기울이고 있었다. 갑자기 그 동기가 아주 분명하게 보여서 마치 그가 덧붙여 설명해주고 있는 것 같았다. 와이낸드는 자신이 무엇을 고백하고 있는지 알지도 못했지만 말이다.

"정직하지 못한 사람들의 가장 나쁜 점은 정직성에 대해 자기들 멋대로 생각하는 거지. 내가 아는 여자 중에 신념을 사흘도 못 지키는 사람이 있는데 내가 그 여자에게 지조가 없다고 하자 입을 꼭 다물더니 자기가 생각하는 지조와 내가 생각하는 지조는 다르다고 하더군. 자기는 거짓말쟁이가 아니라는 뜻인 것 같았소. 난 그런 여자에게는 해코지를 하지 않소. 증오하지도 않고. 도미니크, 내가 증오하는 건 당신이 열정적으로 사랑하는 그 이룰 수 없는 고결성이오."

"그런가요?"

"난 그걸 입증하는 게 대단히 즐거웠소."

도미니크는 그에게로 걸어가서 그의 의자 옆 바닥에 앉았다. 맨다리에 닿는 갑판의 감촉이 매끄럽고 뜨거웠다. 와이낸드는 그녀가 왜 자신을 그토록 온화한 눈길로 보고 있는지 알 수가 없었다. 그는 얼굴을 찌푸렸다. 도미니크는 와이낸드를 이해하게 된 자신의 마음이 눈빛에 나타나 있음을 깨닫고 얼른 고개를 돌렸다.

"게일, 왜 나한테 그런 얘기를 하는 거죠? 내가 당신을 그렇게 생각해주기를 원하지도 않으면서."

"그렇지. 그런데 왜 얘기하는 거냐고? 진실을 알고 싶소? 말할 수밖에 없기 때문이오. 당신에게 정직하고 싶으니까. 난 당신과 나 자신에게만 정직하고 싶소. 하지만 다른 곳에선 당신에게 그런 얘기를 할 용기가 나지 않았소. 집에서는. 육지에서는. 여기서만 얘기할 수 있었소. 여긴 현실 같지가 않아서. 안 그렇소?"

"그래요."

"여기서는 당신이 그 얘기를 받아들이길 바랐던 것 같소. 아까 당신이 녹음해두고 싶은 목소리로 내 이름을 불렀을 때처럼 그렇게 나를 생각하면서 말이오."

도미니크는 그의 의자에 머리를 기댔고 얼굴이 그의 무릎에 닿았다. 그녀의 손은 손가락이 반쯤 구부려진 채 반짝이는 갑판 위에 놓여 있었다. 그녀는 오늘 와이낸드가 자신에 대해 이야기할 때 그의 진실을 알게 된 걸 내색하고 싶지 않았다.

늦가을의 어느 밤, 두 사람은 옥상 정원 난간 앞에 서서 도시를 내려다보고 있었다. 수직으로 길게 뻗은 불 켜진 창들이 마치 검은 하늘에서 흘러 내려와 땅 위에 거대한 불 웅덩이를 만들고 있는 듯했다.

"도미니크, 저기 위대한 건물들이 있소. 마천루들. 기억나오? 저것들이 우리 둘을 처음 맺어줬다는 걸? 우리 두 사람은 저것들을 사랑하고 있소."

도미니크는 그가 감히 그런 말을 하는 것에 화가 나야 한다고 생각했다. 하지만 화가 나지 않았다.

"그래요, 게일. 난 저것들을 사랑해요."

도미니크는 코드 빌딩의 수직 빛줄기를 바라보며 난간에서 손을 올려 먼 어둠 속에 있어서 눈에 보이지도 않는 그 건물의 형체를 만져보았다. 그 건물이 자신을 나무라는 듯한 기분은 느껴지지 않았다.

와이낸드가 말했다. "나는 마천루 아래 서 있는 사람을 바라보는 게 좋소. 그럼 사람이 개미만 하게 보이지. 그 경우에 딱 맞는 상투어 아니오? 염병할 멍청이들! 돌과 강철로 그 어마어마한 물건을 만들어낸 건 바로 우리 인간이오. 그러니 당연히 마천루 아래서 인간은 작아지는 게 아니라 그 건물보다 더 커져야 하오. 마천루는 인간이 진정 얼마나 위대한 존재인지를 보여주니까. 도미니크, 우리가 마천루들을 사랑하는 건 그것들을 만들어낸 인간의 창조적 능력, 인간의 영웅성 때문이오."

"게일, 인간의 영웅성을 사랑하세요?"

"그것에 대해 생각하는 건 좋아하오. 하지만 그걸 믿지는 않소."

도미니크는 난간에 기대어 저 멀리서 긴 수직선을 이루며 뻗어 있는 초록 불빛들을 바라보며 말했다.

"당신을 알고 싶어요."

"난 뻔히 다 보인다고 생각했는데. 난 당신에게 아무것도 숨긴 게 없소."

와이낸드는 검은 강 너머에서 규칙적으로 경련을 일으키는 네온사인 불빛들을 바라보았다. 그러다 남쪽 멀리 있는 희미한 푸른 불빛을 가리켰다.

"저게 배너 빌딩이오. 저기 저 푸른 불빛. 보이오? 지금까지 나는 많은 일들을 이루었지만 한 가지 빠진 게 있소. 사실 가장 중요한 일이지. 뉴욕에 와이낸드 빌딩이 없소. 언젠가는 〈배너〉의 새 사옥을 지을 거요. 뉴욕 최고의 건축물이 될 거고, 내 이름을 붙일 거요. 나는 초라하기 짝이 없는 건물에 들어 있는 〈가제트〉란 신문에서 일을 시작했소. 난 부패한 무리의 앞잡이에 불과했소. 하지만 난 그때 언젠가는 와이낸드 빌딩을 지으리라 결심했고 지금까지 줄곧 그 생각을 해왔소."

"왜 아직 짓지 않았죠?"

"그럴 준비가 되어 있지 않았소."

"왜요?"

"아직까지도 준비가 되어 있지 않소. 그 이유는 모르겠소. 내게 아주 중요한 일이라는 것만 알고 있소. 그건 최후의 상징이 될 거요. 때가 되면 알 수 있을 거요."

와이낸드는 서쪽으로 고개를 돌려 희미한 불빛들이 흩어져 있는 거리를 가리켰다.

"저기가 내가 태어난 곳이오. 헬스 키친." 도미니크는 주의 깊게 귀를 기울였다. 와이낸드가 자신의 출생에 대한 얘기는 거의 한 적이 없었기 때문이다. "열여섯 살 때 지붕 위에 서서 오늘 밤처럼 도시를 바라보았소. 그리고 그때 내가 무엇이 될지 결정했소."

그의 목소리가 이 순간이 얼마나 중요한지 밑줄을 그어 강조하는 것 같았다. 도미니크는 그에게서 시선을 돌린 채 이 순간이 그를 알 수 있는 열쇠라고 생각했다. 몇 년 전 그녀는 게일 와이낸드에 대해 생각하며 그런 남자는 자신의 인생과 일에 대해 어떤 태도를 갖고 있을까 궁금증을 느낀 적이 있었다. 자만하며 수치심을 감추거나 죄책감을 과시하는 오만함을 보이리라 짐작했다. 도미니크는 그를 보았다. 고개를 들고 하늘을 응시하고 있는 그에게서는 그녀가 짐작했던 것들이 느껴지지 않았고 도저히 믿기 어려운 용맹함이 느껴졌다.

도미니크는 그게 열쇠임을 알았지만 그것으로 인해 수수께끼는 더 커졌다. 그래도 그녀는 그 열쇠를 이용하는 법을 알았기에 이렇게 말했다.

"게일, 엘즈워스 투히를 해고하세요."

와이낸드가 어리둥절한 눈으로 쳐다보았다.

"왜지?"

"게일, 잘 들어요." 도미니크의 목소리에는 지금까지 와이낸드와 대화할 때 보인 적이 없는 급박함이 들어 있었다. "난 투히를 막고 싶었던 적이 없어요. 심지어 그를 돕기까지 했죠. 이 세상에 어울리는 사람이라고 생각했으니까요. 난 그에게서 그 무엇도, 그 누구도 구해주려 한 적이 없어요. 〈배너〉를, 그와 가장 잘 어울리는 〈배너〉를 그에게서 구해주고 싶어지게 될 줄은 상상조차 못했고요."

"도대체 그게 무슨 소리요?"

"게일, 당신과 결혼할 때 난 당신에게 이런 식의 충성심을 느끼게 될 줄은 몰랐어요. 이건 지금까지 내가 해온 모든 일과 모순이 돼요. 말할 수 없이 큰 모순이죠. 내겐 일종의 대이변이고 하나의 전환점이에요. 왜냐고는 묻지 말아요. 나 자신도 이해하는 데 몇 년이 걸릴 테니까. 다만, 이게 당신에 대한 내 의무라는 건 알아요. 당신은 엘즈워스 투히보다 훨씬 덜 사악하고 훨씬 덜 위험한 사람들을 수없이 파멸시켰어요. 투히를 해고하고 끝까지 쫓아가서 철저히 파멸시키세요."

"왜지? 왜 지금 이 순간 그를 생각한 거지?"

"그가 무엇을 노리는지 아니까요."

"그가 무엇을 노리는데?"

"와이낸드 신문들을 장악하는 거요."

와이낸드는 웃음을 터뜨렸다. 그건 조롱이나 분노의 웃음이 아니라 어리석은 농담에 대한 유쾌한 반응이었다.

"게일……." 도미니크가 무력하게 말했다.

"오, 도미니크, 제발! 나는 언제나 당신의 판단력을 존중해왔소."

"당신은 투히를 몰라요."

"알고 싶은 생각도 없소. 내가 엘즈워스 투히를 쫓아다니는 꼴을 볼 수 있겠소? 탱크가 빈대를 죽이려고 쫓아다니는 꼴을? 그를 왜 해고해야 하오? 나한테 돈을 잘 벌어다주고 있는

데. 독자들은 그의 헛소리를 좋아하오. 난 그런 부비트랩을 해고하지 않소. 그는 파리 잡는 끈끈이처럼 귀중한 존재요."

"거기에 위험이 있는 거예요."

"그의 팬들이 많다는 것에? 〈배너〉에는 그보다 더 심한 최루성 기사로 더 많은 팬을 거느리고 있는 여기자들도 있었소. 그들 중 몇 명을 잘라야 했는데 그것으로 그들은 끝났소. 〈배너〉 문 앞에서 그들의 인기는 끝난 거요. 하지만 〈배너〉는 끄떡없었소."

"문제는 그의 인기가 아니에요. 그 인기의 특성이죠. 당신은 그의 방식으로 그와 싸울 수 없어요. 당신은 그냥 탱크일 뿐이에요. 탱크는 아주 깨끗하고 순진한 무기죠. 앞으로 나아가며 모든 걸 깔아뭉개고 모든 반격을 받아내는 정직한 무기. 그는 부식성 가스예요. 폐를 좀먹는. 난 악의 핵심에 이르는 비결이 존재한다고 생각해요. 투히는 바로 그걸 가졌고요. 그게 뭔지는 나도 몰라요. 그가 그걸 어떻게 이용하고 무얼 노리는지만 알 뿐이에요."

"와이낸드 신문들을 장악하는 것?"

"와이낸드 신문들을 장악하는 것. 궁극적인 목적을 달성하기 위한 하나의 수단으로서."

"어떤 목적?"

"세계를 지배하는 거죠."

와이낸드가 역겨움을 참으며 말했다. "도미니크, 지금 뭐하는 거요? 왜 그런 말도 안 되는 농담을 하는 거요?”

“게일, 농담이 아네요. 심각하게 말하는 거라고요.”

“세계를 지배하는 것은 나 같은 사람이 할 일이오. 투히 같은 인간들은 그것에 대해 꿈꿀 줄도 몰라요.”

“설명해볼게요. 정말 어려운 일이에요. 이 세상에서 가장 설명하기 어려운 일은 모두가 외면하고 싶은 분명한 진실이죠. 당신이 내 말을 들어준다면…….”

“듣지 않겠소. 미안하오. 엘즈워스 투히가 내게 위협이 된다는 발상 자체가 우스꽝스럽고, 그것에 대해 진지하게 얘기하는 건 불쾌한 일이오.”

“게일, 난…….”

“아니. 도미니크, 당신은 〈배너〉에 대해 잘 모르고 있소. 그리고 난 그게 좋소. 당신이 〈배너〉에 관여하는 걸 원치 않소. 〈배너〉는 내게 맡겨둬요.”

“게일, 명령인가요?”

“최후통첩이오.”

“알았어요.”

“잊어버려요. 엘즈워스 투히 같은 인간에게 병적인 공포를 품는 건 당신답지 않소.”

“알았어요, 게일. 그만 안으로 들어가요. 날씨가 쌀쌀한데 당신 외투도 안 입었잖아요.”

와이낸드는 부드럽게 껄껄 웃었다. 도미니크가 그런 세심한 관심을 보여준 건 처음 있는 일이었다. 그는 그녀의 손을 잡고 손바닥에 키스한 후 자신의 얼굴에 갖다 댔다.

그 후로 여러 주 동안 두 사람은 거의 대화를 나누지 않았고 서로에 대한 이야기는 절대 꺼내지 않았다. 하지만 그건 분노의 침묵이 아니라 말로 표현하기에는 너무도 섬세한 이해의 침묵이었다. 그들은 저녁이면 같은 방에서 말없이 서로의 존재를 느끼는 것에 만족하며 시간을 보내곤 했다. 그러다 갑자기 서로 마주 보고 미소 지었는데, 그 미소는 손을 꼭 잡는 것과 같았다.

그러던 어느 날 저녁, 도미니크는 와이낸드가 말을 하려 한다는 걸 느꼈다. 그녀는 화장대 앞에 앉아 있었다. 와이낸드가 들어오더니 그녀 옆의 벽에 기대섰다. 그가 도미니크의 손과 드러난 어깨를 바라보았으나 도미니크는 그가 자신을 보고 있는 게 아니라 그녀의 육체의 아름다움보다 더 위대한 것, 그녀에 대한 사랑보다 더 위대한 것을 보고 있는 것처럼 느꼈다. 도미니크는 그것이 그 무엇과도 견줄 수 없는 찬사임을 알 수 있었다.

"나는 자신의 필요를 위해, 내 몸에 연료를 공급하고 생존하기 위해 숨을 쉬고 있소. …… 난 당신에게 희생이나 연민이 아닌 나 자신을, 나의 벌거벗은 욕구를 바쳤소."

도미니크는 로크의 말을, 게일 와이낸드를 대신해 말하는 로크의 목소리를 들었다. 그녀는 로크의 사랑의 말을 다른 남자의 사랑에 이용하는 것에 대해 로크를 배신하는 듯한 기분이 들지 않았다.

도미니크가 부드럽게 말했다. "게일, 언젠가는 당신과 결혼한 것에 대해 당신에게 용서를 빌어야 할 거예요."

와이낸드는 미소 지으며 천천히 고개를 저었다. 도미니크가 말했다.

"난 당신이 나를 세상과 연결시켜주는 쇠사슬이 되어주길 원했어요. 하지만 당신은 내게 방어막이 되어주었어요. 그래서 내 결혼은 정직하지 못한 것이 되었어요."

"아니오. 난 당신이 우리의 결혼에 대해 어떤 이유를 내세우든 받아들이겠다고 했소."

"하지만 당신은 나를 위해 모든 걸 바꿨어요. 아니면 내가 바꾼 건가요? 모르겠어요. 우린 서로에게 이상한 일을 했어요. 난 당신에게 내가 잃고 싶었던 걸 줬어요. 이 결혼을 통해 난 삶을 고양감으로 인식하는 태도를 잃게 되리라 생각했죠. 그리고 당신 …… 당신은 내가 해야 했던 모든 일을 했어요. 우리가 얼마나 많이 닮았는지 알아요?"

"처음부터 알고 있었소."

"하지만 그건 불가능해야 했어요. 게일, 이제 난 당신 곁에 남고 싶어요. 다른 이유로. 답을 얻기 위해. 당신에 대해 알게 되면 나 자신에 대해 알게 될 거예요. 거기에 답이 있어요. 우리가 공동으로 지니고 있는 것의 이름이 있어요. 그게 뭔지는 모르지만 아주 중요한 거란 건 알아요."

"그럴지도 모르지. 나도 그걸 알려 해야만 되겠지. 하지만 난 알고 싶지 않소. 지금 난 아무것도 상관없소. 두려움조차 느낄 수 없소."

도미니크는 와이낸드를 올려다보며 아주 침착하게 말했다.

"게일, 난 두려워요."

"내 사랑, 뭐가 두렵다는 거요?"

"내가 당신에게 하고 있는 짓이."

"왜?"

"게일, 난 당신을 사랑하지 않아요."

"난 그것조차 상관없소."

도미니크가 고개를 숙였고, 와이낸드는 반짝이는 금속 헬멧처럼 보이는 그녀의 머리칼을 내려다보았다.

"도미니크."

도미니크가 순순히 고개를 들었다.

"사랑하오, 도미니크. 당신을 너무나 사랑해서 난 아무것도 문제될 게 없소. 당신조차도. 그걸 이해할 수 있겠소? 오직 내 사랑만 의미가 있을 뿐 당신의 응답은 중요하지 않소. 당신의 무관심조차도. 나는 세상에서 많은 걸 취하지 않았소. 많은 걸 원하지도 않았고. 진정으로 원한 건 아무것도 없었지. 목숨이 붙어 있는 한 절대 포기할 수 없는 완전한 갈망의 대상은 없었다는 거요. 그런데 그 대상이 당신이오. 사람이 그런 단계에까지 가면 중요한 건 대상이 아니라 갈망 그 자체가 되지. 당신이 아니라 나라는 거요. 그런 식으로 갈망하는 능력. 그 이하의 것은 느끼거나 존중할 가치도 없어지는 거요. 난 평생 그런 갈망을 느껴본 적이 없었소. 난 그 무엇에 대해서든 '내 것' 이라고 말하는 법을 알지 못했소. 지금 내가 당신을 '내 것' 이라고 말하는 그런 의미에서는. 그걸 삶을 고양감으로 인식하는 태도라고 했소? 그래. 당신은 알고 있소. 난 두려움을 느낄 수 없소. 도미니크, 사랑하오. …… 사랑하오. …… 이제 당신은 내가 이 말을 할 수 있게 하고 있소. …… 사랑하오."

도미니크는 손을 뻗어 거울의 전보를 뗐다. 그러고는 손가락들로 천천히 손바닥을 문지르는 듯한 동작으로 종이를 구겼다. 와이낸드는 그 부스럭거리는 소리를 들으며 서 있었다. 도미니크는 몸을 앞으로 숙여 쓰레기통 위에서 손을 펴 구겨진 종이를 떨어뜨렸다. 그러고는 손가락들이 비스듬히 아래를 향해 펼쳐진 채로 잠시 그대로 있었다.

파 운 틴 헤 드

4부

하워드 로크

1

잎사귀들이 햇빛 속에서 흔들리며 흘러갔다. 그것들은 초록이 아니었다. 그 잎사귀들의 격류 속에서 드문드문 몇 개의 잎사귀만이 눈이 아플 정도로 밝고 선명한 초록으로 두드러졌고, 나머지는 색깔이 아닌 빛, 금속 위의 불길, 살아 움직이는 불꽃들이었다. 숲은 서서히 끓어오르며 봄이 농축된 초록이라는 색깔을 작은 거품 모양으로 솟아오르게 하는 넓은 빛 같았다. 길 위로 굽은 나뭇가지들이 서로 만나고, 땅 위의 햇빛 조각들이 서로 어루만지는 듯한 나뭇가지들의 움직임에 따라 이리저리 움직였다. 청년은 죽지 않아도 되기를 바랐다.

그는 세상이 이렇게만 보인다면 죽지 않아도 된다고 생각했다. 사람의 말이 아닌 나뭇잎과 나무줄기와 바위의 목소리로 희망과 약속을 들을 수 있다면 죽지 않아도 된다고 생각했다. 하지만 세상이 이렇게 보이는 것은 지금까지 몇 시간 동안 사람이라고는 그림자도 보지 못했기 때문임을 알고 있었다. 그는 홀로 자전거를 타고 펜실베이니아 산지의 잊힌 오솔길을 달리고 있었다. 처음 와보는 이곳에서 사람들의 발길이 닿지 않은 세상의 신선한 놀라움을 맛볼 수 있었다.

그는 아주 젊은 청년이었다. 올해, 그러니까 1935년 봄에 대학을 졸업했고, 인생이 살 만한 가치가 있는 것인지 결정하고 싶었다. 그는 자신이 마음에 품고 있는 의문이 그것인지는 알지 못했다. 죽음에 대해서는 생각하지 않았다. 단지 삶의 기쁨과 이유, 의미를 찾고 싶다고만 생각했지만 어느 곳에서도 그것들을 찾을 수가 없었다.

청년은 대학에서 배운 것들을 좋아하지 않았다. 그는 사회적 책임, 봉사와 자기희생의 삶에 대해 많이 배웠다. 다들 그런 삶이 아름답고 추구할 만한 것이라고 말했다. 하지만 그는 그런 것이 추구할 만한 것으로 느껴지지 않았다. 아무것도 느껴지지 않았다.

청년은 자신이 인생에서 원하는 게 무엇인지 꼬집어 말할 수가 없었다. 그는 그것이 여기에, 야생의 고독 속에 있다고 느꼈다. 하지만 자연을 편안한 보금자리로 여기는 건강한 동물적 기쁨을 느끼지는 않았다. 오히려 자연을 도전의 대상으로, 수단이자 도구이자 재료로 여기는 건강한 인간적 기쁨을 느꼈다. 그래서 야생 속에서만 희열을 맛볼 수 있는 것에, 인간의 세상으로 돌아가면 이 가슴 벅찬 희망을 잃게 되리라는 사실에 분노가 치밀었다. 그는 이건 옳지 않다고, 인간이 이룬 것들은 자연보다 한 단계 높은 것이어야지 자연보다 못한 것이어서는 안 된다고 생각했다. 그는 인간을 경멸하고 싶지 않았다. 사랑하고 존경하고 싶었다. 하지만 그는 인간 세상으로 들어가 집이나 당구장, 영화 포스터를 보기가 두려웠다.

청년은 늘 작곡을 하고 싶었고, 자신이 추구하는 것에 음악 이외의 다른 정체성을 부여할 수가 없었다. 청년은 속으로 중얼거렸다. '그게 무엇인지 알고 싶다면 차이코프스키 협주곡 1번 첫 부분이나 라흐마니노프 협주곡 2번의 마지막 악장을 들어보면 되지. 인간은 그것을 표현할 말이나 행동, 사상은 발견하지 못했지만, 음악으로는 그걸 표현해냈어. 그걸 나타내는 인간의 행위가 단 하나라도 있다면! 그것이 실현된 모습을 볼 수만 있다면! 그 음악의 약속에 대한 응답을 볼 수만 있다면! 봉사하는 자와 봉사를 받는 자, 제단과 제물이 아닌 궁극적인 것, 실현된 것, 고통이 없는 것. 나의 형제여, 나를 돕지도, 나를 위해 봉사하지도 말고 단 한 번만이라도 그걸 보게 해주시오. 난 그게 필요하니까. 나의 형제여, 내 행복을 위해 일하지 말고 당신들의 행복을 보여주시오. 그게 가능하다는 것을 보여주시오. 당신들의 성취를 보여주시오. 그러면 나도 그렇게 살 수 있는 용기를 얻게 될 것이오.'

저 앞쪽, 길이 끝나는 산등성이 정상에 푸른색 구멍이 보였다. 그 구멍은 초록색 나뭇가지들로 이루어진 테두리 속의 물처럼 시원하고 깨끗해 보였다. 청년은 저 끝까지 갔는데 푸른 하늘만 보이고 아무것도 없다면 우스울 거라고 생각했다. 그는 눈을 감고 잠시나마 판단을 미룬 채 꿈을 꾸며, 정상에 올라 눈을 뜨면 발아래 하늘빛 장관이 펼쳐질 거라는 믿음을 갖고 앞으로 나아갔다.

청년은 땅에 발을 디뎌 자전거를 멈추고 눈을 떴다. 그는 꼼짝도 않고 서 있었다.

저 아래 넓은 골짜기에 새벽의 첫 햇살을 받고 있는 마을이 보였다. 아니, 그건 마을이 아니다. 마을은 그런 모습이 아니다. 청년은 다시금 판단을 미룰 수밖에 없었다. 그는 질문을 던지거나 설명할 엄두를 내지 못하고 그저 바라보기만 했다.

눈앞에는 산비탈에 있는 선반 모양의 바위들 위에 작은 집들이 줄줄이 기슭까지 지어져 있었다. 청년은 선반 모양의 바위들에는 사람의 손길이 닿지 않았음을, 자연스럽게 생겨난 저 층계 모양 바위들의 아름다움에는 인공이 끼어들지 않았음을 알 수 있었다. 하지만 그 바위들 위의 집들은 꼭 거기 있어야 할 존재들인 것처럼, 이제 그것들 없이는 그렇게 아름다운 산비탈을 상상할 수 없을 정도로 절묘하게 지어져 있었다. 여러 세기 동안 자연의 위대하고 맹목적인 힘에 의해 일련의 변화를 거쳐 생겨난 저 바위들이 마치 마지막 화룡정점을 기다려오기라도 한 듯했다. 바위들은 목표에 닿는 길일 뿐이고, 그 목표는 저 집들이 산비탈의 일부로서 산비탈의 모양대로 지어졌으되 그것에 의미를 부여하여 전체를 지배하는 것인 듯했다.

집들은 초록 산허리에서 튀어나온 바위처럼 수수한 자연석과 유리로 지어져 있었고, 특히 거대한 판유리들을 써서 마치 태양의 힘을 빌려 건물을 완성한 듯한, 햇빛이 석공 기술의 일부인 듯한 느낌을 주었다. 작은 집들이 아주 많았는데 모두 서로 떨어져 있었고, 같은 것은 하나도 없었다. 그러면서도 무궁무진한 상상력에 의해 연주되는 교향곡처럼 한 가지 주제의 다양한 변주들 같았다. 아무 거리낌 없이 스스로의 한계에 도전하며 혼신의 힘을 다한 지칠 줄 모르는 위대한 정신의 웃음소리가 귀에 들리는 듯했다. 음악, 청년이 간청한 음악의 약속, 그것의 실현이었다. 지금 그의 눈앞에 있는 것, 청년은 그것을 보지 않았다. 화음으로 들었다. 그는 생각과 보이는 것, 소리에 공통의 언어가 있다고 생각했다. 그게 수학일까? 이성의 학문. 음악은 수학이다. 그리고 건축은 돌의 음악이다. 지금 발아래 펼쳐진 광경이 현실일 수는 없기에 청년은 자신이 제정신이 아니라고 생각했다.

나무들과 잔디밭들, 산비탈 위로 꼬불꼬불 이어진 산책로들, 돌로 만든 계단들, 분수들, 수영장들, 테니스장들이 보였다. 그러나 사람은 흔적도 없었다. 그곳에는 사람이 살고 있지 않았다.

청년은 처음에 그곳을 봤을 때처럼 충격을 받지는 않았다. 어쩌면 사람이 없는 게 당연했다. 현실이 아니니까. 그 순간 청년은 그곳의 정체를 알고 싶은 마음이 없어졌다.

한참 후, 주위를 둘러본 청년은 자신이 혼자가 아님을 알게 되었다. 몇 발짝 떨어진 곳의 큰 바위 위에 한 남자가 앉아 골짜기를 내려다보고 있었다. 남자는 아래를 내려다보는 데 정신이 팔려 청년이 다가오는 소리를 듣지 못한 모양이었다. 남자는 키가 크고 수척하며 오렌지색 머리칼을 지니고 있었다.

남자가 그제야 고개를 돌려 차분한 회색 눈동자로 쳐다보았고, 청년은 그에게 다가갔다. 청년은 자신이 그 남자와 같은 걸 느끼고 있음을 깨달았다. 그래서 다른 때와는 달리 낯선 사람에게 먼저 말을 걸 수 있었다.

"저건 진짜가 아니죠, 그렇죠?" 청년이 아래를 가리키며 물었다.

"아니, 진짜요. 이제는." 남자가 대답했다.

"영화 세트나 속임수 같은 게 아닌가요?"

"여름 휴양지요. 이제 막 완성되었소. 몇 주 내로 문을 열 거요."

"누가 만들었나요?"

"내가 만들었소."

"성함이 어떻게 되시죠?"

"하워드 로크."

"감사합니다." 청년이 말했다. 남자의 흔들림 없는 시선을 보고 청년은 그가 자신이 한 말의 의미를 모두 알고 있다고 생각했다. 하워드 로크가 살짝 고개를 숙였다.

청년은 자전거를 끌고 골짜기와 집들로 이어지는 좁은 길을 내려갔다. 로크는 청년의 뒷모습을 바라보았다. 처음 보는 청년이고 다시는 만날 일도 없을 터였다. 그는 자신이 누군가에게 평생을 견딜 용기를 주었음을 알지 못했다.

로크는 자신이 왜 머나드녹 계곡에 여름 휴양지를 짓도록 선택되었는지 도무지 알 수가 없었다.

그러니까 지금으로부터 일 년 반 전인 1933년 가을의 일이었다. 어느 큰 기업체의 대표인 케일러브 브래들리가 머나드녹 계곡을 산 후 대대적인 홍보전을 펼쳤고, 로크는 그 소식을 듣고 브래들리를 만나러 갔다. 희망 같은 건 없었고 지금까지 숱하게 퇴짜를 맞았는데 하나 더 보탠들 무슨 상관이랴 싶은 마음이었다. 로크는 스토더드 신전 이후로 뉴욕에 건물을 단 한 채도 짓지 못하고 있었다.

브래들리의 사무실로 들어선 순간 로크는 머나드녹 계곡은 깨끗이 단념해야겠다고 생각했다. 케일러브 브래들리를 보니 자신에게 공사를 맡길 성싶지가 않았기 때문이다. 땅딸막한 체구를 가진 케일러브 브래들리는 둥근 어깨 위에 잘생긴 얼굴이 자리하고 있었다. 현명하고 앳된 인상의 얼굴은 기분 나쁠 정도로 동안이어서 쉰 살로도, 스무 살로도 볼 수 있었다. 무표정한 푸른 눈은 교활하고 권태로워 보였다.

하지만 로크는 머나드녹 계곡을 쉽게 포기할 수가 없었다.

그래서 아무 희망이 없다는 걸 잊고 설득하기 시작했다. 브래들리는 분명 주의 깊게 경청했지만 로크의 말에 관심이 있는 것 같지는 않았다. 로크는 제3의 실체가 방 안에 있는 듯한 기분이 들었다. 브래들리는 다른 말은 없이 생각해보고 연락을 주겠노라고만 했다. 그러더니 이상한 소리를 했다. 로크에게 질문을 던졌는데, 질문의 목적을 전혀 짐작할 수 없는 목소리일 뿐만 아니라 호의적인 것인지 경멸하는 것인지도 알 수 없었다. "로크 씨, 스토더드 신전을 지은 건축가 맞죠?"

"예." 로크가 대답했다.

"내가 진작 당신 생각을 못한 게 우습군요." 브래들리가 말했다.

로크는 브래들리가 진작 자기 생각을 했더라면 그게 더 우스웠을 것이라고 생각하며 그곳을 나왔다.

사흘 후, 브래들리에게 전화가 왔다. 자신의 사무실로 와달라는 것이었다. 로크는 다시 그를 찾아가 머나드녹 계곡 주식회사의 이사 네 명을 만났다. 옷을 잘 차려입은 이사들은 브래들리처럼 폐쇄적인 얼굴이었다. 브래들리가 유쾌하게 말했다. "로크 씨, 이 신사분들께 며칠 전에 내게 했던 얘기를 들려주시오."

로크가 자신의 계획을 설명했다. "귀사에서 이미 발표한 대로 중간 소득층을 위한 특별한 여름 휴양지를 만들고 싶다면, 가난의 가장 큰 저주는 프라이버시를 보장받지 못하는 것임을 알아야 합니다. 아주 부자들이나 아주 가난한 사람들만이 여름휴가를 즐길 수 있습니다. 아주 부자들은 개인 별장을 소유하고 있기 때문이고, 아주 가난한 사람들은 대중 해수욕장이나 무도장에서 다른 사람들과 살이 닿고 다른 사람들의 체취를 맡는 것에 신경 쓰지 않기 때문입니다. 그런데 취향은 고상하되 수입은 적은 사람들이 북적거리는 무리 속에서 휴식이나 즐거움을 얻을 수 없다면 갈 곳이 없죠. 가난하다고 꼭 가축의 본능을 지녀야만 하는 겁니까? 그들에게 일주일이나 한 달 동안 적은 비용으로 그들이 원하고 필요로 하는 휴식을 취할 수 있는 장소를 마련해주는 게 어떨까요? 저는 머나드녹 계곡을 보았습니다. 그곳에 그런 휴양지를 만들 수 있습니다. 산비탈에 손을 대지 않고요. 발파작업을 해서 평평하게 만들지 않고요. 거대한 개미집 같은 호텔이 아니라 프라이버시가 보장되는 작은 집들을 짓는 겁니다. 서로 만나고 싶으면 만나고, 만나고 싶지 않으면 만나지 않을 수 있는 개인 별장들의 형태로요. 수영장도 어시장 수족관처럼 하나만 만들 게 아니라 개인 수영장처럼 여러 개를 만드는 겁니다." 로크는 저렴한 비용으로 그렇게 할 수 있는 방법을 설명했다. "테니스장도 과시주의자들을 위한 거대한 목장 우리 같은 걸 만들 게 아니라 개인용으로 여러 개 만들어야 합니다. '세련된 사람들'과 어울리고 2주 만에 남편을 빚더미 위에 올려놓기 위해 찾아가는 휴양지가 아니라 자신의 존재를 충분히 잘 즐기는 사람들, 그리고 그걸 자유로이 즐길 수 있는 장소를 원하는 사람들을 위한 휴양지로 만들어야 합니다."

다들 조용히 듣고 있었다. 로크는 그들이 이따금 자기들끼리 눈길을 교환하는 것을 보았는데, 청중이 연사를 대놓고 비웃을 수 없을 때 하는 행동처럼 느껴졌다. 하지만 그건 착각이었던 모양이다. 이틀 후 그는 머나드녹 계곡의 여름 휴양지 건설 계약서에 서명하게 되었던 것이다.

로크는 스토더드 신전을 지을 때 된통 당한 경험이 있었기에 브래들리에게 설계도 하나하나에 직접 확인 서명을 해달라고 했다. 브래들리는 그렇게 해주었고, 로크의 모든 제안에 동의했다. 그는 로크가 마음대로 일할 수 있게 해주는 것을 기뻐하는 듯했다. 하지만 그런 열성적인 지지에는 마치 어린아이의 비위를 맞춰주는 듯한 특이한 면이 있었다.

로크는 브래들리에 대해 많은 걸 알아낼 수 없었다. 그는 플로리다에 부동산 붐이 일었을 때 부동산 투자로 거부가 되었다고 했다. 그의 회사는 자금이 어마어마한 듯했고, 많은 부자 후원자들이 주주 명단에 올라 있었다. 로크는 주주들을 만날 기회가 없었다. 이사 네 명도 공사 현장에 잠깐씩 들러 별 관심 없이 둘러보고 돌아가는 게 다였다. 브래들리가 모든 지휘권을 갖고 있었고, 그는 예산만 꼼꼼히 관리할 뿐 로크에게 기꺼이 전권을 맡겼다.

그 후 18개월 동안 로크는 브래들리가 어떤 사람인지에 대해 궁금해할 시간이 없었다. 일생 최대의 과제에 매달려야 했기 때문이다.

로크는 일 년 동안 현장에서 먹고 자며 생활했다. 헐벗은 산비탈에 급하게 대충 판잣집을 짓고 침대 하나, 난로 하나, 큰 탁자 하나만 갖춰놓았다. 예전에 함께 일했던 제도사들이 다시 모였는데, 도시의 더 좋은 일자리를 포기하고 달려온 사람들도 있었다. 그들은 판잣집이나 텐트에서 생활하며 건축 사무실이랍시고 널빤지로 지어놓은 바라크식 건물들에서 일했다. 지어야 할 건물들이 너무 많았기 때문에 아무도 자신의 거처에 공을 들일 생각을 하지 못했던 것이다. 그들은 공사가 다 끝난 뒤에야 자신들이 얼마나 열악한 환경에서 살아왔는지 깨닫고는 도무지 믿을 수 없었다. 그들의 마음속에 머나드녹 계곡에서의 일 년은 계절이 움직임을 멈추고 열두 달 동안 봄만 이어진 이상한 시기로 남아 있었기 때문이다. 그들에게는 눈이나 얼어붙은 땅덩어리, 널빤지 틈새로 들어오는 앙칼진 바람, 군용 간이침대 위의 얇은 모포, 아침이면 손이 곱아 연필을 잡을 수가 없어서 석유난로에 뻣뻣한 손을 녹이던 기억이 없었다. 그들이 기억하는 것은 봄의 느낌뿐이었고, 그것은 새로 돋은 풀잎과 나뭇가지의 새싹, 푸른 하늘에 대한 인간의 응답이었다. 그 노래하는 응답은 풀이나 나무, 하늘에 대한 것이 아니라 시작과 승리감에 찬 전진, 그 무엇도 막을 수 없는 성취에의 확신이라는 위대한 의미에 대한 것이었다. 그들은 나뭇잎과 꽃에서가 아니라 건축용 비계, 증기삽, 땅 위로 솟아오르는 석재, 판유리에서 젊음과 생동감, 목적, 성취를 느꼈다.

그들은 하나의 군대였고, 그 일은 하나의 성전(聖戰)이었다. 하지만 그들 중에서 그런 식으로 생각하는 사람은 스티븐 맬러리뿐이었다. 그는 머나드녹 계곡의 분수들과 모든 조각품을 맡았다. 하지만 그는 작업에 들어가기 훨씬 전부터 현장에 와 있었다. 그는 이렇게 생각했다. '전쟁은 나쁜 것이다. 전쟁에는 영광이 없고, 인간들의 성전에는 아름다움이 없다. 하지만 이것은 하나의 전쟁, 하나의 군대이고, 모든 참가자의 인생에서 가장 위대한 체험이다. 왜일까? 그 차이의 근원은 어디 있으며, 그것을 설명할 법칙은 어디 있는 걸까?'

그는 아무에게도 그런 말을 하지 않았다. 하지만 전기기술자들을 이끌고 나타난 마이크의 얼굴을 보자 그도 자신과 똑같은 생각임을 느낄 수 있었다. 마이크는 아무 말도 하지 않았지만 기분 좋게 눈을 찡긋했다. 한번은 마이크가 서두도 없이 불쑥 말했다. "내가 재판 때 걱정할 것 없다고 했지? 그는 질 수가 없어. 채석장 신세가 되든 재판을 받든. 스티브, 그들은 그를 이길 수 없어. 절대로. 빌어먹을 세상이 다 덤벼도."

하지만 이곳에서 자신들이 세상을 완전히 잊고 있다고 맬러리는 생각했다. 머나드녹 계곡은 그들만의 새로운 세상이었다. 계곡을 둘러싸고 하늘 높이 솟은 산들이 보호벽이었다.

그리고 그들을 보호해주는 존재가 또 하나 있었으니, 발로 현장을 누비는 건축가였다. 그는 산비탈의 눈길이나 풀밭, 바위들과 널빤지 더미들을 지나 제도 탁자로, 기중기로, 쌓고 있는 벽 위로 종횡무진 움직였다. 그 모든 것을 가능하게 만들어준 것은 그 건축가였고 그의 생각이었다. 생각의 내용이나 결과, 머나드녹 계곡을 창조해낸 비전, 그것을 현실로 만든 의지가 아닌 생각의 방식. 그는 생각의 방식이 바깥세상의 것과는 완전히 달랐고, 바로 그것이 계곡과 그 안의 군대를 보초처럼 지켜주었다.

맬러리는 브래들리가 현장을 찾아와 온화한 미소를 지으며 둘러본 후 돌아가는 걸 보고 이유 없이 화가 나고 두려운 생각이 들었다.

어느 날 밤, 숙소 위 산비탈에서 마른 나뭇가지들로 모닥불을 피워놓고 앉아 있다가 맬러리가 로크에게 말했다. "하워드, 또 스토더드 신전 꼴이 날 것 같아요."

"그래, 그럴 것 같네. 하지만 이번엔 어떤 식일지, 그들이 노리는 게 뭔지 알 수가 없어."

로크는 배를 깔고 엎드려 저 아래 어둠 속에 흩어져 있는 유리들을 내려다보았다. 유리들은 어딘가에서 빛을 받아 마치 땅에서 피어오르는 인광처럼 보였다.

로크가 말했다. "스티브, 상관없잖아, 안 그래? 그들이 무슨 짓을 하든, 누가 여기 들어와서 살든. 중요한 건 우리가 이걸 만들었다는 사실이지. 자네라면 나중에 어떤 대가를 치르게 되든 이 일을 놓쳤겠나?"

"아뇨." 맬러리가 대답했다.

로크는 머나드녹 계곡 휴양지가 문을 열면 집 하나를 빌려 그곳에서 첫 여름을 보내고 싶었다. 그런데 개장 전에 뉴욕에서 전보가 날아들었다.

"내가 해내겠다고 했지요? 내 친구들과 형제를 몰아내는 데 5년이 걸렸지만, 이제 아키타니아는 내 것이 되었소. 그리고 당신 것이 되었소. 와서 마무리해주시오. 켄트 랜싱."

로크는 뉴욕으로 돌아가서 그동안 방치되었던 미완성 교향곡 공사 현장에서 돌조각들과 시멘트 가루를 깨끗이 치우고, 기중기를 동원해서 센트럴파크를 굽어보는 대들보들을 설치했다. 그리고 빈 창틀에 유리를 끼우고, 다른 건물들의 지붕 위로 넓은 테라스들을 만들어 마침내 아키타니아 호텔을 완공시켜서 밤이면 파크 가의 야경을 멋지게 장식하도록 만들었다.

로크는 지난 2년 동안 정신없이 바쁘게 움직였다. 머나드녹 계곡 일만 한 게 아니었다. 예상치 못한 지역들에서 개인 주택이나 작은 사무용 건물, 소규모 상가 건물을 지어달라는 요청이 들어왔다. 로크는 머나드녹 계곡에서 먼 소도시들로 가는 기차나 비행기 안에서 새우잠을 자가며 그 일들을 해냈다. 건축주들이 그에게 일을 주면서 하는 이야기는 다 똑같았다. "뉴욕에서 엔라이트 하우스를 보고 마음에 들었소." "코드 빌딩을 봤어요." "그 신전이 헐리기 전의 사진을 봤소." 마치 로크의 명성이 지하수처럼 전국으로 흐르다가 예기치 못한 장소들에서 갑자기 온천처럼 터지는 듯했다. 전부 규모가 작은 일들이었지만 로크는 계속 일을 맡았다.

그해 여름 머나드녹 계곡의 휴양지가 완공되었을 때 로크는 자신의 장래 운명에 대해 걱정할 겨를이 없었다. 그러나 스티븐 맬러리는 걱정이 많았다. "하워드, 저 사람들이 왜 광고를 안 하는 거죠? 왜 갑자기 침묵을 지키는 걸까요? 이상하지 않아요? 공사 전에는 요란하게 홍보를 했잖아요. 공사가 진행되면서 홍보가 점점 줄어들었어요. 그러더니 이제 브래들리와 그 회사는 귀머거리에 벙어리가 되어버렸어요. 제일 적극적인 홍보전을 펼쳐야 할 시점에. 왜죠?"

"나야 모르지. 난 건축가지 부동산 업자가 아니니까. 왜 자네가 그런 걱정을 하나? 우리 일은 다 끝났으니 나머진 그들이 알아서 하겠지."

"일이 아주 요상하게 돌아가고 있어요. 그들이 가끔 내는 광고를 봤어요? 당신이 그들에게 했던 얘기들이 다 들어 있죠. 휴식, 평화, 프라이버시……. 그런데 느낌은 그게 아니에요! 어떤 느낌인지 알아요? '머나드녹 계곡으로 오십시오, 그럼 지루해서 죽을 것입니다.' 마치 …… 사람들을 못 오게 하려고 애쓰는 것 같다니까요."

"스티브, 난 광고 같은 건 보지 않네."

하지만 머나드녹 계곡의 휴양지는 개장 한 달 만에 분양이 끝났다. 회원들은 더 고급 휴양지를 분양받을 여력이 있는 상류층부터 시작해서 젊은 작가와 무명의 예술가, 엔지니어, 신문기자, 공장 노동자까지 그야말로 각양각색이었다. 갑자기, 그리고 자연스럽게 사람들이 머나드녹 계곡에 대해 이야기하기 시작했다. 그런 휴양지에 대한 수요가 있었는데 지금까지 아무도 그걸 충족시켜주지 못했던 것이다. 머나드녹 계곡은 뉴스가 되었지만 어디까지나 사적인 뉴스였다. 신문들은 관심을 가져주지 않았으니까. 브래들리는 홍보담당자를 두지 않았다. 브래들리와 그 회사는 공개석상에서 자취를 감추었다. 한 잡지에서 취재 요청도 하지 않았는데 머나드녹 계곡 사진을 네 페이지에 걸쳐 싣고 하워드 로크를 인터뷰하러 왔다. 첫 여름이 끝날 즈음에는 다음 해 예약이 모두 끝났다.

10월의 어느 이른 아침, 스티븐 맬러리가 로크의 사무실 대기실 문을 벌컥 열고 들어와 곧장 로크의 방으로 향했다. 로크가 일하는 중이라 아무도 들이지 말라고 지시해놓았기에 비서가 그를 막으려고 했다. 하지만 맬러리는 비서를 밀어내고 로크의 방으로 들어가 문을 쾅 닫았다. 비서는 맬러리의 손에 신문이 들려 있는 걸 보았다.

로크가 제도 탁자에서 흘낏 올려다보더니 연필을 내려놓았다. 그는 맬러리가 엘즈워스 투히를 쐈을 때 바로 그런 얼굴이었음을 알고 있었다.

"하워드, 당신이 어떻게 머나드녹 계곡 공사를 따게 됐는지 알고 싶어요?"

그러면서 맬러리가 탁자 위에 신문을 던졌다. 3면에 '케일러브 브래들리 체포'라는 제목의 기사가 있었다.

"거기 다 들어 있어요. 읽지 마세요. 구역질나니까." 맬러리가 말했다.

"좋아, 스티브, 무슨 내용인가?"

"그들이 그걸 이중으로 팔아먹었어요."

"누가? 뭘?"

"브래들리와 그 일당이. 머나드녹 계곡을요." 맬러리가 자학하듯 일부러 또박또박 말했다. "그들은 처음부터 그 휴양지를 실패작으로 여겼어요. 외진 곳이라 버스도 닿지 않고 주변에 영화관 같은 것도 없어서 휴양지로는 전혀 맞지 않는다고 생각했고, 땅도 거저 얻은 것이나 다름없었죠. 시기적으로도 맞지 않고 사람들이 좋아하지 않을 거라고 생각했던 거예요. 하지만 요란하게 광고를 해서 멍청한 부자들에게 주식을 팔았어요. 대대적인 사기극이었던 거죠. 그들은 주식을 이중으로 팔았어요. 그래서 공사비를 두 배로 챙길 수 있었죠. 그들은 휴양지가 실패할 걸 확신했어요. 실패를 **원했고요**. 그리고 휴양지가 망할 경우 자기들만 빠져나갈 수 있는 멋진 계획을 세워놓았죠. 그들은 만반의 준비가 되어 있었어요. 하지만 휴양지가 성공하게 될 줄은 꿈에도 몰랐기에 그에 대한 준비는 전혀 없었죠. 이제 그들은 투자자들에게 매년 휴양지에서 나오는 수익금의 두 배를 줘야 할 처지가 되었고, 그 액수가 엄청나서 사기극이 들통 날 수밖에 없었죠. 그러니까 처음부터 실패를 전제로 한 사업이었다고요. 하워드, 무슨 뜻인지 모르겠어요? 그들은 최악의 건축가로 당신을 택한 거라고요!"

로크는 고개를 뒤로 젖히고 웃었다.

"빌어먹을! 하워드, 이건 웃을 일이 아니라고요!"

"스티브, 앉게. 그렇게 부들부들 떨 것 없어. 대량 학살의 현장이라도 목격하고 온 것 같군."

"맞아요. 아니, 그보다 더한 걸 봤죠. 그 뿌리를 봤으니까. 그런 대량 학살의 근원을 봤으니까. 멍청이들은 뭘 공포로 여기죠? 전쟁, 살인, 화재, 지진? 집어치우라고 하세요! **그게** 공포예요. 그 기사. 그게 바로 우리가 두려워하고, 맞서 싸우고, 비명을 지르고, 가장 수치스러운 것이라고 불러야 할 대상이라고요. 하워드, 난 지난 수백 년 동안의 악에 대한 모든 설명과 그 대책에 대해 생각하고 있어요. 아무것도 효과가 없었죠. 아무것도 악을 설명하거나 없애지 못했어요. 악의 뿌리는, 내가 두려워하는 괴물은, 거기 있어요. 하워드, 그 기사에 있어요. 그리고 그걸 읽으며 '오, 그래, 천재는 늘 고난을 겪어야만 하지. 그게 약이 되지.' 라고 말한 후 동네 바보를 찾아가 도움을 베푼답시고 바구니 짜는 법을 가르치는 잘난 체하는 인간들의 영혼 속에 있죠. 그게 나를 두려움에 떨게 하는 괴물의 행동이에요. 하워드, 머나드녹을 생각해보세요. 눈을 감고 그 모습을 떠올려보세요. 그리고 그게 최악의 휴양지가 될 거라고 믿고 그걸 지으라고 한 인간들을 생각해보세요! 하워드, 당신에게 주어진 최고의 일이 추잡한 장난질이었다면 세상이 잘못돼도 아주 단단히 잘못된 거예요!"

"자네 언제쯤이면 그 생각을 그만둘 텐가? 세상과 나에 대한 생각 말일세. 언제쯤이면 그것에 대해 잊을 수 있겠나? 언제쯤이면 도미니크가……."

로크는 말을 멈추었다. 두 사람은 지난 5년 동안 함께 있는 자리에서 그 이름을 입에 올린 적이 없었다. 맬러리가 놀란 눈으로 쳐다보았다. 맬러리는 자신의 말이 로크에게 상처를 주었음을, 도미니크를 입에 올릴 정도로 큰 상처를 주었음을 깨달았다. 하지만 로크는 그를 보면서 의식적으로 말을 이었다.

"도미니크도 자네처럼 생각했지."

맬러리는 로크의 과거에 대해 자신이 짐작하고 있는 것을 입 밖에 낸 적이 없었다. 맬러리는 로크의 사정을 알고 있었고 로크도 그런 사실을 알고 있었지만, 두 사람은 그것에 대해 침묵을 지켰다. 하지만 이제 맬러리가 물었다.

"아직도 그녀가 돌아오길 기다리고 있는 거예요? 빌어먹을 게일 와이낸드 부인이?"

로크가 담담하게 대꾸했다. "스티브, 닥쳐."

맬러리가 기어 들어 가는 목소리로 말했다. "죄송해요."

로크가 제도 탁자 쪽으로 걸어가서 다시 평소의 목소리로 말했다. "스티브, 집으로 돌아가게. 브래들리에 대해선 잊고. 자기들끼리 서로 고소전을 펼치겠지만 우린 거기 휘말리지 않을 거고, 머나드녹이 헐려 없어지는 일도 없을 걸세. 잊어버리고 그만 가보게. 난 일해야 하니까."

로크는 탁자 위의 신문을 팔꿈치로 밀어 떨어뜨리고 설계 작업에 매달렸다.

머나드녹 계곡 휴양지의 자금 조성과 관련된 부정이 드러나면서 한바탕 소동이 일었고 재판이 열려 몇몇 사람이 교도소 신세를 지게 되었다. 그리고 주주들을 위해 새 경영진이 선출되었다. 로크는 그 사건에 개입하지 않았다. 너무 바빠서 재판 관련 기사를 챙겨 읽을 시간도 없었다. 브래들리는 동업자들에게 사죄하며 그런 비사교적이고 미친 설계로 지은 휴양지가 성공할 줄은 꿈에도 몰랐노라고 고백했다. "난 최선을 다했습니다. 가장 어리석은 건축가를 뽑았어요."

오스틴 헬러가 하워드 로크와 머나드녹 계곡에 대한 기사를 썼다. 그는 로크가 설계한 모든 건물에 대해 이야기하며 로크가 건축으로 표현한 것들을 말로 바꾸어놓았다. 그의 기사는 평소처럼 조용한 글투가 아니라 사납고 맹렬한 감탄과 분노의 외침이었다. "위대성이 사기를 통해 우리에게 전해져야 한다면 통탄해 마지않을 일이다!"

그 기사는 예술계에서 격렬한 논쟁을 불러일으켰다.

몇 개월 후, 맬러리가 그에게 말했다. "하워드, 유명인사가 됐어요."

"그래, 그런 것 같군."

"4분의 3에 해당되는 사람들은 사건의 진상을 알지도 못하지만, 나머지 4분의 1이 당신 이름을 거론하며 싸우는 소리를 하도 많이 들어서 존경심을 갖고 당신의 이름을 말해야만 될 것 같은 생각을 하게 됐죠. 그리고 당신에 대해 싸우는 4분의 1의 가운데 10분의 4는 당신을 싫어하고, 10분의 3은 어떤 논쟁에 대해서든 자기 의견을 내야 직성이 풀리는 사람들이고, 10분의 2는 안전을 꾀하면서도 늘 새로운 '발견'의 기수가 되고자 하는 사람들이고, 나머지 10분의 1은 진실로 당신을 이해하는 이들이죠. 하지만 중요한 건 이제 모든 사람이 하워드 로크라는 건축가를 알게 되었다는 점이에요. 〈미국 건축가협회 회보〉는 당신을 위대하지만 제멋대로인 인재로 평하고 있고, 미래 박물관에는 고든 L. 프레스콧 전시관 바로 옆에 멋진 액자에 든 머나드녹, 엔라이트 하우스, 코드 빌딩, 아키타니아의 사진들이 전시되었죠. 어쨌든 난 기뻐요."

어느 날 저녁, 켄트 랜싱이 말했다. "헬러가 훌륭한 역할을 해냈소. 하워드, 언젠가 내가 프레첼의 심리학에 대해 했던 말 기억해요? 중개자를 멸시하지 말아요. 꼭 필요한 존재니까. 누군가는 나서서 사람들에게 말해줘야 하오. 위대한 성공을 위해선 두 사람이 필요한 법이오. 위대한 사람과 그 위대성을 발견하고 세상에 그걸 말해줄 수 있는, 어쩌면 위대한 사람보다 더 희귀한 사람."

엘즈워스 투히는 이렇게 썼다. "이 터무니없는 소란의 패러독스는 케일러브 브래들리 씨가 심각한 불의의 희생물이라는 사실이다. 그의 도덕성은 비난받아 마땅하지만 그의 심미안은 나무랄 수 없다. 건축적 가치의 문제에 대한 그의 판단력은 갑자기 예술비평가로 돌변한 구시대적 반동주의자 오스틴 헬러 씨의 그것보다 건전하다. 케일러브 브래들리 씨는 휴양지 고객들의 악취미로 인해 희생자가 되었다. 본 칼럼은 케일러브 브래들리 씨의 예술적 안목을 감안, 그에게 감형 조치를 내려야 했다는 입장이다. 머나드녹 계곡은 사기극이며 단지 금전적으로만 그런 건 아니다."

건축업계의 가장 확실한 고객인 진짜 부자들 사이에서는 로크의 명성에 대한 반응이 거의 없었다. "로크? 못 들어본 이름인데."라고 말하던 그들은 이제 이렇게 말했다. "로크? 그 사람은 너무 선정적이야."

하지만 로크가 돈을 벌고자 하지 않았던 고객에게 돈이 벌리는 건물을 지어주었다는 단순한 사실에 마음이 움직인 사람들도 있었다. 그게 추상적인 예술론보다 훨씬 설득력이 있으니까. 그리고 진정으로 로크를 이해하는 10분의 1의 사람들도 있었다. 머나드녹 계곡 휴양지를 만든 그해에 로크는 코네티컷에 개인 주택 두 채, 시카고에 영화관 하나, 필라델피아에 호텔 하나를 지었다.

1936년 봄, 서부의 한 도시에서 '세기들의 행진' 이라는 이름의 국제박람회 개최를 일 년 앞두고 준비 작업이 시작되었다. 그 도시의 저명인사들로 이루어진 조직위원회는 미국 최고의 건축가들을 선정해서 설계위원회를 만들었다. 조직위 측에서는 눈에 띄게 진보적인 설계를 원했다. 그리고 설계위원으로 선정된 여덟 명의 건축가 중에 하워드 로크도 포함되어 있었다.

초청을 받고 조직위원회를 찾아간 로크는 설계를 혼자 맡고 싶다고 말했다.

조직위원장이 말했다. "로크 씨, 진심으로 하는 말은 아니겠죠? 이건 거대 규모의 프로젝트이고 우린 최고를 원합니다. 두 사람의 머리가 한 사람의 머리보다 낫고, 여덟 사람의 머리를 합친다면……. 아니, 당신도 잘 알 것 아닙니까? 미국 최고의 인재들이 모여 우호적인 협의와 협동을 통해 위대한 업적을 이루는 겁니다."

"압니다."

"그럼 다 이해를……."

"나에게 일을 맡기고 싶다면 혼자 할 수 있게 해주셔야 합니다. 나는 다른 사람들과 함께 일하지 않습니다."

"이런 기회를 거부하겠다니요. 역사에 남을 일이고, 세계적인 명성을 얻을 수 있고, 영원히 사람들에게 기억될 만한 일인데……."

"나는 집단적인 작업은 하지 않습니다. 협의도, 협동도 하지 않습니다."

건축계에서는 로크의 거절을 두고 분노에 찬 비난이 들끓었다. 사람들은 로크를 '잘난 체하는 놈' 이라고 욕했다. 업계의 가십거리일 뿐인 문제를 두고 그들의 분노는 지나치게 날카롭고 가혹했다. 다들 그것을 개인적인 모욕으로 여겼고, 자신은 그 어떤 사람의 설계도 바꾸거나 조언하거나 개선시킬 수 있는 자격이 있다고 생각했다.

엘즈워스 투히는 칼럼에 이렇게 썼다. "그 사건은 하워드 로크 씨의 이기주의가 지닌 반사회적 성격과 그가 항상 몸으로 보여주는 방종한 개인주의의 오만함을 단적으로 나타내준다."

'세기들의 행진' 건축가로 선정된 여덟 명 중에는 피터 키팅과 고든 L. 프레스콧, 랠스턴 홀콤이 들어 있었다. 피터 키팅은 설계위원회 명단을 보고 이렇게 말했다. "나는 하워드 로크와는 일 안 합니다. 로크와 나 중에서 하나를 선택하세요." 로크가 거절했다는 소식을 들은 키팅은 위원장을 맡게 되었다. 박람회장의 건설 진척 상황을 알리는 언론 보도에는

'피터 키팅과 동료 건축가들' 이라고 소개되었다.

키팅은 지난 몇 년 사이에 날카롭고 고집 센 인물이 되어 있었다. 그는 퉁명스럽게 명령을 내렸고 아주 사소한 문제에도 인내심을 잃었다. 그런 때면 사람들에게 소리를 질러댔다. 그는 신랄하고 교활하고 악의적인 말들로 사람들을 모욕했고, 얼굴은 시무룩했다.

1936년 가을, 로크는 코드 빌딩 꼭대기 층으로 사무실을 옮겼다. 그 빌딩을 설계할 때 언젠가는 꼭대기 층을 자신의 사무실로 쓰겠다고 생각했던 것이다. 그는 새 사무실 문에 붙은 '하워드 로크 건축사무소' 라는 명패를 보고 잠시 멈춰 섰다가 안으로 들어갔다. 길쭉한 사무실 맨 끝에 자리 잡은 그의 방은 3면이 유리벽으로 되어 있었다. 로크는 방 한가운데서 걸음을 멈추었다. 유리벽 너머로 파고 백화점, 엔라이트 하우스, 아키타니아 호텔이 보였다. 로크는 남쪽으로 걸어가서 오랫동안 밖을 내다보았다. 저 멀리 맨해튼 끄트머리에 헨리 캐머런이 지은 다나 빌딩이 있었다.

11월의 어느 오후, 롱아일랜드에 있는 주택 공사 현장에 나갔다가 사무실로 돌아와 대기실에서 비에 젖은 레인코트를 털던 로크는 비서가 애써 흥분을 억누른 얼굴을 하고 있는 것을 보았다. 그녀는 로크가 돌아오기를 초조하게 기다리고 있었던 모양이다.

"소장님, 아주 큰 건인 것 같아요. 내일 오후 3시에 만나는 걸로 약속 잡았어요. 그의 사무실에서."

"누구의 사무실?"

"30분 전에 그분에게서 전화가 왔어요. 게일 와이낸드 씨에게서."

2

건물 정문 위에 신문 제호와 똑같은 글씨체의 명패가 걸려 있었다.

뉴욕 배너

작은 명패는 굳이 강조할 필요가 없는 명성과 권력을 말해주고 있었으며, 수수하고 볼품없는 건물을 정당화시키는 조롱 섞인 엷은 미소 같았다. 배너 빌딩은 그 제호가 함축하고 있는 것들 외에는 모든 장식을 경멸하듯 공장 같은 모습을 하고 있었다.

현관 로비는 용광로의 입구 같고, 엘리베이터들이 인간 연료들을 줄줄이 빨아들이고 뱉어냈다. 사람들은 서두르지는 않았지만 차분하면서도 신속하게 목적의식을 갖고 움직였고, 로비에서 빈둥거리는 사람은 찾아볼 수 없었다. 엘리베이터 문들은 맥박 같은 리듬으로 밸브처럼 덜걱거렸다. 벽판에서 반짝이는 빨강과 초록의 빛들이 엘리베이터들의 움직임을 나타냈다.

마치 그 건물 안의 모든 움직임을 파악하고 있는 권위자 한 명이 조종 장치로 건물 전체를 조종하고 있고, 그 건물은 소리 없이 매끄럽게 작동하는, 그 무엇으로도 파괴할 수 없는 경이로운 기계인 듯했다. 로비에 잠시 멈추어 선 빨강머리 사내에게 관심을 기울이는 사람은 아무도 없었다.

하워드 로크는 타일을 붙인 둥근 천장을 올려다보았다. 그는 지금까지 누군가를 증오한 적이 없었다. 그런데 이 건물 어딘가에 이곳의 주인이, 그로 하여금 증오에 가장 가까운 감정을 느끼게 만든 장본인이 있었다.

게일 와이낸드는 책상 위의 작은 탁상시계를 흘낏 보았다. 잠시 후면 건축가를 만날 시간이었다. 그 만남이 힘들지는 않을 터였다. 지금까지 그런 만남을 숱하게 가져왔고 자신이 할 말만 하면 되니까. 그는 자신이 무슨 말을 하고 싶은지 알고, 건축가는 그저 그의 말을 알아들었다는 표시만 하면 된다.

와이낸드는 탁상시계에서 시선을 옮겨 책상 위의 교정지 뭉치를 보았다. 그는 앨버 스카럿이 쓴 센트럴파크에 사는 다람쥐들에게 먹이를 주는 문제에 대한 사설과 엘즈워스 투히가 쓴 시청 위생과 직원들의 그림 전시회를 찬양하는 칼럼을 읽었다.

책상 위의 버저가 울리고 비서의 목소리가 들려왔다. "회장님, 하워드 로크 씨가 오셨습니다."

"알았어." 와이낸드가 버튼을 끄면서 말했다. 그는 책상 가장자리에 일렬로 장치된 버튼들을 바라보았다. 버튼들은 색깔이 다 달랐고, 그 색깔은 건물의 어느 부분과 연결되어 있는지를 나타냈다. 와이낸드는 버튼으로 각 부분의 책임자를 조종했고, 그 책임자들은 자신의 부하들을 관리했다. 그러니까 신문을 만들어서 수백만의 가정으로, 수백만의 인간들의 뇌로 보내는 일을 하는 모든 사람이 저 알록달록한 플라스틱 버튼을 마음대로 다루는 그의 손 안에 들어 있는 셈이었다. 하지만 그가 그런 생각을 즐길 겨를도 없이 사무실 문이 열렸고, 와이낸드는 버튼에서 손을 치웠다.

와이낸드는 자신이 예의에 맞게 바로 일어나지 않고 잠시 멍하니 앉아 손님을 쳐다보고 있었는지 아닌지 확신이 없었다. 어쩌면 실제로 그는 바로 일어났는데 그런 동작 전에 긴 시간이 흐른 듯한 기분이 든 것인지도 몰랐다. 로크도 자신이 문을 열고 들어가 바로 앞으로 걸어가지 않고 잠시 멈춰 서서 책상에 앉아 있는 사람을 쳐다보고 있었는지 아닌지 확신이 없었다. 어쩌면 실제로 그는 걸음을 멈추지 않았는데 잠깐 멈춘 것만 같은 기분이 든 것인지도 몰랐다. 하지만 두 사람이 잠시 현실을 잊은 것은 분명했다. 그 순간에 와이낸드는 눈앞의 사내를 부른 목적을 잊었고, 로크 역시 앞에 있는 사내가 도미니크의 남편임을 잊었다. 그 순간에 그곳에는 문도, 책상도, 카펫도 존재하지 않았고 서로에 대한 완전한 의식만, 둘 사이의 공간에서 만난 그들의 생각만 존재했다.

"게일 와이낸드요."

"하워드 로크입니다."

자리에서 일어난 와이낸드는 손으로 책상 옆의 의자를 가리켰고 로크는 그리로 걸어가서 앉았다. 두 사람은 서로 인사를 나누지 않은 것도 깨닫지 못하고 있었다.

와이낸드는 미소를 보내며 전혀 생각지도 않았던 말을 했다. 그는 아주 간단하게 말했다.

"당신은 내 일을 하고 싶지 않을 것 같소."

"하고 싶습니다." 거절할 작정으로 찾아온 로크의 대답이었다.

"내 건물들을 본 적이 있소?"

"예."

와이낸드는 미소를 지었다. "이번엔 다르오. 내 독자들을 위해서가 아니라 나를 위해 짓는 거니까."

"지금까지 자신을 위한 건물은 지어본 적이 없나요?"

"그렇소. 내 펜트하우스와 이곳의 낡은 인쇄공장을 제외한다면 말이오. 내가 도시를 세울 수도 있는 능력을 갖고도 내 건물은 지어본 적이 없는 이유를 말할 수 있겠소? 난 그걸 모르지만 당신은 알 것 같소." 와이낸드는 원래 자신이 고용한 사람들이 감히 자신에 대한 개인적인 의견을 말하는 것을 절대 용납하지 않았다.

"그건 불행했기 때문입니다." 로크가 말했다.

오만함 같은 건 들어 있지 않은, 이곳에서는 오직 정직할 수밖에 없다는 듯한 자연스러운 말투였다. 마치 이제 이야기가 시작된 게 아니라 오랫동안 이어져서 한창 무르익은 것 같았다.

"구체적으로 말해보시오."

"잘 알고 계실 텐데요."

"당신의 설명을 듣고 싶소."

"대부분의 사람은 자신이 살아가는 방식처럼 그저 관례적이고 무의미하게 건물을 짓습니다. 하지만 건물이 중요한 상징임을 아는 사람들도 몇 있죠. 우리는 자신의 마음속에 살고 있으며, 존재란 그런 삶을 물리적인 현실로 끌어내고 몸짓과 형태로 표현하려는 시도입니다. 그걸 아는 사람에게 집은 자기 삶의 표현입니다. 집을 지을 능력이 되면서도 짓지 않는다면 자신이 원하는 삶을 살고 있지 못하다는 뜻이죠."

"다른 사람도 아니고 나한테 그런 말을 하는 게 터무니없다는 생각 안 드시오?"

"예."

"나도 그렇소." 와이낸드의 말에 로크는 미소를 지었다. "하지만 그런 말을 할 수 있는 사람은 당신과 나 둘뿐이오. 내가 원하는 삶을 살지 못했다는 것과 인생의 중요한 상징들에 대해 아는 몇 명의 사람들 중 하나라는 것, 그 두 가지 다 말이오. 후자의 것에 대해 취소할 생각은 없소?"

"없습니다."

"나이가 어떻게 되오?"

"서른여섯입니다."

"나는 서른여섯 살 때, 지금 갖고 있는 거의 모든 신문을 소유하고 있었소." 와이낸드는 그렇게 말한 뒤 덧붙였다. "비교하려는 뜻으로 한 말은 아니오. 내가 왜 그런 말을 했는지 모르겠소. 그냥 생각이 났소."

"뭘 짓고 싶으신 겁니까?"

"내 집을 짓고 싶소."

그 말에 로크가 충격을 받는 걸 직감한 와이낸드는 왜 그러냐고 묻고 싶었지만 사실 로크는 아무런 내색도 하지 않았기에 그런 질문을 할 수가 없었다.

"당신의 진단이 맞소. 이제 난 내 집을 짓고 싶어졌으니까. 이제 난 내 삶을 외적인 형태로 나타내는 것이 두렵지 않소. 당신처럼 직접적으로 표현한다면, 이제 난 행복하오."

"어떤 종류의 집을 원하십니까?"

"시골에 짓고 싶소. 터는 사뒀소. 코네티컷에 있고 2제곱킬로미터 크기요. 어떤 종류의 집이냐? 그건 당신이 결정하시오."

"부인께서 저를 선택하신 건가요?"

"아니오. 아내는 이 일에 대해 전혀 모르고 있소. 뉴욕을 떠나고자 한 건 나였고, 아내도 동의했소. 물론 난 아내에게 건축가를 골라달라고 부탁했소. 내 아내는 건축에 관한 글을 쓰던 도미니크 프랭컨이오. 하지만 아내는 내게 선택을 맡기고자 했소. 내가 왜 당신을 선택했는지 알고 싶소? 오랜 시간을 두고 결정한 일이오. 처음엔 난감한 기분이었소. 당신을 몰랐고, 사실 아는 건축가가 아무도 없었으니까. 정말이오. 난 부동산 사업을 하던 시절을 잊지 않았고, 내 건물들과 그것들을 지은 멍청이들도 기억하고 있소. 이건 스토리지가 아니라 당신이 아까 뭐라고 불렀지? '내 삶의 표현' 이오. 그러던 차에 머나드녹을 봤소. 난 그걸 보고 당신의 이름을 기억하게 됐소. 하지만 선불리 결정을 내리진 않았소. 전국을 돌며 주택들과 호텔들, 온갖 종류의 건물들을 둘러보았소. 그러면서 마음에 드는 걸 발견할 때마다 누가 설계했는지 물었는데 늘 똑같은 대답을 들었소. 하워드 로크. 그래서 당신에게 연락한 거요." 와이낸드는 그렇게 말한 뒤 덧붙였다. "내가 당신의 작품을 얼마나 높이 평가하는지 말해볼까요?"

"감사합니다." 로크가 말했다. 그는 잠시 눈을 감았다.

"사실 난 당신을 만나고 싶지 않았소."

"왜요?"

"내 화랑에 대해 알고 있소?"

"예."

"난 마음에 드는 작품이 있으면 그 작품의 작가는 절대 만나지 않소. 그런 작품은 내게 매우 큰 의미를 지니기에 공연히 작가를 만나 그 의미를 망치고 싶진 않기 때문이오. 대개의 경우 작가를 만나면 실망을 느끼게 되니까. 하지만 당신은 그렇지 않소. 난 당신과 대화하는 것이 싫지 않소. 내가 당신에게 이런 말을 하는 건, 나란 사람은 이 세상에서 존경하는 게 거의 없지만 내 화랑의 작품들과 당신의 건물들, 그리고 그런 작품을 만들어낼 수 있는 인간의 능력에는 경의를 품고 있다는 사실을 알려주고 싶기 때문이오. 어쩌면 그게 내 종교인지도 모르겠소." 와이낸드는 어깨를 으쓱한 뒤 말을 이었다. "나는 이 세상에 존재하는 거의 모든 것을 파괴하고 타락시키고 부패시켰소. 하지만 그건 손댄 적이 없소. 왜 그런 눈으로 쳐다보는 거요?"

"죄송합니다. 어떤 집을 원하는지 말씀해주십시오."

"나는 궁전 같은 집을 원하오. 단, 나는 궁전들이 대단히 사치스럽다고는 생각지 않소. 지나치게 규모가 크고 누구에게나 개방되어 있으니까. 작은 집이 진짜 사치스러운 것이오. 나와 아내, 두 사람이 살 집으로 지어주시오. 가족을 위한 공간이 될 필요는 없소. 우린 아이를 갖지 않을 거니까. 손님들도 의식할 필요가 없소. 그곳에서 손님을 접대할 생각은 없으니까. 만약의 경우에 대비해 손님방을 하나 정도는 두되 그 이상은 필요치 않소. 거실, 식당, 도서실, 서재 둘, 그리고 침실. 하인들 처소와 차고. 그게 대략적인 생각이고 자세한 건 다음에 알려주겠소. 비용은 …… 얼마가 들어도 상관없소. 모양은…….” 와이낸드는 빙긋 웃으며 어깨를 으쓱했다. “나는 당신 건물들을 봤소. 당신에게 집의 모양에 대해 주문하려면 당신보다 설계 능력이 더 뛰어나야겠지. 그렇지 않다면 입을 다물어야 하고. 난 그저 당신의 특징을 지닌 집이면 되오.”

“그게 뭔데요?”

“당신도 알잖소.”

“당신의 설명을 듣고 싶습니다.”

“어떤 건물들은 정면에만 신경 쓰는 싸구려 과시에 불과하고, 어떤 건물들은 자기변명에 급급하고, 어떤 것들은 영원히 부적합하고 볼품없으며 악의적이고 거짓이오. 하지만 당신의 건물들은 무엇보다 중요한 한 가지 느낌을 갖고 있고, 그건 바로 기쁨이오. 잔잔한 기쁨이 아니라 까다로운 기쁨. 그걸 체험하는 것이 하나의 성취인 것처럼 느껴지게 만드는 기쁨. 그걸 바라보며 ‘내가 저걸 느낄 수 있다면 나는 더 나은 사람이 되는 것이다.’ 라고 생각하게 만드는 기쁨.”

로크가 대답 같지 않은 어조로 천천히 말했다.

“필연적인 일이었군요.”

“뭐가요?”

“당신이 그걸 알아보신 것 말입니다.”

“그런데 왜 말투가 …… 내가 그걸 알아볼 수 있는 걸 유감스럽게 여기는 것 같소."

"그렇지 않습니다."

"이봐요, 과거의 내 건물들 때문에 내게 반감을 갖지는 마시오."

"그런 것 없습니다."

"결국 난 스토리지와 노이스-벨몬트 호텔, 와이낸드 신문들 덕에 당신이 지은 집을 가질 수 있게 된 거니까. 힘들게 얻어낼 만한 가치가 있는 사치 아니오? 어떻게 얻어냈느냐가 문제가 되오? 그것들은 수단일 뿐이었소. 당신이 목표고."

"제게 자신을 정당화하실 필요는 없습니다."

"정당화가 아니라 …… 그래, 정당화가 맞는 것 같군."

"그러실 필요 없습니다. 당신의 건물들에 대해 생각하며 한 말이 아니니까요."

"그럼 뭘 생각하며 한 말이오?"

"제 건물들에서 당신이 본 걸 볼 수 있는 사람 앞에서 전 무력한 존재가 된다는 생각요."

"내 앞에서 그런 존재가 되고 싶지 않았다는 거요?"

"그건 아니지만, 보통 때는 무력감을 느끼지 않으니까요."

"나도 보통 때는 자신을 정당화하려는 충동을 느끼지 않소. 그럼 된 거군, 안 그렇소?"

"예."

"내가 원하는 집에 대해 더 말해야겠소. 나는 건축가를 고

해신부와 같은 존재라고 생각하오. 건축가는 자신이 지은 집에 살게 될 사람들에 대한 모든 걸 알아야 하오. 건축가가 그 사람들에게 주는 건 옷이나 음식보다 더 사적인 것이니까. 당신도 그런 관점으로 일에 임해주길 바라고, 내가 이런 고백을 힘들어하는 게 느껴진다면 넓은 마음으로 이해해주기 바라오. 난 고해를 해본 적이 없는 사람이니까. 사실 내가 집을 지으려는 건 아내를 지극히 사랑하기 때문이고……. 왜 그러시오? 이 일과 무관한 얘기라고 생각하시오?"

"아닙니다. 계속하십시오."

"난 아내가 다른 사람들 틈에 있는 걸 참고 볼 수가 없소. 질투는 아니오. 그보다 더 심하고 나쁜 것이오. 난 아내가 시내의 거리를 걸어 다니는 것도 참고 볼 수가 없소. 난 아내를 상점이나 극장, 택시, 길거리와도 공유하고 싶지 않소. 그래서 아내를 데리고 떠나야겠소. 그녀에게 세상의 손길이 닿지 않게 해야겠소. 내 집은 요새가 될 것이오. 그리고 건축가는 나의 파수병이 되어야 하오."

로크는 와이낸드를 똑바로 쳐다보고 있었다. 와이낸드의 말을 들으려면 그에게서 시선을 떼면 안 되었다. 와이낸드는 그런 로크의 시선에서 의식적인 노력이 아닌 강렬함만 느꼈고, 그 시선에서 힘을 얻어 이제 무엇이든 쉽게 고백할 수 있을 듯했다.

"내 집은 감옥이 될 것이오. 아니, 감옥은 아니지. 보물창고, 아주 귀해서 남에게 보일 수 없는 보물을 보관하는 금고실. 하지만 그 이상이어야 하오. 몹시도 아름다워서 바깥세상이 그립지 않은 별천지. 그 완벽함으로 우리를 가둘 감옥. 쇠창살이나 성벽이 아니라 당신의 재능이 우리와 바깥세상 사이의 벽이 될 것이오. 그게 내가 당신에게 원하는 것이오. 아니, 그 이상의 것. 신전을 지어본 적이 있소?"

순간적으로 로크는 그 질문에 대답할 힘이 없었다. 하지만 이내 와이낸드가 스토더드 신전에 대해 모르고 있음을 깨달았다.

"예." 로크가 대답했다.

"그럼 신전을 짓는다고 생각하시오. 도미니크 와이낸드를 위한 신전……. 설계에 들어가기 전에 내 아내를 한번 만나보시오."

"몇 년 전에 부인을 만난 적이 있습니다."

"그래요? 그럼 내 말뜻을 이해하겠군."

"이해합니다."

와이낸드는 책상 끄트머리에 놓인 로크의 손을 보았다. 책상 유리를 누르고 있는 긴 손가락들 옆에 〈배너〉 교정지가 있었다. 교정지들은 아무렇게나 접혀 있고, 안쪽의 '하나의 작은 목소리'가 눈에 띄었다. 와이낸드는 로크의 손을 바라보며 저걸로 청동 문진을 만들고 싶다고, 책상 위에 놓으면 정말 아름다울 거라고 생각했다.

"이제 내가 뭘 원하는지 알았을 거요. 일을 시작하시오. 당장. 지금 하고 있는 다른 일들은 다 중단하고. 비용은 원하는 대로 주겠소. 여름까지는 완공이 되도록……. 아, 미안하게 됐소. 나쁜 건축가들과 너무 많이 상대하다 보니. 일을 맡겠는지 의사도 안 물어봤소."

로크는 손이 먼저 움직였다. 그는 책상에서 손을 뗐다.

"예, 하겠습니다."

와이낸드는 책상 유리에 남은 로크의 손가락 자국을 보았다. 마치 손가락들이 유리에 홈이라도 파놓은 듯 자국이 선명하고 젖어 있었다.

"얼마나 걸리겠소?" 와이낸드가 물었다.

"7월까지는 완공될 겁니다."

"물론 부지를 먼저 봐야겠지. 내가 직접 안내하고 싶소. 내일 아침에 내 차로 가는 게 어떻겠소?"

"좋을 대로 하십시오."

"9시까지 이리로 오시오."

"예."

"계약서를 원하시오? 난 당신이 어떤 식으로 일하기를 좋아하는지 전혀 모르고 있소. 보통 난 어떤 사람과 거래하게 되면 그 사람의 출생일부터, 아니 필요하다면 그 이전부터의 이력을 전부 조사하는 걸 원칙으로 삼고 있소. 하지만 당신에 대해선 조사하지 않았소. 그냥 잊어버렸소. 그럴 필요가 없을 것 같아서."

"뭐든지 물으시면 대답해드릴 수 있습니다."

와이낸드는 미소 지으며 고개를 저었다.

"아니오. 아무것도 물을 필요가 없을 같소. 일과 관련된 문제밖에는."

"전 아무 조건도 요구하지 않습니다. 다만 한 가지, 일단 기본설계를 승인하신 후에는 변경은 있을 수 없고 설계대로 지어야 합니다."

"물론이오. 그건 이미 알고 있소. 당신이 그런 식으로만 일한다는 얘기를 들었소. 그리고 난 이 일에 대해서 홍보를 전혀 하지 않을 계획인데, 괜찮겠소? 홍보를 하는 것이 직업상 당신에게 도움이 되겠지만 난 그 집이 신문에 나는 걸 원치 않소."

"전 상관없습니다."

"언론에 사진을 유출하지 않겠다고 약속해줄 수 있소?"

"약속하겠습니다."

"고맙소. 그에 대한 보상은 해주겠소. 와이낸드 신문들을 당신의 전용 홍보지로 이용해도 좋소. 당신의 다른 일들에 대한 광고는 얼마든지 해주겠소."

"전 광고 같은 건 원치 않습니다."

와이낸드가 껄껄 웃었다. "여기서 그런 말을 하다니! 당신의 동료 건축가들이라면 이런 자리에서 어떻게 행동했을지 전혀 모르는 모양이오. 당신은 지금 게일 와이낸드와 얘기하고 있다는 의식조차 없는 것 같소."

"그렇지 않습니다." 로크가 대답했다.

"고맙다는 뜻으로 한 말이오. 난 게일 와이낸드인 게 늘 좋진 않거든."

"알고 있습니다."

"아까 사적인 질문은 하지 않겠다고 했지만, 아무래도 하나 해야겠소. 뭐든 대답해주겠다고 했지요?"

"예."

"당신은 하워드 로크인 게 늘 좋았소?"

로크는 미소를 지었다. 그 미소에는 즐거움과 놀라움, 그리고 무의식적인 경멸이 담겨 있었다.

"그걸로 대답이 됐소." 와이낸드가 말했다. 그가 일어서며 손을 내밀었다. "내일 아침 9시."

로크가 나가자 와이낸드는 책상에 앉아 미소를 지었다. 그는 플라스틱 버튼을 향해 손을 뻗다가 그대로 멈췄다. 이제 다시 평소의 태도로 돌아가야 한다는 걸, 지난 30분 동안 한 것처럼 말해서는 안 된다는 걸 깨달았던 것이다. 그제야 로크와의 대화에서 이상한 점이 무엇이었는지 알 것 같았다. 다른 사람들과 이야기할 때면 그는 늘 거리낌과 압박감, 위장하지 않으면 안 될 것 같은 기분을 느꼈다. 그런데 난생처음 아무런 긴장감 없이, 마치 자신과 대화하듯 속마음을 터놓을 수 있었던 것이다.

와이낸드는 버튼을 누르고 비서에게 말했다.

"자료실에 연락해서 하워드 로크에 대한 모든 자료를 갖고 오라고 해."

"무슨 일인지 맞춰보시오." 앨버 스카럿이 관심을 애원하는 목소리로 말했다.

엘즈워스 투히는 책상에서 눈도 들지 않고 초조하게 한 손을 내저었다.

"앨버, 나가줘요. 나 바빠요."

"엘즈워스, 이건 홍미로운 일이오. 아주 홍미진진하다고요. 당신도 분명 알고 싶을 일이오."

투히는 그제야 고개를 들고 스카럿을 쳐다보았다. 그는 큰 인심이라도 쓰는 것처럼 눈가를 살짝 찌푸려 권태를 나타내면서 대단한 참을성을 발휘하고 있는 듯한 어조로 천천히 물었다.

"좋소. 무슨 일이오?"

스카럿은 투히의 그런 태도에도 화가 나지 않았다. 사실 투히는 일 년 넘게 그런 태도를 취해오고 있었다. 스카럿은 그런 변화를 눈치 채지 못했고, 이제는 설령 눈치를 챈다 해도 화를 내기에는 너무 늦어버린 상황이었다. 두 사람 다 그것에 너무 익숙해져버린 것이다.

스카렛은 선생님의 교과서에서 잘못된 곳을 찾아내고 칭찬을 기다리는 똑똑한 학생처럼 미소를 지었다.

"엘즈워스, 당신의 FBI가 요새 정보력이 떨어진 것 같소."

"그게 무슨 소리요?"

"요새 당신이 회장님의 동향을 제대로 파악하고 있는 것 같지가 않아서요. 원래 정보통이었잖소."

"내가 모르고 있는 게 뭐요?"

"오늘 누가 회장님을 만나고 갔는지 맞춰보시오."

"이봐요 앨버, 난 퀴즈놀이 할 시간이 없어요."

"당신은 천년 동안 생각해도 못 맞출 거요."

"좋소, 빨리 당신을 내보내려면 장단에 맞춰줄 수밖에 없을 것 같으니 당신이 원하는 질문을 하지. 오늘 우리 회장님을 만나고 간 사람이 누구요?"

"하워드 로크."

투히는 관심에 인색하던 지금까지의 태도와는 달리 스카렛을 똑바로 쳐다보며 믿을 수 없다는 듯 말했다.

"그럴 리가!"

"맞소!" 스카렛이 투히의 반응에 우쭐해져서 대답했다.

"저런!" 투히는 웃음을 터뜨렸다.

스카렛은 함께 웃고 싶어서 어정쩡하게 미소를 지었지만, 웃어야 할 이유를 몰라 어쩔 줄을 몰랐다.

"그래요, 우습긴 하지만……. 엘즈워스, 웃는 이유가 정확히 뭐요?"

"오, 앨버, 당신에게 설명하려면 너무 오래 걸릴 거요!"

"내 생각에는……."

"앨버, 당신은 멋진 구경거리가 뭔지 모르오? 불꽃놀이 안 좋아해요? 앞으로 무슨 일이 벌어질 것인지 알고 싶다면, 세상에서 가장 잔인한 전쟁은 같은 종교 안에서 일어나는 종파들 간의 종교전쟁이나 같은 종족끼리의 내전이란 것만 기억하시오."

"무슨 소린지 모르겠소."

"두고 보면 알 거요."

"당신이 그렇게 좋아하니 나도 기쁘긴 하지만, 난 사실 나쁜 일이라고 생각했소."

"물론 나쁜 일이지. 하지만 우리에겐 아니오."

"그렇지만 그동안 우리가, 특히 당신이 위험을 무릅쓰고 로크를 뉴욕에서 제일 형편없는 건축가로 몰아세웠는데, 회장님이 그에게 일을 맡긴다면 우리 입장이 좀 난처해지지 않겠소?"

"아, 그거요? 아, 그럴 수도 있겠죠……."

"당신이 그렇게 받아들여서 다행이오."

"회장님이 로크를 왜 불렀답니까? 일을 맡기려고?"

"나도 그걸 모르겠소. 알아낼 수가 없소. 아무도 모르니."

"최근에 회장님이 무슨 건물을 지을 계획을 세우고 있다는 말을 들어본 적 있소?"

"없소. 당신은?"

"없소. 정말 내 FBI가 요새 정보력이 떨어진 모양이오. 하기야 뭐, 각자 최선을 다해 살면 되는 거지."

"엘즈워스, 내게 한 가지 생각이 있소. 어쩌면 이 일이 우리에게 큰 도움이 될지도 모르겠소."

"무슨 생각이오?"

"엘즈워스, 회장님이 요새 아주 견디기 힘든 존재로 변해버렸소."

스카럿이 새로운 발견이라도 전하듯 엄숙하게 말했다. 투히는 살짝 미소를 머금었다.

"그래요, 물론 엘즈워스 당신이 이미 예언한 일이오. 당신 말이 옳았소. 당신은 늘 옳소. 회장님이 도대체 왜 그러는지 통 알 수가 없소. 도미니크 때문인지, 아니면 다른 무슨 변화가 생긴 건지. 하여튼 무슨 일이 있는 게 분명하오. 도대체 왜 갑자기 발작적으로 신문을 일일이 다 읽고 말도 안 되는 이유로 노발대발하는지 모르겠소. 최근에 내가 쓴 최고의 사설을 세 편이나 삭제시켰소. 나한테는 그런 적이 없었는데. 단 한 번도. 회장님이 나한테 뭐라고 한 줄 아시오? '앨버, 모성애는 경이로운 것이지만 제발 쓸데없는 말 좀 작작하게. 지적인 타락에도 한계가 있는 법이야.' 타락이라니? 내가 쓴 글 중에서 가장 아름다운 어머니날 사설이었는데. 솔직히 나 자신도 감동반은 글이었는데. 아니, 자기가 언제부터 타락을 논하게 된 거지? 얼마 전에는 줄스 포글러를 불러다놓고 면전에서 싸구려라고 욕하면서 그의 일요일 자 원고를 쓰레기통에 던졌소. 노동자 극장에 관한 멋진 글이었는데. 우리의 최고의 비평가 줄스 포글러를 그런 식으로 다루다니! 그러니 친구가 하나도 없지. 예전엔 사람들이 회장님을 그저 싫어하기만 했다면, 이제 뭐라고들 수군대는지 아시오?"

"알고 있소."

"엘즈워스, 회장님은 능력을 잃어가고 있소. 당신이 뽑은 멋진 인재들과 당신이 없었다면 난 정말이지 어찌할 바를 몰랐을 거요. 사실상 우리 신문사의 진짜 일꾼은 당신의 그 젊은 인재들이지, 어차피 밑천도 다 떨어진 한물 간 늙은이들이 아니오. 그 똑똑한 청년들이 〈배너〉를 지켜 나갈 거요. 하지만 회장님은 …… 지난주에 드와이트 카슨을 해고했소. 이제 당신도 알겠지만, 난 그걸 의미심장하게 받아들이고 있소. 물론 드와이트는 부담스럽고 성가신 존재에 불과했지만, 자신의 영혼을 팔아 회장님의 특별한 총애를 얻게 된 첫 주자였소. 그래서 난 한편으로는 드와이트가 〈배너〉에서 일하는 게 좋았소. 그건 회장님의 전성기의 유물이니 유익하다고도 볼 수 있었으니까. 난 그걸 회장님의 안전판이라고 말하곤 했소. 그런데 회장님이 갑자기 카슨을 내보내자 난 그게 마음에 걸렸소. 아주 심하게."

"앨버, 지금 뭐하는 거요? 내가 모르는 얘기를 해주는 거요, 아니면, 혼합은유를 사용해서 미안하오만, 내 어깨에 김을 내뿜고 있는 거요?"

"그런 것 같소. 회장님을 헐뜯고 싶지는 않지만, 하도 오래 속을 끓이다 보니 화가 치밀어 올라서 그만……. 내가 하고 싶은 말은 이거요. 하워드 로크라는 사람에 대해서 어떻게 생각하시오?"

"앨버, 그것에 대해서라면 책 한 권은 쓸 수 있는데 지금은 그런 일을 벌일 때가 아니라고 생각하오."

"그야 그렇지만, 우리가 그에 대해 알고 있는 한 가지가 무엇이오? 그가 괴짜고 바보라는 사실이오. 그리고 또? 그는 사랑에도, 돈에도, 총에도 꿈쩍하지 않는다는 사실이오. 그는 드와이트 카슨보다 지독하고, 영혼을 팔아 회장님의 총애를 얻게 된 무리들을 다 합쳐놓은 것보다 더한 인물이오. 어때요? 이제 내 말뜻을 알겠소? 회장님이 그런 사람과 대립하게 되면 어떻게 할 것 같소?"

"몇 가지 가능성이 있지."

"아니, 내가 회장님을 제대로 알고 있다면 가능성은 하나뿐이오. 그리고 난 회장님을 잘 알고 있소. 그래서 희망을 품게 된 거요. 회장님껜 오랫동안 이런 기회가 필요했소. 옛날에 먹던 약을 들이키는 것. 안전판. 회장님은 그 작자를 요절을 내놓으려고 할 것이고, 그게 회장님껜 약이 될 거요. 세상에서 제일 좋은 약. 회장님을 정상으로 돌아오게 해주는……. 엘즈워스, 그게 내 생각이오." 스카럿은 투히가 반색을 하며 좋아하지 않자 더듬거리며 말을 맺었다. "글쎄, 내 생각이 틀릴 수도 있고 …… 모르겠소. …… 아무 의미도 없는 일인지도 …… 난 그저 심리학적으로……."

"앨버, 바로 그거요."

"그럼 당신도 그렇게 될 거라고 생각하는 거요?"

"그럴지도 모르지요. 당신이 상상하는 것보다 훨씬 더 나쁘게 될 수도 있고. 하지만 이제 우리에게 그건 중요하지 않소. 앨버, 당신도 알다시피 〈배너〉에 관한 한 우리와 게일 와이낸드가 최후의 대결을 벌이게 된다고 해도 우린 더는 그를 두려워할 필요가 없으니까."

자료실 사환이 신문 스크랩이 든 두툼한 봉투를 들고 들어오자 와이낸드는 책상에서 고개를 들며 말했다.

"그렇게 많아? 그 친구가 그렇게 유명한 줄은 몰랐는데."

"회장님, 스토더드 재판 때문입니다."

사환은 얼른 입을 다물었다. 와이낸드의 이마에 주름이 잡힌 걸 빼고는 아무 문제도 없었고, 사환은 그 주름의 의미를 알 정도로 와이낸드에 대해 잘 알지도 못했다. 그는 지금 자신이 왜 겁을 먹은 것인지 이해할 수가 없었다. 잠시 후 와이낸드가 말했다.

"좋아. 수고했어."

사환은 봉투를 책상 유리 위에 올려놓고 밖으로 나갔다.

와이낸드는 불룩한 노란 봉투를 바라보았다. 봉투가 유리에 비친 모습이 마치 유리를 뚫고 내려가 책상에 뿌리를 내린 것 같았다. 와이낸드는 사무실 벽들을 바라보며 이 공간 안에 자신이 저 봉투를 열지 않도록 해줄 힘이 있을까 생각했다.

그러고는 똑바로 앉아 책상 위에 두 팔을 평행이 되게 내려놓고 손가락을 뻗어 맞닿게 한 후 마치 뼈만 남은 파라오의 미라처럼 엄숙하고 당당하고 침착하게 시선을 내리깔고 잠시 책상을 보았다. 그런 다음 한 손을 움직여 봉투를 끌어당겨서 기사들을 꺼내 읽기 시작했다.

엘즈워스 M. 투히의 '신성모독' …… 앨버 스카럿의 '우리의 어린 시절의 교회들' …… 사설들, 설교들, 연설들, 성명서들, 편집자에게 보낸 편지들. 〈배너〉는 사진, 만화, 인터뷰, 항의 결의문, 편집자에게 보낸 편지를 총동원해서 그 사건을 대대적으로 보도했고, 그 자료가 거기 다 있었다.

와이낸드는 책상 위에서 양쪽 손가락들을 맞댄 채 스크랩 기사에 손을 대지 않고 맨 윗장부터 꼼꼼하게 한 글자도 빠짐없이 다 읽은 후 손을 움직여 다음 장으로 넘겼다. 그의 손은 눈이 마지막 글자를 읽는 순간 기계적으로 정확히 움직여 다 읽은 기사가 단 1초도 불필요하게 시야에 남아 있지 않게 했다. 하지만 스토더드 신전 사진들은 한참이나 들여다보았다.

그리고 로크의 사진들 중 '슈퍼맨 씨, 행복하시오?' 라는 제목이 붙은 사진은 더 오래 보았다. 와이낸드는 결국 그 사진을 찢어내어 책상 서랍에 넣고 계속해서 기사들을 읽었다.

재판 …… 엘즈워스 M. 투히의 증언 …… 피터 키팅의 증언 …… 랠스턴 홀콤의 증언 …… 고든 L. 프레스콧의 증언……. 그런데 도미니크 프랭컨의 증언에 대해서는 내용을 소개하지 않고 짤막하게 사실 보도만 하고 있었다. 피고가 최후변론 대신 스토더드 신전 사진들을 판사에게 제출한 것. '하나의 작은 목소리' 에서의 몇 마디 언급……. 그리고 3년을 훌쩍 뛰어넘어 머나드녹 계곡 관련 기사가 이어졌다.

와이낸드가 자료를 다 읽었을 때는 밤이 늦은 시각이었다. 비서들도 모두 퇴근하고 없었다. 와이낸드는 주위의 방들과 복도들이 텅 비어 있는 것을 느꼈다. 하지만 사방에서 조용히 덜컹거리며 돌아가는 윤전기 소리가 들렸다. 건물의 심장이 고동치는 듯한 그 소리는 언제 들어도 좋았다. 그는 가만히 귀를 기울였다. 윤전기들이 내일 자 〈배너〉를 찍어내고 있었다. 와이낸드는 오랫동안 꼼짝도 않고 앉아 있었다.

3

로크와 와이낸드는 언덕 꼭대기에 서서 길고 완만한 굴곡을 이룬 경사지를 바라보고 있었다. 벌거벗은 나무들이 언덕 꼭대기에서부터 호숫가까지 이어져 있고, 나뭇가지들이 기하학적 무늬들을 이루며 허공에 뻗어 있었다. 맑고 여린 청록색 하늘 빛깔 때문에 공기가 더 차갑게 느껴졌다. 추위에 씻긴 땅의 색깔들은 진짜 색깔이 아니라 다음에 올 색깔의 한 요소에 불과한 듯했다. 그러니까 죽은 갈색은 진짜 갈색이 아니라 미래의 초록색이고, 지친 자주색은 불꽃 빛깔의 서곡이며, 회색은 금색의 서주 같았다. 땅은 위대한 이야기의 개요 같았고 건물의 철골 같았다. 아무 장식 없는 단순한 모습이지만 채워지고 마무리되어 장려한 건물로 탄생될 철골.

"집을 어디에 지어야 한다고 생각하오?" 와이낸드가 로코에게 물었다.

"여기요." 로크가 대답했다.

"당신이 여기를 택해주기를 바랐소."

와이낸드가 직접 차를 몰고 코네티컷까지 와서는 그의 땅을 두 시간이나 걸어서, 인적 없는 좁은 길들과 숲과 호수를 지나 언덕 위에까지 온 것이었다. 로크가 발아래 펼쳐진 시골 풍경을 바라보는 동안 와이낸드는 잠자코 기다려주었다. 와이낸드는 로크가 마음의 손으로 저 풍경을 어떻게 주무르고 있는지 궁금했다.

이윽고 로크가 자신을 향해 고개를 돌리자 와이낸드가 물었다.

"이제 말을 해도 되겠소?"

"물론입니다." 로크는 와이낸드의 정중한 배려에 기분 좋은 미소를 지었다.

와이낸드의 맑고 여린 목소리는 머리 위의 하늘처럼 얼음빛깔 광휘를 지니고 있었다.

"왜 이 일을 맡겠다고 했소?"

"전 건축가니까요."

"내 말뜻을 알잖소."

"잘 모르겠습니다."

"나를 싫어하지 않소?"

"아뇨. 제가 왜 그래야 합니까?"

"내가 먼저 그 얘기를 꺼내길 원하는 거요?"

"무슨 얘기요?"

"스토더드 신전."

로크는 미소를 지었다. "어제부터 저에 대한 조사를 시작하셨군요."

"우리 신문에 실렸던 기사들을 봤소." 와이낸드는 그렇게 말하고 기다렸으나 로크는 아무 대꾸도 없었다. "전부 다." 도전과 애원이 반반씩 섞인 거친 목소리였다. "우리가 당신에 대해 보도한 모든 걸." 그는 로크의 침착한 표정에 부아가 치밀었다. 그는 한 마디 한 마디를 강조하며 천천히 말했다. "우린 당신을 무능한 바보, 초보, 허풍선이, 사기꾼, 병적인 자기중심주의자……."

"자기 고문 그만하십시오."

와이낸드는 로크에게 맞기라도 한 것처럼 눈을 감았다. 잠시 후 그가 말했다.

"로크 씨, 당신은 나를 잘 모르고 있소. 이 점을 알아두는 게 좋을 거요. 난 사과를 하지 않는 사람이오. 난 어떤 행동에 대해서도 사과해본 적이 없소."

"왜 그런 말씀을 하시는 겁니까? 전 사과를 요구한 적이 없는데."

"난 그 표현들을 모두 지지하오. 난 〈배너〉에 실린 모든 내용을 지지하오."

"지지하지 말아달라고 요구한 적 없습니다."

"당신이 무슨 생각을 하는지 알고 있소. 당신은 어제 내가 스토더드 신전에 대해 모르고 있다는 걸 알았소. 난 그 신전을 지은 건축가의 이름을 잊고 있었소. 당신은 그때 당신을 비난하는 캠페인을 지휘했던 게 내가 아니라고 결론짓고 있소. 맞소. 내가 지휘한 건 아니었소. 당시 난 여행 중이었으니까. 하지만 당신은 그 캠페인이 진정한 〈배너〉의 정신에 의해 이루어진 것임을 모르고 있소. 그 캠페인은 〈배너〉의 본분과 정확하게 일치했소. 그것에 대한 책임은 오직 내게 있소. 앨버 스카럿은 내가 가르쳐준 대로 따랐을 뿐이오. 그때 내가 뉴욕에 있었더라도 똑같이 했을 것이오."

"그건 당신의 특권이지요."

"내가 똑같이 했을 거라고 믿지 않는 거요?"

"예."

"난 당신에게 칭찬도, 동정도 요구하지 않았소."

"저는 당신이 요구하는 걸 해줄 수 없습니다."

"내가 뭘 요구한다고 생각하시오?"

"당신의 뺨을 때려주는 것입니다."

"왜 해줄 수 없소?"

"화가 나지 않는데 화난 척할 수는 없으니까요. 동정 때문은 아닙니다. 잔인함 때문이지요. 저는 잔인해지기 위해 당신의 요구를 들어주지 않는 것입니다. 제가 만약 당신의 뺨을 때린다면 당신은 스토더드 신전에 대해 저를 용서할 겁니다."

"당신이 용서를 구해야 한다는 말이오?"

"아닙니다. 당신이 그걸 바란다는 뜻이지요. 당신은 그 일에 용서라는 행위가 관련되어 있다는 걸 압니다. 하지만 그 행위의 주체에 대해선 잘 모르고 있지요. 당신은 제가 당신을 용서하기를, 아니면, 같은 말이긴 합니다만, 보상을 요구하기를 바라며 그것으로 사건을 끝낼 수 있다고 믿고 있습니다. 하지만 저는 그 일과 아무 관련이 없습니다. 용서라는 행위의 주체가 아닙니다. 그러니 제가 지금 그 일에 대해 어떻게 생각하든, 무슨 행동을 하든 중요하지 않다는 겁니다. 당신은 지금 저에 대해 생각하고 있는 게 아닙니다. 저는 당신을 도울 수 없습니다. 지금 당신이 두려워하는 사람은 제가 아니니까요."

"그럼 누구요?"

"당신 자신입니다."

"누가 당신한테 그런 말을 할 권리를 줬소?"

"당신이요."

"계속하시오."

"나머지 말도 할까요?"

"좋소."

"당신은 〈배너〉를 통해 저에게 고통을 줬다는 사실을 알고 괴로워하고 있습니다. 그런 일이 없었더라면 좋았을 거라고 생각하고 있지요. 그런데 당신을 더 놀라게 만드는 것이 있습니다. 그건 제가 전혀 고통을 받지 않았다는 사실이지요."

"계속하시오."

"지금 제가 친절한 것도 관대한 것도 아니고, 단지 무관심한 것일 뿐이라는 사실. 그것이 당신에겐 충격일 겁니다. 당신은 스토더드 신전 같은 것들은 반드시 대가를 요구하는 줄 알고 있었는데, 전 대가를 치르지 않았으니까요. 당신은 제가 이번 일을 맡겠다고 한 것에 대해서도 놀랐을 겁니다. 제가 이 일을 받아들이는 데 용기가 필요했다고 생각하나요? 당신은 저를 고용하는 데 그것보다 훨씬 큰 용기가 필요했지요. 저는 스토더드 신전에 대해 이렇게 생각합니다. 나하고는 이미 끝난 일이다. 하지만 당신과는 그렇지가 않다."

와이낸드는 손을 펴고 어깨를 약간 늘어뜨렸다. 그러고는 간단하게 말했다.

"좋소. 맞는 말이오. 전부 다."

그러고는 똑바로 섰지만 조용한 체념이 엿보였다.

"당신은 자신의 방식으로 나를 때렸다는 점을 알아주기 바라오."

"예. 그리고 당신은 그걸 받아들였지요. 그러니 원하던 걸 얻은 셈이지요. 이제 서로 공평해졌으니 스토더드 신전에 대해선 잊는 게 어떻겠습니까?"

"당신은 매우 현명한 사람이오. 그게 아니면 내가 너무 속이 뻔히 보였거나. 어느 쪽이든 당신은 대단한 인물이오. 지금까지 내가 속을 훤히 내보이도록 만든 사람은 단 한 명도 없었으니까."

"당신이 원하는 걸 해드릴까요?"

"지금 내가 뭘 원한다고 생각하오?"

"제 마음의 고백이겠지요. 이제 제가 굴복할 차례니까요, 안 그렇습니까?"

"무서울 정도로 솔직하군."

"솔직하지 못할 이유가 뭡니까? 저는 당신으로 인해 고통을 받았다는 거짓 고백은 할 수 없습니다. 하지만 당신으로 인해 기쁨을 얻었다는 고백으로 대신할 수는 없을까요? 고백하겠습니다. 당신이 저를 좋아해줘서 기쁩니다. 제게는 아주 예외적인 일이라는 걸 아실 겁니다. 당신이 매를 받아들이는 것만큼이나요. 저는 대개는 누가 좋아해주든 말든 관심이 없으니까요. 하지만 이번에는 다릅니다. 당신이 좋아해주는 것이 기쁩니다."

와이낸드가 큰 소리로 웃었다. "당신은 황제만큼이나 순진하고 뻔뻔스럽군. 영광을 베풀며 스스로를 높이고 있으니. 도대체 왜 내가 당신을 좋아한다고 생각하는 거요?"

"굳이 설명할 필요가 없겠지요. 방금 전에 당신이 속을 훤히 내보이도록 만들었다고 저를 나무라지 않았습니까?"

와이낸드는 쓰러진 나무줄기에 앉았다. 그는 아무 말도 하지 않았지만 그 동작은 초대이자 요구였다. 로크는 그의 옆에 앉았다. 로크의 얼굴은 진지했지만 자신이 듣는 모든 말이 새로운 발견이 아닌 이미 알고 있는 사실의 확인인 것처럼 유쾌하고 주의 깊은 미소가 어려 있었다.

"당신은 미천한 출신이오, 안 그렇소? 당신은 가난한 집에서 태어났소." 와이낸드가 말했다.

"예. 그걸 어떻게 아셨죠?"

"당신에게 무언가를(칭찬이든, 생각이든, 돈이든) 주는 것이 주제넘은 짓처럼 느껴져서 하는 말이오. 나도 밑바닥부터 시작했소. 당신 아버지는 무슨 일을 하셨소?"

"연철공이었습니다."

"내 아버지는 부두 노동자였소. 어렸을 때 안 해본 일이 없었소?"

"예. 거의 공사장 일이었지요."

"난 그보다 심한 일들도 했소. 그야말로 안 해본 게 없었지. 당신은 그중에서 무슨 일이 제일 좋았소?"

"철골 위에서 대갈못 잡는 일요."

"난 허드슨 강의 연락선에서 구두닦이를 할 때가 좋았소. 그 일을 싫어했어야 정상인데 그렇지 않았소. 사람들은 기억이 나지 않소. 뉴욕이라는 도시만 기억나지. 강변에서 언제나 나를 기다려주던 도시. 난 그 도시에 고무줄로 묶여 있는 듯한 기분이었소. 그 고무줄은 길게 늘어나면서 나를 강 건너편까지 보내줬다가 어김없이 도로 줄어들어 나를 돌아오게 했지. 나는 뉴욕이란 도시에서 영원히 벗어날 수 없으리란 기분을 느꼈소. 뉴욕도 내게서 벗어날 수 없고."

로크는 와이낸드가 평소에 어린 시절 이야기를 거의 하지 않는 모양이라고 생각했다. 그의 말이 손때를 타지 않은 새 동전처럼 반짝반짝하면서도 머뭇거리며 나왔던 것이다.

"집도 없이 떠돌며 굶주려본 경험은 있소?" 와이낸드가 물었다.

"몇 번 있습니다."

"그게 괴로웠소?"

"아닙니다."

"나도 마찬가지요. 나를 괴롭힌 건 다른 것이었소. 어렸을 때 절규하고 싶었던 때가 없었소? 주위에 어리석음이 만연해 있어서, 멋지게 해낼 수 있는 일들이 무척이나 많은데 그럴 힘이 없어서, 주변의 텅 빈 골통들을 까부술 힘이 없어서, 명령을 받는 것 자체도 참을 수가 없는데 나보다 열등한 존재들에게 명령을 받아야 해서……. 그런 걸 느껴본 적 없었소?"

"있었습니다."

"그 분노를 마음 한구석에 쌓아두고, 온몸이 갈가리 찢기는 고통을 감수하고 기필코 언젠가는 그 모든 사람을, 주변의 모든 것을 지배하겠노라고 결심했소?"

"아뇨."

"아니라고? 그럼 그냥 잊어버렸단 말이오?"

"아닙니다. 저는 무능을 증오합니다. 아마 제가 유일하게 증오하는 것이 무능일 겁니다. 하지만 그렇다고 해서 사람들을 지배하고 싶진 않았습니다. 그들에게 뭘 가르치고 싶지도 않았고요. 그저 제 방식으로 제 일을 하면서 온몸이 갈가리 찢기는 고통을 감수하겠다고 결심했죠."

"그런 고통을 겪었소?"

"아뇨. 그런 고통은 없었습니다."

"과거를 돌아보는 걸 싫어하진 않소?"

"예."

"난 싫소. 어느 날 밤의 일이었소. 죽도록 얻어맞고 어떤 문을 향해 기어가고 있었지. 그때 그 길바닥이 아직도 눈에 선하오. 보도블록에 줄무늬들과 흰 점들이 있었지. 난 길바닥이 움직이는 걸 확인해야 했소. 내 몸의 움직임을 느낄 수가 없었으니까. 그래서 길바닥을 보고 내가 움직이고 있는지 알아야만 했지. 그 줄무늬들과 점들이 움직이는 걸 확인하면서 …… 15센티미터 떨어진 다음 보도블록까지 기어가는 데 얼마나 오래 걸리던지……. 그리고 배 밑에 피가……."

와이낸드의 목소리에 자기 연민 같은 건 없었다. 단순하고 냉정하고 약간의 경이감이 들어 있을 뿐이었다.

로크가 말했다. "당신을 돕고 싶습니다."

와이낸드가 천천히 미소 지었는데 유쾌한 미소는 아니었다. "당신은 그럴 수 있을 거요. 그것이 합당하다는 생각까지 드는군. 이틀 전까지만 해도 나를 도움이 필요한 대상으로 여기는 사람이 있었다면 죽여버렸을 거요. 어쨌거나 물론 그날 밤이 내 과거에서 싫은 부분은 아니오. 돌아보기 두려운 부분은 아니란 거요. 사실 말하기가 가장 덜 꺼려지는 부분이지. 다른 것들은 아예 입에 올릴 수도 없으니까."

"압니다. 그리고 저는 다른 것들에 대해 돕고 싶다고 한 것입니다."

"그것들이 뭔 줄 아시오? 말해보시오."

"스토더드 신전."

"그것에 대해 나를 돕고 싶다고?"

"예."

"지독한 바보로군. 알지도 못하면서……."

"이미 돕고 있다는 걸 모르십니까?"

"어떻게?"

"당신에게 집을 지어주기로 했으니까요."

로크는 와이낸드의 이마에 비스듬히 주름이 생기는 걸 보았다. 눈동자도 홍채의 푸른색이 사라지며 하얗게 변해서 얼굴에서 두 개의 흰 타원이 빛나고 있는 듯했다. 와이낸드가 말했다.

"돈을 두둑이 받으면서 말이야."

와이낸드는 로크가 미소를 지으려고 하다가 억누르는 걸 보았다. 그건 방금 와이낸드의 입에서 나온 모욕적인 발언이 그 어떤 웅변보다 더 설득력 있는 항복의 선언임을 말해주는 미소가 되었을 터였다. 그리고 그 미소를 억누른 것은 지금 이 순간에는 로크가 그를 도와주지 않을 것임을 말해주었다.

"그야 물론이지요." 로크가 침착하게 대꾸했다.

와이낸드가 일어섰다. "갑시다. 우린 지금 시간을 낭비하고 있소. 난 사무실에 가서 이 일보다 더 중요한 일들을 처리해야 하오."

두 사람은 뉴욕으로 돌아오는 동안 대화를 나누지 않았다. 와이낸드는 시속 140킬로미터로 차를 몰았다. 그 맹렬한 질주로 인해 도로에 흐릿한 움직임으로 만들어진 두 개의 견고한 벽이 생겼고, 그들은 밀폐된 길고 조용한 통로를 날아가고 있는 듯했다.

와이낸드가 코드 빌딩 앞에서 로크를 내려주며 말했다.

"로크 씨, 현장엔 아무 때나 다시 가봐도 좋소. 난 같이 갈 필요가 없을 거요. 필요한 자료는 우리 회사에서 얼마든지 제공할 것이오. 꼭 필요한 경우가 아니면 다시는 나를 찾아오지 마시오. 난 굉장히 바쁠 테니까. 설계도가 완성되면 그때 연락하시오."

설계도가 완성되자 로크는 와이낸드의 사무실로 전화를 걸었다. 한 달 만에 처음 연락하는 것이었다. "로크 씨, 잠깐 기다려보세요." 와이낸드의 비서가 말했다. 로크는 기다렸다. 와이낸드가 전화를 받지 않고 비서가 다시 받아서 회장님께서 내일 오후에 설계도를 보고 싶다고 하신다며 방문 시간을 알려주었다.

로크가 사무실 안으로 들어서자 와이낸드가 말했다. "로크 씨, 안녕하시오." 정중하고 격식을 차린 목소리였다. 무표정하고 공손한 얼굴에도 친근함의 흔적은 남아 있지 않았다.

로크는 그에게 집의 평면도들과 대형 투시도를 건넸다. 와이낸드는 한 장 한 장 꼼꼼히 살펴보았다. 그는 설계도를 한참 들여다보다가 고개를 들었다.

"로크 씨, 대단히 인상적이오." 거슬릴 정도로 예의 바른 목소리였다. "난 처음 만났을 때부터 당신에게 깊은 인상을 받았소. 그래서 생각을 해봤는데, 당신에게 특별한 거래를 제안하고 싶소."

로크를 바라보는 그의 시선은 강렬하면서도 다정함이 느껴질 정도로 사뭇 부드러웠는데, 자신의 목적을 위해 로크가 아무런 손상도 입지 않도록 조심스럽게 다루려는 뜻을 나타내는 듯했다. 와이낸드는 설계도를 두 손가락으로 집어 빛을 정면으로 받도록 들었고 순간적으로 설계도의 흰 종이가 반사체처럼 빛나며 검은 연필선이 뚜렷이 부각되었다.

와이낸드가 부드럽게 물었다. "이 집이 지어진 모습을 보고 싶소? 간절히?"

"예." 로크가 대답했다.

와이낸드가 손은 움직이지 않고 두 손가락만 벌리자 설계도가 뒤집힌 채 책상 위에 떨어졌다.

"로크 씨, 이 집은 지어질 것이오. 당신이 설계한 그대로.

이 설계도 그대로. 단, 한 가지 조건이 있소."

로크는 두 손을 주머니에 찌른 채 뒤로 기대앉으며 주의 깊게 와이낸드의 다음 말을 기다렸다.

"로크 씨, 그 조건이 뭔지 묻고 싶지 않소? 좋소, 그냥 말해주지. 내 제안을 받아들인다면 이 집을 짓게 해주겠소. 앞으로 내가 짓는 모든 건물을 당신에게만 맡긴다는 독점 계약을 맺고 싶소. 알다시피 이건 어마어마한 거래요. 감히 장담하건대 나는 이 나라에서 그 누구보다 많은 건물을 짓고 있소. 사실 당신네 업계에선 다들 내 독점 건축가로 알려지길 원하지. 지금 난 당신에게 그걸 제안하는 거요. 그 대신 당신도 몇 가지 조건을 지켜줘야만 하오. 그 조건들을 말하기 전에 당신이 내 제안을 거절할 경우 어떤 결과를 맞게 될 것인지 알려주겠소. 이미 들었겠지만 나는 거절당하는 걸 좋아하지 않소. 내 힘은 두 가지 방식으로 작용할 수 있소. 당신이 이 나라에서 일거리를 따내지 못하도록 만드는 건 내겐 식은 죽 먹기요. 당신을 좋아하는 사람들이 좀 있긴 하지만, 내 압력을 견디면서 당신에게 일을 맡길 수 있는 인물은 없소. 당신은 이미 인생을 허비한 시기들이 있소. 하지만 내가 나서서 가로막으면 그런 시기들은 아무것도 아니었음을 깨닫게 될 것이오. 당신은 화강암 채석장으로 돌아가야 할지도 모르오. 아, 그래요, 난 당신이 1928년 여름에 코네티컷에 있는 프랭컨 채석장에서 일한 걸 알고 있소. 어떻게? 사설탐정들을 썼지. 로크 씨, 이번엔 채석장으로 가도 일자리를 구할 수 없을 것이오. 내가 그것까지 막을 테니까. 이제 내가 원하는 걸 말하겠소."

게일 와이낸드에 관한 소문은 많았지만 지금 그가 짓고 있는 표정에 대해 말한 사람은 아무도 없었다. 그런 표정을 본 몇 안 되는 사람들은 그것에 대해 입을 다물고 있었던 것이다. 그 표정을 제일 먼저 본 사람은 드와이트 카슨이었다. 와이낸드는 입이 약간 벌어지고 눈은 반짝거렸다. 그건 고뇌에서 나온 관능적인 쾌감의 표정으로, 그 고뇌는 그의 희생물의 것일 수도, 그 자신의 것일 수도, 둘 다의 것일 수도 있었다.

"앞으로 내가 짓는 모든 상업적인 건축물을 설계해주시오. 대중이 상업적 건축물에 원하는 형태의 설계여야만 하오. 식민지 시대풍 주택들, 로코코 양식 호텔들, 반(半)그리스식 사무용 건물들. 대중의 취향에 의해 선택된 양식에 맞추어 당신의 비길 데 없는 천재성을 발휘하여 내게 돈을 벌게 해주는 거요. 당신의 눈부신 재능을 복종적으로 만드시오. 독창성과 복종의 결합. 사람들은 그걸 조화라고 부르지. 내가 내 영역에서 창조한 〈배너〉를 당신 영역에서 창조해내시오. 〈배너〉를 창조해내는 데 재능이 필요하지 않았을 것 같소? 앞으로 당신은 그런 식으로 일하게 될 것이오. 하지만 내 집은 당신이 설계한 대로 지어도 좋소. 그러니까 이 세상의 마지막 로크 건축물이 되겠군. 이제부터 아무도 로크 건축물을 가질 수 없을 것이오. 고대의 왕들은 자신의 궁전을 지은 건축가를 죽여서 그 건축가가 다른 사람에겐 그런 영광을 주지 못하게 했다고 하더군. 고대의 왕들은 건축가를 죽이거나 눈알을 뽑아버렸소. 하지만 현대적 방식은 다르지. 이제 당신은 평생 다수의 뜻에 복종해야만 하오. 논쟁은 필요 없고 둘 중 하나를 선택하시오. 당신은 말귀를 알아들을 줄 아는 사람이오. 선택은 간단하오. 내 제의를 거절한다면 다시는 건축을 할 수 없고, 만일 받아들인다면 당신이 그토록 간절히 짓고 싶은 이 집을 지은 후 당신 마음에는 들지 않겠지만 우리 둘 다에게 돈을 벌어줄 수많은 건물들을 짓게 되는 거요. 당신은 앞으로 평생 스토리지 같은 임대용 주택들을 설계할 것이오. 그게 내가 원하는 거요."

와이낸드는 앞으로 몸을 기울이며 자신이 잘 알고 즐겨온 반응을 기다렸다. 분노, 아니면 맹렬한 자존심.

"아, 물론 기꺼이 그렇게 하겠습니다. 그거야 쉽죠." 로크가 유쾌하게 말했다.

로크는 책상 위로 몸을 내밀어 연필과 제일 먼저 눈에 띈 종이(회사 이름이 당당히 찍힌 편지지였다)를 집었다. 그러고는 편지지 뒷면에 무언가를 그리기 시작했다. 손동작이 날렵하고 자신만만했다. 와이낸드는 종이 위로 숙여진 로크의 얼굴을 바라보았다. 작업에 집중하고 있으면서도 전혀 힘들어 보이지 않는 주름 없는 이마와 반듯한 눈썹이 보였다.

로크가 고개를 들더니 와이낸드에게로 종이를 던졌다.

"이게 당신이 원하는 겁니까?"

종이에는 와이낸드의 집이 그려져 있었는데 식민지 시대풍 포치들과 2단 박공지붕, 두 개의 육중한 굴뚝, 몇 개의 작은 벽기둥들과 현창들을 갖고 있었다. 그건 우스꽝스런 풍자가 아니라 어느 교수라도 뛰어난 취향이라고 부를 역사적 양식들의 진지한 적용이었다.

"맙소사, 아냐!" 와이낸드가 본능적으로 헐떡이며 말했다.

"그럼 더는 아무 말 마시고, 앞으로 절대 제 앞에서 건축에 대한 제안은 하지 마십시오." 로크가 말했다.

와이낸드는 허리를 웅크렸다. 웃기 시작한 그는 한동안 그 웃음을 멈추지 못했다. 하지만 행복한 웃음소리는 아니었다.

로크가 지친 표정으로 고개를 저었다. "아실 만한 분이 왜 그러십니까? 이런 건 제게 케케묵은 일입니다. 사실 저의 반사회적 고집은 이미 널리 알려져 있어서 이런 일로 저를 유혹하느라 시간을 낭비할 사람이 나타나리라곤 생각지도 못했습니다."

"하워드, 난 진심이었소. 이걸 보기 전까지는."

"진심이었다는 거 압니다. 다만 당신이 그렇게까지 어리석을 수 있을 줄은 몰랐습니다."

"자신이 끔찍한 모험을 하고 있다는 걸 알고 있었소?"

"전혀요. 저에겐 믿을 만한 동지가 있으니까요."

"그게 무엇이오? 당신의 고결성?"

"게일, 당신의 고결성입니다."

와이낸드는 잠자코 책상을 내려다보았다. 잠시 후 그가 말했다.

"그건 틀렸소."

"저는 그렇게 생각하지 않습니다."

와이낸드가 피곤한 표정으로 고개를 들었다. 목소리도 무관심한 듯했다.

"당신은 스토더드 재판 때의 방법을 다시 썼소. 안 그렇소? 당신은 그때 판사에게 스토더드 신전 사진을 제시한 후 '피고 측 변론을 마치겠습니다.'라고 했지. 나도 그 법정에 앉아 그 말을 들었더라면 좋았을 텐데. 당신은 지금 그 재판에서와 똑같이 했소. 안 그렇소?"

"마음대로 생각하십시오."

"하지만 이번엔 당신이 이겼소. 당신이 이긴 걸 내가 기뻐하지 않는다는 걸 당신도 알 거요."

"압니다."

"상대를 시험하기 위해 유혹했다가 상대가 넘어가지 않자 행복한 미소를 지으며 드디어 내가 원하는 사람을 찾아냈다고 생각하는 경우는 아니오. 그런 식의 상상은 하지 마시오. 나를 그런 식으로 변명해주진 마시오."

"예. 저는 당신이 무엇을 원했는지 알고 있습니다."

"예전 같았으면 이렇게 쉽게 지지 않았을 거요. 이 정도는 시작에 불과했을 거요. 더 밀고 나갈 수도 있지만 그러고 싶지가 않소. 당신이 끝까지 버틸 것이기 때문은 아니오. 내가 끝까지 버티지 않을 것이기 때문이오. 난 당신에게 져서 기쁘지도, 당신에게 고맙지도 않지만 …… 그래도 상관없소……."

"게일, 자신을 얼마나 속일 수 있다고 생각하십니까?"

"속이는 게 아니오. 내가 방금 당신에게 한 말은 모두 진실이오. 당신도 그렇게 이해한 줄 알았는데."

"방금 당신이 한 말 …… 그건 진실이지요. 저는 그 얘기를 한 게 아닙니다."

"당신 생각은 틀렸소. 당신이 이 자리에 남아 있는 것도 잘못이오."

"저를 내쫓고 싶습니까?"

"내가 그럴 수 없다는 걸 알잖소."

와이낸드의 시선이 로크에게서 책상 위에 엎어져 있는 설계도로 옮겨 갔다. 그는 잠시 망설이며 설계도 뒷면을 바라보다가 똑바로 뒤집었다. 그러고는 부드럽게 물었다.

"내가 이걸 어떻게 생각하는지 말해도 되겠소?"

"이미 말씀하셨습니다."

"하워드, 당신은 집이 내 삶의 표현이라고 했소. 내 삶이 이렇게 표현될 가치가 있다고 생각하오?"

"예."

"이게 당신의 정직한 판단이오?"

"게일, 저의 정직한 판단입니다. 저의 가장 진지한 판단이지요. 최종적인 판단이고요. 앞으로 우리의 관계가 어떻게 되든 말입니다."

와이낸드는 설계도를 책상에 내려놓고 한참 동안 들여다보았다. 그리고 다시 고개를 들었을 때, 그의 표정은 차분하고 정상적이었다.

"그동안 왜 날 찾아오지 않았소?" 와이낸드가 물었다.

"사설탐정들을 만나느라 바쁘셨잖습니까?"

와이낸드는 웃음을 터뜨렸다. "아, 그거? 옛날 버릇을 못 고쳐서 말이오. 호기심도 작용했고. 이제 난 당신에 대해 모르는 게 없소. 여자관계를 빼고는. 여자 문제에 대단히 신중했거나 여자가 별로 없었던 모양이오. 그쪽으론 알아낸 게 없소."

"여자가 별로 없었습니다."

"당신이 보고 싶었던 것 같소. 그래서 대신 당신의 과거를 캐냈지. 정말 왜 오지 않았소?"

"오지 말라고 하셨잖습니까?"

"항상 그렇게 고분고분하게 말을 잘 듣는 편이오?"

"그게 바람직하다고 판단될 때는요."

"그럼 한 가지 더 명령하겠소. 이것도 바람직한 것으로 판단해주기 바라오. 오늘 우리 집에 저녁 먹으러 오시오. 이 설계도를 집에 가져가서 아내에게 보여주겠소. 그동안 아내에게 집에 대한 얘기를 하지 않고 있었소."

"부인께 얘기를 하지 않으셨다고요?"

"그렇소. 아내에게 이걸 보여주고 싶소. 그리고 당신을 만나게 해주고 싶소. 과거에 아내가 당신에게 호의적이지 않았다는 건 알고 있소. 아내가 당신에 대해 쓴 글들을 읽었소. 하지만 오래전 일이니 이젠 문제가 되지 않길 바라오."

"문제 될 것 없습니다."

"그럼 와주겠소?"

"예."

4

도미니크는 자신의 방 유리문 앞에 서 있었다. 와이낸드는 옥상정원의 빙판 위에 비친 별빛을 보았다. 그 반사광이 도미니크에게 닿아 그녀의 눈꺼풀과 뺨이 은은히 빛났다. 와이낸드는 도미니크의 얼굴에 어울리는 조명이라고 생각했다. 도미니크가 그를 향해 천천히 고개를 돌리자 빛이 그녀의 옅은색 머리칼을 테두리처럼 감쌌다. 도미니크는 언제나 그랬듯이 그를 향해 미소를 보냈고, 그건 남편에 대한 이해를 담은 조용한 인사였다.

"게일, 무슨 일이에요?"

"오늘도 잘 지냈소? 왜?"

"행복해 보여서요. 딱 맞는 말은 아니지만 그게 가장 가까운 표현인 것 같아요."

"그보단 '가볍다'는 표현이 더 가깝지. 마음이 가볍소. 30년은 가벼워진 것 같소. 30년 전으로 돌아가고 싶은 건 아니지만. 그럴 순 없는 일이지. 지금의 모습 그대로 30년 전으로, 처음으로 돌아간 기분이오. 상당히 비논리적이고 불가능하고 경이로운 기분이지."

"그런 기분은 보통 당신이 누군가를 만났을 때 느끼는 거죠. 대개 여자."

"그렇소. 하지만 여자가 아니고 남자요. 도미니크, 당신 오늘 정말 아름답소. 아니, 그건 내가 늘 하는 말이고, 진짜 하고 싶은 말은 이거요. 오늘 밤 당신이 몹시 아름다워서 정말 행복하오."

"게일, 왜 그래요?"

"아무것도 아니오. 산다는 게 정말 사소하고 쉽다는 기분이 드는군."

와이낸드는 아내의 손을 잡아 자신의 입술에 댔다.

"도미니크, 난 우리 결혼이 지속되고 있는 것이 기적이라고 줄곧 생각해왔소. 이제 난 우리 결혼이 그 무엇에 의해서도, 그 누구에 의해서도 깨지지 않을 것임을 믿소." 도미니크는 도로 유리문에 기댔다. "당신에게 줄 선물이 있소. 내가 가장 많이 하는 말이라는 점은 상기시켜주지 마오. 올 여름이 끝날 때쯤 당신에게 선물을 주게 될 거요. 우리 집."

"집요? 오랫동안 집 얘기를 꺼내지 않아서 잊어버린 줄 알았는데."

"지난 6개월 동안 그 생각밖에 하지 않았소. 당신, 마음이 바뀐 건 아니겠지? 지금도 뉴욕을 떠나고 싶겠지?"

"그래요, 게일, 당신이 그렇게 원한다면요. 건축가는 정하셨어요?"

"그 이상이지. 당신에게 보여주려고 설계도를 가져왔소."

"오, 보고 싶어요."

"내 서재에 있소. 갑시다. 당신에게 보여주고 싶소."

도미니크는 미소를 지으며 격려하듯 와이낸드의 손목을 살짝 잡아주고는 그를 따라갔다. 와이낸드는 서재 문을 활짝 열고 도미니크를 먼저 들여보냈다. 서재에는 불이 밝혀져 있었고, 설계도는 책상 위에 문 쪽을 향해 세워져 있었다.

도미니크는 걸음을 멈추고 양손을 뒤로 가져가서 문설주를 잡았다. 너무 멀어서 서명은 보이지 않았지만 그녀는 그런 설계도를 그릴 수 있는 사람은 단 하나뿐임을 알았다. 도미니크는 기둥에 묶여 도망치기를 포기하고 마지막으로 본능적인 저항을 하듯 천천히 어깨를 으쓱였다. 그녀는 차라리 게일 와이낸드가 보는 앞에서 로크의 품에 안겨 침대에 누워 있는 편이 덜 끔찍한 모독이라고 생각했다. 게일 와이낸드의 힘에 응해 그려진 저 설계도는, 로크의 몸뚱이보다 더 사적인 저 설계도는 그녀에 대한, 로크에 대한, 와이낸드에 대한 모독이었다. 하지만 다음 순간, 도미니크는 그것이 필연임을 깨달았다.

"그래, 그런 일은 우연의 일치일 수가 없어." 그녀가 속삭였다.

"뭐라고?"

도미니크는 한 손을 들어 부드럽게 와이낸드의 말을 막고는 소리를 내지 않고 카펫 위를 걸어서 설계도 쪽으로 갔다. 설계도 귀퉁이에 날카로운 서명이 들어 있었다. '하워드 로크.' 서명은 집의 모양보다 덜 무서웠다. 그건 하나의 약한 지지점이 되었고, 인사라고 할 수도 있었다.

"도미니크?"

도미니크는 남편을 향해 고개를 돌렸다. 와이낸드는 그녀의 얼굴에서 대답을 보았다. 그가 말했다.

"당신이 마음에 들어 할 줄 알았소. 그렇게밖에 표현하지 못해 미안하오. 오늘 밤 우리가 말이 좀 막히는군."

소파로 걸어간 도미니크는 쿠션에 기대앉아서 등을 꼿꼿이 폈다. 그녀는 와이낸드에게서 시선을 떼지 않고 있었다. 와이낸드는 그녀 앞에 있는 벽난로 선반에 기대서서 반쯤 몸을 돌리고 설계도를 바라보았다. 도미니크는 그 설계도를 피할 수가 없었고, 와이낸드의 얼굴은 설계도의 거울 같았다.

"게일, 그를 만나봤어요?"

"누구?"

"건축가요."

"물론이지. 만난 지 한 시간도 안 되었소."

"언제 처음 만났는데요?"

"지난달."

"그럼 그동안 그를 알고 있었다는 건가요? 매일 저녁 ……

퇴근해서 돌아와 …… 저녁 식탁에서……."

"왜 당신한테 말을 하지 않았느냐고? 설계도를 먼저 보여 주고 싶었소. 난 이런 집을 상상하고 있었지만 말로 설명할 수가 없었소. 내가 원하는 집이 어떤 것인지 이해하고 설계해낼 수 있는 사람이 있으리라곤 생각지도 못했는데, 그가 그걸 해냈소."

"누가요?"

"하워드 로크."

도미니크는 게일 와이낸드가 그 이름을 말하는 걸 듣고 싶었던 것이다.

"게일, 어떻게 그를 선택하게 됐죠?"

"전국을 돌아다녀봤소. 그런데 내 마음에 드는 건물은 다 그가 지었더군."

도미니크는 천천히 고개를 끄덕였다.

"도미니크, 물론 이제 다 지난 일이니 개의치 않겠지만, 당신이 〈배너〉에서 일하는 동안 비난했던 건축가라는 걸 나도 알고 있소."

"그걸 읽었어요?"

"읽었소. 당신의 태도가 묘하더군. 당신은 그의 작품은 높이 평가하지만 그를 개인적으로 싫어하는 것 같았소. 그런데 스토더드 재판 때는 그의 편을 들었지."

"그래요."

"심지어 그를 위해 일한 적도 있었지. 도미니크, 그 조각상 말이오. 그건 그의 신전을 위한 작품이었소."

"그래요."

"묘한 일이야. 당신은 그를 옹호하려다 〈배너〉에서 쫓겨났소. 나는 그를 선택할 때 그걸 몰랐소. 그 재판에 대해서도 몰랐고. 그의 이름을 잊고 있었소. 도미니크, 어찌 보면 당신에게 나를 보내준 건 그 사람이오. 그의 신전에 있는 조각상 때문에 당신을 만나게 됐으니까. 그리고 이제 그는 내게 이 집을 지어주려고 하고 있소. 도미니크, 왜 그를 싫어했던 거요?"

"그를 싫어한 게 아니에요. …… 너무 오래전 일이고……."

"이제 그런 것들은 아무 문제도 되지 않겠지?" 와이낸드가 설계도를 가리키며 말했다.

"몇 년 동안 그를 만난 적이 없어요."

"이제 한 시간 안에 그를 만나게 될 거요. 저녁 먹으러 이리로 오기로 했소."

도미니크는 할 수 있다는 자신감을 얻으려는 듯 소파 팔걸이의 소용돌이 장식을 손으로 매만졌다.

"**여기로요**?"

"그렇소."

"그를 저녁식사에 초대했다고요?"

와이낸드는 자신이 평소에 집에 손님을 초대하는 걸 몹시 싫어했다는 사실을 떠올리고는 빙긋 웃었다. "이건 경우가 다르오. 그 사람은 초대하고 싶었소. 당신은 그를 잘 기억하지 못하는 모양이오. 그렇게 놀라는 걸 보면."

도미니크는 소파에서 일어섰다.

"좋아요, 게일. 저녁식사 준비를 시킨 다음 옷을 갈아입겠어요."

두 사람은 게일 와이낸드의 펜트하우스 응접실에서 서로를 마주했다. 도미니크는 참 간단하다고 생각했다. 사실 그는 늘 이곳에 있었다. 그는 이곳에서 이루어지는 그녀의 모든 움직임의 원동력이었다. 그는 그녀를 이곳으로 데려왔고 이제 이곳에 대한 권리를 주장하러 왔다. 도미니크는 그를 바라보았다. 그와의 마지막 날 아침에 그의 침대에서 눈을 뜨면서 보았던 것처럼 그렇게 보고 있었다. 그의 옷도, 그동안의 세월도 그 생생한 추억을 가로막을 수는 없었다. 도미니크는 처음부터 예정되어 있었다고, 채석장 바위선반에서 처음 그를 내려다본 그 순간부터 결국 이렇게 게일 와이낸드의 집에서 만나게 될 운명을 피할 수 없었다고 생각했다. 그녀는 이제 자신의 결정은 끝났다는 깨달음에 마음이 평온해졌다. 지금까지는 그녀가 행동했으나 이제부터는 그가 행동할 차례였다.

도미니크는 고개를 똑바로 들고 꼿꼿하게 서 있었다. 얼굴에는 군인 같은 정확성과 여성적인 연약함이 함께 들어 있었고, 두 팔은 검은 드레스의 길고 곧은 선과 평행을 이루도록 자연스럽게 늘어뜨리고 있었다.

"안녕하세요, 로크 씨."

"안녕하십니까, 와이낸드 부인."

"우리에게 그런 집을 설계해주셔서 고맙습니다. 당신의 건물들 중에서 가장 아름다워요."

"일의 성격상 그래야만 하지요, 와이낸드 부인."

도미니크는 천천히 고개를 돌렸다.

"게일, 어떻게 로크 씨에게 설계를 맡기게 됐죠?"

"당신한테 이미 얘기한 대로요."

도미니크는 로크가 와이낸드에게 무슨 말을 듣고 일을 맡기로 결정했을까 생각해보았다. 그녀가 소파에 앉자 두 남자도 따라 앉았다. 로크가 말했다.

"그 집이 마음에 드신다면, 그것을 생각해낸 와이낸드 씨의 공로를 먼저 인정해야겠지요."

도미니크가 물었다. "고객과 공로를 공유하시나 보죠?"

"어떤 면에서는 그렇습니다."

"그건 당신의 직업적 신념에 어긋나는 일 아닌가요?"

"하지만 제 개인적인 신념을 지지해주고 있지요."

"무슨 말씀인지 모르겠네요."

"와이낸드 부인, 저는 그런 어긋남 또는 갈등의 가치를 인정합니다."

"그 집을 설계하는 데에도 그런 게 있었나요?"

"고객에게 영향을 받고 싶지 않은 갈망이 그것이었죠."

"어떻게요?"

"지금까지 제 고객 중에는 제가 좋아하는 사람도 있었고 그렇지 않은 사람도 있었습니다. 하지만 그런 건 문제가 되지 않았지요. 이번 경우, 전 그 집이 와이낸드 씨의 집이라는 이유만으로 어떤 집이 될 것인지 처음부터 알았습니다. 그걸 극복해야만 했지요. 아니, 그것에 따르면서 동시에 저항해야 했다는 표현이 더 정확할 겁니다. 그것이 최선의 방식이었습니다. 그 집은 건축가와 고객, 그곳에 살게 될 사람을 뛰어넘어야 했고, 결국 그렇게 했습니다."

"하지만 그 집은 그래도 …… 당신이오. 하워드, 당신이오." 와이낸드가 말했다.

'하워드' 라는 말을 듣자 도미니크의 얼굴에 처음으로 감정이 나타났다. 그건 조용한 충격의 표정이었다. 와이낸드는 그걸 눈치 채지 못했지만 로크는 달랐다. 로크는 도미니크를 흘낏 봤고, 사적인 감정이 담긴 시선은 그게 처음이었다. 도미니크는 그 시선에서 아무런 의견도 읽을 수 없었고, 자신에게 충격을 준 생각에 대한 의식적인 긍정만 확인할 수 있었다.

"게일, 그 점을 이해해주셔서 감사드립니다." 로크가 대답했다.

도미니크는 로크가 '게일' 을 강조해서 불렀는지 확신이 없었다.

와이낸드가 말했다. "이상한 일이야. 난 지독할 만큼 소유욕이 강한 인물이오. 무엇이든 범상하게 소유하지 않지. 싸구려 재떨이를 하나 사도 일단 돈을 내고 내 주머니에 넣으면 세상의 다른 재떨이들과는 다른 특별한 것으로 여기거든. **내 것**이라는 이유만으로 말이오. 내 소유물에는 다 후광 같은 게 생긴다고나 할까. 내 외투에서부터 식자실에 있는 낡은 식자기, 신문 가판대의 〈배너〉, 이 펜트하우스, 내 아내에 이르기까지. 하워드, 난 당신이 지어줄 그 집만큼 간절히 원했던 것이 없소. 아마도 도미니크가 거기서 사는 것에 대해서도 질투하게 될 거요. 내 소유욕은 그 지경에까지 이를 수도 있소. 그런데 이상하게도 …… 그 집을 내가 소유하게 될 것 같지가 않소. 내가 무슨 말, 무슨 행동을 하든 그 집은 당신의 것일 테니까. 그 집은 영원히 당신의 것일 테니까."

"그 집은 제 것이어야만 합니다. 하지만 게일, 다른 의미에서 본다면 당신은 그 집과 제가 지은 모든 건물을 소유하는 겁니다. 당신이 어떤 건물 앞에서 걸음을 멈추고 그것에 대한 자신의 응답을 들었다면 그 건물은 당신의 소유가 되는 것이니까요."

"어째서?"

"당신은 그것들에 응답했으니까요. 당신이 어떤 것에 감탄을 보낼 때, 그것에 '그렇다' 라고 응답하는 것이지요. 그것은 긍정, 수용, 허용의 표시입니다. 그 '그렇다' 는 한 가지 대상에 대한 대답을 넘어서는, 삶과 세상 전체, 그 대상을 창조해 낸 생각, 그걸 볼 줄 아는 눈을 지닌 당신 자신에 대한 '아멘' 이지요. 하지만 '그렇다' 나 '아니다' 라고 말할 수 있는 건 모든 소유의 본질이기도 합니다. 당신 자신의 자아에 대한 소유이기도 하고요. 원하신다면 당신의 영혼이라고 해드리지요. 당신의 영혼이 지닌 단 하나의 근본적인 기능은 …… 평가 행위입니다. '그렇다' 나 '아니다'. '나는 원한다' 나 '나는 원하지 않는다'. '나는' 을 말하지 않고는 '그렇다' 라고 말할 수 없습니다. 긍정하는 주체가 없으면 긍정이 존재할 수 없습니다. 그런 의미에서 당신이 애정을 주는 모든 것은 당신의 것입니다."

"그런 의미에서 공유가 이루어진다는 거요?"

"아뇨, 그건 공유가 아닙니다. 예를 들어 저는 좋아하는 교향곡을 들을 때 그 곡의 작곡가와 같은 걸 갖지는 못합니다. 작곡가의 '그렇다' 는 저의 '그렇다' 와 다르지요. 작곡가는 제가 그 교향곡에서 무엇을 갖는지 알지도 못하고 관심도 없습니다. 하지만 그는 자신이 원하는 걸 자신에게 줌으로써 저에게 멋진 체험을 제공하는 것입니다. 게일, 저는 집을 설계할 때 철저히 홀로이고 제가 어떤 방식으로 그것을 소유하는지 당신은 절대로 알 수 없습니다. 하지만 당신이 그것에 대해 '아멘' 이라고 말하면 당신도 그것을 소유하게 되는 것입니다. 그 집이 당신의 소유가 되어 저도 기쁩니다."

와이낸드가 미소 지으며 말했다.

"그런 식으로 생각하니 좋소. 내가 머나드녹과 엔라이트 하우스, 코드 빌딩 같은 것들까지 소유하고 있다니……."

"스토더드 신전도요." 도미니크가 말했다.

도미니크는 두 사람의 대화를 들으며 무감각한 기분을 느꼈다. 와이낸드는 집에 온 손님에게 그런 식으로 말한 적이 없었고, 로크 또한 그 어느 고객과도 그런 대화를 나눈 적이 없었다. 도미니크는 그 무감각함이 나중에 분노와 부정으로 돌변할 것임을 알았지만 지금은 그들의 대화를 망치려는 날카로운 목소리로만 드러났다.

도미니크는 자신의 시도가 성공했다고 생각했다. 와이낸드가 무겁게 말했다.

"그렇소."

"게일, 스토더드 신전은 잊으세요." 로크가 말했다. 엄숙함보다 훨씬 효과적인 소탈한 쾌활함이 담긴 목소리였다.

"알겠소, 하워드." 와이낸드가 미소를 보내며 말했다.

로크의 시선이 도미니크에게로 향했다. "와이낸드 부인, 저를 건축가로 받아주신 것에 대해 아직 감사 인사를 하지 못했군요. 남편께서 저를 선택하시긴 했지만 부인께서 거부하실 수도 있었다는 걸 알고 있습니다. 저를 거부하지 않으셔서 기쁩니다."

도미니크는 속으로 생각했다. '이 모든 게 도무지 믿을 수

없는 일이니까 믿겠어. 오늘 밤 난 무엇이든 받아들이겠어. 난 지금 그를 보고 있어.'

도미니크는 정중하면서도 무관심하게 대답했다. "로크 씨, 당신이 설계한 집을 제가 거부하고 싶을 거라고 생각하는 건 제 판단력에 대한 부정적인 평가가 아닐까요?" 도미니크는 오늘 밤에는 자신이 무슨 말을 하든 문제가 되지 않으리라고 생각했다.

와이낸드가 물었다.

"하워드, 일단 '그렇다'는 응답을 한 후, 그걸 철회할 수도 있겠소?"

도미니크는 도저히 믿을 수가 없어서 분노에 찬 웃음이 터져 나올 것만 같았다. 그 질문은 와이낸드가 아닌 그녀가 해야 했기 때문이다. 그녀는 로크가 대답하면서 자신을 봐야 한다고, 꼭 자신을 봐야 한다고 생각했다.

"절대 안 됩니다." 로크가 와이낸드를 보며 대답했다.

"인간의 변덕스러움과 감정의 덧없음에 대한 헛소리들이 많지만, 난 변하는 감정은 애초에 존재하지도 않은 것이라고 생각하오. 내가 열여섯 살 때 좋아하던 책들이 있는데 난 지금도 여전히 그 책들을 좋아하오." 와이낸드가 말했다.

집사가 칵테일 쟁반을 들고 들어왔다. 도미니크는 먼저 술잔을 들고 로크가 쟁반에서 술잔을 집는 걸 지켜보았다. 그녀는 이런 생각이 들었다. '지금 이 순간 그가 들고 있는 술잔을 내가 들고 있는 것 같은 느낌이야. 우린 그렇게 공통점이 많아…….' 와이낸드도 술잔을 들고 서 있었는데, 마치 자신이 귀한 소유물의 주인이라는 사실을 믿을 수 없어 하는 사람처럼 의심스럽고 경이에 찬 눈길로 로크를 바라보고 있었다. 도미니크는 다시 생각했다. '난 미친 게 아냐. 히스테리 상태일 뿐이고 아무 문제 될 게 없어. 난 지금 무슨 말인가를 하고 있는데, 그게 뭔지 나도 모르겠지만 문제가 되는 말은 아닌 게 분명해. 저 두 사람이 듣고 대답하고 있어. 게일이 미소 짓고 있어. 그러니 내가 예의에 맞는 말을 하고 있는 게 분명하고…….'

집사가 와서 저녁식사가 준비되었다고 알리자 도미니크는 순순히 일어나 마치 조건반사에 의해 균형이 유지되는 우아한 동물처럼 앞장서서 식당으로 걸어갔다. 도미니크가 상석에 앉았고 두 남자는 그녀의 양옆에 마주 앉았다. 도미니크는 로크의 손에 들린 'DW'라는 자기 이름의 머리글자가 새겨진 반짝이는 은제 포크와 나이프를 바라보며 생각했다. '나는 우아한 게일 와이낸드 부인으로서 이런 자리를 수없이 치렀어. 내 오른쪽의 저 자리에 상원의원, 판사, 보험회사 사장 같은 거물들이 앉았지. 바로 오늘을 위해 그동안 훈련을 해왔던 거야. 바로 오늘을 위해 게일은 고난의 시절을 딛고 자수성가해서 상원의원들과 판사들을 저녁식사에 초대할 수 있는 위치에까지 오른 거야. 하워드 로크를 손님으로 초대하는 날을 위

해서.'

와이낸드가 신문 사업에 대해 이야기했다. 그는 로크와 그런 이야기를 하는 것에 대해 전혀 꺼리는 기색이 없었다. 도미니크는 단순한 목소리로 꼭 필요한 말만 몇 마디 했다. 그녀는 아무런 저항 없이 이끌려갔고 개인적인 반응은 고통이나 두려움조차도 필요하지 않았다. 도미니크는 대화가 흘러가다가 설령 와이낸드가 "당신, 그와 잤군." 하고 말한다면 "그래요, 게일, 물론이에요."라고 간단히 대답하게 될 것이라고 생각했다. 하지만 와이낸드는 그녀에게 거의 시선을 주지 않았고, 어쩌다 한 번씩 볼 때도 그녀에게서 이상한 낌새를 전혀 느끼지 못한 표정이었다.

식사가 끝나고 그들은 다시 응접실에 와 있었다. 도미니크는 로크가 창가에 서서 도시의 야경을 바라보고 있는 모습을 보며 생각했다. '게일은 자신이 거둔 승리의 상징으로 이 펜트하우스를 지었어. 마침내 자신이 지배하게 된 도시를 항상 눈앞에 둘 수 있도록. 하지만 이 펜트하우스가 지어진 진짜 목적은 로크가 창가에 서 있게 하기 위함이었어. 오늘 밤 게일은 그걸 알게 됐을 거야.' 로크의 몸이 도시가 한눈에 내려다보이는 멋진 전망을 가려서 그의 몸 윤곽 주위로 점 모양의 불빛 몇 개와 불 켜진 네모난 창 몇 개만 보였다. 로크는 담배를 피우고 있었다. 도미니크는 그가 담배를 입에 물었다가 뺄 때 담배가 검은 하늘을 배경으로 천천히 움직이는 모습을 지켜보

며 생각했다. '저기서 반짝이는 불빛들은 그의 담배에서 튄 불똥일 뿐인지도 몰라.'

도미니크가 부드럽게 말했다. "게일은 밤에 도시의 야경을 바라보는 걸 좋아했죠. 그는 마천루들을 사랑했어요."

도미니크는 자신이 과거형으로 말한 걸 깨닫고 왜 그랬는지 궁금증에 젖었다.

도미니크는 새로 지을 집에 대해 이야기할 때 자신이 무슨 말을 했는지 기억이 나지 않았다. 와이낸드가 서재에서 설계도를 가져와 탁자 위에 펼쳐놓았고, 세 사람은 설계도를 가운데 두고 모여 섰다. 로크는 흰 종이에 가느다란 검은 선으로 그려진 딱딱한 기하학적 그림들을 연필로 가리키며 설명했다. 도미니크는 가까이에서 그의 목소리를 듣고 있었다. 그들은 아름다움이나 긍정에 대해서가 아니라 옷장, 계단, 식품 저장실, 화장실에 대해 이야기했다. 로크가 도미니크에게 설계가 편리하게 되어 있는지 물었다. 도미니크는 다들 마치 그녀가 진짜로 그 집에 들어가서 살 것처럼 이야기하는 게 이상하다고 생각했다.

로크가 돌아간 후 와이낸드가 물었다.

"그 사람, 어떻게 생각하오?"

도미니크는 갑자기 속이 뒤틀리면서 화가 나고 위태로운 기분이 들었다. 그녀는 두려움을 느끼면서도 의도적으로 유인하는 질문을 던졌다.

"드와이트 카슨을 생각나게 하지 않아요?"

"오, 드와이트 카슨은 잊어요!"

진지함을, 죄책감을 거부하는 와이낸드의 목소리는 아까 "스토더드 신전은 잊으세요."라고 했던 로크의 목소리와 똑같았다.

로크의 비서는 신문에 무척이나 자주 나는 귀족적인 신사를 보고 화들짝 놀랐다.

"게일 와이낸드요." 그가 고개를 살짝 숙이며 자기소개를 했다. "로크 씨를 만나고 싶소. 바쁘지 않다면. 바쁘다면 방해하고 싶지 않소. 약속하고 온 게 아니니까."

비서는 와이낸드가 예고도 없이 찾아와 그렇듯 정중하게 안으로 들어가도 되는지 물을 줄은 꿈에도 몰랐다.

그녀는 로크에게 게일 와이낸드가 찾아왔다고 알렸다. 대기실로 나온 로크는 그런 방문이 전혀 이상할 게 없다는 듯 미소를 짓고 있었다.

"안녕하십니까, 게일. 어서 오세요."

"잘 있었소, 하워드."

와이낸드는 로크의 방으로 들어갔다. 커다란 창문 너머에서 늦은 오후의 어둠이 도시를 덮고 있었다. 눈이 내리고 있었는데, 불빛 때문에 검게 보이는 눈송이들이 맹렬히 소용돌이쳤다.

"하워드, 바쁘면 방해하고 싶지 않소. 중요한 일은 아니니까." 펜트하우스에서의 저녁식사 후로 닷새 만에 만나는 것이었다.

"아뇨, 바쁘지 않습니다. 코트 벗으세요. 설계도를 보여드릴까요?"

"아니오. 집에 대한 얘기를 하러 온 게 아니오. 사실은 아무 이유 없이 왔소. 종일 사무실에 있다 보니 좀 지겨워져서 그냥 와보고 싶었소. 왜 웃는 거요?"

"아무것도 아닙니다. 중요한 일이 아니라고 하셔서요."

와이낸드는 미소 지으며 고개를 끄덕였다.

그는 자신의 사무실에서는 느껴본 적이 없는 편안한 기분으로 로크의 책상 끝에 걸터앉아 두 손을 주머니에 넣고 한쪽 다리를 흔들었다.

"하워드, 당신에겐 말을 할 필요가 없는 것 같소. 이미 내 원본을 읽은 당신에게 복사본을 읽어주고 있는 듯한 기분이 드니까. 당신은 무슨 말이든 내 입에서 나오기도 전에 듣는 것 같소. 우린 불일치요."

"그걸 불일치라고 부르십니까?"

"좋소. 너무 잘 일치하오." 와이낸드는 천천히 주위를 둘러보았다. "내가 '그렇다' 고 할 수 있는 것들은 모두 내 소유라면 이 사무실도 내 것이오?"

"그렇습니다."

"내가 여기서 어떤 기분을 느끼는지 아시오? 아니, 집처럼 편안하다는 말은 하지 않겠소. 난 그 어디에서도 집처럼 편안한 기분을 느껴본 적이 없는 것 같으니까. 궁전들이나 유럽의 대성당들에서 느꼈던 기분이라고도 말하지 않겠소. 헬스 키친에 살 때, 그곳에서 최고의 날들에 느꼈던 기분이오. 그런 때가 많진 않았지만 가끔은 있었소. 부둣가의 무너진 담장에 이렇게 앉아 있을 때 …… 하늘엔 별들이 총총하고, 주위엔 쓰레기 더미 천지고, 강에선 조개껍데기 썩는 냄새가 났지.…… 하워드, 과거를 돌이켜보면 지난 세월이 마치 타자를 칠 때처럼 한결같은 속도로 흘러간 것 같소, 아니면 도중에 어떤 지점에서 멈췄다가 다시 흐른 것 같소?"

"멈춤이 있었죠."

"당시에 그걸 알았소?"

"예."

"난 몰랐소. 나중에야 알았지. 하지만 멈춤의 이유는 알 수가 없었소. 그런 순간들 중 하나는 …… 열두 살 때 일인데 …… 난 담장 뒤에 서서 죽음을 기다리고 있었소. 그때 난 죽지 않으리란 걸 알았지. 내가 그 후에 어떻게 했는지, 어떤 싸움을 했는지는 중요하지 않고 그 기다림의 순간만 중요하오. 왜 그 순간이 기억에 남는 멈춤의 순간이 됐는지, 그리고 내가 왜 그 순간을 자랑스럽게 여기는지 그 이유는 모르겠소. 지금 이 자리에서 왜 그때가 생각나는지도 모르겠고."

"이유를 알려고 하지 마십시오."

"이유를 아시오?"

"알려고 하지 마시라고 했습니다."

"당신을 만난 후로 내 과거를 돌아보게 되었소. 지난 몇 년 동안은 과거에 대해 생각한 적이 없었는데. 아니, 그 사실에서 은밀한 결론 같은 걸 이끌어내지는 마시오. 나는 과거를 돌아보는 것이 고통스럽지도, 기쁘지도 않소. 그냥 돌아보는 것일 뿐이오. 그건 무언가를 찾아 떠나는 여행이 아니오. 발길 닿는 대로 걷는 것이지. 좀 피곤한 저녁에 시골길을 배회하는 것 같은……. 당신과 관련이 있다면, 한 가지 생각이 자꾸만 떠오른다는 것이오. 당신과 내가 똑같이 미천한 신분에서 같은 방식으로 출발했다는 생각. 그냥 그렇게 생각할 뿐, 그것에 대한 의견 같은 건 없소. 그것에 특별한 의미를 두는 것도 아니고. 그냥 '우린 같은 방식으로 출발했다' 고 생각하는 거요. 그게 어떤 의미인지 말하고 싶소?"

"아뇨."

와이낸드는 주위를 둘러보다가 서류 캐비닛 위에 놓인 신문을 발견했다.

"도대체 누가 〈배너〉를 읽는 거요?"

"제가요."

"언제부터?"

"한 달쯤 전부터요."

"사디즘이오?"

"아닙니다. 호기심일 뿐입니다."

와이낸드는 일어나서 신문을 집어 넘겨보았다. 그는 무언가를 발견하고 킥킥 웃으며 로크에게 보여주었다. '세기들의 행진' 박람회 설계도들의 사진이 실려 있었다.

"끔찍하지 않소? 이런 걸 선전해줘야 하다니 구역질나는 일이오. 하지만 당신이 그 잘난 조직위원회에 한 말을 생각하면 기분이 좀 풀린다니까." 와이낸드가 기분 좋게 킥킥거리며 말을 이었다. "당신은 그들에게 협의도, 협동도 하지 않겠다고 했지."

"게일, 그건 특별한 주장이 아니었습니다. 상식이지요. 자기 일을 하면서 협동을 할 수는 없으니까요. 건물을 짓는 인부들과 협조할 수는 있겠지만요. 하지만 저는 그들이 벽돌 쌓는 걸 도울 수 없고, 그들은 제가 설계하는 걸 도울 수 없지요."

"나도 그런 주장을 하고 싶었소. 그런데도 그들에게 내 신문을 제공해줄 수밖에 없었지. 하지만 괜찮소. 당신이 나를 대신해서 그들의 뺨을 때렸으니까." 와이낸드는 분노 없이 신문을 옆으로 던져놓았다. "오늘 오찬회도 마찬가지였지. 전국 광고주 대회였는데, 난 그 멍청한 인간들을 홍보해줘야만 했소. 아주 넌덜머리가 나서 아무 놈이나 붙잡고 대갈통을 부셔놓고 싶었지. 그러다가 당신이 떠오른 거요. 당신은 그런 것들에 전혀 영향을 받지 않을 거라는 생각이 들었소. 어떤 식으로도. 당신에게는 전국 광고주 대회 같은 건 아예 존재하지도 않을 테니까. 그런 건 당신과는 전혀 소통할 수 없는 4차원의 세계에 속해 있으니까. 그런 생각을 하자 특별한 위안을 얻을 수 있었소."

와이낸드는 서류 캐비닛에 기대서서 발을 앞으로 내밀고 팔짱을 끼고는 부드럽게 말했다.

"하워드, 예전에 새끼고양이를 키운 적이 있소. 벼룩이 들끓고 진흙투성이에 뼈와 가죽밖에 남지 않은 도둑고양이였는데 나한테 찰싹 붙어서 떨어지질 않았지. 녀석이 집까지 따라와서 먹이를 준 후 내쫓았는데 이튿날 또 나타났소. 그래서 결국 집에서 키우게 됐지. 당시 난 열일곱 살이었고 〈가제트〉에 다니며 출세를 위해 특별한 방식으로 일하는 법을 배우기 시작한 참이었지. 난 제법 잘 견뎠지만 항상 그랬던 건 아니오. 끔찍한 기분이 들 때도 있었는데 대개는 저녁때였소. 한번은 자살 충동을 느끼기도 했지. 분노 때문은 아니었소. 분노는 나를 더 열심히 일하게 만들었으니까. 두려움 때문도 아니었소. 하워드, 그건 혐오감 때문이었소. 혐오감은 온 세상이 물에 잠겨 있는 것 같은 기분이 들게 만들었소. 하수구에서 역류한 물이 세상에 가득 고여 모든 것에 스며드는 거요. 하늘에까지도. 내 뇌에까지도. 그때 문득 고양이에게 눈길이 갔는데, 녀석은 내가 혐오하는 것들에 대해 전혀 모르고, 알 수도 없다는 생각이 들었소. 녀석은 깨끗했소. 절대적으로 깨끗했소. 세상의 추악함을 인식할 능력이 없으니까. 녀석의 작은 뇌 안의 의식 상태를 상상하고 그 깨끗하고 자유로운 의식을 공유하는 것이 내게 얼마나 커다란 위안을 주었는지 말로는 표현할 수가 없소. 나는 바닥에 누워 녀석의 배에 얼굴을 대고 녀석의 가르랑거림을 듣곤 했소. 그러면 기분이 한결 나아졌지. …… 하워드, 내게 당신의 사무실은 썩은 내 나는 부두고 당신은 새끼고양이요. 그게 내가 경의를 표하는 방식이오."

로크는 미소를 지었다. 와이낸드는 그 미소에 고마움이 담겨 있는 것을 보고 날카롭게 말했다.

"가만히 있어요. 아무 말도 마시오." 그는 창가로 걸어가서 밖을 내다보았다. "도대체 내가 왜 그런 소리를 했는지 모르겠소. 지금 난 세상에 태어나서 처음으로 행복을 맛보며 살고 있소. 당신을 만난 것도 그 행복의 기념물을 세우고 싶어서였소. 난 휴식을 얻기 위해 여기 왔고, 편안한 휴식을 취하고 있소. 그런데 그런 소리를 하다니……. 신경 쓸 것 없소. 날씨 한번 고약하군. 오늘 일 다 끝났소? 지금 퇴근해도 되겠소?"

"예. 퇴근하려던 참이었습니다."

"그럼 어디 가까운 데 가서 저녁이나 같이합시다."

"좋습니다."

"전화 좀 써도 되겠소? 도미니크에게 저녁 먹고 들어간다고 말해야겠소."

와이낸드는 전화를 걸고, 로크는 퇴근하기 전에 직원들에게 지시할 게 있어서 제도실 쪽으로 향했다. 하지만 그는 문 앞에서 걸음을 멈추었다. 전화 내용을 듣지 않을 수 없었던 것이다.

"여보세요, 도미니크?…… 그렇소. …… 피곤하오?…… 아니, 목소리가 그렇게 들려서. …… 오늘은 저녁 먹고 들어갈 건데, 그래도 괜찮겠소?…… 모르겠소, 아마 늦을 거요. …… 시내에서 먹을 거요. …… 아니오. 하워드 로크 씨와 먹을 거요. …… 여보세요, 도미니크?…… 그렇소. …… 뭐라고?…… 그의 사무실에서 전화하는 거요. …… 이따 봅시다." 와이낸드가 수화기를 내려놓았다.

펜트하우스 도서실의 도미니크는 아직 전화 연결이 끊어지지 않은 듯 수화기를 내려놓지 못하고 있었다.

지난 닷새 동안 그녀는 그에게 가고 싶은 단 한 가지 욕망과 밤낮으로 싸웠다. 어디에서든(그의 집에서든, 사무실에서든, 길거리에서든) 그와 단둘이 만나 말 한 마디라도, 그저 눈짓만이라도 나누고 싶었다. 하지만 그녀는 갈 수가 없었다. 그녀가 취할 행동은 다 끝났으니까. 그가 스스로 원할 때 찾아올 테니까. 도미니크는 그가 올 것임을, 그리고 그녀를 기다리게 만들고 싶음을 알았다. 그녀는 잠자코 기다리고 있었지만 그의 사무실 주소가 뇌리에서 떠나지 않았다.

도미니크는 수화기를 감싸 쥔 채 서 있었다. 그녀는 그 사무실에 갈 권리가 없었다. 하지만 게일 와이낸드는 거기 갈 수가 있었다.

와이낸드의 방에 불려온 엘즈워스 투히는 몇 걸음 걷다가 우뚝 멈춰 섰다. 배너 빌딩에서 유일하게 사치스러운 공간인 와이낸드의 방 벽들은 코르크와 구리 패널로 장식되어 있었고 액자가 걸렸던 적이 없었다. 그런데 지금은 와이낸드의 책상 맞은편 벽에 확대 사진이 든 유리액자가 걸려 있었다. 엔라이트 하우스가 문을 열던 날 찍힌 로크의 사진으로, 강가 난간 옆에 서서 고개를 뒤로 젖히고 있는 모습이었다.

투히는 와이낸드에게 시선을 돌렸다. 둘은 서로를 쳐다보았다.

와이낸드가 의자를 가리켰고, 투히는 거기 앉았다. 와이낸드가 미소 지으며 말했다.

"투히 씨, 당신의 사회이론에 동조하게 될 줄은 생각도 못했는데 동조하지 않을 수 없게 됐소. 당신은 늘 상류층의 위선을 비난하고 대중의 미덕을 얘기했지. 지금 난 프롤레타리아 계급이었던 시절에 누린 이득이 아쉽소. 내가 아직 헬스 키친에 살고 있었다면 '잘 들어, 이 쓰레기야.' 로 말문을 열 수 있었을 텐데, 이제 난 자유롭게 표현할 수 없는 자본가다 보니 그렇게 할 수가 없소."

투히는 호기심에 찬 얼굴로 기다렸다.

"이젠 '잘 들으시오, 투히 씨.' 로 말문을 열어야겠지. 난 당신이 지닌 동기가 무엇인지 모르오. 당신의 동기를 해부하고 싶지도 않소. 난 의학도처럼 해부를 좋아하지도 않으니까. 따라서 당신에게 아무 질문도 하지 않을 것이고 아무 설명도 듣고 싶지 않소. 이제부터 당신 칼럼에서 절대 언급해선 안 되는 이름이 있다는 사실만 말해두겠소." 와이낸드는 벽에 걸린 사진을 가리켰다. "당신이 공개적으로 지금까지의 말을 번복하도록 만드는 것도 재미있겠지만 아예 언급 자체를 금하는 편이 낫겠다고 생각했소. 투히 씨, 한 마디도 안 되오. 절대로. 우리의 계약에 대해선 거론하지 않는 게 좋을 거요. 가서 당신 칼럼을 쓰되, '하나의 작은 목소리'란 칼럼 제목에 맞는 주제를 택하도록 하시오. 작게 쓰시오. 아주 작게."

"예, 회장님." 투히가 순순히 대답했다. "현재는 로크 씨에 대한 글을 쓸 필요도 없습니다."

"그럼 됐소."

투히는 자리에서 일어섰다. "예, 회장님."

5

게일 와이낸드는 사무실 책상에 앉아서 대가족의 도덕적 가치에 대한 사설의 교정지를 읽고 있었다. 씹던 껌 같은 문장들. 씹고 또 씹다가 뱉은 것을 다시 주워 입에서 입으로, 길바닥으로, 신발 바닥으로, 다시 입으로, 뇌로……. 와이낸드는 하워드 로크를 생각하며 힘을 얻은 후 계속해서 교정지를 읽었다.

"우아함은 여성의 가장 큰 재산이다. 매일 밤 속옷을 빨아 입고 교양 있는 주제에 대해 얘기하는 법을 배운다면 원하는 남자를 모두 가질 수 있을 것이다." "당신의 내일 별자리 운세는 길한 기운을 보이고 있다. 공학, 공인회계, 연애에 공을 들이면 보상을 얻게 될 것이다." "헌팅턴-콜 부인의 취미는 정원 가꾸기, 오페라 감상, 초기 미국 설탕 그릇 수집이다. 그녀는 어린 아들 '키트'를 돌보며 시간을 쪼개어 수많은 자선 활동을 하고 있다." "내 이름은 밀리, 나는 고아예요." "완전한 다이어트를 원한다면 10센트와 우표 붙인 반송용 봉투를 보내주세요." …… 와이낸드는 하워드 로크를 생각하며 계속해서 읽었다.

와이낸드는 크림-오 푸딩과 광고 계약을 체결했다. 5년간 와이낸드의 모든 신문에 매주 일요일 두 페이지 전면 광고를 싣는다는 조건이었다. 그의 앞에 앉아 있는 광고주들은 승리를 상징하는 개선문과도 같았다. 인내심과 계산의 저녁들, 레스토랑 탁자들, 목구멍 속으로 비워지는 술잔들, 수개월 동안의 생각, 그의 에너지……. 술잔 속 액체처럼 흘러서 두툼한 입술 사이로, 책상 너머의 뭉툭한 손가락들로, 매주 일요일의 두 페이지 전면 광고로, 딸기를 얹은 노란 푸딩과 버터스카치 소스를 얹은 노란 푸딩 그림으로 들어가는 그의 살아 있는 에너지. 와이낸드는 광고주들의 머리 너머로 벽에 걸린 사진을 보았다. 하늘, 강, 그리고 위로 치켜든 남자의 얼굴.

와이낸드는 생각했다. '하지만 고통스러워. 난 그를 생각할 때마다 고통스러워. 그를 생각하면 모든 것이, 사람들이나 사설들, 계약들이 쉬워지지만, 몹시도 고통스럽기 때문에 쉬워지는 거야. 고통 역시 자극제가 되지. 난 그 이름을 싫어하는 거야. 하지만 난 그 이름을 계속 부를 거야. 그건 내가 견디고 싶은 고통이니까.'

하지만 그는 펜트하우스 서재에서 로크와 마주 앉았을 때 아무런 고통도 느끼지 않았다. 악의 없이 웃고 싶은 마음뿐이었다.

"하워드, 당신이 지금까지 해온 모든 일은 이른바 인류의 이상에 따르면 잘못된 것이오. 그런데 당신은 여기 이렇게 존재하고 있고, 그건 어찌 보면 온 세상에 대한 거대한 농담과도 같소."

로크는 난롯가 안락의자에 앉아 있었다. 벽난로 불빛이 서재 전체를 비추며 움직였는데 마치 실내의 모든 물체에 대해 의식적인 기쁨을 느끼며, 그것들의 아름다움을 강조하는 것에 긍지를 느끼며, 주인의 취향에 승인 도장을 찍으며 일렁이는 듯했다. 그곳에는 둘뿐이었다. 그들이 단 둘이 있고자 하는 것을 아는 도미니크가 저녁식사 후 자리를 피해주었던 것이다.

"우리 모두에 대한, 길거리의 모든 인간에 대한 농담. 난 늘 길거리의 사람들을 보며 살고 있소. 난 얼마나 많은 사람들이 〈배너〉를 들고 다니는지 보려고 일부러 지하철을 타곤 했지. 난 그들을 증오했고 때론 두려워하기도 했소. 하지만 이제 그들을 보며 이렇게 말하고 싶소. '야, 이 불쌍한 바보들아!' 그것뿐이오."

와이낸드는 어느 날 아침 로크의 사무실로 전화를 걸어 이렇게 말했다.

"하워드, 나와 점심 같이할 수 있겠소?…… 30분 후에 노들랜드에서 만납시다."

와이낸드는 레스토랑에서 로크와 마주 앉아 미소를 지으며 어깨를 으쓱했다.

"하워드, 아무 일도 아니오. 특별한 이유는 없소. 구역질나는 반시간을 보내고 나니 그 고약한 입맛을 없애고 싶었을 뿐이오."

"구역질나는 반시간이라뇨?"

"랜슬롯 클로키와 사진을 찍었소."

"랜슬롯 클로키가 누군데요?"

와이낸드는 평소의 절제된 품위와 웨이터의 놀란 시선을 의식하지 않고 폭소를 터뜨렸다.

"하워드, 바로 그거요. 그래서 당신과 점심을 먹고 싶었던 거요. 당신은 그런 식으로 말할 수 있으니까."

"이번엔 뭐가 문젭니까?"

"당신은 책을 읽지 않소? 랜슬롯 클로키가 '우리의 가장 예리한 국제문제 관찰자'란 걸 모르오? 내 〈배너〉에서 평론가가 한 말이지. 랜슬롯 클로키는 어떤 단체에 의해 올해의 작가인지 뭔지로 선정되기도 했소. 〈배너〉 일요일 자 부록에 그의 전기를 싣고 있어서 그의 어깨를 안고 사진을 찍어줘야 했소. 그는 실크 셔츠를 입고 있었고 술 냄새를 풍겼지. 그의 두 번째 책은 그의 어린 시절 얘기와 그 시절이 국제문제 이해에 어떤 도움을 주었는지에 대한 내용이오. 10만 부가 팔렸지. 그런데 당신은 그의 이름을 들어본 적도 없다. …… 하워드, 식사 계속하시오. 당신이 먹는 모습을 보고 싶소. 당신이 빈털터리라면 좋겠소. 그러면 내가 사는 이 점심이 당신에게 절실한 것이 될 테니까."

와이낸드는 퇴근 후 예고도 없이 로크의 사무실이나 집으로 찾아오곤 했다. 로크는 엔라이트 하우스에서 살고 있었다. 이스트 강이 내려다보이는 수정 알갱이 모양의 아파트로, 작업실과 도서실, 침실로 이루어져 있었다. 가구는 그가 직접 디자인한 것이었다. 와이낸드는 그 집이 왜 사치스러운 인상을 주는지 오랫동안 이해하지 못하다가 그 비결이 깨끗하고 시원한 공간과 검소함임을 깨닫게 되었다. 금전적인 가치로만 따진다면 그곳은 와이낸드가 지난 25년간 손님으로 가본 집 중에서 가장 소박한 곳이었다.

와이낸드가 로크의 방을 둘러보며 말했다. "하워드, 우린 같은 방식으로 출발했소. 내 판단과 경험에 따르면 당신은 밑바닥에 남아 있어야 하는데 그렇지 않소. 난 이 방이 마음에 드오. 여기 앉아 있고 싶소."

"저 역시 당신이 여기 있는 모습을 보는 게 좋습니다."

"하워드, 지금까지 단 한 사람이라도 지배해본 적이 있소?"

"아뇨. 그런 기회가 주어진다고 해도 전 받아들이지 않겠습니다."

"그 말은 믿을 수가 없군."

"게일, 그런 기회가 주어졌던 적이 한 번 있습니다. 하지만 거절했죠."

와이낸드는 호기심 어린 눈으로 로크를 보았다. 로크의 목소리에 애쓰는 기색이 들어 있는 건 이번이 처음이었기 때문이다.

"왜?"

"그래야만 했으니까요."

"그 남자를 존중하는 마음에서?"

"여자였습니다."

"이런, 바보 멍청이 같으니라고! 여자를 존중해서?"

"저 자신을 존중해서였습니다."

"난 도저히 이해할 수 없소. 우린 정반대의 인간형이오."

"저도 그렇게 생각했던 적이 있습니다. 그렇게 생각하고 싶었죠."

"지금은 안 그렇단 얘기요?"

"예."

"내가 저지른 모든 일을 경멸하지 않소?"

"제가 아는 거의 모든 일을 경멸합니다."

"그런데도 내가 여기 있는 게 좋소?"

"예. 게일, 제가 알던 어떤 사람이 당신을 특별한 악의 상징으로 여겼습니다. 그 사람을 파멸시켰고 결국 저까지 파멸시킬 악. 그는 제게 자신의 증오심을 물려주고 떠났습니다. 그리고 한 가지 이유가 더 있었습니다. 그래서 당신을 만나기도 전에 당신을 증오하게 되었습니다."

"당신이 나를 증오한다는 걸 알고 있었소. 그런데 어떻게 마음이 바뀌게 된 거요?"

"설명할 수가 없습니다."

두 사람은 코네티컷으로 차를 몰고 가서 언 땅 위로 집의 벽들이 올라가고 있는 현장을 둘러보았다. 와이낸드는 로크를 따라 공사 중인 방들을 돌아다니고, 한쪽으로 비켜서서 로크가 인부들에게 지시를 내리는 모습을 지켜보기도 했다. 그는 가끔 혼자 오기도 했다. 공사장 인부들은 지붕 없는 검정차가 구불구불한 언덕길을 오르고 와이낸드가 멀찌감치 홀로 서서 현장을 바라보는 모습을 목격하고는 했다. 그의 모습은 언제나 그의 지위를 암시하는 모든 것을 담고 있었다. 점잖고 우아한 코트, 모자의 각도, 긴장감과 편안함을 함께 갖춘 당당한 그의 자세를 보면 와이낸드 제국이, 세상을 주름잡는 그의 신문들과 번쩍이는 잡지 표지들이, 뉴스영화의 흔들리는 광선들이, 세계를 연결하는 전선망이, 밤낮으로 모든 궁전과 모든 수도, 모든 은밀하고 중요한 방으로 흘러드는 그의 힘이 생각났다. 와이낸드는 구정물 같은 잿빛 하늘을 등지고 서 있었고, 그의 모자 챙 주위로 천천히 눈발이 흩날리고 있었다.

4월의 어느 날, 와이낸드는 여러 주 동안 찾지 못했던 코네티컷을 향해 혼자 차를 몰고 있었다. 시골길을 나는 듯 달리는 그의 차는 하나의 물체라기보다는 속도가 만드는 기다란 줄무늬처럼 보였다. 와이낸드는 유리와 가죽으로 된 정육면체의 공간 속에서 아무런 흔들림도 느끼지 못했다. 마치 그의 차는 땅 위에 정지해 있고 운전대를 잡은 그의 손이 땅을 달려가게 하고 있으며, 가만히 기다리기만 하면 그가 원하는 장소가 저절로 나타날 것만 같았다. 와이낸드는 〈배너〉 사무실 책상에 앉는 걸 좋아하듯 자동차 운전을 즐겼다. 둘 다 위험한 괴물을 자신의 노련한 솜씨로 지휘하는 듯한 기분을 느끼게 해주었기 때문이다.

무언가 그의 눈앞을 스쳐 지나갔고, 1킬로미터는 더 가서야 그게 눈에 띈 것이 이상하다는 생각이 들었다. 그것은 길가의 잡초 무더기에 지나지 않았기 때문이다. 그리고 1킬로미터를 더 가서야 더 이상한 생각이 들었는데, 잡초가 초록색이었기 때문이다. 한겨울에 어떻게 그럴 수가 있을까 생각하다가 문득 이제 겨울이 아님을 깨닫고 놀라움에 젖었다. 지난 몇 주 동안 정신없이 바빠서 시간 가는 줄도 몰랐던 것이다. 그제야 와이낸드는 주위의 들판에서 속삭임처럼 감도는 초록빛을 의식했다. 그러자 마음속에서 세 마디 말이 연동장치처럼 정확하게 맞물려서 떠올랐다. '봄이다—이제 얼마나 많은 봄을 보게 될지 모르겠구나—나는 쉰다섯 살이다.'

거기에는 아무런 감정도 개입되어 있지 않았다. 그는 열의도, 두려움도 느낄 수 없었다. 다만 세월을 의식하게 된 것이 이상할 뿐이었다. 그는 이제껏 나이를 따져본 적이 없었다. 자신이 유한한 행로 위에 있다는 의식 자체가 없었고, 행로나 유한성 같은 것에 대해 생각해본 적도 없었다. 그는 게일 와이낸드였고, 이 차처럼 가만히 서 있었으며, 세월이 땅처럼 그를 지나쳐 달려갔고, 그의 내부에 있는 모터가 세월의 흐름을 지배하고 있었다.

와이낸드는 생각에 잠겼다. '아니, 난 아무 회한도 없다. 물론 놓친 것들도 있지만, 난 아무것도 묻지 않는다. 난 있는 그대로의 삶을 사랑했으니까. 공허한 순간들까지도. 응답을 얻지 못한 것까지도. 그래, 삶에 대한 나의 사랑은 응답을 얻지 못했다. 하지만 난 삶을 사랑했다. 죽으면 최후의 심판을 받게 된다는 이야기가 사실이라면, 난 지상에서 행한 일들이 아니라 절대로 행하지 않은 한 가지 일을 당당하게 밝히리라. 난 자신의 밖에서 삶의 의미를 찾으려고 했던 적이 없다는 사실을. 난 심판관 앞에 서서 이렇게 말할 것이다. "나는 게일 와이낸드, 세상의 모든 죄를 지었으되 가장 중요한 죄, 존재라는 경이로운 사실을 헛된 것으로 여기고 나 자신을 넘어선 정당성을 추구하는 죄는 범하지 않았습니다." 종말을 생각하면서도 내 나이의 다른 모든 사람처럼 울지 않는 것, 그것이 나의 긍지다. 무엇이 소용이고 의미였느냐고? '나'가 소용이고 의미였다. 나, 게일 와이낸드. 내가 살고 행동했다는 사실.'

와이낸드는 언덕 밑에 이르자 브레이크를 꽉 밟고 놀라서 쳐다보았다. 그가 오지 않은 사이에 집이 어느덧 형체를 갖추었는데, 설계도 그대로였다. 그는 설계도와 똑같은 집이 실제로 탄생하리라고는 믿지 않았던 듯 잠시 어린아이 같은 놀라움에 젖었다. 연푸른색 하늘을 배경으로 솟은 미완성의 집은 도면 위의 그림처럼 보였다. 돌옷을 입힌 부분은 수채물감을 칠해놓은 듯했고, 벌거벗은 골조는 연필 선처럼 보였으며, 전체적으로 연푸른색 종이에 그려진 거대한 그림 같았다.

와이낸드는 차에서 내려 언덕 꼭대기로 올라갔다. 인부들 사이에 있는 로크가 보였다. 와이낸드는 바깥에 서서 로크가 현장을 누비며 고개를 돌리거나 손을 들어 무언가를 가리키는 모습을 지켜보았다. 로크는 걸음을 멈추고 서 있을 때면 다리를 벌리고 양팔은 아래로 내리고 고개를 쳐들고 있었는데 그건 자신감과 에너지가 넘치는 사람의 본능적인 자세로, 그 에너지를 전혀 힘들이지 않고 자연스럽게 통제하는 모습이 그의 육체를 그의 건물처럼 구조적으로 깔끔해 보이게 만들었다. 와이낸드는 구조란 상충관계에 있는 긴장과 균형, 안전의 문제를 푸는 것이라고 생각했다.

와이낸드는 건물을 세우는 행위에는 감정적 중요성이 없다고, 그것은 하수도를 설치하거나 자동차를 만드는 것과 같다고 생각했다. 그런데도 그는 로크를 바라보며 자신의 화랑에서와 같은 기분을 느끼고 있었다. 와이낸드는 로크가 미완성의 건물에 참 잘 어울린다고, 완성된 건물이나 제도 탁자 앞에 있을 때보다 훨씬 잘 어울린다고, 저곳이 그가 있어야 할 자리라고 생각했다. '도미니크가 내게 요트가 어울린다고 했던 것

처럼.'

나중에 로크가 밖으로 나오자 두 사람은 언덕 꼭대기의 나무들 사이를 걸었다. 그들은 쓰러진 나무에 앉아 작은 나뭇가지들 사이로 멀리 있는 집을 바라보았다. 나뭇가지들은 벌거벗고 메마른 모습이었지만 하늘을 향해 뻗은 활기찬 오만함 속에 봄의 기운을, 자신만만한 목적의식을 지니고 있었다.

와이낸드가 물었다.

"하워드, 사랑을 해본 적이 있소?"

로크는 고개를 돌려 그를 똑바로 보면서 조용히 대답했다.

"지금도 하고 있습니다."

"건물 안을 걸어 다닐 때 느끼는 감정이 사랑보다도 더 강하오?"

"훨씬 강하죠, 게일."

"난 지상에서의 행복은 불가능한 것이라고 말하는 사람들에 대해 생각하고 있었소. 그들 모두가 삶에서 즐거움을 얻기 위해 무척이나 애를 쓰고 있소. 왜 인간이 고통 속에서 존재해야 하는 거요? 도대체 무슨 권리로 인간에게 자신의 즐거움 이외의 것을 위해 존재하라고 요구할 수 있겠소? 모든 인간이 즐거움을 원하고 있소. 온 마음으로. 하지만 즐거움을 찾지 못하고 있소. 그 이유가 뭘까? 그들은 징징거리며 삶의 의미를 이해할 수 없다고 말하고 있소. 내가 특별히 경멸하는 인간들이 있는데, 더 높은 목적이나 '우주적 목표'를 추구하는 자들이오. 무엇을 위해 사는지도 모르고, '자신을 찾아야 한다고' 징징대는 인간들. 우린 사방에서 그런 소리를 들을 수 있소. 그게 우리 세기의 공식적인 상투어라도 되는 모양이오. 책마다, 멍청한 자기 고백마다 그 소리요. 그게 대단히 고귀한 고백이라도 되는 것처럼. 사실은 세상에서 제일 수치스러운 고백인데."

"게일, 보세요." 로크가 일어나서 팔을 뻗어 두꺼운 나뭇가지 하나를 꺾더니 양끝을 감싸 쥐었다. 그러고는 양팔에 힘을 주어 나뭇가지를 활 모양으로 천천히 구부렸다. "저는 이것으로 무엇이든 만들 수 있습니다. 활이든, 창이든, 지팡이든, 난간이든. 그게 삶의 의미죠."

"당신의 힘?"

"우리의 일이죠." 로크는 나뭇가지를 옆으로 던졌다. "자연이 우리에게 제공하는 재료와 그걸 가지고 우리가 만드는 것……. 게일, 무슨 생각을 하고 계십니까?"

"내 사무실 벽에 걸린 사진."

그가 바라는 대로 절제력을 잃지 않고 인내하는 것, 인내를 날마다 의식적으로 수행하는 의무로 삼는 것, 로크 앞에 서서 "이건 당신이 내게 요구할 수 있는 가장 힘든 일이에요. 하지만 난 기뻐요. 이게 당신이 원하는 거라면."이라고 말하는 듯한 침착함을 보이는 것, 그것이 도미니크가 지켜야 할 계율이었다.

그녀는 옆으로 비켜서서 로크와 와이낸드의 조용한 구경꾼 노릇을 했다. 그녀는 말없이 그들을 지켜보았다. 그녀는 와이낸드를 알고 싶었는데 이제 알 것 같았다.

도미니크는 로크가 저녁 때 집에 찾아오는 걸 받아들였고, 그런 저녁 시간들에 그가 자신이 아닌 와이낸드의 손님임을 알고 있었다. 그녀는 우아한 안주인으로서 초연한 미소를 지으며 그를 맞이했다. 그녀는 사람이 아니라 와이낸드의 집에 있는 정교한 비품 같았다. 그녀는 저녁 식탁에서 안주인 역할을 한 후 두 사람이 서재에서 오붓한 시간을 보낼 수 있도록 해주었다.

도미니크는 불을 끈 응접실에서 문을 열어놓고 꼿꼿한 자세로 조용히 앉아 복도 건너편 서재의 문 밑으로 새어 나오는 불빛을 응시하며 생각에 잠겼다. '이것이 내 의무다. 혼자 있을 때에도, 어둠 속에서도, 나만이 알고 있는 가운데서도 이렇게 아무런 불평 없이 그를 바라보듯 저 문을 바라보는 것……. 로크, 이게 당신이 내게 선택해준 형벌이라면 온전히 감수하겠어요. 당신 앞에서 하는 연기가 아니라 나 혼자 수행하는 의무로. 내게 가장 견디기 어려운 건 폭력이 아닌 인내임을 당신은 알고 있고, 내게 그걸 선택해줬어요. 당신을 위해 인내하겠어요. …… 내 사랑…….'

그녀를 바라보는 로크의 눈빛에는 과거의 추억을 부인하려는 기색은 없었다. 그의 눈빛은 아무것도 변한 게 없다고, 아무 말도 할 필요가 없다고 이야기하고 있었다. 도미니크는 그가 이렇게 말하는 듯한 기분을 느꼈다. "왜 충격을 받은 거요? 우리가 헤어진 적이 있소? 도미니크, 당신의 응접실, 당신의 남편, 당신이 두려워하는 창밖의 도시, 저것들이 진짜요? 도미니크, 알겠소? 이제 이해가 가오?" 그래서 그녀는 별안간 "예."라고 소리 내어 말하곤 했다. 도미니크는 그 말이 그 순간의 대화에 맞는다고 믿었고, 로크가 그걸 자신의 물음에 대한 대답으로 들을 것임을 알고 있었다.

그건 로크가 그녀에게 선택해준 형벌이 아니었다. 두 사람 다에게 강요된 계율, 마지막 시험이었다. 도미니크는 로크를 향한 자신의 사랑이 그 방과 와이낸드에 의해, 와이낸드에 대한 로크와 자신의 사랑에 의해, 그 불가능한 상황에 의해, 자신의 강요된 침묵에 의해 증명되는 것을 느끼며 로크의 목적을 이해할 수 있었다. 그 장벽들은 그녀에게 아무런 장벽도 존재할 수 없음을 증명해주고 있었다.

도미니크는 그와 단둘이 만나지 않았다. 때를 기다렸다.

그녀는 공사 현장에도 가지 않았다. 와이낸드에게는 이렇게 말했다. "완공되면 보겠어요." 그녀는 와이낸드에게 로크에 대해 묻지 않았다. 와이낸드가 밤늦게 돌아와 로크의 아파트에서, 그녀는 본 적도 없는 그 아파트에서 시간을 보내고 왔다고 말하면 그녀는 자신의 손이 눈에 보이도록 의자 팔걸이에 올려놓았다. 그것은 격렬한 동작을 취하는 걸 막기 위함이었고, 손은 인내심의 척도와도 같았다.

한번은 참지 못하고 물었다.

"게일, 뭐죠? 그에게 반한 건가요?"

"그런 것 같소." 와이낸드는 그렇게 대답한 후 덧붙였다. "당신이 그를 좋아하지 않다니, 이상한 일이오."

"그런 말 안 했는데요."

"말 안 해도 알 수 있소. 사실 놀랍진 않소. 그게 당신 방식이니까. 당신이 그를 싫어하는 건 …… 당신이 좋아할 수밖에 없는 유형이기 때문이지. 내가 그에게 반한 것에 대해 화내지 말아요."

"화 안 내요."

"도미니크, 그를 만난 이후로 당신을 더욱 사랑하게 되었다고 말한다면 이해할 수 있겠소? 당신을 안을 때도 마찬가지요. 그 말을 꼭 하고 싶었소. 당신에 대한 권리가 더욱 커진 것 같소."

와이낸드는 지난 3년 동안 두 사람이 나눠온 믿음 속에서 이야기했다. 도미니크는 늘 그랬듯이 조롱 없는 애정과 동정 없는 슬픔이 담긴 시선으로 그를 바라보았다.

"게일, 무슨 말인지 알겠어요."

잠시 후 도미니크가 물었다.

"게일, 당신에게 그는 뭐죠? 신전 같은 건가요?"

"고행자가 입는 거친 옷이라고 할 수 있지."

도미니크가 위층으로 올라간 후 와이낸드는 창가에 서서 하늘을 올려다보았다. 고개를 뒤로 젖혀서 목 근육이 팽팽하게 당겨지는 게 느껴졌고, 하늘을 바라보는 행위의 엄숙함은 바라보는 대상이 아닌 고개를 드는 것에서 나오는 것이 아닐까 하는 생각이 들었다.

6

엘즈워스 투히가 말했다. "현대 세계의 근본적인 문제는 자유와 강제를 정반대의 것으로 보는 지적 오류에 있소. 오늘날 세계를 짓누르는 거대한 문제들을 해결하기 위해서는 우리의 정신적 혼란을 극복해야 하오. 우리는 철학적 관점을 지녀야만 하오. 본질적으로 자유와 강제는 하나요. 간단한 예를 들어 보겠소. 신호등은 마음대로 길을 건널 수 있는 자유를 제한하지만, 그 제한이 트럭에 치이지 않을 자유를 보장해주는 것이오. 또 우리에게 어떤 직장이 주어지고 그 직장을 떠나는 것이 금지된다면 직업의 자유를 제한하는 것이지만, 그것은 실업의 공포에서 자유로울 수 있도록 해주는 것이기도 하오. 따라서 우리에게 새로운 강제가 가해질 때마다 우린 자동적으로 새로운 자유를 얻게 되는 것이오. 그 둘은 불가분의 관계에 있소. 완전한 강제를 받아들여야만 완전한 자유를 얻을 수 있는 것이오."

"맞아요!" 미첼 레이턴이 날카롭게 외쳤다.

가늘고 높은 비명 같은 그 외침이 사이렌 소리처럼 갑작스럽게 터져 나와서 손님들의 시선이 일제히 그에게로 쏠렸다.

미첼 레이턴은 자신의 응접실에 있는 태피스트리 안락의자에 다리와 배를 앞으로 내밀고 반쯤 누운 자세로 앉아 있었는데, 그 모습이 마치 밉살스런 아이가 일부러 나쁜 자세를 과시하고 있는 듯했다. 미첼 레이턴이라는 인물은 모든 면에서 성공에 살짝 못 미치는 아쉬움을 지니고 있었다. 그의 몸은 큰 키가 되려다가 도중에 마음이 바뀌기라도 한 듯 상체는 길고 하체는 땅딸막했다. 얼굴도 뼈대는 섬세하고 아름다웠지만 그 위의 살이 장난을 쳐서 보기 싫게 부풀어 올라 비만까지는 아니더라도 늘 볼거리에 걸려 있는 듯한 인상을 풍겼다. 미첼 레이턴은 부루퉁해 있었다. 하지만 그건 일시적인 표정이나 얼굴의 배치 문제가 아닌, 미첼 레이턴이라는 인간 전체에 퍼져 있는 고질적인 속성이었다. 그는 온몸으로 부루퉁했다.

미첼 레이턴은 2억 5,000만 달러를 상속받았고 서른셋 평생 그걸 보상하려고 애쓰며 살았다.

엘즈워스 투히는 야회복 차림으로 캐비닛에 나른하게 기대서 있었다. 그의 편안하고 약간 건방진 태도는 이곳에 모인 사람들에게는 격식을 갖춘 예의 바른 태도를 보일 필요가 없다는 듯한 무심함을 나타냈다.

그는 실내를 둘러보았다. 미첼 레이턴의 집 응접실은 정확히 현대적이지도, 완전히 식민지 시대풍도 아니었고, 프랑스

제국 스타일에 가까웠다. 가구들은 평면들과 백조 목 모양의 지지대들, 검은 거울들과 폭풍우용 전기 램프, 크롬 도금과 태피스트리로 이루어져 있었고, 모두 최고급품이라는 공통점을 지니고 있었다.

"맞아요." 미첼 레이턴이 호전적인 태도로 말했다. 모두가 동의하지 않을 것을 예상하고 미리 그들에게 모욕을 주는 듯한 태도였다. "사람들은 자유에 대해 지나치게 법석을 떨어요. 내 말은 그게 모호하고 너무 남용되는 단어라는 뜻이에요. 사실 난 그게 그렇게 대단한 축복이라는 확신도 없어요. **나는** 사람들이 일정한 패턴과 통일된 형태를 지닌 통제된 사회에서 더 행복할 수 있다고 생각해요. 포크댄스처럼요. 포크댄스가 얼마나 아름다워요. 리듬감도 있고. 그래서 포크댄스가 만들어지는 데 오랜 세월이 걸렸고, 아무나 멋대로 바꿀 수 없는 거죠. 우리에게 필요한 건 그거예요. 패턴과 리듬. 그리고 아름다움."

"미첼, 적절한 비유요. 내가 항상 하는 말이지만, 당신은 창의력이 있소." 엘즈워스 투히가 말했다.

"내 말은, 사람들을 불행하게 만드는 건 선택의 여지가 너무 적은 것이 아니라 오히려 너무 많은 거라는 뜻이에요. 늘 갈팡질팡하며 결정을 내려야 하는 것. 하지만 패턴화된 사회에서는 안전함을 느낄 수 있죠. 계속 찾아와서 무언가를 하라고 괴롭히는 사람이 없으니까요. 아무것도 할 필요가 없으니까요. 물론 공동의 선을 위해 하는 일은 빼고요." 미첼 레이턴이 말했다.

"중요한 건 정신적인 가치들이죠. 우린 시대에 맞춰 살아야 해요. 지금은 정신의 세기이고요." 호머 슬로턴이 말했다.

호머 슬로턴은 큰 얼굴과 졸린 눈을 갖고 있었다. 루비와 에메랄드로 만든 그의 셔츠 장식 단추들은 마치 빳빳한 흰 셔츠 앞자락에 샐러드 덩어리를 흘린 것 같았다. 그는 백화점 세 개를 갖고 있었다.

"모든 사람이 시대를 초월하는 신비한 비밀들을 공부하도록 법으로 정해야만 해요. 그 비밀들이 모두 이집트 피라미드들에 씌어 있죠." 미첼 레이턴이었다.

호머 슬로턴이 말했다. "맞는 말이에요. 신비주의에 대해선 할 말이 많죠. 한편으로는요. 다른 한편으로는 변증법적 유물론이……."

"그 두 가지는 상반되는 게 아니에요." 미첼 레이턴이 경멸적인 느린 어조로 말했다. "미래 세계에선 그 둘이 합쳐질 거예요."

엘즈워스 투히가 끼어들었다. "사실 그 둘은 같은 것인데 표면적으로 다르게 나타나는 것일 뿐이오. 취지는 같은 것이오." 그의 안경알이 마치 안에서 빛이 비치듯 번쩍거렸다. 그는 자기만의 방식으로 자신의 특별한 말을 즐기는 듯했다.

"내가 아는 건, 비이기주의가 유일한 도덕적 원칙이라는 사실이에요. 그것이 가장 고귀한 원칙이고, 신성한 의무이며, 자유보다 훨씬 중요한 것이죠. 비이기주의가 행복에 이르는 유일한 길이에요. 난 비이기적이 되기를 거부하는 사람들은 모두 총살을 시켜버리겠어요. 그들의 불행에 마침표를 찍어주는 거죠. 어차피 그들은 행복해질 수 없으니까요."

제시카 프랫이 동경에 젖어서 말했다. 그녀는 온화하고 늙은 얼굴을 갖고 있었고, 화장기 없는 푸석푸석한 피부는 손가락을 갖다 대면 흰 가루가 묻어날 것 같은 인상을 주었다.

제시카 프랫은 옛 명문가 출신으로 돈은 없지만 뜨거운 열정을 지니고 있었고, 여동생 르네에 대한 사랑이 끔찍했다. 어린 나이에 고아가 된 제시카는 자신의 인생을 바쳐서 르네를 키웠다. 그녀는 모진 고생과 음모와 속임수, 사기를 통해 결국 르네를 호머 슬로턴과 결혼시키는 데 성공했다.

르네 슬로턴은 보조 소파에 웅크리고 앉아 땅콩을 먹고 있었다. 그녀는 가끔씩 탁자 위의 크리스털 접시로 손을 올려 땅콩을 집을 뿐 다른 동작은 보이지 않았다. 그녀의 창백한 얼굴에서 창백한 눈이 차분히 사람들을 응시하고 있었다.

"제시카, 그건 너무 지나쳐요. 모든 사람이 성자가 되기를 기대할 수는 없어요." 호머 슬로턴이 말했다.

그러자 제시카 프랫이 유순하게 대꾸했다. "난 아무것도 기대하지 않아요. 이미 오래전에 기대를 접었죠. 하지만 우리 모두에겐 교육이 필요해요. 투히 씨는 그걸 아실 거예요. 모든 사람에게 강제로 올바른 교육을 시킨다면 더 나은 세상을 만들 수 있을 거예요. 사람들에게 선을 행하도록 강요하면 그들은 자유롭게 행복해질 수 있어요."

"이건 아무 쓸모도 없는 토론이에요. 요새 자유를 믿는 지성인이 어디 있어요. 그건 시대에 뒤떨어진 거예요. 미래는 사회계획의 시대예요. 강제는 자연의 법칙이라고요. 그건 자명한 사실이에요." 이브 레이턴이었다.

이브 레이턴은 아름다웠다. 샹들리에 불빛 아래 서 있는 그녀의 검은 머리칼은 매끄러웠고, 연초록색 새틴 드레스는 햇볕에 그을린 보드라운 살 위에서 마치 물처럼 흐르는 듯했다. 그녀는 새틴과 향수를 알루미늄 탁자 상판처럼 현대적으로 보이게 만드는 특별한 재주가 있었다. 그녀는 잠수함 뚜껑을 열고 나오는 현대판 비너스였다.

이브 레이턴은 무엇에서든 선구자가 되는 것을 인생의 사명으로 믿고 있었다. 그녀의 방식은 늘 일단 도약한 후 다른 사람들보다 훨씬 앞서서 의기양양하게 착지하는 것이었다. 그녀의 철학은 '나는 뭐든지 해낼 수 있다.' 였다. 그녀는 대화 중에 그걸 자신이 좋아하는 말로 바꿔서 표현했다. "나요? 나는 내일도 아니고 모레예요." 그녀는 전문적인 기수에, 자동차 경주 선수에, 곡예 비행사에, 수영 챔피언이었다. 그녀는 이상을 강조하는 시대가 온 것을 깨닫자 늘 그랬던 것처럼 도약을 감행했다. 그리고 누구보다 앞서서 착지했다. 착지 후에 사람들이 그녀의 공적에 이의를 달자 그녀는 깜짝 놀랐다. 지금까지 다른 공적들에 대해서는 아무도 이의를 단 사람이 없었던 것이다. 그녀는 자신의 정치적 견해에 동조하지 않는 모든 사람에게 화를 내기 시작했다. 그건 개인적인 모욕이었기 때문이다. 그녀는 모레이기 때문에 늘 옳아야 했다.

그녀의 남편 미첼 레이턴은 그녀를 싫어했다.

"이건 꼭 필요한 토론이오." 미첼 레이턴이 퉁명스럽게 말했다. "세상 모든 사람이 당신처럼 유능할 수는 없소. 우리는 다른 사람들을 도와야 하오. 그것이 지성적인 지도자들의 도덕적 의무요. 내 말은, 강제라는 단어를 두려워할 필요가 전혀 없다는 거요. 좋은 일을 위한 것일 때 그건 강제가 아니오. 사랑의 이름으로 행하는 것이라면 말이오. 하지만 이 나라에 그걸 어떻게 이해시킬 수 있을지 모르겠소. 미국인들은 너무 답답해서."

미첼 레이턴은 자신에게 2억 5,000만 달러를 주었지만 거기에 걸맞은 존경을 바치기를 거부한 조국을 용서할 수가 없었다. 미국 사람들은 그의 수표를 받듯이 예술이나 문학, 역사, 생물학, 사회학, 형이상학에 대한 그의 견해를 흔쾌히 받아들이지 않았다. 그는 사람들이 자기를 돈과 관련시켜서만 생각한다고 불평했지만, 사실 자기를 알아주지 않아서 그들을 미워했다.

"강제에 대해선 할 말이 많죠. 민주적으로 계획된 것이라는 전제 아래. 공동의 선이 항상 우선해야 해요. 우리가 좋아하든 그렇지 않든." 호머 슬로턴이었다.

언어로 전환된 호머 슬로턴의 태도는 두 가지로 이루어져 있었다. 그 두 가지는 서로 모순이 되었지만 그의 마음속에서는 언어로 전환되지 않은 채로 남아 있었기에 아무 문제도 되지 않았다. 첫째, 그는 추상적 이론들을 무의미하게 여겼으나 고객이 원한다면 얼마든지 제공해도 된다고 여겼다. 둘째, 그는 돈 버는 데만 골몰하다 보니 이른바 정신적인 삶이라는 것에 대해 소홀했던 걸 불안하게 여겼고, 투히 같은 사람들은 그쪽에 일가견이 있을 거라고 생각했다. 그리고 만일 백화점들을 빼앗기게 된다면? 국영 백화점 지배인으로 사는 게 더 쉽지 않을까? 그럼 소유주의 책임에서 자유로워질 수 있고, 지배인 월급이면 지금 누리는 명망과 안락함을 그대로 유지할 수 있지 않을까?

"미래 사회에서는 여자들이 마음에 드는 남자라면 누구하고나 잘 수 있는 게 사실인가요?" 르네 슬로턴이 물었다. 하지만 그걸 진짜로 알고 싶지는 않았기에 말꼬리를 흐렸다. 그녀는 다만 진정으로 원하는 남자를 갖는 기분이 어떤 것인지, 그리고 도대체 원한다는 게 어떤 것인지에 대한 무기력한 궁금증을 느낄 뿐이었다.

"개인적인 선택에 대해 얘기하는 건 어리석은 짓이에요. 그건 구식이라고요. 개인이란 건 존재하지도 않아요. 집단적 실체만 있을 뿐이죠. 그건 자명한 일이에요." 이브 레이턴의 말이었다.

엘즈워스 투히는 미소만 지을 뿐 아무 말도 하지 않았다.

미첼 레이턴이 선언하듯 말했다. "대중에 대해 뭔가 조치가 있어야 해요. 그들을 이끌어야만 해요. 그들은 자신들에게 뭐가 좋은지도 몰라요. 내 말은, 우리 같은 교양과 지위를 지닌 사람들은 집산주의에 대해 아주 잘 이해하고 기꺼이 개인적인 이익을 희생할 각오가 되어 있는데, 정작 그 혜택을 누릴 노동자들은 왜 그렇게 어리석게도 무관심한지 모르겠다는 겁니다. 이 나라의 노동자들은 왜 그렇게 집산주의에 대한 호응이 없는지 이해가 안 돼요."

"그게 이해가 안 돼요?" 엘즈워스 투히가 물었다. 그의 안경알이 번쩍거렸다.

"이런 얘기는 이제 지겨워요." 이브 레이턴이 방 안을 서성이며 말했다. 그녀의 어깨에서 불빛이 흘러내렸다.

화제는 예술로 넘어갔고 각 분야의 권위 있는 지도자들에 대한 이야기가 이어졌다.

"루이스 쿡은 언어가 이성의 억압으로부터 자유로워야만 한다고 했어요. 그녀는 언어에 가해지는 이성의 억압은 대중에 대한 자본가들의 착취와 같다고 했죠. 언어는 집단적 협상을 통해 이성과 타협할 수 있어야만 해요. 그게 루이스 쿡의 주장이죠. 그녀는 무척이나 재미있고 참신해요."

"아이크(그 사람 성이 뭐였지?)는 극장이 사랑의 도구라고 말하고 있어요. 그는 연극이 무대 위에서 벌어진다고 말하는 것은 잘못이고 관객의 가슴속에서 벌어지는 거래요."

"줄스 포글러는 지난 일요일 자 〈배너〉에서 미래 세계에서는 극장이란 것 자체가 필요 없게 될 거라고 했어요. 그는 보통 사람의 일상이 셰익스피어의 가장 뛰어난 비극에 못지않은 예술 작품이 될 수 있다고 했죠. 미래에는 극작가도 필요 없을 거래요. 평론가는 대중의 삶을 지켜보다가 그 예술적인 면들을 평가할 거래요. 줄스 포글러가 한 말이에요. 그의 말에 자신 있게 동의할 순 없지만, 그가 흥미로운 신선한 시각을 지닌 건 분명해요."

"랜슬롯 클로키는 대영제국의 운이 다했다고 말하고 있어요. 전쟁은 없을 거래요. 세상의 노동자들이 전쟁을 허용하지 않을 테니까요. 전쟁을 시작하는 것은 국제은행가들과 군수품 제조업자들인데 그들은 이미 밀려난 신세죠. 랜슬롯 클로키는 우주가 하나의 신비이며 자신에겐 어머니가 제일 좋은 친구래요. 그리고 불가리아 수상은 아침식사로 청어를 먹는대요."

"고든 프레스콧은 건축에 필요한 건 벽 네 개와 천장 하나뿐이라고 말하고 있어요. 바닥은 선택 사항이고요. 나머지는 전부 자본주의적 겉치레에 불과하대요. 그는 지구의 모든 인간이 지붕 아래서 살 수 있게 될 때까지 그 어디에도, 그 어떤 건물도 지어선 안 된대요. 파타고니아 원주민들을 생각해봐요. 그들이 지붕 아래서 사는 걸 원하게 되도록 가르치는 게 우리의 일이래요. 프레스콧은 그걸 변증법적 범(凡)공간 상호의존이라고 부르고 있어요."

엘즈워스 투히는 아무 말도 하지 않았다. 그는 거대한 타자기를 상상하며 미소 지었다. 그의 귀에 들리는 유명한 이름들이 자판을 구성하고 있었고, 각 분야를 지배하는 그 이름들이 거대한 종이에 찍혀 문장들을 만들고 있었다. 그것은 자판을 두드리는 손을 전제로 하는 타자기였다.

엘즈워스 투히는 미첼 레이턴의 부루퉁한 목소리를 듣고 퍼뜩 잡념에서 벗어났다.

"아, 그래요, 〈배너〉. 그 빌어먹을 신문!"

"나도 알아요." 호머 슬로턴이 말했다.

"그 신문은 망해가고 있어요. 분명히 망해가고 있다고요. 내가 투자 한번 기막히게 잘한 거지. 그건 엘즈워스의 유일한 판단 착오였어요." 미첼 레이턴이 말했다.

"엘즈워스는 항상 옳아요." 이브 레이턴이 말했다.

"그건 틀렸소. 나한테 그 거지 같은 신문의 지분을 사라고 권한 건 엘즈워스였으니까." 미첼 레이턴은 벨벳처럼 참을성 있는 투히의 눈을 보고 황급히 덧붙였다. "내 말은 …… 엘즈워스, 불평하는 건 아니에요. 괜찮아요. 덕분에 빌어먹을 소득세를 줄일 수도 있으니까요. 하지만 그 추잡한 반동 신문은 분명 내리막길에 있어요."

"미첼, 인내심을 가져요." 투히가 말했다.

"지금이라도 지분을 팔고 거기서 벗어나야 한다고 생각하지 않으세요?"

"아니오, 미첼. 그렇게 생각하지 않소."

"그렇게 말씀하신다면 좋습니다. 그 정도는 얼마든지 감당할 수 있어요. 난 무엇이든 다 감당할 수 있어요."

"하지만 난 그렇지가 않아요!" 호머 슬로턴이 깜짝 놀랄 정도로 열을 내며 외쳤다. "이제 〈배너〉에 광고를 실을 수 없는 지경에 이르고 있어요. 발행 부수가 문제가 아니에요. 발행 부수는 괜찮아요. 문제는 분위기예요. 이상한 분위기……. 엘즈워스, 아무래도 광고 계약을 취소해야 할 것 같아요."

"왜요?"

"'우리는 와이낸드 신문을 읽지 않는다' 라는 운동에 대해 아세요?"

"들어본 적은 있소."

"거스 웨브라는 사람이 벌이는 운동이에요. 그들은 주차된 자동차 앞유리나 공중화장실에 스티커를 붙이고 있어요. 극장에서는 와이낸드 뉴스영화에 야유를 보내고요. 그들의 수가 많은 것 같진 않지만……. 지난주에 어떤 밥맛없는 여자가 5번가에 있는 우리 백화점에서 난동을 부렸어요. 우리가 〈배너〉에 광고를 낸다고 우리를 노동자의 적이라고 했죠. 그 정도쯤은 무시해버릴 수도 있지만, 우리의 오랜 고객이며 3대에 걸친 보수당원인 코네티컷 출신의 작고 온화한 노부인이 전화를 해서 와이낸드가 독재자라는 말을 들었다며 어쩌면 다른 백화점으로 옮겨야 할지도 모르겠다고 얘기했을 땐 심각해지지 않을 수 없었죠."

"게일 와이낸드는 정치에 대해선 극히 원시적인 것밖에 모르오. 그는 아직도 헬스 키친의 민주당 클럽 수준의 생각을 갖고 있소. 당시의 정치적 부패에는 순수함이 있었다고 생각하지 않소?"

"관심 없어요. 지금 난 그 얘기를 하고 있는 게 아니에요. 〈배너〉가 우리에게 불이익을 주는 존재가 되어가고 있어요. 사업에 방해가 되고 있다고요. 요새 같은 때는 아주 조심해야 해요. 공연히 이상한 사람들과 엮였다가는 그들에 대한 흑색선전에 억울하게 희생될 수가 있으니까요. 난 그런 걸 감당할 수 없어요."

"전적으로 부당한 흑색선전은 아니죠."

"관심 없어요. 그게 사실이든 아니든 난 신경 안 써요. 내가 왜 게일 와이낸드를 위해 위험을 감수해야 하는 겁니까? 그에 대한 여론이 좋지 않다면 내가 할 일은 그에게서 되도록 멀리 떨어지는 겁니다. 그것도 재빨리. 나만 그런 게 아니에요. 그런 생각을 하고 있는 사람들이 많다고요. 페리스 앤드 심스의 짐 페리스, 비모 플레이크스의 빌리 슐츠, 토들러 토그스의 버드 하퍼, 그리고 …… 빌어먹을, 당신도 그 사람들을 다 알잖아요. 모두 당신의 친구들이고 우리 패거리잖아요. 진보 성향의 사업가들. 우리 모두 〈배너〉에서 광고를 빼고 싶어요."

"호머, 조금만 참아요. 난 서두르지 않겠소. 모든 일에는 적당한 때가 있는 법이오. 절호의 순간 말이오."

"좋아요, 일단은 당신 말에 따르겠어요. 하지만 뭔가 이상한 기운이 감돌고 있어요. 언젠가는 위험해질 거예요."

"그럴지도 모르지. 그때가 되면 알려주겠소."

"난 엘즈워스가 〈배너〉에서 일하는 줄 알았는데요." 르네 슬로턴이 어리둥절해서 멍하게 말했다.

모두 분노와 동정의 눈빛으로 그녀를 쳐다보았다.

"르네, 참 순진하군요." 이브 레이턴이 어깨를 으쓱하며 말했다.

"그런데 〈배너〉에 무슨 문제가 있는 건가요?"

"얘야, 넌 추잡한 정치에 대해선 알 것 없고, 〈배너〉는 사악한 신문이야. 와이낸드는 아주 나쁜 사람이고. 그는 부자들의 이기적인 이익을 대변하는 인물이지." 제시카 프랫이 말했다.

"그 사람 잘생겼는데. 성적 매력도 있고." 르네가 말했다.

"오, 맙소사!" 이브 레이턴이 외쳤다.

"어쨌든 르네도 자기 의견을 말할 권리가 있어요." 제시카 프랫이 발끈해서 동생 편을 들었다.

"엘즈워스가 와이낸드 신문 노조위원장이라는 말을 들었

어요." 르네가 느릿하게 말했다.

"오, 르네, 그렇지 않아요. 난 장이라는 걸 맡아본 적이 없소. 난 그저 일반 노조원일 뿐이오. 사환과 마찬가지로." 투히가 말했다.

"와이낸드 신문에 노조가 있나요?" 호머 슬로턴이 물었다.

"처음엔 그냥 클럽으로 시작했는데 작년에 노조가 되었소." 투히가 대답했다.

"누가 조직했죠?"

"그걸 어떻게 알겠소? 자연스럽게 결성된 건데. 대중운동이 다 그렇듯이."

"**난** 와이낸드가 개자식이라고 생각해요." 미첼 레이턴이 선언했다. "자기가 대단한 존재라도 되는 줄 아는 모양이에요. 주주 모임에 갔더니 우리를 하인 대하듯 하더라고요. 내 돈은 자기 돈만 못합니까? 나도 엄연히 그 빌어먹을 신문사 지분을 갖고 있다고요. 나도 그에게 저널리즘에 대해 한두 가지 가르쳐줄 수 있어요. 나한테도 아이디어가 있다고요. 아니, 왜 그렇게 거만한 거예요? 자수성가해서? 헬스 키친 출신이라는 이유만으로 꼭 그렇게 속물 노릇을 해야 하는 겁니까? 자기처럼 헬스 키친에서 태어나 자수성가하지 못한 게 우리 탓이냐고요! 부자로 태어난 게 얼마나 지독한 핸디캡인지 사람들은 몰라요. 돈만 많은 쓸모없는 인간이라는 세상의 편견에서 벗어날 수가 없으니까요. 나도 게일 와이낸드처럼 태어났다면 그보다 두 배는 부자에 세 배는 유명해졌을 거예요. 하지만 그 작자는 자만심에 차서 그런 걸 알지도 못해요!"

아무도 입을 열지 않았다. 다들 미첼 레이턴의 목소리에서 병적인 흥분이 고조되는 걸 느꼈던 것이다. 이브 레이턴이 투히를 바라보며 말없이 도움을 청했다. 투히는 미소 지으며 한 걸음 앞으로 나섰다.

"미첼, 당신이 부끄럽소." 투히가 말했다.

호머 슬로턴이 헉 소리를 냈다. 지금까지 그 문제에 대해 미첼 레이턴을 나무란 사람은 아무도 없었던 것이다. 아니, 그 어떤 문제에 대해서든 그를 나무란 사람은 없었다.

미첼 레이턴의 아랫입술이 사라졌다.

"미첼, 당신이 부끄럽소." 투히가 다시 엄격한 목소리로 말을 이었다. "게일 와이낸드 같은 하찮은 인간과 자신을 비교하다니."

미첼 레이턴의 입이 미소에 가까울 정도로 부드럽게 풀어졌다.

"그건 사실이에요." 그가 겸손하게 말했다.

"당신은 절대 게일 와이낸드를 따라갈 수가 없소. 그 민감한 정신과 인도주의적 본능 때문에. 미첼, 당신의 발목을 잡는 건 돈이 아니라 그것이오. 요즘 누가 돈에 신경을 쓰겠소? 돈의 시대는 지났소. 당신의 고운 본성은 자본주의 체제의 잔인한 경쟁에 맞질 않소. 하지만 자본주의 역시 이제 과거가 될 것이오."

"그건 자명한 일이죠." 이브 레이턴이 말했다.

투히는 밤늦은 시각에야 미첼 레이턴의 집을 나섰다. 그는 기분이 들떠서 집까지 걸어가기로 했다. 텅 빈 거리들이 엄숙하게 펼쳐져 있었고 시커먼 건물 덩어리들이 무방비 상태로 당당하게 하늘로 솟아 있었다. 투히는 언젠가 도미니크에게 했던 말이 생각났다. "우리의 사회와 같은 복잡한 기계가 …… 손가락 하나로 살짝 누르기만 해도 …… 중심을 잃고 와르르 무너져 고철 신세가 되는 걸……." 그는 도미니크가 그리웠다. 그녀가 오늘 밤 미첼 레이턴의 응접실에서 오간 대화를 들었다면 좋았을 거라는 생각이 들었다.

아무와도 나누지 못한 흥분이 그의 가슴속에서 들끓었다. 투히는 조용한 길 한가운데 서서 고개를 뒤로 젖히고 마천루 꼭대기들을 보며 요란하게 웃어댔다.

경찰관 한 명이 다가와서 그의 어깨를 두드렸다. "선생, 왜 그래요?"

투히는 경찰관의 넓은 가슴을 팽팽하게 감싼 푸른 천과 단추들, 그리고 단단하고 참을성 있어 보이는 무신경한 얼굴을 바라보았다. 주위의 건물들처럼 견고하고 믿음직해 보이는 사내였다.

"근무 중이오?" 투히가 물었다. 그의 목소리에서 웃음의 메아리가 경련을 일으키는 듯했다. "법과 질서와 예절, 인간의 생명을 지키고 있는 거요?" 경찰관은 뒤통수를 긁적였다. "그럼 나를 체포하시오."

"알았어요, 알았어. 얼른 가보시오. 누구나 가끔은 과음을 할 수 있으니까." 경찰관이 말했다.

7

마지막까지 남아 있던 페인트공이 떠난 뒤에야 피터 키팅은 쓸쓸함을 느낄 수 있었다. 양쪽 팔꿈치가 저릿하면서 힘이 쭉 빠졌다. 그는 로비에 서서 천장을 올려다보았다. 계단을 철거하고 구멍을 막은 뒤 반짝이는 페인트로 덮은 자리의 네모난 윤곽이 보였다. 가이 프랭컨이 쓴 방이 없어졌다. 이제 키팅 앤드 뒤몽은 한 층만 쓰게 된 것이다.

키팅은 맨 처음 설계도를 들고 붉은 플러시 천이 깔린 그 계단을 올라가던 순간이 기억났다. 화려한 나비 문양으로 꾸며진 가이 프랭컨의 방. 키팅은 그 방을 쓰던 지난 4년을 생각했다.

키팅은 지난 몇 년 동안 회사가 어떻게 돌아가는지 다 알고 있었다. 작업복 차림의 인부들이 계단을 철거하고 천장의 구멍을 막는 동안에도 현실을 잘 알고 있었다. 하지만 흰 페인트칠로 덮은 네모난 윤곽을 보고서야 모든 것이 진짜로 실감이 났다.

그는 이미 오래전에 내리막길에 몸을 내맡겼다. 스스로 원해서 체념한 건 아니었지만 어쩌다 보니 그렇게 되었고, 굳이 저항하지는 않았다. 졸음이 잠으로 이어지듯 그 과정은 간단했으며 고통도 거의 없었다. 왜 그렇게 되었는지 알고 싶은 마음이 둔중한 아픔을 주는 정도였다.

'세기들의 행진' 박람회가 있었지만 그것 하나만으로는 문제될 게 없었다. 박람회는 5월에 열렸다. 그건 실패였다. 키팅은 솔직하게 말하지 못할 이유가 뭐냐고, 그건 완전히 끔찍한 실패였다고 속으로 웅얼거렸다. 엘즈워스 투히는 칼럼에 이렇게 썼다. "그 박람회의 이름은 세기들이 말을 타고 지나갔다고 붙였어야 가장 어울렸을 것이다." 박람회의 건축적 가치에 대한 다른 글들도 같은 논조였다.

키팅은 자신과 다른 일곱 명의 건축가들이 박람회 설계에 얼마나 성실하게 임했는지 생각하며 아쉬움과 씁쓸함을 느꼈다. 그가 자신을 앞세우고 홍보에 욕심을 부린 건 사실이지만 설계 작업을 할 때는 절대 그렇게 하지 않았다. 그들은 회의에 회의를 거치며 서로에게 양보하면서 진정한 공동체 정신으로 조화롭게 일했고, 아무도 자신의 개인적인 편견이나 이기적인 생각을 강요하지 않았다. 랠스턴 홀쿰마저도 르네상스를 잊었다. 그들은 박람회 건물들을 현대적으로 만들었다. 지금껏 보아온 그 어떤 건물보다 현대적으로, 슬로턴 백화점 쇼윈도보다 더 현대적으로 만들었다. 키팅은 그 건물들이 어떤 비평가의 지적처럼 "누가 밟고 지나가서 치약 줄기가 구불구불 나온 모양이나 내장을 멋지게 배열해놓은 것처럼" 보인다고는 생각하지 않았다.

하지만 대중은 그 비평을 생각하는 것 같았다. 박람회 건물들에 대한 관심이 있기나 했는지 모르겠지만 말이다. '세기들의 행진' 박람회 입장권은 극장에서 하는 빙고 게임 상품으로 제공되었고, 박람회에서 그나마 큰 인기를 끌어 재정적 구세주 노릇을 해준 건 옷을 훌랑 벗고 살아 있는 공작으로 아슬아슬하게 몸을 가리며 춤을 춘 후아니타 페이라는 무용수였다.

하지만 박람회가 실패작이 되었다고 문제될 건 없었다. 다른 일곱 명의 건축가들은 멀쩡했다. 고든 L. 프레스콧은 오히려 더 막강해졌다. 키팅은 이미 박람회 전부터 몰락이 시작되었다고 생각했다. 하지만 그게 언제였는지는 알 수가 없었다.

핑곗거리는 많았다. 우선 대공황으로 다들 타격을 입었다. 다른 회사들은 어느 정도 일어섰지만 키팅 앤드 뒤몽은 그러지 못했다. 가이 프랭컨이 은퇴하면서 회사에서 무언가가 빠져나갔고 고객 확보에도 차질이 생겼다. 키팅은 가이 프랭컨의 성공 뒤에는 나름의 기술과 비논리적인 에너지가 있었음을 깨달았다. 비록 그 기술이란 것이 사교술에 지나지 않고, 에너지도 어리벙벙한 백만장자들을 꾀어내는 데만 쏟아졌지만. 가이 프랭컨에 대한 사람들의 반응은 비록 왜곡된 것일망정 타당성이 있었다.

키팅은 지금 사람들이 반응하는 것들에서 도무지 타당성이라는 것을 찾을 수가 없었다. 불경기에 쪼그라든 건축업계의 지도자는 미국 건축가위원회 회장을 맡고 있는 고든 L. 프레스콧이었다. 그는 건축의 초월적 실용주의와 사회계획에 대한 강연을 하고, 사교계 인사들의 응접실 탁자에 발을 올려놓고, 공식 만찬회에 무릎 아래를 졸라매는 반바지 차림으로 나타나 수프 맛을 혹평했다. 사교계 인사들은 진보적인 건축가를 좋아한다고 말했다. 미국 건축가협회는 상처 난 권위를 안고 완고하게 존립하고 있었지만 사람들은 그곳을 양로원이라고 불렀다. 미국 건축가위원회 사람들이 업계를 지배하며 클로즈드 숍(closed shop: 노동조합에 가입한 노조원만 고용하는 제도—옮긴이)에 대한 이야기를 나누었지만 아직 구체적인 계획을 내놓은 사람은 없었다. 엘즈워스 투히의 칼럼에 건축가의 이름이 언급되면 그건 늘 거스 웨브였다. 키팅은 서른아홉의 나이에 벌써 구식이라는 소리를 들어야 했다.

키팅은 이해하려는 노력조차 포기한 상태였다. 그는 지금 세계를 삼키고 있는 변화의 정체에 대해서는 차라리 모르는 편이 낫다는 걸 어렴풋이 느끼고 있었다. 젊은 시절 그는 가이 프랭컨이나 랠스턴 홀쿰의 작품들에 대해 우호적인 경멸을 느꼈고 그들을 모방하는 걸 순진한 돌팔이 짓 정도로만 여겼다. 하지만 고든 L. 프레스콧이나 거스 웨브의 경우 너무도 뻔뻔스럽고 사악한 사기 행위를 대표하고 있었기에 도저히 눈뜨고 봐줄 수가 없었다. 홀쿰의 경우 사람들은 그에게서 위대성을 발견했으며, 그의 빌려온 위대성을 빌리면서 나름의 만족을 얻을 수 있었다. 하지만 프레스콧에게서 무언가를 발견하는 사람은 아무도 없었다. 프레스콧의 천재성에 대해 이야기하는 사람들의 태도에는 그에게 경의를 표하는 것이 아니라 천재성에 침을 뱉는 듯한 음흉함과 짓궂음이 들어 있었다. 키팅은 이번만은 대중을 따를 수가 없었다. 그의 눈에도 대중의 호의가 우수함의 인정이 아닌 치욕의 낙인으로 바뀐 것이 아주 똑똑히 보였던 것이다.

키팅은 관성의 힘으로 계속 사업을 해 나갔다. 이제 큰 사무실을 유지할 형편도 되지 않고 공간을 반밖에 쓰지 않았지만 규모를 줄이지 않고 사비로 적자를 메웠다. 그는 이대로 멈출 수가 없었다. 주식 투기로 거금을 날렸지만 아직은 여생을 편안히 보낼 수 있는 자금이 남아 있었다. 하지만 돈은 이제 그의 주요 관심사가 아니었다. 그가 두려워하는 건 활동을 멈추는 것, 일과가 없어진 상태였다.

키팅은 늘 오한에 시달리는 것처럼 어깨를 잔뜩 웅크리고 양팔을 몸에 꼭 붙이고 천천히 걸어 다녔다. 그는 체중이 불고 있었다. 얼굴에도 살이 쪘고 늘 고개를 숙이고 다녀서 이중 턱이 넥타이 매듭에 눌려 있었다. 젊은 시절의 아름다움의 흔적이 남아 있긴 했지만, 압지 위에 그려진 얼굴 윤곽이 퍼지고 뭉개진 것처럼 오히려 더 추하게 보였다. 관자놀이의 새치도 점점 더 눈에 띄어갔다. 그는 자주 술을 마셨지만 즐거움을 느끼지 못했다.

그는 어머니에게 다시 들어와서 같이 살자고 청했다. 모자는 거실에 말없이 앉아 긴긴 저녁을 함께 보냈다. 대화가 없는 것은 화가 나서가 아니라 서로에게서 위안을 찾고 있었기 때문이다. 키팅 부인은 아들에게 아무런 제안도, 질책도 하지 않았다. 그 대신 전에 없이 공포에 찬 애정을 보였다. 그녀는 하녀가 있는데도 손수 아침식사를 준비했다. 아들이 아홉 살에 홍역을 앓았을 때 무척 좋아했던 프랑스식 팬케이크를 만들었다. 아들이 어머니의 정성을 느끼고 기쁨을 표현하면 그녀는 고개를 끄덕이다가 눈을 깜짝이며 시선을 외면하고, 아들의 말이 자신을 왜 이토록 행복하게 하는지, 그런데 왜 눈물이 나는 것인지 스스로에게 묻곤 했다.

키팅 부인은 침묵을 지키다가 갑자기 묻곤 했다. "피터, 괜찮을 거야, 그렇지?"

그러면 키팅은 뜬금없이 그게 무슨 소리냐고 묻지 않고 조용히 대답했다. "예, 어머니, 괜찮을 거예요." 그럴 때면 그는 어머니를 위해 억지로 자신감에 찬 목소리를 짜냈다.

한번은 키팅 부인이 이렇게 물었다. "피터, 너 행복하지? 그렇지?" 키팅은 겁에 질려 휘둥그레진 어머니의 눈을 보며 어머니가 자신을 비웃고 있는 게 아님을 깨달았다. 그가 대답하지 못하자 어머니가 외쳤다. "넌 행복해야만 돼! 피터, 넌 행복해야 한다고! 내가 지금껏 뭘 위해 살았는데?"

키팅은 일어나서 어머니를 안고 괜찮다고 말해주고 싶었다. 그때 문득 가이 프랭컨이 결혼식 날 했던 말이 떠올랐다. "피터, 자네가 날 자랑스러워하면 좋겠네. …… 내가 이룬 것들이 의미가 있었다고 느끼고 싶어." 키팅은 꼼짝도 할 수가 없었다. 그는 붙잡아서도, 생각해서도 안 되는 것 앞에 있는 듯한 기분을 느꼈다. 그는 어머니를 외면했다.

어느 날 저녁, 어머니가 불쑥 말했다. "피터, 결혼해라. 결혼하면 훨씬 나아질 거야." 키팅은 대답할 말이 없었다. 그가 유쾌한 말을 생각해내려고 애쓰는데 어머니가 덧붙였다. "피터, 있잖아. …… 캐서린 홀시와 결혼하는 게 어떻겠니?"

키팅은 눈에 분노가 차올라 눈꺼풀이 팽팽해지는 걸 느끼며 천천히 어머니 쪽으로 고개를 돌렸다. 아들이 때린다면 기꺼이 맞고 용서해주겠다는 절박한 뜻을 보이며 무방비 상태로 뻣뻣하게 서 있는 어머니의 작은 몸집이 보였다. 키팅은 어머니가 얼마나 큰 용기를 내어 그 말을 했는지 알 수 있었다. 그는 자신의 충격보다 어머니의 고통을 더 날카롭게 느꼈기에 더는 분노할 수가 없었다. 그는 한 손을 들었다가 힘없이 떨어뜨리는 것으로 자신의 뜻을 전하며 입으로는 이렇게만 말했다. "어머니, 그러지 마세요……."

키팅은 주말에, 자주는 아니고 한 달에 한두 번 뉴욕에서 사라졌다. 그가 어디로 가는지 아무도 알지 못했다. 키팅 부인은 속으로는 걱정하면서도 아무것도 묻지 않았다. 그녀는 아들이 어딘가에 여자를 숨겨두고 있는지도 모른다고, 그 문제에 대해 무뚝뚝하게 침묵을 지키고 있는 것으로 보아 괜찮은 여자는 아닌 모양이라고 생각했다. 그녀는 차라리 아들이 지독하고 탐욕스러운 여자에게 꽉 붙잡혀 그 여자와 결혼하면 좋겠다는 생각이 들었다.

키팅은 어느 벽촌의 산속 오두막을 빌려 거기에 그림물감과 붓, 캔버스를 보관해두고 있었다. 그리고 주말에 그곳에 처박혀 그림을 그렸다. 그는 왜 어릴 적의 좌절된 꿈이 기억났는지 알 수 없었다. 어머니의 뜻에 따라 건축가의 길을 가기 위해 포기한 꿈이었다. 그는 어떤 식으로 그런 충동에 무릎을 꿇게 되었는지 설명할 수는 없었지만, 오두막을 발견했고 그곳에 가는 게 좋았다.

키팅은 자신이 그림 그리는 걸 좋아한다고 말할 수는 없었다. 그건 즐거움도 위안도 아니라 오히려 자기 고문이었지만, 그래도 상관없었다. 그는 작은 이젤 앞에 앉아 텅 빈 언덕과 숲과 하늘을 바라보았다. 그는 서툰 솜씨로 주위의 풍경에 대한 겸허하고 견딜 수 없는 애정을 표현하기 위해 조용히 고통을 감내했다. 그는 계속 시도했다. 그의 어린아이 같은 조잡한 솜씨로는 화폭에 원하는 걸 담아낼 수 없었으나 개의치 않았다. 그는 실패한 그림들을 오두막 한쪽 구석에 조심스럽게 쌓아놓고 뉴욕으로 돌아올 때는 오두막 문을 잠갔다. 거기에는 즐거움도 긍지도 해결책도 없었지만, 이젤 앞에 앉아 있으면 마음의 평화를 느낄 수 있었다.

키팅은 엘즈워스 투히에 대해서는 생각하지 않으려고 애썼다. 투히에 대한 생각만 하지 않으면 위태로운 정신적 안전을 지킬 수 있을 것임을 어렴풋이 직감하고 있었기 때문이다. 그에 대한 투히의 태도에는 한 가지 설명밖에 있을 수 없었지만, 그는 굳이 그것을 설명하고 싶지 않았다.

투히는 서서히 그에게서 멀어졌다. 해가 갈수록 두 사람의 만남은 뜸해졌다. 키팅은 그걸 받아들이며 투히는 바쁜 사람이라고 스스로를 타일렀다. 투히가 칼럼에서 도무지 그의 이름을 언급하지 않는 건 당혹스러운 일이었다. 하지만 그는 투히가 더 중요한 것들을 써야 하기 때문일 거라고 이해했다. '세기들의 행진' 에 대한 투히의 비판은 큰 충격이었다. 하지만 그런 비판을 받아 마땅하다고 스스로를 납득시켰다. 그는 어떤 비판이든 받아들였다. 그는 자신을 의심할 수 있었다. 하지만 엘즈워스 투히는 절대로 의심할 수 없었다.

그런데 닐 뒤몽이 다시 투히를 생각하도록 만들었다. 닐이 초조함을 감추지 못하며 요즘 세상이 어떻게 돌아가고 있는지 이야기했다. 그는 이미 엎질러진 물이라고, 변화가 생존의 법칙이라고, 세상에 적응해야 한다고, 초기에 약삭빠르게 뛰어들어야 한다고, 우리가 지금까지 알고 있던 사업은 이제 끝났으며 우리가 원하든 원하지 않든 정부가 지배권을 갖게 될 것이라고, 건축업계는 지금 죽어가고 있고, 곧 정부가 유일한 건축주가 될 것이니 거기에 한몫 낄 생각이 있다면 지금 뛰어들어야만 한다고 길고 두서없는 열변을 토했다. 그러고는 이렇게 덧붙였다. "고든 프레스콧을 보게. 주택 사업과 우체국 사업 독점권을 따냈잖나. 떼돈 버는 사업에 비집고 들어간 거스 웨브를 보라고."

키팅은 대꾸하지 않았다. 그가 마음에 담아두고만 있던 생각을 닐 뒤몽이 대신 말해준 것이었다. 그는 어차피 조만간 직면해야 할 상황임을 알면서도 계속 미루고 있었다.

키팅은 코틀랜드 주택에 대해 생각하고 싶지 않았다.

코틀랜드 주택은 정부 주도로 이스트 강 연안의 아스토리아 지역에 짓게 될 주택단지였다. 저가 임대주택의 거창한 실험으로 미국 전 지역, 나아가 전 세계의 모범이 되게 하겠다는 것이 정부의 야심 찬 포부였다. 키팅은 일 년 전부터 건축가들이 코틀랜드 주택에 대해 이야기하는 걸 들어왔다. 예산도 승인되고 부지 선정도 끝났지만 아직 건축가는 정해지지 않은 상태였다. 키팅은 자신이 얼마나 간절히 코틀랜드 주택을 원하는지, 하지만 그 가능성이 얼마나 희박한지 스스로 인정하려 들지 않았다.

닐 뒤몽이 말했다. "이보게, 피터, 툭 까놓고 말해서 우린 내리막길에 있고 자네도 그걸 알고 있어. 그래, 자네 명성에 기대서 한두 해는 더 버틸 수 있겠지. 하지만 그다음에는? 이렇게 된 게 우리 탓은 아니네. 민간 기업들이 다 죽어가고 있기 때문이지. 이건 역사적인 과정이야. 미래의 물결이라고. 그러니 기회가 있을 때 서프보드를 마련해야지. 똑똑한 주인이 나타나기를 기다리는 멋지고 튼튼한 서프보드가 있네. 코틀랜드 주택."

마침내 그 이름이 나왔다. 키팅은 그 이름이 자신의 힘으로는 멈출 수 없는 장면을 여는 둔탁한 종소리처럼 들리는 이유가 궁금했다.

"닐, 그게 무슨 뜻인가?"

"코틀랜드 주택. 엘즈워스 투히. 내 말이 무슨 뜻인지 자네도 알 걸세."

"닐, 난……."

"피터, 도대체 왜 그러나? 이보게, 다들 그것 때문에 웃고 있어. 다들 자기들도 자네처럼 투히의 특별한 총애를 받고 있다면 그런 식으로 코틀랜드 주택 사업을 따낼 거라고 말하고 있다고." 닐 뒤몽은 공들여 손톱 손질을 한 손가락을 딱 튕겼다. "자네가 왜 이러고 있는지 다들 이해를 못하고 있어. 자네 친구 엘즈워스가 이 주택 사업을 조종하고 있잖나."

"그건 그렇지 않아. 그는 공식 직함이 없어. 그는 공식 직함을 가져본 적이 없지."

"누굴 속이려고? 정부의 실권자들이 다 **그의** 사람들인데. 그들을 어떻게 손아귀에 넣었는지 도저히 모르겠지만 말이야. 피터, 왜 그러나? 엘즈워스 투히에게 청탁을 하기가 두려운 건가?"

키팅은 이제 더는 물러설 데가 없다고 생각했다. 엘즈워스 투히에게 청탁을 하기가 두렵다는 것을 시인할 수는 없었다.

그가 힘없는 목소리로 말했다. "아니, 두렵지 않네. 닐, 난…… 좋아. 닐, 엘즈워스에게 말해보겠네."

엘즈워스 투히는 가운 차림으로 소파에 늘어져 있었다. 양팔을 등 쿠션 가장자리를 따라 머리 위로 뻗고 다리는 아무렇게나 벌리고 있어서 몸이 엉성한 X 자 모양을 이루고 있었다. 실크 가운에는 오렌지색 바탕에 흰 분첩이 있는 코티 분 무늬가 찍혀 있었는데, 그 무늬는 대담하고 화려할뿐더러 단순성이 주는 우아함까지 지니고 있었다. 가운 속에는 구겨진 황록색 리넨 잠옷을 입고 있었고, 잠옷 바지가 가느다란 막대기 같은 발목까지 헐렁하게 내려와 있었다.

키팅은 엄격한 결벽성이 느껴지는 거실에서 그런 자세를 하고 있는 것이 투히답다고 생각했다. 투히의 뒤쪽에 있는 벽에 걸린 유명 화가의 유화 한 점을 빼면 장식이라고는 찾아볼 수 없는 그 거실은 마치 수도승의 방 같았다. 아니, 물질적인 과시를 경멸하는 유배 중인 왕의 거처 같았다.

투히의 눈빛은 따뜻하고 즐겁고 호의적이었다. 키팅이 전화를 걸었을 때 투히는 직접 전화를 받았고 즉시 약속을 잡아주었다. 키팅은 생각했다. '이렇게 격의 없이 맞아주는 게 좋아. 내가 뭘 두려워했던 거지? 뭘 의심했던 거지? 우린 오랜 친군데.'

투히가 하품을 하며 말했다. "아이구 피곤해라! 하루 종일 정신없이 뛰어다니다 보면 이렇게 늘어져 있고 싶은 때가 있거든. 집에 들어오자마자 바로 옷을 벗어던지고 싶더군. 시골뜨기처럼 정장이 갑갑해서 견딜 수가 있어야지. 피터, 괜찮은 거지, 그렇지? 딱딱하게 격식을 차려야 할 상대도 있지만 자네한테야 전혀 그럴 필요가 없지."

"그야 물론이죠."

"이따가 목욕을 좀 해야겠네. 피로 푸는 데는 뜨거운 물에 목욕하는 것만큼 좋은 게 없지. 피터, 자네도 뜨거운 물에 목욕하는 걸 좋아하나?"

"아, …… 그럼요. …… 그렇죠……."

"피터, 체중이 불고 있군. 이제 곧 욕조에 들어앉은 모습이 역겨워 보이겠어. 체중은 부는데 어째 초췌해 보여. 그건 나쁜 조합이지. 미적으로 아주 나빠. 뚱뚱한 사람은 행복하고 즐거워 보여야 하는데."

"전 …… 전 괜찮아요, 엘즈워스……. 다만……."

"자넨 성격이 좋았지. 그런 성격을 버리면 안 돼. 그럼 사람들이 자넬 지겨워하게 될 거야."

"엘즈워스, 전 변하지 않았어요." 키팅이 강조해서 말했다.

"아무것도 변한 게 없어요. 코스모-슬롯닉 빌딩을 설계하던 때 그대로라고요."

키팅은 희망에 찬 눈빛으로 투히를 바라보았다. 그 정도면 투히가 충분히 알아들을 수 있을 만큼 노골적인 암시를 준 거라고 생각했다. 사실 투히는 그보다 훨씬 미묘한 암시도 잘 알아들으니까. 그는 투히가 도움의 손길을 내밀기를 기다렸다. 하지만 투히는 다정하고 멍한 눈길만 보내고 있었다.

"아, 피터, 그건 철학적이지 못한 발언이네. 변화는 우주의 근본원리니까. 모든 것이 변한다네. 계절, 나뭇잎, 꽃, 새, 도덕, 인간, 건물. 피터, 그게 변증법적 과정이지."

"물론 그렇죠. 모든 게 너무 빨리, 너무 이상하게 변하고 있죠. 아무 눈치도 못 채고 있다가 어느 날 아침 갑자기 변화를 발견하게 되는 식이죠. 사실 몇 년 전만 하더라도 루이스 쿡, 고든 프레스콧, 아이크, 랜스 같은 사람들은 전혀 이름이 없었죠. 그런데 이제 정상에 서 있어요. 엘즈워스, 그들 모두가 당신의 사람들이고요. 요새 눈에 띄거나 유명해진 사람들은 전부 당신 사람들이죠. 엘즈워스, 정말 대단하세요. 단 몇 년 만에 어떻게 그런 일을 이룰 수가……."

"피터, 겉보기보다 훨씬 간단하다네. 그걸 개개인의 일이라고 생각하니까 대단해 보이는 거지. 자넨 그게 개별적으로 이루어졌다고 생각하지. 하지만 그런 방법으로는 홍보 요원 100명이 평생을 바쳐도 불가능하다네. 그보다 훨씬 빠른 방법이 있지. 지금은 시간 절약형 장치들의 시대네. 무언가를 키우고 싶다면 씨앗을 따로따로 키워선 안 되네. 그냥 비료만 뿌려주면 돼. 나머진 자연이 알아서 해주지. 자넨 내가 모든 걸 조종하고 있다고 생각하겠지만 그렇지 않네. 절대로. 나는 다수 중 하나일 뿐이야. 아주 거대한 움직임의 일부일 뿐이라고. 그 움직임은 아주 거대하고 오래된 것이지. 난 예술 분야를 선택했고 그게 우연히도 자네의 관심 분야라 자네 눈에 그렇게 보인 것일 뿐이지. 내가 예술 분야를 택한 건, 그 분야가 우리가 달성해야 하는 과업의 결정적인 요소들에 집중하고 있다고 생각했기 때문이고."

"물론 그렇죠. 제가 하고 싶은 말은, 당신이 대단히 현명했다는 거예요. 재능과 장래성을 지닌 젊은 인재들을 가려낼 수 있었으니까요. 어떻게 그런 선견지명을 가질 수 있는지 저로선 놀라울 뿐이에요. 우리가 미국 건축가위원회 모임 장소로 썼던 그 초라한 다락방 기억나세요? 당시엔 아무도 우리에게 관심을 기울이지 않았죠. 다들 당신이 온갖 시시한 단체에 시간을 낭비하고 있다고 비웃었고요."

"이 친구 피터, 원래 사람들은 잘못된 생각을 많이 한다네. 그중 하나가 옛날부터 전해져 내려온 '분열시켜 정복하라' 는 말이지. 물론 그 말이 맞는 경우도 있지만, 금세기에 그보다 훨씬 설득력 있는 구호는 '단결하여 지배하라' 지."

"그게 무슨 뜻이죠?"

"자넨 이해하기 힘들 걸세. 자네에게 무리한 부담을 줘선 안 되겠지. 그러잖아도 힘들어 보이는데."

"오, 저는 괜찮아요. 조금은 걱정스러워 보일 수는 있겠지만……."

"걱정은 감정적 낭비일 뿐이라네. 매우 어리석은 짓이지. 현명한 사람에겐 어울리지 않아. 우린 그저 화학적 신진대사를 하는 생물체이며 경제적 요인들에 의해 결정되는 존재일 뿐이기에 우리가 할 수 있는 건 아무것도 없다네. 그런데 왜 걱정을 하는가? 물론 표면상의 예외는 있지. 하지만 어디까지나 표면상의 것일 뿐이네. 자신이 독자적인 행동을 취했다고 착각하도록 만드는 상황 말일세. 자네가 코틀랜드 주택에 대해 이야기하기 위해 여기 온 것도 그런 경우지."

키팅은 눈을 깜짝이다가 감사의 미소를 지었다. 그는 자신이 찾아온 이유를 알아채서 곤란한 이야기를 꺼내는 수고를 덜어준 것이 투히답다고 생각했다.

"엘즈워스, 맞아요. 그 얘기를 하고 싶어서 온 거예요. 당신은 정말 대단해요. 저를 책 들여다보듯 훤히 알고 있어요."

"무슨 책 말인가? 싸구려 소설? 로맨스? 범죄 스릴러? 아니면 그저 표절 원고? 아니, 연재물이라고 하세. 길고 흥미진진한, 그러나 마지막 회가 빠진 연재물. 그 마지막 회는 어디다 잃어버려서 찾을 수가 없지. 아니, 코틀랜드 주택이 마지막 회가 될 수도 있겠군. 그래, 잘 어울리는 결말이야." 키팅은 수치심도 잊고 노골적인 애원의 눈빛으로 열심히 듣고 있었다.
"코틀랜드 주택, 어마어마한 사업이지. 스토리지보다 큰. 피터, 스토리지 기억하나?"

키팅은 투히가 지금 피곤해서 말이 잘못 나온 거라고, 자신이 너무 편해서 그렇다고, 투히라고 항상 총기가 넘치는 건 아니라고 생각했다.

"스토리지. 게일 와이낸드의 대규모 주택 개발 사업. 피터, 게일 와이낸드의 성공에 대해 생각해본 적 있나? 부두의 건달에서 스토리지까지……. 그런 성공이 무엇을 의미하는지 아나? 게일 와이낸드가 성공의 사다리를 한 단씩 오를 때마다 얼마나 많은 노력과 에너지를 기울이고 얼마나 큰 고통을 겪었을지 짐작이 되나? 그런데 지금 난 아무 노력 없이 스토리지보다 훨씬 거대한 사업을 손아귀에 쥐고 있어." 투히는 손을 내리며 덧붙였다. "만일 내가 진짜로 그걸 손아귀에 쥐고 있다면 말일세. 그건 그저 비유에 불과할 수도 있으니 내 말을 곧이곧대로 듣지는 말게, 피터."

"전 와이낸드를 증오해요." 키팅이 바닥을 내려다보며 쉰 목소리로 말했다. "세상에서 제일 증오하는 인간이에요."

"와이낸드를? 그는 아주 순진한 인물이야. 인간이 돈 때문에 움직인다고 믿을 만큼 순진하지."

"엘즈워스, 당신은 그렇지 않아요. 당신은 고결한 사람이니까요. 그래서 제가 당신을 믿는 거예요. 그게 지금 제가 가진 전부예요. 당신에 대한 믿음이 사라진다면 …… 아무것도 남지 않게 될 거예요."

"피터, 고맙네. 착하기도 하지. 히스테리가 느껴지긴 하지만 그래도 착해."

"엘즈워스, …… 당신에 대한 제 마음 아시잖아요."

"잘 알지."

"바로 그래서 이해를 못하겠는 거예요."

"뭘?"

키팅은 말해야만 했다. 절대 말하지 않겠노라고 다짐했지만 말하지 않을 수가 없었다.

"엘즈워스, 왜 절 버린 거죠? 왜 저에 대한 글을 써주지 않는 거죠? 왜 늘 칼럼에든 어디든 …… 일을 맡길 건축가를 추천할 때도 …… 왜 항상 거스 웨브죠?"

"피터, 그래선 안 될 이유라도 있나?"

"하지만 …… 전……."

"자네가 날 전혀 이해하지 못하는 것이 유감스럽네. 그 오랜 세월 자넨 내 원칙들에 대해 전혀 배운 게 없어. 피터, 난 개인주의를 믿지 않네. 난 그 어느 누구도 다른 사람들에겐 불가능한 특별한 존재가 될 수는 없다고 생각하네. 난 우리 모두가 동등하고 상호 교환이 가능하다고 믿네. 오늘 자네가 차지한 지위는 내일 다른 사람의 것이 될 수 있지. 평등한 교체. 자네한테도 늘 한 얘기가 아닌가? 자넨 왜 내가 자넬 선택했다고 생각하나? 왜 내가 자넬 그 자리에까지 올려줬다고 생각해? 교체 불가능한 사람들로부터 자리를 지키기 위해서지. 거스 웨브 같은 사람들에게 기회를 주기 위해서야. 자넨 내가 왜, 이를테면 하워드 로크에 대항해 싸웠다고 생각하나?"

키팅의 마음에 멍이 들었다. 그는 마음을 둔기로 얻어맞는 듯한 기분을 느꼈고 나중에 검푸른 멍이 들고 부풀어 오르리라 생각했다. 하지만 지금은 달콤한 마비밖에 느껴지지 않았다. 그는 정신이 혼미한 상태에서 투히의 사상은 높은 도덕성을 지녔다고, 자신이 늘 수용해왔던 것이라고, 따라서 자신에게 해될 게 없다고, 해로울 수가 없는 것이라고 생각했다. 투히의 검고 부드럽고 관대한 눈이 그를 똑바로 바라보고 있었다. 어쩌면 나중에 …… 나중에 투히의 말을 이해할 수 있게 될 것이다. 하지만 그 순간에도 그의 뇌리에 날카롭게 파고드는 말이 있었다. 그것만은 분명히 이해할 수 있었다. 그 이름만은.

키팅은 투히의 자비심에 모든 희망을 걸고 있으면서도 심술궂은 충동을 이기지 못하고 몸을 앞으로 내밀었다. 그는 자신이 하려는 말이 투히에게 상처를 줄 것임을 알았고, 그걸 바라고 있었다. 그는 놀랍게도 이와 잇몸을 드러내며 미소를 지었다.

"엘즈워스, 당신은 그 부분에선 실패했어요. 안 그래요? 하워드 로크가 지금 어떻게 됐는지 보라고요."

"오, 겉으로 드러나는 것들에만 신경 쓰는 사람과 대화하는 건 정말 따분한 일이라니까. 피터, 자넨 원칙이란 걸 도무지 이해를 못하는군. 그저 개개인에 대해서만 생각하고 있어. 자네 정말 내가 하워드 로크란 자의 개인적인 운명에 대해 걱정하는 걸 빼면 인생의 다른 사명이 없을 거라고 생각하나? 로크는 다수 중 하나에 불과하네. 난 형편이 될 때 그를 상대해 왔네. 지금도 여전히 그를 상대하고는 있지만 직접적으론 아니지. 사실 하워드 로크가 내게 커다란 유혹이 된다는 점은 인정하겠네. 그와 개인적으로 다시 대결하지 않는다면 수치스러울 거라는 생각도 가끔 들지. 하지만 그와의 대결은 전혀 필요치 않을 걸세. 피터, 원칙을 다루다 보면 개별적으로 상대하는 번거로움은 면할 수 있다네."

"그게 무슨 뜻이죠?"

"두 가지 방법 중 하나를 선택할 수 있다는 뜻이지. 잡초가 올라올 때마다 일일이 하나씩 뽑는 방법을 택한다면 인생을 열 번 살아도 시간이 모자랄 걸세. 하지만 땅에 제초제를 뿌려 버리면 잡초가 자랄 수 없지. 두 번째 방법이 더 빠르지. 내가 '잡초'라고 한 건 그게 전통적인 상징이고 자네를 놀라게 하지 않을 것이기 때문이네. 물론 그 방법은 그 어떤 식물의 제거에도 적용될 수 있네. 메밀, 감자, 오렌지, 난초, 나팔꽃."

"엘즈워스, 무슨 말인지 못 알아듣겠어요."

"당연히 그럴 걸세. 그게 내 강점이지. 나는 날마다 공개적으로 이런 얘기를 하지만 그게 무슨 소린지 아무도 알아듣지 못하지."

"하워드 로크가 게일 와이낸드의 집을 짓고 있다는 소식 들으셨어요?"

"이보게 피터, 내가 그런 소식을 자네를 통해 들을 때까지 모르고 있어야 한다고 생각하나?"

"그것에 대해 어떻게 생각하세요?"

"내가 왜 그런 걸 신경 써야 하나?"

"로크와 와이낸드가 절친한 친구 사이가 됐다는 얘기는 들으셨어요? 보통 친한 사이가 아니라던데! 와이낸드가 어떤 능력을 가졌는지 아시죠. 그가 로크를 어떻게 만들어놓을 수 있는지 잘 아실 거예요. 로크를 막아보세요! 막아보라고요! 막아……."

키팅은 목구멍이 콱 막혀서 침묵을 지켰다. 그는 투히의 잠옷 바지와 양털 슬리퍼 사이의 맨살이 드러난 발목에 시선이 갔다. 그는 투히의 알몸을 상상해본 적이 없었다. 어쩐지 투히가 육체라는 걸 지녔을 것 같지가 않아서였다. 무척이나 연약해 보이는 뼈들을 감싼 푸르스름한 흰 살이 좀 민망한 느낌을 주었다. 식사 후 접시에 남겨진 말라비틀어진 닭뼈들을 보는 듯했고 살짝 건드리기만 해도 툭 부러질 것만 같았다. 키팅은 자신도 모르게 그 발목을 엄지와 검지로 잡고 손가락을 살짝 움직여 부러뜨리고 싶은 충동에 젖었다.

"엘즈워스, 전 코틀랜드 주택에 대한 얘기를 하러 왔어요!" 키팅은 투히의 발목에서 시선을 떼지 못하며 그 말이 자신을 충동에서 벗어날 수 있게 해주기를 빌었다.

"그렇게 소리 지르지 말게. 왜 그러나? 코틀랜드 주택? 그래, 그것에 대해 무슨 얘기를 하고 싶은데?"

키팅은 놀라서 투히의 발목에서 시선을 떼지 않을 수 없었다. 투히는 아무것도 모르는 듯한 얼굴로 기다렸다.

"코틀랜드 주택 설계를 맡고 싶어요." 풀 먹인 천 같은 빳빳한 목소리였다. "그 일을 저한테 주세요."

"내가 왜 그걸 자네한테 줘야만 하지?"

키팅은 대답하지 않았다. 당신이 나를 당대 최고의 건축가라고 칼럼에서 칭찬하지 않았느냐고 말하고 싶었지만, 그러면 투히가 이제 그렇게 생각하지 않는 게 입증될 터였다. 키팅은 진실을 마주할 용기가 나지 않았다. 그는 투히의 푸르스름한 발목뼈 위에 난 검은 털 두 가닥을 바라보았다. 매우 선명하게 보이는 그 털들 중 하나는 곧고 하나는 소용돌이 모양으로 꼬여 있었다. 한참 후에 그가 대답했다.

"제가 몹시도 간절히 원하니까요."

"알고 있네."

더는 할 말이 없었다. 투히는 발을 들어 소파 팔걸이에 올려놓고 편하게 다리를 벌렸다.

"피터, 똑바로 앉게. 꼭 이무기돌 같아."

키팅은 움직이지 않았다.

"코틀랜드 주택 건축가 선정이 내 손에 달려 있다고 생각하는 이유가 뭔가?"

키팅이 안도감을 느끼며 고개를 들었다. 그는 자신이 너무 아는 척을 해서 투히의 심기를 불편하게 만들었던 거라고, 이유는 그것뿐이었다고 생각했다.

"그야, 제가 알기론 …… 사람들 말이 …… 당신이 그 사업에 막강한 영향력을 행사하고 있다는 말을 들어서 …… 담당자들과 …… 워싱턴에서……."

"철저히 비공식적인 영향력에 한정되어 있다네. 건축 문제 전문가로서. 그뿐이네."

"물론 그렇지만 …… 저도 그런 뜻으로 한 말이었어요."

"건축가를 추천할 수는 있지. 하지만 그게 다네. 보장은 못 해. 내 말 한 마디로 결정되는 게 아니니까."

"저도 그거면 돼요. 당신이 추천만 해주시면……."

"하지만 피터, 누굴 추천하려면 그 이유를 대야만 하지. 아무리 힘이 있어도 무턱대고 친구를 밀어줄 순 없지 않은가?"

키팅은 투히의 가운을 보며 생각했다. '분첩, 왜 분첩 무늬지? 저것 때문에 내가 이러는 거야. 저것 좀 없앴으면.'

"피터, 업계에서 자네가 차지하고 있는 위치는 예전과는 다르네."

"엘즈워스, '친구를 밀어준다' 고 했죠……." 키팅이 속삭이듯 말했다.

"그래, 물론 난 자네 친구네. 늘 자네의 친구였지. 그걸 의심하는 건 아니겠지?"

"아뇨, …… 그럴 리가요……."

"그럼 기운 내게. 이보게, 솔직하게 말하지. 그 빌어먹을 코틀랜드 주택 사업은 지금 진퇴양난에 빠져 있네. 골치 아픈 문제가 생겨서. 사실은 고든 프레스콧과 거스 웨브에게 설계를 맡기려고 했네. 그들에게 맞는 일 같아서. 난 자네가 그 일에 이렇게 관심이 많을 줄은 몰랐네. 그런데 두 사람 다 일을 따내지 못했어. 자네, 주택 사업의 큰 문제점이 뭔지 아나? 경제성이지. 월세 15달러에 임대할 수 있는 멋진 현대식 아파트를 어떻게 설계해내느냐는 거지. 그런 걸 생각해본 적 있나? 코틀랜드 주택 설계를 맡은 건축가는 그걸 해내야만 하네. 물론 세입자를 잘 선별해서 똑같은 아파트라도 연 수입 1,200달러인 사람이 600달러인 사람보다 월세를 더 많이 내도록 하면 어느 정도 충당은 될 걸세. 영세민을 쥐어짜서 더 가난한 영세민을 돕도록 하는 방법이지. 그래도 건축비와 유지비를 최대한 줄여야만 돼. 자네도 알겠지만, 정부 주도 주택 사업에서는 아파트 한 채당 건축비가 1만 달러씩 됐고 (사기업이 지으면 2,000달러면 되는데 말이야) 워싱턴 친구들은 더는 그런 건 원하지 않네. 코틀랜드 주택은 모범이 되어야 하네. 전 세계의 모범. 역사상 가장 찬란하고 효율적인 계획경제의 사례. 워싱턴 거물들은 그걸 원하네. 고든과 거스는 그걸 해낼 수 없었지. 설계안을 제출하긴 했지만 통과가 되지 않았어. 얼마나 많은 건축가들이 덤벼들었는지 알면 자네도 놀랄 걸세. 피터, 자네가 정상의 자리에 있다고 해도 난 자네를 추천할 수 없었을 걸세. 그들에게 자네에 대해 뭐라고 말할 수 있겠나? 자네를 상징하는 건 플러시 천과 금박과 대리석, 가이 프랭컨, 코스모-슬롯닉 빌딩, 프링크 내셔널 은행, 건축비도 못 건진 '세기들의 행진' 박람회 아닌가. 그들이 원하는 건 소작인의 수입밖에 안 되는 사람들에게 백만장자의 부엌을 제공하는 것이네. 자네가 그걸 할 수 있다고 생각하나?"

"저 …… 저한테 아이디어가 있어요. 엘즈워스, 전 그쪽 분야를 지켜봐왔고 …… 또 …… 새로운 방식들을 연구했어요. 할 수 있어요……."

"그렇다면 일을 따낼 수 있을 거네. 그렇지 않다면 내 우정도 도움이 될 수 없고. 난 진심으로 자네를 돕고 싶네. 자네, 꼭 비 맞은 늙은 암탉 꼴이로군. 피터, 내일 내 사무실로 오게. 내가 가진 모든 자료를 줄 테니 집에 가져가서 머리가 터지도록 고민해볼 만한 일인지 검토해보게. 원한다면 시도해보게. 기본설계를 해서 나한테 갖고 오게. 아무것도 약속은 못하네. 하지만 내가 보기에 승산이 있으면 담당자에게 보여주고 힘닿는 데까지 밀어주겠네. 내가 해줄 수 있는 건 그게 다야. 그건 나한테 달린 게 아니라 자네한테 달렸네."

키팅은 투히를 바라보고 있었다. 그의 눈빛이 걱정스럽고 열성적이고 절망적이었다.

"피터, 해보겠나?"

"기회를 주시겠어요?"

"물론 주지. 왜 안 주겠나? 나야 누구보다 자네가 그 일을 맡게 되기를 원하지. 자네가 성공한다면 정말 기쁠 걸세."

키팅이 뜬금없이 말했다. "엘즈워스, 제가 이런 꼴을 하고 있는 건 …… 그건 …… 자신이 실패자라는 걸 지나치게 의식해서가 아니라 …… 정상에서 …… 아무 이유 없이 …… 그렇게 미끄러져 내려온 걸 이해할 수가 없어서예요."

"그래, 피터, 그건 무서운 일일 수 있지. 원래 납득할 수 없는 건 공포를 주니까. 하지만 자네가 정상에 올라야만 했던 이유가 있었는지에 대한 회의를 멈춘다면 그리 무섭진 않을 걸세. …… 오, 피터, 웃게, 농담이야. 유머 감각을 잃으면 모든 걸 잃게 되는 거지."

이튿날 오전, 키팅은 배너 빌딩에 있는 엘즈워스 투히의 작고 아늑한 사무실에 들렀다가 회사로 출근했다. 그의 손에는 코틀랜드 주택 사업에 관한 자료가 든 서류 가방이 들려 있었다. 그는 자신의 방에 있는 큰 탁자에 서류들을 펼쳐놓고 문을 잠갔다. 정오가 되자 제도사에게 샌드위치를 사오라고 시켰고, 저녁도 샌드위치로 때웠다.

닐 뒤몽이 물었다. "피터, 도와줄까? 서로 의논해서……."

키팅은 고개를 저었다.

키팅은 밤새 탁자 앞에 앉아 있었다. 이윽고 그는 서류들에서 눈을 떼고 가만히 앉아 생각에 잠겼다. 그는 앞에 펼쳐진 도표들과 수치들에 대해 생각하고 있지 않았다. 그것들을 검토한 결과 자신의 능력으로는 할 수 없음을 알게 된 것이다.

키팅은 아침이 오고 잠긴 문밖으로 출근하는 사람들의 발소리가 들려오자 자신의 회사뿐 아니라 뉴욕 전체에서 근무시간이 시작되었음을 깨닫고 자리에서 일어나 책상으로 가서 전화번호부를 펼쳤다. 그러고는 다이얼을 돌렸다.

"나는 피터 키팅이라는 사람이오. 로크 씨와 만날 약속을 잡고 싶소."

키팅은 수화기를 들고 기다리며 생각했다. '제발 그가 나를 만나주지 않기를, 나와의 만남을 거절하기를, 그래서 삶을 마감하는 날까지 그를 증오할 권리를 갖게 되기를, 제발 만나주지 않기를.'

"키팅 씨, 내일 오후 4시, 괜찮으시겠어요? 그럼 그때 만나시는 걸로 하겠습니다." 로크의 비서가 차분하고 부드러운 목소리로 말했다.

8

로크는 피터 키팅을 처음 본 순간 그래서는 안 된다는 걸 알면서도 얼굴에 충격을 드러내고 말았다. 피터 키팅의 입가에 자신의 몰락을 체념하고 시인하는 엷은 미소가 감돌았다.

"하워드, 자네가 나보다 두 살밖에 안 어린 건가?" 6년 만에 처음 로크의 얼굴을 보며 키팅이 맨 먼저 던진 질문이었다.

"모르겠네. 아마 그럴 거야. 난 서른일곱이지."

"난 서른아홉이니, 그렇군."

키팅은 손으로 더듬어가며 로크의 책상 앞에 놓인 의자로 갔다. 로크의 방 3면을 이루고 있는 유리벽 때문에 눈이 부셨던 것이다. 그는 하늘과 도시를 바라보았다. 그곳에서는 높이가 느껴지지 않았고, 발아래 펼쳐진 건물들이 진짜가 아니라 가까우면서도 작게 보이는 유명한 건물들의 미니어처 같았다. 키팅은 허리를 굽혀 그것들을 손으로 집을 수도 있을 것 같은 기분을 느꼈다. 검은 엷줄 표시처럼 생긴 자동차들이 기어가는 듯했고, 그의 손가락 크기밖에 안 되는 한 블록을 지나는 데 너무 오랜 시간이 걸렸다. 도시를 이루고 있는 돌과 석고가 빛을 흡수했다가 발산하는 물체처럼 보였다. 하늘을 향해 수직으로 뻗어 올라간 건물들에는 층층이 창문이 석쇠 구멍처럼 박혀 있고 각각의 창문이 장밋빛, 금빛, 자줏빛 반사경 같았다. 그 사이로 흐르는 푸른 연기 색깔의 삐죽삐죽한 줄무늬들이 건물들에 형체와 각도, 거리감을 주고 있었다. 건물들에서 발산된 빛이 하늘로 흘러들어 맑고 푸르기만 하던 여름 하늘이 겸손한 재고 끝에 타오르는 불길 위에 펼쳐진 옅은 물색이 된 듯했다. 키팅은 그 광경을 보며 생각했다. '아, 저것들을 만든 사람들이 누굴까?' 다음 순간, 자신도 그 사람들 중 하나였다는 생각이 떠올랐다.

키팅은 책상 뒤의 유리벽을 배경으로 선 로크의 꼿꼿하고 마른 몸을 보았다. 로크가 의자에 앉았다.

키팅은 사막에서 길을 잃거나 바다에 빠져 죽어가는 사람이 하늘의 고요한 영원성 앞에서 진실을 말할 수밖에 없는 것에 대해 생각했다. 지금 그도 진실을 말할 수밖에 없었다. 지상에서 가장 위대한 도시 앞에 있으니까.

"하워드, 이런 게 바로 오른뺨을 맞으면 왼뺨을 내미는 건가? 자네가 나를 만나준 것 말일세."

그는 자신의 목소리에 대해 생각하지 않았다. 그 목소리에 위엄이 서려 있는 걸 알지 못했다.

로크는 잠시 말없이 키팅을 바라보았다. 키팅이 그런 말을 한 건 살찐 얼굴보다 더 큰 변화였다.

"모르겠네, 피터. 그게 용서를 의미한다면, 아니네. 난 상처를 받았더라면 결코 용서하지 않았을 걸세. 그게 지금 내가 하고 있는 걸 의미한다면 맞고. 난 인간이 다른 인간에게 심각한 상처를 줄 수 있다고는 생각지 않네. 상처를 줄 수도 없고 도울 수도 없지. 난 자네를 용서할 게 아무것도 없네."

"자네가 용서할 게 있다고 생각하는 편이 나았을 텐데. 그게 덜 잔인했을 텐데."

"그렇겠지."

"하워드, 자넨 안 변했군."

"그래."

"이게 내가 받아야만 할 벌이라면 달게 받고 있다는 걸 자네가 알아줬으면 하네. 예전 같으면 이 정도는 벌도 아니라고 생각했겠지만."

"피터, 자네 변했군."

"알고 있네."

"이게 벌이어야만 한다면 유감이군."

"그럴 거야. 자네 말 믿네. 하지만 괜찮아. 이게 마지막이니까. 사실 난 그저께 밤에 벌을 받아들였네."

"나를 찾아오기로 결심했을 때?"

"그래."

"그럼 이제 두려워하지 말게. 무슨 일로 왔나?"

키팅은 침착하게 꼿꼿이 앉아 있었다. 사흘 전 가운 입은 사내 앞에서 앉아 있던 자세와는 사뭇 다른, 거의 자신감에 찬 차분한 모습이었다. 그가 연민 없이 천천히 말했다.

"하워드, 난 기생충이야. 평생 기생충으로 살아왔지. 스탠턴에 다닐 때도 나의 가장 훌륭한 설계들은 모두 자네가 해줬지. 그리고 내가 처음 지은 집도 자네 작품이었어. 코스모-슬롯닉 빌딩도. 난 자네에게, 그리고 우리가 태어나기 전에 살았던 자네 같은 사람들에게 빌붙어 살았지. 파르테논과 고딕 대성당들과 최초의 마천루들을 설계한 사람들. 그들이 존재하지 않았더라면 난 돌 위에 돌을 쌓는 법도 몰랐을 거야. 나는 그들이 이루어놓은 것에 문손잡이 하나조차 새로 추가시키지 못했지. 내 것이 아닌 걸 취하고 그 대가로 아무것도 돌려주지 않았어. 난 줄 게 없었으니까. 하워드, 난 지금 연극을 하고 있는 게 아니네. 난 지금 자신이 무슨 말을 하는지 아주 잘 알고 있네. 하워드, 난 자네에게 다시 한 번만 구해달라고 부탁하러 왔네. 나를 쫓아내고 싶다면 지금 쫓아내게."

로크는 천천히 고개를 저으며 한 손으로 계속 이야기해도 좋다는 뜻을 전했다.

"내가 건축가로서 끝났다는 건 자네도 알 걸세. 아, 아직 끝난 건 아니지만 거의 끝났다고 볼 수 있지. 다른 사람들이야 이런 상태로 몇 년은 버틸 수 있겠지만 난 그렇질 못하네. 그 동안의 위치가 있으니까. 비록 허울뿐인 위치였다고 해도 말일세. 사람들은 내리막길을 탄 인간을 용서하지 않지. 난 사람들의 기대에 부응해야만 하네. 그리고 평생 써왔던 방법을 쓸 수밖에 없어. 난 애초에 내 힘으로 얻지 않은 명성을 지키기 위해 내가 하지도 않은 일을 내 것으로 내세워야만 하네. 지금 내겐 마지막 기회가 주어졌네. 이게 마지막 기회라는 걸 알아. 내가 해낼 수 없다는 것도 알고. 말도 안 되는 설계도를 그려와서 자네에게 고쳐달라고 부탁하진 않겠네. 처음부터 자네가 설계하고 내 이름을 달 수 있게 해주게."

"무슨 일인가?"

"코틀랜드 주택."

"주택 사업 말인가?"

"그래. 들어봤겠지?"

"그 사업에 대해서라면 잘 알고 있네."

"하워드, 주택 사업에 관심이 있지?"

"누가 자네한테 제안했나? 어떤 조건으로?"

키팅은 투히와의 대화를 마치 오래전에 읽었던 재판 기록이라도 되는 것처럼 정확하고 냉정하게 전했다. 그는 서류 가방에서 자료들을 꺼내 책상 위에 놓고 로크가 그것들을 살펴보는 동안 계속 이야기했다. 중간에 한 번 로크가 그의 말허리를 잘랐다. "피터, 잠깐만. 조용히 해보게." 키팅은 한참을 기다렸다. 그는 로크가 한가로이 서류들을 뒤적거리면서도 그것들을 읽고 있지는 않다는 걸 알 수 있었다. 로크가 말했다.

"계속하게." 키팅은 아무 질문도 하지 않고 말을 이어갔다.

키팅이 결론적으로 말했다. "자네가 굳이 내 부탁을 들어줘야 할 이유가 없겠군. 자네가 그 문제를 해결할 수 있다면 자네 이름으로 직접 일을 맡으면 되니까."

로크는 미소를 지었다. "투히가 나를 통과시켜주겠나?"

"아니. 그건 안 될 거야."

"내가 주택 사업에 관심이 있다는 걸 누구한테 들었나?"

"어느 건축가인들 관심이 없겠나?"

"그래, 나도 관심 있네. 하지만 자네가 생각하는 그런 의미에서의 관심은 아냐."

로크가 의자에서 일어섰다. 초조와 긴장이 어린 민첩한 동작이었다. 키팅은 로크가 흥분을 억누르고 있는 모습이 이상하게 느껴졌다.

"피터, 생각해보겠네. 자료는 두고 가게. 내일 밤에 내 집으로 오게. 그때 말해주지."

"지금 …… 거절하는 건 아니지?"

"아직은."

"거절할 수도 있겠지. …… 과거의 일들을 생각하면……."

"그런 건 잊어버리게."

"그럼 검토를……."

"피터, 지금은 아무 말도 할 수 없네. 생각을 해봐야 해. 너무 기대하진 말게. 난 자네에게 불가능한 걸 요구하게 될지도 몰라."

"하워드, 뭐든 말만 하게. 뭐든."

"내일 얘기하세."

"하워드, 난 …… 자네한테 어떻게 고마움을 표시해야 할지……."

"그럴 거 없네. 만일 내가 그 일을 하게 된다면 내 나름의 목적이 있어서일 테니까. 나도 자네 못지않게 얻는 게 있을 걸세. 아니, 아마 더 많이 얻게 될 거야. 난 다른 조건으로는 일을 하지 않는다는 것만 명심하게."

이튿날 저녁, 키팅은 로크의 집으로 찾아갔다. 그는 자신이 초조하게 기다렸는지 아닌지 알 수가 없었다. 마음의 멍이 더 퍼져서 행동은 하되 아무것도 판단할 수 없었다.

키팅은 로크의 방 한가운데 서서 천천히 주위를 둘러보았다. 그는 지금까지 로크가 자신이 이룬 것들에 대해 말하지 않은 걸 고맙게 여겨왔지만 결국 그것들을 인정하는 질문을 하고 말았다.

"여기가 엔라이트 하우스지, 그렇지?"

"음."

"자네가 지었지?"

로크가 고개를 끄덕이며 말했다. "피터, 앉게." 그는 키팅의 마음을 아주 잘 이해하고 있었다.

키팅은 들고 온 서류 가방을 의자에 기대어 바닥에 세워놓았다. 서류 가방이 불룩하고 무거워 보였다. 키팅은 그것을 조심스럽게 다루었다. 그는 양손을 앞으로 내밀었지만 자신이 그런 행동을 취하고 있는 걸 잊은 채 물었다.

"어떤가?"

"피터, 잠시 자네가 이 세상에 홀로 있다고 상상해보겠나?"

"사흘 동안 줄곧 그렇게 생각하고 있었지."

"아니, 그런 뜻이 아니네. 자네가 지금까지 배워온 모방하는 법은 잊고 자신의 머리로 열심히 생각해볼 수 있겠나? 자네가 납득해줬으면 하는 일들이 있네. 이게 내 첫 번째 조건이네. 이제부터 내가 원하는 걸 말하겠네. 자네가 그것에 대해 다른 대부분의 사람들처럼 생각한다면 자넨 그게 아무것도 아니라고 말하겠지. 하지만 자네가 그렇게 말한다면 난 그 일을 할 수 없을 걸세. 그게 얼마나 중요한지를 자네가 온 마음으로 완전하게 이해해야만 난 그 일을 할 수 있네."

"하워드, 노력해보겠네. 그래도 어젠 …… 자네한테 솔직했잖나."

"그래. 그러지 않았다면 어제 그 자리에서 거절했을 거야. 난 자네가 모든 걸 이해하고 자네의 역할을 해줄 수도 있다고 생각하네."

"그 일을 하고 싶나?"

"어쩌면. 자네가 내 조건을 들어준다면."

"하워드, 뭐든 들어주겠네. 뭐든. 영혼이라도 팔아서……."

"바로 그런 점을 이해해주기 바라네. 영혼을 파는 건 세상에서 제일 쉬운 일이지. 그건 세상 모든 사람이 늘 하는 짓이고. 내가 자네에게 영혼을 지키라고 요구한다면, 왜 그게 훨씬 더 어려운 일인지 이해할 수 있겠나?"

"그래 …… 그래, 그럴 거야."

"그래? 그럼 계속하지. 내가 코틀랜드 주택을 설계하고 싶어 해야 하는 이유를 말해보게. 자네의 제안을 듣고 싶네."

"설계비를 자네에게 다 주겠네. 난 그 돈이 필요 없으니까. 두 배로 주겠네. 설계비를 두 배로 주겠네."

"피터, 알면서 왜 그러나? 그걸로 날 유혹하려는 건가?"

"자네가 그 일을 해주면 내 생명을 구하게 될 걸세."

"내가 왜 자네 생명을 구해주고자 해야 하는지 이유를 댈 수 있나?"

"아니."

"그럼?"

"하워드, 그건 대규모 공공사업이네. 인도주의적 사업이고. 슬럼가에 사는 가난한 사람들을 생각하게. 그들이 저렴한 비용으로 안락한 삶을 누릴 수 있도록 해준다면 고귀한 일을 했다는 만족감을 얻게 될 걸세."

"피터, 어제보다는 덜 솔직하군."

키팅이 시선을 내리깔며 풀죽은 목소리로 말했다.

"자넨 그 일 자체를 즐기겠지."

"그래, 피터. 이제야 말이 통하는군."

"원하는 게 뭔가?"

"잘 듣게. 나는 지난 몇 년 동안 저가 임대주택 사업에 대해 연구해왔네. 하지만 슬럼가에 사는 가난한 사람들을 생각해본 적은 없네. 우리의 현대 세계가 지닌 잠재성들에 대해서만 생각했지. 새로 개발되고 이용될 재료들과 방법들, 그리고 기회들. 오늘날 우리 주변엔 인간의 천재성이 낳은 결과물들이 아주 많지. 그런 것들을 이용하고 머리를 써서 얼마든지 싸고 단순하게 건물을 지을 수 있고. 사실 난 연구할 시간이 많았지. 스토더드 신전 이후로 별로 할 일이 없었으니까. 난 결과를 기대하진 않았네. 재료를 보면 나도 모르게 그걸 이용할 방법을 궁리하게 됐고, 그 답을 얻어내야만 직성이 풀렸지. 그래서 몇 년 동안 연구를 해왔네. 아주 즐거웠지. 내가 꼭 풀고 싶은 과제여서 매달린 거지. 월세 15달러에 임대할 수 있는 아파트를 짓는 방법을 알고 싶나? 10달러에 임대할 수 있는 아파트를 짓는 법을 보여주지."

키팅은 자신도 모르게 앞으로 몸을 기울였다.

"하지만 우선 내가 왜 그 연구에 몇 년을 매달렸는지에 대해 생각해보고 말하게. 돈 때문에? 아니면 명성? 자선? 이타주의?" 키팅은 천천히 고개를 저었다. "좋아. 이제야 이해를 하기 시작했군. 그러니 무슨 일을 하든 슬럼가에 사는 가난한 사람들 얘기는 하지 마세. 그들은 아무 상관도 없으니까. 물론 난 그걸 바보들에게 설명하고 싶은 생각은 전혀 없지만. 알다시피 난 고객에 대해선 아무 관심도 없네. 그들의 건축적인 요구에 대해서만 관심을 갖지. 나는 고객들의 요구를 건물의 주제와 문제의 일부로 여기네. 건물의 재료처럼. 그러니까 벽돌이나 강철과 같이 취급하는 거지. 벽돌과 강철이 나의 동기가 아니듯 고객도 마찬가지야. 그것들은 수단에 불과하지. 피터, 사람들을 위해 무언가를 하기 위해선 그 일을 할 수 있어야만 하고, 그 일을 할 수 있기 위해선 그 결과가 아닌 일 자체를 사랑해야 하네. 중요한 건 사람들이 아니라 일 자체지. 우리가 자선을 베풀 대상이 아니라 우리의 행위. 물론 내가 설계한 집에서 사람들이 더 나은 삶을 영위할 수 있다면 나로선 기쁜 일이지. 하지만 그게 일의 동기가 될 순 없네. 이유도. 보람도."

로크는 창가로 걸어가서 검은 강물 위에서 흔들리는 도시의 불빛들을 바라보았다.

"자네가 어제 그랬지. 어느 건축가인들 그 일에 관심이 없겠느냐고. 난 그 사업의 지독한 발상이 싫네. 물론 주급 15달러를 버는 사람에게 좋은 아파트를 제공하는 것 자체는 가치 있는 일이지만, 다른 사람들이 대신 그 대가를 치러선 안 되지. 그 사업으로 인해 세금이 오르고, 다른 사람들의 집세가 오르고, 주급 40달러를 버는 사람이 쥐구멍 같은 데서 살게 되어선 안 된다고. 그런데 지금 뉴욕에선 그런 일이 벌어지고 있네. 아주 부자거나 영세민이 아니면 아무도 현대식 아파트에 들어가서 살 수 없지. 경제적으로 자립할 수 있는 보통 사람들이 사는 개조된 주택을 본 적 있나? 그 옹색한 부엌과 형편없는 배관 시설을 본 적 있어? 그들은 충분히 무능하지 못하다는 이유로 그렇게 살아야만 하지. 그들은 주급 40달러를 받기 때문에 정부의 임대주택에 들어갈 수 없는 거야. 그런데 그 빌어먹을 주택 사업의 자금을 대는 사람들이 그들이지. 그들은 세금을 내고 그 세금이 그들의 집세를 올리지. 그들은 점점 더 싼 집으로 옮겨 다니다 결국 철로변 아파트로 들어가게 되지. 나는 주급 15달러를 버는 사람에게 불이익을 주고 싶은 마음은 없네. 하지만 주급 40달러를 버는 사람이 자기보다 무능한 사람들을 위해 희생하는 것 또한 납득할 수 없네. 물론 그 문제에 대해선 이론들도 많고 말들도 많지. 하지만 결과를 보게. 모든 건축가가 정부의 주택 사업에 찬성하고 있네. 자네, 정부 사업을 따내려고 아우성치지 않는 건축가를 본 적 있나? 난 그들에게, 결국 채택된 안이 자기 자신만의 것이 될 거라고 어떻게 그처럼 확신할 수 있는지 묻고 싶네. 그리고 만일 그렇게 된다면, 그들이 무슨 권리로 그걸 다른 사람들에게 강요할 수 있는 걸까? 반대로, 그렇게 되지 않는다면, 그들의 작품은 어떻게 될까? 그들은 둘 중 어느 것도 원하지 않는다고 말하겠지. 자신은 위원회를, 협의와 협동을 원한다고 말하겠지. 그러면 결과는 '세기들의 행진' 이 될 걸세. 피터, 그 위원회의 건축가들은 단독으로 일을 맡았더라면 여덟 명이 공동으로 내놓은 것보다 더 나은 결과물을 만들 수 있었을 사람들이네. 스스로에게 그 이유를 물어보게. 나중에."

"알 것 같네. …… 하지만 코틀랜드는……."

"그래. 코틀랜드. 내 의견을 모두 말했으니 내가 무엇을 원하고, 무슨 권리로 그걸 원하는지 알 수 있을 걸세. 난 정부의 주택 사업에 찬성하지 않네. 그 고귀한 목적들에 대해선 듣고 싶지도 않아. 난 그것들이 고귀하다고 생각하지 않으니까. 하지만 그 역시 중요한 문제는 아니네. 나의 중요한 관심거리가 아니란 말일세. 내게 중요한 건, 거기서 누가 살고 누구의 명령으로 짓는지가 아니라 집 자체지. 기왕 지어야 한다면 제대로 지어야지."

"그럼 …… 그걸 짓고 싶나?"

"나는 그 문제에 대해 연구하면서도 현실에 적용한 결과를 보고 싶다는 희망을 품은 적이 없네. 그런 희망을 억지로 밀어냈지. 나는 그걸 대규모로 실행에 옮길 기회를 갖게 되리라곤 생각지 못했네. 정부의 주택 사업이 건축비를 너무 높게 올려놔서 민간에서는 그런 사업을 벌일 수조차 없게 됐으니까. 게다가 난 정부 일을 맡을 수가 없는 몸이지. 자네도 그 정도는 알고 있을 걸세. 자넨 투히가 나를 통과시켜주지 않을 거라고 했지. 사실 투히만이 아닐세. 난 공공기관이든 사기업이든 이사회니 위원회니 하는 단체에서 일을 따낸 적이 없네. 켄트 랜싱의 경우처럼 나를 위해 끝까지 싸워준 사람이 있지 않고서는 말일세. 거기엔 이유가 있지만, 지금 그것에 대해 얘기할 필요는 없겠지. 자네가 알아주었으면 하는 건, 어떤 점에서 내게 자네가 필요한지야. 그래야 우리 사이에 공정한 거래가 이루어지게 될 테니까."

"**자네에게** 내가 필요하다고?"

"피터, 난 이 일이 좋네. 코틀랜드 주택이 완공된 모습을 보고 싶어. 진짜 생명을 지니고 제 기능을 하도록 만들고 싶어. 하지만 모든 살아 있는 것은 일체성을 지니고 있지. 그게 무슨 뜻인지 아나? 온전하고, 순수하고, 완전하고, 손상되지 않아야 한다는 거지. 일체성의 원칙이 뭔지 아나? 하나의 생각일세. 그걸 이루는 단일한 생각. 아무도 바꾸거나 손댈 수 없는 생각. 난 코틀랜드 주택을 설계하고 싶네. 그것이 완공된 모습을 보고 싶네. 내가 설계한 그대로."

"하워드, …… '그건 아무것도 아니다.' 라는 말은 하지 않겠네."

"내 뜻을 알겠나?"

"그래."

"난 일한 대가로 돈을 받고 싶지만, 이번엔 포기할 수 있네. 내가 한 일은 내 이름으로 알려지길 원하지만, 그것도 포기하겠네. 그리고 내가 지은 집에서 사람들이 행복하게 사는 것도 좋지만, 그건 그리 중요한 문제가 아니네. 중요한 건, 내 목표,

내 보람, 나의 시작, 그리고 나의 끝은 일 그 자체네. 내 방식으로 일하는 것. 피터, 자네가 내게 줄 수 있는 건 오직 그것뿐이네. 그걸 내게 준다면 나도 자네에게 모든 걸 주겠네. 내 방식대로 일하는 것. 사적이고, 이기적이고, 자기중심적인 동기. 나는 그런 식으로만 기능하네. 그게 나의 전부네."

"그래, 하워드. 이해하네. 충심으로."

"그럼 제안을 하겠네. 내가 코틀랜드를 설계할 테니 자네 이름을 달고 돈도 다 가지게. 하지만 내가 설계한 그대로 짓는다는 보장을 해줘야겠네."

키팅은 잠시 말없이 로크를 응시했다.

"좋네, 하워드. 내가 바로 대답하지 않은 건 자네가 요구하는 게, 지금 내가 약속하는 게 뭔지 정확히 알고 있다는 걸 보여주기 위해서였네."

"쉽지 않으리란 건 알지?"

"아주 지독히 어렵겠지."

"그래. 워낙 큰 사업이니까. 게다가 정부 사업이니까. 이런저런 방식으로 영향력을 행사하고자 하는 권위자들이 많을 거야. 자넨 힘든 전투를 치르게 될 걸세. 내 신념을 지킬 용기가 있어야만 할 걸세."

"그러도록 애써보겠네, 하워드."

"지금 내가 자네에게 주는 신뢰가 그 어떤 이타적인 목적보다 더 신성하고 고귀하다는(이 단어를 좋아한다면) 사실을 이해하지 못하면 자넨 그 전투를 치를 수 없을 걸세. 내가 그 일을 하는 건 자네나 그곳의 세입자들을 위해 호의를 베푸는 것이 아니라 나 자신을 위한 것이며, 그런 조건이 아니라면 자네는 그 일에 대한 권리가 없다는 걸 명심하게."

"그래, 하워드."

"전투에서 이기는 방법은 자네 스스로 생각해내게. 우선 자네는 엄격한 계약서를 써야 하고, 내년이나 그 이후까지 5분 간격으로 자네 앞에 나설 모든 관료와 싸워야 할 걸세. 나로선 자네의 약속밖에는 아무런 보장이 없네. 약속해주겠나?"

"약속하겠네."

로크는 주머니에서 타자기로 작성한 종이 두 장을 꺼내 키팅에게 건넸다.

"서명하게."

"이게 뭔가?"

"우리 둘 사이의 합의 내용을 적은 계약서네. 각각 한 부씩 준비했지. 법적 효력은 없겠지만 자네에게 압력을 행사할 순 있지. 자네에게 소송을 걸 순 없겠지만 이걸 대중에 공개할 수는 있네. 자네가 명예를 지키고 싶다면 이게 알려져선 안 되겠지. 언제든 용기가 사라지면, 굴복하면 모든 걸 잃게 된다는 점을 떠올리게. 하지만 자네가 약속을 지켜준다면 이 계약서에 적힌 대로 이걸 절대 아무에게도 보여주지 않겠네. 코틀랜드는 자네 것이 될 걸세. 코틀랜드가 완공되는 날 이 계약서를 자네에게 보낼 테니 원한다면 불태워 없애게."

"좋네, 하워드."

키팅은 서명을 한 후 로크에게 펜을 건네었고 로크도 서명했다.

키팅은 잠시 로크를 바라보다가 자신의 어렴풋한 생각을 파악하려고 애쓰는 듯 천천히 말했다.

"다들 자네가 바보라고 하겠지. …… 내가 모든 걸 차지했다고……."

"자넨 사회가 줄 수 있는 건 다 갖게 되겠지. 돈, 명성, 명예, 그리고 세입자들의 감사도. 그리고 난, 난 다른 사람은 줄 수 없는 것, 오직 나 자신만이 줄 수 있는 걸 갖겠지. 코틀랜드를 짓는 것."

"하워드, 자네가 나보다 많은 걸 갖는군."

"피터! 자네, 그걸 이해하는 건가?" 로크가 승리감에 찬 목소리로 말했다.

"그래……."

로크는 탁자에 기대어 조용히 웃었다. 키팅은 그런 행복한 소리를 들어본 적이 없었다.

"피터, 잘될 걸세. 잘될 거야. 괜찮을 거야. 자넨 놀라운 일을 해냈어. 내게 고마움을 표해서 모든 걸 망쳐놓지 않았어."

키팅은 말없이 고개를 끄덕였다.

"피터, 이제 긴장 풀게. 한잔하겠나? 오늘 밤은 일 얘기는 그만하세. 그냥 앉아서 내게 익숙해지게. 나를 그만 두려워하게. 어제 자네가 한 말은 모두 잊게. 이 일로 우리의 과거는 다 지우고 처음부터 새로 시작하는 걸세. 이제 우린 동업자네. 자네에겐 자네 몫의 역할이 있어. 정당한 역할이지. 내가 생각하는 협력은 이런 것이네. 자넨 사람들을 다루고 난 건물을 설계하고. 우린 각자 가장 잘 아는 일을 맡았고 최선을 다해 정직하게 해낼 걸세."

로크는 키팅에게로 가서 손을 내밀었다.

키팅은 그대로 앉아서 고개도 들지 않고 로크의 손을 잡았다. 그는 잠시 그 손에 힘을 주었다.

로크가 술을 가져오자 키팅은 길게 세 모금을 들이킨 뒤 방 안을 응시했다. 그는 손으로 잔을 꽉 쥐고 있었고 팔도 흔들림이 없었지만 술잔 속의 얼음이 이따금 움직임도 없이 달각거렸다.

그의 시선이 무겁게 로크에게로 움직였다. 로크는 살아 있는 것에 대한 기쁨을 온몸으로 내뿜고 있었고, 키팅은 그것을 보며 그가 자신에게 상처를 주려고 일부러 그러는 건 아니라고, 그도 어쩔 수가 없고 자신이 그런 모습을 보이고 있다는 걸 의식조차 못할 거라고 생각했다. 키팅은 어떤 생명체든 존재라는 선물에 대해 그토록 기뻐할 수 있으리라고는 생각해 본 적이 없었다.

"하워드, 자넨 …… 정말 젊군. …… 아주 젊어. …… 언젠가 난 자네에게 너무 겉늙었다고, 너무 심각하다고 나무란 적이 있었지. …… 자네, 프랭컨 앤드 헤이어에서 내 밑에서 일하던 때 기억하나?"

"피터, 그만두게. 기억 같은 거 안 하고도 우리는 아주 잘해 왔어."

"그건 자네가 인정이 많기 때문이지. 아, 인상 쓰지 말고 내 말 들어보게. 난 무슨 얘기든 해야겠으니. 자네는 그때 얘기를 꺼내고 싶지 않다는 거 아네. 물론 나도 자네가 그 얘기를 꺼내지 않기를 바랐지! 난 자네의 공격에 대비해 마음을 단단히 먹고 있었지. 하지만 자넨 공격하지 않았어. 지금 자네와 내가 입장이 바뀌어 있고 여기가 내 집이었다면 내가 무슨 말을 하고 어떻게 행동했을지 상상할 수 있겠나? 자넨 자만심에 차 있지 않아."

"그렇지 않네. 지나치게 자만심에 차 있는 거지. 자네가 그걸 자만심이라고 부른다면 말일세. 난 비교를 하지 않네. 나 자신을 다른 사람과 관련해서 생각하지 않지. 난 자신을 무언가의 일부로 평가하는 것 자체를 거부하네. 난 극도의 자기중심주의자지."

"그래, 맞아. 하지만 자기중심주의자들은 인정머리가 없지. 자넨 달라. 자넨 내가 아는 가장 자기중심적이면서도 가장 인정 많은 사람이야. 그건 말이 안 되지."

"어쩌면 그 개념들 자체가 말이 안 될지도 모르지. 그 개념들의 의미 자체가 사람들이 생각하는 것과는 다를지도 몰라. 어쨌든 그 얘기는 그만두세. 무슨 얘기든 꼭 해야겠거든 앞으로 우리가 할 일에 대해 얘기하세." 로크는 열린 창문 밖으로 몸을 내밀며 말했다. "바로 저기 들어서겠지. 저 캄캄한 공터, 저기가 코틀랜드 부지야. 저기 들어서면 이 창으로 볼 수 있어. 그럼 이 도시의 일부가 되는 거지. 피터, 내가 이 도시를 얼마나 사랑하는지 말한 적 있나?"

키팅은 남은 술을 마저 들이켰다.

"하워드, 난 이만 가봐야겠네. 몸이 좀 …… 안 좋아."

"며칠 내로 전화하겠네. 여기서 만나는 게 좋겠어. 내 사무실에는 오지 말게. 다른 사람들 눈에 띄면 의심을 살 수도 있으니까. 참, 그리고 나중에 설계도가 완성되면 자네 스타일로 새로 그리게. 내 설계 스타일을 알아보는 사람이 있을지도 모르니까."

"그래, …… 알겠네……."

키팅은 일어나서 주저하며 자신의 서류 가방을 잠시 바라보다가 집었다. 그는 작별의 말을 웅얼거린 후 모자를 들고 문 쪽으로 걸어가다가 멈춰 서더니 서류 가방을 내려다보았다.

"하워드, …… 자네한테 보여줄 게 있네."

그는 도로 걸어와서 탁자에 서류 가방을 올려놓았다.

"아무에게도 보여준 적이 없네." 키팅이 더듬거리며 가방을 열었다. "어머니에게도, 엘즈워스 투히에게도……. 보고 얘기해주게. …… 혹시 가능성이 있는지……."

키팅은 캔버스화 여섯 점을 로크에게 건넸다.

로크는 한 점씩 들여다보았다. 그는 필요 이상으로 시간을 끌었다. 이윽고 시선을 들어 키팅을 볼 마음의 준비가 되자 대답을 대신해서 천천히 고개를 저었다.

"피터, 너무 늦었네." 그가 부드럽게 말했다.

키팅은 고개를 끄덕였다. "그래 …… 그런 줄 알았어."

키팅이 떠나자 로크는 문에 기대어 눈을 감았다. 연민에 마음이 아팠다.

헨리 캐머런이 자신의 앞에서 쓰러졌을 때도, 스티븐 맬러리가 침대에서 흐느껴 우는 걸 보면서도 이런 기분이 들지는 않았다. 그 순간들은 고결했다. 하지만 지금 그가 느끼는 것은 연민이었다. 아무런 가치도 희망도 없는, 영원히 구제받을 길 없는 인간에 대한 연민. 그리고 그 연민에는 수치심이 들어 있었다. 한 인간에게 그런 판결을 내려야만 하는, 경의라고는 전혀 없는 감정을 맛보아야만 하는 자신에 대한 수치심.

'이건 연민이야.' 로크는 그렇게 생각하며 놀라움에 고개를 들었다. 그런 기괴하고 소름 끼치는 감정을 미덕이라고 부르는 이 세상이 잘못돼도 아주 단단히 잘못됐다는 생각이 들었다.

9

그들은 호숫가에 앉아 있었다. 와이낸드는 큰 바위에 구부정하니 앉아 있고, 로크는 땅에 엎드려 있고, 도미니크는 풀 위에 연청색 동그라미를 그린 치마 위로 꼿꼿이 몸을 세우고 앉아 있었다.

언덕 위에 와이낸드의 집이 서 있었다. 계단식 들판이 솟아올라 완만한 경사를 이룬 언덕에 옆으로 누운 직사각형들이 층층이 이어져 날카로운 수직 돌출부를 향해 뻗어 올라간 형태의 집이었다. 계단 모양으로 이어진 각 층은 별도의 공간을 이루고 있었고 위로 올라갈수록 작아졌다. 마치 1층의 넓은 거실에서 손 하나가 천천히 움직여 그 위의 층들을 만들고, 한 층씩 올라갈 때마다 그 손길이 짧고 간단해지다가 마침내 멈춰서 집에서 떨어져 나가 하늘 어딘가에 남아 있는 듯했다. 그리하여 언덕의 완만한 리듬에 속도가 붙고 강세가 주어져 피날레의 스타카토 화음들로 터져 나온 듯했다.

"난 여기서 집을 바라보는 게 좋아. 어제는 하루 종일 여기서 집을 비추는 빛의 변화를 지켜봤지. 하워드, 건물을 설계할 때 태양빛이 언제 어떤 각도에서 어떻게 비칠지 정확히 알고 있나? 자넨 태양빛도 지배하는 건가?"

"물론이죠." 로크가 고개를 들지 않고 말했다. "유감스럽게도 여기선 그럴 수가 없네요. 게일, 좀 비켜주세요. 당신이 햇빛을 가리고 있어요. 등에 햇볕을 쬐고 싶어요."

와이낸드가 풀밭으로 털썩 내려앉았다. 배를 깔고 엎드려 팔에 얼굴을 묻은 로크는 흰 셔츠 소매에 오렌지색 머리를 얹고서 한 손을 위로 쭉 뻗어 손바닥을 땅에 대고 있었다. 도미니크는 그의 손에 잡힌 풀잎들을 바라보았다. 이따금 그의 손가락들이 나른하고 관능적인 쾌감을 즐기듯 풀잎들을 꽉 쥐었다.

그들 뒤에 펼쳐진 호수의 잔잔한 수면 가장자리가 어두워지고 있었고, 그 모습이 마치 멀리 있는 나무들이 저녁을 맞아 호수 가까이로 다가오고 있는 것처럼 보였다. 수면을 가로질러 반짝이는 빛의 띠가 그어져 있었다. 도미니크는 집을 올려다보며 저 창가에 서서 인적 없는 호숫가에 누워 땅에 손을 대고 한가로이 시간을 보내고 있는 흰 형체를 바라보고 싶다고 생각했다.

도미니크는 그 집에서 한 달을 살았다. 그렇게 되리라고는 전혀 생각지도 못했는데 어느 날 로크가 말했다. "와이낸드 부인, 이제 열흘 후면 집이 완공될 겁니다."

그래서 그녀는 대답했다. "예, 로크 씨."

도미니크는 그 집을, 손에 닿는 계단 난간들을, 그녀가 숨쉬는 공기를 감싸고 있는 벽들을 받아들였다. 저녁에 그녀가 누르는 전등 스위치들도, 그가 벽 속에 장치한 가볍고 단단한 전선들도, 수도꼭지를 틀면 그가 설계한 수도관을 통해 나오는 물도, 그가 그린 그대로 만든 벽난로 앞에서 8월의 저녁들에 느끼는 온기도 모두 받아들였다. 매순간 …… 그녀의 존재의 모든 욕구로. …… 그러면서 그녀는 생각했다. '안 될 이유가 뭔가? 이 집과 내 육체, 나의 폐와 핏줄, 신경, 두뇌는 같은 존재의 지배 아래 있다.' 그녀는 집과 하나가 된 듯한 기분을 느꼈다.

도미니크는 와이낸드의 품에 안긴 밤들을 받아들였다. 그녀는 와이낸드의 품에서 눈을 뜨고 로크가 설계한 침실의 모양을 보면서 몸의 반응이기도 하고 충족되지 못한 갈증의 조롱이기도 한 고통스런 쾌감에 대항하여 이를 악물다가 그게 어떤 남자가 준 쾌감인지, 아니면 두 사람이 다 준 것인지 알지 못한 채 굴복했다.

와이낸드는 도미니크가 방을 가로질러 걸어가거나 계단을 내려가거나 창가에 서 있는 모습을 바라보았다. 그는 도미니크에게 이렇게 말했다. "난 집이 드레스처럼 한 여자를 위해 설계될 수 있는 줄은 몰랐소. 이 집이 얼마나 완벽하게 당신의 것인지 당신 눈으론 볼 수 없겠지. 하지만 난 볼 수 있소. 모든 각도가, 모든 공간의 모든 부분이 당신을 위해 설계되었소. 당신의 키, 당신의 몸에 맞게. 벽들의 질감조차 당신 피부의 질감과 묘하게 어울리오. 이건 스토더드 신전이오. 단 한 사람을 위해 지어졌고 내 개인 소유라는 점에서만 다르지. 내가 원했던 집이오. 여기선 도시가 당신에게 손을 댈 수 없지. 난 도시가 당신을 빼어갈 것만 같은 느낌을 떨쳐낼 수가 없었소. 도시는 내가 가진 모든 걸 줬지. 그런데 언젠가는 그 대가를 요구할 것만 같은 생각이 가끔씩 들어. 하지만 이곳에서 당신은 안전하고, 내 것이오."

도미니크는 이렇게 외치고 싶었다. '게일, 여기서 난 그의 것이에요. 다른 어느 곳에서보다 더 완전하게.'

로크는 그 집에 드나들 수 있는 유일한 손님이었다. 도미니크는 주말에 로크가 찾아오는 걸 받아들였다. 그게 제일 받아들이기 힘들었다. 그녀는 로크가 자신을 고문하기 위해 찾아오는 게 아니라 와이낸드가 불러서, 그리고 와이낸드와 함께 시간을 보내는 것이 좋아서 오는 것임을 알았다. 도미니크는 저녁이면 침실로 올라가는 계단에 서서 난간을 잡고 로크에게 말했다. "로크 씨, 언제든 원하는 시간에 아침식사를 하러 내려오세요. 식당의 버튼만 누르시면 돼요."

그러면 로크는 이렇게 대답했다. "감사합니다, 와이낸드 부인. 안녕히 주무십시오."

도미니크는 그와 단 둘이 마주친 적이 한 번 있었다. 이른 새벽이었는데, 복도 건너편 방에 있는 그를 생각하느라 밤새 뒤척이다가 아무도 일어나기 전에 살며시 집에서 빠져나갔다. 그녀는 언덕을 내려가며 주위의 기이한 고요에서, 아직 해가 뜨지 않은 새벽의 환한 빛과 미동도 없는 나뭇잎들, 기다림을 간직한 침묵의 고요에서 위안을 느꼈다. 그녀는 뒤에서 발소리가 들리자 걸음을 멈추고 나무에 기대섰다. 그는 수영복을 어깨에 걸치고 호수로 수영하러 가고 있었다. 그가 그녀 앞에서 걸음을 멈췄고 두 사람은 주위의 고요에 합류하여 서로를 응시했다. 그는 아무 말도 하지 않고 돌아서서 내처 걸었다. 도미니크는 그대로 나무에 기대서 있다가 얼마 후 집으로 돌아갔다.

지금 도미니크는 호숫가에 앉아 와이낸드가 로크에게 하는 말을 듣고 있었다.

"하워드, 세상에서 제일 게으른 인간처럼 보이는군."

"맞아요."

"그렇게 늘어져 있는 사람은 처음 보네."

"사흘 밤을 연달아 새보세요."

"어젠 왜 안 왔나?"

"올 수가 없었어요."

"여기서 이대로 기절해버릴 셈인가?"

"그러고 싶어요. 아주 근사한데요." 로크가 고개를 들며 말했다. 그는 언덕 위의 집을 보지 않은 듯, 그것에 대해 말하고 있지 않은 듯 눈웃음을 짓고 있었다. "난 이렇게 죽고 싶어요. 이렇게 물가에 누워 눈을 감고 다시는 깨어나지 않는 거죠."

도미니크는 생각했다. '그는 나와 똑같은 생각을 하고 있어. …… 우린 아직도 마음이 통해. …… 게일은 이해 못할 거야. …… 지금 이 순간 함께 있는 건 그와 게일이 아냐. …… 그와 나야.'

와이낸드가 말했다. "이런 바보 같으니라고. 아무리 농담이라도 자네다운 말이 아냐. 자네, 죽을 고생을 하고 있군. 무슨 일인가?"

"현재는 환기통 문제예요. 도저히 풀리질 않네요."

"무슨 건물인데?"

"지금 작업 중인 건물이죠."

"밤샘 작업까지 해야 하나?"

"예, 이번 일은 그래요. 아주 특별한 일이라. 사무실에도 가져갈 수 없죠."

"무슨 소린가?"

"아무것도 아녜요. 신경 쓰지 마세요. 졸려 죽겠어요."

도미니크는 생각했다. '그가 게일 앞에서 무방비 상태로 누워 있는 건 게일에 대한 신뢰의 표시다. 그는 고양이처럼 늘어져 있다. 고양이들은 좋아하는 사람 앞에서만 긴장을 푼다.'

"이따 저녁 먹고 바로 침실로 올려보내고 문을 잠가주지. 한 열두 시간 실컷 자게." 와이낸드가 말했다.

"좋아요."

"일찍 일어나겠나? 해 뜨기 전에 수영하러 가세."

"게일, 로크 씨는 피곤해요." 도미니크가 날카로운 목소리로 말했다.

로크가 한쪽 팔꿈치로 땅을 짚고 몸을 일으키며 그녀를 바라보았다. 그녀 마음을 이해하는 솔직한 눈빛이었다.

도미니크가 말을 이었다. "게일, 당신은 도시에서 온 손님에게 시골식 일과를 강요하는 전원 생활자들의 나쁜 습관을 보이고 있어요." 그러고는 속으로 생각했다. '당신이 호수로 걸어가는 그 순간만큼은 …… 내게 줘요. …… 게일이 그것마저 차지하게 하지 말아요.' "로크 씨가 〈배너〉 직원도 아닌데 그렇게 명령을 내리면 안 되죠."

"난 이 세상 누구보다 로크 씨에게 명령을 내리고 싶은 걸." 와이낸드가 쾌활하게 말했다.

"그건 실례예요."

"와이낸드 부인, 게일처럼 유능한 사람의 명령이라면 얼마든지 환영입니다." 로크가 말했다.

도미니크는 생각했다. '이번엔 내가 이기게 해줘요. 제발 내가 이기게 해줘요. …… 당신에겐 아무 의미도 없지만 …… 바보 같고 아무 의미도 없는 일이지만 …… 제발 그를 거부해줘요. …… 당신이 그에게서 벗어났던 그 순간을 기억할 수 있도록.'

"로크 씨, 당신에겐 휴식이 필요해요. 내일 늦게까지 주무셔야 해요. 하인들에게 수면에 방해가 되지 않도록 조심하라고 이르겠어요."

"아, 괜찮습니다, 와이낸드 부인. 몇 시간만 자면 거뜬할 겁니다. 아침식사 전에 수영을 하고 싶습니다. 게일, 준비되면 내 방문을 두드리세요. 같이 수영하러 가요."

도미니크는 호수와 언덕들을 바라보았다. 그곳에는 인적도, 다른 집도 없이 그저 물과 나무들, 태양밖에 없었다. 오로지 그들만의 세상이었다. 그녀는 그가 옳다고, 우리 세 사람이 하나가 되었다고 생각했다.

코틀랜드 주택 설계도는 15층 높이의 건물 여섯 개로 이루어져 있었고, 각각의 건물은 중심축에서 팔들이 뻗어 나간 불규칙한 별 모양을 하고 있었다. 그 중심축에 엘리베이터, 계단, 난방장치와 모든 설비가 자리했다. 중심에서 뻗어나간 팔들은 3면에서 빛과 공기를 받을 수 있었다. 천장은 조립식이고, 내벽은 페인트칠이나 회칠이 필요 없는 플라스틱 타일로 되어 있으며, 모든 파이프와 전선을 바닥 가장자리의 금속 도관에 설치해서 나중에 돈을 들여 벽을 뜯지 않고도 편리하게 손을 볼 수 있었다. 주방과 욕실도 조립식이고, 가벽은 접어서 벽 속으로 넣을 수 있는 가벼운 금속으로 되어 있어서 자유로운 공간 활용이 가능했다. 청소할 공동 현관이나 로비가 거의 없어서 관리비도 최소한으로 줄일 수 있었다. 전체적인 평면 구조는 삼각형들로 이루어져 있고, 각 건물은 단순한 구조적 특징들을 복합적으로 적용한 콘크리트 구조물이었다. 그리고 건물 자체가 조각 작품 같은 아름다움을 지니고 있어서 따로 장식이 필요치 않았다.

엘즈워스 투히는 키팅이 책상 위에 펼쳐놓은 평면도들은 보지 않았다. 입을 벌린 채 투시도만 들여다보았다.

그러더니 고개를 뒤로 젖히고 미친 듯이 웃어댔다.

"피터, 자넨 천재야." 그가 말했다. 그러고는 이렇게 덧붙였다. "내 뜻을 정확히 파악했어."

키팅은 아무런 호기심 없이 멍한 눈길로 그를 보았다.

"내가 평생을 바쳐 이루려고 한 것을, 지난 몇 세기 동안 수많은 사람들이 피비린내 나는 전쟁을 치러가며 이루고자 했던 것을 자네가 해낸 거야. 피터, 자네의 놀라운 능력에 정중히 경의를 표하네."

"평면도를 보세요. 월세 10달러도 가능합니다." 키팅이 맥없이 말했다.

"그것에 대해선 추호도 의심이 없네. 평면도는 볼 필요도 없어. 오, 그럼. 피터, 이거면 되네. 걱정 말게. 통과될 걸세. 피터, 축하하네."

"이런 멍청이 같으니라고! 도대체 무슨 짓을 하고 있는 건가?" 게일 와이낸드가 말했다.

그는 내지 한 면이 접힌 〈배너〉를 로크 앞에 던졌다. 접힌 면에는 사진과 함께 다음과 같은 설명이 실려 있었다. '연방 정부가 1,500만 달러를 들여 아스토리아 지역에 세울 코틀랜드 주택 설계도, 키팅 앤드 뒤몽 건축사무소.'

로크가 사진을 흘낏 보며 물었다. "무슨 말씀이세요?"

"무슨 말인지 잘 알 텐데. 내가 내 화랑에 있는 작품들을 작가 서명을 보고 고르는 줄 아나? 이걸 피터 키팅이 설계했다면 오늘 자 〈배너〉를 모조리 먹어치우겠네."

"게일, 피터 키팅이 설계했어요."

"이런 바보! 무슨 목적으로 이런 짓을 했나?"

"난 당신이 무슨 말을 하는지 알아듣고 싶지 않으면 그게 무슨 말이라도 끝까지 알아듣지 못할 겁니다."

"오, 그럴지도 모르지. 만일 어떤 주택 사업이 하워드 로크에 의해 설계되었다는 내용을 독점으로 보도하면 굉장한 특종이 될 거야. 그리고 그런 빌어먹을 사업들의 대부분을 맡고 있는 인간들을 뒤에서 조종하는 투히를 멋지게 골탕 먹일 수 있겠지."

"그런 기사를 내면 고소하겠어요."

"정말인가?"

"정말이에요. 게일, 그만두세요. 내가 그 일에 대해 얘기하고 싶어 하지 않는다는 걸 모르시겠어요?"

나중에 와이낸드는 도미니크에게 그 사진을 보여주며 물었다. “이걸 누가 설계했겠소?”

도미니크는 사진을 보고 “물론이죠.”라고만 대답했다.

“앨버, 무슨 ‘변화하는 세상’ 말인가? 어떤 세상에서 어떤 세상으로의 변화인데? 누가 변화시키고 있는데?”

앨버 스카럿은 와이낸드의 책상에 놓인 자신의 사설 ‘변화하는 세상에서의 모성’ 교정지를 흘낏 보며 걱정과 조바심이 섞인 표정을 짓고 있었다.

“그게 무슨 상관입니까?” 스카럿이 관심 없다는 듯 웅얼거렸다.

“내가 알고 싶은 게 바로 그거야. 그게 무슨 상관이냐고!” 와이낸드는 교정지를 들고 소리 내어 읽었다. “우리가 알던 세상은 이미 종말을 고했으니 아니라고 부정해봐야 아무 소용이 없는 일이다. 우리는 과거로 되돌아갈 수 없고 앞으로 나아가야만 한다. 오늘날의 어머니들은 감정적인 시야를 넓히고 자식들에 대한 이기적인 사랑을 세상의 모든 어린이를 품어 안는 좀 더 차원 높은 사랑으로 격상시키는 모범을 보여야만 한다. 어머니들은 자신의 아들딸과 똑같이 동네의, 도시 전체의, 나라 전체의, 더 나아가 온 세상의 어린이들을 사랑해야만 한다.” 와이낸드는 까다로운 표정으로 콧잔등을 찡그렸다. “앨버?…… 헛소리를 쓰는 건 괜찮지만 이건 너무 심하지 않나?"

앨버 스카릿은 고집을 부리듯 시선을 피했다. "회장님은 시류에 발맞추지 못하고 있습니다." 나중에 두고 보겠다는 경고를 담은 낮은 목소리였다.

앨버 스카릿의 수상한 태도에 와이낸드는 대화를 이어가고 싶은 마음이 싹 가셨다. 그는 스카릿의 사설에 대각선으로 길게 줄을 그었지만 그 파란 연필의 움직임이 피곤해 보였고 마지막 부분에서는 흐릿해졌다. "앨버, 가서 다른 걸로 써오게."

스카릿은 일어나서 교정지를 집어서는 말 한 마디 없이 돌아서 나갔다.

와이낸드는 혼란스러우면서도 재미있어하는 눈길로 스카릿의 뒷모습을 바라보았지만 은근히 부아도 났다.

와이낸드는 몇 년 전부터 〈배너〉가 자신의 지시도 없이 거의 느끼지 못할 정도로 조금씩 새로운 흐름을 타기 시작했음을 알고 있었다. 그는 기사의 조심스런 '편향', 미묘한 암시, 특별한 형용사들을 특별한 위치에 넣는 것, 특정한 주제들을 강조하는 것, 불필요한 정치적 결론을 끼워 넣는 것을 알고 있었다. 고용인과 피고용인 사이의 분쟁에 대한 기사가 실릴 경우 사실에 관계없이 순전히 단어 선택만으로 고용인에게 잘못이 있는 것처럼 보이게 만들었다. 그리고 과거에 대한 문장에서는 여지없이 '우리의 어두운 과거'니 '우리의 죽은 과거' 같은 표현을 썼다. 어떤 사람의 개인적 동기에 관한 기사에서는 '이기심에 이끌려' 나 '탐욕에 사로잡혀' 라고 설명했다. 낱말 맞추기 퍼즐에서도 '자본가' 의 정의가 '쇠퇴해가는 인간' 으로 나왔다.

와이낸드는 그런 흐름을 단순한 흥밋거리 정도로만 느끼며 무시해버렸다. 그는 〈배너〉 기자들은 훈련이 잘되어 있기에 유행하는 말들을 자동적으로 채택해서 쓰고 있을 뿐이라고 생각했다. 그래서 사설에는 그런 흐름을 차단했지만 나머지 부분에 대해서는 신경 쓰지 않았다. 그건 유행일 뿐이고 유행은 지나가게 마련이니까.

그는 '우리는 와이낸드 신문을 읽지 않는다' 캠페인에 대해서도 걱정하지 않았다. 그는 남자 화장실에 붙어 있는 스티커 하나를 떼서 '우리도 마찬가지다' 라고 덧붙인 다음 자신의 링컨 콘티넨털 승용차 앞유리에 붙이고 다녔고, 어느 중립 신문의 사진기자가 그걸 찍어서 신문에 냈다. 그는 지금까지 당대 최고의 발행인들과 영악하기 짝이 없는 금융계 연합 세력들을 상대로 싸우며 숱한 비난과 저주를 받아왔기에 거스웨브라는 인간이 펼치는 불매운동쯤은 전혀 겁나지 않았다.

와이낸드는 〈배너〉의 인기가 좀 떨어지고 있다는 걸 알았다. 그러나 어깨를 으쓱하며 스카럿에게 말했다. "일시적인 현상이야." 그러고는 리머릭(limerick: 우스꽝스런 내용의 5행시—옮긴이) 대회를 열거나 빅트롤라 축음기 쿠폰을 발행하여 발행 부수가 올라가면 바로 그 문제에 대해 잊었다.

와이낸드는 도무지 일에 전력을 다할 수가 없었다. 일에 대한 욕구만큼은 그 어느 때보다 강했다. 그래서 매일 아침 열성적인 태도로 출근했다. 하지만 한 시간도 안 되어 벽의 장식판자 이음매를 들여다보고 있거나 속으로 동요를 부르고 있는 자신을 발견하게 되었다. 그것은 권태도 아니고 시원한 하품도 아니었다. 하품을 하고 싶은데 잘 안 나와서 괴로운 상태였다. 그는 일이 싫다고는 말할 수 없었다. 다만 재미가 없어져서 과감한 결정을 내리거나 주먹을 불끈 쥘 수 없었고, 콧구멍을 오므리는 정도만 가능했다.

그는 새로 유행하는 대중적 취향에 그 원인이 있다는 생각이 어렴풋이 들었다. 지금까지 모든 유행에 대해 그랬던 것처럼 이번에도 재빨리 편승해서 능수능란하게 이용하면 안 되는 이유 같은 건 없었다. 그런데도 그렇게 되지 않았다. 도덕적인 가책 때문은 아니었다. 이성에 따른 적극적인 입장도, 중요한 명분을 지닌 저항도 아니었다. 정절에 어울리는 까다로운 감정, 거름 더미에 발을 들이기 전에 느끼는 망설임 같은 것이었다. 그는 이렇게 생각했다. '아무 문제도 없어. …… 오래 가진 않을 거야. …… 유행이 바뀌면 난 다시 정상으로 돌아갈 거야. …… 가만히 앉아서 이번 유행이 지나가길 기다리겠어.'

와이낸드는 앨버 스카럿의 태도가 왜 다른 때보다 강한 불안감을 주는지 알 수 없었다. 앨버가 그런 시시한 논조로 전향한 것이 우습다고 생각했다. 하지만 앨버가 나가면서 보인 태도에는 이제 더는 회장의 의견에 따를 필요를 느끼지 않는다는 선언에 가까운 개인적인 의사표시가 들어 있었다.

'앨버를 잘라야겠어.' 와이낸드는 그렇게 생각했다가 질겁하며 자신을 비웃었다. '앨버 스카럿을 자른다고? 차라리 지구가 도는 걸 멈추게 하거나 〈배너〉의 문을 닫을 생각을 하는 게 낫지.'

하지만 그해 여름과 가을 동안 〈배너〉가 몹시 사랑스러운 날들도 있었다. 그런 날이면 책상에 갓 인쇄된 〈배너〉를 펼쳐 놓고 손바닥에 잉크를 묻혀가며 열심히 뒤적이다가 하워드 로크의 이름을 보고 미소 짓곤 했다.

와이낸드는 모든 부서에 '하워드 로크를 홍보하라' 는 지시를 내렸다. 그리하여 예술면, 부동산면, 사설, 칼럼에 로크와 그의 건물들에 대한 기사가 정기적으로 실리게 되었다. 건축가에 대해 홍보할 기회는 많지 않았고 건물들은 뉴스 가치가 거의 없었지만 〈배너〉는 교묘한 구실을 붙여 로크의 이름을 알렸다. 그런 원고는 와이낸드가 몸소 편집을 맡았다. 로크를 홍보하는 기사들은 품격이 있었다. 선정적인 내용도, 아침식사를 하는 로크의 사진 같은 것도, 인간적인 감동도, 한 개인을 팔려는 시도도 없었으며, 오로지 한 예술가의 위대성에 대한 사려 깊고 고상한 찬사만 들어 있었다.

와이낸드는 로크에게는 절대 그런 이야기를 하지 않았고

로크 역시 마찬가지였다. 그들은 〈배너〉에 대한 이야기는 나누지도 않았다.

날마다 저녁때 퇴근해서 집에 돌아오면 거실 탁자에 〈배너〉가 놓여 있는 게 보였다. 그는 결혼 후로 집에 〈배너〉를 들이는 걸 금지해왔다. 하지만 처음 그걸 본 날 그는 빙긋 웃고는 아무 말도 하지 않았다.

그러다 어느 날 저녁에 그 이야기를 꺼냈다. 와이낸드는 신문을 뒤적여 여름 휴양지에 대한 기사를 찾아냈는데 대부분의 내용이 머나드녹 계곡에 관한 것이었다. 그는 고개를 들어 저쪽 벽난로 근처 바닥에 앉아 있는 도미니크를 보며 말했다.

"고맙소."

"게일, 뭐가요?"

"내가 집에서 〈배너〉를 보고자 할 때를 알아줘서 말이오."

와이낸드는 도미니크에게 걸어가서 그녀 옆에 앉아 한 팔로 그녀의 가녀린 어깨를 감싸 안았다.

"그동안 〈배너〉가 요란하게 광고해준 정치인들과 영화배우들, 외국에서 방문한 대공들, 살인자들을 생각해보시오. 전차 회사들과 홍등가, 집에서 재배한 채소 같은 것들에 대한 대대적인 개혁운동도. 도미니크, 처음으로 내가 믿는 걸 말할 수 있게 된 거요."

"그래요, 게일……."

"내가 간절히 원해서 손에 넣게 되었지만 한 번도 사용한 적이 없는 힘……. 이제 사람들은 그 힘으로 내가 뭘 할 수 있는지 알게 될 거요. 난 사람들이 그의 가치를 인정하도록 만들 거요. 그가 마땅히 누려야 할 명성을 누리게 할 거요. 여론? 여론은 내가 만드는 거요."

"그가 그걸 원한다고 생각하세요?"

"원하지 않겠지. 하지만 상관없소. 그에겐 그게 필요하고, 갖게 될 거요. 난 그가 그걸 갖게 되기를 원하오. 그는 건축가로서 공적인 재산이오. 그러니 신문이 자신에 대한 기사를 내는 걸 막을 수 없소."

"그에 대한 기사들을 …… 전부 당신이 직접 쓰세요?"

"대부분."

"게일, 당신은 정말 훌륭한 기자가 될 수 있었을 거예요."

그 캠페인은 와이낸드가 예상치 못한 결과를 가져왔다. 일반 대중은 멍하니 무관심한 반응을 보였다. 하지만 지식인과 예술인, 건축인들은 로크를 비웃었다. 와이낸드에게 전해진 그들의 반응은 이런 식이었다. "로크? 아, 와이낸드의 귀염둥이 말이군." "〈배너〉의 매력남." "황색신문의 천재." "〈배너〉가 이제 예술을 팔고 있군. 물건 잘 받았다는 확인서라도 보내야겠어." "자넨 몰랐나? 난 줄곧 로크를 그런 인물로 생각해왔는데. 와이낸드 신문들에 어울리는 재능을 가진 인물."

"두고 보자고." 와이낸드는 그들을 경멸하며 개인적인 캠페인을 계속 진행시켰다.

그는 자신이 영향력을 행사할 수 있는 중요한 공사는 모두 로크에게 주었다. 봄 이후로 그는 로크에게 허드슨 강의 요트 클럽, 사무용 건물 하나, 개인 주택 두 건을 물어다주었다. "자네가 감당할 수 없을 정도로 부지런히 가져다주겠네. 저들 때문에 그동안 허비한 세월을 벌충할 수 있도록 해주겠네."

어느 날 저녁 오스틴 헬러가 로크에게 말했다. "하워드, 내가 너무 주제넘게 나서는 건지도 모르지만, 자네에게 충고를 좀 해야겠네. 그래, 물론 게일 와이낸드가 벌이고 있는 터무니없는 일에 대한 거야. 자네와 그가 절친한 친구 사이라는 사실은 내 이성적인 가치관으로는 도저히 납득할 수 없는 일이네. 투히식으로 말하는 건 아니네만, 결국 인간은 분명한 계급들로 나누어져 있고, 그 사이엔 넘을 수 없는 경계선이 있네."

"예, 그렇죠. 하지만 그 경계선이 어디에 그어져야 하는지 정확하게 말한 사람은 아무도 없었어요."

"우정이야 사적인 문제니 그렇다 쳐도 꼭 중단시켜야만 할 일이 있네. 이번만큼은 내 말을 잘 듣게."

"듣고 있어요."

"그래, 그가 자네에게 일을 가져다주는 건 좋아. 그 사람도 분명 그에 대한 보상을 받을 거야. 그가 죽어서 가게 될 지옥에서 몇 단계 올라설 수 있겠지. 하지만 〈배너〉에 자네를 요란하게 광고하는 건 중지해야만 하네. 그에게 그만두라고 말하게. 와이낸드 신문들의 지지를 받는 건 불명예라는 걸 모르나?" 로크는 아무 대답도 하지 않았다. "하워드, 자네의 직업적인 명예를 훼손시키고 있다고."

"알고 있어요."

"그럼 중지시킬 건가?"

"아뇨."

"도대체 왜?"

"오스틴, 난 듣겠다고 했지, 그에 대해 얘기하겠다는 말은 하지 않았어요."

가을의 어느 늦은 오후, 종종 그랬듯이 와이낸드가 로크의 사무실로 찾아왔다. 두 사람은 밖으로 나갔고 와이낸드가 말했다. "날씨가 좋군. 하워드, 우리 좀 걷도록 하세. 자네한테 보여주고 싶은 땅이 있네."

와이낸드는 헬스 키친으로 향했다. 두 사람은 9번가에서 11번가까지 두 블록과 북쪽에서 남쪽으로 다섯 블록으로 이루어진 거대한 직사각형 모양의 동네를 한 바퀴 돌았다. 지저분하고 황량한 주택가의 무너져가는 붉은 벽돌집들과 기울어진 출입구, 썩어가는 판자들, 좁은 통풍구 속에 널어놓은 회색 속옷들이 보였다. 그것들은 생명이 아니라 악성 부패의 표지였다.

"당신 소유인가요?" 로크가 물었다.

"전부 다."

"왜 내게 보여주는 거죠? 건축가에게 이런 광경은 시체들이 즐비한 벌판보다 더 끔찍하다는 걸 모르세요?"

와이낸드는 길 건너에 있는, 흰 타일로 정면을 장식한 새 간이식당을 가리켰다. "저기 들어가세."

두 사람은 창가의 깔끔한 철제 탁자에 앉았고 와이낸드가 커피를 주문했다. 그는 최고급 레스토랑에 와 있는 것처럼 우아하고 편안해 보였는데, 그의 우아함은 초라한 간이식당을 모욕하는 것이 아니라 멋지게 격상시키는 듯했다. 품격을 잃지 않는 왕이 어떤 집에 들어가더라도 궁전 같은 분위기를 만드는 것처럼. 와이낸드는 탁자에 양쪽 팔꿈치를 올리고 앞으로 몸을 기울여 커피에서 올라오는 김 너머로 눈을 가늘게 뜨고 즐거운 듯 로크를 응시했다. 그러고는 한 손가락으로 길 건너를 가리켰다.

"하워드, 저기가 내가 제일 처음 산 땅이네. 아주 오래전 일이지. 그 이후로 전혀 손을 대지 않았네."

"무엇을 위해 간직했는데요?"

"자네."

로크는 묵직한 머그잔을 들어 입술에 대고 가늘게 뜬 놀리는 듯한 눈으로 와이낸드를 마주 응시했다. 그는 와이낸드가 열띤 질문들을 원한다는 걸 알았지만 참을성 있게 기다리고만 있었다.

"이 천하의 고집불통 같으니라고." 와이낸드가 굴복하며 쿡쿡 웃었다. "좋아. 들어보게. 여기가 내가 태어난 곳이네.

부동산을 살 생각을 하게 되면서 여기부터 사들였지. 한 채, 한 채. 한 블록, 한 블록. 오랜 시간이 걸렸지. 더 좋은 땅을 사서 빨리 돈을 벌 수도 있었지만 그건 나중에 했네. 여기를 다 사들인 후에. 당분간은 그냥 묵혀둘 것이란 걸 알면서도 말일세. 처음부터 난 여기다가 언젠가는 와이낸드 빌딩을 세울 결심이었네. …… 좋아, 버티고 싶으면 얼마든지 버텨보게. 어차피 지금 자네 얼굴에 다 드러나 있으니까."

"오, 맙소사, 게일!"

"왜 그러나? 그 일을 원하는 건가? 몹시 간절하게?"

"목숨과도 바꿀 수 있을 것 같아요. 그렇게 되면 건물을 지을 수 없겠지만. 이 말을 듣고 싶었던 건가요?"

"그 비슷한 거지. 난 자네 목숨을 요구하진 않겠네. 그래도 자네가 충격받는 모습을 보니 좋군. 충격받아줘서 고맙네. 그건 자네가 와이낸드 빌딩이 지닌 의미를 이해한다는 뜻이니까. 뉴욕에서 가장 높고 가장 위대한 빌딩."

"알고 있어요."

"당장 지을 건 아니네. 난 오랜 세월을 기다려왔고 이제부터 자네도 함께 기다리게 되겠지. 내가 자네를 고문하기를 즐기기도 한다는 걸 알고 있나? 늘 그런 마음이 있다는 걸?"

"알죠."

"내가 자넬 여기 데려온 건, 와이낸드 빌딩을 짓게 되면 자네에게 맡기겠다는 말을 하기 위해서네. 그동안 기다려왔던 건 아직 준비가 안 됐다고 느꼈기 때문이지. 자네를 만난 후 비로소 난 준비가 되었지. 그건 자네가 건축가이기 때문은 아니네. 하지만 1, 2년 더 기다리세나. 경기가 좀 회복될 때까지. 지금은 건물을 지을 때가 아냐. 물론 모든 사람이 마천루의 시대는 지났다고 말하고 있지. 이제 한물갔다고. 난 그런 말에 신경 쓰지 않네. 난 그 건물로 본전을 뽑을 수 있네. 현재 와이낸드 그룹은 사무실들이 시내 전역에 흩어져 있지. 그것들을 다 한 건물에 집어넣고 싶네. 그리고 나머지 공간도 전부 임대할 수 있어. 내 건물로 들어오라고 하면 들어올 수밖에 없는 사람들이 많이 있으니까. 어쩌면 와이낸드 빌딩은 뉴욕 최후의 마천루가 될지도 모르지. 그럼 더 좋은 거고. 최고에 최후가 되는 거니까."

로크는 길 건너 폐허가 된 동네를 바라보았다.

"하워드, 싹 헐어버리고 완전히 없애버릴 걸세. 내가 주인 노릇을 할 수 없었던 곳. 저 자리에 공원과 와이낸드 빌딩이 들어설 걸세. 사실 뉴욕의 훌륭한 건축물들은 빽빽한 빌딩숲을 이루며 모여 있어서 눈에 띄지 않는다는 아쉬움이 있지. 내 건물은 눈에 잘 띌 걸세. 동네 전체를 차지할 테니까. 다른 건물들도 따라 하겠지. 사람들이 위치가 안 좋다고 말할까? 좋은 위치를 누가 만드는 건데? 그걸 내가 보여주지. 이곳은 뉴욕의 새 중심이 될 거야. 뉴욕이 새로 태어날 때. 난 〈배너〉가 4류 신문에 지나지 않을 때 이미 그런 계획을 세웠지. 계산 착오는 아니었네, 안 그런가? 난 장차 내가 어떻게 될지 알고 있었지. …… 하워드, 내 인생의 기념비를 세우는 거네. 자네가 내 사무실에 처음 온 날 했던 말 기억하나? 집은 내 삶의 표현이라고 했지. 내 과거 중에는 마음에 들지 않는 부분들도 있네. 하지만 내가 자랑스러워하는 모든 것은 오래도록 남을 걸세. 내가 죽고 나면 그 건물은 게일 와이낸드가 되겠지. …… 난 때가 되면 그 일을 맡길 건축가를 찾게 될 걸 알고 있었네. 하지만 그가 단순한 건축가 이상의 의미를 지니게 될 줄은 몰랐지. 자네를 만나 무척이나 기쁘네. 자네를 만난 건 일종의 보상과 용서라고 할 수 있지. 내 최후, 최고의 업적은 자네의 최고 업적이기도 할 것이네. 그건 나의 기념비일 뿐만 아니라 세상에서 가장 소중한 사람에게 바치는 최고의 선물이기도 하네. 인상 쓰지 말게. 자네가 내게 어떤 존재인지 알면서. 저 끔찍한 동네를 보게. 난 여기 앉아 저 동네를 보고 있는 자네를 지켜보고 싶네. 저게 자네와 내가 없애버릴 것이네. 바로 저기에 하워드 로크의 와이낸드 빌딩이 세워질 거야. 내가 세상에 태어날 때부터 기다려왔던 일이지. 자네 역시 세상에 태어날 때부터 단 한 번의 멋진 기회를 기다려왔을 걸세. 하워드, 저기 있네. 내가 자네에게 주는 것."

10

비가 그쳤다. 하지만 피터 키팅은 다시 비가 내리면 좋겠다고 생각했다. 길은 물기로 반짝거리고 건물 벽들에도 검게 젖은 자국들이 나 있는데 하늘에서는 비가 내리고 있지 않아서 마치 도시가 식은땀으로 목욕을 한 것처럼 보였다. 조로(早老)처럼 불안한 이른 어둠에 공기가 무겁고 창문들에는 노란 빛의 웅덩이가 보였다. 키팅은 비를 그리워하고 있었지만 이미 뼛속까지 젖은 기분이었다.

그는 일찌감치 퇴근해서 집으로 걸어갔다. 이미 오래전부터 그는 사무실에서 현실감을 느낄 수가 없었다. 저녁때가 되어 은밀히 로크의 아파트로 숨어들 때에야 비로소 현실감이 들었다. 은밀히 숨어드는 게 아니라고 화를 내며 다짐해봐도 자신을 속일 수는 없었다. 물론 그는 정당한 볼일이 있는 사람처럼 엔라이트 하우스 로비를 당당히 가로질러 걸어가서 엘리베이터를 탔다. 하지만 막연한 불안감에 주위 사람들의 얼굴을 흘낏거리고 싶은 충동과 자신을 알아보는 사람이 있을

지도 모른다는 두려움을 떨쳐낼 수가 없었다. 그건 특정한 대상이 없는 죄책감이었지만 대상이 있는 죄책감보다 오히려 더 두려웠다.

키팅은 로크에게서 코틀랜드의 모든 부분에 대한 대략적인 스케치를 받아서 자신의 직원들에게 그대로 설계도를 그리게 했다. 그는 로크의 지시 사항을 잘 듣고 정부 담당자들이 제기할 수 있는 모든 반대 의견에 반박할 내용을 외웠다. 그는 로크의 말을 녹음기처럼 흡수했다가 나중에 자신의 제도사들에게 녹음기를 튼 것 같은 목소리로 설명했다. 그는 아무 거리낌도 회의감도 없었다.

지금 키팅은 비에 젖은 거리를 천천히 걷고 있었다. 그는 눈을 들어 낯익은 빌딩들이 들어서 있던 빈 공간을 바라보았다. 안개나 구름이 낀 것 같지는 않은데도 짙은 잿빛 하늘이 소리 없는 대대적인 파괴를 감행해서 빌딩들을 모두 없애버린 것이었다. 키팅은 그렇게 하늘에서 빌딩들이 사라질 때면 늘 불안감에 젖었다. 그는 고개를 숙이고 계속 걸었다.

그가 맨 처음 발견한 건 구두였다. 키팅은 그 여자의 얼굴을 본 적이 있다는 걸 알았으나 자기 보호 본능에 따라 그 얼굴에서 얼른 시선을 피해 구두부터 의식에 받아들였다. 그것은 굽 낮은 갈색 옥스퍼드화였는데, 거슬릴 정도로 유능한 인상을 풍겼고, 진흙투성이 길에서 너무도 반짝거리는 모습이 비와 아름다움에 경멸을 보내고 있는 듯했다. 키팅의 시선이 구두에서 비싸고 제복처럼 차가운 인상을 주는 갈색 치마와 정장 스타일의 재킷으로, 손가락 부분에 구멍이 나 있는 고급 장갑으로, 세련되어 보이려는 서툰 시도로 전혀 어울리지 않는 장식(빨간 바지를 입은 오 자 다리의 멕시코인)을 단 재킷 칼라로, 얇은 입술로, 안경으로, 눈으로 올라갔다.

"케이티." 키팅이 말했다.

캐서린 홀시는 서점 창가에 서 있었다. 그녀의 시선이 살펴보고 있던 책 제목과 키팅의 얼굴 사이에서 머뭇거렸다. 다음 순간, 키팅을 알아보고 얼굴에 미소가 떠오르기 시작했지만, 재빨리 책에 시선을 던져 제목을 확인한 후에 다시 키팅을 보았다. 그녀의 미소는 유쾌했다. 그건 쓰라림을 감추기 위한 억지 미소도, 반가움의 미소도 아니었고, 그저 유쾌할 뿐이었다.

"어머, 피터 키팅. 안녕, 피터." 그녀가 말했다.

"케이티……." 키팅은 손을 내밀어 악수를 청할 수도, 그녀에게 더 가까이 갈 수도 없었다.

"그래요. 당신과 이렇게 마주치다니. 뉴욕도 조그만 도시와 다를 게 없군요. 어차피 난 뉴욕이 다른 도시들보다 나을 건 없다고 생각하지만." 캐서린의 목소리에는 긴장감이 없었다.

"왜 여기 있지? 내가 알기론……. 내가 듣기론……." 키팅은 캐서린이 2년 전에 워싱턴의 좋은 직장에 들어가서 그곳에서 살고 있다는 걸 알고 있었다.

"출장 왔어요. 내일 바로 돌아가야 해요. 그렇다고 아쉬울

것도 없지만. 뉴욕은 마치 죽은 도시 같아요. 너무 **느려요**."

"일이 마음에 든다니 다행이군. …… 그런 말이라면. …… 지금 한 말이 그런 뜻이었지?"

"일이 마음에 드냐고요? 그런 어리석은 말이 어디 있어요? 워싱턴은 미국에서 유일하게 성숙한 도시예요. 다른 지역 사람들은 어떻게 사나 모르겠어요. 피터, 요즘 뭐하고 지내요? 일전에 신문에서 당신의 이름을 봤어요. 무슨 중요한 일이었는데."

"나 …… 나야 일하지. …… 케이티, 별로 안 변했군. 정말로, 안 그래? 얼굴 말이야. 옛날하고 똑같아, 어떻게 보면……."

"내 얼굴은 하나뿐이에요. 사람들은 왜 1, 2년만 못 만나도 꼭 변했다느니 안 변했다느니 하는 얘기를 하는 거죠? 어제 우연히 그레이스 파커를 만났는데 재고 조사라도 하는 것처럼 나를 자세히 살펴보더군요. 그녀가 입을 열기도 전에 무슨 말을 할지 다 알 수 있었죠. '정말 좋아 보여. …… 캐서린, 정말 하나도 안 늙었어.' 사람들은 정말 촌스럽다니까요."

"하지만 …… 정말 좋아 보여. …… 만나서 반갑고……."

"나도 반가워요. 건축 산업은 어때요?"

"모르겠어. …… 당신이 신문에서 봤다는 게 아마 코틀랜드였을 거야. 난 지금 코틀랜드 주택 일을 하고 있어. 정부의 주택 사업……."

"맞아요, 그거였어요. 피터, 당신한테 정말 잘된 일이라고 생각해요. 사적인 이익과 두둑한 설계비만을 위한 일이 아니라 사회적인 목적을 위한 것이니까요. 난 건축가들이 돈 버는 데만 골몰하지 말고 정부 사업과 더 큰 목적에도 시간을 할애해야 한다고 생각해요."

"다들 하고야 싶지. 정부 사업을 받기가 하늘의 별 따기라 그렇지. 그쪽 세계가 워낙 폐쇄적이고……."

"아, 그래요, 알아요. 일반인은 우리가 일하는 방식을 이해할 수 없죠. 그래서 하나같이 어리석고 따분한 불평들을 해대는 거고요. 피터, 와이낸드 신문들을 읽으면 안 돼요."

"난 와이낸드 신문은 절대 안 읽어. 도대체 그게 무슨 상관이 …… 오, 케이티 …… 지금 우리가 무슨 얘기를 하고 있는 건지 모르겠군."

키팅은 캐서린이 자신에게 아무런 빚도 없음을 알고 있었다. 오히려 그녀가 노골적으로 화를 내고 경멸을 보내도 할 말이 없는 처지였다. 하지만 키팅은 그녀가 이 자리에서 조금이라도 긴장하는 기색을 보이는 것이 자신에 대한 최소한의 인간적인 예의라고 생각했다. 그런데 그녀에게는 전혀 긴장감이 없었다.

"피터, 우린 정말 할 애기가 많아요." 너무도 쉽게 나온 말이 아니었다면 키팅을 들뜨게 만들었을 것이다. "하지만 종일 여기 서 있을 순 없죠." 캐서린은 손목시계를 흘낏 보았다.

"한 시간 정도 시간이 있으니까 어디 가서 차 한잔해요. 당신, 따끈한 차 좀 마셔야겠어요. 몸이 얼어 있는 것 같아요."

그게 키팅의 외모에 대한 첫 언급이었다. 그러면서 흘낏 쳐다봤지만 그녀의 눈빛에는 아무런 반응도 들어 있지 않았다. 키팅은 심지어 로크마저도 자신의 변화를 보고 충격을 감추지 못했던 것을 떠올렸다.

"그래, 케이티. 그거 좋겠군. 난……." 키팅은 그런 제안을 한 사람이 캐서린이 아니면 좋았을 거라는 아쉬움이 일었다. 차를 마시러 가는 건 옳은 일이었고 캐서린이 그렇게 빨리 옳은 일을 생각해낼 수 있었다는 게 마음에 걸렸다. "어디 조용하고 괜찮은 데를 찾아봐요."

"소프스 카페로 가지. 모퉁이에 있는. 거기 최고의 물냉이 샌드위치가 있어."

길을 건널 때 팔을 잡았다가 다 건넌 후에 놓은 건 키팅이 아니라 캐서린이었다. 그녀의 행동은 자신도 의식하지 못하는 사이에 자동적으로 나온 것이었다.

소프스 카페 카운터에서는 파이와 사탕을 팔고 있었다. 초록색과 흰색 설탕옷을 입힌 아몬드가 담긴 커다란 그릇이 키팅의 눈길을 끌었다. 실내에는 오렌지향이 가득했고 조명도 희미하고 답답한 오렌지색이었다. 향기 때문에 조명이 끈끈한 느낌을 주었다. 너무 작은 탁자들이 다닥다닥 붙어 있었다.

키팅은 검은 유리탁자 상판 위의 종이로 만든 레이스 받침을 보면서 의자에 앉았다. 자기 딴에는 조심하느라 캐서린에게서 시선을 피한 것인데 고개를 들어 그녀를 보니 전혀 그럴 필요가 없을 것 같았다. 캐서린은 그의 시선에 아무런 반응도 보이지 않았고, 그가 자신의 얼굴을 보든 옆자리의 여자를 보든 표정에 변화가 없었다. 그녀는 자의식이 없는 듯했다.

키팅은 그녀의 입이 가장 많이 변했다는 생각이 들었다. 거만하게 입을 꼭 다물고 있어서 엷은 색깔의 입술에서 가장자리만 가늘게 보였다. 키팅은 그 입이 명령을 내리는 입이라고 생각했다. 거창하거나 잔인한 명령이 아니라 배관이나 소독약에 관련된 작고 시시한 명령들을 내리는 입. 눈가의 고운 잔주름은 마치 종이를 구겼다가 다시 편 것처럼 보였다.

캐서린은 자신이 워싱턴에서 하고 있는 일에 대해 이야기했고 키팅은 멍하니 듣고 있었다. 그녀가 하는 말의 내용은 귀에 들어오지 않고 메마르고 딱딱거리는 목소리만 들렸다.

빳빳이 풀 먹인 연보라색 제복 차림의 웨이트리스가 주문을 받았다. 캐서린이 날카롭게 말했다.

"티 샌드위치(tea sandwich: 다과 파티에서 차와 곁들여 먹는 소형 샌드위치—옮긴이) 스페셜로 줘요."

키팅이 말했다. "커피 주세요." 그는 캐서린의 시선을 느꼈고, 지금은 도저히 음식이 목구멍으로 넘어가지 않을 것 같다는 사실을 고백하면 그녀가 화를 낼 것만 같아 갑작스런 당혹감에 빠졌다. "호밀빵 햄 치즈 샌드위치랑."

“피터, 고약한 식습관이에요! 웨이트리스, 잠깐만요. 피터, 그렇게 먹으면 안 돼요. 몸에 아주 안 좋아요. 신선한 샐러드를 먹어야 해요. 그리고 커피는 이 시간에 안 좋아요. 미국인들은 커피를 너무 많이 마셔요.”

“좋아.” 키팅이 말했다.

“웨이트리스, 차와 모듬 샐러드 줘요. 그리고 …… 아, 웨이트리스! 샐러드에 빵은 넣지 말아요. 피터, 당신 몸이 불고 있어요. 다이어트 크래커로 줘요.”

키팅은 연보라색 제복의 웨이트리스가 자리를 뜰 때까지 기다렸다가 희망에 차서 말했다. “케이티, 나 변했지, 그렇지? 아주 끔찍한 몰골이 됐지?” 혹평도 관심의 표현일 수 있었다.

“뭐라고요? 오, 그런 것 같네요. 건강한 건 아니죠. 미국인들은 적절한 영양의 균형에 대해 너무 무지해요. 물론 요즘은 남자들이 외모에 지나치게 신경을 쓰죠. 남자들이 여자들보다 더 허영을 부린다니까요. 그래서 이제 여자들이 생산적인 일은 다 떠맡아서 하고 있죠. 여자들이 더 나은 세상을 만들 거예요.”

“케이티, 어떻게 더 나은 세상을 만들지?”

“그야 결정적인 요인을 고려하면, 물론 그것은 경제적인…….”

“아니, 난 그런 걸 물은 게 아냐. …… 케이티, 난 그동안 너무 불행했어.”

"유감이네요. 요즘은 그런 말을 하는 사람들이 너무 많죠. 과도기라 사람들이 불안감을 느끼기 때문일 거예요. 하지만 피터, 당신은 밝은 성격의 소유자잖아요."

"케이티, …… 내가 과거에 어땠는지 기억해?"

"맙소사, 피터, 마치 65년쯤 지난 것처럼 말하는군요."

"그동안 너무 많은 일들이 일어나서. 나 …… 결혼했다가 이혼했어." 키팅은 노골적으로 말하는 게 가장 쉬운 방법일 것 같아서 과감히 고백했다.

"그래요, 신문에서 봤어요. 난 당신이 이혼했을 때 기뻤어요." 캐서린은 앞으로 몸을 기울이며 말했다. "당신 아내가 게일 와이낸드와 결혼할 수 있는 여자라면 그녀와 헤어진 게 당신에겐 행운이에요."

그런 말을 하면서도 고질적인 조급성으로 인한 속사포처럼 쏘아대는 말투가 그대로 나왔다. 그 문제에 대한 그녀의 관심은 그것뿐인 듯했다.

"케이티, 정말 배려심이 많고 연기를 잘하는군. …… 그럴 것 없어." 키팅은 그게 연기가 아니라는 두려운 사실을 알면서도 그렇게 말했다. "연기하지 마. …… 그때 나에 대해 어떻게 생각했는지 말해봐. …… 무슨 말이라도 좋아. …… 난 괜찮으니까. …… 듣고 싶어. 이해 못하겠어? 그걸 들어야 기분이 나아질 것 같아."

"피터, 물론 내가 비난을 퍼붓길 바라는 건 아니겠죠? 너무

유치하게 들리지만 않는다면, 당신이 자만했다고 말하고 싶어요."

"기분이 어땠지? 그날 …… 내가 나타나지 않았을 때 …… 그리고 내 결혼 소식을 들었을 때." 키팅은 무감각한 상태에서 자신이 잔인함만 남아 있는 인간처럼 구는 이유를 알 수가 없었다. "케이티, 그때 괴로웠어?"

"그래요, 물론 괴로웠어요. 모든 젊은이가 그런 상황에서는 괴로워하죠. 나중에 생각해보면 바보 같지만. 난 울기도 했고, 엘즈워스 삼촌한테 고약한 말들을 퍼부으며 대들기도 했어요. 결국 삼촌이 의사를 불러 내게 진정제를 놓게 했죠. 그리고 몇 주 후에 난 아무 이유 없이 길에서 기절하기도 했어요. 정말 창피한 일이었죠. 하지만 홍역처럼 모든 사람이 겪는 일인 걸요. 엘즈워스 삼촌 말대로 나만 예외가 되라는 법은 없죠." 키팅은 고통에 대한 생생히 살아 있는 기억보다 더 지독한 것이 존재하는 줄은 몰랐다. 그건 다름 아닌 죽은 기억이었다. "그리고 물론 우린 그게 최선이었다는 걸 알았죠. 난 당신과 결혼한 내가 상상이 안 돼요."

"케이트, 상상이 안 된다고?"

"그래요. 당신뿐 아니라 그 누구와도 마찬가지예요. 피터, 결혼을 했어도 잘 살지 못했을 거예요. 난 기질적으로 가정생활에 안 맞아요. 가정생활은 너무 이기적이고 편협하니까요. 물론 지금 당신이 어떤 기분인지 잘 알아요. 인간이라면 당연히 가책을 느껴야죠. 나를 헌신짝처럼 버렸으니까." 키팅은 움찔했다. "그런 말이 얼마나 바보같이 들리는지 이제 알겠죠. 당신이 회개하는 마음을 약간 느끼는 건 자연스러운 일이지만(정상 반사라고 할 수 있겠죠) 우린 그 문제를 객관적으로 봐야만 해요. 우린 성숙하고 합리적인 사람들이고, 이 세상에 지나치게 심각하게 대할 일은 없어요. 우린 자신이 하는 일에 대해 어떻게 할 수가 없어요. 이미 그런 식으로 조건지어져 있으니까요. 그냥 경험으로 돌리고 거기서부터 다시 시작하는 거죠."

"케이티! 마치 타락의 수렁에 빠졌다가 돌아온 여자 이야기라도 하는 것 같군. 자신에 대한 얘기가 아니라."

"근본적으로 다를 게 있나요? 사람들의 문제는 다 똑같아요. 사람들이 느끼는 감정이 똑같은 것처럼."

키팅은 캐서린이 초록 얼룩이 묻은 얇고 가느다란 빵 조각을 갉아먹고 있는 걸 보고 자신의 음식도 나왔음을 생각해냈다. 그는 포크로 샐러드 그릇의 회색 다이어트 크래커를 찍어 입에 넣었다. 그는 사람이 음식을 자동적으로 먹는 요령을 잊어버리고 의식적인 노력을 기울여야 하는 것이 얼마나 이상한 일인지 깨달았다. 입 안의 크래커는 도무지 양이 줄어들 기미를 보이지 않았고, 그는 씹는 작업을 끝낼 수가 없었다. 턱을 아무리 열심히 움직여도 입에 든 질긴 섬유질 덩어리는 그대로 있었다.

"케이티, …… 지난 6년 동안 …… 언젠가 당신을 만나면 어떻게 용서를 구해야 할지 생각했어. 이제 그 기회가 왔지만 당신에게 용서를 구하지 않겠어. 어쩐지 …… 핵심에서 벗어난 것 같아서. 고약한 말이라는 거 알지만 내겐 그렇게 느껴져. 당신을 버린 건 내 평생 가장 잘못한 일이었지. 하지만 그건 당신에게 상처를 주었기 때문이 아냐. 물론 당신에게 상처를 준 건 사실이지. 어쩌면 당신이 아는 것보다 더 큰 상처를 줬을지도 모르지. 하지만 내가 가장 큰 죄의식을 느끼는 건 당신에게 상처를 준 사실이 아냐. 케이티, 난 당신과 결혼하고 싶었어. 내가 평생 진심으로 원한 건 그것뿐이었지. 나의 용서받을 수 없는 죄는 …… 원하는 걸 하지 않은 거야. 그 죄는 너무도 추잡하고 무의미하고 어처구니없게 느껴져. 미친 짓을 한 것처럼. 거기엔 아무 의미도, 가치도 없고 오직 고통만, 헛된 고통만 있으니까. 케이티, 왜 사람들은 우리가 원하는 것을 하는 건 쉽고 사악하며 자신을 절제할 줄 알아야 한다고 가르치는 걸까? 사실 우리가 원하는 것을 하는 게 세상에서 제일 어려운 일인데. 가장 위대한 용기가 필요하고. 진정으로 원하는 걸 하려면 말이야. 내가 당신과 결혼하기를 원했던 것처럼. 어떤 여자와 자거나 술에 취하거나 신문에 이름이 나기를 원하는 그런 게 아니라. 그런 것들은 욕망이 아니고 사람들이 욕망에서 벗어나기 위해 하는 것들이지. 왜냐하면 무언가를 진정으로 원하는 건 아주 큰 의무니까."

"피터, 당신의 말은 너무도 추하고 이기적이에요."

"어쩌면. 모르겠어. 난 늘 당신에게 진실을 말해야만 했지. 모든 것에 대해. 당신이 묻지 않아도. 난 그래야만 했어."

"그래요. 당신은 그랬죠. 그건 칭찬할 만한 장점이었어요. 피터, 당신은 사랑스러운 남자였어요."

키팅은 은근한 분노가 이는 걸 느끼며 카운터의 설탕옷 입힌 아몬드들이 신경에 거슬린다고 생각했다. 그 아몬드들은 초록색과 흰색이었다. 이 계절에 성 패트릭 축일 색깔인 초록색과 흰색을 쓸 이유가 없었다. 하기야 가게 진열장의 과자는 다 그랬다. 그리고 성 패트릭 축일은 봄을 의미했다. 아니, 봄보다 더 나은, 바야흐로 봄이 시작되기 직전의 부푼 기대감을 안고 있는 경이로운 순간.

"케이티, 아직도 당신을 사랑한다는 말은 하지 않겠어. 지금 당신을 사랑하는지 아닌지도 모르겠고. 나 자신에게 그걸 물어본 적이 없으니까. 이제 상관도 없고. 내가 이런 말을 하는 건 뭔가를 기대해서도, 뭘 어떻게 해보고 싶어서도 아니지만……. 케이티, 당신을 사랑했어. 결국 그렇게 되고 말았지만, 그리고 이게 마지막 고백이 되겠지만, 케이티, 난 당신을 사랑했어."

캐서린은 즐거운 표정으로 키팅을 바라보았다. 그렇다고 동요하거나 행복해하거나 동정하는 것이 아니라 무심하게 즐거워하는 듯했다. 키팅은 그녀를 보며 생각했다. '만일 케이티가 사람들이 흔히 생각하는 좌절감에 빠진 노처녀 사회복지사로 자신의 정절을 자랑스러워하며 오만하게 섹스를 경멸한다면 비록 적의에 차 있을망정 로맨스를 인정하는 것이다. 하지만 저 즐겁게 관용을 베푸는 듯한 태도는 로맨스는 인간적인 것이며 누구나 그걸 받아들일 수밖에 없다고, 그건 약한 마음이 빠지게 되는 함정이며 결국 헛된 것이라고 말하고 있다. 지금 그녀는 만족스러워하고 있지만, 내가 아닌 다른 어떤 남자에게서 그 말을 들었어도 똑같이 만족스러워했을 것이다. 그건 그녀의 재킷 칼라에 달린 빨간 멕시코인 장식처럼 인간의 허영심에 대한 경멸 어린 양보다.'

"케이티, …… 케이티, 이제 그런 건 아무 상관도 없겠지. 다 지나간 일이니까, 안 그래? 지금 무슨 말을 해도 과거를 바꿔놓을 수는 없으니까. …… 그렇지? 사람들은 이미 지나간 과거는 돌이킬 수도, 바꿀 수도 없다고 한탄하지만 …… 난 그게 오히려 기뻐. 과거를 고스란히 간직할 수 있으니까. 추억할 수도 있고. 그러지 못할 이유가 어디 있어? 당신 말대로 성숙한 사람들답게 자신을 속이지도, 헛된 희망을 품지도 말고 그저 추억만 하는 거지. …… 내가 뉴욕에서 처음 당신 집에 찾아갔던 날 기억해? 그때 당신은 아주 작고 가냘팠지. 머리칼은 마구 헝클어져 있었고. 그때 난 영원히 당신만 사랑하겠다고 말했지. 당신을 무릎에 안았는데 솜털처럼 가벼웠어. 난 영원히 당신만 사랑하겠다고 말했고 당신은 그걸 알고 있다고 대답했지."

"기억나요."

"우리가 함께했던 순간들……. 케이티, 난 부끄러운 일들이 너무도 많지만 우리가 함께했던 순간들은 하나도 부끄럽지 않아. 내가 당신에게 결혼해달라고 했을 때, 아니 결혼해달라는 말은 한 적이 없지. 우린 약혼한 거라고 했을 때 …… 당신은 '그렇다' 고 말했지. …… 공원 벤치에서 …… 눈이 내리고 있었고……."

"그래요."

"그때 당신은 우스꽝스런 털장갑을 끼고 있었어. 벙어리장갑 같은. 털장갑에 동그란 물방울들이 …… 마치 수정처럼 반짝거렸지. …… 지나가는 차의 불빛을 받아서."

"그래요. 가끔 과거를 추억하는 것도 나쁘진 않죠. 하지만 사람은 나이를 먹을수록 시각이 넓어져요. 정신적으로 풍요로워지는 거죠."

키팅은 한참이나 침묵을 지켰다. 그러고는 무덤덤하게 말했다.

"미안해."

"왜요? 피터, 당신은 정말 착해요. 남자들은 감상주의자들이라니까요."

키팅은 생각했다. '저건 연기가 아냐. …… 저렇게까지 연기를 할 수는 없어. …… 스스로를 속이고 있는 게 아니라면

…… 스스로를 속이고 있다면 도저히 방법이 없지.'

캐서린은 계속 이야기를 이어갔고 잠시 후 다시 워싱턴 이야기로 돌아갔다. 키팅은 꼭 필요한 대답만 했다.

키팅은 과거 다음에는 단순히 현재가 이어지고, 만일 과거에 잘못이 있었다면 현재의 고통으로 그걸 상쇄할 수 있다고, 고통이 과거에 영원성을 부여할 수 있다고 믿어왔다. 캐서린처럼 과거를 소급해서 죽여버려서 아예 존재하지 않게 만들 수 있을 줄은 몰랐다.

캐서린이 손목시계를 흘낏 보더니 작게 헉 소리를 냈다.

"벌써 늦었어요. 뛰어가야 해요."

키팅이 무겁게 말했다.

"케이티, 같이 안 나가도 될까? 무례하게 굴려는 게 아니라 그냥 그게 나을 것 같아서."

"당연하죠. 전혀 상관 없어요. 난 길을 잘 알고 있고, 오랜 친구 사이엔 격식 같은 게 필요 없으니까요." 캐서린은 핸드백과 장갑을 챙기고 종이냅킨을 똘똘 뭉쳐 찻잔에 멋지게 던지며 덧붙였다. "다음에 뉴욕에 오면 연락할게요. 그때 다시 만나서 식사해요. 언제가 될지 약속할 수는 없지만. 출장이 많아서 얼마나 바쁜지 몰라요. 지난달엔 디트로이트에 다녀왔고, 다음 주엔 세인트루이스에 가야 해요. 하지만 다시 뉴욕으로 출장을 오게 되면 전화할게요. 잘 지내요, 피터. 만나서 정말 반가웠어요."

11

게일 와이낸드는 요트의 반짝이는 나무 갑판을 바라보았다. 강렬한 빛으로 얼룩진 나무와 황동 문고리가 주위의 풍경을 새삼스레 더 의식하게 해주었다. 하늘과 바다가 온통 불타오르고 있고, 그 사이의 광막한 공간에는 태양빛이 가득했다. 때는 2월이었고, 요트는 남태평양에서 시동을 건 채로 정지해 있었다.

와이낸드는 갑판 난간에 기대어 물 위의 로크를 내려다보았다. 로크는 물 위에 반듯이 누워 눈을 감고 양팔을 펴고 있었다. 그의 구릿빛 살결은 이런 날들이 한 달 동안 이어졌음을 암시했다. 와이낸드는 이런 식으로(요트의 힘을 통해, 물 속에 있는 로크의 몸이나 난간 위에서 팔짱을 낀 자기 팔의 햇볕에 그은 색깔을 통해) 시간과 공간을 이해하는 게 좋았다.

그는 지난 몇 년 동안 요트 여행을 하지 않았다. 그리고 이번에는 로크만 데리고 오고 싶었다. 그래서 도미니크는 집에 남겨두었다.

와이낸드는 로크에게 요트 여행을 권하며 이렇게 말했다. "하워드, 자넨 자신을 혹사시키고 있어. 자네처럼 일한다면 그 누구라도 오래 버틸 수 없어. 머나드녹 계곡 때부터 그랬지, 안 그런가? 자네에겐 가장 어려운 일인 휴식을 취할 용기를 낼 수 있겠나?"

로크가 순순히 그 제안을 받아들이자 와이낸드는 깜짝 놀랐다.

로크가 웃으며 말했다. "일에서 도망치는 건 아니니 놀라지 마세요. 난 언제 멈춰야 하는지를 알고, 멈출 때는 완전히 멈추죠. 나도 무리했다는 걸 알고 있어요. 요즘 작업하다가 망쳐서 버리는 종이가 너무 많거든요."

"자네도 망칠 때가 있나?"

"그 어느 건축가보다 많을 걸요. 한 가지 내세울 게 있다면 내 실패작들은 쓰레기통으로 직행한다는 거죠."

"미리 경고하는데, 여행을 떠나면 몇 개월 동안 돌아오지 않을 걸세. 노는 법을 배우지 못한 사람들이 모두 그렇듯이 자네가 일주일도 안 돼서 후회하며 사무실로 돌아가고 싶다고 울며불며 하소연해도 아무 소용이 없을 거야. 난 요트를 타고 나가면 악랄한 독재자가 되거든. 요트에서는 무엇이든 제공되겠지만 종이나 연필은 예외네. 자넨 말의 자유조차 제대로 못 누릴 걸세. 일단 요트에 타면 대들보니 플라스틱이니 강화 콘크리트니 하는 얘기는 꺼내선 안 돼. 난 자네에게 세상에서 가장 쓸모없는 백만장자처럼 먹고 자고 빈둥거리는 법을 가르쳐줄 작정이네."

"그래 보고 싶군요."

로크는 몇 개월 동안 사무실에 나갈 필요가 없었다. 진행하던 일들은 모두 마무리했고, 새로 들어온 두 건은 봄부터 시작할 계획이었다.

로크는 코틀랜드 주택 설계 작업도 모두 마쳤다. 공사가 막 시작되려고 하고 있었다. 그는 여행을 떠나기에 전, 12월 하순의 어느 날 마지막으로 코틀랜드 부지를 보러 갔다. 그는 호기심에 모여든 한가한 구경꾼들 틈에 끼어 증기삽으로 터파기 공사를 하고 있는 광경을 지켜보았다. 이스트 강이 검은 띠 모양으로 천천히 흐르고, 그 위로 간간이 눈발이 흩날리고, 연보라색과 파란색 수채물감으로 그려놓은 듯한 부드러운 느낌의 마천루들이 솟아 있었다.

와이낸드가 로크와 긴 요트 여행을 떠나고 싶다고 했을 때 도미니크는 반대하지 않았다. "내 사랑, 당신에게서 도망치는 게 아니라는 건 알지? 난 그저 세상 모든 것에서 벗어나고 싶은 거요. 하워드와 함께 있는 건 나 혼자 있는 것과 같지. 아니, 그보다 더 마음이 평온해."

"물론이죠, 게일. 난 괜찮아요."

와이낸드는 도미니크를 보면서 놀랍고 기쁜 듯 별안간 웃음을 터뜨렸다. "도미니크, 당신 질투하는군. 이거 기분 좋은

데. 하워드가 이토록 고마울 수가……. 당신을 질투하게 만들다니."

도미니크는 자신이 누구를 질투하고 있는지 차마 말할 수 없었다.

요트는 12월 말에 항해를 시작했다. 로크는 와이낸드가 훈련을 시키지 않아도 알아서 잘 놀았고, 그래서 와이낸드가 맥이 빠져 하는 걸 웃으며 지켜보았다. 로크는 건축 이야기는 꺼내지도 않고 몇 시간씩 갑판에 누워 일광욕을 하면서 노는 데 이골이 난 사람처럼 빈둥거렸다. 두 사람은 거의 대화를 나누지 않았다. 와이낸드는 로크와 무슨 이야기를 나누었는지 전혀 기억나지 않는 날들도 있었다. 어쩌면 아무 이야기도 안 나누었을 수도 있었다. 두 사람에게는 평온한 침묵이 가장 훌륭한 의사소통 수단이었다.

오늘 두 사람은 같이 바다에 뛰어들어 수영을 했고, 와이낸드가 먼저 요트로 올라왔다. 와이낸드는 난간 앞에 서서 물 속의 로크를 지켜보며 이 순간 자신이 지닌 힘에 대해 생각했다. 그는 요트를 출발시키도록 명령을 내려 저 빨강머리를 태양과 바다에 버려두고 떠나버릴 수도 있었다. 그런 생각을 하자 기분이 좋아졌다. 자신이 막강한 힘을 지녔기 때문이기도 했고, 결국 자신은 로크에게 절대로 그 힘을 행사할 수 없음을 알기 때문이기도 했다. 와이낸드는 모든 물리적인 수단을 장악하고 있었다. 성대를 움직여 명령만 내리면 요트를 조종하는 손이 밸브를 열 것이고 순종적인 기계는 이곳을 떠나게 될 터였다. 와이낸드는 생각에 잠겼다. '이건 도덕적인 문제도, 공포 때문도 아냐. 만일 대륙 전체의 운명이 걸려 있다면 한 사람의 목숨쯤은 얼마든지 버릴 수 있겠지. 하지만 난 그 어떤 이유로도 저 사람을 포기할 수 없을 거야. 나, 게일 와이낸드는 이 순간 단단한 갑판 위에 서 있지만 무력한 존재이고, 로크는 위태롭게 바다에 떠 있지만 요트 심장부에 있는 엔진보다도 강력한 힘을 지니고 있어. 그것이 바로 엔진을 만들어낸 힘이니까.'

로크가 갑판 위로 올라오자 와이낸드는 그의 몸을 바라보았다. 몸의 각진 면들을 따라 물줄기들이 흘러내렸다.

와이낸드가 말했다. "하워드, 스토더드 신전을 만들 때 자네가 실수한 게 있어. 도미니크가 아닌 자네의 조각상을 세워야 했어."

"아뇨. 난 그러기엔 너무 자기중심적인 인물이에요."

"자기중심적이라고? 그렇다면 더욱더 그 조각상의 모델이 되고 싶었겠지. 자넨 자기중심적이란 말을 참 이상하게 사용하는군."

"정확하게 사용하는 거죠. 난 어떤 것의 상징이 되고 싶진 않아요. 난 오직 나 자신일 뿐이니까요."

와이낸드는 갑판 의자에 누워 뒤쪽 벽에 붙은 원반 모양의 뿌연 유리를 씌운 등을 만족스럽게 흘낏 쳐다보았다. 그 등불은 캄캄한 바다 위의 어둠을 차단시키고 빛의 견고한 벽들로 아늑한 공간을 마련해주고 있었다. 그는 요트가 움직이는 소리를 들으며 얼굴에 닿는 따스한 밤공기를 느끼고 있었고, 보이는 것이라고는 어둠에 둘러싸인 갑판뿐이었다.

그의 앞쪽 난간에 키 큰 흰 형체가 검은 공간에 기대어 서 있었다. 로크였다. 고개를 치켜든 모습이 와이낸드가 자신의 집 공사 현장에서 본 모습과 똑같았다. 로크는 두 손으로 난간을 잡고 있었고, 짧은 셔츠 소매 아래로 팔이 불빛에 드러나 있었다. 팔과 목덜미의 울퉁불퉁한 그림자들이 단단한 근육을 강조해주었다. 와이낸드는 요트의 엔진과 마천루들, 대서양 횡단 케이블, 그리고 인간이 만들어낸 모든 것을 생각했다.

"하워드, 이게 내가 원한 것이지. 자네와 여기서 이렇게 함께 있는 것."

"압니다."

"그 진짜 정체가 뭔지 아나? 탐욕이지. 난 이 세상에서 단 두 가지, 자네와 도미니크에 대해서만은 탐욕스럽다네. 사실 난 아무것도 소유한 적이 없는 백만장자지. 자네가 소유에 대해 했던 말 기억하나? 난 사유재산이란 개념을 발견하고 그 위에서 날뛴 야만인과도 같네. 우스꽝스런 노릇이지. 엘즈워스 투히를 생각해보게."

"왜 엘즈워스 투히를요?"

"그가 설파하는 것들 말일세. 요즘 나는 그가 자신이 주장하는 것에 대해 진정으로 이해하고 있는지 의심이 들어. 절대적인 의미에서의 비이기심이라고? 내가 그렇게 살아왔는데. 투히는 내가 자신의 이상을 구현한 인물이라는 걸 알고 있을까? 물론 그는 내 동기에는 찬성하지 않겠지만 동기가 사실을 바꿀 수는 없지. 그가 추구하는 것이 철학적으로(투히 씨는 철학자지) 돈의 문제를 초월한 의미에서의 진정한 비이기심이라면 나를 주목해야 한다니까. 난 아무것도 소유한 적이 없으니까. 아무것도 원한 적도 없고. 난 투히가 기대하는 가장 우주적인 방식으로 초연했네. 자신을 세상의 압력에 따라 움직이는 기압계로 만들었어. 대중의 목소리가 나를 밀어올리기도, 끌어내리기도 했지. 물론 난 그 과정에서 재산을 축적했네. 그것 때문에 본질이 바뀔까? 내가 그 돈을 한 푼도 남김없이 다 줘버렸다고 하세. 돈을 벌 생각은 전혀 없었고 대중을 위해 봉사하겠다는 순수한 이타주의에서 출발했다고 하세. 그랬다면 어떻게 했을까? 지금까지 내가 해온 것과 똑같이 했을 걸세. 가장 많은 사람에게 가장 많은 즐거움을 주는 것. 다수의 의견과 소망, 취향을 표현하는 것. 그 다수는 매일 아침 길모퉁이 신문 가판대에서 3센트를 내고 신문을 사는 것으로 내게 찬성과 지지를 보내주었네. 지난 31년간 와이낸드 신문들은 게일 와이낸드를 제외한 모든 사람을 나타내주었지. 어느 수도원의 성자도 나처럼 철저히 자아를 버리진 못했을 거야. 그런데도 사람들은 나를 부패한 인간이라고 부르지. 왜? 수도원의 성자는 물질적인 것들만 희생하네. 그건 영혼의 영광에 대한 대가로는 너무도 보잘것없는 것이지. 성자는 자신의 영혼을 간직하고 세상을 포기하네. 하지만 난, 난 자동차와 실크 잠옷, 펜트하우스를 갖고, 대신 세상에 내 영혼을 줬어. 희생이 미덕의 잣대라면 누가 더 많은 희생을 한 건가? 누가 진짜 성자인가?"

"게일, …… 당신이 스스로 그걸 시인할 줄은 몰랐어요."

"왜? 난 자신이 뭘 하고 있는지 알고 있었네. 난 집단적인 영혼을 지배하는 힘을 원했고 그걸 가졌지. 집단적인 영혼. 까다로운 개념이긴 하지만, 그걸 구체적으로 이해하고 싶다면 〈배너〉를 읽어보면 되지."

"그래요……."

"물론 투히는 자기가 말하는 이타주의는 그런 게 아니라고 하겠지. 대중이 무엇을 원하는지 그들이 결정하도록 맡겨선 안 된다고. 내가 결정해야만 한다고. 나 자신이나 대중이 원하는 게 아니라 대중이 마땅히 원해야 하는 것을 내가 결정해서 그들의 목구멍에 강제로 쑤셔 넣어야 한다고. 대중에게 자발적으로 선택하도록 맡기면 그들은 〈배너〉를 선택할 것이기에 강제가 필요하다고. 물론 오늘날 그런 이타주의자가 몇 명 존재하긴 하지."

"그걸 알고 계셨어요?"

"물론이지. 대중을 위해 봉사해야 한다면, 타인들을 위해 살아야만 한다면 달리 뭘 할 수 있겠나? 대중의 요구에 맞춰 주고 부패한 인간이라는 소리를 듣던가, 아니면 자신이 생각하는 선(善)을 대중에게 억지로 강요하는 것 말고 다른 방법이 있을 거라고 생각하나?"

"아뇨."

"그럼 뭐가 남는가? 어디서부터 도리란 것이 시작되는 건가? 이타주의가 끝나면 무엇이 시작될까? 자네, 내가 무엇을 사랑하는지 알겠나?"

"예, 게일." 로크가 내키지 않는 듯 거의 슬픔에 찬 목소리로 말했다.

"무슨 일인가? 왜 목소리가 그런가?"

"미안해요. 용서하세요. 생각나는 게 있어서요. 사실 오랫동안 품어왔던 생각이죠. 요즘 갑판에 누워 빈둥거리며 지내다 보니 부쩍 더 많이 생각하게 됐고요."

"나에 대한 생각인가?"

"그렇다고 할 수 있죠."

"어떤 결정을 내렸나?"

"게일, 난 이타주의자가 아니에요. 다른 사람을 대신해 결정을 내려주지 않아요."

"나에 대해선 걱정할 것 없네. 난 자신을 팔았지만 그것에 대한 환상은 없지. 난 앨버 스카릿처럼 되지 않았어. 앨버는 대중이 믿는 걸 진짜로 믿지. 하지만 난 대중을 경멸해. 그게 내 유일한 변명이네. 난 인생을 팔았지만 그 값을 제대로 받았지. 힘. 그 힘을 써먹은 적은 없어. 사적인 욕망을 품을 여유가 없었으니까. 하지만 이제 난 자유롭네. 이제 내가 원하는 것을 위해 그 힘을 사용할 수 있어. 내가 믿는 것을 위해. 도미니크를 위해. 자네를 위해."

로크는 고개를 돌렸다가 다시 와이낸드를 보며 말했다.

"게일, 그러면 좋죠."

"지난 몇 주 동안 무슨 생각을 했나?"

"스탠턴에서 나를 퇴학시킨 학장의 원칙에 대해서 생각했어요."

"무슨 원칙?"

"세상을 파괴하고 있는 원칙. 당신이 지금까지 얘기한 진짜 비이기심요."

"사람들이 세상에 존재하지 않는다고 말하는 이상(理想)?"

"그 말은 틀렸어요. 그건 엄연히 존재해요. 사람들이 상상하는 방식으로 존재하는 건 아니지만. 바로 그것 때문에 난 오랫동안 사람들을 이해할 수 없었죠. 그들은 자기가 없어요. 타인들 속에 살고 있죠. 간접 인생을 사는 거죠. 피터 키팅을 보세요."

"자네나 보게. 난 그 인간이 가증스러우니까."

"그동안 키팅을 지켜보면서, 지금 그에게 남은 걸 보면서 사람들을 이해할 수 있게 됐어요. 지금 그는 대가를 치르면서 자신이 무슨 죄에 대한 벌을 받는 걸까 생각하다가 자신이 너무 이기적이었다는 결론을 내리고 있어요. 하지만 과연 그의 행동이나 생각 속에 자기가 존재했던 적이 있을까요? 그에게 인생의 목표는 무엇이었을까요? 다른 사람들의 눈에 위대해 보이는 것. 명성, 감탄, 부러움……. 모두가 다른 사람들에게서 나오는 것이죠. 그렇게 타인들이 그의 신념들을 지배했고, 사실 그 신념들은 그의 것이 아니었지만 타인들의 눈에는 그의 것으로 보인다는 사실에 그는 만족했어요. 타인들이 그의 원동력이고 주된 관심사였죠. 그는 위대해지기를 원한 게 아니라 위대하다고 인정받기를 원했어요. 건축을 하고 싶은 게 아니라 그저 건축가로 찬양되기를 원했고요. 그는 타인들을 감동시키기 위해 타인들의 것을 빌렸어요. 그런 게 바로 진짜 비이기심이에요. 그는 자아를 배반하고 포기했어요. 그런데도 다들 그에게 이기적이라고 말하죠."

"그것이 대부분의 사람들이 가지고 있는 삶의 패턴이지."

"그래요! 그리고 모든 비열한 행동의 근원이기도 하지 않을까요? 이기심이 아니라 자기의 부재가요. 세상 사람들을 보세요. 사기꾼에 거짓말쟁이도 덕망 있는 인물 행세를 하며 살죠. 그런 사람은 자신이 부정직하다는 걸 알면서도 다른 사람들이 정직하다고 생각해주니까 거기서 간접적으로 자존감을 얻는 거죠. 자신이 이루지도 않은 업적을 자신의 명예로 삼는 사람도 마찬가지예요. 자신이 평범하다는 걸 알지만 남들 눈에 위대하게 비치는 것에 의미를 두는 거죠. 자신의 상대적인 우월성을 공고히 하기 위해 열등한 사람들에 대한 애정을 고백하고, 그런 이들에게 매달리는 좌절감에 빠진 불쌍한 인간도 마찬가지예요. 돈이 유일한 목적인 인간도요. 물론 난 돈을 벌고 싶은 욕망을 나쁘게 보진 않아요. 하지만 돈은 어떤 목적을 위한 수단일 뿐이에요. 개인적인 목적, 그러니까 사업에 투자하거나, 창작을 하거나, 공부를 하거나, 여행을 하거나, 사치를 즐기기 위해 돈을 원하는 건 전혀 부도덕한 일이 아니에요. 하지만 돈을 우선으로 여기는 사람들은 개인적인 사치를 넘어서서 과시를 원하죠. 남들에게 보여주고, 남들을 깜짝 놀라게 하고, 감탄하게 만들고 싶은 거라고요. 그건 간접 인생이에요. 이른바 문화 활동이 어떻게 이루어지고 있는지 보세요. 연사는 남에게서 빌려온 생각을 스스로 아무런 의미도 못 느끼면서 청산유수처럼 떠들고, 청중은 연설 내용에는 관심이 없으면서도 유명 인물의 연설을 듣고 왔다고 친구들에게 자랑하기 위해 자리를 지키고 앉아 있죠. 다들 간접 인생을 살고 있죠."

"만일 내가 엘즈워스 투히라면 이렇게 말하겠지. '그건 결국 이기심을 성토하는 주장이 아닐까? 남들의 주목과 호감, 감탄을 원하는 것도 이기적인 동기가 아닐까?' 라고."

"스스로 자존감을 버리고 타인들에게 지배되는 거라고요.

인생에서 가장 중요한 가치, 판단, 정신, 사고의 영역에서 타인들을 자신의 우위에 두는 거란 말입니다. 이타주의가 요구하는 게 바로 그거죠. 진정으로 이기적인 사람은 남들의 인정에 영향을 받을 수가 없어요. 남들의 인정 같은 건 필요하지도 않으니까요."

"투히도 그걸 알고 있을 거야. 그는 인간의 나약함과 비겁함을 이용해서 사악한 헛소리를 퍼뜨리고 다니는 거야. 남들에게 의지하는 건 쉽지만 스스로의 힘으로 서는 건 정말 어려운 일이지. 남들의 눈은 속일 수 있지만 자신의 눈은 속일 수 없는 법이니까. 자아가 가장 엄격한 심판자니까. 그래서 사람들은 자아에서 도망치지. 평생 도망치면서 사는 거야. 자선단체에 몇천 달러를 기부하고 고귀한 존재가 되는 게 스스로가 인정하는 성취를 통해 자존감을 얻는 것보다 훨씬 쉽지. 우리가 자신의 능력 대신 내세울 수 있는 건 얼마든지 있지. 사랑, 매력, 친절, 자선. 하지만 진정으로 능력을 대신할 수 있는 건 없어."

"바로 그 점이 간접 인생을 사는 사람들에겐 치명적이죠. 그들은 사실이나 아이디어, 일에는 아무 관심도 없어요. 오직 사람들에게만 관심을 갖죠. 그들은 '이게 진실인가?' 라고 묻지 않고 '이게 사람들이 진실이라고 생각하는 것인가?' 라고 묻죠. 그들은 스스로 판단하려 하지 않고 다른 사람들을 따라하려고 하죠. 스스로 일하지 않고 일하는 인상만 주려 하고요.

무언가를 만들어내는 것이 아니라 보여주는 것, 능력이 아니라 우정, 장점이 아니라 연줄을 중시하죠. 생각하고 일하고 생산해내는 사람들이 없다면 세상이 어떻게 되겠어요? 바로 그런 사람들이 자기중심주의자들이에요. 그들은 남의 뇌로 생각하지 않고 남의 손으로 일하지도 않아요. 독자적인 판단을 유보하는 건 의식을 유보하는 것이죠. 의식을 멈추는 건 삶을 멈추는 것이고요. 간접 인생을 사는 사람들은 현실감각이 없어요. 그들의 현실은 자신 안에 있는 게 아니라 사람과 사람 사이의 공간 어딘가에 있죠. 하나의 실재로서가 아니라 관계로서, 그 어디에도 닻을 내리고 있지 않아요. 전 사람들의 그런 비어 있는 상태를 이해할 수가 없었죠. 그래서 위원회를 상대할 때마다 벽에 부딪히는 기분을 느꼈어요. 자아가 없는 사람들, 합리적인 절차가 없는 의견, 브레이크나 모터가 없는 동작, 책임감 없는 힘. 간접 인생을 사는 사람들도 행동을 하지만 그들의 행동의 근원은 다른 모든 살아 있는 사람들 속에 흩어져 있죠. 그건 모든 곳에 있으면서 아무 데도 없기도 해서 도저히 이성이 통하질 않아요. 그런 사람들은 이성을 받아들이지 않죠. 얘기를 해도 도무지 듣지를 못해요. 빈 판사석 앞에서 재판을 받는 꼴이죠. 눈먼 군중이 미쳐 날뛰며 아무런 의미도 목적도 없이 우리를 짓밟는 거예요. 스티브 맬러리는 그 괴물의 정체는 몰랐지만 그 존재는 알고 있었어요. 간접 인생을 사는 사람들. 그가 두려워하는 무시무시한 괴물은 바로 그들이에요."

"간접 인생을 사는 사람들도 그걸 알고 있을 거야. 스스로 인정하지 않으려고 애는 쓰겠지만. 그들은 다른 건 다 받아들여도 혼자 힘으로 서는 사람은 절대 용납 못하지. 그들은 그런 사람을 한눈에 알아볼 수 있다네. 직감으로. 그들은 그런 사람에게 특별하고 교활한 증오를 품지. 그들은 범죄자들을 용서하고 독재자들을 찬양해. 범죄와 폭력도 하나의 유대이고 상호 의존이라고 볼 수 있으니까. 그들에겐 유대가 필요하지. 그들은 만나는 모든 사람에게 자신의 작고 보잘것없는 인격을 강요해야만 해. 독자적인 사람은 그들을 죽인다고 볼 수 있지. 그들은 그런 사람 안에는 존재할 수 없고 그들이 아는 존재 방식은 그것뿐이니까. 그들이 독자성이란 개념 자체에 얼마나 맹렬히 분노하는지 보게. 그들이 독자적인 사람을 얼마나 적대시하는지 보란 말일세. 하워드, 자네의 삶을 돌아보고 자네가 지금까지 만났던 사람들에 대해 생각해보게. 그들은 알고 있지. 두려워하고 있고. 자넨 그들의 공격 대상이지."

"그건 그들에게 아직 얼마간의 존엄성이 남아 있기 때문이죠. 그래도 엄연한 인간이니까요. 그들은 다른 사람들에게서 자신을 찾도록 가르침을 받아왔어요. 하지만 인간은 자긍심이라곤 전혀 없는 절대적인 겸허함에 이를 수는 없어요. 그래선 살아남을 수가 없죠. 그래서 여러 세기 동안 이타주의가 최고의 이념이라는 사상을 주입받아오면서도 그것이 받아들여질 수 있는 방식으로만 받아들였죠. 타인들을 통해 자긍심을 발견하고 간접 인생을 사는 방식으로만요. 그 결과 온갖 공포를 느끼게 됐죠. 진정으로 이기적인 사람이라면 상상조차 할 수 없는 무시무시한 형태의 이기주의가 된 거죠. 이제 우리는 비이기심으로 무너져가는 세상을 구하기 위해 자기를 없애라는 요구를 받고 있어요. 오늘날의 설교들을 들어보세요. 주위의 모든 사람을 보세요. 사람들이 왜 고통받는지, 그토록 행복을 추구하면서도 왜 행복을 찾지 못하는지 궁금하다고요? 누구든 걸음을 멈추고 자신이 진정으로 사적인 욕망을 품어본 적이 있는지 자문해본다면 그 답을 얻을 수 있을 거예요. 자신의 모든 소망, 노력, 꿈, 야망이 다른 사람들로 인해 비롯되었음을 깨닫게 될 테니까요. 그들이 지금까지 기를 쓰며 노력해온 건 하다못해 물질적인 부를 위해서도 아니고 간접 인생을 사는 사람들의 망상인 위신을 위해서였죠. 타인들이 찍어주는 승인 도장. 그래서 노력을 하면서도, 성공을 했을 때도 기쁨을 느낄 수가 없는 거죠. 단 한 가지 일에 대해서도 '이건 **내가** 원해서지 이웃 사람들의 감탄을 얻기 위해서 하고 싶었던 일이 아니다.' 라고 말할 수 없는 거죠. 그러면서도 자신이 왜 불행한지 이해를 못해요. 인간의 모든 행복은 사적인 거죠. 우리에게 최고의 순간은 사적이고 자발적이며 남이 손댈 수 없는 것이에요. 우리에게 신성하거나 귀중한 것들은 아무하고나 나누지 않는 것들이죠. 그런데 지금 우리는 내면의 모든 것을 세상에 드러내고 아무나 만질 수 있게 하라는 가르침을 받고 있어요. 만남의 장소에서 기쁨을 찾으라고요. 우리는 인간의 정신이 지닌 자족성에 붙일 명칭조차 갖지 못하고 있어요. 그걸 이기주의나 자기중심주의라고 부를 수도 없어요. 그 말들은 왜곡되어 피터 키팅을 뜻하게 되었으니까요. 게일, 이 세상에 중대한 죄악이 있다면, 그건 자신의 주된 관심을 다른 사람들에게 두는 거예요. 내가 좋아하는 사람들은 모두 인간으로서의 중요한 자질을 갖추고 있죠. 난 그걸 즉시 알아볼 수 있고, 내가 인간에게서 존중하는 건 그 자질뿐이에요. 난 그걸 보고 친구를 선택해왔어요. 이제 난 그게 뭔지 알아요. 자족적인 자아. 그것만 있으면 다른 건 문제가 되지 않죠."

"자네에게 친구들이 있다는 걸 시인해주니 기쁘군."

"그들을 사랑한다는 것도 시인할 수 있는 걸요. 하지만 만일 그들이 내 삶의 주된 이유라면, 난 그들을 사랑할 수 없어요. 피터 키팅에게 친구가 한 명도 남지 않았다는 걸 아세요? 그 이유를 아시겠어요? 자신을 존중할 수 없는 사람은 다른 사람도 사랑하거나 존중할 수 없으니까요."

"피터 키팅 얘기는 집어치우게. 난 지금 자네에 대해, 자네의 친구들에 대해 생각하고 있네."

로크는 미소를 머금었다. "게일, 만일 이 배가 가라앉는다면 난 목숨을 바쳐 당신을 구할 거예요. 의무감 때문이 아니라 나 자신의 이유들과 기준들에 따라 당신을 좋아하기 때문이죠. 난 당신을 위해 죽을 수 있어요. 하지만 당신을 위해 살 수는 없고, 그럴 생각도 없죠."

"하워드, 그 이유들과 기준들이 뭔가?"

로크는 그제야 자신이 와이낸드에게 말하려고 하지 않았던 것들을 모두 말해버렸음을 깨달았다. 그가 대답했다.

"당신은 간접 인생을 살도록 태어나지 않았다는 거죠."

와이낸드는 미소 지었다. 그는 그 말 한 마디로 족했다.

나중에 와이낸드가 자신의 선실로 내려간 후, 로크는 홀로 갑판에 남아 있었다. 그는 난간 앞에 서서 검은 바다를, 허공을 바라보았다.

그는 생각했다. '난 그에게 최악의 간접 인생이 무엇인지 말하지 않았어. 그건 힘을 추구하는 것이지.'

12

4월에 로크와 와이낸드는 뉴욕으로 돌아왔다. 푸른 하늘을 배경으로 분홍빛으로 보이는 마천루들이 마치 돌덩이에 있는 어울리지 않는 도자기 색깔 같았다. 거리의 나무들은 작은 초록의 술 장식을 달고 있었다.

로크는 사무실로 들어갔다. 직원들은 그와 악수하면서도 반가운 내색을 못하고 미소를 일부러 억눌렀고, 보다 못한 어린 직원 하나가 외쳤다. "도대체 뭐예요! 소장님, 왜 우린 소장님이 돌아오셔서 기쁘다는 말을 못하는 거죠?"

그러자 로크가 웃으며 말했다. "말들 하게. 나도 돌아와서 얼마나 기쁜지 몰라." 그러고는 제도실 탁자 앞에 앉았고, 다들 앞다투어 지난 석 달 동안의 일들을 보고했다. 로크는 긴 여행에서 돌아와 농장 흙을 만져보는 농장주처럼 무심결에 자를 만지작거리고 있었다.

로크는 오후가 되자 혼자 책상에 앉아 신문을 펼쳤다. 석 달 만에 처음 보는 신문이었다. 코틀랜드 주택 건설에 대한 기사가 있었고 '건축가 피터 키팅. 공동 설계자 고든 L. 프레스콧, 거스 웨브' 라는 내용이 눈에 띄었다.

로크는 미동도 않고 앉아 있었다.

저녁 때 그는 코틀랜드를 보러 갔다.

첫 번째 건물이 거의 완공 단계에 있었다. 텅 빈 넓은 부지에 그 건물만 외로이 서 있었다. 인부들은 모두 퇴근했고, 경비 초소에 작은 불빛 하나만 밝혀져 있었다. 건물은 로크가 설계한 골격을 지니고 있었지만, 그 아름다운 균형을 이룬 뼈대에 잡다한 종자들의 살이 붙어 있었다. 기본설계의 경제성은 보존되어 있으되 이해할 수 없는 군더더기들이 붙어 추가 비용을 발생시킨 경우였다. 다양한 형태의 덩어리들은 단조롭고 조악한 입방체들로 대체되어 있고, 둥근 지붕을 가진 체육관이 벽에서 종양처럼 튀어나와 있었으며, 강렬한 파란색 페인트칠을 한 철제 발코니들이 줄줄이 매달려 있었다. 아무 목적도 없는 모서리 창들이 나 있고, 모퉁이를 잘라 쓸모없는 문을 만들어 브로드웨이에 있는 남성복 가게 입구처럼 기둥으로 받치는 둥근 철제 차양을 달아놓은 것도 보였다. 어디서 시작해서 어디서 끝나는지도 모를 세 줄의 수직 벽돌 띠도 있었다. 전체적으로 업계에서 '브롱크스 현대주의' 로 불리는 양식을 채택한 듯했고, 중앙 현관 위에 붙은 바릴리프(bas-relief: 얕은 양각으로 새긴 저부조—옮긴이) 장식판에는 세 사람이나 네 사람으로 보이는 근육 덩어리들이 들어 있었는데, 그중 하나는 드라이버를 쥔 팔을 치켜들고 있었다.

창문 유리들에 흰 가새표가 쳐져 있었는데 잘못된 걸 가새표로 지운 것처럼 잘 어울렸다. 서쪽으로 맨해튼 위의 하늘에 붉은 띠가 그려져 있고, 그 하늘을 배경으로 검은 건물들이 곧게 솟아 있었다.

로크는 코틀랜드 주택 첫 번째 건물 앞에 날 도로 부지 건너편에 서 있었다. 고개를 뒤로 젖히고 양팔을 몸에 닿지 않도록 내리고 꼿꼿이 서 있는 모습이 마치 총살대 앞에 서 있는 듯했다.

어떻게 그런 일이 일어난 건지 아무도 알지 못했다. 거기에는 숨은 의도 같은 것도 없었고 그냥 그렇게 된 것이었다.

먼저 어느 날 아침에 투히가 키팅에게 고든 L. 프레스콧과 거스 웨브가 공동 설계자로 참여하게 됐다고 통보했다. "피터, 뭘 신경 쓰나? 어차피 자네 돈이 드는 것도 아닌데. 자네가 최고 책임자니까 권위가 손상될 것도 전혀 없고. 그 친구들은 자네의 제도사들과 별반 다르지 않을 걸세. 난 그저 그 친구들을 밀어주고 싶을 뿐이라네. 이 프로젝트에 참여하면 평판이 더 좋아질 테니까. 난 그 친구들이 좋은 평판을 얻도록 돕고 싶은 마음이 간절하다네."

"하지만 그들은 할 일이 전혀 없어요. 설계 작업은 다 끝났다고요."

"막판에 손볼 게 있으면 그걸 맡기면 되지. 자네 직원들의 시간도 절약해주고 좋지 뭘 그러나. 그 친구들도 돈을 좀 벌게 해주게. 돼지처럼 욕심 부리지 말고."

투히의 말은 진심이었고 다른 꿍꿍이 같은 건 없었다.

키팅은 프레스콧과 웨브가 코틀랜드 사업과 관련된 수십 명의 공무원들 중에 누구와 어떤 식으로 연결되어 있는지 알 수가 없었다. 책임 소관이 어찌나 복잡하게 뒤엉켜 있는지 어떤 게 누구의 권한인지 아무도 확실하게 알지 못했다. 분명한 건 프레스콧과 웨브에게 든든한 연줄이 있고 키팅으로서는 그들을 일에서 뺄 수 없다는 사실뿐이었다.

변경은 체육관부터 시작되었다. 입주자 선정 업무를 맡은 여자가 체육관을 요구했다. 사회복지사인 그 여자는 입주가 끝나면 일자리가 없어질 처지였다. 그래서 코틀랜드 레크리에이션 센터 책임자로 영구직을 확보하고자 했다. 사실 코틀랜드 주택은 걸어서 갈 수 있는 거리에 학교 두 개와 YMCA가 있어서 원래 설계에는 체육관이 없었다. 그 여자가 그건 빈곤층 자녀들의 권리를 유린하는 처사라고 주장하자 프레스콧과 웨브가 체육관을 설계에 추가했다. 그 뒤로 이어진 설계 변경들은 순수하게 미적인 성격을 띠고 있었다. 그토록 고심해서 경제적으로 설계된 건축물에 추가 비용이 쌓여갔다. 코틀랜드 레크리에이션 센터 책임자는 다음 두 건물에 소극장과 회의실을 추가하는 문제를 논의하러 워싱턴으로 떠났다.

설계도 변경은 한 번에 몇 가지씩 점차적으로 이루어졌다. 설계 변경 명령은 본부에서 내려왔다.

"착공 준비가 다 된 마당에 이게 뭡니까?" 키팅이 외쳤다.

그러자 거스 웨브가 능청을 떨었다. "뭐 어때요, 한 2,000달러 더 쓰면 그만인데."

고든 L. 프레스콧은 이렇게 말했다. "현대적인 분위기를 살리려면 발코니가 있어야 하지. 건물이 너무 휑한 느낌을 주면 안 돼. 우울해 보이니까. 게다가 입주자의 마음도 헤아릴 줄 알아야지. 여기 들어와서 살 사람들은 비상계단에 앉아 있는 게 습관이 되어 있고 그걸 좋아해. 그걸 그리워하게 될 거라고. 그러니까 신선한 공기를 마시며 앉아 있을 공간을 마련해 줘야 해. 비용? 빌어먹을, 비용이 그렇게 걱정된다면 어디서 줄일 수 있는지 알려주지. 붙박이장 문을 없애면 돼. 붙박이장에 문이 왜 필요한가? 그건 구식이라고."

그렇게 해서 붙박이장 문이 모두 없어졌다.

키팅은 싸웠다. 그런 싸움은 해본 적이 없었고 기력도 고갈된 상태였지만 힘닿는 데까지 백방으로 애를 썼다. 그는 이 부서 저 부서 찾아다니며 싸우고 협박하고 애원했다. 하지만 그에게는 아무런 영향력이 없었고, 공동 설계자들은 어지럽게 뒤엉킨 인맥을 교묘히 활용하고 있었다. 담당 공무원들은 어깨를 으쓱하며 다른 사람에게 가보라고 했다. 미적인 문제에 대해서는 아무도 관심을 갖지 않았다. "무슨 차이가 있는데요?" "**당신** 주머니에서 나오는 돈이 아니잖소, 안 그래요?" "당신이 뭔데 전부 당신 마음대로 하려는 거요? 다른 설계자들도 힘을 보태게 하시오."

키팅은 엘즈워스 투히에게 호소해보았지만 투히는 관심이 없었다. 그는 다른 일들로 바빴을 뿐만 아니라 관료들과 싸움을 벌이고 싶은 마음이 없었다. 그는 자신의 두 추종자인 프레스콧과 웨브의 예술적 활동을 부추기지도 않았지만 그걸 중단시킬 필요성도 느끼지 못했다. 그는 전체적인 상황을 즐기고 있었다.

"하지만 엘즈워스, 아주 끔찍한 꼴이 됐어요! 당신도 그걸 아시잖아요!"

"오, 알고 있네. 피터, 뭘 신경 쓰나? 코틀랜드의 가난하지만 무지한 세입자들은 건축적 예술성 같은 건 어차피 알아보지도 못할 걸세. 배관이나 잘되도록 신경 쓰게."

"아니, 도대체 왜요?" 키팅은 공동 설계자들에게 외쳤다.

그러자 고든 L. 프레스콧이 반문했다. "우린 왜 아무 발언권이 없는 건가? 우리도 자신의 개성을 표현하고 싶네."

키팅은 계약서를 들먹여보기도 했지만 이런 말을 들었다. "좋아요, 그럼 정부를 상대로 소송을 걸어봐요. 어서 해보라고요." 이따금 키팅은 살의를 느꼈다. 하지만 죽일 사람이 없었다. 살인의 특권이 주어진다고 해도 대상을 고를 수가 없었다. 책임질 사람이 아무도 없었기 때문이다. 그 일에는 목적도, 명분도 없었다. 그냥 그렇게 된 것이었다.

키팅은 로크가 돌아온 날 저녁에 로크의 집으로 갔다. 로크가 부른 게 아니라 스스로 찾아간 것이었다. 로크가 문을 열어 주며 말했다. "피터, 잘 지냈나?" 키팅은 아무 대답도 할 수 없었다. 두 사람은 말없이 작업실로 들어갔다. 로크는 의자에 앉았으나 키팅은 작업실 한가운데에 선 채로 힘없이 말했다.

"어쩔 작정인가?"

"이제 나한테 맡기게."

"하워드, 나도 어쩔 수가 없었네. …… 어쩔 수가 없었어!"

"그랬겠지."

"자네가 뭘 어쩔 수 있겠나? 정부를 상대로 소송을 걸 수는 없어."

"그래."

키팅은 앉아야겠다고 생각했지만 의자가 너무 멀게만 느껴졌다. 그리고 몸을 움직이면 너무 눈에 띌 것 같았다.

"하워드, 이제 나를 어떻게 할 건가?"

"자넬 어떻게 할 생각 같은 건 없어."

"내가 진실을 고백하기를 원하나? 모든 사람에게?"

"아니."

잠시 후 키팅이 속삭이듯 말했다.

"내가 받은 돈을 자네에게 모두 주면 안 되겠나? 그리고……."

로크는 미소만 지었다.

"미안하네……."

키팅이 시선을 외면하며 작은 목소리로 말했다. 키팅은 로크의 대답을 기다리다가 그래서는 안 되는 줄 알면서도 애원을 하고 말았다.

"하워드, 난 무서워……."

로크는 고개를 저었다.

"피터, 내가 무얼 하든 자네를 해치기 위한 건 아닐 걸세. 내게도 죄가 있으니까. 우리 둘 다 죄가 있지."

"자네에게 죄가 있다고?"

"자넬 망쳐놓은 건 나니까. 처음부터. 자넬 도움으로써. 세상에는 도움을 청하거나 주어선 안 되는 일들이 있지. 난 스탠턴에서 자네의 과제들을 대신 해주지 말아야 했어. 코스모-슬롯닉 빌딩도, 코틀랜드도 해주지 말아야 했지. 난 자네가 감당할 수 없는 짐을 지워주었네. 그건 회로에 지나치게 강한 전류를 흘린 것과 같고, 그럼 퓨즈가 나갈 수밖에 없지. 이제 우리 둘 다 대가를 치르게 될 걸세. 자네에게도 가혹한 일이겠지만 내겐 더 가혹한 일일 걸세."

"하워드, 이제 내가 …… 집에 돌아가 주는 게 낫겠지?"

"그래."

키팅이 문간에서 말했다.

"하워드! 그들은 일부러 그런 게 아니네."

“그래서 더 문제지.”

도미니크는 언덕을 올라오는 자동차 소리를 들었다. 그녀는 와이낸드가 퇴근해서 돌아오는 것이리라 생각했다. 와이낸드는 여행에서 돌아온 후로 2주 동안 매일 늦게까지 야근을 하고 있었다.

모터 소리가 고요한 시골의 봄 공기를 가득 채웠다. 집에는 정적이 감돌았고 도미니크가 의자 쿠션에 머리를 기댈 때 머리칼이 찰랑거리는 소리만 들렸다. 도미니크는 금세 자동차 소리를 의식하지 않게 되었다. 이 시간에 들리는 와이낸드의 자동차 소리는 적막하고 호젓한 시골 풍경의 일부를 이룰 만큼 그녀에게 익숙했던 것이다.

차가 문 앞에서 멈추는 소리가 들렸다. 도미니크는 현관문을 잠근 적이 없었다. 그곳에는 찾아올 이웃도, 손님도 없었기 때문이다. 현관문 열리는 소리, 안으로 들어오는 발소리가 들렸다. 발소리는 멈추지 않고 익숙하게 계단을 올라왔다. 그리고 그녀의 방문이 열렸다.

로크였다. 도미니크는 의자에서 일어서며 그가 단 한 번도 자신의 방에 들어온 적이 없음을 떠올렸다. 하지만 로크는 그녀의 몸을 훤히 알고 있는 것처럼 이 집을 구석구석까지 다 알고 있었다. 도미니크는 충격의 순간은 느끼지 못하고 충격의 기억, 그러니까 과거 시제의 충격만 느낄 수 있었다. 그녀는 그를 보았을 때 분명 충격을 느꼈겠지만 지금은 아니라고 생각했다. 지금 로크 앞에 서 있는 그녀에게는 그게 아주 당연하게 여겨졌다.

도미니크는 생각했다. '우리 사이엔 가장 중요한 건 굳이 말로 표현할 필요가 없었지. 이런 식으로 보여줬으니까. 그는 나와 단 둘이 만나기를 원치 않았어. 그런데 이제 그가 여기와 있어. 난 이 순간을 기다렸고 마음의 준비가 돼 있어.'

"안녕, 도미니크."

도미니크는 자신의 이름을 부르는 목소리가 5년의 공백을 채우는 걸 느꼈다. 그녀가 조용히 말했다.

"안녕, 로크."

"당신의 도움이 필요하오."

도미니크는 오하이오 클레이턴의 기차역 플랫폼과 스토더드 재판 증인석, 채석장 바위에 서 있는 기분으로 그 말을 들었다.

"좋아요, 로크."

로크는 자신이 도미니크를 위해 설계한 방을 가로질러 걸어가서 저쪽 끝에서 도미니크를 마주하고 앉았다. 도미니크도 의자에 앉았는데 마치 로크의 몸 안에 자신의 것까지 두 개의 신경계가 들어 있는 듯 자신의 동작이 아닌 그의 동작만 의식했다.

"도미니크, 다음 주 월요일 밤 11시 30분 정각에 코틀랜드 주택 공사 현장으로 차를 몰고 와요."

도미니크는 눈꺼풀이 경직되어 다시는 움직이지 않을 것만 같은 기분을 느꼈다. 그렇다고 고통스러운 건 아니고, 그저 그런 기분이 들 정도로 눈꺼풀이 의식되었다. 그녀도 코틀랜드의 첫 번째 건물을 보았기에 로크에게서 무슨 말을 듣게 될지 알고 있었다.

"당신은 차에 혼자 타고 있어야 하고, 사전에 약속된 장소에 갔다가 집으로 돌아오는 길이어야 하오. 그 장소는 반드시 코틀랜드를 거쳐서 가야 하는 곳이어야 하고. 나중에 그걸 증명할 수 있어야만 하오. 당신의 차는 11시 30분에 코틀랜드 앞에서 기름이 떨어져야 하오. 경적을 울리면 늙은 야간 경비원이 나올 거요. 그에게 도움을 청해서 1킬로미터 거리에 있는 주유소로 보내야 하오."

도미니크가 침착하게 대꾸했다. "알았어요, 로크."

"경비원을 보낸 다음 차에서 내려요. 건물 건너편 길가에 넓은 공터가 있고 그 너머에 도랑 같은 게 있소. 최대한 빨리 그 도랑으로 가서 바닥에 납작 엎드려요. 그러고 있다가 때가 되면 차로 돌아가요. 때가 언제인지는 저절로 알게 될 거요. 반드시 차 안에서 발견되어야 하고 차 안에 있었던 것 같은 상태가 되어 있어야 하오."

"알았어요, 로크."

"내 말 알아들었소?"

"예."

"전부 다?"

"전부 다."

그들은 이제 서 있었다. 도미니크는 그의 눈과 그가 미소 짓고 있는 것만 보였다.

"안녕, 도미니크." 그의 말이 들리고 그가 방에서 나갔다. 그리고 그의 차가 떠나는 소리가 들렸다. 도미니크는 그의 미소를 생각하고 있었다.

도미니크는 자신의 도움 없이도 로크가 그 일을 얼마든지 할 수 있다는 것을 알고 있었다. 그는 다른 방법으로도 경비원을 따돌릴 수 있었다. 로크가 그 일에 자신을 참여시킨 것은, 그러지 않는다면 자신이 그 이후의 상황을 감당할 수 없을 것이기 때문이라는 것도 알고 있었다. 이것이 하나의 시험이라는 것도 알고 있었다.

로크는 그것에 이름을 붙이기를 원하지 않았다. 그는 그녀가 모든 걸 이해하고 두려움을 보이지 않기를 원했다. 그녀는 스토더드 재판은 받아들일 수 없었다. 그때 그녀는 로크가 세상 사람들에게 상처받는 걸 보기가 두려워 도망쳤다. 하지만 이번에는 그를 돕겠다고 동의했다. 추호의 동요도 없이. 그녀는 자유로웠고 로크도 그걸 알고 있었다.

도로는 어둠 속에 펼쳐진 롱아일랜드를 가로질러 평평하게 뻗어 있었지만 도미니크는 언덕을 달려 올라가는 기분을 느꼈다. 자동차가 수직으로 올라가는 듯한 감각, 그것이 유일한 비정상적인 감각이었다. 그녀는 도로를 바라보고 있었지만 시야 가장자리로 보이는 자동차 계기판은 비행기 계기판처럼 보였다. 계기판의 시계가 11시 10분을 가리키고 있었다.

도미니크는 즐거워하며 생각했다. '난 비행기 조종은 배운 적이 없지만 그 기분을 알 것 같아. 지금처럼 이렇게 아무런 장애물도 없는 공간을 편하게 나아가는 거지. 아무런 중력도 느끼지 않고. 중력의 법칙이 작용하지 않는 성층권(아니, 행성 간 공간인가?)에서는 아마 이렇게 날아다닐 거야. 중력이 전혀 없으니까.' 도미니크는 자신의 웃음소리를 들었다.

위로 올라가는 듯한 기분……. 그걸 빼고는 다 정상적이었다. 도미니크는 운전을 이렇게 잘한 적이 없었다. 그녀는 이런 생각이 들었다. '운전은 무미건조하고 기계적인 일이지. 그러니까 난 머리가 아주 맑은 상태야. 운전이 숨을 쉬거나 침을 삼키는 것처럼, 집중이 필요치 않은 즉각적인 기능처럼 쉽게 느껴지니까.' 도미니크는 미지의 교외 지역에서 이름 모를 교차로에 걸려 있는 빨간 신호등을 보고 멈추고, 모퉁이들을 돌고, 다른 차들을 지나치며 오늘 밤 자신에게는 교통사고가 일어날 수 없음을 확신했다. 그녀의 차는 그녀가 어딘가에서 읽은 적이 있는 자동 광선(그걸 무선 전파라고 했나?)에 의해 원격 조종되고, 그녀는 운전석에 앉아만 있는 것이니까.

그래서 도미니크는 편안하고 …… 심각하지 않은, 전혀 심각하지 않은 기분으로 그저 사소한 것들만 의식할 수 있었다. 그것은 정상보다 더 정상적인 의식의 명징함으로, 수정이 허공보다 더 투명한 것과 같았다. 사소한 것들, 자신이 입고 있는 짧은 검정 드레스의 얇은 실크의 감촉, 그 드레스가 팽팽하게 무릎을 덮고 있는 것, 발을 움직일 때 구두 속 발가락들이 구부러지는 것, 순식간에 스쳐 지나간 검은 창문 위의 '대니 식당' 이라는 금빛 글씨.

도미니크는 어느 은행가의 부인이 연 만찬회에서 무척이나 쾌활한 모습을 보였다. 그 은행가 부부는 게일의 중요한 친구들이었지만 이제 이름이 잘 기억나지 않았다. 롱아일랜드의 대저택에서 열린 근사한 만찬회였다. 은행가 부부는 도미니크를 보고 반가워서 어쩔 줄 모르며 게일이 함께 오지 못한 걸 아쉬워했다. 도미니크는 자기 앞에 놓인 음식을 모두 먹어치웠다. 어렸을 때 숲에서 종일 놀다가 왔을 때처럼 엄청난 식욕이 솟았다. 사실 도미니크는 어렸을 때 늘 식욕이 없었고 그녀의 어머니는 딸이 허약해질까 봐 노심초사했기에 도미니크가 어쩌다 한 번씩 왕성한 식욕을 보이면 무척이나 기뻐했다.

도미니크는 만찬석상의 손님들에게 자신의 어릴 적 이야기를 들려주고 그들에게 웃음을 주었다. 그녀 덕분에 은행가 부부는 손님들에게 그 어느 때보다 즐거운 시간을 제공할 수 있었다. 식사가 끝난 후 응접실로 자리를 옮겼다. 응접실 창문들은 모두 활짝 열려 있고 저 멀리 이스트 강까지 펼쳐진 시가지와 나무들 위로 달도 없는 검은 하늘이 보였다. 도미니크는 즐겁게 웃고 떠들었고, 주위 사람들이 마음껏 자신의 관심사를 이야기할 수 있도록 따뜻한 미소를 보내주었다. 도미니크는 그들을 사랑했고 그들도 자신이 도미니크의 사랑을 받고 있음을 느꼈다. 도미니크는 지상의 모든 사람을 사랑할 수 있었다. 한 여자가 "도미니크, 당신이 이렇게 좋은 사람인 줄 미처 몰랐어요!"라고 말하자 도미니크는 이렇게 대꾸했다. "나는 세상에 아무 걱정이 없답니다."

하지만 관심은 오로지 손목시계에만 가 있었고 10시 50분에는 그곳에서 떠나야 한다는 생각밖에 없었다. 그녀는 무슨 핑계를 대고 자리를 뜰지 막막했지만 이윽고 10시 45분이 되자 그럴듯한 핑계를 댈 수 있었고, 10시 50분에는 차에 타서 가속 페달을 밟고 있었다.

그녀가 가지고 온 차는 검은색 로드스터로 지금은 지붕을 덮은 상태였다. 좌석은 붉은색 가죽으로 되어 있었는데 운전기사 존이 얼마나 공들여 닦았는지 가죽에서 반짝반짝 윤이 났다. 이제 그 차는 사라지게 될 것이지만 가장 멋진 모습을 하고 마지막을 장식하는 건 당연한 일이었다. 첫날밤을 맞는 처녀처럼. 도미니크는 첫날밤을 위해 치장을 하지 못했고 첫날밤다운 첫날밤도 없었다. 옷이 찢겨지고 채석장의 먼지 맛만 입 안에 남았을 뿐이다.

도미니크는 불빛이 점점이 박힌 검은 세로띠들이 자동차 옆 유리를 가득 채우자 무슨 일인가 싶었다. 다음 순간, 그녀는 이스트 강변을 따라 달리고 있다는 걸 깨달았다. 유리창의 풍경은 강 건너편의 뉴욕이었다. 도미니크는 웃으며 생각했다. '아니, 저건 뉴욕이 아냐. 내 차의 창문에 붙여놓은 그림일 뿐이야. 뉴욕 전체가 내 차의 작은 창문에 들어 있고 내가 소유하고 있어. 뉴욕은 이제 내 거야.' 도미니크는 한 손으로 배터리에서 퀸스보로 다리까지 쓸어보았다. '로크, 이건 내 거고 당신에게 주겠어요.'

야간 경비원은 점점 멀어져가서 이제 키가 40센티미터 정도밖에 안 되어 보였다. 도미니크는 그가 30센티미터쯤으로 줄어들면 출발하겠다고 생각했다. 그녀는 자신의 차 옆에 서서 경비원이 더 빨리 걸어주기를 빌었다.

그 건물은 하늘의 한 지점을 받치는 검은 덩어리처럼 보였다. 하늘의 나머지 부분은 축 늘어져서 평평한 땅 가까이에 걸려 있었다. 가장 가까운 거리와 집들도 우주의 끝처럼 느껴지는 까마득히 먼 곳에 부러진 톱날 같은 울퉁불퉁한 모습으로 자리하고 있었다.

도미니크는 신발 밑에 커다란 자갈이 있어서 불편했지만 소리가 날까 봐 움직일 수가 없었다. 그녀는 혼자가 아니었다. 길 건너 건물 어딘가에 그가 있었다. 건물에서는 아무 소리도 들리지 않았고 불빛도 없었다. 검은 창들 위의 흰 가새표들만 보였다. 그는 불빛이 필요치 않을 터였다. 건물의 복도와 계단의 위치를 훤히 알고 있으니까.

경비원의 모습이 더 멀어졌다. 도미니크는 차 문을 활짝 열어젖혔다. 그러고는 모자와 핸드백을 안에 던져 넣고 문을 닫았다. 그녀는 문이 닫히는 소리를 뒤로하고 도로를 가로질러 공터를 달려갔다.

실크 드레스가 다리에 달라붙었고 그게 달리기의 현실적인 목적을 제공했다. 도미니크는 최대한 빨리 다리를 움직여 그 장애물을 뚫고 나아갔다. 땅바닥에 움푹 파인 곳들과 말라붙은 그루터기들이 있었다. 도미니크는 한 번 넘어졌지만 다시 일어나 달리면서야 그걸 깨달았다. 어둠 속에서 도랑이 보였다. 도미니크는 도랑에 들어가 무릎을 꿇은 후 배를 깔고 엎드려 얼굴을 땅에 댔다.

도미니크는 허벅지가 욱신거리는 걸 느끼며 긴 경련을 일으켰다. 다리와 가슴, 팔에 흙의 감촉이 느껴졌다. 로크의 침대에 누워 있는 듯한 기분이었다.

그 소리는 뒤통수를 주먹으로 세게 얻어맞은 듯한 충격을 주었다. 땅이 솟아오르며 그녀를 번쩍 일으켜 도랑 가장자리에 세우는 듯했다. 코틀랜드 건물 윗부분이 기울어진 채 공중에 매달려 있었고, 갈라진 틈새로 보이는 하늘이 서서히 넓어지고 있었다. 마치 하늘이 건물을 둘로 쪼개고 있는 듯했다.

잠시 후 그 틈새가 청록색이 되더니 건물이 공중에서 쪼개져 창틀과 대들보가 날아다녔다. 폭음이 이어지며 건물 중심부에서 가늘고 긴 붉은 혓바닥 같은 게 터져 나오고 눈부신 섬광에 강 건너 마천루들의 유리창들이 스팽글 장식처럼 반짝거렸다.

도미니크는 로크가 도랑에 엎드려 있으라고 당부했던 것도, 자신이 지금 서 있는 것도, 주위에서 유리 파편들과 뒤틀린 쇳조각들이 비처럼 쏟아져 내리고 있는 것도 의식하지 못했다. 번쩍 하는 섬광과 함께 건물 벽들이 벌어지며 햇살처럼 퍼질 때 도미니크는 그곳에 있을 로크를 생각했다. 자신의 건물을 파괴해야만 하는 건축가. 그 건물의 응력과 지지력의 섬세한 균형을 고안했으며 모든 핵심부를 파악하고 있는 그는 살인자로 변한 의사가 전문가의 솜씨로 심장과 뇌와 폐를 동시에 공략하듯 요소요소에 폭약을 설치할 수 있었다. 그는 현장에서 모든 것을 지켜보았고 건물보다 더 큰 상처를 입었다. 하지만 그걸 기꺼이 받아들였다.

도미니크는 찰나의 순간 빛에 휩싸인 도시를 보았다. 그녀는 몇 킬로미터 떨어진 곳의 창턱들과 처마 돌림띠들을 볼 수 있었고 빛이 훑고 지나갔을 어두운 방들과 천장들을 상상할 수 있었다. 하늘을 배경으로 번쩍 빛나는 고층 건물 꼭대기들도 볼 수 있었다. 이제 그녀와 그의 것이 된 도시. "로크!" 그녀가 외쳤다. "로크! 로크!" 그녀는 자신이 외치고 있다는 걸 몰랐다. 폭발음 때문에 자신의 목소리를 들을 수도 없었다.

도미니크는 연기가 피어오르는 폐허를 향해 공터를 가로질러 달리기 시작했다. 유리 파편 위를 달리며 일부러 발바닥 전체로 힘차게 땅을 디뎠다. 그녀는 고통을 즐기고 있었다. 이제 그녀는 고통이 고통스럽지 않았다. 공터에 먼지가 차양처럼 덮여 있었다. 멀리서 사이렌 소리가 들렸다.

차는 비록 뒷바퀴들이 건물 난방장치의 무게를 못 이겨 찌그러지고 후드에는 엘리베이터 문짝이 떨어져 있었지만 그래도 차의 형태를 잃지는 않았다. 도미니크는 좌석으로 기어들어 갔다. 그녀는 계속 거기 앉아 있었던 것처럼 보여야 했다. 그녀는 바닥에서 유리 파편을 한 움큼씩 긁어모아 무릎과 머리 위에 뿌렸다. 그리고 날카로운 유리 조각으로 목과 다리, 팔을 마구 그었다. 그녀가 느끼는 건 고통이 아니었다. 팔에서 피가 솟아 검은 실크 드레스를 적시며 허벅지 사이로 흘러내렸다. 그녀는 고개를 뒤로 젖히고 입을 벌린 채 헐떡거렸다. 그녀는 멈추고 싶지 않았다. 그녀는 자유로웠다. 불사신이었다. 그녀는 동맥을 자른 걸 모르고 있었다. 몸이 아주 가벼웠다. 그녀는 중력의 법칙을 비웃고 있었다.

현장에 맨 먼저 도착한 경찰차에 발견되었을 때, 도미니크는 의식이 없고 목숨이 경각에 달린 상태였다.

13

도미니크는 펜트하우스 침실을 둘러보았다. 의식을 온전히 되찾은 후 처음 본 광경이었다. 그녀는 병원에 여러 날 입원해 있다가 이곳으로 옮겨졌다는 걸 알고 있었다. 침실은 마치 빛으로 니스 칠을 해놓은 듯했다. 모든 것이 영원히 남아 있을 수정 같은 투명함을 지니고 있었다. 와이낸드가 침대 옆에 서 있었다. 그는 즐거운 표정으로 도미니크를 바라보고 있었다.

도미니크는 병원에서 그를 본 기억이 났다. 그때는 즐거운 표정이 아니었다. 그녀가 병원에 실려 간 날 밤 의사가 그에게 그녀가 살아나지 못할 거라고 했던 것이다. 도미니크는 그들 모두에게 자신은 살아날 거라고, 이제 사는 것밖에는 다른 선택의 여지가 없다고 말하고 싶었지만 사람들에게 말하는 것 자체가 중요하게 여겨지지 않았다.

이제 그녀는 돌아와 있었다. 목과 다리, 팔에 붕대가 감겨 있는 게 느껴졌다. 하지만 그녀가 덮고 있는 담요 위에 놓인 두 손은 거즈를 뗀 상태였고 가느다란 붉은 흉터 몇 개만 남아 있었다.

와이낸드가 행복한 목소리로 말했다. "이런 지독한 바보가 있나! 왜 그렇게까지 잘하려고 했던 거요?"

흰 하이넥 칼라 환자복을 입고 부드러운 금발로 흰 베개를 베고 있는 도미니크는 어릴 적보다도 더 어려 보였다. 그녀는 어렸을 때는 상상만 했지 결코 가질 수 없었던 조용한 광채를 지니고 있었는데, 그 광채는 완전한 확신과 순수와 평화에서 오는 것이었다.

"차에 기름이 떨어졌어요. 그래서 차 안에서 기다리고 있었는데 갑자기……."

"그 얘기는 이미 내가 경찰에게 했소. 그 야간 경비원도 그렇게 말했고. 당신은 유리 조각은 조심해서 다뤄야 한다는 것도 몰랐소?"

도미니크는 게일이 여유롭고 확신에 차 보인다고 생각했다. 그에게도 같은 변화가 일어난 것이다.

"아프지 않았어요." 그녀가 말했다.

"다음에 또 죄 없는 구경꾼 역할을 하고 싶으면 나한테 지도를 좀 받아야겠소."

"하지만 다들 믿고 있잖아요, 안 그래요?"

"오, 그래, 믿고 있지. 그래야만 하고. 당신은 죽을 뻔했으니까. 왜 그가 당신의 목숨을 위험하게 하면서까지 그 경비원의 목숨을 구해야만 했는지 모르겠소."

"누구요?"

"하워드 말이오. 하워드 로크."

"그 사람이 그 일과 무슨 상관이 있는데요?"

"여보, 지금 당신은 경찰의 취조를 받고 있는 게 아니오. 하지만 앞으로 받게 될 거고, 지금처럼 어설프면 곤란할 거요. 물론 당신은 그들을 속일 수 있을 거요. 그들은 스토더드 재판을 생각하지 않을 테니까."

"아."

"당신은 그때 그를 도왔고 앞으로도 늘 그렇게 할 거요. 당신이 그 사람을 어떻게 생각하든, 그의 작품에 대해선 늘 나와 똑같은 걸 느낄 테니까."

"게일, 내가 그를 도운 게 기쁜가요?"

"그렇소."

와이낸드는 침대 가장자리에 놓인 도미니크의 손을 내려다보다가 무릎을 꿇고 그 손에 입을 맞췄다. 그녀의 손을 들지도, 손으로 만지지도 않고 입술만 갖다 댔다. 그는 도미니크가 병원에 입원해 있는 동안 자신이 겪은 고통을 그저 그렇게만 고백했다. 도미니크는 다른 손을 들어 그의 머리칼을 매만지며 생각했다. '게일, 당신에겐 차라리 내가 죽는 게 나았을 거예요. 하지만 괜찮을 거예요. 당신은 상처받지 않을 테니까. 이 세상엔 고통이 남아 있지 않으니까. 우리가, 그 사람과 당신과 내가 존재한다는 사실에 비견될 건 없으니까. 당신은 모

든 걸 알고 있지만 나를 잃었다는 사실은 모르고 있어요.'

와이낸드는 고개를 들고 일어섰다.

"어떤 식으로든 당신을 나무랄 생각은 없었는데……. 미안하오."

"게일, 난 죽지 않을 거예요. 아주 좋아졌어요."

"그렇게 보이는군."

"그는 체포됐나요?"

"보석으로 나왔소."

"기분 좋으세요?"

"당신이 그 일을 했고, 그것이 그를 위해서였다는 사실이 기쁘오. 그가 그 일을 한 것도 기쁘고. 그가 마땅히 해야 할 일이었지."

"그래요. 스토더드 재판이 재현되겠군요."

"꼭 그렇진 않을 거요."

"게일, 그동안 또 한 번의 기회를 기다려왔던 건가요?"

"그렇소."

"신문 좀 볼 수 있어요?"

"아니. 회복될 때까진 안 되오."

"〈배너〉도요?"

"특히 〈배너〉는 더."

"게일, 사랑해요. 당신이 끝까지 버틴다면……."

"내게 뇌물을 쓸 생각은 말아요. 이건 당신과 나의 문제가 아니니까. 그와 나의 문제도 아니고."

"당신과 하느님의 문제인가요?"

"당신이 그렇게 부르고 싶다면. 하지만 그 문제에 대해선 얘기하지 맙시다. 다 끝날 때까지. 아래층에 당신을 찾아온 손님이 있소. 날마다 찾아왔소."

"누군데요?"

"당신의 애인. 하워드 로크. 이제 그의 감사 인사를 들어주겠소?"

'당신 애인' 이라고 말할 때 와이낸드는 그건 상상조차 할 수 없는 일이라는 듯한 조롱 섞인 쾌활한 말투를 썼다. 그건 그가 나머지 사실은 전혀 눈치 채지 못하고 있다는 뜻이었다.

도미니크가 말했다. "그래요. 그를 만나고 싶어요. 게일, 내가 그를 애인으로 삼는다면 어쩌겠어요?"

"둘 다 죽여버릴 거요. 움직이지 말고 가만히 누워 있어요. 의사가 안정을 취하라고 했소. 온몸을 스물여섯 군데나 꿰맸으니까."

와이낸드는 밖으로 나갔고 이어 계단을 내려가는 발소리가 들렸다.

폭파 현장에 맨 처음 도착한 경찰관은 건물 뒤 강변에서 다이너마이트 폭파 장치를 발견했다. 로크가 그 옆에서 주머니에 손을 넣고 서서 코틀랜드의 잔해를 바라보고 있었다.

"이봐요, 사고에 대해 아는 게 있소?" 경찰관이 물었다.

"나를 체포하는 게 좋을 거요. 법정에서 얘기하겠소." 로크가 대답했다.

그 뒤로 로크는 모든 공식적인 질문에 묵비권으로 대응을 했다.

아침 일찍 와이낸드가 그를 보석으로 빼내주었다. 와이낸드는 병원 응급실에서 도미니크를 보고 의사에게 가망이 없다는 말을 들었을 때 침착함을 잃지 않았다. 자고 있는 지방판사에게 전화를 걸어 로크의 보석을 신청할 때도 침착했다. 하지만 로크가 갇혀 있는 교도소에 들어서자 갑자기 부들부들 떨기 시작했다. "이런 멍청한 자식들!" 그는 이를 악물고 그렇게 말한 후 부둣가에서 배운 온갖 욕설을 늘어놓았다. 로크가 철창에 갇혀 있다는 사실 외에는 아무것도 생각나지 않았다. 그는 헬스 키친의 꺽다리 와이낸드로 돌아가서 온몸이 발기발기 찢겨지는 격한 분노를, 무너져가는 담장 뒤에서 죽음을 기다리면서 느꼈던 분노를 느꼈다. 지금 그는 자신이 하나의 제국을 소유한 게일 와이낸드임을 알고 있었고, 왜 꼭 법적인 절차가 필요한 것인지, 자신이 왜 주먹이나 신문들로(이 순간 그에게는 그 두 가지가 다르게 여겨지지 않았다) 교도소를 박살내버리지 않고 있는지 납득할 수가 없었다. 담장 뒤에 숨어 있던 그날 밤처럼 그는 자신의 목숨을 지키기 위해 다른 사람들을 죽여야만 했고, 기꺼이 그러고 싶었다.

와이낸드는 가까스로 분노를 억누르고 서류에 서명한 다음 로크가 나올 때까지 기다렸다. 로크가 그의 손목을 잡고 밖으로 나갔다. 와이낸드는 차에 도착했을 즈음에는 침착해져 있었다. 차 안에서 그가 물었다.

"물론 자네가 했겠지?"

"물론이죠."

"함께 싸우세."

"그걸 당신의 싸움으로 만들고 싶다면요."

"현재 추산으로 내 개인 재산은 4,000만 달러에 달하네. 그 돈이면 자네가 원하는 어떤 변호사라도, 아니 미국의 변호사를 몽땅 살 수도 있어."

"변호사는 쓰지 않겠어요."

"하워드! 또 판사에게 사진을 제출하려는 건 아니겠지?"

"아니, 이번엔 아니에요."

로크가 들어와서 침대 옆 의자에 앉았다. 도미니크는 가만히 누워서 그를 바라보았다. 두 사람은 미소를 나누었다. 도미니크는 이번에도 굳이 말을 할 필요가 없다고 생각했다.

도미니크가 물었다. "감옥에 있었어요?"

"몇 시간 동안."

"어땠어요?"

"게일처럼 행동하지 말아요."

"게일이 언짢아했나요?"

"아주."

"난 아네요."

"아마 난 몇 년간 감옥신세를 져야만 할 거요. 당신도 나를 돕겠다고 했을 때 그걸 알고 있었을 거요."

"그래요. 알고 있었어요."

"내가 감옥에 가면 당신이 게일을 구해줄 거라고 믿소."

"내가요?"

로크는 도미니크를 바라보며 고개를 저었다. "내 사랑 도미니크……." 마치 나무라는 듯한 목소리였다.

"예?" 도미니크가 속삭였다.

"내가 당신에게 덫을 놓은 것이란 걸 모르겠소?"

"어떻게요?"

"내가 당신에게 도움을 청하지 않았다면 당신은 어떻게 했겠소?"

"엔라이트 하우스에 있는 당신 집에서 당신과 함께 있었겠죠. 공개적으로. 당당하게."

"그렇지. 하지만 이제 당신은 그럴 수 없소. 당신은 게일 와이낸드 부인이고 의심을 받지 않고 있소. 다들 당신이 우연히 그 자리에 있었다고 믿고 있소. 우리의 관계를 밝히면, 그건 곧 내가 폭파범이라고 자인하는 꼴이 될 거요."

"그렇군요."

"당신은 그냥 조용히 있어요. 나와 운명을 함께하고 싶은 생각이 있다면 그런 생각은 버려요. 이제부터 내가 어떻게 할 작정인지 당신에게 말하지 않겠소. 그래야만 재판 때까지 당신이 내 뜻에 따르도록 할 수 있으니까. 도미니크, 내가 유죄 판결을 받으면 당신은 게일 곁에 있어주길 바라오. 당신을 믿겠소. 그의 곁에 있어주고 절대 그에게 우리 얘기는 하지 마오. 게일과 당신은 서로가 필요하게 될 테니까."

"당신이 무죄로 풀려나면요?"

"그럼……." 로크는 주위를, 와이낸드의 침실을 둘러보았다. "여기서 그 말을 하고 싶진 않소. 하지만 말하지 않아도 당신은 알 거요."

"당신, 그 사람을 많이 사랑하나요?"

"그렇소."

"희생할 수 있을 만큼……."

로크는 미소를 지었다. "당신은 내가 처음 여기 왔을 때부터 그걸 두려워하고 있었겠지?"

"그래요."

로크는 도미니크를 똑바로 쳐다보았다. "그게 가능하다고 생각했소?"

"아뇨."

"도미니크, 내 일과 당신은 희생시킬 수 없소. 절대로. 하지만 내가 떠나야만 한다면 그에게 맡길 수는 있소."

"당신은 무죄로 풀려날 거예요."

"내가 당신에게 듣고 싶은 말은 그게 아니오."

"당신이 유죄판결을 받는다고 해도 …… 감옥에 갇히거나 쇠사슬에 묶인다고 해도 …… 신문에서 당신 이름이 더럽혀진다고 해도 …… 당신이 다시는 설계를 못하게 된다고 해도 …… 다시는 당신을 볼 수 없게 된다고 해도 …… 상관없을 거예요. 아주 심각하진 않을 거예요. 어느 정도까지만 고통스러울 거예요."

"도미니크, 난 그 말을 듣기 위해 7년을 기다렸소."

로크는 도미니크의 손을 들어 자신의 입술에 댔다. 와이낸드의 입술이 닿은 곳이었다. 그가 일어섰다.

"기다릴게요. 조용히. 당신 가까이에 가지 않겠어요. 약속할게요." 도미니크가 말했다.

로크는 미소 지으며 고개를 끄덕였다. 그러고는 밖으로 나갔다.

우리 인간들이 이해하기에는 너무도 거대한 세상의 힘들이 마치 렌즈에 빛이 집중되듯 한 사건에 집중되어 우리 모두에게 확연히 보이는 경우가 드물게 존재한다. 코틀랜드 만행이 바로 그런 예다. 우리는 하나의 소우주에서 가련한 행성이 탄생과 동시에 악에 의해 파괴되는 광경을 목격할 수 있었다. 그 악은 자비, 인간성, 형제애의 모든 개념에 반하는 한 인간의 '자아'였다. 한 인간이 가난하게 태어난 이들의 미래의 보금자리를 파괴했다. 한 인간이 수천 명의 사람들을 질병과 죽음이 만연한 더럽고 끔찍한 슬럼가로 내몰았다. 이제 비로소 잠에서 깨어나고 있는 사회가 인도주의적 의무감을 갖고 혜택받지 못한 사람들을 구원하기 위한 대대적인 노력을 감행했는데, 이 사회의 최고 인재들이 힘을 합쳐 그들에게 멋진 보금자리를 선사하게 되었는데 …… 한 인간의 이기주의가 그들이 이루어놓은 것을 산산조각낸 것이다. 무엇을 위해서? 막연한 개인적 허영심을 위해서, 공허한 자만심을 위해서. 우리 주의 법이 그런 범죄에 대해 징역형 이상의 처벌을 허용하지 않는 것은 통탄할 노릇이다. 그런 죄는 사형으로 다스려야 한다. 우리 사회는 하워드 로크 같은 인간을 제거할 수 있는 권리를 지녀야 한다.

엘즈워스 M. 투히가 〈뉴 프런티어스〉에서 주장한 내용이었다.

그의 글은 전국적인 반향을 일으켰다. 코틀랜드의 폭발은 30초 만에 끝났지만 대중의 분노의 폭발은 끝없이 이어졌으며 횟가루 같은 구름이 하늘에 무겁게 드리워지고 거기서 녹과 쓰레기가 비처럼 쏟아졌다.

로크는 기소되어 무죄를 주장했고 그 이상의 진술은 거부했다. 그는 게일 와이낸드가 낸 보석금으로 풀려나서 재판을 기다렸다.

그의 범행 동기에 대한 추측들이 무성했다. 어떤 사람들은 직업적인 질투 때문이라고 했다. 다른 사람들은 코틀랜드 설계와 로크의 건축 스타일에 유사점이 있으며 키팅과 프레스콧과 웨브가 로크의 것을 조금 빌려왔을 거라고 했다. 하지만 그건 '합법적인 응용' 이고 '아이디어에는 소유권이 없으며', '민주사회에서 예술은 만인의 소유' 라며 로크가 자신의 아이디어가 도용되었다는 믿음으로 복수심에 차서 그런 짓을 저질렀다고 주장했다.

그런 추측들은 확실한 것이 하나도 없었지만, 사실 범행 동기에 크게 신경 쓰는 사람도 없었다. 그 사건은 한 인간이 다수에 대항한 것이었고, 로크는 동기를 지닐 권리조차 없었다.

가난한 이들을 위한 자선으로 지은 집. 자선과 자기희생은 의심할 바 없는 절대적인 가치이며 미덕의 시금석이고 궁극의 이상이라는 가르침이 이어져온 만년 세월을 토대로 지은 집. 만년의 세월 동안 봉사와 희생에 대해 이야기한 목소리들……. 희생은 인생의 가장 근본적인 규범이다. …… 봉사할 것인가 봉사를 받을 것인가. …… 지배할 것인가 지배를 받을 것인가. …… 희생은 고귀하다. …… 봉사하고 희생하라. …… 봉사하고, 봉사하고, 봉사하라…….

한 인간이 그 목소리들에 대항하여 봉사하려고도, 지배하려고도 하지 않았다. 그리하여 결코 용서받을 수 없는 범죄를 저지르고 말았다.

세상을 떠들썩하게 한 그 사건은 사람들을 공분에 휩싸이게 만들고 군중 폭력을 일으키기에 충분했다. 하지만 그 사건에 대해 이야기하는 모든 사람의 격렬한 분노에는 개인적인 감정이 들어 있었다.

"그는 도덕관념이라곤 전혀 없는 병적인 자기중심주의자예요."

한 사교계 여성이 자선 바자회에 가기 위해 옷을 차려입으며 말했다. 만일 자선이 모든 것이 용서되는 미덕이 아니라면 그녀에게는 자기표현의 수단도, 친구들에게 과시할 것도 없었다.

인생의 목적을 발견하지 못한 사회복지사도 그렇게 말했다. 그는 아무런 목적도 만들 수 없는 불모의 영혼을 지니고 있었고, 오로지 타인의 상처를 어루만져줌으로써 힘들이지 않고 세상의 존경을 얻고 미덕의 후광을 누리며 살고 있었다.

봉사와 희생이라는 주제가 없다면 아무것도 쓸 게 없는 소설가도 그렇게 말했다. 그는 자신의 말에 귀 기울여주는 수천 명의 독자들에게 여러분을 사랑한다고, 사랑한다고, 그러니 조금이라도 자신을 사랑해달라고 흐느끼며 호소하는 인물이었다.

하찮은 사람들에 대한 애정 가득한 글을 써서 시골에 저택을 마련할 수 있게 된 여성 칼럼니스트도 그렇게 말했다.

모든 것을 포용하고 용서하고 허용해주는 위대하고 너그러운 사랑에 대해서 듣고자 하는 모든 하찮은 사람도 그렇게 말했다.

다른 사람들의 영혼에 거머리처럼 달라붙어 간접 인생을 사는 모든 사람도 그렇게 말했다.

엘즈워스 투히는 뒤로 물러앉아 그 모든 것을 지켜보고 들으며 미소를 지었다.

고든 L. 프레스콧과 거스 웨브는 만찬회와 칵테일파티에서 엄청난 재난의 생존자라도 되는 것처럼 다정하고 호기심 어린 위로를 받았다. 그들은 로크가 도대체 왜 그런 짓을 했는지 알 수가 없다고 말하며 정의의 심판이 내려져야 한다고 주장했다.

피터 키팅은 아무 데도 가지 않았다. 기자들도 만나지 않았다. 그 누구도 만나지 않았다. 하지만 자신은 로크가 무죄임을 믿는다는 내용의 성명서를 발표했다. 그의 성명서 맨 마지막에 흥미로운 문장이 들어 있었다. "제발 부탁이니, 그를 그냥 내버려둘 수 없는가?"

미국 건축가위원회에서 나온 피켓 부대가 코드 빌딩 앞에서 시위를 벌였다. 하지만 굳이 그럴 필요가 없는 것이, 로크의 사무실에는 일거리가 없었다. 시작할 예정이던 일들이 모두 취소되었던 것이다.

그것이 바로 단결이었다. 발톱을 가꾸는 사교계 아가씨도, 손수레에서 당근을 사는 주부도, 피아니스트를 꿈꾸었지만 여동생의 뒷바라지를 위해 꿈을 접어야 했던 경리사원도, 자신의 사업을 싫어하는 사업가도, 자기 일을 싫어하는 노동자도, 모든 사람을 싫어하는 지식인도 모두 형제처럼 똘똘 뭉쳐 공동의 분노라는 사치를 누리며 권태를 치유하고 자신에게서 벗어났다. 그들은 자신에게서 벗어나는 것이 얼마나 큰 축복인지 잘 알고 있었다. 독자들은 의견이 일치했고 신문들도 마찬가지였다.

게일 와이낸드만 조류를 거슬렀다.

"회장님! 다이너마이트 폭파범을 옹호할 순 없습니다!" 앨버 스카럿이 헐떡거리며 말했다.

"입 다물게, 앨버. 이를 몽땅 부러뜨리기 전에." 와이낸드가 경고했다.

게일 와이낸드는 어두운 밤에 부두에 서서 도시의 불빛을 바라보던 때처럼 자신의 사무실 한가운데에 홀로 서서 고개를 뒤로 젖히고 삶의 기쁨을 느꼈다.

〈배너〉에 큰 글씨로 '게일 와이낸드'의 서명이 들어간 사설이 실렸다.

지금 사방에서 추잡한 비난의 울부짖음이 일고 있지만
하워드 로크가 스스로 자수했다는 사실을 기억하는 사람

은 아무도 없는 듯하다. 만일 그가 그 건물을 폭파했다면 현장에 남아 있다가 체포되어야만 했을까? 하지만 우리는 그 이유를 알려고도 하지 않는다. 그의 말을 들어보지도 않고 유죄로 몰고 있다. 우리는 그가 유죄이기를 원하는 것이다. 우리는 이 사건을 기뻐하고 있는 것이다. 우리는 분노하고 있는 게 아니라 고소해하고 있는 것이다. 무식한 미치광이나 무가치한 바보가 끔찍한 살인을 저지르면 다들 동정을 보내고 인도주의적 옹호자들이 떼거리로 모여든다. 하지만 천재는 당연히 유죄로 몰린다. 단지 약하고 보잘것없다는 이유만으로 사람을 죄인으로 모는 것은 악하고 부당한 일이라고 치자. 하지만 단지 강하고 위대하다는 이유만으로 사람을 죄인으로 모는 사회는 얼마나 타락한 곳인가? 안타깝게도 그것이 우리가 속한 이 시대, 이류의 시대의 도덕적 분위기다.

그리고 이런 사설도 썼다.

하워드 로크는 법정을 들락거리며 건축 인생을 보내고 있다고 부르짖는 사람들이 있다. 맞는 말이다. 로크 같은 인물은 평생 사회의 심판을 받으며 산다. 과연 누가 비난받을 일인가? 로크인가, 사회인가?

또 다른 사설의 내용은 이러했다.

우리는 인간이 어떤 위대성을 지니고 있는지, 그것을 어떻게 알아볼 수 있는지에 대해 진지하게 고민해본 적이 없다. 그저 나약한 감상에 빠져 위대성은 자기희생에 의해 평가되어야 한다고만 생각하고 있다. 자기희생이 궁극의 미덕이라는 헛소리만 해댄다. 잠시 이성적으로 생각해보자. 희생이 미덕인가? 사람이 자신의 고결성을, 명예를, 자유를, 이상을, 신념을 희생시킬 수 있을까? 솔직한 감정과 독자적인 생각을 희생시킬 수 있을까? 그것들은 우리의 가장 소중한 재산이다. 그것들을 포기하는 것은 희생이 아니라 쉬운 거래다. 그것들은 어떤 명분이나 이유에서도 희생될 수 없는 것들이다. 이제 자기희생이라는 위험하고 사악한 설교는 중단되어야만 하지 않을까? **자기**희생이라고? '자기'는 희생될 수도 없고 희생되어서도 안 되는 것이다. 우리가 인간에게서 무엇보다도 존중해야만 하는 것은 희생되지 않은 '자기'다.

그 사설은 〈뉴 프런티어스〉와 많은 신문들에 '뭐 묻은 개가 뭐 묻은 개 나무란다더니!'라는 제목의 박스 기사로 그대로 실렸다.

게일 와이낸드는 그냥 웃어넘겼다. 그는 저항을 만나면 더욱 힘이 솟고 강해졌다. 그건 전쟁이었고, 그는 업계 전체에서 항의가 빗발치는 가운데 제국의 토대를 쌓던 시절 이후 오랫동안 진짜 전쟁을 치른 적이 없었다. 모든 인간이 꿈꾸지만 결코 가질 수 없는 것, 젊음의 기회와 열정을 경험에서 우러난 지혜로 활용하는 것, 그것이 그에게 주어졌다. 새로운 시작과 절정이 함께 온 것이다. 와이낸드는 지금까지 이런 날을 기다리며 살아왔노라고 생각했다.

와이낸드는 자신의 22개 신문들, 잡지들, 뉴스영화들에 명령을 내렸다. 로크를 옹호하라. 대중에게 로크를 선전하라. 군중 폭력을 저지하라.

와이낸드는 직원들에게 이렇게 설명했다. "사실이야 어떻든, 이 재판은 사실에 의거하지 않을 것이다. 여론에 의한 재판이 될 것이다. 우린 항상 여론을 조성해왔다. 여론을 만들자. 로크를 선전하자. 여러분이 어떤 방법을 쓰든 상관하지 않겠다. 나는 여러분을 훈련시켜왔다. 우리는 선전의 전문가들이다. 이제 내게 여러분의 능력을 보여라."

직원들은 침묵을 지키며 서로 눈짓을 교환했다. 앨버 스카럿은 이마의 땀을 훔쳤다. 하지만 그들은 와이낸드의 명령에 복종했다.

〈배너〉에 '이 사람을 파멸시키고 싶은가?' 라는 제목으로 엔라이트 하우스 사진이 실렸다. 와이낸드의 집 사진에는 '이런 집을 지을 수 있다면 지어보라' 라는 제목이, 머나드녹 계곡 사진에는 '이런 사람을 사회에 아무 기여도 하지 않았다고 매도할 수 있겠는가?' 라는 제목이 붙었다.

〈배너〉는 로크의 전기도 실었는데 필자명이 처음 들어보는 이름으로 되어 있었지만 사실 게일 와이낸드가 쓴 것이었다. 〈배너〉는 무고한 인물이 다수의 편견에 의해 유죄판결을 받은 역사적으로 유명한 재판들을 연재 형식으로 소개하기도 했다. 사회에 의해 순교당한 소크라테스, 갈릴레오, 파스퇴르 등의 수많은 사상가들과 과학자들에 관한 기사도 실었는데 다들 홀로 외롭게 다수에 대항한 이들이었다.

"회장님, 제발요, 회장님, 그건 **주택 사업**일 뿐이에요!" 앨버 스카럿이 울부짖었다.

와이낸드는 어쩔 도리가 없다는 듯한 눈길로 스카럿을 바라보았다. "그게 주택 사업과 아무 관련이 없다는 걸 자네 같은 바보들에게 이해시키는 건 불가능한 일이겠지. 좋아. 그럼 주택 사업에 대해 얘기해보지."

〈배너〉는 정부가 시행한 주택 사업의 부정을 파헤친 폭로 기사를 실었다. 수뢰, 무능, 민간사업보다 다섯 배는 비싼 건축비, 지어놓고 방치된 복지시설들, 실패한 사업도 신성불가침의 이타주의에 의해 무조건 허용되고 보호되고 용서되고 찬양되는 세태. 그리고 이렇게 주장했다. "지옥으로 가는 길은 선의로 포장되어 있다는 말이 있다. 그것은 우리가 어떤 의도가 선한 것인지 분간하는 법을 배우지 못했기 때문이 아닐까? 이제 그것을 배워야 할 때가 아닐까? 요즘처럼 많은 선의들이 요란하게 찬양된 적이 없었다. 하지만 그 실상을 보라."

게일 와이낸드는 편집실 탁자 앞에 서서 늘 그렇듯 커다란 인쇄용지에 파란 연필로 세로가 3센티미터쯤 되는 큰 글씨로 그런 사설들을 써내려갔다. 그러고는 맨 끝에 'GW' 라고 서명했는데 그 유명한 머리글자가 그토록 무모하고 당당해 보인 적이 없었다.

도미니크는 몸이 회복되자 시골집으로 돌아갔다. 와이낸드는 밤늦게 차를 몰고 집으로 갔다. 그는 되도록이면 자주 로크를 집으로 데려갔다. 세 사람은 거실에서 창문을 활짝 열어놓고 봄밤의 정취를 즐기며 앉아 있었다. 검은 언덕이 집에서부터 호수까지 완만하게 뻗어 있고, 저 멀리 나무들 사이로 반짝이는 호수가 보였다. 그들은 코틀랜드 사건이나 다가오는 재판에 대한 이야기는 하지 않았다. 단지 와이낸드가 자신이 치르고 있는 성전에 대한 이야기를 했을 뿐인데, 마치 로크와는 아무 관련이 없는 일인 것 같은 태도였다. 와이낸드는 거실 한가운데 서서 말하고 있었다.

"그래, 〈배너〉의 역사는 경멸받아 마땅하지. 하지만 이번 일로 그 모든 게 정당화될 수 있을 거야. 도미니크, 당신은 내가 과거를 전혀 부끄러워하지 않는 이유를 알 수 없었을 거요. 내가 〈배너〉를 그토록 사랑하는 이유도. 하지만 이제 그 이유를 알게 될 거요. 그건 힘이오. 나는 아직 시험해본 적이 없는 힘을 갖고 있소. 이제 당신은 그 시험을 보게 될 거요. 사람들은 내가 원하는 대로 생각하게 될 거요. 내가 말하는 대로 행동하게 될 거요. 왜냐하면 뉴욕은 **내** 도시이고 내가 지배하고 있으니까. 하워드, 자네가 법정에 설 때쯤엔 감히 자네에게 유죄판결을 내리는 배심원이 단 한 사람도 없도록 내가 사람들을 다 세뇌시켜놓겠네."

와이낸드는 밤에 잠을 이루지 못했다. 자고 싶은 욕구가 없었다. "먼저 가서 자요. 난 조금 있다가 올라갈 테니까." 그는 도미니크와 로크에게 그렇게 말하곤 했다. 그리고 도미니크는 부부 침실에서, 로크는 그 건너편 손님방에서 몇 시간 동안이나 테라스를 서성이는 와이낸드의 발소리를 듣곤 했다. 그 소리는 기쁨에 들뜬 듯했고 바닥을 힘차게 딛는 발걸음 하나하나가 결의에 찬 주장 같았다.

어느 늦은 밤, 와이낸드를 아래층에 두고 계단을 올라가던 로크와 도미니크는 거실에서 격하게 성냥을 긋는 소리가 들리자 계단참에서 걸음을 멈췄다. 와이낸드의 거침없는 손동작이 눈에 보이는 듯했다. 이제 그는 동이 틀 때까지 줄담배를 피울 것이고 그의 쿵쾅거리는 발소리와 함께 동그란 불빛 하나가 테라스를 이리저리 돌아다닐 터였다.

로크와 도미니크는 계단을 내려다보았다가 서로를 마주 보았다.

"끔찍해요." 도미니크가 말했다.

"대단하지." 로크가 말했다.

"그는 당신을 도울 수 없어요. 아무리 애를 써도."

"알고 있소. 하지만 그건 중요하지 않소."

"그는 당신을 구하기 위해 자신이 가진 모든 것을 걸고 있어요. 당신을 구해주면 나를 잃게 되리란 사실을 그는 모르고 있어요."

"도미니크, 그에게 뭐가 더 나쁘겠소? 당신을 잃는 것과 전쟁에서 지는 것 중에서." 도미니크는 알겠다는 듯 고개를 끄덕였다. 로크가 덧붙였다. "그가 구하고자 하는 건 내가 아님을 당신도 알 거요. 난 그저 구실에 지나지 않소."

도미니크는 손을 들어 로크의 광대뼈를 손끝으로 살짝 어루만졌다. 하지만 스스로에게 그 이상은 허용할 수 없었다. 그녀는 돌아서서 자신의 침실로 들어갔고 로크가 손님방 문을 닫는 소리가 들렸다.

랜슬롯 클로키는 기사에 이렇게 썼다. "하워드 로크가 와이낸드 신문들의 옹호를 받는 것이 과연 어울리지 않는 일일까? 그 무시무시한 사건이 지닌 도덕적 문제에 대해 의심하는 이가 있다면 지금부터 필자가 하는 말을 잘 들어보기 바란다. 와이낸드 신문들은 추문 폭로, 저속함, 부패로 상징되는 황색 저널리즘의 아성이며, 대중의 취향과 품위에 대한 조직적인 모욕이고, 식인종보다 더 야만적이고 인간의 도리를 모르는 한 인물의 지배 아래 있는 지적 암흑의 세계다. 따라서 와이낸드 신문들은 하워드 로크의 옹호자이고, 하워드 로크는 그 신문들의 당당한 영웅일 수밖에 없는 것이다. 언론의 고결성을 더럽히는 데 평생을 바쳐온 게일 와이낸드에게는 야만적인 다이너마이트 폭파범을 지지하는 것이 아주 지당한 일이다."

한편 거스 웨브는 이런 연설을 했다. "요즘 와이낸드 신문들이 이상한 소문을 퍼뜨리고 있는데 전부 다 과장된 겁니다. 제가 정보를 하나 드리죠. 와이낸드라는 작자는 그동안 부동산 투기 시장에서 어수룩한 사람들을 속여서 짭짤한, 아주 짭짤한 재미를 봐왔어요. 그런데 정부가 끼어들어 그를 몰아내고 가난한 사람들에게 튼튼한 지붕과 현대식 화장실이 있는 집을 지어준다고 하니 그가 좋아하겠어요? 당연히 절대로 좋아하지 않죠. 이건 와이낸드와 그 빨강머리가 꾸민 짓입니다. 그 빨강머리는 이번 일을 해준 대가로 와이낸드에게 현찰을 두둑하게 받았을 게 뻔해요."

어느 진보 신문에는 이런 글이 실렸다. "정통한 소식통에 따르면 코틀랜드는 미국 내의 모든 공공주택 단지와 발전소, 우체국, 학교를 파괴하려는 거대한 음모의 시발점에 불과하다고 한다. 그 음모의 주동자는 이미 우리가 알 수 있듯이 게일 와이낸드를 비롯한 교만한 자본주의자들의 무리다."

샐리 브렌트는 〈뉴 프런티어스〉에 이런 글을 기고했다. "이 사건의 여성적 측면에 대한 관심이 너무 부족하다. 사실 게일 와이낸드 부인의 행적은 대단히 의심스럽다고 하지 않을 수 없다. 바로 그 시각에 경비원을 다른 곳으로 보낸 사람이 와이낸드 부인이었다니, 참으로 놀라운 우연의 일치가 아닌가! 게다가 지금 그녀의 남편은 로크 씨를 요란하게 옹호하고 있지 않은가! 만일 우리가 미인에게만 적용되는 어리석고 몰지각하고 구시대적인 신사도에 눈이 멀지 않았다면 결코 그런 점을 쉬쉬하지 않았을 것이다. 만일 우리가 와이낸드 부인의 사회적 지위와 스스로를 지독한 웃음거리로 만들고 있는 그녀의 남편의 명성에 압도되지 않았다면, 와이낸드 부인이 목숨을 잃을 뻔했다는 것에 대해 몇 가지 의문을 품게 될 것이다. 그녀가 목숨을 잃을 뻔했다는 것을 우리가 어떻게 확인할 수 있겠는가? 의사도 얼마든지 매수가 가능하며 게일 와이낸드 씨는 그 방면의 전문가다. 그 모든 점을 고려한다면 혐오스럽기 그지없는 '교활한 음모'의 윤곽을 파악할 수 있을 것이다."

어느 조용한 보수 신문은 이렇게 주장했다. "와이낸드 언론이 취하고 있는 입장은 불가해하고 불명예스럽다."

〈배너〉의 발행 부수는 매주 떨어졌고 마치 고장 난 엘리베이터처럼 추락에 가속도가 붙었다. 건물 벽면이나 지하도 기둥, 자동차 앞유리, 옷깃에 '우리는 와이낸드 신문을 읽지 않는다' 스티커가 늘어갔다. 영화관에서도 와이낸드 뉴스영화는 야유를 받았다. 길모퉁이 신문 가판대에서도 〈배너〉는 자취를 감추었고, 카운터 밑에 숨겨뒀다가 찾는 사람이 있으면 마지못해 내놓는 식이었다. 이미 오래전부터 기둥뿌리가 조금씩 흔들리기 시작한 와이낸드 신문에 코틀랜드 사건이 최후의 일격을 가한 것이다.

게일 와이낸드를 향한 분노의 폭풍 속에서 로크는 거의 잊혀갔다. 가장 격분한 사람들은 와이낸드 신문의 애독자들인 여성 클럽 회원들, 성직자들, 어머니들, 소상인들이었다. 앨버 스카럿은 날마다 편집자에게 보내는 편지가 몇 바구니씩 쌓이는 방에서 피해 있어야 했다. 그가 그 편지들을 읽으며 움찔움찔 놀라는 걸 본 그의 친구이자 동료들이 그가 쓰러지기라도 할까 봐 더는 그 편지들을 읽는 걸 만류했던 것이다.

〈배너〉 직원들은 침묵 속에서 일했다. 그들은 이제 은밀히 눈짓을 교환하거나 저주의 말을 속삭이거나 화장실에서 쑥덕거리지 않았다. 몇몇은 회사를 떠났다. 그리고 나머지는 안전띠를 단단히 매고 피할 수 없는 운명을 기다리는 사람들처럼 무거운 몸을 천천히 움직여 일했다.

게일 와이낸드는 주위의 모든 움직임에서 머뭇거림을 발견했다. 그가 배너 빌딩에 들어서면 직원들이 그를 보고 우뚝 멈췄고, 그가 고개를 끄덕여 인사하면 그들은 한 박자 늦게 반응했다. 그들을 지나쳐 걸어가다가 뒤돌아보면 그들이 자신을 지켜보고 있는 것을 발견할 수 있었다. 예전에는 그의 지시가 떨어지기가 무섭게 "예, 회장님." 하고 대답하더니 이제 지시와 대답 사이의 간격이 확연히 느껴질 정도로 뜸을 들여서 대답이 의문부호 뒤에 이어지는 게 아니라 앞에 있는 듯한 느낌을 주었다.

'하나의 작은 목소리'는 코틀랜드 사건에 대해 침묵을 지켰다. 사건 당일 와이낸드가 투히를 자신의 방으로 불러 이렇게 명령했던 것이다. "잘 들으시오. 당신 칼럼에는 한 마디도 쓰지 마시오. 알겠소? 당신이 바깥에서 무슨 짓을 하든, 뭐라고 부르짖든 상관하지 않겠소. 당분간은. 하지만 너무 시끄럽게 굴면 이 사건이 마무리된 후 손을 봐주겠소."

"예, 회장님."

"당신 칼럼은 이번 일에 대해 귀머거리에 벙어리에 장님이 되어야 하오. 당신은 폭파사건에 대해 들은 적도 없는 거요. 로크란 사람에 대해서도. 그리고 코틀랜드가 뭔지도 모르는 거요. 이 건물에서 일하는 한은."

"예, 회장님."

"그리고 내 눈에 지나치게 자주 띄지 마시오."

"예, 회장님."

와이낸드의 고문 변호사는 오랜 세월 그의 곁에서 일해온 막역한 친구이기도 했는데, 와이낸드를 만류하려고 했다.

"게일, 무슨 일인가? 자넨 지금 어린애처럼 행동하고 있어. 풋내기 아마추어 같다고. 제발 냉정을 되찾게."

"그만." 와이낸드가 대꾸했다.

"게일, 자넨 세상에서 가장 위대한 신문인이야. …… 아니, 과거엔 그랬지. 뻔한 사실을 꼭 내 입으로 말해줘야겠나? 인기 없는 명분은 누구에게나 위험한 것이네. 특히 대중신문에는 …… 자살 행위지."

"그만 입 다물지 않으면 자넬 해고하고 다른 악덕 변호사를 고용하겠네."

와이낸드는 사업상의 오찬이나 만찬석상에서 그 사건에 대해 논쟁을 벌이기 시작했다. 그는 그 어떤 문제에 대해서도 논쟁을 벌이거나 애원을 해본 적이 없었다. 정중하게 들어주는 사람들에게 최종적인 입장만 이야기했다. 그런데 이제 들어주는 이가 없었다. 지루함과 분노가 반반씩 섞인 무관심한 침묵 속에서도 잠자코 그의 말을 들어주던 이들이 이제 태도가 바뀌어 있었다. 그가 주식시장이나 부동산, 광고, 정치에 대해 무심코 던지는 말은 열심히 듣던 이들이 예술이나 위대성, 추상적인 정의에 대한 그의 의견에는 아무런 관심도 보이지 않았다.

그들의 대답은 이런 식이었다.

"그래요, 게일. 맞는 말이오. 하지만 다른 면에서 보면, 그 사람은 지독히 이기적이었던 거요. 오늘날 우리가 안고 있는 문제는 바로 그런 이기심이오. 도처에 이기주의가 만연해 있소. 랜슬롯 클로키도 그의 책에서 그 점을 지적했소. 그의 어린 시절에 대한 얘긴데 아주 멋진 책이오. 당신도 읽었을 거요. 당신과 클로키가 함께 찍은 사진을 봤소. 클로키는 전 세계를 돌아다닌 사람이고 뭘 모르고 떠드는 인물이 아니오."

"그래요, 게일. 하지만 그건 좀 구시대적인 발상 아니오? 위대한 인물 운운하는 것 말이오. 미화된 벽돌공에게 무슨 위대성이 있다는 거요? 도대체 위대한 사람이 어디 있소? 우린 그저 많은 선(腺)들과 화학물질들로 이루어져 있고, 아침에 먹은 음식에 의해 결정되는 존재일 뿐이오. 그것에 대해선 루이스 쿡이 멋진 작품, 제목이 뭐였더라? 아, 그래 《당당한 담석》에 아주 훌륭하게 설명해놓았소. 아니, 당신네 〈배너〉가 열렬히 선전한 책 아니오?"

"하지만 게일, 그는 자기 입장을 생각하기 전에 다른 사람들의 입장을 먼저 생각했어야 해요. 난 가슴에 사랑을 지니지 않은 사람은 큰 가치가 없다고 생각해요. 어젯밤에 본 연극에 그런 대사가 있었죠. 아이크(아, 그 친구 성이 뭐였더라?)의 신작이에요. 훌륭한 작품이니까 당신도 꼭 보세요. 당신네 신문의 줄스 포글러가 용감하고 부드러운 무대 시(詩)라고 평한 작품이죠."

"게일, 훌륭한 주장이오. 그것에 대해 반박할 말도 없고 어디가 틀렸는지도 모르겠소. 그런데도 나에겐 옳은 말로 들리질 않아요. 엘즈워스 투히가 말하기를 …… 아, 난 투히의 정치적 견해에 절대 동조하지 않으니 오해하지 말아요. 나도 그가 급진주의자란 걸 알아요. 하지만 그가 집채만큼 큰 심장을 지닌 위대한 이상주의자란 사실은 인정을 해줘야죠. 아무튼 엘즈워스 투히가 말하기를……."

오찬 자리에서 세상이 엉망이 되어가고 있다고 한탄을 해대던 그들의 입에서 나온 말들이었다.

어느 날 아침, 배너 빌딩 앞에서 와이낸드가 차에서 내려 인도를 가로질러 가고 있을 때 한 여자가 그에게 달려들었다. 중년의 뚱뚱한 여자로, 빌딩 입구에서 기다리고 있다가 달려든 것이다. 그녀는 꾀죄죄한 면 원피스와 찌그러진 모자 차림이었다. 얼굴은 창백하고 살이 늘어져 있고 또렷한 형태가 없는 입과 반짝이는 커다란 검은 눈을 갖고 있었다. 그녀는 게일 와이낸드 앞에 서더니 썩은 사탕무 이파리 한 뭉치를 그의 얼굴에 던졌다. 사탕무는 없고 끈적끈적하고 흐늘거리는 이파리들만 끈에 묶여 있었다. 사탕무 이파리는 와이낸드의 뺨에 맞고 바닥으로 떨어졌다.

와이낸드는 꿈쩍도 않고 서서 여자를 쳐다보았다. 흰 살과 승리감에 차서 벌어진 입이 보였다. 독선적인 악의 얼굴이었다. 행인들이 그녀를 붙잡자 그녀는 차마 입에 담지 못할 욕설을 퍼부었다. 와이낸드는 손을 들고 고개를 저어 행인들에게 여자를 놓아주라는 뜻을 전한 후 뺨에 푸르스름하고 누리끼리한 얼룩을 묻힌 채 배너 빌딩으로 들어갔다.

"엘즈워스, 우리 이제 어쩌면 좋소, 어쩌면 좋아?" 앨버 스카럿이 한탄했다.

엘즈워스 투히는 스카럿의 책상 끄트머리에 걸터앉아 스카럿에게 입이라도 맞추고 싶은 듯한 미소를 짓고 있었다.

"엘즈워스, 왜 다들 그 빌어먹을 것만 물고 늘어지는 거요? 왜 그걸 1면에서 밀어낼 만한 사건이 터지지 않는 거요? 해외 토픽이나 뭐 그런 걸 찾아낼 수는 없겠소? 사람들이 아무것도 아닌 일로 이렇게 흥분하는 건 내 평생 처음 봤소. 다이너마이트 폭파사건을 가지고! 엘즈워스, 그건 1면 기삿거리가 아니잖소. 그런 사건은 매월, 파업이 있을 때마다 터지지 않소? 모피 상인 파업, 세탁 업자 파업……. 별일도 아닌 걸 갖고 왜 다들 이렇게 미쳐 날뛰는 거요? 누가 신경 쓰겠소? 왜?"

"앨버, 문제가 표면적인 사실로 드러나지 않는 경우도 있는 법이오. 그리고 대중의 반응이 지나친 것처럼 보이지만, 사실은 그렇지 않소. 앨버, 지금 당신은 그렇게 투덜거릴 입장이 아니오. 난 당신의 태도가 놀랍소. 당신은 행운에 감사해야 할 입장이오. 우리가 기다리던 때가 온 거란 말이오. 때는 반드시 오게 마련이지. 하지만 일이 이렇게 쉽게 풀릴 줄은 상상도 못 했소. 앨버, 힘내시오. 우리의 손에 넣을 때가 온 거요."

"뭘 손에 넣는단 말이오?"

"와이낸드 신문들."

"엘즈워스, 미쳤군. 당신도 다른 사람들처럼 제정신이 아니오. 그게 무슨 소리요? 회장님이 지분을 51퍼센트나 갖고 있고……."

"앨버, 사랑하오. 앨버, 당신은 멋진 사람이오. 사랑해요. 하지만 안타깝게도 당신은 지독한 바보라 도대체 얘기가 통하질 않아! 얘기가 통하는 사람이 있다면 얼마나 좋을까!"

엘즈워스 투히는 어느 날 저녁 거스 웨브와 그 이야기를 해 보려고 했지만 결과는 실망스러웠다. 거스가 느린 말투로 이렇게 말했던 것이다.

"엘즈워스, 당신의 문제는 지나치게 낭만적이라는 거예요. 염병하게 형이상학적이라고요. 뭘 그렇게 좋아하는 겁니까? 실용적인 가치라곤 눈곱만큼도 없는 일인데. 한두 주일 이상 열중할 일이 아니에요. 그 건물에 사람들이 꽉 차 있을 때 다이너마이트를 터뜨렸다면 좋았을 텐데. 그래서 어린애 몇 명이 산산조각이 나 죽었다면 얘기가 달라졌겠죠. 그랬다면 나도 좋아했을 거예요. 우리가 벌이는 운동에 써먹을 수 있으니까. 하지만 이 정도로는 그 멍청이만 감옥에 보내면 그걸로 끝이라고요. 당신이 …… 현실주의자라고요? 엘즈워스, 당신은 구제 불능의 지식계급의 표본일 뿐이에요. 당신은 자신이 미래의 인간이라고 생각하세요? 자신을 속이지 마세요. 미래의 인간은 바로 나예요."

투히는 한숨지으며 말했다. "거스, 자네 말이 맞네."

14

키팅 부인이 겸손하게 말했다. "투히 씨, 정말 친절하시군요. 이렇게 찾아와 주셔서 정말 기뻐요. 피터를 어떻게 해야 좋을지 모르겠어요. 아무도 만나려고 하질 않아요. 사무실에도 안 나가고. 투히 씨, 무서워 죽겠어요. 아, 용서하세요. 우는 소리를 해선 안 되는 건데. 어쩌면 투히 씨께서 저 애를 구해주실 수 있을지도 몰라요. 피터는 투히 씨를 무척 존경하니까요."

"예, 제가 도울 수 있을 겁니다. 지금 어디 있죠?"

"집에요. 자기 방에 있어요. 이쪽으로 오세요."

그건 뜻밖의 방문이었다. 투히는 몇 년째 발걸음을 한 적이 없었다. 키팅 부인은 투히가 무척이나 고마웠다. 그녀는 투히를 데리고 복도를 내려가서 노크도 없이 아들 방의 문을 열었다. 손님이 왔다고 하면 아들이 만나지 않겠다고 할까 봐 두려워서였다. 그녀가 밝은 목소리로 말했다.

"얘, 피터, 반가운 손님이 오셨다!"

키팅은 고개를 들었다. 그는 지저분하게 어질러진 탁자에서 희미한 등을 밝혀놓고 신문에서 오린 낱말 맞추기 게임을 하고 있었다. 탁자 위에는 가장자리에 토마토주스 찌꺼기가 말라붙어 있는 유리잔과 조각그림 퍼즐 상자, 카드 한 벌, 《성경》 한 권이 놓여 있었다.

"안녕하세요, 엘즈워스." 키팅이 미소 지으며 말했다. 그는 일어서려고 몸을 앞으로 숙였으나 도중에 자신이 뭘 하려고 했는지를 잊어버리고 말았다.

키팅 부인은 아들의 미소를 보고 안도하며 황급히 문을 닫고 나갔다.

키팅의 미소는 채 완성되기도 전에 사라졌다. 그건 습관에 의한 본능적인 미소였는데, 그동안 애써 외면하려고 했던 많은 일들이 떠올라 더는 웃을 수가 없었던 것이다.

"안녕하세요, 엘즈워스." 키팅이 하릴없이 되풀이해서 말했다.

투히는 키팅 앞에 서서 호기심 어린 눈으로 방 안과 탁자를 살펴보았다.

"감동적이군, 피터. 대단히 감동적이야. 그가 와서 보면 분명 고마워할 거야."

"누구요?"

"피터, 요새 말수가 많이 줄었어, 안 그런가? 그리 사교적이지가 않아."

"엘즈워스, 당신을 만나고 싶었어요. 당신과 얘기하고 싶었어요."

투히는 의자 등받이를 잡고 번쩍 들더니 마치 화려한 무대 인사라도 하듯 팔을 뻗어 커다란 원을 그리며 의자를 탁자 옆에 옮겨놓고 거기 앉았다.

"그래서 내가 여기 온 거지. 자네 말을 들으러." 투히가 말했다.

키팅은 아무 말도 하지 않았다.

"뭐지?"

"엘즈워스, 제가 당신을 만나고 싶지 않았다고 오해하시면 안 돼요. 제가 어머니께 아무도 들이지 말라고 했던 건 …… 그건 기자들 때문이었어요. 기자들이 하도 성가시게 굴어서."

"이런, 피터, 세월 많이 변했군. 자네를 기자들에게서 떼어놓을 수 없던 때도 있었는데."

"엘즈워스, 전 이제 유머 감각이 남아 있지 않아요. 전혀."

"다행이군. 안 그랬다면 웃다가 죽었을 테니까."

"엘즈워스, 전 정말 지쳤어요. …… 와주셔서 고마워요."

투히의 안경알에 빛이 번쩍 비쳐서 키팅은 그의 눈을 볼 수가 없었다. 금속성 얼룩으로 채워진 두 개의 동그라미가 멀리서 다가오는 물체의 빛을 받은 불 꺼진 자동차 전조등 같았다.

"그걸로 넘어갈 수 있으리라고 생각하나?" 투히가 물었다.

"뭐로요?"

"은둔, 거창한 참회, 충직한 침묵."

"엘즈워스, 무슨 말씀이세요?"

"자네 말은, 그는 무죄라는 거지, 그렇지? 그러니까 우리보고 그를 가만히 놔두란 거지, 그렇지?"

키팅은 똑바로 앉으려고 어깨를 움직였지만 몸이 따라주지 않았다. 그는 겨우 입을 움직여서 말했다.

"원하는 게 뭐죠?"

"모든 얘기를 듣고 싶네."

"뭘 위해서요?"

"말하기 쉽게 만들어줄까? 피터, 그럴싸한 핑계가 필요한가? 얼마든지 그렇게 해주지. 난 자네가 그 얘기를 해야만 하는 이유를 서른세 가지쯤 댈 수 있고, 전부 자네가 기꺼이 받아들일 수 있을 만한 고귀한 이유들이지. 하지만 난 그렇게 해주고 싶지 않아. 그래서 진실만 얘기하겠네. 자네의 영웅, 자네의 우상, 자네의 너그러운 친구, 자네의 수호천사를 감옥에 보내기 위해서지!"

"엘즈워스, 전 당신에게 할 얘기가 없어요."

"충격으로 제정신이 아니겠지만 자넨 내 적수가 못 된다는 점만은 잊지 말아주게. 내가 원하면 자네는 이야기를 할 수밖에 없고, 난 시간을 낭비하고 싶지 않네. 누가 코틀랜드를 설계했나?"

"제가요."

"내가 건축 전문가란 사실을 알고 있지?"

"제가 코틀랜드를 설계했어요."

"코스모-슬롯닉 빌딩처럼?"

"저한테 원하는 게 뭐예요?"

"피터, 증언대에 서게. 법정에서 모든 걸 증언하게. 자네 친구는 자네처럼 속이 훤히 들여다보이질 않아. 무슨 꿍꿍이인지 모르겠어. 현장에 남아 있었던 건 아주 영리한 짓이었지. 자기가 의심받을 걸 알고 교묘한 수를 쓴 거지. 그가 법정에서 무슨 얘기를 할지 도무지 알 수가 없어. 어쨌든 난 그가 빠져나가지 못하도록 할 작정이네. 다들 범행 동기를 몰라서 쩔쩔매고 있지만 난 알지. 하지만 얘기해줘도 아무도 안 믿을 걸세. 자네가 증언대에서 선서를 하고 얘기하게. 진실을 말하게. 코틀랜드를 누가, 왜 설계했는지 사람들에게 말해주게."

"제가 설계했어요."

"증언대에서 그렇게 말하고 싶다면 근육 조절에 신경 좀 써야겠네. 왜 그렇게 떠는 건가?"

"저 좀 그냥 내버려두세요."

"피터, 너무 늦었어. 자네 《파우스트》 읽어봤나?"

"원하는 게 뭐예요?"

"하워드 로크의 목."

"그는 내 친구가 아니에요. 우린 친구였던 적이 없어요. 제가 그를 어떻게 생각하는지 아시잖아요."

"다 알아, 이 바보 멍청아! 자네가 그를 평생 숭배해왔다는 걸 알고 있다고. 자넨 무릎 꿇고 그를 숭배하면서 뒤에서 그의 등을 찔렀지. 자넨 악의를 품을 용기조차 없었어. 이쪽으로도, 저쪽으로도 갈 수가 없었지. 자넨 나를 미워하면서도(내가 그걸 모를 줄 알았나?) 나를 추종했지. 그를 사랑하면서도 그를 파멸시켰고. 아, 피터, 그를 파멸시킨 건 잘한 일이야. 이제 도망갈 데가 없으니까 끝장을 볼 수밖에 없어!"

"그가 당신에게 뭡니까? 그를 감옥에 보내서 당신이 얻는 건 뭐죠?"

"그건 오래전에 했어야 한 질문이지. 하지만 자넨 지금까지 그 질문을 하지 않았어. 그건 이미 답을 알고 있다는 뜻이지. 자넨 처음부터 알고 있었어. 그래서 그렇게 떨고 있는 거고. 내가 왜 자네가 스스로에게 거짓말을 하는 걸 도와야만 하지? 난 10년 동안이나 그 짓을 해왔네. 자넨 그것 때문에 날 찾아왔지. 모든 사람이 그것 때문에 날 찾아오는 거고. 하지만 세상에 공짜는 없는 법이지. 절대로. 나의 사회주의 이론들은 그 반대되는 걸 주장하고 있지만. 난 자네가 원하는 걸 줬네. 그러니 이제 자네가 줄 차례야."

"하워드에 대한 얘기는 하지 않겠어요. 당신이 아무리 강요해도 하워드 얘기는 안 해요."

"그래? 그럼 날 여기서 쫓아내지 그러나? 내 목을 잡고 숨이 막히게 조르지 그래? 자넨 나보다 힘이 훨씬 세잖아. 자넨 그러지 않을 거야. 그럴 수 없지. 피터, 힘의 본질을 알겠나? 물리적인 것? 완력이나 총이나 돈? 자넨 게일 와이낸드를 만나봐야 해. 그에게 할 말이 많을 테니까. 자, 피터, 누가 코틀랜드를 설계했지?"

"그만 좀 하세요."

"누가 코틀랜드를 설계했지?"

"나 좀 내버려둬요!"

"누가 코틀랜드를 설계했나?"

"지금 당신이 하는 짓은 …… 더 나빠요. …… 훨씬 더 나빠요……."

"무엇보다?"

"내가 루셔스 헤이어에게 했던 짓보다요."

"자네가 루셔스 헤이어에게 무슨 짓을 했는데?"

"그를 죽였어요."

"지금 무슨 소릴 하는 건가?"

"그래서 그게 낫다는 거예요. 그가 죽을 수 있도록 해줬으니까."

"헛소리 그만해."

"왜 하워드를 죽이고 싶은 거죠?"

"죽이고 싶은 게 아냐. 감옥에 보내고 싶은 거지. 알겠나? 감옥, 교도소, 철창에 꼼짝 못하게 가둬놓는 거지. 산 채로. 거기서 일어나라면 일어나고, 움직이라면 움직이고, 멈추라면 멈추면서 살게 하는 거지. 음식도 주는 대로 먹고. 작업장으로 가라고 하면 가고, 거기서 일하라고 하면 일하고. 간수들이 그가 빨리 움직이지 않으면 떠밀고, 따귀도 때리고, 말을 듣지 않으면 고무호스로 때리겠지. 그럼 그는 복종할 거야. 명령에 따를 거라고. **명령에 따를 거라고**!"

"엘즈워스! 엘즈워스!" 키팅이 외쳤다.

"구역질나게 구는군. 진실을 못 받아들이겠나? 자넨 사탕발림을 좋아하지. 그래서 내가 거스 웨브를 더 좋아하는 거야. 거스는 환상 같은 건 품지 않으니까."

키팅 부인이 고함을 듣고 문을 열어젖혔다.

"나가요!" 투히가 소리쳤다.

그녀가 뒷걸음질로 나가자 투히는 문을 거칠게 닫았다.

키팅이 고개를 들었다. "당신은 우리 어머니에게 그런 식으로 말할 권리가 없어요. 어머니는 당신과 아무런 관련도 없다고요."

"누가 코틀랜드를 설계했지?"

키팅은 일어서서 발을 질질 끌고 서랍장으로 가서 서랍을 열고 구겨진 종이 한 장을 꺼내다가 투히에게 건넸다. 로크와 맺은 계약서였다.

투히는 그걸 읽고 한 번 킥 웃었다. 메마른 웃음소리였다. 그러고는 키팅을 보며 말했다.

"피터, 자넨 내게 완벽한 성공작일세. 하지만 난 가끔 자신의 성공작을 외면하고 싶을 때가 있지."

키팅은 어깨를 축 늘어뜨리고 멍한 눈으로 서랍장 옆에 서 있었다.

"자네가 이렇게 그의 서명까지 든 서류를 갖고 있을 줄은 몰랐네. 그가 자네한테 이런 계약을 강요했으니 …… 자네도 갚아줘야지. …… 아니, 피터, 그건 자네를 모욕하는 말이니 취소하겠네. 자넨 그렇게 해야만 했지. 자네가 누구라고 역사의 법칙을 거스르겠나? 자네, 이 종이가 뭔 줄 아나? 불가능한 완성품, 수백 년의 꿈, 모든 위대한 학파의 목표라네. 자넨 그를 제대로 써먹었어. 자넬 위해 일하게 만들었지. 자넨 그의 업적과 보상, 돈, 영광, 이름을 가로챘어. 우린 그런 걸 생각이나 글로밖에 나타내지 못했지만 자넨 실제로 보여줬지. 플라톤 이래 모든 철학자가 자네에게 감사해야만 하네. 여기 철학자의 돌이 있으니까. 금을 납으로 바꾸는. 난 지금 기뻐해야 마땅하지만 나도 어쩔 수 없는 인간인지라 기쁘지가 않고 구역질만 나는군. 플라톤을 비롯한 다른 모든 사람은 철학자의 돌이 납을 금으로 바꾸어놓을 거라고 진심으로 믿었지. 하지만 난 처음부터 진실을 알고 있었네. 피터, 난 줄곧 자신에게 정직했고, 사실 그건 세상에서 가장 힘든 형태의 정직이었지. 모든 사람이 기를 쓰고 피하려고 하는 정직. 지금 이 순간 난 자네를 비난할 생각이 없네. 그런 정직은 정말이지 견디기 힘든 것이니까."

투히는 지친 듯 의자에 앉더니 두 손으로 계약서 양 귀퉁이를 잡았다. 그러고는 말을 이었다.

"그게 얼마나 힘든지 알고 싶다면 말해주지. 지금 이 순간 난 이 종이를 불태워버리고 싶네. 자네가 바라는 대로 하고 싶어. 하지만 나를 칭찬해줄 필요는 없네. 어차피 난 내일 지방 검사에게 이걸 보내게 될 테니까. 로크는 그걸 절대 모를 거야. 알아도 상관없지만. 어쨌거나 내가 이 종이를 태워버리고자 한 순간이 있었다는 건 사실이지."

투히는 종이를 조심스럽게 접어서 주머니에 넣었다. 키팅은 줄에 매달려 흔들리는 공을 지켜보는 새끼고양이처럼 고개까지 따라 움직이며 투히의 동작을 열심히 응시했다.

투히가 말했다. "자네 같은 위선적인 감상주의자들, 정말 신물이 나! 자네 같은 인간들은 내게 동조하고 내가 가르쳐준 걸 앵무새처럼 흉내 내며 이득을 챙기면서도 자신이 하는 짓을 솔직하게 인정할 줄 모르지. 진실을 보면 얼굴이 새파랗게 질려버리고. 그건 자네 같은 인간들의 본성이고 나의 주 무기이기도 하지. 하지만 젠장, 정말 지긋지긋해. 한순간이라도 자네 같은 인간들에게서 자유로워지고 싶어. 난 평생 자네 같은 보잘것없고 평범한 인간들을 위해서 연기를 하며 살아야 했지. 그런 인간들의 감성과 체면, 양심, 그들이 가져보지도 못한 마음의 평화를 위해서. 그건 내가 원하는 걸 얻기 위한 대가였고 …… 그래도 난 그런 대가를 치러야만 한다는 건 알고 있지. 그 거래나 가격에 대한 환상도 없고."

"엘즈워스, …… 원하는 게 …… 뭐예요?"

"힘이지, 피터."

위층에서 누가 가볍게 뛰는 소리가 들렸는데 탭 댄스를 추는 소리 같았다. 천장 등이 짤랑거리자 키팅은 자동적으로 고개를 들어 올려다보았다. 그러고는 다시 투히를 보았는데, 투히는 무관심한 미소를 짓고 있었다.

"당신은 …… 늘 말하기를……." 키팅은 쉰 목소리로 말을 꺼냈지만 바로 입을 다물었다.

"난 늘 그렇게 말해왔지. 분명하게. 정확하게. 공개적으로. 자네가 못 들었다면 그건 내 탓이 아니지. 물론 자네는 들을 수 있었어. 듣고 싶지 않았을 뿐이지. 나한테는 못 듣는 것보다 그게 더 안전했고. 난 지배할 작정이라고 분명히 말했네. 지나간 시대에 나와 같은 뜻을 지녔던 모든 이처럼. 하지만 난 그들보다 운이 좋지. 그들의 노력의 결실을 물려받았고 마침내 위대한 꿈이 실현되는 걸 보게 될 테니까. 오늘날 난 사방에서 그걸 보고 있네. 난 그걸 알아볼 수 있지. 난 그걸 좋아하진 않아. 좋아하리라고 생각지도 않았고. 난 즐길 팔자는 아니지. 난 내 그릇에 맞는 만족감을 찾을 걸세. 난 지배할 걸세."

"누구를요……?"

"자네를. 세상을. 지렛대만 찾아내면 되지. 한 사람의 영혼을 지배하는 법만 배우면 나머지 모든 인간을 지배할 수 있으니까. 피터, 중요한 건 영혼이네. 영혼. 채찍도, 칼도, 불도, 총도 아니지. 바로 그래서 카이사르, 아틸라, 나폴레옹 같은 사람들이 바보고, 실패한 것이네. 우린 해낼 거야. 피터, 영혼은 지배될 수 없는 것이지. 부셔버려야 하는 것이야. 영혼에 쐐기를 박아 손아귀에 넣으면 그 사람은 내 것이 되지. 채찍은 구할 필요가 없네. 그 사람이 스스로 가져와서 때려달라고 할 테니까. 그를 거꾸로 작동시켜놓으면, 그의 메커니즘이 나의 일을 대신 해줄 걸세. 그가 스스로를 파괴하도록 만들어 그 덕을 보는 거지. 그게 어떤 식으로 이루어지는지 알고 싶나? 내가 자네에게 거짓말을 한 적이 있는지 보게. 그동안 내가 자네에게 다 한 말인지 아닌지 보라고. 자네가 듣기를 거부했던 거고, 그건 자네 잘못이지 내 탓이 아니네. 방법은 많지. 그 한 가지는, 그가 스스로를 작게 느끼도록 만드는 거지. 죄책감을 느끼도록 만드는 거야. 그의 포부와 고결성을 죽이는 거지. 그건 어려운 일이네. 자신만의 왜곡된 방식으로 이상을 추구하는 인간이 있게 마련이거든. 내적인 타락을 통해 고결성을 죽여야 하네. 말하자면 고결성을 이용해 고결성을 죽이는 거지. 그에게 비이기주의를 설교하게. 타인을 위해 살아야만 한다고, 이타주의가 인간의 이상이라고 말하게. 하지만 그 이상을 실현한 인간은 지금껏 단 한 명도 없었고 앞으로도 영원히 없을 걸세. 인간의 모든 본능이 그걸 거부하니까. 그런데 어떤 결과가 나오는지 아나? 인간은 가장 고귀한 미덕이라고 믿게 된 것을 실천할 수 없음을 깨닫게 되면 죄책감에 시달리며 자신이 무가치한 존재라고 느끼게 되지. 그리고 최고의 이상이 자신의 손이 미치지 않는 곳에 존재한다는 걸 알게 되면 결국 모든 이상과 포부, 자부심을 잃게 되지. 그는 자신이 실천할 수 없는 걸 설교할 의무감을 느끼게 돼. 하지만 인간은 어중간하게 선하거나 대충 정직할 수는 없는 법이네. 자신의 고결성을 지키는 건 힘든 싸움이지. 그런데 이미 타락해버린 고결성을 무엇 때문에 애써 지키겠나? 그의 영혼은 자존감을 포기하지. 그럼 그는 내 손아귀에 들어오는 거야. 그는 기쁘게 복종할 걸세. 자신을 믿을 수 없으니까. 자신이 불확실하고 깨끗하지 못하게 느껴지니까. 그게 한 가지 방법이고, 다른 방법에 대해 설명해주지. 가치관을 죽이는 거야. 위대성을 알아보고 그걸 이룰 수 있는 능력을 없애버리는 거지. 위대한 사람들은 지배될 수 없네. 우린 위대한 사람을 원하지 않네. 그렇다고 위대성이라는 개념 자체를 부인해서는 안 되네. 안으로부터 파괴하는 거지. 위대한 것은 희귀하고 까다롭고 예외적이지. 누구나, 가장 못나고 무능한 사람까지도 쉽게 만족시킬 수 있는 기준들을 만들고, 모든 사람이 노력할 의욕을 못 느끼도록 만드는 거네. 향상, 우수성, 완벽성을 장려하지 않는 거지. 로크를 비웃고 피터 키팅을 위대한 건축가로 내세우는 거네. 그렇게 건축을 파괴하는 거지. 루이스 쿡을 떠받들어 문학을 타락시키고, 아이크에게 환호를 보내서 연극을 망쳐놓고, 랜슬롯 클로키를 찬양해서 언론을 무너뜨리는 거지. 모든 신성한 것을 파괴하려고 나서지 말게. 그럼 사람들이 겁을 집어먹으니까. 평범한 것을 신성시하게. 그럼 신성한 것들은 스스로 파괴되지. 또 한 가지 방법이 있네. 웃음으로 죽이는 거지. 웃음은 인간이 기쁨을 나타내는 수단이지. 그걸 파괴의 무기로 사용하는 법을 배우게. 그걸 냉소로 만들게. 간단한 일이지. 사람들에게 모든 걸 비웃으라고 하면 돼. 유머 감각은 무한한 미덕이라고 말하라고. 인간의 영혼 속에 신성한 것이 하나도 남지 않도록 만들게. 그러면 자신의 영혼이 신성하지 않게 될 테니까. 공경심을 죽이면 그의 안에 있는 영혼을 죽이는 것이지. 킬킬거리며 공경하는 사람은 없으니까. 그러면 그에겐 세상에 진지한 것이 하나도 없게 되지. 그리고 또 한 가지 방법을 말해주겠네. 가장 중요한 방법이지. 사람들에게 행복을 허용하지 말게. 행복은 자족적인 것이지. 행복한 사람들은 우리를 찾아올 시간도 없고, 그럴 필요도 없네. 행복한 사람들은 자유인이지. 그러니 그들의 삶의 기쁨을 없애게. 그들에게 소중한 것은 모두 빼앗게. 그들이 원하는 걸 절대 갖지 못하게 하게. 개인적인 욕망 자체가 사악한 것이라고 느끼도록 만들게. '나는 원한다.' 고 말하는 것이 당연한 권리가 아니라 부끄러운 고백이 되도록 만들게. 이 경우 이타주의가 커다란 도움이 되지. 불행한 사람들은 우리를 찾아오게 되어 있네. 우리가 필요하니까. 위로와 지지, 도피처를 찾아 우리에게 올 걸세. 자연은 진공을 허용하지 않지. 사람들의 영혼을 비워서 자네의 것으로 채우게. 피터, 왜 그렇게 충격적인 표정을 짓고 있는지 모르겠군. 이게 제일 오래된 방법인데. 역사를 돌아보게. 동양부터 시작해서 위대한 윤리 체계를 모두 보란 말일세. 전부 개인적인 기쁨을 희생하라고 가르치고 있지 않은가? 장황하고 복잡하게 설명해놓았지만 공통된 하나의 주제는 희생, 금욕, 극기가 아닌가? 그들의 주제가가 '포기하라, 포기하라, 포기하라, 포기하라' 인 걸 모르겠나? 오늘날의 도덕적 분위기를 보게. 사람이 즐길 만한 것은 담배부터 섹스, 야망, 영리 추구까지 타락하거나 사악한 것으로 여겨지지. 사람들을 행복하게 만드는 건 모조리 저주의 대상이야. 우린 이렇게까지 발전을 이루었네. 행복을 죄에다 묶어놨지. 그리고 우린 인류의 목을 조르고 있지. '너의 맏아이를 희생의 용광로에 던져 넣어라. …… 가시방석에 앉아라. …… 사막으로 들어가 육욕을 억제하라. …… 춤추지 마라. …… 일요일에 영화관에 가지 마라. …… 부자가 되려 하지 마라. …… 담배 피우지 마라. …… 술 마시지 마라.' 다 같은 맥락이지. 거대한 맥락. 바보들은 이런 금기들을 그냥 헛소리로 여기네. 구시대의 유물이라고. 하지만 헛소리에는 항상 목적이 있는 법이지. 헛소리 자체를 분석할 생각은 말고 그것이 어떤 목적을 달성하는지나 자문해보게. 희생을 설교하는 윤리 체계는 모두 세계적인 권력을 얻고 수백만의 사람들을 지배했지. 물론 그럴듯한 치장은 꼭 필요해. 사람들에게 자신을 행복하게 하는 모든 걸 포기하면 더 고귀한 행복을 얻을 수 있다고 말해야지. 너무 분명하게 말할 필요는 없네. 거창하고 모호한 단어들을 사용하게. 우주적 조화 …… 영원한 정신 …… 신성한 목적 …… 니르바나 …… 파라다이스 …… 인종 우월 …… 프롤레타리아 독재. 내적인 타락을 노린 것이지. 그게 가장 오래된 방법이네. 이미 여러 세기 동안 이어져온 우스꽝스런 수법인데도 사람들은 아직도 거기 말려들지. 그걸 알아내는 방법은 아주 간단하네. 어느 선지자의 말이든 잘 듣고 있다가 희생 얘기가 나오면 무조건 도망치게. 역병 걸린 사람한테서 도망치는 것보다 더 빨리. 희생이 있는 곳에는 반드시 희생의 제물을 모으는 사람이 있는 것이 이성의 법칙이니까. 봉사가 있는 곳에는 봉사를 받는 사람이 있고, 희생에 대해 얘기하는 사람은 반드시 노예와 주인에 대해 얘기하게 되어 있으니까. 그런 사람은 자기가 주인이 되려고 하지. 하지만 사람들에게 행복해지라고, 그게 당신의 천부적인 권리라고, 자신에 대한 의무가 가장 중요한 거라고 말하는 이는 자네의 영혼을 노리는 사람이 아니지. 자네에게서 아무것도 얻으려고 하지 않는 사람이고. 하지만 그런 이를 만나면 사람들은 텅 빈 머리가 떨어져 나가도록 비명을 질러대며 그를 이기적인 괴물이라고 욕하지. 그래서 그런 사기가 수백 년 동안 이어져올 수 있었던 거야. 자네가 눈치 챘는지 모르겠지만, 아까 난 '이성의 법칙' 이란 표현을 썼네. 알겠나?

인간에겐 강력한 무기가 있다네. 바로 이성이지. 그러니까 반드시 그걸 빼앗아야 하네. 그 받침대를 잘라내게. 하지만 조심해야 하네. 노골적으로 부정하진 말게. 어느 것이든 노골적으로 부정해선 안 되네. 이성은 악한 것이라는 말 따윈 하지 말게. 물론 그런 말을 해서 놀라운 성공을 거둔 사람도 있지만. 그냥 이성에는 한계가 있다고만 말하게. 그걸 넘어서는 것도 있다고. 그게 뭐냐고? 그것 역시 너무 분명하게 말할 필요는 없네. 써먹을 말이야 무궁무진하지. 본능 …… 느낌 …… 계시 …… 신성한 직관 …… 변증법적 유물론. 결정적인 부분에서 들켜서 상대가 당신의 주장은 이치에 맞지 않는다고 따지고 들더라도 얼마든지 빠져나갈 구멍이 있지. 그런 땐 이치를 넘어서는 것이 있다고 말하게. 생각하려고 하지 말고 **느껴야** 한다고. **믿어야** 한다고. 이성을 묶어놓고 강하게 밀어붙이게. 그럼 자네 마음대로 상대를 지배할 수 있지. 생각하는 사람을 지배할 수 있겠나? 우린 생각하는 사람은 필요치 않네."

키팅은 서랍장 옆 바닥에 앉아 있었다. 너무 피곤해서 그냥 주저앉았던 것이다. 그는 서랍장을 포기하고 싶지 않았다. 거기에 기대어 있으면 더 안전한 느낌이 들었다. 그가 투히에게 넘겨준 서류가 아직 서랍장 안에 들어 있는 것만 같았기 때문이다.

"피터, 전부 자네가 이미 들은 얘기네. 자넨 내가 그 방법들을 써먹는 걸 10년 동안 지켜봤지. 전 세계적으로 그 방법들이 통용되고 있는 걸 알고 있고. 그런데 왜 역겨워하는 건가? 자넨 거기 앉아서 대단히 고결한 인간인 것처럼 충격받은 얼굴로 나를 쳐다볼 자격이 없어. 자네도 한통속이니까. 자넨 우리의 일에 가담했고 계속 그렇게 살아야만 했어. 자넨 어떤 결과가 닥칠지 두려워하고 있지. 난 아냐. 내가 말해주지. 미래 세계가 올 거야. 내가 원하는 세계. 순응과 일치의 세계. 모든 사람이 자기 자신의 생각을 갖는 것이 아니라 이웃의 머리에 든 생각을 가늠하려고 애쓰고, 그 이웃 또한 자기 생각이 없이 또 다른 이웃의 생각을 가늠하려고 애쓰고, 그 다른 이웃 또한 자기 생각이 없는 …… 지구 전체가 그런 사람들로 이루어져 있는 세계. 왜냐하면 모두가 모두와 의견이 일치해야만 하니까. 모든 사람이 자신을 위한 욕망을 품는 게 아니라 이웃의 욕망들을 만족시키기 위해 모든 노력을 쏟고, 그 이웃 또한 다른 이웃의 욕망들을 만족시키고 싶은 욕망밖에 없고, 그 다른 이웃 또한 자기 욕망이 없는 …… 지구 전체가 그런 사람들로 이루어져 있는 세계. 왜냐하면 모두가 모두에게 봉사해야만 하니까. 사람들이 돈이라는 순수한 동기가 아니라 명성이라는 머리 없는 괴물을 위해 일하는 세계. 동료들의 인정과 호의적인 의견을 얻기 위해서. 의견이란 걸 가질 수 없는 사람들의 호의적인 의견. 촉수밖에 없고 머리는 없는 문어. 판단? 그런 건 없고 여론 투표만 존재하지. 개별성은 허용되지 않을 테니까. 0이라는 숫자로 만들어진 평균. 엔진이 떨어져 나가고 손으로 움직이는 심장 하나만 있는 세계. 그 손은 내 손이지. 나 같은 몇몇 사람들의 손. 우리는 자네 같은 위대하고 멋진 평균치들이 무엇에 의해 움직이는지 알지. 평균치, 보통 사람, 보잘것없는 사람이라고 불려도 분개하지 않고 그런 명칭을 좋아하며 받아들이는 인간들. 자네 같은 하찮은 인간들이 절대적인 통치자의 자리에 앉아 신성한 존재로 떠받들어지게 될 거야. 과거의 모든 통치자가 시샘할 만한 절대자. 신과 예언자와 왕을 합쳐놓은 존재. 복스 포풀리(Vox populi: 민중의 소리). 평균치, 보통 사람, 일반 대중. 피터, '자아' 의 반대말이 뭔지 아나? 진부함이네. 진부함의 법칙. 하지만 진부한 것조차도 어느 시기에 누군가에 의해 창조되어야 하는 법이지. 우리가 그 창조 작업을 할 것이네. 복스 데이(Vox dei: 하느님의 소리). 우린 복종밖에는 배운 것이 없는 사람들에게서 무제한의 복종을 취할 것이네. 그걸 '봉사' 라고 부르며 그 대가로 메달을 수여할 거야. 그럼 다들 앞다퉈 더 잘, 더 많이 봉사하려고 기를 쓰겠지. 그 세계에선 오직 봉사만이 성취가 될 것이네. 그런 세계에 존재하는 하워드 로크가 상상이 되나? 안 된다고? 그렇다면 어리석은 질문들로 시간을 낭비할 필요가 없네. 지배될 수 없는 건 모두 사라져야 하니까. 간혹 괴짜들이 태어나더라도 열두 살 이상을 넘기지 못하고 죽을 것이네. 두뇌가 제 기능을 하기 시작하면 압력을 느끼고 폭발해버릴 테니까. 진공상태에 맞추어진 압력. 깊은 바다의 생물들이 햇빛에 노출

되면 어떻게 되는지 아나? 미래의 로크는 그 꼴이 될 걸세. 나머지 사람들은 웃으며 복종할 거고. 저능아들은 항상 웃는다는 걸 알고 있나? 인간이 처음으로 얼굴을 찌푸리는 때는 이마에 처음으로 신의 손길이 닿는 순간이지. 생각의 손길이. 하지만 미래 세계 사람들은 신도, 생각도 갖지 않을 걸세. 웃음으로 투표만 할 걸세. 무조건 찬성하는 자동 지렛대들……. 그중에서 조금 똑똑한 사람이라면, 예를 들면 자네 전부인 같은 사람 말일세, 이렇게 묻겠지. '우리는 지배자가 되는데 당신은 그냥 엘즈워스 몽크턴 투히로 남는 건가요?' 그럼 난 '그렇다.' 고 대답할 걸세. 난 당신들보다 더 많은 걸 이루지는 못할 거라고. 당신들을 만족시키는 것이 나의 유일한 목적이라고. 당신들에게 거짓말하고, 아부하고, 칭찬하고, 당신들의 허영심을 부풀리면서. 사람들과 공동의 선에 대해 연설하면서. 나의 가련한 옛 친구 피터, 난 자네가 아는 그 누구보다도 비이기적인 사람이네. 방금 전에 난 자네에게 영혼을 팔라고 강요했지만 사실 난 자네보다 독자성이 없다네. 적어도 자넨 자신을 위해, 다른 사람들에게서 무언가를 얻기 위해 그들을 이용해왔지. 하지만 난 자신을 위해 원하는 게 아무것도 없네. 내가 다른 사람들을 이용한 건 그들을 위해서였네. 그것만이 내 기능이고 만족이네. 내겐 사적인 목적이 없어. 난 힘을 원하네. 그리고 미래 세계를 원하네. 모두가 모두를 위해 사는 세계. 모두가 희생하고 이익을 얻는 자는 없고, 모두가 고통받고 즐기는 자는 없고, 진보는 중단되고 모두가 정체되는 세계. 정체 속에 평등이 있는 법이지. 모두가 모두의 의지에 복종하는 세계. 주인은 없이 만인이 노예인 세계. 노예에 대한 노예. 그 거대한 순환 …… 그리고 완전한 평등. 그것이 미래의 세계라네."

"엘즈워스, …… 당신은……."

"미쳤다고? 그걸 말하기가 두렵나? 거기 앉아 있는 자네의 온몸에 그 세계가 그려져 있네. 자네의 마지막 희망이! 미쳤다고? 주위를 둘러보게. 아무 신문이나 집어서 제목을 훑어보게. 그 세계가 오고 있지 않은가? 여기 와 있지 않은가? 내가 말한 모든 것이? 유럽은 이미 그것들에 삼켜졌고 우리도 그 뒤를 따르려고 버둥거리고 있지 않은가? 내가 말한 모든 것이 '집산주의' 라는 한 단어에 들어 있네. 그게 우리 시대의 신이 아닌가? 함께 행동하는 것. 함께 생각하는 것. 함께 느끼는 것. 단결하고, 동의하고, 복종하는 것. 복종하고, 봉사하고, 희생하는 것. 우선 분열시켜 정복하라. 그 다음엔 단결하여 지배하라. 마침내 우린 그걸 이루게 됐지. 인류 전체가 하나의 목으로 되어 있어 뎅강 잘라버릴 수 있으면 좋겠다고 말한 로마 황제를 기억하나? 사람들은 여러 세기 동안 그를 비웃었지? 하지만 우리가 마지막으로 웃게 될 걸세. 우린 그가 이룰 수 없었던 것을 이뤘으니까. 우리는 사람들에게 단결하라고 가르쳤으니까. 인류를 하나의 목이 되게 만든 거지. 우린 '집산주의' 라는 마법의 단어를 발견해냈네. 이 바보 같은 친구야, 유럽을 보라고. 헛소리는 무시해버리고 본질을 볼 수 없겠나? 어떤 나라는 인간에겐 아무 권리도 없고 집단이 전부라는 주장을 신봉하고 있네. 그 나라에서 개인은 악이고 대중은 신이지. 프롤레타리아를 위한 봉사 외엔 그 어떤 동기나 미덕도 허용되지 않아. 그게 한 가지 형태이고, 다른 형태도 있네. 인간에겐 아무 권리도 없고 국가가 전부라는 주장을 신봉하는 나라도 있지. 그 나라에서 개인은 악이고 민족이 신이지. 민족을 위한 봉사 이외의 동기나 미덕은 허용되지 않고. 지금 내가 헛소리를 지껄이고 있는 건가, 아니면 그게 이미 두 대륙에서 일어나고 있는 냉정한 현실인가? 그 협공작전을 잘 지켜보게. 한 가지 형태에 싫증나면 다른 형태를 적용하는 거지. 우린 이미 문을 닫았고 아무도 빠져나갈 수 없네. 우리가 던지는 동전은 앞면도 집산주의, 뒷면도 집산주의지. 둘 다 개인을 도살하는 원칙이지. 자네의 영혼은 위원회에, 혹은 지도자에게 맡기게. 영혼을 포기하게. 피터, 내 수법은 독을 음식처럼, 해독제처럼 주는 것이네. 장식을 즐기되 주된 목적을 잊어선 안 되네. 바보들에게 선택권을 주고 마음껏 즐기게 하되 자네가 이루어야 할 단 하나의 목적은 항상 명심하고 있어야 하네. 개인을 죽이는 것. 인간의 영혼을 죽이는 것. 나머진 저절로 따라오게 될 걸세. 지금 이 순간 세계의 상황을 보게. 피터, 그래도 내가 미쳤다고 생각하나?"

키팅은 다리를 뻗고 바닥에 앉아 있었다. 그는 한 손을 들어 손톱을 살펴본 후 입으로 가져가서 거스러미를 물어뜯었다. 하지만 그 동작은 속임수였고 그는 단 하나의 감각, 청각에만 집중하고 있었다. 투히는 그가 아무 대답도 할 수 없음을 알았다.

키팅은 순종적으로 기다렸다. 그는 아무래도 좋은 듯했다. 소리가 그쳤기에 이제 다시 시작될 때까지 기다리는 것이 그가 할 일이었다.

투히는 의자 팔걸이를 잡았다가 손목은 그대로 두고 손바닥만 들어서는 체념한 듯 탁 소리가 나게 다시 팔걸이를 잡았다. 그러고는 의자에서 몸을 일으켰다.

투히가 엄숙하게 말했다. "고맙네, 피터. 정직은 뿌리 뽑기가 힘든 것이지. 난 평생 많은 청중을 대상으로 연설을 해왔네. 이런 연설을 할 기회는 앞으로 두 번 다시 없을 걸세."

키팅은 고개를 들었다. 그의 목소리는 공포의 예약과도 같았다. 지금은 겁에 질려 있지 않지만 다가올 공포의 전조를 담고 있었다.

"엘즈워스, 가지 마세요."

투히는 그를 굽어보고 서서 부드럽게 웃었다.

"피터, 그게 자네의 대답이네. 내 말의 증거고. 자넨 내 정체를 알고 있네. 내가 자네에게 무슨 짓을 했는지도 알고 있지. 이제 자넨 미덕에 대한 환상을 갖고 있지 않네. 하지만 자넨 나를 떠날 수 없고, 앞으로도 영원히 그럴 걸세. 지금까지 자넨 이상이란 이름으로 내게 복종해왔네. 하지만 이제부턴 이상이 없어도 내게 복종할 걸세. 그것만이 쓸모 있는 존재가 되는 길이니까. …… 잘 자게, 피터."

15

이것은 하나의 시험 사례다. 우리가 이 사건을 어떻게 생각하는지가 우리가 어떤 사람인지를 결정할 것이다. 우리는 하워드 로크에 대한 응징을 통해 우리 앞에 극단적인 결과로 나타난—현대 세계의 저주인—이기주의와 반사회적 개인주의를 타파해야만 한다. 본 칼럼의 첫머리에서 언급했듯이 현재 이 사건의 지방검사는 로크의 유죄를 결정적으로 증명할 확실한 증거를—아직은 공개할 수 없지만—확보한 상태다. 우리 대중은 정의를 촉구한다.

늦은 5월의 어느 아침에 '하나의 작은 목소리' 에 실린 글이었다. 게일 와이낸드는 공항에서 집으로 가는 차 안에서 그걸 읽었다. 그는 300만 달러 상당의 광고 재계약을 거부한 대형 광고주를 잡기 위한 최후의 수단으로 시카고에 다녀오는 길이었다. 이틀 동안 노련하게 설득했지만 실패로 돌아갔고 결국 광고주를 잃고 말았다. 와이낸드는 뉴어크 공항에 내리자

마자 뉴욕의 신문들을 집었다. 차가 그를 시골 저택으로 모셔 가려고 대기하고 있었다. 그때 '하나의 작은 목소리'를 읽은 것이다.

와이낸드는 잠시 그게 어느 신문인지 의아해했다. 그는 신문 위쪽의 이름을 확인했다. 그건 〈배너〉였고, 그 칼럼은 원래 자리인 두 번째 섹션의 첫 번째 면 첫 부분에 실려 있었다. 와이낸드는 앞으로 몸을 기울여 운전기사에게 회사로 가라고 지시했다. 그러고는 차가 배너 빌딩 앞에 설 때까지 그 면을 무릎 위에 펼쳐놓고 있었다.

그는 건물 안으로 들어서는 즉시 이상한 낌새를 챘다. 엘리베이터에서 내려 로비에서 그와 마주친 기자 둘의 눈빛에서, 그를 똑바로 쳐다보고 싶은 욕망과 싸우는 엘리베이터 안내원에게서, 그가 자신의 방 대기실에 들어서는 순간 돌처럼 굳어버린 사람들에게서, 한 비서가 치고 있던 타자기 소리가 갑자기 멈춘 것에서, 다른 비서의 손이 허공에 멈춰 있는 모습에서 …… 와이낸드는 기다림을 보았다. 그는 신문사 직원 모두가 그 믿을 수 없는 사태에 대해 알고 있음을 직감했다.

와이낸드는 희미한 충격을 느꼈다. 그 기다림은 자신과 엘즈워스 투히와의 대결 결과에 대한 궁금증을 의미했기 때문이다.

하지만 그는 자신의 반응을 의식할 시간이 없었다. 코와 뺨, 입술까지 얼굴 전체가 조여드는 듯한 기분이 느껴졌지만 자신의 감정을 억눌러야 한다는 걸 알고 있었다.

와이낸드는 아무에게도 인사를 건네지 않고 자신의 방으로 들어갔다. 앨버 스카럿이 그의 책상 앞에 있는 의자에 웅크리고 앉아 있었다. 스카럿은 목에 꼬질꼬질한 흰 붕대를 감고 있었고 얼굴이 시뻘겠다. 와이낸드는 방 한가운데에 멈춰 섰다. 다른 직원들은 와이낸드의 침착한 얼굴을 보고 안도했지만 앨버 스카럿은 그러기에는 와이낸드를 너무 잘 알았다.

"회장님, 전 여기 없었습니다." 스카럿이 사람 목소리 같지도 않은 잔뜩 갈라진 소리로 속삭이듯 말했다. "이틀 동안 출근을 하지 못했어요. 후두염에 걸려서. 의사한테 확인해보세요. 전 여기 없었어요. 이제 겨우 일어났어요. 제 꼴을 보세요. 열이 39도가 넘었어요. 의사는 더 누워 있으라고 했지만 …… 억지로 출근한 겁니다. 회장님, 전 여기 없었어요. 여기에 없었다고요!"

스카럿은 와이낸드가 자신의 말을 듣고 있다는 확신을 가질 수가 없었다. 와이낸드는 그가 말을 마칠 때까지 잠자코 있다가 소리가 그제야 귀에 닿은 듯 경청하는 태도를 보였다. 그러고는 잠시 후에 물었다.

"편집 데스크에 누가 있었지?"

"저어 …… 앨런과 포크요."

"하딩, 앨런, 포크, 투히를 해고시켜. 하딩은 위약금을 물어주고, 투히는 그럴 필요 없어. 15분 내로 전부 이 건물에서 쫓아내."

하딩은 편집부장, 포크와 앨런은 편집기자로 〈배너〉에서 10년 넘게 일해온 식구들이었다. 그래서 스카럿은 대통령이 탄핵을 당하거나, 뉴욕 시에 거대한 운석이 떨어지거나, 캘리포니아가 태평양으로 가라앉는다는 소식을 들은 것만큼 커다란 충격을 받았다.

"회장님! 안 돼요!" 스카럿이 외쳤다.

"나가게."

스카럿은 밖으로 나갔다.

와이낸드는 책상 위의 버튼을 누른 후 비서가 떨리는 목소리로 대답하자 이렇게 명령했다.

"아무도 들이지 마."

"예, 회장님."

그는 다른 버튼을 누르고 판매부장에게 지시했다.

"오늘 신문 다 거둬들여."

"회장님, 너무 늦었습니다! 거의 다……."

"거둬들여."

"예, 회장님."

와이낸드는 책상에 엎드려 쉬고 싶었다. 하지만 그에게 필요한 휴식은 수면보다도, 죽음보다도 깊은 것이었다. 살아서 존재한 적이 없는 것 같은 휴식이었다. 그리고 지금 그에게 휴식을 취하고 싶은 욕구는 자신에 대한 은밀한 조롱이었다. 지금 머리가 쪼개질 것만 같은 압박감은 휴식과 정반대인 행동을 하고자 하는 욕구에서 오는 것이었고, 그 욕구는 그의 온몸을 마비시킬 정도로 강력했다. 와이낸드는 평소에 종이를 어디다 두는지 잊어버리고 여기저기 더듬어 찾았다. 그는 투히의 칼럼에 반박할 사설을 써야만 했다. 서둘러야 했다. 그걸 쓰지 않은 상태에서는 단 1분도 그냥 흘려보낼 수 없었다.

종이에 첫 글자를 적는 순간 압박감은 씻은 듯 사라졌다. 와이낸드는 펜을 쥔 손을 빠르게 움직이며 말의 힘에 대해 생각했다. 말은 그것을 듣는 이들에게도 힘을 미치지만 말하는 사람에게도 장벽을 부수는 것과도 같은 치유의 힘을 지닐 수 있다. 와이낸드는 과학자들도 밝혀내지 못한 근본적인 비밀인 삶의 원천은 생각이 말로 형상화될 때 생겨나는 것일지도 모른다는 생각이 들었다.

사무실 벽과 바닥이 진동하는 소리가 들렸다. 타블로이드판 석간신문 〈클라리온〉을 인쇄하는 소리였다. 와이낸드는 미소를 머금었다. 그 소리에 힘을 얻은 듯 그의 손이 더 빠르게 움직였다.

와이낸드는 평소에는 '우리' 로 지칭하던 필자를 '나' 로 바꿨다.

그리고 만일 나의 독자들이나 적들이 이번 사건에 대해 나를 비웃는다면 빚을 갚는다는 생각으로 달게 받아들이겠다. 나는 비웃음을 당해 마땅하다.

와이낸드는 잠시 생각에 잠겼다. '윤전기 소리는 이 건물의 심장이 뛰는 소리다. …… 지금 몇 시쯤 됐지? …… 진짜 윤전기 소리일까, 아니면 내 심장이 뛰는 소리일까? …… 언젠가 의사가 내 귀에 청진기를 대주며 내 심장 소리를 듣게 해준 적이 있었다. …… 그 소리가 바로 이랬다. …… 의사는 내게 아주 건강하다며 앞으로도 오래 버틸 수 있을 거라고 했다. …… 아주 오래…….'

나는 지금까지 경멸받아 마땅한 악당을 단지 정신적 위상이 높다는 이유만으로 나의 독자들에게 팔아왔다. 나는 그를 위험인물로 여길 만큼 우리 사회를 경멸하지는 않았다. 그리고 지금도 엘즈워스 투히가 위협이 될 수 없다고 말할 수 있을 만큼 나의 동료 인간들의 수준을 믿는다.

'소리는 영원히 사라지지 않고 계속해서 공간 속으로 나아간다고 한다. …… 그럼 인간의 심장박동 소리는? …… 56년간의 심장박동 소리를 모아놓는다면 어마어마한 양이 될 것이다. …… 그것들을 농축장치 같은 것에 모아서 다시 한 번 사용한다면? 그것들을 다시 풀어놓으면 윤전기 소리 같은 게 날까?'

하지만 나는 〈배너〉의 이름으로 그를 지지해왔다. 공개 참회라는 것이 현대에는 이상하고 굴욕적인 행위로 여겨질지도 모르지만, 나는 이 자리에서 자신에게 그 벌을 내리고자 한다.

'56년간의 심장박동 소리. 사람의 귀에는 들리지도 않는 그 작은 소리들. 쉼표가 아닌 마침표 같은 독자적인 소리들. 종이 위에 끝없이 찍힌 마침표들. 그것들이 모여 윤전기 소리를 낸다. …… 아니, 56년이 아니라 31년이다. 25년은 준비 기간이었으니까. …… 나는 25세에 새 신문을 만들었다. …… 신문 이름은 바꾸면 안 된다고 다들 반대했지만 난 바꿨다. …… 뉴욕 〈배너〉로 …… 게일 와이낸드의 〈배너〉…….'

나는 이 신문의 모든 독자에게 용서를 구한다.

'나는 아주 건강하다. …… 그리고 내게서 나오는 것도 건강하다. …… 그 의사를 여기로 데려와 저 윤전기 소리를 들려줘야겠다. …… 그럼 그는 만족스러운 미소를 지을 것이다. 의사들은 완벽한 건강의 표본을 보면 무척 좋아한다. 그런 경우는 매우 드무니까. …… 그에게 선물을 줘야겠다. …… 세상에서 가장 건강한 소리를 들려주는 거다. …… 그럼 그는 〈배너〉

가 앞으로도 오래 버틸 수 있을 거라고 말할 것이다…….'

문이 열리고 엘즈워스 투히가 들어왔다.

와이낸드는 그가 책상 앞으로 다가오는 것을 막지 않았다. 와이낸드는 자신이 지금 느끼고 있는 게 호기심이라고 생각했다. 호기심이라는 것이 〈배너〉 일요일판에 실린 인간을 향해 진격하는 집채만 한 딱정벌레들처럼 무시무시하게 변할 수 있는 것이라면 말이다. 와이낸드가 호기심을 느낀 것은 엘즈워스 투히가 아직 배너 빌딩 안에 있을 뿐만 아니라, 아무도 들이지 말라는 명령을 어기고 들어온 데다가 웃고 있었기 때문이다.

"회장님, 휴가를 내러 왔습니다." 투히가 말했다. 침착한 표정에는 고소해하는 기색도 없었다. 과장은 곧 패배이고 정상적인 것이 최상의 공격임을 아는 예술가의 얼굴이었다. "그리고 반드시 돌아올 거라는 말씀을 드리려고요. 다시 이 건물로 돌아와서 칼럼을 쓰게 될 겁니다. 그동안 회장님은 자신이 어떤 실수를 저질렀는지 깨닫게 되겠죠. 용서하십시오. 이러는 건 지독한 악취미라는 걸 저도 압니다만, 13년 동안이나 기다려온 일이니 그 보상으로 5분 정도는 무방하리라 생각합니다. 회장님께선 소유욕이 강한 분이고 자신의 소유를 즐기셨죠? 그런데 그것이 어디에 기반을 두고 있는지 생각해보신 적이 있나요? 그 기반을 다지려는 노력을 기울여본 적이 있나요? 없을 겁니다. 왜냐하면 회장님은 실리적인 분이니까요.

실리적인 사람은 은행 계좌, 부동산, 광고 계약, 금테 두른 증권에만 관심을 쏟죠. 증권의 금테를 화학적으로 분석해서 금의 성질과 근원을 밝히는 즐거움은 나 같은 비실리적인 지식인에게 맡기고요. 실리적인 사람은 크림-오 푸딩에 매달리고 연극, 영화, 라디오, 학교, 서평, 건축비평 같은 사소한 것들은 우리에게 맡기죠. 우리 같은 사람들은 빵 한 조각만 던져주면 조용히 입 다물고 하찮은 것들에 시간을 낭비하죠. 그동안 회장님 같은 분은 돈을 벌고요. 돈은 힘이죠. 그렇죠, 회장님? 그럼 회장님은 힘을 추구해온 거네요? 인간들을 지배하는 힘? 이런 불쌍한 아마추어 같으니! 당신은 자기 야망의 본질을 깨닫지 못하고 있소. 그러니 자신이 그것과 맞지 않는 걸 모르고 있는 거지. 당신은 그것에 요구되는 방법들을 쓸 수 없었고, 그것의 결과들을 원하지도 않을 거요. 당신은 그 정도의 악당은 못 되니까. 난 당신에게 그걸 알려주는 게 꺼려지지 않소. 지독한 악당과 바보 중에 어떤 게 더 나쁜지 모르겠으니까. 당신이 지독한 바보이기 때문에 난 돌아오게 될 거요. 그리고 그때는 내가 이 신문사를 운영할 거요."

와이낸드가 조용히 말했다.

"돌아오면 그렇게 해. 지금은 여기서 꺼져버리고."

〈배너〉 편집부가 파업에 들어갔다.

와이낸드 그룹 노조도 집단 파업에 들어갔다. 그리고 비노조원 다수가 참여했다. 인쇄실 직원들은 자리를 지켰다.

와이낸드는 일이 터지기 전까지는 노조에 대해 신경도 쓰지 않고 있었다. 다른 어떤 신문사보다 임금이 후해서 노조가 경제적인 문제로 들고 일어난 적이 없었기 때문이다. 그는 직원들이 한자리에 모여서 강연을 듣는 것에 대해서는 걱정할 이유가 없었다.

도미니크가 한 번 그에게 경고했다. "게일, 직원들이 임금이나 근무시간 같은 실제적인 요구를 하기 위해 조직을 만든다면 그들의 정당한 권리니 문제될 게 없어요. 하지만 뚜렷한 목적도 없이 모인다면, 잘 지켜보는 게 좋을 거예요."

"여보, 도대체 몇 번을 부탁해야 되겠소? 〈배너〉에서 관심 끊어요."

와이낸드는 어떤 사람들이 노조에 들었는지도 모르고 있었다. 그런데 파업이 시작된 후 노조원 명단을 보니 수는 적어도 알짜들만 들어 있었다. 고급 간부들은 아니지만 실무에 없어서는 안 될 점화 플러그 같은 인재들만 쏙쏙 뽑아놓은 듯했다. 그들의 인사 기록을 살펴보니 대부분이 지난 8년 사이에 투히의 추천을 받아 들어온 인물들이었다.

비노조원들이 파업에 참여한 이유는 가지각색이었다. 어떤 사람들은 와이낸드가 싫어서, 또 어떤 사람들은 남아 있는 게 두렵고 사태를 분석하기보다는 다수의 뜻에 따르는 게 쉬운 길인 것 같아서 파업을 택했다. 그중에서 한 작고 소심한 남자는 복도에서 와이낸드를 만나자 걸음을 멈추고 외쳤다. "우린 돌아올 거고 그때부턴 모든 게 달라질 거요!" 어떤 사람들은 와이낸드 몰래 사무실을 떠났다. 그리고 안전하게 처신하는 이들도 있었다. "회장님, 저도 이러기 싫습니다. 정말 싫어요. 전 노조와 아무 관련도 없습니다. 하지만 파업은 파업이고 방해자라는 낙인이 찍힐 순 없어요." "회장님, 전 솔직히 누가 옳고 그른지 모릅니다. 엘즈워스가 더러운 술수를 썼고 하딩은 그걸 눈감아줘선 안 된다는 게 제 생각이긴 하지만, 요즘 같은 세상에 누가 옳은지 어떻게 확신할 수 있겠습니까? 어쨌든 전 피켓 시위는 안 할 겁니다. 그럼요. 옳든 그르든요."

파업 참가자들은 두 가지 요구 사항을 내놓았는데 해고된 네 사람을 복직시키고 코틀랜드 사건에 대한 〈배너〉의 입장을 바꾸라는 것이었다.

편집부장 하딩이 자신의 입장을 설명하는 글을 써서 〈뉴 프런티어스〉에 실었다. "나는 편집 정책과 관련해서 와이낸드 회장의 명령을 어겼고 아마도 그것은 편집부장으로서 전례가 없는 행동이었을 것이다. 나는 그런 행동에 어떤 책임이 따르는지 충분히 인식하고 있었다. 투히, 앨런, 포크, 나는 직원들과 주주들, 독자들을 위해 〈배너〉를 구하고 싶었다. 우리는 평화로운 방법을 통해 와이낸드 회장이 이성을 되찾도록 만들어주고 싶었다. 우리가 와이낸드 회장의 뜻을 거스르고 〈배너〉에 전국 대부분의 신문들과 입장을 같이하는 칼럼을 실은 것은 일단 와이낸드 회장이 그 글을 보면 깨끗이 승복하리라는 희망에서였다. 우리는 그가 독단적이고 예측 불가능하며 파렴치한 인물임을 알면서도 모험을 걸었다. 우리의 직업적 의무를 위해 기꺼이 자신을 희생했다. 물론 우리는 사주가 신문의 정치적, 사회적, 경제적 문제들에 대한 편집 정책을 결정할 권리를 지니고 있다는 것을 알고 있다. 하지만 아무리 사주라고 해도 자존심을 지닌 직원들에게 범죄자의 편을 들도록 강요하는 것은 예의에 어긋나는 일이다. 우리는 와이낸드 회장이 1인 독재의 시대는 지나갔음을 깨닫기를 바란다. 우리는 생계를 위한 일터의 운영에 대해 얼마간의 발언권을 가져야 한다. 그것은 언론의 자유를 위한 투쟁이기도 하다."

예순 살의 하딩은 롱아일랜드에 저택과 땅을 갖고 있었으며 스키트 사격과 꿩 기르기로 여가시간을 보내고 있었다. 그는 자식이 없고 아내는 사회문제연구회 이사였는데, 그곳의 스타 강사인 투히의 소개로 들어간 것이었다. 사실 하딩의 기사는 그의 아내가 대신 써준 것이었다.

해고된 두 편집기자는 투히의 노조 소속이 아니었다. 다만 앨런의 딸은 아이크의 모든 작품에 출연한 아름다운 배우였고, 포크의 동생은 랜슬롯 클로키의 비서였다.

게일 와이낸드는 사무실 책상에 앉아 서류 뭉치를 바라보았다. 할 일이 산더미 같았지만 과거의 한 장면이 자꾸만 떠오르며 그의 모든 행동에 의미를 부여했다. 누더기를 걸친 한 소년이 〈가제트〉 편집장 책상 앞에 서 있었다. "너 '고양이' 철자는 아니?" "그럼 '신인동형동성론(anthropomorphology)' 철자 아세요?"

과거의 기억과 현실이 마구 뒤엉켜 그 소년이 지금 책상 앞에 서서 기다리고 있는 듯했다. 그가 소년에게 말했다. "나가!" 그는 분노에 사로잡힌 자신의 모습을 보며 생각했다. '이 바보, 넌 무너지고 있어. 지금은 그럴 때가 아냐.' 그는 다시는 소리 내어 말하지 않았지만 서류들을 읽고 검토하고 결재하는 동안에도 대화는 계속되었다. "나가! 너한테 줄 일자리 없어." "기다릴게요. 필요하면 써주세요. 돈은 안 주셔도 돼요." "넌 돈을 받고 있어. 이 멍청아, 그걸 모르겠어? 넌 돈을 받고 있다고."

와이낸드는 수화기를 들고 정상적인 목소리로 말했다. "매닝한테 매트 기사로 채워야겠다고 말해. …… 되도록 빨리 교정지 올려보내고 …… 샌드위치도 올려보내. 아무거나."

그와 함께 남아 있는 사람들은 늙은이들과 사환 몇 명뿐이었다. 그들은 얼굴에 상처가 나거나 목깃에 피가 묻은 채 출근할 때가 많았다. 그중 하나는 머리가 깨져서 비틀거리며 들어와 앰뷸런스를 불러 병원에 보내야 했다. 그들이 남아 있는 것은 용기 때문도, 충성심 때문도 아니었다. 타성 때문이었다. 〈배너〉에서 일을 못하게 되면 세상이 끝날 거라는 생각으로 살아온 세월이 너무 길었던 것이다. 늙은이들은 파업을 이해하지 못했고 사환들은 파업에 관심이 없었다.

사환들이 기자 대신 취재를 나갔다. 와이낸드는 그들이 보내오는 기사를 보면 절망을 넘어 실소를 금치 못했다. 그렇게 유식한 척하는 글은 처음 읽어봤기 때문이다. 그들의 기사에는 마침내 언론인의 꿈을 이룬 야심만만한 청년의 긍지가 들어 있었다. 하지만 그들의 기사가 〈배너〉에 실린 것을 보고는 웃을 수가 없었다. 원고를 고쳐주는 인력이 부족했던 것이다.

와이낸드는 새로 사람들을 뽑아보려고 했다. 엄청난 보수를 제안했지만 그가 원하는 사람들은 그를 위해 일하기를 거부했다. 몇 사람이 그의 제안을 받아들였는데, 사실 거절해주기를 바란 이들이었다. 하지만 채용하지 않을 수 없었다. 그들은 지난 10년간 이름 있는 신문사에서는 써주지 않았던 인물들로, 한 달 전이라면 배너 빌딩 로비에도 들이지 않았을 사람들이었다. 그들 중 일부는 이틀 안에 내쫓지 않을 수 없었고, 남은 사람들도 거의 술에 취해서 살았다. 몇몇은 와이낸드에게 선심이라도 베풀고 있는 것처럼 행동했다. "게일, 성질 좀 내지 마쇼." 한 사람이 와이낸드 앞에서 거만하게 말했다. 와이낸드는 그를 계단 아래로 던져버렸고, 그 사람은 발목이 부러진 채 계단 밑에 앉아서 놀란 표정으로 와이낸드를 올려다보았다. 나머지 사람들은 그렇게 노골적으로 행동하는 대신 와이낸드 주변을 맴돌며 더러운 거래를 맺은 공범이라도 대하듯 교활하게 눈을 찡긋거렸다.

와이낸드는 언론인 양성 학교들에 도움을 청했다. 하지만 아무 반응이 없었다. 그러다 한 학교에서 학생회 전체의 서명이 든 결의문을 보내왔다. "언론이라는 직업의 품위를 높이 평가하여 언론인의 길로 들어선 우리는 언론의 명예를 높이는 일에 헌신하고 있으며, 스스로 자긍심을 버리지 않고는 당신과 같은 사람의 제안을 받아들일 수 없다."

뉴스부장은 자리를 지켰으나 사회부장은 떠나버렸다. 와이낸드는 사회부장, 편집부장, 전신기사, 원고 정리 담당, 사환의 역할을 대신했다. 그는 건물을 벗어나지 않았다. 〈배너〉를 처음 세웠을 때처럼 사무실 소파에서 잤다. 코트도 넥타이도 없이, 셔츠 칼라를 풀어헤치고 기관총 소리 같은 발소리를 내며 계단을 달려 오르내렸다. 엘리베이터 보이들은 두 명밖에 남아 있지 않았다. 나머지는 언제, 무슨 이유인지도(파업에 동조해서인지, 아니면 공포 때문인지, 아니면 그냥 낙심해서인지) 모르게 사라져버렸던 것이다.

앨버 스카럿은 와이낸드의 침착함을 이해할 수 없었다. 그 뛰어난 기계는(바로 그것이다. 스카럿은 늘 와이낸드를 우수한 성능을 지닌 기계 같은 존재로 인식하고 있었다) 그 어느 때보다 훌륭하게 작동했다. 와이낸드의 말은 간략했고, 명령은 빨랐으며, 결정은 즉각적이었다. 인쇄 기계들과 인테르(interline: 인쇄할 때 행간에 넣는 납으로 된 얇고 길쭉한 판—옮긴이), 기름, 잉크, 파지, 청소 안 한 바닥, 빈 책상들, 밖에서 시위대가 던진 벽돌에 갑자기 쏟아지는 유리 파편의 북새통 속에서 와이낸드는 어울리지 않는 배경에 겹쳐놓은 이중노출 화면 속 형상처럼 움직였다. 스카럿은 그의 모습을 보며 생각했다. '그는 여기 속해 있지 않아. 현대인의 모습이 아니니까. 그래, 그는 현대인의 모습이 아냐. 현대인의 옷을 입고 있지만 고딕 대성당에서 나온 인물 같아. 꼿꼿이 든 귀족의 머리와 살집 없는 홀쭉한 얼굴. 배가 침몰하고 있는 걸 다른 사람들은 다 아는데 혼자만 모르고 있는 선장.'

앨버 스카럿은 와이낸드 곁에 남았다. 그는 〈배너〉에 닥친 사태를 도무지 실감하지 못하며 망연자실해서 발을 질질 끌고 걸어 다녔다. 아침에 차를 몰고 출근할 때마다 건물 앞의 피켓 부대를 보고 새삼 당혹스러워했다. 그는 자동차 앞유리에 토마토 몇 개를 맞은 것 외에는 아무 부상도 입지 않았다. 그는 와이낸드를 돕기 위해 자기 일 외에도 다섯 사람의 몫을 더 했지만 날마다 역부족이었다. 그는 조용히 무너져갔고 도무지 납득할 수 없는 의문 때문에 온몸의 맥이 풀렸다. 그는 만나는 사람마다 붙잡고 일을 방해하고 시간을 뺏는 걸 무릅쓰고 물었다. "하지만 왜? 왜? 어떻게 그렇게 갑자기?"

스카럿은 흰 유니폼을 입은 간호사가 복도를 걸어오는 걸 보았다. 건물 1층에 비상 구급센터가 차려졌던 것이다. 간호사는 쓰레기통을 들고 소각장으로 가고 있었는데 쓰레기통에 피 묻은 거즈 뭉치들이 가득했다. 스카럿은 구역질이 나서 고개를 돌렸다. 눈에 보이는 광경 때문이 아니라 그 광경이 암시하는 것에 대한 본능적인 공포 때문이었다. 얼마 전까지만 해도 배너 빌딩은 현대적인 업무가 이루어지는 장소답게 깔끔하고 반짝반짝하게 단장되어 있었다. 글과 계약서 같은 합리적인 일들이 다루어지고, 아기 옷 광고가 들어오고, 골프에 대한 잡담이 이루어지는 문명화된 건물이었다. 그런데 이제 피투성이 쓰레기통을 들고 복도를 지나다니는 끔찍한 장소가 된 것이다. 왜? 앨버 스카럿은 의문을 떨쳐버릴 수가 없었다.

그는 주위의 아무에게나 단조로운 목소리로 웅얼거렸다.

"난 이해가 안 돼. 엘즈워스가 어떻게 그런 힘을 갖게 됐는지 알 수가 없어. …… 문화인이며 이상주의자인 엘즈워스, 선동을 일삼는 더러운 진보주의자가 아닌 그가, 그토록 다정하고 재치 넘치는 사람이, 그런 박식한 인물이! …… 농담을 입에 달고 사는 사람은 폭력주의자가 될 수 없어. …… 엘즈워스도 일이 이렇게까지 번질 줄은 몰랐을 거야. 그는 사람들을 사랑해. 난 엘즈워스 투히를 믿어."

와이낸드의 사무실에서 스카럿이 용기를 내어 말했다.

"회장님, 왜 협상을 하지 않으십니까? 최소한 그들을 만나보기라도 해야 하는 것 아닙니까?"

"닥쳐."

"하지만 그들에게도 진실이 있을 수도 있습니다. 그들은 언론인이에요. 그들은 언론의 자유를 말하고 있고……."

스카렛은 지난 며칠 동안 징조가 보였지만 용케 피해온 분노의 발작을 보았다. 와이낸드의 파란 눈동자가 색채를 잃고 온통 구멍들만 보이는 얼굴에서 흰빛으로 번쩍거렸고 두 손이 바들바들 떨렸다. 하지만 다음 순간, 스카렛은 전에 없던 광경을 보게 되었다. 와이낸드가 아무 소리 없이 분노를 삼켜버렸던 것이다. 움푹한 관자놀이에 땀이 맺히고 양손으로 책상 가장자리를 꽉 붙잡고 있는 모습만이 그가 기를 쓰고 참고 있는 걸 나타냈다.

"앨버, …… 내가 〈가제트〉 계단에 앉아 일주일씩이나 기다리지 않았더라면 …… 그들이 자유를 부르짖을 언론이 있었을까?"

건물 외부와 내부 복도들에 경찰이 배치되었다. 하지만 큰 도움은 되지 못했다. 어느 날 밤, 괴한이 중앙 현관에 황산을 던졌다. 그 바람에 1층 대형 유리창이 깨지고 벽들에 흉한 상처들이 남았다. 윤전기 한 대가 베어링에 모래가 들어가는 바람에 작동을 멈추었다. 잘 알려지지 않은 조제식품 판매점 하나가 〈배너〉에 광고를 냈다는 이유로 공격을 당했다. 무수한 작은 광고주들이 광고를 취소했다. 와이낸드 배달 트럭들이 파괴되었고, 운전사 하나가 살해당했다. 와이낸드 그룹 노조는 폭력 행위에 반대하는 성명서를 발표했다. 노조는 폭력을 선동하지 않았고 대부분의 노조원들이 누가 폭력 행위를 저질렀는지 알지도 못했다. 〈뉴 프런티어스〉는 유감스러운 과잉 행동들에 대해 언급하며 "대중의 정의로운 분노가 자연스럽게 폭발한 것"이라고 설명했다.

호머 슬로턴이 자칭 자유주의 사업가들의 무리를 대표해서 와이낸드에게 광고 계약 취소를 통보해왔다. "원한다면 우리를 고소해도 좋소. 우리는 합법적인 사유를 제시할 수 있소. 우리가 광고를 싣기로 계약한 신문은 명예로운 신문이지 지금의 〈배너〉가 아니오. 〈배너〉는 공개적인 망신거리가 되었을 뿐 아니라 우리까지 시위대의 공격을 받고 사업상 손실을 입게 만들고 있소. 〈배너〉는 이제 아무도 읽지 않는 신문이 되었소." 그 무리에는 〈배너〉의 거물급 광고주 대부분이 속해 있었다.

게일 와이낸드는 사무실 창가에 서서 도시를 바라보았다.

"나는 늘 위험을 무릅쓰고도 파업을 지지해왔다. 나는 평생 게일 와이낸드에 대항하여 싸워왔다. 나는 오늘처럼 게일 와이낸드의 편에 서서 그를 지지하게 될 날이 오리라곤 꿈도 꾸지 못했다." 오스틴 헬러가 〈크로니클〉에 쓴 글이었다.

와이낸드는 그에게 쪽지를 보냈다. "빌어먹을, 난 당신에게 지지해달라고 부탁한 적 없소. GW"

〈뉴 프런티어스〉는 오스틴 헬러를 " '큰 사업' 에 자신을 판 반동분자"로 칭했다. 지성적인 사교계 부인들은 오스틴 헬러가 구식이라고 말했다.

게일 와이낸드는 평소와 다름없이 편집실 책상 앞에 서서 사설을 썼다. 그의 태도에는 변함이 없었다. 서두르는 기색도, 분노도 보이지 않았다. 그가 몇 가지 새로운 행동을 보이고 있다는 것을 눈치 챈 사람은 아무도 없었다. 예를 들면 그는 인쇄실에 들어가 굉음을 내며 돌아가는 거대한 기계들에서 뿜어져 나오는 흰 증기를 바라보고 그 소리에 귀를 기울였다. 그리고 문선실 바닥에 떨어진 인테르를 집어 손바닥에 올려놓고 옥이라도 되는 듯 만지작거리다가 잃어버리지 않도록 조심스럽게 탁자에 올려놓기도 했다. 그는 그런 식으로 무심결에, 본능적으로 낭비와 싸웠다. 여기저기 굴러다니는 연필들을 주워 모으기도 하고, 전화벨이 요란하게 울려대도 받을 생각도 않고 30분 동안 타자기 고치는 일에 몰두하기도 했다. 그건 경제의 문제가 아니었다. 사실 그는 수표에 서명할 때 액수도 확인하지 않았고, 스카럿은 날마다 회사 운영에 들어가는 비용을 생각하면 겁이 났다. 와이낸드가 낭비와 싸운 것은 〈배너〉에 속한 모든 물건을 아끼고 사랑했기 때문이다.

와이낸드는 매일 늦은 오후에 시골에 있는 도미니크에게 전화를 걸었다. "잘 있소. 아무 문제도 없고. 공포 분위기 조성이 취미인 사람들 이야기는 귀담아들을 것 없소. …… 아니, 내가 빌어먹을 신문에 대한 이야기는 하기 싫어한다는 걸 당신도 알잖소. 정원의 모습이 어떤지나 말해줘요. …… 오늘 수영하러 갔소? …… 호수는 어땠소? …… 지금 무슨 옷을 입고 있소? …… 오늘 밤 8시에 라디오 꼭 들어요. 당신이 좋아하는 라흐마니노프 피아노 협주곡 2번이 나올 테니까. …… 물론 모든 정보를 알아둘 시간이 있지. …… 아, 그래, 기자 출신 아내를 속일 순 없지. 신문에서 라디오 프로그램 편성표를 봤소. …… 물론 일손은 많소. 다만 아직은 새로 들어온 사람들에게 전적으로 일을 맡길 수가 없어서. …… **절대 시내에 나오지 말아요**. 약속한 거요. …… 잘 자요, 내 사랑……."

와이낸드는 통화를 끝내고 전화기를 바라보며 미소 지었다. 도미니크가 있는 시골이 건널 수 없는 대양 너머에 있는 대륙처럼 느껴졌다. 그는 포위된 성안에 갇힌 듯한 기분이 들었고, 그게 좋았다. 갇혀 있다는 사실이 아닌 그 기분이 좋았다. 그의 얼굴은 성벽 위에서 용감히 싸우던 먼 조상의 모습 그대로였다.

어느 날 저녁, 와이낸드는 길 건너 레스토랑으로 향했다. 며칠째 식사다운 식사를 하지 못했던 것이다. 레스토랑에서 저녁을 먹고 돌아올 때도 거리는 아직 환했다. 해는 벌써 한참 전에 졌는데도 약해진 햇살이 따뜻한 대기 위에 나른하게 늘어져 누워 게으름을 피우고 있는 듯 잔잔한 갈색 안개 같은 어스름이 깔려 있었다. 그 속에서 하늘은 상큼하고, 거리는 더러운 느낌을 주었으며, 낡은 건물들 모서리에는 갈색과 지친 오렌지색 얼룩들이 보였다. 와이낸드는 배너 빌딩 앞에서 서성이는 피켓 부대를 보았다. 피켓 부대는 모두 여덟 명이었고 보도 위에서 긴 타원을 그리며 맴돌고 있었다. 그중 하나는 아는 얼굴이었지만(경찰서 출입기자였다) 나머지는 처음 보는 사람들이었다. 그들이 든 피켓에는 이런 구호가 담겨 있었다. '투히, 하딩, 앨런, 포크……', '언론의 자유……', '게일 와이낸드는 인권을 짓밟고……'.

와이낸드의 시선이 한 여자를 따라갔다. 그녀는 끈을 단단히 맨 신발 위의 발목에서부터 엉덩이가 시작되는 듯했고, 거대한 사각형 몸에 싸구려 갈색 트위드 롱코트를 걸치고 있었다. 그녀의 흰 손은 조막만 해서 부엌에서 일하면 계속 그릇을 떨어뜨릴 것 같았다. 입은 입술도 없이 째진 자국만 보였고, 걸음걸이는 어기적거리면서도 놀라울 정도로 활기찼다. 그녀의 발걸음은 자신을 해치려는 세상 전체에 항거하고 있었는데, 제발 그런 일이 일어나기를 바라는 듯한 악의에 찬 교활함이 느껴졌다. 그런 여자를 해친다는 것 자체가 망신스러운 일이니까. 와이낸드는 그녀가 〈배너〉에 고용된 적이 없다는 걸 알았다. 그런 여자는 〈배너〉에 고용될 수가 없었다. 그녀는 글도 배우지 못한 듯했고, 그녀의 걸음걸이가 자기는 글 같은 건 배울 필요가 없다고 말하는 듯했다. 그녀는 '우리의 요구는……' 이라고 쓰인 피켓을 들고 있었다.

와이낸드는 〈배너〉를 처음 만들었을 때 사무실 소파에서 잤던 기억을 떠올렸다. 새로 들여온 인쇄기 값을 마련해야 했고, 〈배너〉가 일등으로 거리에 뿌려져야 했기 때문이다. 그러다 어느 날 밤 피를 토하기까지 했지만 병원에 가기를 거부했다. 다행히 병에 걸린 게 아니라 과로 때문이었다.

와이낸드는 서둘러 건물 안으로 들어갔다. 윤전기가 돌아가고 있었다. 그는 한참이나 그 자리에 서서 윤전기 소리를 들었다.

밤이면 건물 안은 고요했다. 소리가 공간을 차지하고 있다가 비운 듯 건물이 더 넓게 느껴졌다. 길게 뻗은 어두운 복도들에서 드문드문 열린 문 사이로 불빛이 보였다. 어딘가에서 타자기 소리가 수도꼭지에서 물방울 떨어지는 소리처럼 고른 간격으로 들려왔다. 와이낸드는 복도들을 돌아다녔다. 지방선거에 출마한 온 세상이 다 아는 사기꾼들을 선전하거나, 홍등가를 미화하거나, 중상모략으로 사람들의 명예를 떨어뜨리거나, 갱단의 어머니들을 감상적으로 동정할 때는 재능과 명망을 갖춘 인재들이 앞다퉈 그를 위해 일하려고 했다. 그런데 이제 언론인이 되고서 처음으로 정직해지려는데, 인생 최고의 성전을 벌이고 있는데 도와주는 사람은 파업 방해꾼, 떠돌이, 술주정뱅이, 너무 소극적이라 떠나지도 못하는 비루하고 기계적인 인간들뿐이었다. 와이낸드는 어쩌면 비난받을 사람들은 지금 자신과 일하기를 거부하는 이들이 아닐지도 모른다는 생각이 들었다.

그의 책상 위에 있는 네모난 크리스털 잉크통에 햇살이 비쳤다. 와이낸드는 그 모습을 보자 흰 옷을 입고 잔디밭에 앉아 팔꿈치에 닿는 풀의 감촉을 느끼며 시원한 음료를 마시는 생각이 났다. 그는 잉크통을 보지 않으려고 애쓰며 계속 글을 썼다. 파업 2주째 되는 날 아침이었다. 와이낸드는 한 시간 동안 사무실에 틀어박혀 아무도 못 들어오게 하고 기사를 쓰고 있었다. 하지만 기사를 쓰는 건 핑계였고, 한 시간만이라도 주변 상황에서 벗어나 있고 싶었던 것이다.

노크도 없이 사무실 문이 열리더니 도미니크가 들어왔다. 그녀는 결혼 후 배너 빌딩 출입이 금지되어 있었다.

와이낸드는 아무 질문도 없이 일어났다. 도미니크는 산호색 리넨 정장을 입고 서 있었는데, 마치 그녀 뒤에 호수가 펼쳐져 있고 수면에서 반사된 햇살이 그녀의 옷 주름들을 비추는 듯했다. 도미니크가 말했다.

"게일, 다시 〈배너〉에서 일하러 왔어요."

와이낸드는 말없이 그녀를 바라보다가 미소 지었다. 병에서 회복한 사람의 미소였다.

그는 책상 쪽으로 몸을 돌려 자신이 쓴 원고를 집어 도미니크에게 건네며 말했다.

"이걸 뒷방에 전해줘요. 통신으로 들어온 기사 좀 챙겨다주고. 사회부 매닝 밑에서 일해요."

말이나 시선이나 몸짓으로는 이루어질 수 없는, 완전한 이해 속에서 두 존재의 완전한 결합이 와이낸드의 손에서 도미니크의 손으로 건네진 종이 한 뭉치에 의해 이루어졌다. 두 사람은 손이 닿지도 않았다. 도미니크가 돌아서서 사무실 밖으로 나갔다.

그 후 이틀 안에 도미니크는 〈배너〉를 떠난 적이 없었던 듯한 모습이 되었다. 달라진 점이 있다면, 이제는 실내장식에 관한 칼럼을 쓰지 않고 유능한 일손이 필요한 곳이라면 어디든 달려가서 빈 자리를 메우느라 눈코 뜰 새 없이 바빴다. 그녀는 스카럿에게 이렇게 말했다. "국장님, 아무 걱정 마세요. 원래 바느질은 여자 일이잖아요. 나는 구멍을 메우러 온 거예요. 아, 그런데 이 옷은 구멍이 정신없이 많이 나네요! 새로 들어온 기자가 이상하게 날뛰면 연락주세요."

스카럿은 그녀의 목소리와 태도, 그녀가 이곳에 와 있는 것 자체를 이해할 수 없었다. 그가 슬픈 목소리로 웅얼거렸다. "도미니크는 구조대원이야. 당신이 여기 있는 걸 보니 옛날로 돌아간 기분이야. 아! 옛날로 돌아갈 수만 있다면 얼마나 좋을까! 그런데 난 이해할 수가 없어. 회장님 말이야, 여기가 훌륭하고 멋진 곳이었을 때는 당신의 사진 한 장도 못 들여놓게 하더니 죄수들이 폭동을 일으킨 감옥 같은 위험한 곳이 됐는데 여기서 **일을 하도록** 허락하다니!"

"국장님, 해설은 그만두세요. 시간이 없으니까."

도미니크는 보지도 않은 영화에 대한 평을 멋지게 써냈다. 그리고 참석하지도 않은 대회에 대한 취재기사를 단숨에 뚝딱 써냈다. '오늘의 요리' 칼럼을 맡고 있는 여자가 어느 날 아침 출근을 하지 않자 일련의 요리법들을 급조해내기도 했다. “도미니크가 요리를 할 수 있는 줄은 몰랐군.” 스카럿이 말하자 도미니크는 “나도 몰랐어요.” 하고 대꾸했다. 밤에 부두에서 화재가 났는데, 마침 한 명뿐이던 당직기자가 화장실에서 기절하자 도미니크가 직접 취재를 나갔다.

와이낸드는 그녀가 써온 기사를 읽고 이렇게 말했다. “잘 썼소. 하지만 한 번만 더 이런 일을 하면 해고하겠소. 여기서 계속 일하고 싶으면 건물 밖으로 한 발짝도 나가지 말아요.” 그것이 도미니크의 거취에 대한 유일한 말이었다. 와이낸드는 도미니크에게도 다른 직원들을 대할 때처럼 필요한 말만 간단하게 했다. 상사로서 명령만 내렸다. 두 사람은 하루 종일 얼굴을 보지 못할 때도 있었다. 도미니크는 도서실 소파에서 잤다. 그녀는 이따금 저녁때 시간이 나면 와이낸드의 방으로 가서 짧은 휴식을 취하기도 했는데, 마치 평범한 부부가 일상에 대한 담소를 나누듯 그날 일어난 자잘한 일들에 대해 밝은 목소리로 이야기했다.

그들은 로크나 코틀랜드에 대한 이야기는 하지 않았다. 로크 이야기가 나온 적이 한 번 있기는 했다. 와이낸드의 사무실 벽에 걸린 로크의 사진을 보고 도미니크가 그 사진을 언제 걸었는지 물었던 것이다. “일 년이 넘었소.” 와이낸드가 대답했고 그게 끝이었다. 두 사람은 〈배너〉를 향한 대중의 분노가 점점 더 거세지고 있는 것에 대해서도 침묵했다. 그들은 미래에 대한 고민도 하지 않았다. 건물 밖 문제에 대해 잊을 수 있는 것에 안도했다. 두 사람 사이에 문제만 되지 않으면 어떤 문제든 잊히고 해결될 수 있었다. 그래서 그들은 평화로울 수 있었다. 중요한 것은 그들에게는 할 일이 있고, 그 일은 신문사가 계속 굴러가도록 만드는 것이며, 그 일을 둘이 함께 하고 있다는 사실뿐이었다.

도미니크는 한밤중에 부르지 않았는데도 따끈한 커피를 들고 들어오곤 했다. 그러면 와이낸드는 일손을 멈추지 않고 반갑게 커피를 받아 마셨다. 그는 몹시 허기를 느낄 때 자신의 책상 위에 신선한 샌드위치가 놓여 있는 걸 발견하기도 했다. 하지만 도미니크가 어디서 그것을 구해왔는지 궁금해할 시간도 없었다. 와이낸드는 나중에야 도미니크가 창고에 간이주방을 만들어놓은 걸 알게 되었다. 와이낸드가 철야 작업을 하면 도미니크가 손수 아침식사를 만들어 고요한 새벽 거리에 동이 터오기 시작할 때 판지를 쟁반 삼아 들고 들어왔다.

와이낸드는 그녀가 빗자루를 들고 사무실 바닥을 쓸고 있는 장면을 목격하기도 했다. 관리부가 해체되어 청소부들이 나오지 않아도 아무도 모르고 있었던 것이다.

"내가 이런 일을 하라고 당신을 고용한 거요?" 와이낸드가 물었다.

"돼지우리 같은 데서 일할 순 없잖아요. 당신이 무슨 일을 시키려고 고용한 건지는 모르지만 월급 좀 올려줘야겠어요."

"제발 이런 짓 좀 하지 말아요! 이건 말이 안 돼."

"뭐가 말이 안 돼요? 사무실이 깨끗해졌잖아요. 시간도 얼마 안 걸렸고. 청소 잘하지 않았나요?"

"잘했소."

도미니크는 빗자루에 기대어 웃었다. "당신도 다른 사람들처럼 나를 상류층의 온실 속 화초 같은 사치스러운 여자로 여기겠죠, 안 그래요, 게일?"

"당신은 스스로 원하면 계속 이런 식으로도 살 수 있소?"

"난 평생 이런 식으로 살고 싶었어요. 그럴 만한 이유만 있다면요."

와이낸드는 도미니크가 자신보다 인내력이 더 강하다는 걸 알게 되었다. 도미니크는 단 한 번도 지친 기색을 보이지 않았다. 물론 그녀도 잠을 자겠지만 와이낸드는 그녀가 자는 모습을 본 적이 없었다.

도미니크는 언제 어디서든, 몇 시간 동안 와이낸드를 만나지 못할 때도 늘 그의 사정을 알고 있었고, 그가 자신을 필요로 할 때가 언제인지를 알았다. 그가 책상에 엎드려 잠이 든 적이 있었다. 잠이 깬 와이낸드는 도미니크가 자신을 바라보고 있는 걸 발견했다. 도미니크는 불을 다 끄고 창가 의자에 앉아 달빛 속에서 차분히 그를 응시하고 있었다. 와이낸드의 눈에 가장 먼저 보인 것은 그녀의 얼굴이었다. 와이낸드는 제대로 정신이 들기도 전에 책상 위의 팔에서 고통스럽게 머리를 들며 자신들이 어쩌다 이런 처지가 되었는지는 아직 기억이 나지 않고, 그저 자신과 도미니크가 천천히 진행 중인 지독한 고통 속에 있으며 자신이 그녀를 사랑하고 있다는 사실만 떠올리고 발작적인 분노와 무력감, 필사적인 반항심에 사로잡혔다.

도미니크는 그가 몸을 펴는 동작을 마치기도 전에 그의 얼굴에서 그걸 읽었다. 그녀는 와이낸드에게 다가가 그의 머리를 안았다. 와이낸드는 저항하지 않고 그녀에게 몸을 맡겼다. 도미니크가 그의 머리칼에 입을 맞추며 속삭였다. "게일, 괜찮아질 거예요. 괜찮아질 거예요."

세 번째 주가 끝나갈 무렵의 어느 저녁, 와이낸드는 배너 빌딩을 나섰다. 나중에 돌아왔을 때 과연 그 건물이 남아 있기나 할 것인지에 대해서는 신경 쓰지 않고 로크를 만나러 갔다.

그는 파업이 시작된 후로 로크에게 전화를 걸지 않았다. 로크에게서 전화가 자주 왔지만 조용히 대답만 하고 자신은 절대 말을 걸지 않았다. 그는 처음부터 로크에게 단단히 경고해 두었다. "여기 올 생각은 말게. 자네는 들여보내지 말라고 지시를 내려놨어." 그는 자신의 싸움이 실제적인 형태로 다가오는 것을 견딜 수가 없었다. 로크의 물리적인 존재 자체를 잊어야만 했다. 로크를 생각하면 감옥이 떠올랐기 때문이다.

와이낸드는 엔라이트 하우스까지 먼 길을 걸어갔다. 걷는 것이 더 멀지만 안전한 느낌을 주었다. 택시를 타고 가면 로크와 배너 빌딩이 너무 가깝게 느껴질 것이었다. 그는 도시를 똑바로 보기가 싫어서 전방 2미터쯤 되는 지점에 시선을 고정시킨 채 걸었다.

"게일, 어서 오세요." 그가 들어서자 로크가 침착하게 인사했다.

와이낸드는 모자를 벗어 문 옆에 있는 탁자에 던지며 말했다. "솔직하게 지적하는 것과 못 본 척하는 것 중에 어떤 게 더 나쁜 걸까? 내 꼴 엉망이지? 그렇다고 말하게."

"엉망이에요. 앉아서 쉬세요. 아무 말 말고. 욕조에 뜨거운 물을 받아서 목욕 좀 하셔야겠어요. 아니, 더러워서가 아니라 기분 전환에 좋으니까요. 얘기는 그다음에 하죠."

와이낸드는 고개를 젓고 문가에 그대로 서 있었다.

"하워드, 〈배너〉는 자네에게 도움이 되지 못하고 있네. 오히려 자넬 망치고 있어."

그 말을 할 마음의 준비를 하는 데 8주가 걸린 것이다.

"물론이에요. 그래서요?" 로크가 말했다.

와이낸드는 문간에서 움직이려 하지 않았다.

"게일, 난 상관없어요. 어차피 난 여론에 의존하지 않으니까요."

"내가 굴복하기를 원하나?"

"당신이 가진 모든 걸 잃더라도 끝까지 버티길 원해요."

로크는 와이낸드가 그 말을 이해하고 있음을, 그리고 그건 와이낸드가 지금까지 직시하지 않으려고 애써온 사실임을 알 수 있었다. 지금 와이낸드는 그가 말해주기를 원하고 있었다.

"당신이 나를 구해주리라고 기대하진 않아요. 난 재판에서 이길 승산이 있어요. 파업은 부정적인 영향도, 긍정적인 영향도 끼치지 않을 거예요. 내 걱정은 마세요. 그리고 굴복하지 마세요. 당신이 끝까지 버텨낸다면 당신에겐 내가 더 이상 필요치 않게 될 겁니다."

로크는 와이낸드의 얼굴에서 분노와 저항, 그리고 동의를 읽었다. 로크가 덧붙였다.

"내 말이 무슨 뜻인지 이해하실 거예요. 우린 그 어느 때보다 더 좋은 친구가 될 겁니다. 당신이 감옥으로 나를 면회 올 수도 있겠죠. 움찔하지 마세요. 내게 너무 많은 말을 시키지 마세요. 지금은요. 난 파업이 일어난 게 기뻐요. 당신을 처음 본 순간, 그런 일이 일어날 수밖에 없다는 걸 알았으니까요. 당신은 그보다 훨씬 전부터 그걸 알고 있었고."

"두 달 전, 난 자네에게 약속을 했네. …… 그 약속만은 꼭 지키고 싶었는데……."

"당신은 그 약속을 지키고 있어요."

"정말로 나를 경멸하고 싶지 않나? 지금 대답해주면 좋겠네. 그 대답을 들으러 온 거니까."

"좋아요. 대답하죠. 당신과의 만남은 내 인생에서 다시는 없을 소중한 인연이에요. 나를 위해 죽어간 헨리 캐머런과의 만남이 그랬죠. 당신은 더러운 신문들의 발행인이에요. 하지만 난 그에게 못한 말을 당신에겐 하고 있어요. 자신의 영혼과 타협한 적이 없는 스티븐 맬러리도 있죠. 당신은 사실 온갖 방식으로 자신의 영혼을 파는 짓밖에 한 게 없어요. 하지만 난 그에게 할 수 없었던 말을 당신에겐 하고 있어요. **굴복하지 마세요**. 당신이 처음부터 내게 듣고 싶었던 말 아닌가요?"

로크는 돌아서며 덧붙였다. "그게 다예요. 이제 그 빌어먹을 파업 얘기는 더는 하지 마세요. 앉으세요. 술 한 잔 갖다드릴 테니. 쉬세요. 꼴이 엉망이라고요."

와이낸드는 밤늦게 〈배너〉로 돌아왔다. 돌아오는 길에는 택시를 탔다. 이제 로크와 배너 빌딩 사이의 거리가 가까워도 아무 상관이 없었던 것이다.

도미니크가 말했다. "로크를 만났군요."

"그렇소. 어떻게 알았소?"

"일요일 자 조판 끝났어요. 형편없긴 하지만 어쩔 수 없죠. 매닝은 몇 시간이라도 쉬라고 집에 보냈어요. 쓰러지기 직전이라. 잭슨은 그만뒀는데 그 사람은 없어도 상관없어요. 앨버의 칼럼은 엉망이에요. 이제 문법도 안 맞아요. 내가 고쳐 썼어요. 앨버에겐 당신이 고쳤다고 하세요."

"좀 자요. 매닝의 일은 내가 맡을 테니까. 난 앞으로 몇 시간은 끄떡없소."

그렇게 하루하루가 지났고, 발송실에는 반송된 신문들이 점점 쌓여 복도까지 흘러 넘쳤다. 흰 신문 뭉치가 마치 대리석판 같았다. 찍을 때마다 발행 부수를 줄였지만 반송된 신문은 불어만 갔다. 팔리지도, 읽히지도 못하고 돌아오는 신문을 찍어내기 위한 영웅적인 노력의 나날들이 이어졌다.

16

〈배너〉 이사회 회의실에는 유리처럼 반들거리는 길쭉한 마호가니 탁자가 놓여 있고, 거기에는 색깔 있는 나무로 된 와이낸드의 서명 GW가 멋지게 박혀 있었다. 이사들은 그 글씨만 보면 화가 났다. 하지만 지금은 그것에 신경 쓸 겨를이 없었고, 어쩌다 한 번씩 시선이 가도 오히려 기분이 좋았다.

이사들은 탁자에 둘러앉아 있었다. 와이낸드가 소집하지 않은 이사회는 오늘이 처음이었다. 어쨌거나 이사회는 열렸고 와이낸드도 그 자리에 와 있었다. 파업은 벌써 두 달째를 맞고 있었다.

와이낸드는 상석의 의자 옆에 서 있었다. 검은 정장 가슴주머니에 흰 손수건을 꽂은 그는 남성 잡지에 나오는 깐깐하게 멋을 낸 신사처럼 보였다. 이사들은 그의 모습에서 영국인 재단사나 상원의원, 런던탑, 처형당한 영국 왕(아니, 수상이었나? 아무튼 멋지게 죽었지)을 떠올렸다.

그들은 지금 자신들 앞에 서 있는 사내를 보고 싶지 않았다. 그들은 건물 바깥의 피켓들, 상류층 응접실에서 향수 냄새를 풍기며 날카로운 목소리로 엘즈워스 투히에 대한 지지를 외치는 귀부인들, '우리는 와이낸드 신문을 읽지 않는다'는 플래카드를 들고 5번가를 서성이는 넙적한 얼굴의 처녀를 떠올리며 자신의 입장에 대한 지지와 용기를 얻으려고 애썼다.

와이낸드는 허드슨 강변의 무너진 담장을 생각하고 있었다. 멀리서 그를 향해 다가오는 발소리가 들렸다. 하지만 지금 그의 손은 자신의 근육들을 조종할 줄을 쥐고 있지 않았다.

"이건 도대체 말이 안 됩니다. 〈배너〉가 사업체입니까, 아니면 개인적인 친구를 옹호해주는 자선단체입니까?"

"지난주 손실액이 30만 달러요. …… 게일, 내가 그걸 어떻게 알아냈냐고요? 은행에서 말해줬소. 그래요, 당신 돈이죠. 하지만 그걸 회사 돈으로 채울 생각은 하지 마시오. 우린 당신의 약은 술책에 안 넘어가니까. 한 푼도 안 돼요. 게일, 이번엔 그냥 못 넘어가요. 그러기엔 이미 늦었소. 당신의 화려한 곡예가 통하던 시대는 지났단 말이오."

와이낸드는 그 말을 하는 사내의 두툼한 입술을 보며 생각했다. '처음부터 당신이 〈배너〉를 운영해왔어. 당신은 그걸 몰랐지만 난 알아. 당신 거였어. 〈배너〉는 당신 신문이었어. 그러니 구해낼 것도 없는 거야.'

"그래요, 슬로턴과 그 친구들은 즉시 돌아올 의사가 있어요. 우리가 노조의 요구들을 받아들이기만 하면 계약대로 광고를 다시 주겠다고 했소. 발행 부수가 정상적으로 회복될 때까지 기다리지도 않고 말이오. 말이야 바른 말이지, 발행 부수를 다시 올리는 건 보통 어려운 일이 아니오. 그러니 얼마나 의리 있는 사람들이오. 어제 호머 슬로턴과 만나서 약속을 받아냈소. 와이낸드, 그 액수를 내 입으로 말해줘야겠소, 아니면 말해주지 않아도 알고 있소?"

"아니, 엘드리지 상원의원은 당신을 만나주지 않을 거요. …… 아, 게일, 그만둬요. 우린 당신이 지난주에 워싱턴에 다녀온 걸 알고 있소. 엘드리지 상원의원이 이 문제엔 절대 관여하지 않겠다고 떠들고 다니는 걸 당신은 모르고 있소. 그리고 보스 크레이그는 갑자기 플로리다로 떠났죠? 병든 이모를 간호한다고요. 게일, 아무도 당신을 도와주지 않을 거요. 이건 도로포장이나 비자금 문제와는 달라요. 그리고 이제 당신은 예전의 게일 와이낸드가 아니오."

와이낸드는 생각했다. '난 여기 있었던 적도 없어. 그런데 당신들은 왜 나를 쳐다보기를 두려워하는 거지? 당신들에 비하면 난 아무것도 아니라는 걸 모르는 거야? 일요일판의 반나체 여자들, 시선을 끌기 위한 아기 사진들, 공원 다람쥐들에 대한 사설……. 그것들은 당신들의 영혼의 표현이었어. 그런데 내 영혼은 어디 있었지?'

"난 도대체 이해가 안 갑니다. 그들이 임금 인상을 요구하는 거라면, **그렇다면** 이해가 가요. 그렇다면 저 개자식들과 죽기 살기로 싸울 수 있다고요. 하지만 이건 염병할 지적인 문제 아닙니까? 우리가 지금 원칙인지 뭔지 때문에 망해가고 있는 게 말이 되냐고요!"

"몰랐어요? 〈배너〉는 이제 교회 신문이 됐어요. 게일 와이낸드 회장님은 복음 전도자가 됐다고요. 우린 지금 궁지에 몰렸지만, 이상을 갖게 됐죠."

"정치 문제 같은 이슈다운 이슈라면 내가 말을 안 해요. 다이너마이트로 건물을 폭파한 멍청이 때문에 이 난리를 벌이고 있으니! 다들 우릴 비웃고 있어요. 와이낸드, 당신이 쓴 사설들을 읽어봤는데, 솔직한 의견을 말하면 아주 최악이었소. 대학 교수들 읽으라고 쓴 글 같았소!"

와이낸드는 생각했다. '난 당신을 알아. …… 당신은 굶주리는 천재 과학자가 아닌 사생아를 임신한 여자에게 돈을 줄 사람이지. …… 난 길에서 당신 얼굴을 본 적이 있어. …… 난 당신을 데리고 들어와 직원들에게 보였지. …… 일에 대한 의심이 생기면 그 남자의 얼굴을 기억하시오. 그가 여러분의 독자니까. …… 하지만 회장님, 그의 얼굴이 기억나지 않습니다. …… 아니, 아니, 기억할 수 있어. 그 얼굴은 기억을 되살리러 돌아올 거야. …… 돌아와서 돈을 요구할 거야. …… 그리고 난 돈을 줄 거야. …… 난 오래전에 백지수표에 서명했고, 지금 그 수표가 돌아왔어. …… 하지만 백지수표를 갚으려면 전 재산을 내놔야 하지.'

"이건 중세에나 있을 법한 일이고 민주주의에 대한 모욕이에요." 미첼 레이턴이 우는소리를 했다. "우리도 발언권을 행사할 때가 왔어요. 한 사람이 그 많은 신문들을 멋대로 주무르다니……. 지금이 19세기예요?" 그는 탁자 건너편 은행가 쪽을 보며 입을 삐죽거렸다. "여기 이 자리에서 **내** 의견을 물어봐준 사람이 하나라도 있습니까? 나도 의견이 있어요. 우리 모두 의견을 모아야 해요. 하나의 거대한 오케스트라처럼 협력해야 한다는 겁니다. 우리 신문도 현대적이고, 자유주의적이고, 진보적인 정책을 가져야 할 때가 온 거예요! 예를 들어 소작인들의 경우……."

"그만해요." 앨버 스카럿이 말했다. 그는 얼굴에 땀이 비오듯 흐르고 있었는데 자신도 그 이유를 알 수가 없었다. 그는 이사들이 승리하기를 바라고 있었다. 그런데 실내 공기가…… 너무 더웠다. 누가 창문을 좀 열어주면 좋겠다는 생각이 들었다.

미첼 레이턴이 지지 않고 외쳤다. "아니, 왜요? 나도 엄연히……."

"**제발** 부탁입니다, 레이턴 씨." 은행가가 말했다.

"좋소. 좋아요. 여기 이 슈퍼맨 빼고 누가 지분이 제일 많은지나 기억해둬요." 레이턴은 그러면서 와이낸드를 외면한 채 엄지손가락으로 가리켰다. "똑똑히 기억해두라고요. 누가 주도권을 쥐게 될지 잘 생각해봐요."

"회장님." 앨버 스카럿이 와이낸드를 바라보며 말했다. 그의 눈이 이상할 정도로 솔직하고 고통스러워 보였다. "회장님, 이제 버텨봐야 소용없습니다. 하지만 지금이라도 〈배너〉를 구할 수 있습니다. 코틀랜드 건에 대해 우리가 잘못을 인정하고 …… 하딩을 복직시키면……. 그는 귀한 인재예요. …… 그리고 어쩌면 투히도……."

"투히란 이름은 듣고 싶지 않소." 와이낸드가 말했다.

미첼 레이턴이 입을 딱 벌렸다가 도로 다물었다.

"바로 그겁니다, 회장님!" 앨버 스카럿이 외쳤다. "좋아요! 그들과 협상을 하는 겁니다. 우선 코틀랜드에 대한 입장은 바꿔야 합니다. 빌어먹을 노조 때문이 아니라 발행 부수를 다시 늘려야 하니까요. 그러니까 노조 측에 코틀랜드에 대한 입장 철회와 하딩, 앨런, 포크의 복직을 제안하는 겁니다. 투히, 아니 엘즈워스는 빼고요. 우리도 양보하고 저쪽도 양보하는 거죠. 그러면 모두가 체면이 서는 겁니다. 회장님, 그렇죠?"

와이낸드는 아무 말도 하지 않았다.

은행가가 나섰다. "스카럿 씨, 그게 좋겠습니다. 저도 그게 해결책이라고 생각합니다. 어쨌거나 와이낸드 회장님도 위신을 지키셔야 하니까요. 그러니까 …… 칼럼니스트 한 명을 희생시키고 평화를 되찾는 겁니다."

그러자 미첼 레이턴이 외쳤다. "난 찬성 못해요! 절대 찬성 못해요! 왜 우리가 투…… 위대한 자유주의자를 희생시켜야……."

"나도 스카럿 씨와 같은 의견이오." 상원의원을 들먹였던 이사가 말했다. 다른 목소리들도 지지하고 나섰다.

다들 웅성거리는 틈에서 조금 전에 와이낸드의 사설들을 비판했던 이사가 갑자기 말했다. "그래도 난 게일 와이낸드가 최고의 경영자라고 생각합니다!" 미첼 레이턴에게서 불길한 위협을 느꼈던 것이다. 그가 와이낸드에게 비호를 청하는 시선을 보냈다. 하지만 와이낸드는 그것을 눈치 채지 못했다.

"회장님, 어떻게 하시겠습니까?" 스카럿이 물었다.

대답이 없었다.

"빌어먹을, 와이낸드, 지금이 아니면 기회가 없소! 계속 이런 식으로 갈 순 없소!"

"결심을 하든가, 아니면 나가시오!"

"내가 당신 지분까지 사겠소! 팔겠소? 팔아버리고 떠나겠소?" 레이턴이 외쳤다.

"제발, 와이낸드, 바보처럼 굴지 말아요!"

"회장님, 〈배너〉예요. 우리의 〈배너〉라고요." 스카럿이 속삭이듯 말했다.

"게일, 당신을 돕겠소. 우리 모두가 당신 편이 되어서 신문사를 다시 일으켜 세우겠소. 우린 당신의 말에 따를 거고, 당신은 회장 자리를 지키게 될 거요. 그러니 제발 회장답게 행동하시오!"

"조용, 여러분, 조용히 해주시오! 와이낸드, 마지막으로 묻겠소. 코틀랜드에 대한 입장을 바꾸고, 하딩과 앨런, 포크를 복직시켜 난파선을 구하는 겁니다. 찬성이오, 반대요?"

대답이 없었다.

"와이낸드, 방법은 그것뿐임을 당신도 알 거요. 아니면 〈배너〉는 문을 닫아야 해요. 당신이 우리 지분을 다 산다고 해도 이대로는 버틸 수 없어요. 굴복하거나 문을 닫거나, 둘 중 하나요. 굴복하는 게 좋을 거요."

와이낸드는 그 말을 들었다. 회의 내내 그 말을 들었다. 이사회가 열리기 며칠 전부터 들었다. 그는 이 자리에 있는 그 누구보다 그걸 잘 알고 있었다. 〈배너〉는 문을 닫아야 한다.

와이낸드는 〈가제트〉 건물 현관 문 위에 〈배너〉의 간판을 걸던 때의 기억이 떠올랐다.

"굴복하는 게 좋을 거요."

와이낸드는 한 걸음 물러섰다. 그의 뒤는 담장이 아니었다. 의자 옆일 뿐이었다.

와이낸드는 침실에서 권총 방아쇠를 당길 뻔했던 순간을 생각했다. 그는 지금 방아쇠를 당기고 있었다.

"좋소." 그가 말했다.

와이낸드는 발밑에서 반짝이고 있는 걸 내려다보며 이건 병뚜껑일 뿐이라고, 자동차 바퀴에 깔려 도로에 박힌 병뚜껑이라고 생각했다. 뉴욕의 도로에는 그런 것들 천지였다. 병뚜껑, 옷핀, 캠페인 배지, 끊어진 체인, 그리고 가끔 누군가 잃어버린 장신구들도 있었다. 그것들이 납작하게 짓눌려 모두 비슷한 형체를 하고 밤이 되면 도로를 반짝거리게 만들었다. '도시의 거름. 누군가 길에 버린 병뚜껑. 얼마나 많은 차들이 이 위로 지나갔을까? 이걸 빼낼 수 있을까? 도로에 쭈그리고 앉아 맨손으로 이 병뚜껑을 빼낼 수 있을까? 애초에 난 도망칠 희망을 품을 자격이 없었다. 무릎을 꿇고 구원을 청할 자격이 없었다. 수백만 년 전 지구가 탄생했을 때 나 같은 생물들이 존재했다. 파리들은 송진 속에 갇혀 호박(琥珀)이 되었고, 동물들은 늪에 빠져 암석이 되었다. 20세기의 인간인 나는 도로에 박힌 금속조각이 되었다. 뉴욕의 트럭들이 내 위로 지나간다.'

와이낸드는 코트 깃을 세우고 천천히 걸었다. 앞에 뻗어 있는 거리는 비어 있었고, 크고 작은 건물들은 서가에 뒤죽박죽 꽂아놓은 책등처럼 보였다. 그가 지나는 모퉁이들은 검은 길들로 이어졌다. 가로등들이 도시의 보호막이 되어주고 있었지만, 그 보호막은 군데군데 깨져 있었다. 모퉁이를 돌자 앞쪽에서 희미한 불빛이 보였다. 서너 블록은 떨어져 있는 지점이었다.

그 불빛은 전당포 창문에서 새어 나온 것이었다. 전당포는 문을 닫은 뒤였지만 그곳에 걸린 눈부신 전구가 인생의 밑바닥까지 간 강도들의 침입을 막고 있었다. 와이낸드는 걸음을 멈추고 불빛을 바라보았다. 세상에서 가장 추한 광경은 전당포 창문 안에 있다는 생각이 들었다. 한때는 신성하고 귀했던 물건들이 이제 싸구려로 전락하여 만인이 구경하고, 함부로 다루고, 값을 깎는 대상이 되어 있었다. 타자기나 바이올린 같은 꿈의 도구들과 낡은 사진이나 결혼반지 같은 사랑의 증표들이 더러운 바지, 커피포트, 재떨이, 외설적인 석고상들과 뒤섞여 차라리 깨끗이 팔려 나가지도 못하고 구원의 기약도 없이 죽은 희망에 저당 잡혀 절망의 찌꺼기 신세로 남아 있었다. "어이, 게일 와이낸드." 그는 전당포 창문 안의 물건들에게 그렇게 말한 후 다시 걸음을 옮겼다.

발바닥에 쇠창살의 감촉이 느껴지고 악취가 얼굴에 훅 끼쳐왔다. 먼지와 땀, 더러운 옷의 냄새가 뒤섞인 그 악취는 가축우리 냄새보다 더 지독했다. 그래도 가축우리 냄새에는 일상화된 부패라는 편안하고 정상적인 면이 있으니까. 그곳은 지하철역 통풍구였다. '이것이 많은 사람들을, 몸을 움직이거나 숨을 쉴 수도 없을 정도로 빽빽하게 모아놓은 결과물이다. 물론 저 아래 빽빽하게 들어찬 몸뚱이들 가운데는 빳빳이 풀 먹인 흰 옷과 깨끗한 머리칼, 건강한 젊은 살결의 냄새도 있다. 하지만 결국 그 총합은 악취가 된다. 그것이 바로 '최소공통분모'라는 것이다. 그렇다면 인간의 정신들을 무차별적으로 모두 한데 모아놓으면 어떤 결과물이 나올까? 〈배너〉.'

와이낸드는 그런 생각을 하며 계속 걸었다.

'나의 도시. 내가 사랑했던, 그리고 내가 지배한다고 생각했던 도시.'

와이낸드는 이사회가 열리고 있는 회의실을 떠나며 이렇게 말했다. "앨버, 내가 돌아올 때까지 자네가 맡아주게." 그는 녹초가 되어 있는 매닝이나 이사회에서 어떤 결정이 내려질 것인지 이미 알고 있으면서도 기계적으로 움직이고 있는 편집실 직원들이나 도미니크를 보러 가지 않았다. 스카럿이 대신 소식을 전해줄 테니까. 그는 배너 빌딩에서 나가 자신의 펜트하우스로 가서 창문 없는 침실에 혼자 앉아 있었다. 아무도 그의 고독을 방해하지 않았다.

와이낸드가 펜트하우스에서 나왔을 때는 어두운 밤이라 사람들의 눈에 띌 염려가 없었다. 신문 가판대 옆을 지나면서 보니 석간신문들에 와이낸드 파업 종료 소식이 실려 있었다. 노조가 스카럿의 협상안을 받아들인 것이다. 와이낸드는 스카럿이 나머지 일은 알아서 처리할 것임을 알고 있었다. 스카럿은 내일 자 〈배너〉 1면을 전면적으로 수정하고 거기 실릴 사설을 쓸 터였다. 아니, 지금쯤 벌써 윤전기가 돌아가고 있을 터였다. 한 시간 내로 내일 자 〈배너〉가 거리로 나올 테니까.

와이낸드는 발길 닿는 대로 걸었다. 그는 아무것도 소유하고 있지 못했지만 이 도시 전체의 소유물이 되어 있었다. 그러니 이 도시가 이끄는 대로 걸어가야 하는 게 옳았다. '나의 주인들이여, 내가 여기 있소. 당신들에게 경의를 표하고 당신들이 가라는 곳이면 어디든 가기 위해 이렇게 왔소. 나는 힘을 원했던 사람이오.'

저 낡은 집 현관 계단에 살찐 흰 다리를 쩍 벌리고 앉아 있는 여자 …… 고급 호텔 앞에서 흰 실크 옷을 걸친 배를 내밀고 택시에서 내리는 남자 …… 약국 카운터 앞에서 탄산음료를 홀짝거리는 키 작은 남자 …… 셋집 창틀에 걸쳐놓은 얼룩진 매트리스에 기대선 여자 …… 모퉁이에 차를 대고 있는 택시기사 …… 길가 카페 탁자에 난초꽃을 들고 앉아 있는 술 취한 숙녀 …… 껌 파는 치아 없는 여자 …… 당구장 문에 기대서 있는 반소매 차림의 사내 …… 그들이 나의 주인들이다. 나의 얼굴 없는 지배자들.

여기 서서 이 도시의 불 켜진 창들을 세어보라. 그 창들을 다 셀 수는 없다. 하지만 저 하늘까지 뻗어 있는 노란 직사각형 창들 안에는 사람들이 있다. 네가 만날 수는 없으되 너의 주인인 그들이 있다. 저녁식탁에, 거실에, 침대에, 지하실에, 서재에, 욕실에. 그들은 네 발 아래서 지하철을 타고 달려가고 있다. 네 주위의 건물들에서 엘리베이터를 타고 올라가고 있다. 버스를 타고 덜컹거리며 너를 지나쳐 달려가고 있다. 게일 와이낸드, 그들 모두가 너의 주인들이다. 너를 둘러싼 하나의 숨겨진 망이 있다. 그 망은 이 도시의 모든 전선줄보다 더 길고 물과 가스, 폐기물을 전달하는 파이프 망보다 더 거대하다.

너는 그 망에 묶여 있고, 이 도시의 모든 손이 그것을 조종하는 줄을 잡고 있다. 그 손들이 줄을 움직이면 너도 따라 움직인다. 너는 사람들을 지배했지만 너 역시 그들에게 구속되어 있었다.

'나의 이름 없는 무수한 주인들. 그들이 내게 펜트하우스와 사무실과 요트를 주었다. 그리고 난 그들에게 하워드 로크를 헐값에 팔아넘겼다.'

와이낸드는 동굴처럼 생긴 건물의 대리석 깔린 마당을 지나가고 있었다. 빛이 환하고 에어컨 바람이 시원하게 쏟아져 나왔다. 그곳은 영화관이었고 간판에 무지개색 글씨로 '로미오와 줄리엣'이라고 씌어 있었다. 매표소 유리 기둥에 걸린 플래카드 내용은 이렇게 되어 있었다. "셰익스피어의 불후의 고전! 그러나 어렵고 딱딱한 작품은 아니다! 그저 아름다운 사랑 얘기다. 브롱크스 출신 소년과 브루클린 출신 소녀의 만남. 우리 이웃들의 얘기. 바로 우리의 얘기."

와이낸드는 술집 문 앞을 지나쳤다. 김빠진 맥주 냄새가 났다. 한 여자가 탁자에 젖가슴이 짓눌린 채 웅크리고 앉아 있었다. 주크박스에서는 스윙곡으로 편곡한 바그너의 〈저녁별에게 부르는 노래〉가 흘러나오고 있었다.

센트럴파크의 나무들이 보였다. 와이낸드는 시선을 깔고 걸었다. 아키타니아 호텔을 지나고 있었던 것이다.

모퉁이에 이르렀다. 신문 가판대가 있을 만한 모퉁이들은 피해서 걸어왔는데 결국 발길이 닿고 말았다. 주위가 어두운 데다, 문 닫힌 주유소 벽과 고가역(高架驛) 사이로 길이 이어져 있었던 것이다. 저만치 달려가는 트럭의 궁둥이가 보였다. 거기 쓰인 이름은 못 봤지만 무슨 트럭인지 알 수 있었다. 고가역 철제 계단 아래 신문 가판대가 웅크리고 있었다. 와이낸드는 천천히 시선을 움직였다. 새로 나온 신문 더미가 보였다. 내일 자 〈배너〉였다.

와이낸드는 그리로 가까이 가지 않았다. 걸음을 멈춘 채 기다렸다. 사실 확인을 몇 분은 더 미룰 수 있다고 생각했다.

얼굴 없는 사람들이 하나씩 와서 신문 가판대 앞에 섰다. 그들은 다른 신문을 사러 왔지만 〈배너〉 1면을 보고 〈배너〉도 샀다. 와이낸드는 벽에 붙어 서서 기다렸다. 그는 자신이 신문에 뭐라고 썼는지 자신이 마지막으로 읽는 것이 옳다고 생각했다.

이제 더는 미룰 수가 없었다. 손님의 발길이 끊기고 신문들이 노란 전구 불빛 아래서 그를 기다리고 있었다. 불빛 너머에 있는 판매원의 모습은 보이지 않았다. 거리도 비어 있었다. 돌로 포장된 바닥과 지저분한 벽, 철제 기둥들만 보였다. 벽에는 불 켜진 창들이 있었지만 그 안에서 사람들이 돌아다니는 것 같지는 않았다. 머리 위에서 기차가 굉음을 내며 지나갔고, 그 기다란 금속음이 진저리를 치며 철제 기둥들을 지나 땅속까지 파고들었다. 운전자도 없는 거대한 쇳덩이가 밤을 뚫고 돌진하는 듯했다.

와이낸드는 그 소리가 사라지기를 기다렸다가 신문 가판대로 갔다. "〈배너〉 주시오." 그가 말했다. 판매원은 어둠 속에 묻혀 있어서 남자인지 여자인지도 알 수 없었다. 신문을 내미는 울퉁불퉁한 갈색 손만 보였다.

와이낸드는 걸음을 옮겼지만 길을 건너다 우뚝 멈췄다. 1면에 실린 로크의 사진을 본 것이다. 멋진 사진이었다. 침착한 얼굴, 날카로운 광대뼈, 단호한 입. 와이낸드는 고가역 기둥에 기대 사설을 읽기 시작했다.

> 우리는 늘 두려움이나 편견 없이 독자들에게 진실을 전하고자 노력해왔고 …… 극악한 범죄의 혐의를 받고 있는 사람에게도 관대한 배려와 믿음을 …… 그러나 면밀한 조사 결과 새로운 증거가 밝혀졌고, 이에 우리는 그동안 우리가 지나치게 너그러웠음을 솔직하게 인정하지 않을 수 없고 …… 우리 사회는 소외된 계층에 대한 새로운 책임의식에 눈떴으며 …… 우리는 여론의 목소리에 동참하여 …… 하워드 로크의 과거 경력과 인간성이 그가 위험하고 부도덕하며 반사회적인 인간이라는 광범위한 인식을 뒷받침하며 …… 하워드 로크는 유죄선고를 받을 수밖에 없으며, 법이 허용하는 가장 가혹한 벌을 받아야만 한다.

사설 맨 끝에는 '게일 와이낸드'라는 서명이 있었다.

얼마나 걸었을까, 문득 고개를 드니 불이 환히 밝혀진 깔끔한 거리에 와 있었다. 와이낸드는 진열장 안의 새틴 의자에 요염하게 몸을 꼬고 앉아 있는 밀랍인형을 보았다. 밀랍인형은 연어색 네글리제와 아크릴 샌들 차림이었고 한 손가락에 진주목걸이가 걸려 있었다.

와이낸드는 언제 신문을 떨어뜨렸는지 기억이 나지 않았다. 그는 이제 빈손이었다. 뒤를 흘낏 돌아보았다. 어느 길로 왔는지도 모르는데 길에 떨어뜨린 신문을 다시 찾는다는 건 불가능한 일이다. 게다가 굳이 그럴 필요도 없다. 다른 신문들도 다 똑같으니까. 이 도시에는 그런 신문들이 널렸으니까.

"당신과의 만남은 내 인생에서 다시는 없을 소중한 인연이에요……."

'하워드, 난 저 사설을 이미 40년 전에 썼네. 열여섯 살 때 셋집 옥상에 서서 도시의 불빛을 바라보던 그 밤에.'

와이낸드는 다시 걸음을 옮겼다. 또 하나의 거리가 앞에 펼쳐져 있었다. 긴 어둠이 뚝 끊기고 일련의 초록 신호등들이 지평선까지 뻗어 있었다. 마치 끝이 없는 묵주알처럼. 와이낸드는 이제 초록 묵주알에서 초록 묵주알까지 걸어가고 있다고 생각했다. 그렇게 걸어가는 동안 연신 귓전을 울리는 말이 있었다. 메아 쿨파, 메아 쿨파, 메아 막시마 쿨파(Mea culpa, mea culpa, mea maxima culpa: 내 탓이오, 내 탓이오, 내 큰 탓이로소

이다).

와이낸드는 닳아서 해진 중고 신발들이 진열된 진열창, 문 위에 십자가가 달린 선교회 건물, 2년 전에 출마한 선거 후보자의 너덜거리는 포스터, 썩어가는 채소들을 길에 내놓은 식료품점을 지나쳤다. 거리들이 점점 좁아지고 벽과 벽 사이가 가까워져갔다. 강 냄새가 났고 드문드문 밝혀진 불빛들 너머로 안개 뭉치들이 보였다.

그는 헬스 키친에 와 있었다.

주위의 건물들은 갑자기 노출된 비밀스런 뒷마당의 벽 같았다. 그 황폐함은 프라이버시나 창피함을 이미 넘어선 수준이었다. 길모퉁이 술집에서 시끄러운 소리가 들려왔는데 환호성인지 싸우는 소리인지 구분할 수가 없었다.

와이낸드는 거리 한복판에 서 있었다. 그는 길바닥의 검은 균열들을 천천히 살펴보다가 시선을 들어 지저분한 벽들을, 창문들을, 지붕들을 보았다.

'난 여기서 벗어나지 못한 거야. 난 여길 벗어나지 못했어. 난 식품점 주인에게, 연락선 갑판원들에게, 당구장 주인에게 굴복한 거야. 어디서 감히 주인 행세야? 어디서 감히 주인 행세야? 게일 와이낸드, 넌 어디서든 주인이었던 적이 없어. 그들이 주인이었어.'

와이낸드는 도시 저편의 위대한 마천루들을 바라보았다. 검은 공간에 받침대도 없이 솟아 있는 빛들. 그 어디에도 닻을 내리지 않고 하늘에 독자적으로 걸려 있는 빛나는 봉우리, 찬란한 작은 네모. 와이낸드는 그 빛들을 품고 있는 유명한 건물들을 알았기에 어두운 공간에 그 건물들의 형체를 그릴 수 있었다. '그대들은 나의 재판관들이고 목격자들이다. 그대들은 무너져가는 지붕들 위로 우뚝 솟아 있다. 지쳐 늘어진 종속적인 세상에서 벗어나 별들을 향해 멋지게 뻗어 있다. 바다로 1킬로미터만 나가도 아무것도 보이지 않겠지만 그대들은 여전히 도시의 상징으로 남을 것이다. 역사 속에서 몇 사람의 고결한 인물들이 인류의 존재를 상징하는 것처럼 말이다. 거리들이 변해도 그대들은 변함없는 모습으로 서 있다. 그대들은 오늘 밤 내가 도시를 배회하는 모습을 지켜봤다. 그대들은 내 평생의 행적을 지켜봤다. 내가 배신한 건 그대들이다. 왜냐하면 나는 그대들과 같은 존재가 될 운명을 지니고 태어났기 때문이다.'

와이낸드는 계속 걸었다. 깊은 밤이었다. 인적 없는 거리에 동그란 가로등 불빛만 비치고 있었다. 이따금 들리는 택시 경적 소리는 빈 집에 울리는 초인종 소리 같았다. 와이낸드는 걸어가면서 길바닥에, 공원 벤치에, 모퉁이 철망 쓰레기통에 버려진 신문들을 보았다. 〈배너〉가 눈에 많이 띄었다. 오늘 밤이 도시에서 〈배너〉가 많이 읽힌 모양이었다. '앨버, 발행 부수가 늘고 있군.'

와이낸드는 걸음을 멈추었다. 하수구에 버려져 있는 신문의 1면이 펼쳐져 있었다. 〈배너〉였다. 로크의 사진이 보였다. 로크의 얼굴에 회색 신발 자국이 나 있었다. 와이낸드는 천천히 몸을 구부려 신문을 집었다. 1면을 접어 주머니에 넣었다. 그리고 다시 걷기 시작했다.

'그들이 로크의 얼굴을 짓밟고 돌아다니도록 풀어준 건 바로 나다. 내가 그들 모두를 풀어줬다. 나를 파멸시킨 모든 사람은 나의 작품이다. 스스로의 무능에 갇혀 있던 괴물들. 그들을 내가 풀어줬다. 그들은 무력한 상태로 남아 있어야 했다. 아무것도 할 수 없는 상태로. 그런데 내가 그들에게 무기를 줬다. 그들에게 내 힘과 에너지, 생명력을 줬다. 나는 하나의 거대한 목소리를 만들어 그들이 그 목소리로 명령할 수 있게 해주었다. 배너 빌딩 앞에서 내 얼굴에 사탕무 잎을 던진 여자는 그런 행동을 할 권리가 있었다. 내가 그렇게 하도록 만들어줬으니까. 누구든 배신할 수 있고 용서받을 수 있다. 하지만 자신의 위대성을 지킬 용기가 없는 자는 예외다. 앨버 스카럿은 용서될 수 있다. 그는 배신할 게 없으니까. 미첼 레이턴도 용서될 수 있다. 하지만 난 아니다. 난 간접 인생을 살도록 태어난 사람이 아니니까.'

17

구름 한 점 없는 시원한 여름날이었다. 태양이 눈에 보이지 않는 물의 막에 가려져 열에너지가 청명함으로 바뀐 듯 도시의 건물들이 유난히 선명하게 보였다. 거리들에는 마치 잿빛 거품을 뿌려놓은 듯 〈배너〉가 무수히 널려 있었다. 도시는 와이낸드의 굴복 선언을 읽으며 낄낄거렸다.

"끝이야." 와이낸드 신문 불매운동 위원장 거스 웨브가 말했다. "교묘하게 잘 빠져나왔군." 아이크가 말했다. "위대한 게일 와이낸드 회장이 어떤 얼굴을 하고 있을지 꼭 보고 싶군요." 샐리 브렌트의 말이었다. "때가 됐지." 호머 슬로턴이었다. "정말 멋지지 않아요? 와이낸드가 굴복하다니." 한 말수 적은 여자가 말했다. 그녀는 와이낸드에 대해 거의 아는 게 없고 이번 사건에 대해서는 전혀 몰랐지만 사람들이 굴복했다는 소식을 듣는 걸 좋아했다. 어느 집 부엌에서는 저녁식사가 끝난 후 뚱뚱한 주부가 접시에 남은 음식을 긁어모아 신문지에 싸서 버렸다. 그녀는 원래 신문 1면은 읽지 않고 사랑 이야기가 나오는 연재소설만 읽었다.

"굉장한 소식이긴 한데, 전 그 노조의 결정에 정말 화가 나요. 엘즈워스, 그들이 어떻게 그런 식으로 당신을 배신할 수 있죠?" 랜슬롯 클로키가 말했다.

그러자 엘즈워스 투히가 대꾸했다.

"랜스, 멍청이처럼 굴지 말게."

"그게 무슨 말씀이세요?"

"내가 노조에 그렇게 시킨 거네."

"**당신이** 시켰다고요?"

"그래."

"하지만 그럼 '하나의 작은 목소리'는……."

"'하나의 작은 목소리'는 한 달쯤 더 기다려도 돼, 안 그런가? 오늘 〈배너〉에 복직할 수 있도록 노동위원회에 제소했네. 랜스, 고양이 가죽을 벗기는 방법은 한 가지만 있는 게 아니라네. 일단 등뼈를 부러뜨리면 가죽 벗기는 일은 별 것 아니지."

그날 저녁 로크는 와이낸드의 펜트하우스로 찾아가 초인종을 눌렀다. 집사가 문을 열고 말했다. "로크 씨, 회장님께서 만나지 않으시겠답니다." 로크는 길 건너편에 서서 펜트하우스를 올려다보았다. 와이낸드의 서재에 불이 밝혀져 있었다.

로크는 아침에 배너 빌딩으로 찾아갔다. 그러나 비서가 이렇게 전했다. "로크 씨, 회장님께서 만나지 않으시겠답니다." 그러고는 정중한 목소리로 덧붙였다. "회장님께서 앞으로 다시는 만나고 싶지 않다고 전하라고 하셨습니다."

로크는 와이낸드에게 긴 편지를 썼다. "게일, 이해합니다. 나도 당신이 이런 결과를 피할 수 있기를 바랐지만, 어차피 피할 수 없는 결과였으니 지금부터 다시 시작하면 됩니다. 나는 당신이 자신에게 하고 있는 일이 무엇인지 압니다. 당신은 나를 위해 그 일을 하고 있는 게 아니고, 그 일이 내게 달려 있지도 않죠. 하지만 혹 당신에게 도움이 된다면 지금까지 내가 당신에게 했던 모든 이야기를 다시 하고 싶습니다. 내겐 아무것도 달라진 게 없습니다. 당신은 예전의 당신 그대로예요. 나는 지금 당신을 용서한다는 말을 하고 있는 게 아닙니다. 우리 사이엔 그런 문제가 있을 수 없으니까요. 하지만 당신이 스스로를 용서할 수 없다면, 내가 대신 용서하면 안 될까요? 이번 일은 중요하지 않고 당신에게 내려진 최후의 판결도 아닙니다. 부디 이번 일은 잊으세요. 회복될 때까지 내 신념에 의지하세요. 물론 타인에게 신념을 빌려줄 순 없는 일이지만, 내가 지금도 당신에게 예전과 같은 의미를 지닌 존재라면 얼마든지 가능하리라 생각합니다. 내게 수혈을 받는다고 생각하세요. 당신에겐 꼭 필요한 일입니다. 받아주세요. 그건 파업과의 싸움보다도 더 어려운 일이죠. 부디 나를 위해서라도 그렇게 해주세요. 돌아오세요. 또 기회가 있을 겁니다. 지금 당신이 잃어버렸다고 생각하는 건 잃어버릴 수도, 되찾을 수도 없는 것입니다. 그걸 버리지 마세요."

그 편지는 개봉도 안 된 채 되돌아왔다.

앨버 스카럿이 〈배너〉의 운영을 맡았다. 와이낸드는 사무실에 앉아 있기만 했다. 그는 벽에 걸려 있던 로크의 사진을 떼어버렸다. 그는 광고 계약과 회계 관련 일은 보았다. 하지만 편집 정책은 스카럿에게 재량권을 주었다. 그는 〈배너〉의 내용을 읽지도 않았다.

어느 부서에서든 와이낸드가 나타나면 다들 예전처럼 복종적인 자세를 취했다. 그는 여전히 기계 같은 존재였고, 직원들은 그가 더 위험한 존재가 되었다는 걸 알고 있었다. 그는 연소장치나 브레이크도 없이 내리막길을 달려가는 자동차와도 같았다.

와이낸드는 펜트하우스에서 잤다. 그는 도미니크를 만나지 않고 있었다. 스카럿이 그녀가 시골로 돌아갔다고 전해주었다. 와이낸드는 딱 한 번, 비서에게 코네티컷에 전화를 걸도록 지시했다. 비서가 전화로 집사에게 사모님이 집에 계시는지 묻는 동안 그는 비서의 책상 옆에 서 있었다. 집사가 그렇다고 대답했다. 비서는 전화를 끊었고 와이낸드는 자기 방으로 들어갔다.

와이낸드는 며칠 혼자만의 시간을 가진 후 도미니크에게 돌아가리라 생각했다. 이제 도미니크는 애초에 그녀가 원했던 대로 명실상부한 '와이낸드 신문들의 안주인'이 될 터였다. 그는 그걸 받아들이게 될 터였다.

와이낸드는 초조감을 못 이겨 괴로워하며 자신에게 말했다. '기다려. 기다리라고. 넌 지금의 처지에서 그녀를 대하는 법을 배워야만 해. 거지가 되는 훈련을 하는 거야. 네게 과분한 것들을 요구해선 안 되지. 넌 그녀와 평등하려고도, 그녀에게 저항하려고도 해선 안 돼. 그녀에게 힘을 행사하지 않는 걸 자랑스러워해서도 안 되고. 오직 받아들이기만 해야 돼. 그녀에게 아무것도 줄 게 없는 남자로, 그녀가 허락하는 대로 살게 될 남자로 그녀 앞에 서는 거야. 그건 굴욕이지만 그녀에게서 나오는 것이니까 그녀와 너를 묶어주는 끈이기도 하지. 네가 모든 걸 인정하고 있다는 것을 그녀에게 보여줘. 위엄의 포기를 솔직하게 인정하는 것도 위엄 있는 일이지. 그걸 배워. 기다려…….' 와이낸드는 펜트하우스 서재에서 의자 팔걸이에 머리를 얹고 있었다. 그곳의 텅 빈 방들에는 그를 지켜보는 눈이 없었다. …… '도미니크, 난 당신이 절실히 필요하다는 것 외엔 주장할 게 없겠지. 당신을 사랑한다는 것 외엔. 언젠가 난 당신에게 그것에 대해 신경 쓰지 말라고 했지. 그런데 이제 그걸 이용하려 하고 있어. 이용할 거야. 도미니크, 당신을 사랑해…….'

도미니크는 호숫가에 누워 있었다. 그녀는 언덕 위의 집을, 머리 위의 나뭇가지들을 바라보았다. 깍지 낀 손을 베고 누워 하늘을 배경으로 움직이는 나뭇잎들을 지켜보았다. 그녀는 주위의 풍경을 감상하는 일에 진지하게 집중해 있었고 완전한 만족감을 얻었다. '저건 참 아름다운 초록이야. 식물의 색깔과 다른 물체의 색깔에는 차이가 있다. 식물의 색깔에는 빛이 들어 있다. 저건 그냥 초록이 아니라 나무의 생명력이 표출된 것이다. 굳이 시선을 움직여 나뭇가지와 줄기, 뿌리를 다 보지 않아도 저 색깔로 모든 걸 볼 수 있다. 나뭇잎 가장자리의 빛은 태양이고 그것 역시 볼 필요가 없다. 나는 오늘 이곳 풍경 전체를 알 수 있다. 저 흔들리는 동그란 빛들은 …… 호수다. 저 특별한 빛들은 수면에서 굴절되어 나오는 것이다. 오늘 호수는 아름답다. 하지만 호수를 직접 보는 것보다 저 동그란 빛들을 보고 짐작만 하는 게 더 낫다. 나는 예전에는 세상의 모습을 즐길 수가 없었다. 그건 무척이나 멋진 배경이지만 그저 배경일 뿐 다른 의미는 없다. 그런데 난 그걸 소유한 이들에 대해 생각하며 커다란 마음의 상처를 받았다. 이제 난 세상을 사랑할 수 있다. 그들의 소유가 아니니까. 그들은 아무것도 소유하지 못했다. 아무것도. 나는 게일 와이낸드의 삶을 지켜봤고, 이제 진실을 안다. 그들 때문에 세상을 증오해선 안 된다. 세상은 아름답다. 그건 하나의 배경이지만, 그들의 배경이 아니다.'

도미니크는 이제 자신이 무엇을 해야 하는지 알았다. 하지만 며칠 말미를 가질 생각이었다. '나는 행복을 제외한 모든 걸 견디는 법을 배웠다. 이제 행복을 견디는 법을 배워야 한다. 행복의 무게에 무너지지 않는 법을 배워야 한다. 이제 내

겐 그 훈련만 남아 있다.'

로크는 머나드녹 계곡에 있는 자신의 집 창가에 서 있었다. 그는 여름 동안 그 집을 빌려놓고 조용히 휴식을 취하고 싶을 때 찾아갔다. 조용한 저녁이었다. 선반 모양의 바위 위 창문에서 내려다보니 어두운 나무꼭대기들 위로 황혼의 빛 한 줄기가 뻗어 있었다. 그의 집 아래로 다른 집들이 있지만 눈에 보이지는 않았다. 그는 다른 입주자들과 마찬가지로 이 휴양지의 구조가 무척이나 마음에 들었다.

그의 집 쪽으로 자동차가 달려오는 소리가 들렸다. 로크는 놀라서 귀를 기울였다. 찾아올 손님이 없었던 것이다. 차가 멈췄다. 로크는 문을 열어주러 갔다. 그는 도미니크를 보고 놀라지 않았다.

도미니크는 반시간 전에 잠깐 나갔던 것 같은 모양새로 들어왔다. 모자도 쓰지 않고 스타킹도 신지 않고 있었다. 한적한 시골길에나 어울리는 샌들과 원피스 차림이었다. 몸에 꼭 맞는 진청색 리넨 반소매 원피스는 정원을 손질할 때 입는 작업복 같았다. 그녀는 세 개의 주를 거쳐 달려온 게 아니라 언덕 아래로 잠깐 산책을 나갔다 온 듯했다. 로크는 굳이 엄숙함이 필요하지 않은 것이 오히려 이 순간의 엄숙함을 말해준다고 생각했다. 굳이 이 순간을 강조하거나 따로 구분할 필요가 없었다. 중요한 건 오늘 저녁이라는 시간이 아니라 지난 7년이라는 세월 동안 완결된 의미니까.

"하워드."

로크는 자기 이름의 소리를 바라보고 있는 것처럼 서 있었다. 그는 원했던 것을 모두 갖고 있었다.

하지만 지금 이 순간까지도 고통으로 남아 있는 한 가지가 있었다.

"도미니크, 그가 회복될 때까지 기다려요."

"그는 회복될 수 없다는 걸 당신도 알잖아요."

"그에게 조금이라도 연민을 가져요."

"그들처럼 말하지 말아요."

"그에겐 선택의 여지가 없었소."

"신문사를 닫을 수도 있었어요."

"신문사는 그의 삶이었소."

"이건 내 삶이고요."

로크는 와이낸드가 사랑은 예외를 만드는 것이라고 말했던 걸 알지 못했다. 그리고 와이낸드는 지금 로크가 인생 최대의 예외를 만들려고 했을 만큼 자신을 사랑했음을 영원히 알 수 없을 것이다. 하지만 다음 순간, 로크는 모든 희생이 그러하듯 그게 부질없는 짓임을 깨달았다. 그는 자신의 결심에 서명하듯 말했다.

"당신을 사랑하오."

도미니크는 벽과 의자들로 이루어진 평범한 현실에서 지금

이 순간을 위해 훈련해온 것을 발휘할 힘을 얻기 위해 주위를 둘러보았다. 로크가 설계한 벽, 그가 사용하는 의자, 탁자 위에 놓인 그의 담뱃갑, 그 모든 일상용품이 지금 새롭게 찾은 삶 속에서는 눈부신 광휘를 낼 수 있었다.

"하워드, 난 당신이 법정에서 어떻게 할지 알고 있어요. 그러니 우리의 관계가 세상에 밝혀진다고 해도 아무 상관이 없을 거예요."

"아무 상관도 없을 거요."

"그날 밤 당신이 나를 찾아와 코틀랜드 얘기를 했을 때 난 당신을 막으려 하지 않았어요. 당신이 그 일을 해야만 한다는 걸, 당신 스스로 미래를 결정해야만 한다는 걸 알았으니까요. 이제 내 차례예요. 이게 내 코틀랜드 폭파예요. 그러니 당신은 날 막아선 안 돼요. 아무것도 묻지 말아요. 날 보호하려고도 하지 말아요. 내가 뭘 하든."

"난 당신이 뭘 할지 알고 있소."

"내가 그렇게 해야만 한다는 것도요?"

"그렇소."

도미니크는 한 팔을 굽혀 그 이야기를 어깨너머로 던져버리는 척했다. 그것으로 이야기는 끝난 것이다.

도미니크는 돌아서서 저쪽으로 걸어갔다. 그녀의 편안한 걸음걸이는 이곳이 그녀의 집이 되었음을, 앞으로 그녀의 삶에는 늘 그가 존재할 것임을, 지금 이 순간 그녀가 제일 하고 싶은 것, 즉 가만히 서서 그를 바라보는 것을 굳이 할 필요가 없음을 선언했다. 그녀는 또한 자신이 무엇을 미루고 있는지도 알았는데, 지금은 그것에 대한 마음의 준비가 되어 있지 않았고 앞으로도 마찬가지일 터였다. 도미니크는 탁자 위의 담뱃갑을 향해 손을 뻗었다.

로크가 뒤에서 그녀의 손목을 잡아당겨 자신에게로 돌려세웠다. 그러고는 그녀를 안고 입을 맞추었다. 도미니크는 이 순간을 기다리며 고통을 견뎌온 지난 7년의 세월이 과거로 사라져버린 것이 아니라 갈망에 갈망을 더해가며 계속 남아 있었음을, 지금도 자신이 그의 육체와 그 기다림의 세월을 함께 느낄 수밖에 없음을 알고 있었다.

도미니크는 그동안의 훈련이 큰 도움은 되지 못하고 있다는 생각이 들었다. 로크가 그녀를 안아 들고 의자로 가서 앉아 아이를 향해 웃듯 소리 없는 웃음을 보였지만, 걱정스럽고 조심스러운 듯 그녀를 안은 팔에서 힘을 풀지 않고 있었던 것이다. 도미니크는 그에게 숨길 것이 없다는 생각에서 속삭였다.

"그래요, 하워드. …… 그렇게 많이 힘들었어요……."

그러자 로크가 말했다. "나도 무척이나 힘들었소." 그제야 비로소 그 세월이 막을 내렸다.

도미니크는 바닥으로 미끄러져 내려가 로크의 무릎에 양 팔꿈치를 얹고 그를 올려다보며 미소 지었다. 그녀는 지금의 이 흰 평온은 모든 빛깔의 총합이며 그녀가 견뎌낸 모든 격랑의 결과물임을 알고 있었다. "하워드, …… 난 지금의 이 모습으로 당신과 함께 있을 거예요. …… 늘, 기꺼이, 완전히, 아무 조건 없이. 그들이 당신이나 내게 무슨 짓을 하든 아무 두려움 없이……. 당신이 원하는 방식대로……. 당신의 아내로서든, 정부로서든, 은밀하게든, 공개적으로든 …… 여기서든, 아니면 감옥 근처에 얻은 방에서든 …… 아무 상관도 없어요. …… 하워드, 당신이 재판에서 이긴다고 해도 …… 그래도 상관없어요. 당신은 이미 오래전에 이겼으니까. …… 난 당신 곁에 있을 거예요. …… 영원히, 당신이 원하는 대로……."

로크가 도미니크의 손을 잡았다. 도미니크는 그의 어깨가 자신을 향해 내려오는 것을 보았다. 그 역시 그녀처럼 이 순간에 굴복한 것이다. 도미니크는 고통은 말로 고백할 수 있어도 행복은 그럴 수 없음을, 행복의 고백은 상대에게 자신을 맡긴 채 벌거벗은 모습으로 서 있는 것임을 알고 있었다. 지금 두 사람은 거리낌 없이 서로에게 행복을 보여줄 수 있었다. 방 안이 캄캄해져서 창문과 로크의 어깨만 보였다.

도미니크는 눈에 햇살을 받으며 잠이 깼다. 그녀는 호숫가에 누워 나뭇잎을 바라보던 때처럼 천장을 바라보았다. 천장의 네모난 플라스틱 타일들에 비친 깨진 삼각형 모양의 빛들은 지금이 아침이고 이곳이 머나드녹의 침실임을 의미했다. 천장의 빛과 구조의 기하학은 로크가 설계한 것이었다. 빛이 흰 것은 지금이 아주 이른 시각이고, 그 빛이 깨끗한 시골 공기를 통해 이곳에 이르렀으며, 침실과 태양 사이에 아무것도 없음을 의미했다. 그리고 그녀의 알몸을 덮고 있는 묵직한 담요는 어젯밤의 모든 일을 말해주었다. 그녀의 팔에 닿은 살은 옆에서 자고 있는 로크였다.

도미니크는 침대에서 빠져나왔다. 그녀는 창가에 서서 양팔을 들어 창틀을 잡았다. 지금 뒤를 돌아보면 바닥에 자신의 그림자가 없을 것 같았다. 몸에 아무런 무게감이 없어서 마치 햇살이 그녀의 몸을 바로 투과할 것 같았다.

하지만 그가 깨기 전에 서둘러야 했다. 도미니크는 서랍장에서 로크의 파자마를 꺼내 입었다. 그러고는 거실로 나가 침실 문을 조심스럽게 닫았다. 그녀는 수화기를 들고 교환원에게 제일 가까운 보안관 사무실에 연결해달라고 했다.

"난 게일 와이낸드 부인이에요. 지금 머나드녹 계곡에 있는 하워드 로크 씨 집에서 전화하는 거예요. 어젯밤 여기서 내 스타사파이어 반지를 도난당했어요. …… 5,000달러 정도 되는 거예요. …… 로크 씨가 선물한 거예요. …… 한 시간 안으로 와주실 수 있나요? …… 고마워요."

도미니크는 부엌으로 가 커피를 끓이며 커피 주전자 아래서 전기 버너가 빨갛게 달아오르는 모습을 지켜보았다. 그녀는 세상에서 그렇게 아름다운 불빛은 처음 본다고 생각했다.

도미니크는 거실의 커다란 창문 옆에 식탁을 차렸다. 로크가 가운만 걸치고 나와서는 그녀가 자신의 파자마를 입고 있는 걸 보고 웃음을 터뜨렸다. 도미니크가 말했다. "옷 입지 말고 그냥 앉아요. 우리 아침 먹어요."

식사가 끝나갈 무렵, 밖에서 자동차 멈추는 소리가 들렸다. 도미니크는 미소를 머금고 문을 열러 갔다.

보안관과 부보안관, 그리고 지역신문에서 나온 기자 둘이 와 있었다.

"안녕하세요. 들어오세요." 도미니크가 말했다.

"와이낸드 …… 부인이신가요?" 보안관이 물었다.

"맞아요. 게일 와이낸드 부인이에요. 들어와서 앉으세요."

로크의 검은 파자마가 너무 커서 바지가 내려가지 않도록 허리에 맨 띠 위로 옷자락이 불룩 튀어나오고 소매는 손끝까지 내려왔지만, 도미니크는 화려한 드레스를 입은 것처럼 우아하고 기품 있는 자세를 취했다. 그 상황을 이상하게 여기지 않는 사람은 그녀뿐이었다.

보안관은 어찌할 바를 모르겠는 듯 수첩만 움켜쥐고 있었다. 도미니크가 노련한 여기자 출신답게 그가 적절한 질문들을 하도록 이끌고 정확하게 답변해주었다.

"백금에 스타사파이어를 박은 반지예요. 잠자리에 들기 전에 빼서 여기 탁자 위, 핸드백 옆에 뒀는데……. 어젯밤 10시경에요. …… 아침에 일어나보니 없어졌어요. …… 예, 이 창문이 열려 있었고요. …… 아뇨, 우린 아무 소리도 듣지 못했어요. …… 아뇨, 보험은 못 들었어요. 그럴 시간이 없었어요.

로크 씨가 최근에 준 거라. …… 아뇨, 하인도 없고 다른 손님도 없었어요. …… 예, 집 안을 살펴봐주세요. …… 거실, 침실, 욕실, 주방……. 물론 두 분도 함께 찾아봐도 돼요. 신문사에서 나오셨죠? 나한테 묻고 싶은 게 있나요?"

더 물을 것도 없었다. 완벽한 취재가 끝났으니까. 기자들은 이런 사건을 이렇게 쉽게 취재한 적이 없었다.

도미니크는 한 번 로크의 얼굴을 흘낏 본 후에는 다시는 그에게 시선을 주지 않았다. 하지만 로크는 약속을 지켰다. 그는 도미니크를 막으려고도, 보호하려고도 하지 않았다. 그리고 질문을 받으면 그녀의 진술에 맞게 대답했다.

보안관 일행이 떠났다. 그들은 빨리 자리를 뜨고 싶은 기색이었다. 보안관은 반지를 찾기 위해 집을 수색할 필요가 없다는 걸 아는 듯했다.

도미니크가 말했다.

"미안해요. 당신한텐 끔찍했을 거예요. 하지만 신문에 나려면 이 방법밖에 없어요."

"당신의 스타사파이어 반지 중에 어떤 게 내가 준 건지는 말해줬어야지."

"난 스타사파이어 반지가 없어요. 스타사파이어를 안 좋아하거든요."

"코틀랜드 폭파보다 더 철저했소."

"그래요. 이제 게일을 그가 속한 곳으로 완전히 보내버린 거예요. 당신보고 '부도덕하고 반사회적인 인간'이라고요? 그는 이제 〈배너〉가 나를 더럽히는 걸 보게 될 거예요. 그를 왜 봐줘야 하죠? 미안해요. 하워드, 난 당신처럼 자비심이 없어요. 난 그 사설을 읽었어요. 그러니 아무 말 말아요. 자기희생에 대한 얘기는 꺼내지도 말아요. 그럼 폭발해버릴 거예요. 난 보안관이 생각하는 것만큼 강한 여자가 아니에요. 당신을 위해 이런 일을 벌인 게 아니에요. 오히려 당신을 더 곤란하게 만들었죠. 사람들이 당신에게 퍼부을 공격거리에 스캔들을 하나 더 보탠 거니까요. 하지만 하워드, 이제 우린 함께 서 있어요. 그들 모두에 대항해서. 당신은 죄수가, 난 간통녀가 되겠죠. 하워드, 내가 싸구려 식당마차와 사람들이 창문 밖으로 내다보는 걸 두려워했던 거 기억하죠? 하지만 이제 우리가 함께 보낸 어젯밤이 신문들에 지저분하게 도배되는 것도 두렵지 않아요. 내 사랑, 내가 왜 행복하고 자유로운지 알아요?"

로크가 대답했다.

"도미니크, 지금 당신이 울고 있는 것에 대해 앞으론 절대 얘기하지 않겠소."

그날 뉴욕의 모든 석간신문에 그 기사가, 남자용 파자마와 가운, 아침 식탁, 1인용 침대 이야기까지 자세히 실렸다.

앨버 스카릿이 와이낸드의 방으로 들어가 책상에 신문들을 던졌다. 스카릿은 자신이 와이낸드를 얼마나 깊이 사랑하고 있었는지 처음으로 깨닫게 되었고, 몹시도 속이 상해서 그 사랑을 분노에 찬 욕설로밖에 표현할 수가 없었다.

"빌어먹을! 회장님은 세상에 둘도 없는 바보예요! 이게 다 자업자득이라고요! 아주 꼴좋게 됐어요! 이제 어떻게 하실 거예요?"

와이낸드는 기사를 읽고 계속 신문을 응시하고 있었다. 스카럿은 책상 앞에 서 있었다. 아무 일도 일어나지 않았다. 사무실 책상에서 신문을 읽고 있는 평범한 풍경이었다. 스카럿은 신문을 들고 있는 와이낸드의 손을 살펴보았지만 양손 다 흔들림이 없었다. 하지만 정상적인 경우라면 그렇게 미동도 않고 신문을 들고 있을 수가 없었다.

와이낸드가 고개를 들었다. 그의 눈빛에는 아무 이상이 없었고, 스카럿이 여기서 뭘 하고 있는 것인지 궁금해하는 듯한 약간의 놀라움만 들어 있을 뿐이었다. 스카럿이 공포에 차서 속삭이듯 말했다.

"회장님, 이제 어떻게 하죠?"

"실어야지. 뉴스니까." 와이낸드가 대답했다.

"하지만 …… 어떻게요?"

"자네 좋을 대로."

스카럿은 지금이 아니면 영원히 기회가 없으며 다시는 그런 시도를 할 용기가 나지 않을 것임을 알았기에, 그리고 도저히 이대로는 발걸음이 떨어지지 않았기에 불쑥 말했다.

"회장님, 이혼하셔야 합니다." 스카렛은 꼼짝도 않고 서서 와이낸드를 외면한 채 용기를 잃지 않으려고 소리쳐 말했다. "회장님, 이제 선택의 여지가 없습니다! 남은 위신이라도 지켜야 한다고요! 회장님이 먼저 이혼 소송을 내야 합니다!"

"좋아."

"그러시겠어요? 지금 즉시요? 변호사에게 즉시 이혼 서류를 제출하라고 할까요?"

"좋아."

스카렛은 황급히 밖으로 나갔다. 그는 자신의 방으로 달려 들어가 문을 쾅 닫고 와이낸드의 변호사에게 전화를 걸었다. 그는 상황을 설명한 뒤 계속 되풀이해서 말했다. "폴, 만사 제쳐놓고 지금 당장 소송을 내요. 폴, 지금, 오늘, 서둘러요, 폴, 회장님 마음이 바뀌기 전에!"

와이낸드는 차를 몰고 시골 저택으로 갔다. 도미니크가 거기서 기다리고 있었다.

와이낸드가 방으로 들어가자 도미니크는 의자에서 일어섰다. 그녀는 가구가 둘 사이를 가로막지 않도록 앞으로 나섰다. 그녀는 와이낸드에게 자신의 온몸을 보이고 싶었다. 와이낸드는 빈 공간을 사이에 두고 그녀를 바라보고 있었는데, 마치 객관적인 관찰자 입장에서 두 사람을 지켜보고 있는 듯한 눈빛이었다.

도미니크는 잠자코 기다렸지만 와이낸드는 아무 말도 하지 않았다.

"게일, 내가 발행 부수를 올릴 만한 기삿거리를 제공했죠."

와이낸드는 그녀의 말을 듣고도 이제 아무 상관이 없다는 표정을 짓고 있었다. 그건 예금이 초과 인출된 계좌를 정지시키기 위해 결산 처리를 하고 있는 은행원에게 어울리는 표정이었다. 그가 물었다.

"한 가지 알고 싶은 게 있소. 당신이 대답해줄 수 있다면 말이오. 나와 결혼한 후 그게 처음이었소?"

"그래요."

"하지만 처음은 아니었지?"

"그래요. 그가 내 첫 남자였어요."

"내가 그걸 눈치 채지 못했다니. 당신은 스토더드 재판 직후에 피터 키팅과 결혼했는데."

"모든 걸 알고 싶으세요? 난 말해주고 싶어요. 그가 화강암 채석장에서 일하고 있을 때 처음 만났어요. 당신들은 다시 그를 감옥에 처넣게 되겠죠. 아무튼 그는 그때 채석장에서 일하고 있었어요. 그는 내 허락을 구하지 않았어요. 날 강간했죠. 그렇게 시작된 거예요. 그것도 이용하고 싶어요? 〈배너〉에 싣고 싶어요?"

"그는 당신을 사랑했군."

"그래요."

"그런데도 우리에게 이 집을 지어줬어."

"그래요."

"그냥 알고 싶었소."

와이낸드는 돌아섰다.

"빌어먹을!" 도미니크가 외쳤다. "이런 식으로 받아들일 수 있다면 당신은 그런 모습이 되지 말아야 했어요!"

"바로 그래서 받아들이는 거요."

와이낸드는 방에서 나가 살며시 문을 닫았다.

그날 저녁 가이 프랭컨은 도미니크에게 전화를 걸었다. 그는 은퇴 후 채석장 근처에 있는 저택에서 혼자 살고 있었다. 도미니크는 종일 아무 전화도 받지 않았지만 하녀가 프랭컨 씨 전화라고 전하자 수화기를 받아들었다. 도미니크는 불호령이 떨어질 걸 예상했지만 수화기를 통해 들려온 아버지의 목소리는 부드러웠다.

"도미니크니?"

"네, 아버지."

"지금 와이낸드를 떠날 거냐?"

"예."

"뉴욕으로 돌아가면 안 돼. 그럴 필요는 없어. 도를 넘는 행동은 하지 마라. 이리 와서 나와 함께 지내자. 코틀랜드 재판 때까지."

그가 말하지 않은 것들이, 단호하고 단순하고 다행스러워하는 듯한 목소리가 도미니크를 이렇게 대답하게 만들었다.

"좋아요, 아버지. 자정쯤 도착할 거예요. 우유랑 샌드위치 좀 준비해주세요." 그건 지치고 어리광 섞인 소녀의 목소리, 딸의 목소리였다.

"과속하지 마라. 넌 과속하는 습관이 있어. 도로가 별로 좋지 않아."

도미니크가 도착하자 가이 프랭컨은 문간에서 그녀를 맞아주었다. 부녀는 미소를 나누었고, 도미니크는 아버지가 아무런 질문도 질책도 하지 않을 것임을 알았다. 프랭컨은 딸을 작은 거실로 데려갔는데, 거기 어두운 잔디밭을 향해 열려 있는 창문 옆에 식탁이 차려져 있었다. 풀 냄새와 탁자의 양초 냄새, 은빛 화병에 든 재스민 향기가 났다.

도미니크는 탁자에 앉아 차가운 유리잔을 잡았고, 프랭컨은 맞은편에 앉아 평온하게 샌드위치를 씹었다.

"아버지, 얘기하고 싶으세요?"

"아니. 어서 우유 마시고 자야지."

"알았어요."

프랭컨은 컬러 이쑤시개에 꽂힌 올리브 하나를 집어 생각에 잠긴 얼굴로 이리저리 살펴보았다. 그러더니 딸을 흘낏 보았다.

"얘야, 도미니크. 나야 다 알 수는 없지만, 너한테 잘된 일이란 건 안다. 이번엔 진짜 짝을 만난 거지."

"그래요, 아버지."

"난 그래서 기쁘다."

도미니크는 고개를 끄덕였다.

"로크 씨에게 언제든지 놀러 와도 된다고 전해라."

도미니크는 미소를 머금었다. "아버지, 누구한테요?"

"그러니까 …… 하워드."

도미니크는 탁자에 팔을 올리고 거기 엎드렸다. 프랭컨은 촛불에 비친 딸의 금빛 머리칼을 바라보았다. 도미니크는 몸은 가누기 힘들어도 목소리는 낼 수 있었기에 이렇게 말했다. "이대로 잠들 것 같아요. 피곤해요."

프랭컨이 대답했다.

"도미니크, 그 친구는 무죄로 풀려날 거다."

와이낸드의 명령에 따라 날마다 뉴욕의 모든 신문이 그의 방으로 들여보내졌다. 와이낸드는 뉴욕에서 떠도는 이야기들을 한 글자도 빠짐없이 전부 읽었다. 사람들은 그 사건이 자작극이고 백만장자의 아내가 그런 상황에서 겨우 5,000달러짜리 반지를 잃어버렸다고 경찰에 신고할 리가 없다는 걸 알면서도 그 이야기를 기정사실로 받아들이고 저마다 의견을 달았다. 그중에서 가장 모욕적인 비난을 퍼부은 것은 다름 아닌 〈배너〉였다.

앨버 스카럿은 평생 그토록 진실한 열정으로 무언가에 헌신한 적이 없었다. 그는 혹시 과거에 자신이 와이낸드에게 불충을 저질렀다면 속죄할 기회가 온 것이라고 생각했다. 그에게는 와이낸드의 명성을 회복시킬 방법이 보였다. 그는 와이낸드를 타락한 여자의 유혹에 넘어간 사랑의 희생자로 만들었다. 도미니크가 남편을 꼬드겨 부도덕한 범죄자를 옹호하도록 만든 것이라고, 그녀가 내연의 남자를 위해 남편의 신문사를, 남편의 지위와 명성, 평생의 업적을 희생시키려 했다고 몰아갔다. 스카럿은 비극적이고 자기희생적인 사랑을 내세워 독자들에게 와이낸드를 용서해달라고 애걸했다. 도미니크를 강도 높게 비난할수록 와이낸드에 대한 동정 여론은 더 커질 것이라는 게 스카럿의 계산이었고, 그 계산은 맞아떨어졌다. 대중, 특히 〈배너〉의 옛 여성 독자들이 반응을 보였다. 그리고 〈배너〉는 천천히 힘겹게나마 다시 일어서기 시작했다.

와이낸드를 위로하고 도미니크 프랭컨을 혹독하게 비난하는 편지들이 날아들었다. "회장님, 옛날로 돌아간 기분이에요. 옛날과 똑같아요!" 스카럿은 행복하게 말하며 그 편지들을 와이낸드의 책상 위에 쌓아놓았다.

와이낸드는 그 편지들을 갖고 사무실에 혼자 앉아 있었다. 게일 와이낸드에게는 그것이 세상에서 가장 견디기 힘든 고통임을 스카럿은 짐작조차 하지 못했다. 와이낸드는 억지로 그 편지들을 다 읽었다. 〈배너〉의 손길이 미치지 못하도록 안전하게 지키고자 했던 도미니크가…….

스카럿은 건물 안에서 와이낸드와 마주칠 때면 선생님의

칭찬을 기다리는 열성적인 모범생처럼 간절하면서도 자신 없는 미소를 지으며 기대에 찬 눈빛으로 바라보았다. 하지만 와이낸드는 아무 말도 하지 않았다. 참다못한 스카렛이 용기를 내어 물었다.

"회장님, 똑똑하게 잘 처리했죠, 안 그렇습니까?"

"그래."

"더 우려낼 방법이 있을까요?"

"앨버, 그건 자네가 할 일이지."

"사실 그녀가 모든 일의 화근이 된 건 맞죠. 오래전부터요. 회장님이 그녀와 결혼했을 때부터요. 그때 전 두려웠어요. 그때부터가 시작이었다고요. 회장님께서 우리 신문에 결혼식 기사를 못 싣게 했던 것, 기억하세요? 그게 징조였어요. 그녀가 〈배너〉를 망쳐놓은 거예요. 하지만 전 그녀를 제물 삼아 반드시 〈배너〉를 다시 일으켜 세울 겁니다. 원래 모습으로요."

"그래."

"회장님, 무슨 좋은 생각 없으세요? 이제 어떤 방법을 쓸까요?"

"앨버, 자네 좋을 대로 하게."

18

열린 창문에 나뭇가지 하나가 드리워져 있었다. 하늘을 배경으로 바람에 나부끼는 나뭇잎들은 태양과 여름, 무진장한 땅을 함축하고 있었다. 도미니크는 세상을 배경으로 생각했다. 와이낸드는 나뭇가지를 구부리고 있는 두 손이 삶의 의미를 설명해준다고 생각했다. 늘어진 나뭇잎들이 저 멀리 강 건너편 뉴욕의 스카이라인을 이루는 첨탑들을 매만지고 있었다. 마천루들은 먼 거리와 여름이라는 계절에 하얗게 씻겨 마치 빛줄기들처럼 보였다. 법정 안을 가득 메운 청중이 하워드 로크의 재판을 지켜보고 있었다.

로크는 피고인석에 앉아 침착하게 듣고 있었다.

도미니크는 방청석 셋째 줄에 앉아 있었다. 사람들은 그녀가 미소 짓고 있는 듯한 느낌을 받았지만 그녀는 미소 짓고 있지 않았다. 창가의 나뭇잎들을 바라보고 있었다.

게일 와이낸드는 방청석 뒤쪽에 앉아 있었다. 그는 법정 안이 다 찬 뒤에야 혼자 들어왔다. 그에게 사람들의 시선이 쏠리고 카메라 플래시들이 터졌으나 그는 전혀 의식하지 못했다. 그는 잠시 통로에 서서 법정 안을 살펴보았는데, 그렇게 하지 못할 이유가 없다는 듯한 태도였다. 그는 회색 여름 양복을 입고 챙 한쪽이 위로 접힌 파나마모자를 쓰고 있었다. 그의 시선은 아무런 동요 없이 도미니크를 스쳐 지나갔다. 그는 자리에 앉아 로크를 바라보았다. 와이낸드가 들어온 순간부터 로크는 연신 그를 돌아보았다. 하지만 와이낸드는 로크가 쳐다볼 때마다 고개를 돌려버렸다.

검사가 배심원단을 향해 모두진술을 했다. "본 법정에서 밝혀내고자 하는 범죄의 동기는 정상적인 인간의 감정의 영역을 벗어난 것입니다. 우리 대다수에게 그 동기는 극악무도하고 상상조차 할 수 없는 것으로 보일 것입니다."

도미니크는 맬러리, 헬러, 랜싱, 엔라이트, 마이크와 함께 앉아 있었다. 가이 프랭컨도 딸 곁에 앉아서 친구들을 질색하게 만들었다. 그들의 맞은편에는 유명인사들이 하나의 혜성을 이루고 있었다. 맨 앞쪽의 엘즈워스 투히가 혜성의 작은 머리라면 루이스 쿡, 고든 L. 프레스콧, 거스 웨브, 랜슬롯 클로키, 아이크, 줄스 포글러, 샐리 브렌트, 호머 슬로턴, 미첼 레이턴 같은 인물들은 꼬리였다.

"다이너마이트가 건물을 날려버린 것처럼, 본 사건의 범행 동기는 피고의 영혼에서 인간성을 깨끗이 없애버렸습니다. 배심원 여러분, 우리는 지금 세상에서 가장 사악한 폭발물인

자기중심주의자를 다루고 있는 것입니다!"

좌석은 물론 통로, 창틀, 벽 근처까지 가득 메우고 있는 방청객들은 몸뚱이는 모두 하나로 붙어 있고 창백한 타원형 얼굴들만 따로 존재하는 듯했다. 그 얼굴들은 하나하나가 확연히 구분되었다. 서로 닮은 얼굴도 없었다. 각각의 얼굴에는 지금까지 살아온 세월과 노력, 희망, 그리고 시도가(정직한 것이든 부정직한 것이든) 들어 있었다. 그리고 그 시도는 모든 얼굴에 똑같은 흔적을 남겼으니, 악의에 찬 미소를 짓고 있는 입술들에도, 체념으로 일그러진 입술들에도, 불확실한 위엄으로 굳게 다물어진 입술들에도 …… 모두 고통의 흔적이 남아 있었다.

"오늘날, 세계가 심각한 위기 속에서 인류의 생존이 달린 문제에 대한 답을 찾고자 애쓰고 있는 마당에 피고는 개인의 예술적 의견이라는 막연하고 비본질적인 문제에만 집착하여 반사회적인 범죄를 저질렀습니다."

방청객들은 세상을 떠들썩하게 만든 사건의 재판을 지켜보러, 유명인사들을 구경하러, 화젯거리를 얻으러, 사람들에게 보이러, 시간을 죽이러 온 거였다. 그리고 재판이 끝나면 원하지 않는 직장으로, 사랑하지 않는 가족에게로, 마음에도 없는 친구들에게로, 응접실로, 야회복에로, 칵테일 잔과 영화에로, 시인되지 않은 고통에로, 죽은 희망에로, 사람들의 발길이 닿지 않는 한적한 길에 조용히 놓아둔 이루지 못한 욕망에로, 생각하지도 말하지도 않고 잊고 굴복하고 포기하려고 노력하는 나날들에로 돌아갈 터였다. 하지만 그들 모두가 잊히지 않는 순간을 알고 있었다. 아무 일도 없었던 어느 아침에, 혹은 어디선가 갑자기 들려온 음악 소리에서, 혹은 버스에서 본 낯선 이의 얼굴에서 …… 삶의 진정한 의미를 발견했던 순간. 물론 그들은 다른 순간도 기억하고 있었다. 잠 못 이루는 밤이나 비가 추적추적 내리는 오후에, 혹은 교회에서, 혹은 황혼녘의 인적 없는 거리에서 …… 세상은 왜 그토록 고통스럽고 추한 것일까 의구심에 젖었던 순간. 그들은 그 답을 찾으려 하지 않고, 아무런 답도 필요치 않은 것처럼 일상을 이어갔다. 하지만 그들 모두 고독하고 적나라한 정직 속에서 답의 필요성을 느꼈던 순간을 알고 있었다.

"어떤 대가를 치르더라도 자신의 방식을 고집하려 했던 무자비하고 오만한 자기중심주의자……."

배심원석에는 열두 명의 남자들이 앉아 있었다. 그들은 아무 감정도 없는 무표정한 얼굴로 열심히 들었다. 방청객들은 배심원들이 엄격해 보인다고 속닥거렸다. 배심원단은 산업계 임원 둘, 엔지니어 둘, 수학자 하나, 트럭 운전사 하나, 벽돌공 하나, 전기 기사 하나, 정원사 하나, 공장 노동자 셋으로 구성되어 있었다. 사실 배심원단 구성에 시간이 좀 걸렸다. 로크가 많은 후보들을 퇴짜 놓고 이 열두 명을 뽑은 것이다. 검사는 로크의 결정에 동의해주며 바로 이런 게 아마추어의 실수라고, 전문 변호사였다면 피고에게 동정심을 품을 수 있는 유순한 배심원들을 선택했을 거라고 생각했다. 로크는 엄격한 인상을 가진 사람들만 선택했던 것이다.

"배심원 여러분, 그건 부자의 개인 저택이 아니라 영세민들을 위한 **임대주택**이었습니다!"

판사석에 꼿꼿이 앉아 있는 판사는 군 장교 같은 엄격한 얼굴과 회색 머리칼을 갖고 있었다.

"사회에 봉사하도록 교육을 받은 자가, 건축가가 파괴자가 되어……."

검사의 노련하고 확신에 찬 목소리는 계속 이어졌다. 법정을 가득 메운 얼굴들은 평일의 훌륭한 저녁식사를(만족스럽지만 한 시간 안으로 잊힐) 즐기는 듯한 태도로 듣고 있었다. 그들은 검사의 말에 전적으로 동의했다. 사실 그들은 그 말을 늘 들어왔으며, 그 말은 세상의 지침이었다. 그 말은 발 앞의 물웅덩이처럼 자명했다.

검사가 증인들을 소개했다. 로크를 체포한 경찰이 피고가 다이너마이트 폭파장치 옆에 서 있는 걸 발견한 경위에 대해 이야기했다. 야간 경비원은 그 시각에 어떻게 현장을 떠나 있었는지에 대해 설명했는데, 검사가 도미니크 관련 문제는 강조하고 싶어 하지 않았기에 그의 증언은 짧았다. 건설업체 감독은 현장에 보관돼 있던 다이너마이트가 분실되었다고 증언했다. 코틀랜드 담당 공무원들, 건축 검사원들, 견적원들이 코틀랜드 건물과 피해 정도에 대해 설명했다. 그것으로 재판 첫 날이 끝났다.

이튿날의 첫 증인은 피터 키팅이었다.

키팅은 증인석에 앉아 앞으로 몸을 숙였다. 그러고는 순종적으로 검사를 바라보았다. 이따금 그의 시선이 움직여 방청객과 배심원단, 로크를 보았다. 누구를 보든 그의 눈빛에는 변화가 없었다.

"키팅 씨, 당신이 맡은 코틀랜드 주택을 당신이 직접 설계했는지 진실만을 말하겠다는 맹세에 의거해서 말씀해주시겠습니까?"

"내가 설계하지 않았습니다."

"그럼 누가 설계했습니까?"

"하워드 로크요."

"누구의 요청에 의해서요?"

"내 요청에 의해서요."

"왜 그에게 그런 요청을 했죠?"

"내 능력으론 할 수 없었으니까요."

진실을 말하고자 하는 노력이 느껴지는 정직한 목소리가 아니었다. 그것은 진실하거나 거짓된 목소리가 아니라 그저 무관심한 목소리일 뿐이었다.

검사가 그에게 종이 한 장을 건넸다. "이 계약서에 서명하셨습니까?"

키팅은 종이를 손에 들고 대답했다. "예."

"거기 있는 다른 서명은 하워드 로크의 것인가요?"

"예."

"계약서 내용을 배심원들께 읽어주시겠습니까?"

키팅은 계약서를 읽었다. 잘 훈련된 침착한 목소리였다. 법정 안의 그 누구도 키팅의 증언이 엄청난 파문을 일으키기에 충분한 것임을 깨닫지 못했다. 지금 그들은 유명 건축가가 자신의 무능을 공개적으로 고백하는 것이 아니라, 한 남자가 암기한 내용을 낭독하고 있는 걸 듣고 있었다. 사람들은 만약 키팅의 낭독을 중단시켰다가 다시 시키면 그가 그 다음 문장부터 바로 시작하지 않고 처음부터 다시 낭독할 것 같다는 느낌을 받았다.

키팅은 많은 질문에 답변했다. 검사가 증거물로 키팅이 보관하고 있던 로크의 코틀랜드 설계도와 키팅이 그것을 토대로 만든 설계도, 그리고 완공된 코틀랜드 사진들을 판사에게 제출했다.

"프레스콧 씨와 웨브 씨가 훌륭한 수정안을 제시했을 때 왜 그토록 맹렬히 반대하셨습니까?"

"하워드 로크가 두려워서요."

"로크 씨의 성격을 잘 아는 친구로서, 그가 어떤 반응을 보일 거라고 예상하셨나요?"

"무슨 짓이든 할 것 같았습니다."

"그게 무슨 뜻인가요?"

"몰라요. 난 두려웠어요. 늘 두려웠어요."

질문이 이어졌다. 진술 내용은 이례적이었지만 방청객들은 지루함을 느꼈다. 그의 말투가 사건 가담자의 진술처럼 들리지 않았던 것이다. 오히려 다른 증인들이 더 사건에 깊이 연루된 것 같았다.

키팅이 증언대를 떠날 때 방청객들은 마치 아무도 걸어 나가지 않은 듯한 이상한 기분을 느꼈다.

"검찰 측 심문을 마칩니다." 검사가 말했다.

판사가 로크를 쳐다봤다.

"진행하세요." 판사가 부드러운 목소리로 말했다.

로크는 자리에서 일어섰다. "존경하는 재판장님, 저는 증인을 부르지 않겠습니다. 지금부터 제 증언이자 최종 변론을 하겠습니다."

"선서하세요."

로크는 선서를 한 뒤 증언대 계단 옆에 섰다. 방청객들이 그를 바라보았다. 그들은 로크에게 승산이 없다고 생각했다. 그러자 로크를 향한 이름 모를 분노와 불안감을 내려놓을 수 있었다. 그리하여 처음으로 그들은 있는 그대로의 그를, 두려움을 전혀 알지 못하는 사내를 볼 수 있었다.

그들이 생각하는 두려움은 정상적인 것이 아니었다. 그것은 분명한 위험에 대한 반응이 아니라, 늘 마음에 지니고 살면서도 스스로 인정하지 않는 고질적인 두려움이었다. 그들은 자신이 말할 수도 있었으되 하지 못했던 멋진 말들에 대해 생각하며 자신의 용기를 빼앗아간 사람들을 증오하는 순간의 비참함을 기억했다. 마음으로는 엄청나게 강하고 유능한데 그것을 현실로 만들지 못하는 비참함. 그건 꿈일 뿐인가? 아니면 자기기만? 두려움, 필요, 의존, 증오 따위의 파괴적인 감정들에 의해 세상에 태어나지도 못한 채 죽어간 현실?

로크는 인간이 자신의 순수성 안에 서 있는 것처럼 거기 그렇게 서 있었다. 하지만 그는 적대적인 군중 앞에 서 있는 것이었고, 방청객들은 그에게는 증오 자체가 불가능함을 깨달았다. 그 순간 그들은 로크의 의식 상태를 파악했다. 그들은 스스로에게 물었다. '나는 다른 사람의 허락이 필요한가? …… 그게 중요한가? …… 나는 매어 있는가?' 그 순간 그들은 자유를 얻었고 법정 안의 다른 모든 사람에게 관대할 수 있었다.

그건 로크가 입을 열기 전 잠깐 동안 침묵하는 순간에 벌어진 일이었다.

"수천 년 전, 불을 만드는 법을 처음 발견해낸 이가 있었습니다. 그는 인류에게 불을 전해줬지만, 아마도 그 불 속에서 화형당했을 것입니다. 사람들이 두려워하는 악마와 거래한 악인이라는 낙인이 찍혀서요. 하지만 그 후로 사람들은 몸을 따뜻하게 하고, 요리를 하고, 동굴 속을 밝힐 수 있는 불을 갖게 됐죠. 그는 사람들이 상상도 못한 선물을 남기고 세상에서 어둠을 거둬간 존재입니다. 그리고 몇 세기 후, 최초의 바퀴를 발명해낸 이가 있었습니다. 그는 인류에게 바퀴를 전해줬지만, 아마도 그 바퀴가 달린 형틀에서 찢겨져 죽었을 것입니다. 금지된 영역에 침입한 죄인이라는 낙인이 찍혀서요. 하지만 그 후로 사람들은 어디로든 자유롭게 여행할 수 있게 되었죠. 그는 사람들이 상상도 못한 선물을 남기고 세상의 길들을 열어준 존재입니다.

그 비순종적인 최초의 인간들은 인류가 기록해놓은 모든 창조 신화의 첫머리를 장식하고 있습니다. 프로메테우스는 신들의 불을 훔쳐온 벌로 바위에 묶여 독수리들에게 심장을 쪼아 먹혔습니다. 아담은 선악과를 먹은 벌로 고통을 받게 되었고요. 그 어떤 신화든 그 영광은 한 사람으로부터 시작되었고, 그는 용기의 대가를 치렀음을 인류는 어렴풋이나마 기억하고 있습니다.

역사를 되돌아보면, 오로지 자신의 비전만 믿고 새로운 길에 첫발을 내디딘 사람들이 있었습니다. 그들은 저마다 목표는 달랐지만 새로운 길에 첫발을 내디뎠고, 남에게서 빌려오지 않은 비전을 품고 있었으며, 세상 사람들의 증오의 대상이 되었다는 공통점을 지니고 있었습니다. 그 위대한 창조자들, 즉 사상가들이나 예술가들, 과학자들, 발명가들은 당대의 사람들에 맞서 홀로 서 있었습니다. 모든 위대한 새 사상은 반대에 부딪혔습니다. 모든 위대한 새 발명은 비난받았습니다. 최초의 자동차는 어리석은 짓으로 여겨졌죠. 최초의 비행기는 불가능으로 여겨졌고요. 동력을 이용한 직조기는 사악한 것으로, 마취는 죄악으로 여겨졌습니다. 하지만 남에게서 빌려오지 않은 비전을 가진 사람들은 꿋꿋이 전진했습니다. 그들은 세상과 싸우며 고통받고 대가를 치렀습니다. 하지만 그들은 승리했습니다.

그 위대한 창조자들의 동기는 세상 사람들을 위한 봉사가 아니었습니다. 세상 사람들은 창조자의 선물을 거부했고, 그 선물은 그들의 나태한 일상을 파괴했으니까요. 창조자의 동기는 자신의 진실이었습니다. 그 진실을 자신의 방식으로 이루는 것이었죠. 교향곡, 책, 엔진, 철학, 비행기, 건물……. 그 자체가 창조자의 목표이고 삶이었습니다. 그가 창조해낸 것을 듣고, 읽고, 조작하고, 믿고, 타고, 거기 거주하는 사람들이 아니고요. 창조자에게 중요한 건 창조물 자체이지 사용자들이 아니었습니다. 창조물이 인류에게 주는 혜택도 아니었고요. 자신의 진실에 형체를 부여한 창조물 자체만 중요했습니다. 창조자는 세상 무엇보다도 자신의 진실을 우선으로 여겼으며, 그 진실을 위해 모든 사람과 싸웠습니다.

창조자의 비전과 힘, 용기는 그 자신의 정신에서 나온 것입니다. 사람의 정신은 곧 자아입니다. 자아는 곧 의식이고요. 생각하고, 느끼고, 판단하고, 행동하는 것은 자아의 기능들입니다.

창조자들은 이기심이 없지 않습니다. 자족적이고 자발적이고 자생적인 것, 그것이 바로 창조자가 지닌 힘의 비결입니다. 그것이 첫 번째 원인, 에너지의 원천, 생명력, 원동력입니다. 창조자는 누구에게도, 그 무엇에도 봉사하지 않습니다. 자신을 위해 살 뿐입니다.

그리고 자신을 위해 삶으로써 인류의 영광이 되는 일들을 이룰 수 있습니다. 그것이 성취의 본질입니다.

인간은 정신적인 능력 없이는 생존할 수 없습니다. 인간은 아무런 무기도 없이 세상에 태어나죠. 두뇌만이 유일한 무기입니다. 동물들은 힘으로 먹이를 얻습니다. 하지만 인간에겐 날카로운 발톱도, 송곳니도, 뿔도, 억센 힘도 없습니다. 농사를 짓거나 사냥을 해야만 하죠. 농사를 지으려면 사고력이 필요합니다. 사냥을 하려면 무기가 필요한데, 무기를 만들려면 역시 사고력이 필요합니다. 이런 가장 단순한 필요에서부터 고도의 종교적 추상에 이르기까지, 바퀴에서 마천루에 이르기까지, 우리의 모든 건 인간이 지닌 단 한 가지 속성, 이성적인 정신에서 나옵니다.

그리고 정신은 개인의 속성입니다. 집단적 두뇌라는 건 존재하지 않습니다. 집단적 사고라는 것도 없습니다. 집단의 합의란 그저 타협이나 개인들의 생각의 평균에 불과합니다. 그건 부차적인 결과물이죠. 일차적 행위, 이성의 과정은 각 개인에 의해 개별적으로 이루어져야 합니다. 음식은 여러 사람이 함께 나누어 먹을 수 있습니다. 하지만 집단적 위장에서 그걸 함께 소화할 수는 없습니다. 그리고 자기 폐로 다른 사람을 위해 호흡해줄 수도 없습니다. 자기 뇌로 다른 사람을 위해 대신 생각해줄 수도 없고요. 인간의 육체와 정신의 모든 기능은 개인적인 것입니다. 다른 사람들과 함께 나눌 수도, 다른 사람들에게 전해줄 수도 없습니다.

우리는 다른 사람들의 사고의 산물들을 물려받습니다. 우리는 바퀴를 물려받아 수레를 만듭니다. 수레는 자동차가 되고, 자동차는 비행기가 됩니다. 하지만 그 과정에서 우리가 타인들에게 받는 것은 그들의 사고가 만들어낸 최종 결과물뿐입니다. 중요한 건 그 최종 결과물을 재료 삼아 다음 단계의 것을 만들어내는 창조적 능력입니다. 이 창조적 능력은 줄 수도, 받을 수도, 나눌 수도, 빌릴 수도 없습니다. 이 능력은 개인에게 속해 있습니다. 이 능력이 만들어낸 것은 창조자의 재산입니다. 사람들은 서로에게서 배움을 얻습니다. 하지만 모든 배움은 재료의 교환에 지나지 않습니다. 우리는 서로에게 사고하는 능력을 줄 수는 없습니다. 하지만 그 능력은 우리의 유일한 생존 수단입니다.

인간은 이 세상에 빈손으로 태어납니다. 생존을 위해 필요한 건 모두 만들어내야 합니다. 인간에겐 근본적으로 두 가지 생존 방식이 있는데, 하나는 자신의 능력으로 독자적으로 사는 것이고, 나머지 하나는 다른 사람들에게 기생하는 것입니다. 창조자는 만들어내고, 기생자는 빌립니다. 기생자는 매개자를 통해 자연을 상대합니다.

창조자는 자연의 정복에 관심을 둡니다. 기생자는 인간들의 정복에 관심을 둡니다.

창조자는 자신의 일을 위해 삽니다. 그에겐 다른 사람들이 필요치 않습니다. 그의 일차적인 목표는 자신 안에 있습니다. 기생자는 간접 인생을 삽니다. 그에겐 다른 사람들이 필요합니다. 다른 사람들이 그의 주된 동기가 됩니다.

창조자에게 반드시 필요한 건 독자성입니다. 이성적인 정신은 강요를 받는 상황에서는 기능할 수 없습니다. 어떤 형태의 구속이나 희생, 예속도 거부합니다. 이성적인 정신은 그 기능과 동기에 있어서 완전한 독자성을 요구합니다. 창조자에게 모든 인간관계는 부차적인 것입니다.

기생자에게 반드시 필요한 건 인간관계입니다. 기생자는 타인들과의 관계를 가장 우선시합니다. 기생자는 인간은 타인에게 봉사하기 위해 존재한다고 주장합니다. 기생자는 이타주의를 설파합니다.

이타주의는 타인들을 위해 살고 자신보다 타인들을 우위에 둘 것을 요구합니다.

인간은 타인을 위해 살 수 없습니다. 타인과 육체를 나눌 수 없듯 정신도 나눌 수 없습니다. 그러나 기생자는 이타주의를 착취의 무기로 사용하면서 인류의 도덕적 원칙의 토대를 뒤엎었습니다. 그리하여 사람들은 창조자를 파괴할 온갖 지침을 배우고 의존을 미덕으로 여기게 되었습니다.

타인들을 위해 살고자 하는 사람은 의존적인 존재입니다. 그는 동기부터 기생자이며 자신의 봉사 대상을 기생자로 만듭니다. 그런 관계는 서로 타락을 낳을 뿐입니다. 서로에게 봉사하기 위해 사는 건 노예나 다름없죠. 육체적인 노예 노릇이 굴욕적인 것이라면 정신적인 노예 노릇은 얼마나 더 굴욕적이겠습니까? 억지로 노예가 된 사람은 그래도 조금은 명예가 남아 있죠. 그는 저항이란 걸 했고, 자신의 처지를 비참하게 여기니까요. 하지만 사랑이라는 이름으로 자진해서 노예가 된 사람은 가장 저급한 존재입니다. 인간의 위엄을 무너뜨리고 사랑의 가치를 떨어뜨렸으니까요. 하지만 그것이 이타주의의 본질입니다.

우리는 최고의 미덕은 성취하는 것이 아니라 주는 것이라는 가르침을 받아왔습니다. 하지만 만들어지지 않은 걸 줄 수는 없습니다. 창조가 분배에 우선해야 합니다. 그렇지 않으면 분배해줄 게 없으니까요. 창조자가 있어야 그 수혜자도 있는 것입니다. 그런데도 우리는 선물을 만들어낸 사람보다 그걸 나눠주는 사람을 더 찬양하도록 가르침을 받았습니다. 우리는 자선 행위에는 찬사를 보내면서 성취 행위에는 무관심합니다.

우리는 타인의 고통을 덜어주는 일을 가장 우선시하도록 가르침을 받아왔습니다. 하지만 고통은 질병입니다. 고통받는 이를 돕는 걸 최고의 미덕으로 삼는 건 고통을 삶의 가장 중요한 부분으로 만드는 것입니다. 미덕을 실천하기 위해선 고통받는 사람들이 필요하니까요. 그런 것이 이타주의입니다. 창조자는 질병이 아닌 삶 자체에 주목합니다. 그런데도 창조자들은 빛나는 업적을 통해 인간의 육체와 정신의 질병들을 퇴치해왔으며, 이타주의자들은 상상조차 못할 정도로 많은 고통을 없애왔습니다.

우리는 다른 사람들에게 동의하는 걸 미덕으로 여기도록 가르침을 받아왔습니다. 하지만 창조자는 동의하지 않는 자입니다. 우리는 시대의 조류에 따르는 것이 미덕이라는 가르침을 받아왔습니다. 하지만 창조자는 시대의 조류에 거스르는 자입니다. 우리는 단결하는 것이 미덕이라는 가르침을 받아왔습니다. 하지만 창조자는 홀로 서 있는 자입니다.

우리는 자아는 악과 동의어이며 비기이심이 이상적인 미덕이라는 가르침을 받아왔습니다. 하지만 창조자는 절대적인 의미에서의 자기중심주의자이며, 비이기적인 인간은 생각하지도, 느끼지도, 판단하지도, 행동하지도 않는 자입니다. 그것들은 자아의 기능들이니까요.

자기중심주의와 이타주의의 문제는 전도된 인식의 가장 심각한 예라고 할 수 있습니다. 이 문제는 완전히 왜곡되었으며 우리에겐 선택의 여지조차 남겨지지 않았습니다. 그 둘은 선과 악의 양극단처럼 인식되고 있습니다. 자기중심주의는 자신을 위해 다른 사람들을 희생시키는 것, 이타주의는 다른 사람들을 위해 자신을 희생시키는 것이 되었습니다. 그 결과 우리는 다른 사람들에게 속박되고 선택할 것이라곤 고통밖에 없게 되었습니다. 타인들을 위한 자신의 고통이나 자신을 위한 타인들의 고통. 거기에 자기희생에서 기쁨을 얻어야 한다는 조항까지 추가되면 꼼짝없이 덫에 갇히는 거죠. 사디즘이 유일한 대안이라는 협박 아래 마조히즘을 자신의 이상으로 받아들일 수밖에 없으니까요. 그것은 인류에게 자행된 가장 악랄한 사기 행위입니다.

그로 인해 의존과 고통이 삶의 근본 요소로 굳건히 자리하게 되었습니다.

자기희생이냐 지배냐를 선택해야 하는 것이 아닙니다. 독자성이냐 의존이냐를 선택해야 합니다. 창조자의 법칙이냐 기생자의 법칙이냐를 선택해야 합니다. 그것이 근본적인 문제입니다. 그것은 삶이냐 죽음이냐의 문제이기도 합니다. 창조자의 법칙은 인간을 생존할 수 있게 해주는 이성적인 정신의 필요에 기반을 두고 있습니다. 인간의 독자적인 자아에서 나오는 모든 것은 선합니다. 그리고 타인에 대한 의존에서 나오는 모든 것은 악합니다.

절대적인 의미에서의 자기중심주의자는 타인을 희생시키

지 않는 사람입니다. 타인을 이용할 필요가 없으니까요. 그는 타인들을 통해 기능하지 않습니다. 그는 근본적인 문제, 즉 목적이나 동기, 사고, 욕망, 에너지의 근원에 있어서 타인들과 무관합니다. 그는 다른 사람을 위해 존재하지 않으며 타인에게 자신을 위해 존재해달라고 요구하지도 않습니다. 그것이 인간과 인간 사이에 가능한 유일한 형제애이고 상호 존중입니다.

능력의 정도는 다양하지만 그 근본 원칙은 같습니다. 그 사람의 독자성과 진취성, 자신의 일에 대한 애정이 그의 재능과 가치를 결정합니다. 독자성은 인간의 미덕과 가치의 유일한 척도입니다. 중요한 건 그 사람 자체이지 그가 남들을 위해 무엇을 했는지가 아닙니다. 개인적인 위엄을 대체할 수 있는 것은 없습니다. 개인적인 위엄의 기준은 오직 독자성뿐이고요.

올바른 인간관계에서는 타인을 위한 희생이 존재할 수 없습니다. 건축가에겐 고객이 필요하지만 자신의 일을 고객의 요구에 예속시키진 않습니다. 고객에겐 건축가가 필요하지만 단지 건축가에게 일을 주기 위해 집을 지어달라고 하진 않습니다. 사람들은 개인적 이해관계에 맞고 서로 거래를 원할 때 상호 이익을 위해 상호 동의 상태에서 거래를 합니다. 만약 쌍방이 원하지 않는다면 억지로 거래가 강요되어선 안 됩니다. 그것이 동등한 입장에서 맺을 수 있는 유일한 관계입니다. 그 외의 것은 주인과 노예의 관계, 혹은 집행자와 희생자의 관계입니다.

일이란 다수의 결정에 의해 집단적으로 이루어질 수 없습니다. 모든 창조적인 일은 한 개인의 생각에 따라 이루어집니다. 건축가는 건물을 세우기 위해 많은 사람들이 필요합니다. 하지만 그는 자신의 설계를 투표에 맡기지 않습니다. 그들은 자유로운 합의에 따라 함께 일하며 각자가 자유롭게 자신의 역할을 합니다. 건축가는 다른 사람들이 생산한 강철, 유리, 콘크리트를 사용합니다. 하지만 그 재료들은 건축가의 손길이 닿기 전에는 그저 강철, 유리, 콘크리트에 지나지 않습니다. 건축가가 그것들을 사용해서 만드는 것은 그의 개인적인 생산물이고 재산입니다. 그것만이 사람들 사이에서 이루어질 수 있는 올바른 협동의 형태입니다.

세상에서 첫째가는 권리는 자아의 권리입니다. 인간의 첫째가는 의무는 자신에 대한 의무입니다. 인간이 반드시 지켜야 할 도덕적 법칙은 자신의 근본적인 목표를 다른 사람들에게 두지 않는 것입니다. 다른 사람들에게 의존하지 않은 소망을 이루는 것이 인간의 도덕적 의무입니다. 거기엔 창조력, 사고력, 일이 필요하죠. 깡패, 이타주의자, 독재자는 필요하지 않고요.

인간은 홀로 생각하고 일합니다. 그리고 혼자서 강탈하거나 착취하거나 지배할 수는 없습니다. 강탈과 착취, 지배는 희생자를 전제로 하죠. 의존을 함축하고요. 그것들은 기생자의 영역입니다.

지배자들은 자기중심주의자들이 아닙니다. 그들은 아무것도 창조해내지 않습니다. 그들은 전적으로 타인들을 통해 존재합니다. 그들의 목표는 피지배자들에, 노예화의 행위 속에 있습니다. 그들은 거지, 사회복지사, 강도만큼 의존적입니다. 의존의 형태는 중요하지 않습니다.

하지만 우리는 기생자들을, 독재자, 황제, 전제군주들을 자기중심주의의 상징으로 여기도록 가르침을 받아왔습니다. 그런 잘못된 가르침은 그들이 자신과 타인들의 자아를 파괴하도록 만들었습니다. 그 가르침의 목적은 창조자들을 파괴하거나 지배하기 위한 것입니다. 창조자들에게 파괴와 지배는 동의어입니다.

유사 이래 창조자와 기생자는 적으로서 맞서왔습니다. 최초의 창조자가 바퀴를 발명했을 때, 최초의 기생자는 그에 반응하며 이타주의를 만들어냈습니다.

창조자는 거부와 반대, 박해, 착취를 견디며 자신의 에너지로 모든 인류를 이끌고 꿋꿋이 나아갔습니다. 기생자는 그 과정에서 오직 장애물만 되었을 뿐입니다. 그것은 다른 말로 표현하면 개인과 집단의 대결이었습니다.

종족이나 계급, 국가 등 집단의 '공동선'은 사람들에 대한 모든 형태의 압제가 내세우는 주장이고 변명입니다. 역사상 모든 참사는 이타주의적 동기라는 이름으로 자행되었습니다.

이기심이 이타주의의 신봉자들이 저지른 대학살 같은 끔찍한 사건을 유발한 적이 있습니까? 그런 참사는 인간의 위선 탓일까요, 아니면 그 원칙 자체의 탓일까요? 역사적으로 볼 때 가장 지독한 살육자들이 가장 진지했습니다. 그들은 단두대와 총살대를 통해 완전한 사회를 이룰 수 있다고 믿었죠. 그들이 이타주의적 목적을 지니고 있다는 이유로 아무도 그들이 살인을 저지를 권리가 있는지에 대해 문제 삼을 수 없었습니다. 타인을 위한 희생이 당연시되었으니까요. 행위자들은 바뀌어도 비극의 과정은 그대로 남아 있습니다. 인도주의자는 인류에 대한 사랑의 선언으로 시작해서 피바다로 끝을 맺죠. 그런 비극이 계속되고 있고, 사람들이 비이기적인 행위는 무조건 옳다고 믿는 한 앞으로도 계속될 것입니다. 이타주의자들은 그런 믿음을 이용해서 살육을 자행하고 희생자들에게 그걸 견디도록 강요할 테니까요. 집산주의 운동의 지도자들은 자신을 위해서는 아무것도 요구하지 않습니다. 하지만 결과를 지켜봅니다.

인간이 서로에게 베풀 수 있는 유일한 선, 올바른 인간관계의 근본은 …… 간섭하지 않는 것입니다!

개인주의 원칙 위에 세워진 사회의 결과들을 보십시오. 바로 우리의 미국을요. 인류 역사상 가장 고귀한 나라. 가장 위대한 성취와 번영, 자유의 나라. 이 나라는 비이기적 봉사와 헌신, 포기 같은 이타주의의 원칙에 기반을 두지 않았습니다.

인간의 행복추구권에 기반을 두었습니다. 타인이 아닌 자신의 행복이죠. 사적이고 개인적이고 이기적인 목적입니다. 그 결과들을 보십시오. 그리고 자신의 양심을 들여다보십시오.

먼 옛날부터 인류는 진실에 거의 다다랐다가 번번이 좌절을 겪었으며, 문명은 일어났다가 차례로 무너졌습니다. 문명은 프라이버시 사회를 향한 과정입니다. 야만인의 삶은 전부가 공적이며 부족의 법들의 지배 아래 있습니다. 문명은 사람을 사람들에게서 해방시켜주는 과정입니다.

지금 우리 시대에는 기생자이자 이류의 법칙인 집산주의가, 그 해묵은 괴물이 고삐 풀린 망아지처럼 마구 날뛰고 있습니다. 그로 인해 사람들은 최악의 지적 타락에 이르렀습니다. 지금 세상에는 전례 없는 공포가 만연해 있습니다. 집산주의가 모든 사람을 오염시키고 있습니다. 집산주의가 유럽의 대부분을 삼켰고, 지금 우리 미국을 집어삼키려 하고 있습니다.

저는 건축가입니다. 저는 원칙만 보고도 그 원칙에 의해 만들어질 결과물을 알 수 있습니다. 우리는 지금 제가 도저히 살 수 없는 세상을 향해 다가가고 있습니다.

이제 여러분은 제가 왜 코틀랜드를 폭파시켰는지 알 것입니다.

저는 코틀랜드를 설계해서 여러분에게 줬습니다. 그리고 그걸 파괴했습니다.

제가 그걸 파괴한 건 그것이 존재해서는 안 된다는 결정을 내렸기 때문입니다. 그건 형태와 의미 두 가지 면에서 괴물이 되었기에 폭파시킬 수밖에 없었습니다. 형태는 자신들이 만들어내지도 않았고 그럴 능력도 없는 것을 개선시킬 권리가 있다고 여긴 두 명의 기생자에 의해 망가졌습니다. 그들이 그런 짓을 할 수 있었던 것은 그 건물의 이타주의적 목적이 모든 권리에 우선한다는 통념 때문이었습니다.

제가 코틀랜드를 설계하겠다고 동의한 것은 그것이 제가 설계한 대로 세워진 모습을 보고 싶어서였지 다른 이유는 없었습니다. 그것이 일의 대가였습니다. 저는 돈을 받지 않았습니다.

저는 피터 키팅을 비난하지 않습니다. 그도 어쩔 수 없는 일이었으니까요. 그는 고용주와 계약을 맺었지만 그 계약은 지켜지지 않았습니다. 그는 설계도대로 건물이 지어질 것이라는 약속을 받았지만 그 약속은 지켜지지 않았습니다. 자신의 작품에 대한 애정과 그것을 온전히 지킬 권리가 이제 막연하고 비본질적인 것으로 여겨지고 있습니다. 여러분은 검사가 모두진술에서 그렇게 말하는 걸 분명히 들었습니다. 그 건물은 왜 망가져야만 했을까요? 아무 이유도 없었습니다. 타인의 정신적 혹은 물질적 재산에 함부로 손댈 권리가 있다고 여기는 기생자들의 허영이 그렇게 만든 것일 뿐입니다. 누가 그들에게 그런 짓을 허용했을까요? 수십 명의 담당자들 중 특별히 누구라고 꼬집어 말할 수도 없습니다. 아무도 그걸 허용하거나 저지하는 데 관심이 없었으니까요. 책임질 사람도, 해명할 사람도 없죠. 그게 모든 집단적 행위의 본질입니다.

저는 제가 요구한 대가를 받지 못했습니다. 하지만 코틀랜드의 주인들은 제게서 원하는 걸 얻어냈습니다. 그들은 최대한 저렴하게 건물을 지을 수 있는 설계를 원했죠. 하지만 만족스러운 설계를 내놓을 수 있는 건축가를 찾지 못했습니다. 저는 그걸 할 수 있었고 해냈습니다. 그들은 제 설계에서 이익을 취한 후 제게 그걸 선물로 내놓도록 만들었습니다. 하지만 저는 이타주의자가 아닙니다. 저는 그런 식의 선물을 하지 않습니다.

사람들은 제가 빈민들의 집을 파괴했다고 말합니다. 제가 아니었다면 빈민들은 그런 집을 가질 수 없었다는 사실은 잊혔습니다. 빈민들에게 관심을 갖고 있는 사람들은 빈민들을 돕기 위해 빈민들에게 전혀 관심을 가졌던 적이 없는 저를 찾아와야만 했습니다. 그곳에 입주할 사람들의 가난이 그들에게 제 작품에 대한 권리를 주었습니다. 그들의 궁핍함이 그들에게 제 인생에 대한 권한을 주었고, 그들의 요구를 들어주는 것이 제 의무가 되었습니다. 그것이 바로 지금 세계를 삼키고 있는 기생자의 신조입니다.

저는 타인이 제 인생에 대해 단 1분도 권한을 가질 수 없음을 밝히기 위해 이 자리에 섰습니다. 제 에너지, 제가 이룬 성과에 대해서도 마찬가집니다. 그런 요구를 하는 사람들이 누구든, 그들의 수가 얼마나 많고 그들의 필요가 얼마나 크든 마찬가집니다.

저는 타인들을 위해 존재하지 않는 사람임을 밝히기 위해 이 자리에 섰습니다.

꼭 말해둬야 할 것이 있습니다. 지금 세상은 자기희생의 덫에 빠져 망해가고 있습니다.

저는 한 인간이 창조해낸 작품을 온전히 지키는 것이 그 어떤 자선 행위보다 더 중요하다는 사실을 밝히기 위해 이 자리에 서고 싶었습니다. 그걸 이해하지 못하는 사람들은 세상을 파괴하고 있는 사람들입니다.

저는 타인들에 의해 존재하기를 원치 않는다는 점을 분명히 밝히기 위해 이 자리에 서고 싶었습니다.

제가 타인들에게 갖고 있는 의무는 단 한 가지, 그들의 자유를 존중해주고 노예 사회의 일원이 되지 않는 것입니다. 미국이 더는 존재하지 않게 된다면 저는 감옥에서 보낼 10년을 미국에 바치고 싶습니다. 10년 동안 미국을 추억하고 미국이 존재했던 것에 감사하며 보낼 것입니다. 그것은 제가 미국에 바치는 충성이 될 것이며, 미국의 자리를 차지한 사회에서는 살지도, 일하지도 않겠다는 결의이기도 합니다.

그것은 제가 코틀랜드를 폭파시킬 수밖에 없도록 만든 세력에 의해 고통을 당해온 모든 창조자에게 바치는 충성입니다. 창조자들이 견뎌야 했던 고독과 거부, 좌절, 학대의 시간들, 그리고 그들이 승리한 싸움들에 바치는 충성입니다. 세상에 이름이 알려진 모든 창조자, 꿈을 이루기도 전에 세상의 인정을 받지도 못한 채 고통 속에서 사라져간 모든 창조자에게 바치는 충성입니다. 육체와 정신이 망가져버린 모든 창조자, 헨리 캐머런과 스티븐 맬러리, 자신의 이름이 불리길 원하지는 않지만 지금 이 법정 안에 앉아 있으며 제가 지금 자신에 대해 이야기하고 있음을 알고 있는 한 남자에게 바치는 충성입니다."

로크는 공사 중인 건물 안에 서 있을 때처럼 다리를 벌리고 팔을 아래로 늘어뜨리고서 고개를 치켜들고 있었다. 증언이 끝난 후 그가 다시 피고석으로 내려와 앉아 있을 때도 법정 안의 많은 사람들은 아직 그가 증언대에 서 있는 모습을 보고 있는 듯한 기분을 느꼈다. 그 모습이 도저히 지워지지 않았던 것이다.

그다음에 긴 논의가 이어지는 동안에도 사람들의 마음속에는 그 모습이 선명하게 남아 있었다. 판사가 검사에게 피고가 주장을 바꾼 것이나 다름없다고, 피고는 자신의 행위를 인정했으나 그것이 유죄임은 인정하지 않았다고, 일시적인 정신착란에 해당될 수도 있다고, 피고가 자신의 행위의 본질을 알고 있었는지, 만일 알았다면 그 행위가 잘못된 것임을 알고 있었는지의 여부는 배심원단이 결정하는 것이 좋겠다고 말했다. 검사는 아무런 반대 의견도 제기하지 않았다. 법정 안에는 묘한 정적이 감돌았고, 그는 이미 재판에서 이긴 것이나 다름없다고 확신했다. 검사가 최후논고를 했다. 그러나 그가 무슨 말을 했는지 아무도 기억하지 못했다. 판사가 배심원단에게 지시 사항을 전달했다. 배심원단이 일어나서 법정을 나갔다.

방청객들은 판결이 나려면 몇 시간이 걸릴 것을 예상하고 서둘지 않고 자리를 뜰 준비를 했다. 하지만 법정 뒤쪽의 와이낸드와 앞쪽의 도미니크는 꼼짝도 않고 앉아 있었다.

법정 집행관이 로크를 밖으로 데리고 나가려고 다가왔다. 로크는 피고석 옆에 서 있었다. 그의 시선이 도미니크에게, 그 다음에는 와이낸드에게 향했다. 그는 돌아서서 집행관을 따라갔다.

로크가 문간에 이르렀을 때 날카로운 소리가 들렸다. 잠시 정적이 흐른 후에야 사람들은 그것이 배심원실의 닫힌 문을 두드리는 소리였음을 깨달았다. 배심원단의 평결이 내려진 것이다.

자리에서 일어나 있던 사람들은 판사가 다시 들어와서 앉을 때까지 얼어붙은 듯 그대로 서 있었다. 배심원단이 줄지어 법정 안으로 들어왔다.

"피고는 일어나서 배심원단을 향해 서주십시오." 법원 서기가 말했다.

로크는 앞으로 나가 배심원단을 향해 섰다. 방청석 뒤쪽에서 게일 와이낸드도 일어섰다.

"배심장님, 평결이 내려졌습니까?"

"그렇습니다."

"말씀해주십시오."

"무죄입니다."

로크가 처음 보인 반응은 창밖의 도시나 판사, 도미니크를 보는 것이 아니었다. 그는 맨 먼저 와이낸드를 보았다.

와이낸드는 홱 돌아서서 밖으로 나갔다. 그가 법정을 제일 먼저 떠난 사람이었다.

19

로저 엔라이트가 정부에게서 코틀랜드 주택 부지와 설계도, 폭파되고 남은 건물을 사들였다. 그는 건물의 뒤틀린 토대를 깨끗이 없애고 땅속에 커다란 구덩이만 남겼다. 그리고 하워드 로크에게 재건 공사를 맡겼다. 단일 건설업체를 선정하고 설계의 엄격한 경제성을 준수한 결과, 낮은 임대료로도 넉넉한 수익을 남길 수 있는 예산 책정이 가능했다. 세입자들에게는 소득이나 직업, 자녀, 식생활에 대해 묻지 않고 다른 곳에서 더 비싼 아파트를 구할 여유가 되더라도 임대료를 지불하고 들어올 의사만 있으면 누구든 받아들일 계획이었다.

8월 하순에 게일 와이낸드는 법원에서 이혼 허가를 받았다. 도미니크는 이혼 소송에 대해 이의를 제기하지 않았고 심리에도 참석하지 않았다. 와이낸드는 변호사가 머나드녹 계곡에서 있었던 게일 와이낸드 부인과 하워드 로크의 아침식사에 대해 법률 용어를 써가며 냉혹하고 외설적인 설명을 하는 동안 군사법정에 서 있는 것 같은 표정으로 듣고 있었다. 그렇게 그의 아내에게는 공식적으로 치욕의 낙인이 찍혔고, 그는 무고한 희생자로서 법의 동정을 얻었다. 그리고 그는 앞으로 마음껏 자유를 누리고 혼자만의 저녁시간을 보낼 수 있는 허가증을 받게 되었다.

엘즈워스 투히도 노동위원회에 낸 제소에서 승리를 거두었다. 와이낸드는 투히를 복직시키라는 명령을 받았다.

그날 오후, 와이낸드의 비서가 투히에게 전화를 걸어 회장님이 오늘 밤 9시 전에 복귀하라는 지시를 내렸다고 전했다. 투히는 수화기를 내려놓으며 미소를 흘렸다.

그날 저녁, 투히는 싱글거리며 배너 빌딩에 들어섰다. 그는 편집실에 먼저 들렀다. 그곳에서 직원들에게 손을 흔들고, 악수를 하고, 현재 상영 중인 영화들에 대해 재치 있는 의견을 내놓으며, 자신은 어제 하루 결근했는데 마치 금의환향이라도 하는 듯 요란한 환영을 받는 것이 놀랍다는 듯한 태도를 보였다.

투히는 편집실에서 나와 자신의 방을 향해 어슬렁거리며 걸어가다가 우뚝 멈췄다. 자기 방의 열린 문 안에 서 있는 와이낸드를 본 것이다. 그는 절대 동요하는 기색을 보이지 않고 태연하게 행동해야 한다는 걸 알면서도 그렇게 할 수 없었다.

"오랜만이오, 투히. 들어오시오." 와이낸드가 부드럽게 말했다.

"회장님, 안녕하십니까?" 투히는 자신의 얼굴 근육이 용케 미소를 만들고 두 다리가 움직이고 있는 것에서 용기를 얻어 유쾌한 목소리로 인사했다.

투히는 안으로 들어가서 불안하게 멈춰 섰다. 그의 방은 예전 모습 그대로였다. 책상 위에는 타자기와 새 타자 용지 한 뭉치가 놓여 있었다. 하지만 문이 열려 있고 와이낸드가 문설주에 기대어 조용히 서 있었다.

"투히, 책상에 앉아 일하시오. 우린 법을 지켜야 하니까."

투히는 묵종의 표시로 쾌활하게 어깨를 으쓱하고는 방을 가로질러 걸어가서 책상에 앉았다. 그는 손바닥을 쫙 펴서 책상 위에 놓았다가 무릎에 떨어뜨렸다. 그러고는 연필을 집어 들고 심을 살펴본 후 떨어뜨렸다.

와이낸드는 한쪽 팔목을 천천히 가슴 높이까지 들더니 손목시계를 보면서 말했다.

"9시 10분 전이군. 투히, 당신은 복직한 거요."

"돌아오게 되어 어린애마냥 행복합니다. 회장님, 이런 고백은 하면 안 되는 거지만 사실 이곳이 몹시 그리웠습니다."

와이낸드는 떠날 기미를 보이지 않았다. 그는 언제나 그렇듯이 구부정한 자세로 문설주에 어깨를 기대고서 가슴에 팔짱을 끼고 손으로 팔꿈치를 잡고 있었다. 책상 위에 네모난 초록 유리 갓이 달린 램프가 밝혀져 있었지만 바깥에는 아직 저녁 빛이 남아 있었고, 레몬 색 하늘에 지친 갈색 줄무늬들이 있었다. 방 안에는 너무 이르고 약한 조명 속에서 저녁의 쓸쓸함이 감돌았다. 램프 불빛이 책상 위에 빛의 웅덩이를 만들고 있었으나 바깥의 어둑어둑한 갈색 빛을 차단하여 문간의 와이낸드의 모습을 감추지는 못했다.

램프 갓이 약하게 흔들렸고, 투히는 발바닥 밑이 울리는 걸 느꼈다. 윤전기가 돌아가고 있었다. 그는 아까부터 그 소리가 들렸음을 깨달았다. 믿음직하고 살아 있는 소리, 마음을 편안하게 해주는 소리였다. 사람들에게 세상의 맥박 소리를 전해주는 신문의 맥박 소리. 유리구슬들이 굴러가는 소리나 인간의 심장 소리 같은 길고 고른 소리.

투히는 종이 위에서 연필을 움직이다가 종이가 램프 불빛 속에 놓여 있고 자신이 수련과 찻주전자, 턱수염 난 사람의 옆얼굴을 그리고 있는 걸 와이낸드가 볼 수 있음을 깨달았다. 그는 연필을 내려놓고 입술을 움직여 자조적인 느낌을 주는 소리를 냈다. 그는 책상 서랍을 열고 복사지 뭉치와 종이 클립들을 바라보았다. 그는 도무지 뭘 해야 좋을지 알 수가 없었다. 이런 식으로 칼럼을 쓰기 시작할 수는 없었다. 그는 왜 밤 9시부터 일을 시작하라는 지시가 내려왔는지 의아한 생각이 들지 않았던 건 아니지만, 와이낸드가 그런 식의 지나친 요구로 자신의 굴복을 완화시키려는 모양이라고 짐작했다. 그리고 자신은 그 문제에 대해 따지고 들지 않는 여유를 보일 수 있다고 생각했다.

윤전기가 돌아가고 있었다. 인간의 심장박동들이 모여 다시

뛰고 있었다. 투히의 귀에는 그 소리밖에 들리지 않았고, 만일 와이낸드가 가고 없다면 계속 이런 모습으로 앉아 있는 것은 우스꽝스러운 일이라는 생각이 들었다. 하지만 시선을 들고 그가 갔는지 확인하는 것은 절대 해서는 안 되는 일이었다.

한참 후 투히는 시선을 들었다. 와이낸드는 아직 거기 있었다. 불빛이 그의 모습에서 두 지점, 팔꿈치를 감싸 쥔 한쪽 손의 긴 손가락들과 높은 이마만 비추고 있었다. 투히가 보고 싶었던 이마였다. 아니, 그런데 눈썹 위의 비스듬한 주름 두 개가 보이지 않았다. 그림자에 묻힌 얼굴에서 흰 타원형을 이룬 두 눈이 희미하게 보였다. 그 타원형 눈이 투히를 향하고 있었다. 하지만 어떤 목적 같은 것이 느껴지지는 않았다.

한참 후에 투히가 말했다.

"회장님, 사실 우리가 잘 지내지 못할 이유는 없죠."

와이낸드는 대답하지 않았다.

투히는 종이 한 장을 집어 타자기에 끼웠다. 그는 타자기 자판을 똑바로 응시하며 두 손가락을 들고 문장을 만들어낼 준비에 들어갔다. 자판의 동그란 니켈 테두리들이 불빛을 받아 반짝거렸다.

윤전기가 멈추었다.

투히는 자신도 모르게 자동적으로 흠칫 몸을 뒤로 젖혔다. 그는 신문인이었고, 윤전기 소리는 그렇게 멈추지 않는다는 걸 알고 있었다.

와이낸드가 자신의 손목시계를 보며 말했다.

"9시요. 투히, 당신은 실직했소. 〈배너〉는 이제 존재하지 않소."

그다음에 투히가 깨달은 현실은 자신의 손이 타자기 자판으로 떨어지고 있다는 것이었다. 글자들이 한꺼번에 눌리면서 금속성 기침 소리를 냈고 캐리지가 살짝 튀어 올랐다.

투히는 아무 말도 하지 않았지만 표정에 속마음이 그대로 드러났는지 와이낸드가 대답했다.

"그래, 당신은 여기서 13년간 일했지. …… 그래, 내가 다 사들였소. 2주 전에. 미첼 레이턴의 지분까지……." 무심한 목소리였다. "아니, 편집실 직원들은 아무도 몰랐소. 인쇄실 직원들만……."

투히는 고개를 돌렸다. 그는 종이 클립 하나를 집어 손바닥 위에 올려놓은 다음 손바닥을 뒤집으며 클립이 뒤집혀진 손바닥에는 남아 있을 수 없는 법칙의 엄격함에 약간의 놀라움을 느꼈다.

그는 일어서서 와이낸드를, 둘 사이의 회색 카펫을 바라보았다.

와이낸드가 고개를 옆으로 살짝 기울였다. 그는 이제 아무것도 감출 게 없다는 듯한 얼굴이었다. 그의 표정은 단순했고, 아무런 분노도 없었으며, 꾹 다문 입에는 거의 겸허함에 가까운 고통의 미소가 어려 있었다.

와이낸드가 말했다.

"이것이 〈배너〉의 종말이오. …… 당신과 함께 이 순간을 맞이해야 한다고 생각했소."

많은 신문사들이 엘즈워스 몽크턴 투히를 영입하려고 경합을 벌였다. 투히는 그중에서 명망은 높으면서도 편집 정책이 불확실한 〈쿠리어〉 신문사를 선택했다.

출근 첫날 저녁, 엘즈워스 투히는 편집국장 책상 위에 걸터앉아 지금까지 몇 번밖에 만나보지 못한 사주 탤벗 씨에 대해 이야기했다.

"탤벗 씨는 개인적으로 신처럼 떠받드는 게 뭔가요? 없으면 죽고 못 사는 존재가 뭐예요?" 엘즈워스 투히가 물었다.

복도 건너편 무전실에서 누군가 다이얼을 돌렸다. 그러자 엄숙한 목소리가 터져 나왔다. "시간은 흘러간다!"

로크는 자신의 사무실 제도 탁자에 앉아 일하고 있었다. 유리벽 너머로 보이는 도시는 10월의 첫 추위에 씻겨 반짝반짝 윤이 나는 듯했다.

전화벨이 울렸다. 그는 신경질적으로 동작을 멈추었다. 비서에게 작업 중에는 전화를 연결하지 말라고 지시해놓았던 것이다. 그는 책상으로 걸어가서 수화기를 들었다.

"소장님." 지시를 어긴 게 미안한지 비서의 목소리가 긴장되어 있었다. "게일 와이낸드 씨께서 내일 오후 4시에 사무실로 와주실 수 있는지 알고 싶다고 하십니다."

비서는 귀에 댄 수화기가 위잉 울리는 소리를 들으며 한참을 기다렸다.

"와이낸드 씨가 연결돼 있나요?" 로크가 물었다. 비서는 로크의 목소리가 이상한 것이 전화 연결 상태 때문은 아님을 알고 있었다.

"아닙니다. 와이낸드 씨 비서가 전화했습니다."

"좋아요, 좋아. 그러겠다고 전해요."

로크는 제도 탁자로 걸어가서 도면을 내려다보았다. 난생 처음 일이 손에 잡히지 않았다. 물밀듯 밀려드는 희망과 안도감을 주체할 수가 없었던 것이다.

로크가 배너 빌딩이었던 건물에 다가가보니 현관문 위의 〈배너〉 신문 제호는 떼어지고 그 자리에 변색된 직사각형 자국만 남아 있었다. 로크는 이제 그 건물에는 〈클라리온〉 사무실들만 남아 있고 나머지는 모두 비어 있다는 걸 알고 있었다. 이제 뉴욕의 와이낸드 신문은 삼류 타블로이드 석간인 〈클라리온〉뿐이었다.

로크는 엘리베이터로 걸어갔다. 그는 엘리베이터에 혼자 타는 게 기뻤고, 그 작은 철장에 갑작스럽고 맹렬한 소유욕을 느꼈다. 잃어버렸던 것을 다시 찾은 기분이었다. 그 강렬한 안도감은 이제 막 끝난 고통이 얼마나 컸는지를 알려주었다. 평생 그런 고통은 없었던 듯했다.

와이낸드의 방으로 들어선 로크는 그 고통을 받아들이고 평생 안고 가야 한다는 것을, 그것은 치유할 방법도 희망도 없음을 깨달았다. 와이낸드는 책상에 앉아 있다가 그가 들어오는 것을 보고 그를 똑바로 쳐다보며 일어섰다. 와이낸드의 얼굴은 낯선 이의 얼굴보다 더 멀게 느껴졌다. 낯선 이라면 접근해서 마음을 열 수도 있지만, 이미 아는 사람이 마음을 닫아버린 것이라 접근의 여지조차 없었다. 그 얼굴은 포기의 고통조차 담고 있지 않았고, 그 고통마저도 버린 듯 다음 단계를 나타내고 있었다. 그 냉담하고 조용한 얼굴은 살아 있는 것이 아닌 중세 무덤의 석상과도 같은, 과거의 위대함을 말해주면서 감히 유물에 손을 대지 못하게 만드는 위엄을 지니고 있었다.

"로크 씨, 이 만남은 꼭 필요한 것이긴 하지만 내겐 매우 힘든 일이니, 그 점을 감안해서 행동해주기 바라오."

로크는 자신이 와이낸드에게 베풀 수 있는 마지막 친절은 과거의 친분을 내세우지 않는 것임을 알고 있었다. 그를 '게일' 이라고 부르면 그는 완전히 무너져버리고 말 터였다.

로크가 대답했다.

"예, 와이낸드 씨."

와이낸드가 타자기로 작성한 종이 넉 장을 책상 너머로 건넸다.

"이걸 읽어보고 마음에 들면 서명해주시오."

"이게 뭡니까?"

"와이낸드 빌딩 설계 계약서요."

로크는 서류를 내려놓았다. 도저히 그것을 들고 있을 수가 없었다. 볼 수도 없었다.

"로크 씨, 잘 들으시오. 사전에 알아두어야 할 내용이니까. 나는 즉시 와이낸드 빌딩 건설에 들어가고 싶소. 나는 와이낸드 빌딩이 뉴욕에서 가장 높은 건물이 되기를 원하오. 이 일이 시의적절한지, 경제적으로 바람직한지에 대한 토론은 거부하겠소. 나는 와이낸드 빌딩이 지어지기를 원하오. 와이낸드 빌딩은 사용될 것이오. 당신이 관심 갖는 건 그것뿐일 테니 미리 말해주는 것이오. 현재 뉴욕 여기저기에 흩어져 있는 〈클라리온〉을 비롯한 와이낸드 그룹의 모든 계열사가 들어갈 거요. 나머지는 세를 놓을 거고. 내겐 아직 그걸 보장할 만한 지위가 남아 있소. 그러니 쓸모없는 건물을 짓는 것인지도 모른다는 두려움 같은 건 품을 필요가 없소. 상세한 내용과 요건들은 서면으로 따로 보내주겠소. 나머지는 당신에게 달렸소. 당신이 원하는 대로 설계하시오. 설계에 관해서는 당신이 최종 결정권자요. 내 허락을 받을 필요도 없소. 당신은 전적인 책임과 권한을 갖게 될 거요. 계약서에도 그렇게 명시되어 있소. 이제부터는 당신을 만날 일이 없을 거요. 앞으로 모든 기술적, 재정적 문제는 내 대리인이 처리할 테니 그와 상대하시오. 앞으로 있을 모든 회의에는 나 대신 그가 참석할 것이오. 어떤 건설업체에 시공을 맡기고 싶은지 그에게 알려주시오. 나와 꼭 의논해야 할 일이라도 그를 통하시오. 나를 직접 만날 생각은 하지 마시오. 난 앞으로 절대 당신과 만나지 않을 테니까. 당신과 얘기하고 싶지도, 당신을 다시 보고 싶지도 않으니까. 지금까지 내가 말한 조건들을 들어줄 수 있다면 계약서 내용을 읽고 서명하시오."

로크는 펜을 집어 계약서 내용을 읽지도 않고 서명했다.

"내용을 읽지 않았소." 와이낸드가 말했다.

로크는 책상 너머로 계약서를 던졌다.

"두 부 다 서명하시오."

로크는 그렇게 했다.

"고맙소." 와이낸드는 계약서에 서명한 후 한 부를 로크에게 건넸다. "당신 거요."

로크는 계약서를 주머니에 넣었다.

"이 사업의 재정적인 부분에 대해 설명하지 않았군. 이른바 와이낸드 제국은 운명을 다했다는 것이 공공연한 비밀이오. 그러나 뉴욕을 제외한 전 지역에서 와이낸드 제국은 아직 건재하오. 그리고 내 생명이 끝나는 날까지 살아 움직일 것이오. 하지만 나와는 끝날 거요. 나는 와이낸드 제국의 상당 부분을 정리할 작정이오. 그러니 와이낸드 빌딩을 설계할 때 비용 문제를 신경 쓸 필요는 없소. 비용에 상관없이 마음껏 설계하시오. 와이낸드 빌딩은 뉴스영화들과 타블로이드 신문들이 사라진 후에도 오래도록 남아 있을 것이오."

"예, 와이낸드 씨."

"당신은 유지관리의 경제성을 감안해서 건물을 설계하겠지. 하지만 투자금의 회수까지는 신경 쓸 필요 없소. 그걸 회수해야만 하는 사람이 없으니까."

"예, 와이낸드 씨."

"지금 세상 돌아가는 꼴을 보면 이런 사업을 벌이는 것 자체가 터무니없게 여겨질 수도 있소. 마천루의 시대는 가고 지금은 주택 사업의 시대니까. 이런 세태는 늘 동굴의 시대가 열리는 서곡이 되었지. 하지만 당신은 세상 전체와 맞서는 걸 두려워하지 않는 사람이오. 와이낸드 빌딩은 뉴욕의 마지막 마천루가 될 거요. 그렇게 되는 것이 옳고. 인류가 스스로 파멸하기 전에 지상에서 이루어질 마지막 업적."

"인류는 절대 스스로 파멸하지 않을 겁니다. 그렇게 생각해서도 안 되고요. 인류가 이런 일들을 벌이고 있는 한은요."

"어떤 일 말이오?"

"와이낸드 빌딩요."

"그건 당신에게 달렸소. 〈배너〉 같은 죽은 것들은 그걸 가능하게 해줄 재정적 거름 역할밖에 할 수 없소. 그게 그것들의 본분이오."

와이낸드는 계약서를 집어 정확한 동작으로 접어서 코트 안주머니에 넣었다. 그리고는 변함없는 목소리로 말했다.

"와이낸드 빌딩은 내 인생의 기념비가 될 거라고 당신에게 전에 말했소. 이젠 기념할 것이 없소. 와이낸드 빌딩은 당신이 부여한 것 외엔 아무것도 갖지 못할 것이오."

그는 자리에서 일어나 면담이 끝났음을 알렸다. 로크도 일어나서 고개를 숙였다. 그는 보통 절을 할 때보다 조금 더 오래 고개를 숙이고 있었다.

로크는 문간에서 걸음을 멈추고 돌아섰다. 와이낸드는 책상 뒤에 꼼짝도 않고 서 있었다. 두 사람은 서로를 응시했다.

와이낸드가 말했다.

"당신의 정신 …… 내 것이 될 수도 있었던 그 정신을 기념하는 건물로 지으시오."

20

18개월 후의 어느 봄날, 도미니크는 와이낸드 빌딩의 신축 현장으로 걸어가고 있었다.

그녀는 뉴욕의 마천루들을 바라보았다. 마천루들은 의외의 장소들에서, 낮은 지붕들 사이에서 솟아 있었다. 도미니크는 자신이 보기 직전에 마천루들이 솟아올랐고, 실제로 그 마지막 동작을 목격하기라도 한 것처럼 놀랍고 갑작스러운 기분을 느꼈다. 딴 데를 보고 있다가 재빨리 고개를 돌리면 마천루들이 솟아오르는 광경을 포착할 수 있을 것만 같았다.

헬스 키친의 한 모퉁이를 돌자 깨끗이 닦아놓은 광활한 부지가 나왔다.

파헤쳐진 땅 위를 기어 다니며 공원으로 꾸며질 터를 평평하게 고르고 있는 기계들이 보였다. 그 중심부에 와이낸드 빌딩의 완성된 철골이 하늘 높이 솟아 있었다. 유리와 석재가 철골을 덮어 올라가고 있었고, 아직 뼈대가 그대로 드러나 있는 윗부분은 철제 우리처럼 보였다.

도미니크는 생각에 잠겼다. '지구의 핵은 불덩어리로 되어 있다고 한다. 불덩어리가 땅속에 갇혀 침묵하고 있는 것이다. 하지만 그것은 이따금 흙과 쇠, 화강암을 뚫고 솟아오르기도 한다. 그래서 저런 건물이 된다.'

도미니크는 건물을 향해 걸어갔다. 목제 울타리가 건물을 둘러싸고 있었다. 울타리에는 세계에서 가장 높은 건축물에 자재를 대고 있는 회사들의 이름이 요란하게 나붙어 있었다. '철강, 내셔널 스틸 주식회사', '유리, 러들로', '전기설비, 웰스-클레어먼트', '엘리베이터, 케슬러 주식회사', '내시 앤드 더닝 건설'

도미니크는 걸음을 멈추었다. 전에는 보지 못했던 것이 눈에 띄었던 것이다. 그녀는 전설에 등장하는 치유의 힘을 지닌 존재가 그 영험한 손으로 자신의 이마를 만져주고 있는 듯한 기분을 느꼈다. 그녀는 헨리 캐머런을 개인적으로 알지 못했고, 로크가 처음 사무실을 열었을 때 캐머런이 로크에게 한 말을 들은 적도 없었지만, 마치 지금 그 말을 듣고 있는 듯했다. "그리고 자네가 이 명패를 안고 끝까지 갈 수만 있다면 승리를 거두는 것이라는 사실도 알고 있네. 하워드, 그건 자네만의 승리가 아니라 꼭 이겨야만 하는 것, 세상을 움직이면서도 인정받지 못해온 것의 승리이기도 하지. 자네의 승리는 앞으로 자네가 겪게 될 고통을 견디지 못해 쓰러져간 수많은 사람들의 정당성을 입증해줄 걸세."

뉴욕 최고의 건물을 둘러싼 울타리에 작은 양철 명패가 붙어 있었다.

하워드 로크 건축사무소

도미니크는 현장감독 사무실로 갔다. 그녀는 로크도 만나고 작업 진행 상황도 살펴보러 이곳에 자주 들렀다. 그런데 오늘은 그녀를 모르는 신입사원이 그곳에 있었다. 도미니크는 로크가 어디 있는지 물었다.

"로크 씨는 옥상 물탱크에 계십니다. 누구십니까?"

"로크 부인이에요." 도미니크가 대답했다.

신입사원이 현장감독을 불러왔고, 현장감독은 늘 그래왔던 것처럼 도미니크를 공사용 승강기에 태워주었다. 건물 외벽을 따라 올라가게 되어 있는 그 승강기는 판자 몇 개와 로프 난간으로 이루어져 있었다.

도미니크는 승강기 줄을 꽉 잡고 하이힐을 신은 두 발로 판자 위에 굳건히 서 있었다. 바람 때문에 판자가 요동치고 치마가 허벅지에 달라붙었다. 그리고 땅이 서서히 멀어져갔다.

그녀는 상점 진열창들 위에 있었다. 수로처럼 보이는 거리들이 더 깊이 가라앉고 있었다. 저 아래로 보이는 영화관들의 대형 간판들이 색의 소용돌이로 이루어진 검은 매트 같았다. 사무실 창문들은 유리로 된 긴 벨트처럼 보였다. 땅딸막한 창고들은 그 안의 보물들과 함께 아래로 사라져갔다. 고층 호텔들이 접이식 부챗살처럼 기울어지다가 한데 겹쳐졌다. 연기가 피어오르는 성냥개비들은 공장 굴뚝들이고, 움직이는 회색 사각형들은 자동차들이었다. 건물의 뾰족한 꼭대기들이 햇빛을 받아 등대 불빛처럼 회전하는 길고 흰 광선을 도시 전체에 비추었다. 맨해튼이 가느다란 검은 팔처럼 보이는 허드슨 강과 이스트 강 사이에 반듯하게 열을 맞추어 펼쳐져 있었다. 그리고 강들의 경계선을 뛰어넘은 시가지는 평원들과 하늘의 안개 속으로 이어졌다.

위로 올라갈수록 시야에서 멀어져가는 납작한 지붕들이 마치 건물들을 아래로 찍어 누르는 페달들 같았다. 도미니크는 가정집 식당들과 침실들, 아기방들을 담고 있는 유리상자들을 지나쳤다. 옥상정원들이 공중에 펼쳐놓은 손수건처럼 펄럭였다. 마천루들이 그녀와 경주를 벌였지만 결국 뒤처졌다. 발밑의 승강기 판자가 라디오 방송국 안테나들을 스치고 지나갔다.

승강기가 도시 위에서 추처럼 흔들렸다. 승강기는 건물 옆면을 따라 빠르게 올라가서 이윽고 석재와 유리가 덮이지 않은 부분에 이르렀다. 이제 철골과 허공밖에 보이지 않았다. 도미니크는 기압 차 때문에 귀가 멍멍했다. 햇빛이 몹시도 눈부셨다. 바람이 그녀의 치켜든 턱을 때렸다.

도미니크는 저 위, 와이낸드 빌딩 꼭대기에 서 있는 로크를 보았다. 로크가 그녀에게 손을 흔들었다.

바다가 하늘 위로 차올랐다. 도시가 아래로 내려갈수록 바다는 위로 올라갔다. 도미니크는 은행 건물들의 꼭대기를 지나쳤다. 법원 건물들의 정상도 지났다. 교회 첨탑들도 아래로 멀어져갔다.

그리고 마침내 바다와 하늘, 하워드 로크의 모습만 남았다.

옮긴이의 말

자유주의와 개인주의로 대표되는 미국의 정신의 수호자. 객관주의 철학의 창시자. 경제 대통령으로 불리는 FRB(미국연방준비제도이사회) 의장을 20년이나 지내며 세계 경제를 쥐락펴락한 앨런 그린스펀의 정신적 지주. 50여 년 동안 2,500만 부에 이르는 작품들이 팔려 나갔고, 사후 30년이 흐르도록 인기가 시들 줄 모르는 영원한 베스트셀러 작가. 1991년 미국 국회도서관과 '이 달의 책 클럽'이 독자들을 대상으로 실시한 조사에서 인생에 가장 큰 영향력을 끼친 작품으로 《성경》에 이어 2위를 차지한 《아틀라스(Atlas Shrugged)》의 저자. 에인 랜드의 이름 뒤에 따라붙는 화려한 수식어들이다. 단순한 작가가 아니라 대중적 사상가로서 20세기 후반 이후 미국 보수의 아이콘이 된 에인 랜드에 대해 이해하려면 먼저 그녀의 생애를 살펴볼 필요가 있다.

1

에인 랜드는 알리사 지노비예브나 로젠바움(Alisa Zinovyevna Rosenbaum)이라는 이름으로 1905년 러시아 상트페테르부르크에서 태어났다. 자수성가한 유대계 약사를 아버지로 둔 그녀는 요리사와 하녀, 유모, 가정교사까지 있는 부유한 중산층 가정에서 유복한 어린 시절을 보냈다. 알리사는 아홉 살이라는 어린 나이에 작가가 되기로 결심한 조숙하고 영리한 아이였으며, 지나칠 만큼 진지하고 비사교적인 성격을 보였다. 그녀가 열두 살 되던 해인 1917년에 러시아에서는 레닌이 이끄는 볼셰비키 혁명이 일어났다. 알리사의 가족은 약국을 비롯한 전 재산을 볼셰비키 당에 몰수당하고 크림으로 이주했고, 알리사는 몸으로 체험한 사회주의에 뜨거운 분노를 품게 되었다.

열여섯 살에 상트페테르부르크로 돌아온 알리사는 페트로그라드 대학에 입학, 역사를 전공하면서 철학과 문학에도 심취하여 아리스토텔레스, 니체, 빅토르 위고, 프리드리히 실러, 도스토옙스키의 열렬한 추종자가 되었다. 한편 미국의 역사와 정치를 공부하면서 러시아의 집산주의에 반대되는 미국의 개인주의에 매료되어 미국으로 건너가 글을 쓰기로 결심했다. 1926년 2월에 알리사는 배편으로 처음 뉴욕에 들어갔는데, 맨해튼의 스카이라인을 보고 감격해서 눈물을 흘렸다고 한다.

시나리오 작가의 꿈을 안고 할리우드에서 힘겨운 생활을 하던 중 알리사는 우연히 세실 데밀 감독을 만나 그의 영화 〈왕 중의 왕(The King of Kings)〉에 엑스트라로 출연하고 보조 작가로 일할 기회를 얻게 되었다. 또한 그 영화에 출연 중이던 배우 프랭크 오코너와 사랑에 빠져 1929년에 결혼하고 미국 시민권을 얻었다. 이후 그녀는 에인 랜드라는 필명으로 여러 편의 영화 시나리오를 써냈고, 1936년에는 첫 소설 《우리, 살아 있는 자들(We, the living)》을 출간했다. 공산주의 러시아를 배경으로 한 이 소설은 플롯은 허구이지만 배경은 사실인, 자서전에 가까운 작품이었다. 그리고 1938년에는 집산주의의 득세로 '나'라는 단어 자체가 인간의 기억 속에서 사라져버린 반유토피아적 미래 세계를 그린 중편소설 《성가(Anthem)》를 영국에서 선보였다.

작가 에인 랜드에게 처음으로 명성과 성공을 가져다준 작품은 1943년에 발표한 《파운틴헤드(The Fountainhead)》였다. 이성의 원칙에 따라 사는 영웅적인 건축가 하워드 로크의 일과 사랑 이야기를 담은 이 철학적인 로맨스 소설은 세계적으로 팔려 나갔고, 1949년에는 워너브라더스 영화사에서 개리 쿠퍼와 퍼트리샤 닐 주연의 영화로 제작되기도 했다. 그리고 1957년, 에인 랜드의 대표작인 《아틀라스》가 탄생했다. 무려 1,000페이지가 넘는 이 대작은 세상을 이끌어가던 뛰어난 산업가들과 과학자들, 예술가들이 파업에 들어가면서 모터가 멈춘 미국의 몰락을 그렸으며, 에인 랜드를 최고의 베스트셀러 작가로 만들어주었다.

《파운틴헤드》와 《아틀라스》의 성공으로 많은 독자들을 거느리게 된 에인 랜드는 뉴욕에 자리를 잡고 경제학자 앨런 그린스펀과 심리학자 너새니얼 브랜든을 주축으로 친목 모임을 만들어 철학적인 토론을 벌였다. 그녀는 뉴욕의 지성인들과 교류하면서 자신의 철학인 객관주의를 더욱 체계적으로 알리기 위해 《아틀라스》를 마지막으로 소설 집필을 중단하고 논픽션과 강연에 집중하며 여생을 보냈으며, 1982년에 심장마비로 세상을 떠났다.

2

에인 랜드는 1926년에 조국의 사회주의 광풍에 환멸을 안고 미국에 건너가 1982년 뉴욕에서 생을 마감할 때까지 글로, 정치활동으로, 강연으로 객관주의 철학의 전파에 불꽃같은 열정을 피워냈다. 그렇다면 미국의 정신을 품고 있다는 객관주의는 어떤 철학일까? 에인 랜드 자신의 설명을 빌리면 객관주의는 형이상학적으로는 객관적 실재를, 인식론적으로는 이성을, 윤리학에 있어서는 자기이익을 추구하는 이기주의를, 정치적으로는 자유방임 자본주의를 표방한다.

에인 랜드가 말하는 객관적 실재란 인간의 의식에 귀속되는 않는 독자적 절대성을 지닌 실재를 말한다. 그리고 인간이 감각을 통해 받아들인 질료를 확인하고 통합하는 능력인 이성은 실재를 인식하는 유일한 방법이다. 인간은 오직 이성을 통해서만 지식을 얻을 수 있고, 오직 이성에 따라 행동해야 한다. 그리고 모든 인간은 그 자신이 목적이지 타인의 목적을 위한 수단이어선 안 된다. 인간은 오로지 자신만을 위해 존재해야 하며, 타인을 위해 자신을 희생해서도, 타인을 자신의 희생물로 삼아서도 안 된다. 합리적인 자기이익과 행복을 추구하는 것이 삶의 가장 고귀한 도덕적 목적이다. 인간은 스스로의 자발적인 노력과 책임 아래 삶을 해결하고 부를 얻어야 하며, 그런 개인들이 상호 이익을 위해 자유롭게 교류할 수 있는 자유방임 자본주의가 가장 이상적인 정치적, 경제적 제도다. 인간은 자신의 삶, 자유, 재산, 행복 추구에 대한 권리를 지니며, 정부는 그러한 권리들을 보호해주는 경찰관 노릇만 하면 된다. 완전한 자본주의를 이루려면 국가와 경제, 그리고 국가와 교회가 철저히 분리되어야 한다. 개인의 이성과 이기심이야말로 창조와 발전의 힘이며, 정부라는 이름의 구속은 퇴보를 의미한다. 결국 이기주의는 개인적 행복뿐 아니라 자유롭고 번영된 사회의 토대다.

에인 랜드는 철학사에서 추천할 만한 인물은 '세 명의 A', 즉 아리스토텔레스(Aristoteles), 토마스 아퀴나스(Thomas

Aquinas), 에인 랜드(Ayn Rand)뿐이라고 당당히 주장하며 열정적으로 객관주의 운동을 펼쳐 나갔다. 그리고 앨런 그린스펀이 "에인 랜드는 자본주의가 왜 효율적이고 실용적이며 도덕적인지 내게 증명해주었다."고 술회했듯이, 그녀는 자본주의의 잔 다르크, 케인즈식 수정 자본주의가 퇴조한 후 미국 경제계를 점령한 신자유주의의 모태가 되었다.

미국의 정치, 경제사를 돌아보면 호황과 불황이 교차할 때마다 보수와 진보가 번갈아 득세하는 흐름을 이어오고 있다. 에인 랜드는 자유방임주의를 표방하는 보수파와 정부간섭주의를 부르짖는 진보파의 세력 싸움에서 늘 선봉에 서는 보수파의 기수였다. 그녀는 스스로를 '급진적 자본주의자'라고 불렀으며, 그녀가 평생 적으로 여겼던 볼셰비키 당이나 종교집단을 방불케 하는 절대적이고 광신적인 열정을 보였다.

그녀는 무수한 열정적 추종자들을 거느리고 사후 30여 년이 흐른 지금까지도 미국인들에게 가장 영향력 있는 인물 중 하나로 군림하고 있는 한편, 엘리트주의자라는 거센 비난을 받기도 한다. 그녀가 내세운 존재의 최우위성과 이성의 절대성은 분명 대단히 매력적이지만, 이타주의나 희생, 평등 같은 전통적 미덕들에 대한 날선 비판이 대중에게는 당혹스럽고 불편할 수밖에 없기 때문이다. 늘 뜨거운 논쟁을 일으키는 강렬한 색채를 지닌 작가 에인 랜드, 그녀의 작품들은 우리 독자들에게도 상식을 뒤집는 신선한 충격인 동시에 삶의 의미를 숙고하는 계기를 마련해줄 것이다.

3

7년이 넘는 집필 기간을 거쳐 1943년에 출간된《파운틴헤드》는 에인 랜드의 객관주의가 추구하는 인간 정신을 이상적으로 구현한 젊은 건축가 하워드 로크가 영웅을 질시하고 억압하는 세상에서 온갖 시련을 견뎌내고 결국 승리한다는 내용을 담은 매우 철학적인 소설이다. '파운틴헤드' 라는 제목으로 세상에 나오긴 했지만 원제가 '간접인생들(Second-hand Lives)' 이었던 이 작품은 자아가 빠진 채 간접인생을 사는 사람들을 정면으로 비판하며 인간다운 삶이 어떤 것인지를 제시한다.

미국의 건축 명문인 스탠턴 공대에 재학 중인 두 청년 하워드 로크와 피터 키팅. 로크는 자족적 자아를 지닌 자기중심주의자이고, 키팅은 타인들을 통해 삶의 의미와 힘을 얻는 타인중심주의자다. 로크가 전통을 중시하는 학교 규칙에 따르기를 거부해서 퇴학당하고 키팅은 수석 졸업을 하면서 두 사람은 인생의 양극단을 걷게 된다. 로크는 한때 건축계의 영웅이었지만 세상의 버림을 받아 몰락한 현대주의 건축가 헨리 캐머런 밑으로 들어가 진정한 건축을 배우며 가난과 고난을 겪고, 키팅은 건축가로서의 재능보다는 사업 수완으로 부와 명성을 이룬 가이 프랭컨에게 스카우트되어 교묘한 술수로 라이벌을 하나씩 제거하며 성공 가도를 달린다.

두 청년은 인생행로에서 여러 인물과 교류하는데, 그들을 크게 두 부류로 나누면 자아실현을 최우선으로 삼는 영웅들과 타인과의 관계에 매어 사는 간접인생들이다. 이 두 부류를 대표하는 인물이 게일 와이낸드와 엘즈워스 투히다. 빈민가에서 태어나 언론재벌이 된 게일 와이낸드는 하워드 로크의 진가를 한눈에 알아보고 그의 가장 좋은 친구이자 최고의 후원자가 된다. 반면 건축비평가이자 칼럼니스트인 엘즈워스 투히는 사회주의적 이타주의를 무기로 삼아 사람들의 죄책감을 공략하고 자기희생을 강요해서 세상을 지배하려 한다. 그는 진부하고 보잘것없는 것들을 찬양하여 인간의 위대성을 파괴하는 존재로 하워드 로크의 안티테제이자 절대적인 악의 상징이다.

총 4부로 이루어진 《파운틴헤드》는 각각 '피터 키팅', '엘즈워스 투히', '게일 와이낸드', '하워드 로크'라는 부제목을 달고 있으며, 이 네 인물의 인생 이야기는 개인주의(자기중심주의 또는 이기주의)와 집산주의(타인중심주의 또는 이타주의)의 숙명적인 대결과 개인주의의 승리로 요약될 수 있다. 에인 랜드의 모든 작품이 그러하듯, 이 소설도 작가의 인생철학이 농도 짙게 담긴 이른바 철학소설인 것이다.

그러면서도 이 작품은 로맨스적 요소가 강하다. 하워드 로크와 도미니크 프랭컨의 사랑 이야기가 흥미진진한 한 편의 로맨스를 이루기에 충분하기 때문이다. 똑똑하고 아름다운 부잣집 딸로 겉보기에는 행복하지 못할 이유가 없는 듯하지만, 비루하고 사악한 세상에 대한 환멸을 견디지 못해 감정이 없는 삶을 살아가던 도미니크는 로크를 처음 본 순간 운명적인 사랑에 빠진다. 그러나 세상이 로크의 위대성을 외면하고 짓밟자 세상에 복수하기 위해 스스로를 철저히 파괴한다. 가장 세속적이고 경멸스러운 인물인 피터 키팅과 결혼하여 그림자처럼 살아가는 삶을 선택한 것이다. 하지만 로크와 도미니크는 운명의 힘으로 다시 만나고, 오랜 시련 끝에 비로소 세상을 초월한 사랑을 할 수 있게 된 도미니크는 위대한 영웅 하워드 로크의 진정한 짝이 된다.

4

《파운틴헤드》는 건축가들의 세계를 다루고 있어서 건축소설로 꼽히기도 한다. 에인 랜드는 이 작품을 쓰기 위해 건축 관련 글들을 읽는 것에서 그치지 않고, 생생한 현장 체험의 기회를 얻고자 건축사무소에서 무보수 타이피스트로 일하기까지 했다고 한다. 그런 열성이 결실을 맺어서 이 소설은 건축학도라면 꼭 읽어야 할 필독서가 되었으며, 무수한 건축가들이 하워드 로크의 삶에서 커다란 영감을 얻었다고 고백하고 있다. 그뿐만 아니라 건축계가 처음으로 대중적인 스포트라이트를 받고 그 가치를 제대로 평가받게 된 것도 이 소설 덕이었다. 1949년 킹 비더 감독이 영화로 만든 〈파운틴헤드〉가 2009에 열린 제1회 서울 국제건축영화제 개막작으로 선정된 사실은 건축계에서 이 작품이 어떤 의미를 지니는지 알게 해준다.

세계적인 첼리스트이자 지휘자이며 하버드 대학에서 철학을 공부한 철학도이기도 한 장한나는 2010년 1월 15일 자 〈매일경제〉에 실린 '나의 가능성을 믿고 전진하라' 라는 제목의 칼럼에서 《파운틴헤드》를 '내 인생의 책' 으로 소개했다. 그녀는 수학 선생님께 고등학교 졸업 선물로 받은 이 책을 시간 가는 줄 모르고 읽었던 기억을 회상하며, 현실에서 로크처럼 살기는 어렵겠지만 인간의 무한한 가능성을 믿고 그 믿음을 통해 불가능한 비전을 이루기 위해 노력하겠다는 새해 다짐을 밝혔다.

인간을 위대한 존재이게 하는 영웅성의 상징 하워드 로크, 그는 건축학도뿐 아니라 원대한 포부와 열정을 지닌 많은 젊은이들에게 훌륭한 멘토 역할을 하고 있으며, 나는 《파운틴헤드》의 번역자로서 우리 독자들에게 하워드 로크를 소개하게 된 것을 커다란 기쁨으로 생각한다.

2011년 4월

민승남

파운틴헤드 2

1판 1쇄 발행일 2011년 4월 25일
1판 2쇄 발행일 2022년 3월 28일

지은이 에인 랜드
옮긴이 민승남

발행인 김학원
발행처 (주)휴머니스트출판그룹
출판등록 제313-2007-000007호(2007년 1월 5일)
주소 (03991) 서울시 마포구 동교로23길 76(연남동)
전화 02-335-4422 **팩스** 02-334-3427
저자·독자 서비스 humanist@humanistbooks.com
홈페이지 www.humanistbooks.com
유튜브 youtube.com/user/humanistma **포스트** post.naver.com/hmcv
페이스북 facebook.com/hmcv2001 **인스타그램** @humanist_insta

편집주간 황서현 **편집** 정다이 김선경 임미영 **디자인** 김태형
용지 화인페이퍼 **인쇄** 청아디앤피 **제본** 경일제책

ISBN 978-89-5862-398-4 03840
978-89-5862-399-1 (세트)